榛子花儿开

洪绍义　张林成◎著

沈阳出版发行集团
沈阳出版社

图书在版编目（CIP）数据

棒子花儿开 / 洪绍义，张林成著 . -- 沈阳：沈阳出版社，2023.9

ISBN 978-7-5716-3641-8

Ⅰ . ①榛… Ⅱ . ①洪… ②张… Ⅲ . ①电视文学剧本 – 中国 – 当代 Ⅳ . ① I235.2

中国国家版本馆 CIP 数据核字（2023）第 175337 号

出版发行：沈阳出版发行集团|沈阳出版社
（地址：沈阳市沈河区南翰林路10号 邮编：110011）
网　　址：http://www.sycbs.com
印　　刷：辽宁泰阳广告彩色印刷有限公司
幅面尺寸：170mm×240mm
印　　张：34.75
字　　数：600千字
出版时间：2023年12月第1版
印刷时间：2023年12月第1次印刷
责任编辑：张芳芳
封面设计：润泽文化
版式设计：润泽文化
责任校对：边　锋
责任监印：杨　旭

书　　号：ISBN 978-7-5716-3641-8
定　　价：28.90元

联系电话：024-24112447
E - mail：sy24112447@163.com

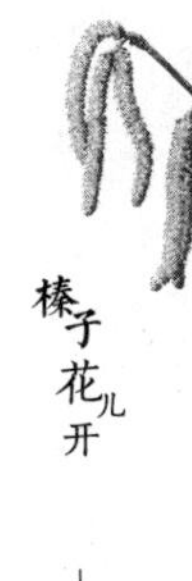

前　言

《榛子花儿开》是一部反映我国农村集体林权制度改革以来、特别是在党的十八大新“三农”思想指引下，农村生产合作社蓬勃发展的当代农村题材小说。该小说以“中国榛子之都”——辽北东部山区著名平榛产地上榛子生产专业合作社普通榛农的日常生活为创作原型，力求以新的艺术创作手法表现新“三农”的鲜明主题。

小说以主人公金昌一波三折的爱情故事为主线，着重刻画这位回乡务农大学生，坚持“科学种榛、科技兴榛”理念，坚定走农村企业现代化、产业化发展道路，立志做一名“有知识有文化的新农民”的鲜活感人形象；生动描写了金昌与青梅竹马的未婚妻、与同是返乡大学生且心中爱恋着自己的事业伙伴、以及对己心怀爱慕的企业家老同学三个女人之间，亲密而复杂、亲切而微妙的情感纠葛。小说中对农民兄弟的描写，接地气，赋真情。一次次纠纷、一场场风波，如同就在我们身边发生的故事，真实质朴，娓娓动人；对艰辛的农事劳作、坚韧的农民性格等描写，浓墨重彩，感人至深；适时视情节穿插的东北民间歌舞情景场面，吸收借鉴“歌舞片”艺术表现手法，新颖浪漫，沁人心扉，彰显东北民间艺术的精彩与灿烂。一个个极富个性的人物间的冲突碰撞、一场场阴差阳错的巧合遭遇、诙谐幽默的方言对话，令人捧腹、逗人开怀，带有浓郁的轻喜剧色彩。

《榛子花儿开》勾起人们对美好乡村的深切向往，清新动人。

目 录

·一·

辽北东部山区。这里，山清水秀，峰峦叠翠，坐落着著名的中国平榛产地——兴远镇红石峪村。

晨曦初露。源水河畔的村公路上，金昌与榛民们成群结队地驾驶着摩托车，缕缕行行，熙熙攘攘涌出村子。摩托车上，捆绑吊挂着榛子防虫作业需要的各式农具。男人们粗犷的叫喊，女人们尖锐的欢笑，打破了山村的寂静，鸣奏出春意盎然生产忙的独特交响晨曲。

瞬间，车队驶入盘绕在大片榛子林中的山路上，犹如龙蛇起舞，逶迤绵延……

金婶的脸上挂满了喜兴。吃过早饭收拾完屋子，她就坐在炕上剪起了窗花；窗台上的半导体收音机里播放着东北民歌《回娘家》……她高兴啊，这几天正在张罗给儿子置办订婚喜宴呢。

小豆子边喊边跑着进了屋：姥姥，姥姥……

金婶的脸上立马开了花，她放下手中活儿：哟，我大外孙来了。

金菊随后进屋。她把手里拎着、怀里抱着的几个包裹扔到炕上，狠狠地坐在了炕沿上……

金婶的脸一下子冷了下来。她使劲往金菊脸上看着，问道：闺女，你这，拎着大包小裹的，娘儿俩回家来，是啥意思？

金菊愤愤说了句：我不跟福来过了。

金婶一怔，说：有事说事，这种话能随便说吗？

小豆子皱着个眉头喊道：我爸爸不上山干活！

金婶忙说：啥玩意儿，不去干活？这大农忙时节的，大家伙儿见天儿地起大早上山干活，他咋不去呢，这是抽哪门子的风啊？

金菊说：都好几天了，他一直都是早早就出门，晚上挺老晚才回家。

金婶问：那他干啥去了？

金菊委屈地抿了一下嘴……

小豆子说：我爸爸耍扑克！

金婶一愣：什么，又耍扑克去了？

金菊说：我都盯他好几天了。今天早上我骑车跟着他一直到三里堡，亲眼见他进了万大炮家，气得我把他的摩托给锁上了。

金婶生气了：农忙的时候不好好干活，又跑外村耍上了，这是有好道儿不走要当二流子，还反了他了！她抓起桌上的电话，使劲按了个号码，说：金昌啊……

金昌是金婶的儿子，返乡务农大学生，他立志投身合作社榛产业发展事业中，被推选为“宝仁榛子生产专业合作社”总经理。这会儿，正带领榛民们在榛子林做绿色环保防虫作业。

金昌的手机响了，他看一下显示屏，连忙接电话：娘……我在山上呢……啥，什么？……娘，你别着急，我这就回去啊。

金昌左右撒目一下，向一边喊道：那谁，马小壮，我有点儿急事回去一趟，这边你照顾一下啊。

马小壮回应道：知道了，金昌，你放心吧。

金昌骑上摩托车下了山。他回到合作社园区，换上“桑塔纳”回到家，带着娘直奔三里堡村驶去。

三里堡村与红石峪村隔河相望。村民万大炮，是出租车司机，最近，他腰脱病又犯了，这几天没出车，一直约福来、钱贵和贾六几个牌友在家玩“炸金花”，耍点儿小钱儿。

福来手里攥着三张牌，瞅着万大炮说：大炮哇，你说你，你那破腰脱就脱了呗，还找我们几个当垫背的，告诉你啊，你要是脱起来没完，我可不能陪你玩了。

万大炮抹搭一眼福来，说：不会唠嗑。听你这话的意思，我是装病呗？

福来说：你们几个车豁子没事聚一起玩儿玩儿行，我家里外头可有不少事呢；再说，这阵子大伙儿都上山干活儿了，我老不去不是个事儿。

钱贵说：福来，跟我们玩儿几天，你就偷着乐吧，你小舅子在榛子园搞什么绿色环保，往榛子林里撇熏蒸棒，整天像撇手榴弹似的，膀子都能给累掉了，能不干就不干，这也是给你减负，知道不。

福来斜眼瞅着钱贵说：你知道个啥？山上只要有活儿，就得撅腚干，没轻巧时候；现在，合作社的生产小组都是自由组合，我真要耍奸偷懒专拣轻快活儿干，谁还愿意要我，那就得下岗，完犊子。

贾六着急了，瞪着几个人说：哎哎，你们别光顾说话行不，还玩不玩了？……该你的了福来，怎的，你是跟还是不跟，倒是快点的呀？

福来跟贾六玩儿了几天扑克，基本上就没怎么赢过，大部分钱都让贾六搂去了，心里本来就不自在，贾六再一催，他不乐意了：催啥，催啥呀你？我说贾六，你小子是不捣鬼偷换牌了，你咋老上好牌、我咋就不上牌呢？

贾六说：福来，你少冤枉人啊，牌都是庄家发的，你不上牌该我啥事？

福来还是不服，说：不行，我得看着你小子点。

贾六嗤笑说：就你那小样？说着，他往福来跟前靠了靠，讨好地说：哎，干部家属，问你个事呗，你们红石峪合作社园区门口，还有一些废品榛子壳堆在那儿，你小舅子可是合作社总经理……

福来是上门女婿。老丈人金有良是刚退下来的老村主任，丈母娘金婶是村妇女主任，媳妇金菊是合作社办公室主任，小舅子金昌是合作社总经理，所以他有“干部家属”的绰号。

福来说：你啥意思，想让他卖你点儿榛子壳？

贾六献媚一笑：聪明。回头跟你小舅子说说，把那玩意儿卖给我，我啥劲儿都不费，转手一倒腾就来钱。到时候，也亏待不了哥们你呀。

福来拉下脸说：别想那没用的啊，好好开你的出租车得了。

钱贵也说：就是的贾六，你大舅可是三里堡合作社的理事长，要买那玩意儿，找你大舅哇。

贾六连忙说：别提我大舅啊，他根本就不鸟我。

万大炮突然问贾六：你小子倒腾那破烂儿干啥呀？

贾六不以为意地说：就是搂草打兔子——带捎呗。

万大炮说：六子，我可告诉你啊，你不能把榛子壳卖给不法商贩啊，那东西要谁买去，往正品榛子里一掺和，你就缺德了。

贾六有点尴尬：我，我是卖给……活性炭厂。

福来哼了声，说：你小子，不靠谱。

几个人说话间，贾六偷偷换了张牌，接着就说：看牌看牌，我亮了啊，福来，我开你的……哎，看见没福来，你服不？

福来神情沮丧，嘟囔着：邪了门了，你小子……

金昌开着车。金婶坐在车里不住地左右瞅着窗外，她着急地说：儿子，你开得太慢了，能快点开不？

金昌说：娘，眼瞅就到源水河大桥了，过了桥就是三里堡，咱别着急啊。

金婶气哼哼地说：等我到万大炮家的，看我怎么收拾他！

金昌说：娘，咱还是悠着点儿啊，你去找我姐夫，也就是吓唬吓唬他就行了，咱这可是去三里堡村，万叔他们毕竟不是咱红石峪的村民，这事儿真闹大发了，影响两个村的关系不是？

金昌的话金婶似听非听，她突然问了句：儿子，你带刀没？

金昌吓一跳：刀？娘，你，要刀干啥？

金婶提高了嗓门说：我问你带刀没？

金昌一个激灵，一脚刹车，踩离合换挡，倒车，连忙说：娘，那、那什么，咱先不去万叔那儿了啊，不去了，等姐夫回家咱再说吧啊。

金婶气得差点儿蹦起来，说：你个败家孩子，你往后倒啥呀，赶紧往前开……我说话你听见没？

金昌苦笑着说：娘啊，我怕你见着我姐夫摟不住火咋办呀，再说了，一会儿你见着他，就我姐夫油里滑气那样，再把你气个好歹的，划不来，咱还是回家再收拾他，啊，回去吧，娘。

金婶瞪着金昌说：少废话，赶紧上前，靠河边停下！

金昌眨巴着眼睛，说：去，去河边干啥？

金婶说：那河边不是有柳树墩子嘛。金昌还是蒙登：啊……金婶说：你啊啥，你赶紧下车，给娘劈根柳树条子拿着，要粗点的啊，那玩意儿，又硬实又韧性，抽人才疼呢。

金昌明白了娘的意思，说：哎，娘这么弄我不反对，车后备箱里就有铁锹，我这就砍去啊。

万大炮家里已是云山雾罩了。万大炮的大茶缸里的茶水已经变成了透明色；钱贵双手杵着脸、眼珠子滴溜溜转着；贾六靠着椅子背，嘴上斜叼着烟卷吞云吐雾；福来皱着眉头咬着牙，满脸的战斗气氛……

福来一脸懊丧地把牌扔进牌堆里，说：玩到这份儿上，没劲。他心里突然一阵慌慌，眼皮直跳，喃喃自语：嘶……也不知道咋了，眼皮一个劲儿地跳，跳得闹心。

万大炮笑了笑，说：好哇，跳财呀，福来，你要时来运转了。

金昌开车到了万大炮家院门口，金婶推开车门跳下，跑进院子……

福来按着三张牌，这把牌他一直在跟。他极力掩饰着兴奋又紧张的心情：哎，老万说对喽，我福来大人要时来运转了。贾六，今天我要赢你个全光！

这时，金婶猛推门进屋。屋里的人全愣住了……

金婶用柳条棍指着福来说：福来！我让你赢全光，今天就让你打光棍！

福来满脸大写的尴尬，颤颤巍巍地说：哎哟我娘……娘，那啥，我，我娘咋来了呢？

万大炮赶紧站了起来：哎呀，老嫂子来了，我老嫂子来了，快，快请坐。

金婶看也没看万大炮，说：滚一边儿晃去！她二话不说抡起柳条抽打起福来……

福来一下子蒙了，左躲右闪，钻到了桌子底下，歇咧巴叽地不断叫喊：哎呀哎呀，我的胳膊……哎呀哎呀，我的屁股……哎呀妈呀，妈呀，你别打了，我的亲妈呀……

钱贵忍不住大笑：哈哈哈……这上门女婿嘴真甜，福来，再叫一声“亲

妈”，金婶就不打你了。

贾六加钢说风凉话：哎呀喔，红石峪村的妇女主任，到俺们三里堡村打人来了。

金婶被火上浇油，更来气了，说：他还是人吗，我就打这个不是人的东西算了！

福来连连求饶：娘，娘！你别打了、别打了，我，我发誓，我明天就上山干活去……我现在就去，我保证上山干活！你就饶了你的姑爷儿吧……

金婶不依不饶：现在说啥也没用，我闺女让你欺负得，抱孩子跑回娘家哭，啊，欺负我闺女，我能饶了你？

万大炮劝说：哎呀老嫂子，你这老丈母娘疼姑爷儿疼大发劲儿了，都不知道咋疼好了吧，快快收起您的贵手，气大伤身呢。

金婶没搭理万大炮，柳条棍抽打得噼里啪啦响……其实，大都抽打在了桌子、椅子上。

福来在桌子底下寻找机会要钻出来，慌乱中，眼眶子碰到桌角上撞出了血，他赶紧用手捂住眼眶往外跑，边跑边喊：哎呀妈呀，不好啦，出血啦，要出人命啦，三里堡流血事件……

金婶要去追福来，被万大炮拦住。万大炮说：老嫂子，你就别追了，消消气，消消气。这都怪我不好，我跟你说，这几天我腰脱毛病又犯了，是我叫福来过来陪我玩儿玩儿的，要骂，你就骂我吧。

金婶说：福来他自己不懂事儿，我骂你干啥呀？

福来从屋里跑出来，直奔自己那辆摩托车，他见车被锁着，扭头看见院外靠在桑塔纳小车上的金昌，高声叫道：金昌，你干啥带娘来打我呀？

金昌轻笑：我说姐夫，你好几天不上山干活儿，跑这耍扑克来，还骂我，有理了你还？

福来梗着脖子说：我就骂你了咋的！你小子也太不仗义了，你还是我小舅子吗？

金昌看着福来捂着出了血的眼眶子那惨样，有点于心不忍，他说：姐夫，这都啥时候了，你还在那梗梗啥，还不赶紧跑。

福来说：我就不跑，你还能把我怎的？

金昌说：我不能把你怎的，一会儿娘把那柳条棍换成大菜刀，我可救不了你了。

福来有点胆怯了：你，你把我摩托给锁上了，我咋跑哇？赶快把钥匙给我。

金昌说：车不是我锁的，我没钥匙给你。

福来吼上了：少废话，赶快给我开开！

金昌说：你没完了是吧，我让你跑你不跑，敬酒不吃吃罚酒？好，你上我车吧，娘马上就出来，我带你跟娘一起回家去。

福来眼睛一瞪，咬着牙根儿说：臭小舅子，我记你仇了，你等着的！说完，撒腿开跑。

金婶撵出来，眼见福来跑了，她赶忙去追：福来，你给我站住！没跑几步她又停了下来，转身对金昌说：儿子，我是撵不上他了，快，快开你车，追！

金昌说：娘，咱就别追了。金婶说：干啥不追呀？金昌说：车没油了。

金婶说：你，你这熊孩子，关键时刻给娘掉链子。

福来从三里堡村一直跑过源水河大桥，跑回到村口。

姜胖和满堆骑摩托车回村。福来见这哥俩过来，想躲，可已经来不及了，两辆摩托车停在了他身旁。

姜胖打量了一下福来，问：福来姐夫，什么情况？今天又没上工，这是去哪发财了？

满堆也话中带刺儿地说：是呀，福来，你这干部家属咋不上工呢？

福来气喘吁吁地……姜胖追问：哎，问你话呢，你干啥跑得呵哧带喘的？

姜胖是村里出了名的爱管闲事的热情小伙，跟福来又是不错的哥们；福来心里清楚，碰到这主儿，你不说话，是过不去他这关的。福来说：可别提了小胖，再跑慢点，我丈母娘就追上我了。

姜胖往福来身后瞅瞅，哈哈笑了：看你把自己给吓得，你后面哪有金婶呀？

福来也瞅瞅身后……一下子瘫坐地上：哎呀我的娘呀，可跑死我了。

满堆看福来眼眶子不对劲，忙问：你眼眶子咋出血了？

福来叹着气说：可别提了，刚才让我丈母娘拿柳条子抽的，嘶——哎呀……

姜胖似乎听出了门道，说：我说这几天没看见你上山干活儿呢，跟我说实话，这段日子，是不又跑三里堡我三姨夫家玩去了，结果，被人发现了，让金婶堵着了，再结果，就是柳条棍子抽上了？

万大炮是姜胖的三姨夫。福来原来也是开出租车的，与万大炮都是老朋友了，姜胖知道，他们经常在一起玩。福来被姜胖分析个透彻，尴尬之下又有点委屈，他说：告诉你啊小胖，你赶紧跟你三姨夫说，让他以后别老找我玩儿了。

姜胖说：你少拿着不是当理儿说，明明是你自己愿意去的，该我三姨夫啥事儿啊，真是的，拉不出屎怨茅楼。

福来说：你，咋一点儿同情心没有呢？

满堆说：别搁这找同情了，福来，赶紧想辙给老丈母娘认错去吧。

福来一脸怂样儿说：现在这夹当，我可不能去，去了还得接着挨打，还是先回家眯着吧……

姜胖寻思一下叫住了福来：福来姐夫，我给你出个招儿，金婶指定不能打你了。

福来一振：你赶紧说。

姜胖说：你去卫生室呀。福来不解：去那干啥？姜胖说：去那让石榴给你的眼睛好好包扎包扎，啊。

福来明白了姜胖的意思，说：哎，小胖这主意不错，行，是我哥们，关键时刻好使。

福来去了村卫生室，耍了个悲情小把戏，愣让村医石榴把自己一个眼眶包了个严严实实；但石榴还是告诉他，回家就把纱布摘下来，皮外伤总捂着不好。福来哼哈地答应着。

福来回到家。屋里空空的，灶台冷冷的……他嘀咕着：媳妇指定是真生气了，咋地也得先把老婆孩子接回来呀……咳，还是上丈母娘家"过堂"去吧。

福来到了金婶家门口，见金昌和金婶在屋里，心里忐忑，硬着头皮进了屋。他对金婶说：娘，你别生气了，我错了，我不是人，我不是东西……我以后再也不耽误工了，我……

金婶猛抬头：你……她见福来眼睛上蒙着纱布，心里咯噔一下：你，眼睛怎么了？

福来故作委屈状：让娘，打的，医生说我眼睛……可能要残疾了。

金昌不屑地一笑，说：姐夫，医生说能残疾几只眼睛啊？

福来对金昌的气还没消，但又不敢发作，只好忍着气说：残疾一只就够了呗。

金婶有点儿着急了，说：赶紧打开让我看看。

福来忙说：没事、没事，娘，残就残疾了吧，小残疾，没关系。

金婶大声说：快点儿打开让我看看，我说话你听见没！

福来后退几步，说：别，别，村医说还得包两天，要不然就感染化脓了，那就不好办了。娘，这都是我应有的下场，没关系，娘把这只打残疾，我也认了。

金婶有点紧张了，她压低了嗓门说：我还打你？我去三里堡找你，我这老脸都没地儿搁！金婶叹了口气又说：福来呀，你在咱红石峪瞅瞅，哪有像你这样不务正业的吧，啊？现在正是农忙时节，连小胖和满堆那些小年轻的，整天都汗马流星地在山上干活，你还好意思去耍扑克？人有脸树有皮，你不要脸，我闺女还得跟着你丢人吗？

福来想解释什么，说：娘，那不是……说着，他转头看向金昌……

金昌说：别看我呀，有话好好跟娘说。

福来一副很难为情的样子：我也说不明白了。

金婶缓和一下情绪，说：我让你说，有啥话你说吧。

福来像是找到了台阶，他清了清嗓子，说：娘，其实我，我确实不是特意去玩的，就是吧，老万腰脱犯了，他在家太寂寞，哥儿几个就陪他玩儿了几天；完事吧，那贾六又跟我较劲、耍奸，也不知他怎么搞的，把儿把儿都上好牌，尽他赢了，我就是想整明白他。

金昌撇嘴一笑，说：哎呀，我姐夫这玩的心还挺大呀。福来狠狠瞪一眼金昌，心说，你等着的！

金婶本想再骂福来几句，可又一想，毕竟是自家姑爷儿，眼睛又整成那样了，她顿了一下，说：贾六怎么着是他的事儿，你精神头不往正地儿用，能行吗？

福来连忙点头：是是，娘说的是。

金婶说：人家都去干活儿就你不去，到分钱的时候，你怎么张手要哇？

福来见丈母娘给了点儿好脸子，也不那么拘束了，他说：娘，其实，咱生产小组自己都规定好的，谁有事谁就办事去，谁家有啥情况，大伙儿都互相照顾着，反正谁多干谁就多分钱呗，完事吧，啥啥都不耽误，挺自由的。

金婶说：啊，在这给自己找自由了，可你有正经事儿吗，你家有啥情况啊？

福来又有点紧张：啊没，没有，可我……

金婶说：我啥我？你当二流子做懒汉，不好好往家挣钱，我闺女、我外孙子就等着喝西北风呗？金婶说着说着又来气了。

福来赶紧说：不能不能，娘，从今往后……

金婶脸一沉：还往后，往后我闺女不跟你过了，玩儿你的自由去，你走吧。

福来一下子又崩溃了：娘，我错了，我都知道错了，我再也不去玩儿了，我不自由了，我去干活，我往家挣钱，我……娘，你就让金菊娘儿俩回家吧。

金婶说：你还有脸让我闺女回家？金婶指着门口说：我叫你出去，你听见没？

福来：娘……

金婶说：你出去不？

福来：我……

金婶说：你不出去，我拿烧火棍子抽你出去！

福来耷拉着脑袋回到家，一头倒在炕上……他摸摸空瘪的肚子，起身来到厨房……

金昌进院。福来见着金昌，气不打一处来，喝道：去去去，出去！

金昌没说话，直接进屋。

福来更来气了：我说话你听见没，我叫你出去！

金昌瞅着福来笑了，说：这可是你说的啊，走了。金昌转身……福来马上喊：回来！金昌转回身：这又让我回来了？

福来眼珠子一瞪，把一肚子的火发泄到金昌身上：你咋那么差劲呢？平时咱们是咋处的啊？我还是你姐夫吗？我有事儿了，你不帮我兜着点，还开车带着娘去打我，你咋不开辆坦克去，直接把我给轰了就完了呗！咋的，想断交哇，不想认我这个姐夫了，不想把我当哥们处了？

金昌被福来的"凶"样给逗乐了，他说：你是我姐夫，当然也是哥们了。

福来说：啊呸！你当我是了吗？

金昌说：不知道好赖，娘去找你，不是为你好吗？

福来说：我是说你！你就是要把我当块肉，放案板上剁。

金昌笑着说：哎呀喔，我看你是没饭吃馋肉了这是。金昌又指指福来，说：唉，你眼睛上那块纱布糊着不难受啊，是不得摘下来了，别在那吓唬人了。

福来瞪着一个眼珠子说：我眼睛都要残疾了，你还让我摘下来，你有点儿同情心没有？你咋一点人道主义都不讲呢？

金昌说：哟呵，还人道主义上了。告诉你啊，我可是刚从卫生室回来，村医把你的情况可都跟我讲了，你就别搁那整景儿了啊。

福来的小阴谋被戳穿，但还是一副倒驴不倒架的样子：哼，欺负我这个外乡人，这要是在俺家那疙瘩，我早找人收拾你了。

金昌说：这家伙，耍横哈，出去耍扑克还耍出脾气了。

提到耍扑克，福来的底气不那么足了，说：我没去耍啊。

金昌说：还没去耍，这几天你都干啥去了，你上山干活儿了吗？金昌有点动气了，他说：你玩扑克那会儿，想过村里其他人，每天天一亮就上山干活抢农时了吗？想过你们小组马小壮他们，在山上顶着日头撅着屁股干活了吗？想过姜胖满堆他们天天抡着膀子往山上撇熏蒸棒，膀子都要撇掉了吗？

福来还拉硬：我不就这几天没去吗。

金昌说：还“就这几天没去”，就这几天简单吗？亏你还是在农村长大的。农活讲究的是农时，农时一点都不能含糊！谁都像你一样无故不去上工、偷懒耍滑，那农活抢不完不就误了农时了吗，误了农时不就误了收成了吗？没有了收成，农民吃什么、喝什么，靠什么把腰包鼓起来？

福来：……

金昌继续说：你可真行，为了玩，把老婆孩子放那不管，把家往那一扔，自己“自由”去了，咋的，我姐该你的，日子不过了？福来没吱声。金昌又说：你咋不吱声了？你不吱声，我就往大了说……

福来本来就饿着肚子，又空虚又不耐烦，他梗起脖子急急地说：又跟我说啥？又要说，红石峪村民分到山地，自愿入股成立合作社，劳动生产都组织起来了，要加强管理健全规章制度，生产小组也是自愿组合的，我要不好好干，小心让人踹出生产小组，成了盲流没人要，就要下岗完犊子……嘁！

金昌被福来几乎没喘气说出的一串话逗得都忍不住乐了：好家伙的，合作社这些规矩都记着呢？

福来又牛哄起来：所以，你少在我面前摆你那总经理的臭架子，还跟我“往大了说”，说啥呀？说你搞得那些玩意儿，什么“绿色环保”防虫作业，不就是“往山上撇熏蒸棒、膀子都要撇掉了”吗，还好意思说呢；就你那“企业正规化、现代化”的那些个规章制度，哼，就是限制自由，干脆，给我儿子当揩屁股纸得了。

金昌气得说：别说说就下道，你就是懒散惯了！那好日子是一步一步实打实干出来的。

福来抢话说：你少来教训我，咱也是一等老农，论干活也是一把好手，要不然，马小壮他们生产小组也不能主动要我。

金昌哼了声，说：主动要你，我看悬。等明年生产小组重新组合，就你这样的，小壮他们不一定要你了，到那时候，合作社其他几个小组都不要你，你就彻底“自由”了。

福来还是不服：我的事不用你操心，悬啥悬呀？想当初，我顶着西北风、吃着硬干粮上山种榛子那会儿，你还在学校认字玩呢。

金昌不愿与他再纠结，就说：得得，打住，别搁那摆那不是资格的资格了啊，赶紧把自己收拾利整的，明天上山干活去。

福来不梗梗了，他忽然想起了什么，说：行了行了，别光说我了行不，你呀，还是长点正经精神头、把你自己的事管好了，啊。

金昌说：我怎么了？

福来说：要不娘都总说你傻呢。我是谁，我是你姐夫，姐夫是过来人，你得背服；告诉你啊，你跟翟玲定亲的事，我看有点悬。

金昌愣了，他没想到福来会提这件事情，而且还这么直截了当。

福来接着说：你那样瞅我干啥？你整天的就是榛子榛子、合作社合作社的，好好想想自己的事情吧，你俩定亲的事，翟玲总往后拖，我看她已经不拿你当回事了，你才真正地有点悬，知道不。

金昌说：没你说得那么严重，爹把定亲酒席都定下来了。

福来说：定亲酒席咋了，定亲酒席就能把媳妇定了？嘁，人家现在没事总往市里头跑，还老想着跟小丽出去演出去呢。依我看，翟玲已经不把心思放村里了，要不，她怎么一直没答应定亲的事呢？

金昌被福来说得也有点不自信了，心里也打起了滚儿，不过还是把自己的心事压了下来，说：行了，别提这事了。我还说你啊，从明天开始，该干啥干啥，等爹回来知道你这事，我也好给你说情。

福来突然紧张起来，问道：对了，爹啥时候回来？

金昌说：具体日子我也不知道。爹被抽调到镇上，帮忙策划农民秧歌会的事，现正在各村选节目呢。所以，你赶紧趁爹还没回来，好好表现，等爹回来，也不至于那么被动。

福来又要赖：……你不叫你姐回家，我就不去干活。

金昌说：要赖哈？行，那你就在家等我姐回来吧。说罢，转身出屋。

福来随后喊道：哎，小舅子，你能给我弄点吃的来不？

金昌没有回头，心想，让姐夫记住这次教训、长点儿正经精神头吧。

福来站在空荡荡的厨房里，眼睛直勾勾瞅着灶台上那口空空的大锅：这是要饿死谁呀！

山区的天气，变化莫测。刚才还是一片蓝蓝的天——山区特有的透彻蓝，一阵风掠过，山那边飘出几朵厚厚的白云，不大工夫，云彩不见了，天空被涂抹成灰色。紧接着，空气变得湿润，小村庄变得模糊起来……

翟玲站在合作社销售部办公室窗前，望着窗外蒙蒙的细雨……

手机响了，翟玲看一下显示屏，嘴角马上吊吊起来，接通电话：小丽……哎呀，你啥时候回来呀？……可不想你了咋的，你不在，我都找不着人玩了。

电话是李小丽从省城打来的。翟玲和李小丽俩是父一辈儿一辈子的交情，般儿大般儿的闺蜜。与小丽通电话，翟玲很高兴，她听小丽说，要留在省城的艺术团做签约演员了，惊喜道：哎呀，你要进艺术团了，能耐啊你，祝贺祝贺。小丽，你能在专业团当演员，那可了不起了……什么？翟玲突然顿住，眼睛里闪过一抹惊异：你让我也去？她略一寻思，旋即沉寂下来，说：哎呀，这事不太好办，我怕金昌不能同意。

小丽说：这算啥理由啊，你俩不还没结婚吗。小玲，你天生一副好嗓子，身段又好，还有那么扎实的基本功，有这么好的条件，不干这行白瞎了。

翟玲有些激动，又有些犹豫，她说：小丽，我跟你说实话，我也不愿意一辈子埋没在这山沟里，市文化馆的任老师，每次给我上完课都说，要推荐我到专业团去当演员，说我不当演员太可惜了。

小丽说：就是呀，人家任老师可是二人转专家，你又是你干娘九妹婶子推荐去跟她学的，她指定是关心你，看好你了呗。

翟玲说：可我在合作社身兼好几个职务，离不开呀。

小丽说：什么离不开呀，你不就是销售主管兼个财会吗，那点事谁都能做呀。

翟玲说：哪有你说得那么简单。

小丽说：小玲，我可告诉你啊，现在艺术团正是需要人的时候，团里已经开始公开招聘演员了，我是不想让你错过这个机会。

翟玲说：小丽呀，我不像你现在还是一个人，说去哪抬屁股就走了，可我还有对象呢；而且，你家里老人都支持你，我就不行了，我家的情况你也知道呀。

小丽很替自己的闺蜜着急，她说：哎呀，家里是家里，你是你，我可是为你着想啊。小玲，要说你二人转的水平，我都没法跟你比，你可是参加过市里民间歌手大奖赛的金奖得主，就凭你那唱功、你那扮相，还有手绢远抛“凤回巢”那些绝活，不干这行，实在是可惜了；现在，有机会去展示自己了，就应该抓住机会，努力去实现它。

翟玲心有所动，可又想起了什么似的，她说：小丽，你说我要是真走了，我不是给人家让地儿了吗？

小丽一听，就知道翟玲说的是谁了，她说：你是说姜兰吧？

翟玲说：还能有谁。

小丽扑哧一笑，说：瞅你那点出息，还合计这事呢，人家姜兰都有男朋友了，况且，那老高可是市林业局的干部，这你都知道的。

翟玲不高兴地说：哼，我是知道，我知道她还惦记着金昌。

小丽说：算了吧，想这些都没用。小丽又神秘带调侃地说：小玲，你要是到了省城、进了专业艺术团，能在二人转上唱出名气来，还怕没有好小伙儿追你？咯咯……

翟玲听了这话，恨不得把小丽从手机里拽出来，给她两巴掌：说啥呢你，小丽！

窗外的细雨银丝变得越来越清晰，零零散散的淅沥声变得越来越紧凑……突然一阵风，裹挟着榛子般大小的雨点，拍打在窗户上，发出噼里啪啦的响声……

翟玲心头一震，喃喃自语：心好乱。

·二·

姜胖和爹娘在家吃饭。姜胖满嘴油渍麻花的，边吃边说：我娘烙的馅饼就是香，再来一个……

姜兰娘说：小胖，别吃多了，吃多了又该肚子疼了。又对姜老慢说：老慢，一会儿吃完饭，你过河去趟三里堡。姜老慢不打紧地问：干啥呀？姜兰娘说：今儿个我多烙了些馅饼，你给大炮送去点儿。

姜老慢头也没抬地说：这不年不节的，送东西干啥？

姜兰娘说：你忘了今儿个是啥日子了？

姜老慢好像想起啥，抬起头说：啊，我吃完就去。

吃过饭，姜老慢带着装满馅饼的大饭盒骑上摩托车走了。

姜胖说：娘，我三姨夫可把福来害惨了，害得他连饭都吃不上了，你还让我爹给他送馅饼？

姜兰娘说：你三姨没了，这人情还在不是，小孩子家知道个啥。

姜胖不满地说：就因为我三姨夫，福来才挨打、挨饿的。

姜兰娘说：他是自作自受，饿他几天才好呢。吃完了把碗筷收拾了啊。说完，姜兰娘出了院。

姜胖见娘走了，迅速从柜橱里拿出一团面、一碗肉馅，嘴里叨咕着：赶紧的……

姜胖小步快跑来到福来家，进屋就说：福来姐夫，看我给你送啥来了！

福来急忙从炕上爬起来：哎呀我的小胖胖啊，真够意思。拿啥来了？

姜胖说：你看，我给你拿的面和肉馅，你烙馅饼吃吧。

福来看了看，说：这，我也不会做饭呀，你这不难为我吗，面团和肉馅怎么能整一块儿我都不知道？

姜胖说：我也不知道，你就试着做呗。

福来说：我可做不好这玩意儿。

姜胖说：做不好还做不赖吗，烙熟了还不会呀？别磨叽了，我帮你抱柴火去，你准备烙馅饼吧。姜胖跑到院里抱一捆柴火进来。

福来还在瞅着面团和肉馅琢磨：……小胖，这肉馅怎么能包在面里头，你知道吗？

姜胖连说带比画地说：我看我娘把面团儿揪一块一块的，压平，多压几下，把肉馅放里头，往一起一捏、压扁，然后，放锅里烙就行了。

福来嘟囔着：说得简单，可我得会呀。

姜胖说：你还嘟囔啥，还没饿着是不？柴火放这了，你慢慢鼓捣，我再回家给你整点水灵的、败火的。姜胖出屋，又回头喊：别忘了往锅里放油。

福来装起明白来：废话，不放油就煳锅底了。

姜老慢到了万大炮家，把寂寞无聊的万大炮乐够呛，他很热情地说：哎呀，我连襟咋来了呢？

姜老慢瞥了一眼万大炮，说：我吃饱了撑的，溜达到这了。

万大炮笑呵地说：你可是无事不登三宝殿，来来，姐夫，快请炕上坐。

姜老慢说：大炮，今天是你什么日子，你知道不？

万大炮愣住，疑惑不解：什么“什么日子”？你，啥意思啊，听着怪瘆得慌的。

姜老慢说：今天你过生日，你大姨姐给你送几个馅饼过来。

万大炮忽然想起这事，说：啊，今天是我过生日啊，哎呀哎呀，我自己都忘了这事了，我说万能那小子今儿个咋张罗买蛋糕呢。

姜老慢严肃地说：大炮，你挺大岁数的人了，有点大人样行不？

万大炮说：……你，你是说玩扑克的事吧？

姜老慢说：以后你别老找福来过来了，想玩，等夏闲那会再玩呗。

万大炮赶紧解释说：我不是腰脱的毛病又犯了嘛，出不了车了，我就找他们玩儿一会儿，谁料想……

姜老慢说：这弄得老嫂子找上门来不说，福来可是饿着肚子睡凉炕呢；有病你就赶紧治病，你把人家牵扯进来就不好了。

万大炮自知理亏，说：行行，我知道了。姐夫，你别站在那说呀，快坐快坐，我给你倒杯水啊。

姜老慢说：不用了，我这就走，苗圃那还有不少活呢。

姜老慢往外走。万大炮忙说：喝口水再走也不迟。

姜老慢转过身说：大炮呀，我还是说福来的事，你这跑出租的，和咱干农活的不能比，你可以自己支配时间，灵活安排；可福来就不行了，他老不去干活，那工钱就少挣不少，你有钱，你给他发工钱吧。

万大炮不乐意：他山地入股有入股钱，干活有工钱，年底还有分红的钱，我给他钱算啥项目啊？

姜老慢说：那你就别耽误人家挣钱去。

万大炮说：好好，以后我不找他就是了，你就别跟着着急了。

姜老慢说：说话算话啊。

万大炮想让姜老慢多坐一会儿，忙说：放心吧。你好不容易来一趟，水还没喝呢就急着走？哎，姐夫，我问你，你那大闺女姜兰都老大不小了，她跟小高也该抓紧办了吧，我看那小高家庭条件挺好的啊。

姜老慢说：姜兰这事你别问我，她一天忙得跟我都没话说。

万大炮说：孩子不说话，你这当爹的得张罗呀。我们家万能岁数比姜兰还小，结婚都快一年了。让姜兰抓点紧吧，那小高可是市林业局干部，告你说啊，夜长梦多，别到时候把咱家姑娘给甩喽。

姜老慢有些不耐烦了：哎呀，这事你就别跟着瞎操心了，我心里有数。

姜老慢往外走。万大炮跟着走出院门口，又说：啥事你都慢儿了慢儿了的，吃屎都赶不上热乎的。我跟你说啊，男过三十还是花，女过三十就豆腐渣了，让姜兰麻溜的吧。

姜老慢哼了句：磨叽劲儿。

福来在厨房忙活着烙馅饼，大铁锅冒着黑烟，灶膛里的火苗子一个劲儿往外蹿，他满头大汗有点麻爪，不住地念叨：这咋整的呀，我咋就整不明白了呢，要知我福来大人有今天，早点学做饭哪……他瞅着锅台边一个黑黢黢的馅饼，又叨咕：这皮儿都煳了，馅儿还生的呢，这是人吃的吗？他随手把煳馅饼撇到院子里……

姜胖拎一兜黄瓜，大老远就看见福来家院子里烟咕隆咚的，他紧跑几步进了院，没等进屋，一张黑乎乎的馅饼从屋里飞了出来，姜胖愣住：……什么情况？哎呀喔，这家伙还是没饿着哇，连馅饼都撇了。厨房里满是黑烟，姜胖什么也看不见，他走到窗户前，趴窗户往里看，结果，他张着嘴巴呆住了……只见福来坐在炕边发狠，不知道他是在恨别人还是恨自己，俩手左右开弓在打自己嘴巴子，边打边叨咕：王福来！完蛋玩意儿！叫你耍扑克！叫你嘴馋！你还馋不……

姜胖随着福来手上的节奏开始数数：五个，六个……八个九个，哈哈哈……姜胖实在憋不住大笑起来，笑得前仰后合，一个仰八叉倒在地上：哎呀……哎呀我的屁股……

福来听见动静马上跑出屋，看见姜胖在笑，气不打一处来：小胖，你看我笑话哈，看我削你不……

姜胖爬起来跑出院，说：你削我干啥呀？不识好人心！姜胖看着福来，又哈哈笑了起……福来说：你还笑！姜胖指点着福来的脸：哈哈哈……

福来哪里知道，他被烟熏火燎的灰头土脸，再被油渍麻花的手刮了几个嘴巴子，像刚从煤窑里爬出来的一样……

姜胖止住笑，说：现摘的黄瓜给你放窗台上了，赶紧吃两根泻泻火吧。

福来说：我泻个屁！死小胖，你不拿烙好的馅饼给我吃，偏给我拿生面、生馅，忙活半天，生不生熟不熟的，我怎么吃呀我？

姜胖说：你自己不会做饭，怨我呀？饿死得了，不管你了！

马大壮端个大饭盒在马小壮家院门口喊：小壮，小壮在家没呀？

马大壮是合作社的货车司机，和马小壮是亲哥俩，两家房子紧挨着，哥俩的感情非常好。因为双亲早早离世，家里不管有什么事情，都能相互帮衬，当哥哥的大壮更是对小壮一家照顾有加。

马小壮从屋里出来，见大壮手里端着饭盒，说：哥给我送饭来了，你看我都做饭了，都吃完了，这饭你端回去吧。

马大壮说：不是，这不是给你的，我怕福来饿坏了，你给他端过去，我还要出车，得赶紧走了。

马小壮说：你让我给福来送饭去？

马大壮说：啊，你没看他家那烟冒的，他自己哪会做饭，别一会儿把房子燎着了。你过去跟他好好唠唠，农忙的时候，就别再贪玩了。

马小壮嗤声道：金昌说他他都不听，还我跟他唠，待着他吧，饿他几天就老实了。

马大壮说：小壮咱别的，有错知道改了就好；再说，平时你俩关系都不错，不总往一块堆儿凑合嘛。

马小壮说：哥你放心吧，就他那弯弯绕的肠子，还能饿着他了？饭你拿回去吧，我这就过去看看他。

马小壮到了福来家，见福来倒在炕上，他故意洵福来，上前摸摸福来的手，悲凉地说：……哟，干部家属，手这么凉，咽气几天了？

福来斜眼瞪着马小壮，说：会唠嗑不？

马小壮说：哎呀，还能说话呀。

福来翻身坐起来：你啥意思呀，马小壮！

马小壮冷笑说：呵，底气还挺足。我说嘛，这都啥时候了，还有心搁家烙馅饼吃，你是“屁眼子大掉心了”。

福来说：行了啊，别挖苦我了，正闹心呢。

马小壮说：闹心没老婆做饭？

福来无可奈何地说：我现在不但饭吃不上，金菊连孩子都不让我接了，她也不回这个家了。

马小壮在屋里转磨着，说：嗯，这是动真格的了。好，好哇，要不然，瞅你整天嘚瑟得，红石峪都快装不下你了。

福来说：小壮，你就别说风凉话了，赶紧帮我想点办法，怎么能让金菊回来吧。

马小壮说：啊，你自己作完了，让别人给你揩屁股？金昌都劝不动金菊，我能有啥办法？

福来说：金昌那小子，你别提他。咱们是哥们，你总不能看我笑话见死不救吧。

马小壮说：祸是你自己惹的，能请神就得能送神。我要像你这样式儿的，杨柳枝早让我滚犊子了。

福来说：那咋整啊，老婆不回来，我连儿子都见不着，这日子还咋过呀？

马小壮问：村主任找你了吧？

福来：啊。

马小壮又问：他都跟你说啥了，记住几句没？

福来说：喇叭叔也没说啥，就是让我见着金菊态度诚恳点，有话好好说呗。可我都诚恳了，也说不少好话了，金菊就是不回来，再这么下去，非饿死我不可。

马小壮一本正经的样子，说：饿不死，没事，这不没到七天吗。

福来没明白什么意思，问：啥，七天？

马小壮说：没到七天就饿不死人，你多喝点水，弄个水饱，还能多挺几天。

福来被气够呛：好你个马小壮，拿我嘎巴嘴儿哈？你等着的，等哪天我也给你整个水饱。

马小壮不在乎地说：那我就等着呗。行了，看你这状态，精神头还挺足的，我走了啊。

福来赶紧拦住马小壮，央求道：小壮小壮，这次你真得帮帮我，那什么，有空你去趟你丈母娘家呗？

马小壮纳闷：你摊上事了，不好好哄你自己的丈母娘，找我丈母娘干啥？

福来说：她们都是老姊妹、老邻居，你丈母娘在村里还挺有影响的，让她跟我老丈母娘过过话，大人不计小人过，得饶人处且就饶了我吧。

马小壮说：嗯，既然你福来大人都求我头上了，行，抽空我给你过过话。

福来说：哎，关键时刻还是小壮好使。这事你就给哥们办，办成了，我带你进城喝酒，洗桑拿。

马小壮忙说：喝点小酒行，桑拿那玩意儿就算了，长这么大没洗过，我怕蒸。

福来轻蔑地说：熊样儿。

金菊和儿子在娘家。小豆子因见不到爸爸，在姥姥家闹腾上了，他光巴出溜儿地坐在卫生间马桶上，跺着两个小脚丫不停地喊叫：妈妈，妈妈，我要找爸爸，我怎么看不着爸爸呀……妈妈，我要回家……

金菊跑进卫生间，吓一跳：你这孩子咋回事啊，怎么把衣服都脱了，这不着凉了吗？小豆子还是不停地哭。金菊又是着急又是心疼：别哭了儿子……别哭了行不行啊……你再哭，妈妈就不疼你了。

小豆子还是一个劲儿地喊：我要回家，我要找爸爸……

金菊有些急了：小豆子，别闹了！再不听话，妈妈就不要你了。

金婶的心乱了，她实在听不下去了，对金菊说：闺女啊，小豆子老这么闹腾可不是个事，你还是带他回去吧，再这么下去，孩子别闹出啥毛病来。

金菊坚决地说：不回去！这次我要饶了他，下次他还不当回事。说着，她抱起小豆子、捡起地上的衣服，说：来，乖儿子，赶紧把衣服穿上，妈妈抱你进屋玩啊。

屋里电话响了，金婶接电话：喂……老头子啊，你咋样啊，到哪个村了？

金有良说：我在庆丰村呢。老伴儿，我走这几天，家里都好吧？

金婶说：都挺好的，你不用惦记着。

金有良问：老翟头去市里开会有些日子了，他说没说啥时候回来呀，给家来电话没？

金婶说：来电话了，他说，等他回来之前给金昌打电话。

金有良听见小豆子的哭声，忙问：老伴儿呀，我怎么听是小豆子在哭哇？

金婶遮掩着说：啊，他……小孩不睡觉闹人呗。

金有良又问：这孩子咋不回家睡呀？

金婶说：嗯……这程子山上活多，闺女忙不过来了，把孩子送家来了。

金有良说：啊，你赶紧哄哄他，别叫我小外孙哭了。

金婶忙说：好好，赶紧忙你的吧。金婶撂下电话，赶紧劝金菊：闺女呀，你就别让孩子一个劲儿地哭了，赶紧哄哄他呀。

金菊又急又委屈：我哄了，可他非要回家找他爸，我有啥法？

姜胖去小卖店买了一大包吃的，随即来到福来家。福来兴奋地迎上去，可又有些尴尬：小胖……你，你又来了？

姜胖把包里东西一样一样拿出来，说：帮人帮到底呗……你看我给你买啥了？

福来眼睛一亮：哎呀喔，肉罐头、槽子糕……小胖胖，真哥们！他急不可耐地打开一听牛肉罐头，抓出一块塞进嘴里：……嗯，香，实在是香！

姜胖看福来狼吞虎咽的样子，感觉自己都噎得慌：……你慢点吃，没人跟你抢。福来姐夫，你能听我劝不？福来"嗯"了声。姜胖说：你不上山干活去耍扑克，就是没理啊，赶紧跟金菊姐承认错误去吧。

福来说：我都去过好几回了，我的小胖胖啊，我老丈母娘家那院门都快让我敲零碎了，可金菊说啥不回来，我总不能跪地上求她吧，我……

姜胖说：你别老我我我的，你得替金菊姐想想，我要有你这么个懒汉姐夫，我早大镐把子削上了。赶紧的啊，赶紧把金菊姐接回来，她能回家，你就算跪下也值。

翟玲独自在办公室里。自打接过小丽的电话以后，她心就动了，小丽说的"有机会去展示自己了，就应该抓住机会努力去实现它"的话，不断缠绕着她，勾起她无尽的思绪。

翟玲与金昌青梅竹马真心相爱，但她的发小姜兰，对金昌一直心怀爱恋，让她耿耿于怀，成了她心中的一罐子醋。特别是金昌和姜兰双双考进林学院，毕业回乡后不久，金昌被推选为合作社总经理，姜兰又被提升为镇林业站站长，更加重了她的自卑心理。包括跟自己起小一个被窝长大的干姊妹小妮子，逗她"老土"的玩笑话，她都当真，视作被瞧不起。因此，翟玲发奋地学习民间歌舞艺术，苦练二人转功夫，就是想要与她们扯平"文化"和身份上的差距，证实自己不比她们差。所以，她何尝不想抓住机会去实现自己的愿望，但是，眼下农忙时节又不是机会，特别是原本人手就不足的销售部，现只剩她一人在工作，更是难以脱身。思来想去，她觉得首先要解决销售部增加人手的问题，以便有什么情况可以随时脱身。于是，她决定找金昌好好谈谈。

翟玲来到总经理办公室。金昌见翟玲满脸笑嘻嘻的模样，说：都这会儿了你还不回家，笑什么呢？

翟玲说：我笑姐夫呢，咯咯……翟玲说着忍不住笑出声来。又说：金昌，你还不知道吧，福来都在家烙上馅饼了，可你猜咋的了？

金昌说：啊，总不能玩着火吧？

翟玲说：差不多。翟玲就把福来烙馅饼的事绘声绘色地讲了一遍。接着又说：哎，我问你，福来都被收拾成那样了，还想让他继续要单儿呀？金昌没吱声。翟玲继续说：我看你赶紧劝劝你姐，让她带小豆子回去吧，过几天你爹就回来了，你爹要知道这事了，那福来姐夫可就真要倒霉了。

金昌瞅瞅翟玲，心想，小玲平日里不咋唠闲嗑，也不会这么婆婆妈妈家长里短的。他说：啊，先晾晾他再说。小玲，你找我有事吧？

翟玲说：嗯，我想……说点工作上的事。

金昌说：有事你就说，是销售部的事吧？

翟玲拖过一把椅子，坐在金昌身边，说：是啊，现在销售部就我一个人在忙活，财会那还一堆事呢，我都累死了，你是不得增加人手了？

金昌说：销售部要增加人手？

翟玲说：是啊，你安排小敏到林业局参加培训学习去了，销售部本来就忙，她一走，两个人的活就我一人干了，你再给安排个人跟我倒班呗。

金昌犹豫着，说：小玲，眼下正是农忙的时候，还真抽不出合适的人来；你先干着，辛苦点，等过了这阵子我再想办法安排，啊。

翟玲说：不至于吧，有啥抽不出人的，让金菊姐先过来呗。

金昌想了想，说：我姐不光办公室有事，她还要上山干活，还有家务、孩子，一大堆事呢……要不这样吧，小妮子刚从林业局学习回来，我先安排她到销售部，临时帮办。

翟玲一听金昌提小妮子，脸一沉，站了起来，说：那就算了，还是我自己干吧。

金昌说：你看看，你说你忙不开要我安排，完事还说这话。

翟玲说：小妮子在培训班学的专业是“榛林垦复”，不是销售。

金昌说：培训学习的内容还有商务管理、市场营销的课程呀，我这么安排没什么错吧？

翟玲说：你别往我跟前安排她，安排了我也不接受。

金昌心里明白，翟玲这是在跟小妮子较劲呢。他耐下心来，说：小玲，要说，你娘走得早，翟叔又是一心扑在榛产业上没时间带你，是九妹婶子把你和小妮子一块儿拉扯大的，九妹婶子可是你干娘，小妮子是你干姊妹

呀，你们能在一起工作，应该高兴才是。

翟玲又要起小性子，泄私愤：小妮子学历比我高，就自以为了不起，她还老说我是“老土”；你又派她去市里学习，这回不就更瞧不起人了。哼，我还就土了，我还就不理她了呢。

金昌笑了笑，说：姊妹间开玩笑你也当真，咱别那样，你俩从小到大在一块儿，不总是说说笑笑、打打闹闹的吗，小妮子一直把你当亲姊妹待，咱都好好处着，啊。

听金昌这么一说，翟玲也不好意思再说什么，就说：……那你硬要安排她，就跟我爹说吧。

金昌说：这事当然要跟理事长汇报了，我马上给翟叔打电话。说着，他拿起桌上的电话……

合作社理事长老翟头是翟玲的爹，他正在市里参加“锦山市农林特色产品交易洽谈会”。老翟头手机震动，他看了一眼，欠起身对身边的老李说：老李，你听着点领导讲话啊，金昌的电话，我出去接一下。老李点点头。

老翟头出会议室接电话。金昌把情况简单跟老翟头做了汇报，当务之急就是销售部人手不足，建议安排小妮子暂时到销售部帮办。老翟头表示同意。

金昌撂下电话，对翟玲说：你都听见了，翟叔同意了。我这就通知小妮子到你那报到去。

翟玲酸不溜丢地说：她得先向你总经理报到哇。

金昌说：情况你也都知道了，你直接把工作安排给她就行。

翟玲说：我安排啥呀，不得你总经理先指示指示。

金昌拧不过翟玲，说：行行，你先招呼她一下，我把这个报告的最后几句写完就过去。

翟玲回到销售部。姜兰从门口路过。翟玲看到姜兰，没好气地说：又来了。

姜兰站在门口，一手扶着门框，一手反叉着腰，面带笑容看着翟玲：啊，有事我能不来嘛。

翟玲瞥了一眼姜兰：去吧去吧。

姜兰哼笑一声，说：你啥意思呀小玲妹妹？翟玲坐在转椅上来回转悠，看着姜兰不吱声……姜兰上前一步，说：见我来了，不叫声姐也就算了，还给上脸子看了，怎么，不欢迎我来咋的？

翟玲嗤声说：你老是有事儿有事儿，那也不能跟金昌老有事儿吧？从小你就这样式儿的，像个跟屁狗似的，还总给自己找借口。

姜兰咯咯笑了：啊，看来我小时候就把你气着了，比你有能耐是吧？要是那些数学题你要都会做的话，金昌就不找我了，我也就没有事了。

翟玲知道自己不是姜兰的对手，嘟囔句：嘚瑟。

姜兰笑着往外走，刚出门又回过头：哎，小玲妹妹，记住啊，下次见面叫我姐。

姜兰进了金昌的办公室，坐到沙发上，直眼愣神不说话……

金昌瞅瞅姜兰，说：怎么了这是，进屋也不言语一声，这也不是你的性格呀？

姜兰嘟囔说：讨厌。

金昌故意装傻：你说我讨厌？我可没得罪你啊。唉，是老高给你气受了？不能啊，老高没长那个胆儿啊？

姜兰带着小气愤说：我跟你说，以后镇里有啥事你就直接去办，该咋办咋办，我可不管了啊。

金昌又笑：这话说得，你不管谁管呀？

姜兰说：爱谁管谁管。

金昌摆出很认真的样子，说：那怎么行呢，这可是牵扯到政府科技兴榛政策的原则问题。

姜兰根本不屑的样子，说：你少拿原则来压我，吓唬谁呢。

金昌说：哎，这可不是吓唬谁啊，按照镇政府的明确规定，你既是镇林业站站长、又是咱红石峪村的“科技承包人”，你要是不来，我得亲自到镇里请你来。

姜兰说：哼，反正我不来了，免得有人看我不顺眼，还是少惹点麻烦吧。

金昌诡异地笑了：啊，我明白了。我说姜大站长啊，是不又碰到谁没给好脸子了？

姜兰不耐烦地：哎呀，算了，不说了。红石峪合作社的“林业生产发展规划”和“年度生产报表”，你得报给我林业站了。

金昌说：都写完了，我马上拿给你啊。有不全面、不准确的，你给我提提意见，别到时候在镇长面前说我坏话。

姜兰说：小人的事咱不干。哎，今天早上，徐文静给我打电话，她让我告诉你一声，说要来看你啊。

一提徐文静，金昌立马神情紧张，说：我的天哪，她来了我可得猫起来，这家伙，女强人！这几年，业绩见长、酒量也见长，我可害怕她跟我喝酒。上次她来，就把我整桌子底下了，你这家伙还不管我，把我扔那你跑了。

姜兰说：人家是来找你的。

金昌说：又来了又来了，你不是她的同学？

省城。文静景观艺术设计工作室。

浩子坐在沙发上，手里拿着一条项链摆弄，欣赏……徐文静进屋。浩子赶忙说：回来了文静，苏州园林项目怎么个情况，投资商对你设计的方案啥反映？

徐文静坐到老板办公桌前，自信满满地说：那还说啥了，咱可是从设计到施工，既给他节省预算，又给他建造国际水准的生态园林，他上哪找咱这实力雄厚的企业。

浩子说：先别说大话，这个项目规模大、质量要求高，需要强大的技术团队支撑；我考虑过，依咱们公司现在的技术力量，恐怕有点力不从心啊。

徐文静说：要不怎么说急需人才呢，投资方还急着跟我要可行性方案报告呢。

浩子想了一下，说：文静，你要信得过我，这个方案报告，我给你写吧。

徐文静皱了下眉头，说：你写？你坐办公室写报告，那正在施工的两个项目的工程队谁来负责？工程质量谁来监管？这事你别管了，我来办吧。

浩子是徐文静的男朋友，他看徐文静整天跑进跑出的非常辛苦，很是心疼，也是想替徐文静分担一些。他又说：还你来办，你要亲自跑工程材料，又要下乡选购树苗、花卉什么的，哪有时间呀？

徐文静好像早就有了主意，她说：死脑瓜骨，顺路去拜访咱老同学呀，这点你都没想到？

浩子马上反应说：又去找金昌？

徐文静说：怎么，咱林学院的高材生，为什么不用。

浩子说：他现在也很忙。

徐文静说：这事你就别操心了，心操多了人老得快。

浩子像是受了委屈似的，说：这人，啥时候能听我一句话呢。

徐文静说：就你那猪脑子，我还听你话。

浩子很无奈，说了句：犟眼子，没整。他拿出项链，说：哎，文静，我刚给你买条新款项链，你戴上看看可心不？

徐文静瞅都没瞅项链，收拢着桌子上的几个文案，说：先别戴了，我还有事情要办，回来再说吧。徐文静走出。浩子无奈地晃晃脑袋。

小妮子被指派到销售部帮办，很高兴。她来到办公室，看见翟玲，热情打招呼：小玲姐，我来了。

翟玲不紧不慢地说：哎呀，行啊你小妮子，刚参加完培训班，回来就当上技术员了。

小妮子说：别讽刺我了，技术员还没正式当呢。总经理让我先过来帮你搞销售，以后你多帮助我啊。

翟玲拖着腔说：我是初中生，你是高中生加技术员，你说咱俩谁帮谁？

小妮子说：你少来。告诉你啊，我有啥不明白的就问你，你别装不知道就行。

翟玲指着一张摆放着新电脑的办公桌说：你就用这张桌、这台电脑吧。行了，你在这等总经理吧，我今天的活都做完了，走了啊。

小妮子说：哎呀，你就不能陪我坐会儿，销售上有些事，我还真不知道怎么弄？

翟玲不冷不热地说：总经理金昌说了，一会儿他过来找你，你等他吧。翟玲出。

小妮子望着翟玲背影，轻声道：啥意思这是……

金昌还在办公室与姜兰说话，他见姜兰情绪不高，故意放松一下气氛，说：老同学，这阵子忙啥呢？

姜兰瞟了他一眼，说：农忙开始了，榛子种植技术普及工作得先行一步吧，我林业站人手又少，去各个合作社讲技术课的任务都落我身上了。哎呀，我这一天讲课讲得，口干舌燥的，进来半天了，你也不给我倒碗水喝。

金昌忙说：好好，马上马上，光顾说话了这是。金昌打杯水递给姜兰。姜兰一口气喝下去，说：再来一杯。金昌又跑到饮水机前，边接水边说：别老风风火火的。我那份新榛子标准园设计方案，可给你好几天了，你看完没？

姜兰说：看完了。

金昌把水杯递给姜兰，说：看完有啥想法，你该说说了。

姜兰说：嗯……我是提建议啊，金昌，你可是要新建“大型茶园式榛子园”，你那设计方案，有些地方得改一下。

金昌说：说说看。

姜兰说：你那榛子园作业通道设计，我看不太合适，能不能调整一下，这可是九百亩林地，最起码你要慎重考虑合理使用用地问题吧？

金昌说：方案里不都有详细说明和标注嘛，主路宽我设计是 5 到 6 米，支路是 3 到 4 米，这可以吧？

姜兰说：主路和支路是没说的，就是作业通道，你给设计成两米宽，不知道你是怎么想的？其实，有一米五就够了。

谈到榛子种植的专业问题，俩人都显得格外认真。

金昌说：你认为我设计的作业通道是在浪费山地资源，增加了非生产用地呗？

姜兰说：就是啊。

金昌说：我增加半米通道的宽度，你觉得是浪费用地？可通道加宽了，榛子树着光充沛了，通风更好了，这些因素你考虑了没有？这不仅不是浪费，反而能大大增加榛子的产量呢。

姜兰：……

金昌带着憧憬的眼神继续说：其实呢，我的心里还有一个愿景，就是开发研究实行机械化养榛、护榛和采榛，彻底实现榛子生产的现代化。所以，在新方案的设计中，有意为机械化作业做了些预留。

姜兰用不一样的眼光看着金昌，说：……你经常冒出一些与别人不一样的想法，还真是有点前瞻性。我看这事等我去越市林业局，跟专家们商量一下咱再说，毕竟这次你搞的山地面积太大了。

金昌说：哎，你去林业局，直接问问你那位老高，他可是林业专家。

姜兰有点不乐意，说：别老“你那位、你那位”的，我跟他还没确定关系呢。

金昌说：那也是早晚的事。老同学，人家当年是林学院学生会主席，那可是风流才子帅小伙。

姜兰很吃惊的样子看着金昌，说：哎呀，我说金昌，你啥时候学会这么忽悠人了，啥时候变得这么俗气了？

金昌说：我说的是实话，老高那人确实不错。

姜兰转了话题，说：先别说他了，我听说你娘又跟福来较上真儿了？

金昌说：你知道了？

姜兰说：是啊，俺家有位爱管闲事的小弟，我啥事不知道。要我说，家里有啥事，让金菊管管福来就行了，你还开车带着你娘跑到三里堡去我三姨夫家收拾福来，不好吧？而且，听说福来在家吃不上饭，睡着凉炕，我可提醒你，福来可是上门女婿，小心让人说你们家欺负人。

金昌说：这事没叫你摊上，这要是你姐夫所为，就你那脾气，哼。

姜兰说：那你也劝劝你娘，别遇事沾火就着，那么大岁数了，啥事要控制点情绪，要不，一着急，血压升高就麻烦了。

金昌说：好好，我跟我娘说就是了。哎，还有个事，小妮子从林业局学习回来了，暂时安排在销售部帮办，以后要安排她做技术员，你得多给指导啊。

姜兰满脸不情愿：你手下的人，凭啥我给指导？

金昌说：你是镇上指派到红石峪的“科技承包人”，合作社的专业技术问题，你姜大站长不得管吗？

姜兰无奈：又来了，行了行了，我管就是了。不跟你说了，回家吃饭。

小妮子刚到销售部上班，看着有点陌生的环境，既兴奋又有点紧张。她坐到办公桌前，听到敲门声，赶紧说：是金昌总经理吧，请进。

金昌进门就说：小妮子，干嘛这么客气，叫金昌就行了。

小妮子认真地说：你本来就是总经理，应该这么叫，况且，这又是在园区办公室。

金昌扫了一眼办公室，问：小玲咋不在呢，她出去了？

小妮子说：刚刚走，今天的订货单她已经处理完了。

金昌说：啊。怎么样啊你，销售部的活儿，能拿得起来吧？

小妮子说：我想能行吧，不过，最好有人带带我。

金昌说：放心，小玲能帮你的，以后，你跟她一起工作，有不明白的直接问她就行；再说，这还有我呢，办公室都隔着不远。

小妮子说：好，我先熟悉一下情况，有不明白的，我还真得问你。

姜兰回到家。姜胖打量着姜兰，有点像不认识似的，问：姐，刚才上哪去了，才回家？

姜兰随口说：去趟园区办公室。

姜胖又问：又找金昌去了吧？

姜兰说：少废话。饿死我了，赶紧吃饭。娘呢？

姜胖说：娘在后院呢。我跟你说啊，姐，以后有啥事，在电话里说说就行了，别动不动就去找金昌，小心让人说闲话。再说，翟玲姐见你老去找金昌，她也不能高兴。

姜兰说：哟，让你说得了，他金昌是啥香饽饽咋的？要不是有事，我才懒得见他呢。

姜胖貌似很老到的样子，说：我姐不是虚伪的人吧？

姜兰说：你什么意思？

姜胖说：你敢说你不喜欢金昌哥？

此话一出，姜兰愣住了：你……一时竟不知道怎么对付这个小弟。

姜胖继续说：哼，金昌哥是你的初恋我都知道。

姜兰眼睛一瞪：你，你个小屁孩，瞎说什么呢？

姜胖很认真地说：我没瞎说。我告诉你啊，这事我是听娘跟爹说的，说老高大哥早都张罗跟你订婚了，可你到现在还没答应人家，估计是跟金昌有关系，娘为这事可着急了。姐，我说的是事实不?

姜兰真急了，她压低了声音、发狠地说：我跟你说啊小胖胖，我不管你管不管别人的闲事，我的事你少管，哪凉快你哪待着去!

姜胖仍不甘地说：行，看你有没有求我的时候。说完跑出。

姜兰站在门口，望着跑去的小弟，沉思良久……

山区火烧云的景象很迷人。火球般的太阳在远处山尖上，放射出的光芒染红了形状各异的云朵，湛蓝的天空变得越发深邃，连绵起伏的榛子山朦胧陆离……

·三·

金昌到老翟头家找翟玲。这段时间事情太多，已经有好几天没跟翟玲在一起坐坐了，特别是自己娘天天催问定亲的事，他也要与翟玲好好商量一下。

翟玲正在家与小丽通电话。小丽还是鼓动翟玲去艺术团当演员，翟玲犹豫不决。小丽说：要不这样，抽时间你来趟省城，我也想你了，你到我这住两天，我带你逛逛街，咱俩再好好唠唠这事。翟玲答应了。小丽又嘱咐：要到专业艺术团，一定要坚持练功，特别是手绢抛远“凤回巢”那些绝活，手别生了。

翟玲打完电话，随手抓起一副秧歌手绢耍了起来……

金昌进屋。翟玲冲着金昌挽了个漂亮的手绢花，说：金昌哥来了，坐。

金昌说：小玲，上一天班了，你也不歇歇，怎么又玩上手绢了。

翟玲又绕了个片花，说：没事就玩玩呗。说完，斜眼看了金昌一眼，又说：跟小妮子谈完话了?

金昌说：刚谈完。以后你俩在一个办公室工作，她有什么事，你就多帮帮她。

翟玲掸了一个手绢花，说：看把你惦记的，还我帮助她呢，你一直都在培养她，我有啥不会的，还得向她这位技术员请教呢。

金昌无奈地笑了，说：小玲，虽然你跟小妮子不是亲姊妹，可那比亲的还要亲呢，九妹婶子一直把你当亲闺女一样对待，小妮子可是跟你在一个被窝里长大的。所以呀，你们俩既然在一起工作了，就应该互相帮衬着、照顾着，是吧。

翟玲虽说有点儿小心眼，她还是很崇拜金昌的，对于金昌的语重心长，

也没二话。她收住了手绢，说：遵命，总经理哥哥。

金昌见翟玲心眼子顺了，便抓住机会赶紧说：小玲，咱俩定亲的事，我娘和我爹都张罗好了，酒席安排在九妹婶子那，你还有啥要求没？

翟玲攥着手绢，有些犹豫：嗯……

金昌马上说：我是说，别人办酒席都去大地方、大酒店，咱在你干娘的农家乐办，我怕你觉得委屈。

翟玲把手绢放炕上，说：金昌哥，定亲的事，咱往后拖拖行不？

金昌苦笑着说：还往后拖？再拖，咱俩也成老头老太太了。

翟玲说：叫你说的，有好多事还没准备呢。

金昌说：都准备了。我爹亲自跟九妹婶子把菜谱都定了，包括该买的鱼、肉什么的，婶子那都开始备货了。

翟玲说：定亲就光是吃呀喝呀，就没别的事要办了？

金昌说：还有啥事要办、有啥要求，你只管说，我听你的，今天我来就是跟你商量这事的。

翟玲想了一下，心里打满了主意，她说：嗯……定亲宴不能对付吧？

金昌说：咱绝不对付。

翟玲说：不得穿身像样的衣服呀？

金昌说：穿，到时候咱俩都穿新衣服。

翟玲说：我不得有套好化妆品、化化妆啊？

金昌说：化，化得漂漂亮亮的。

翟玲说：那烟酒糖茶啥的，不得买点好的？

金昌说：买，咱挑好的买。

翟玲说：就是呀，那不得去趟省城把这些东西都买回来吗？

金昌寻思一下：嗯……行，找个时间，我开车带你到省城去买。

翟玲说：我自己去就行了，你多忙啊。你看你现在，山上那么多的活你要安排，技术活你还得亲自上手；办公室一大堆事，各个部门你都得管理到位；市场营销又是一个重头，你又不能放松；还有家里呢，你姐夫的事你也得操心……哎呀，你说你，得长几个脑袋才够用啊，三头六臂、四头八臂都不够用。

金昌被编排得不知道说啥了，一个劲的“那、那……”

翟玲说：那啥呀？那订婚宴咱就别定得那么早了，说好了，咱再等等啊。

金昌有点要冒汗，他知道翟玲的性子，她要是较起真儿来认准一条道，谁说啥都不好使。他还想跟翟玲说点什么，便说：小玲，今儿个天气挺好的，咱到院子里坐会吧。

马大壮的媳妇石榴是村卫生室医生，马小壮的媳妇杨柳枝在合作社当库管，虽然妯娌关系微妙，不好处，特别是杨柳枝凡事又爱咬尖，有点贪小，但石榴是有文化的人，为人和善，遇事总能让着杨柳枝，所以，妯娌俩的关系一直都还不错。马大壮是个老实本分的人，也很耿直，没啥大毛病，每天下工后喜欢喝点小酒，也时常叫上小壮一起整两盅，哥俩的关系非常好。但马大壮不得意杨柳枝这个弟妹，他看不惯杨柳枝爱吃爱穿爱打扮、还爱占小便宜的毛病；而杨柳枝也是死瞧不上马大壮，也烦小壮跟他喝酒。

这不，小壮从大壮家喝完酒回来，一进门，杨柳枝就掉脸子了，她说：小壮，这都多晚了，才回来呀？你跟大壮这酒，喝起来就不带完了的呗？

马小壮心性善良，不管杨柳枝说的好话赖话，只要不是原则问题，他都不带生气的，天生就是一副好脾气，也很顾家。他说：是，喝了点，跟我哥喝酒能完吗？

杨柳枝说：哼，他整天除了喝就是喝，把你也当垫背的了；家里还有不少活呢，你也不张罗干。

马小壮说：啊，家里啥活不都我干吗，哪又不对了吗？

杨柳枝说：后院那驴还没喂呢，你不知道？

马小壮说：哎呀，你说一声我就喂呗，多大点事。我不是说你了媳妇，你在库房上班也不咋累，也没多少事，我这程子整天上山干活累得啥似的，你就随手替我把驴喂了呗。

杨柳枝说：边儿去，我还替你喂驴，我喂你得了。

马小壮嘻嘻一笑，靠近杨柳枝说：好啊媳妇，你喂我呗。

杨柳枝说：我喂你个屁！

一个“屁”字带出的唾沫星子喷了马小壮一脸，他抹擦着脸说：哎呀，这屁真臭！

杨柳枝可是不吃亏的主儿，她听出了马小壮话里的意思，上手就挠：你……

马小壮赶忙躲闪：哎哎，啥毛病呀你，动不动就挠人！

杨柳枝说：谁叫你说我……

马小壮说：好好，媳妇，不说了，我去喂驴就完了呗。哎呀，黑灯瞎火的才给喂，“倔倔”指定对我有意见了。马小壮到后院，把驴圈的灯打着，嘴里念叨着：“倔倔”饿了吧。他抓了几根胡萝卜放驴槽子里，又拿

半袋子苞米粒子撒进去……

杨柳枝跟着到了后院，心疼地喊：哎呀，我的活祖宗啊，你给驴喂啥呢？你看谁家的驴吃这个呀，你干脆蒸锅包子给它得了呗！

马小壮说；行啊，它能吃，我就能喂。

杨柳枝气得一跺脚：傻呀你！

闹了一天要找爸爸的小豆子累了，早早就睡觉了。金婶和金菊也躺下了。金菊瞪眼望着天花板发愣……金婶见状，说：闺女，你还没睡吧？金菊说：没有。

金婶说：哎呀，我儿子这总经理真不好当，他安排小妮子去销售部，这小玲就不乐意了，还给我打电话，要我劝金昌别用小妮子，你说，我能干预人家合作社的事吗？

金菊说：娘，小玲再跟你说合作社的事，你推给金昌就完了。

金婶说：真不知道小玲这丫头整天动的啥心思，好像谁都不合她的心。那姜兰对她不错吧，她还嫉妒人家；小妮子就像亲妹妹似的对她，反过来，人家到销售部工作了，她还不乐意了。

金菊哼声说道：没娘的孩子，琢磨不透。

金婶说：是啊，这家里外头的给她张罗定亲，唉，人家也不说不同意，就是“再等等、再等等”，金昌不紧不慢的也不催她，也不知道我儿子看上她哪好了。

金菊随口说了句：王八瞅绿豆——对上眼儿了呗。

金婶一愣：……你这孩子，咋说话呢，把你老娘也给捎上了？说完，怒笑着瞪了金菊一眼。金菊埋头捂着被角也乐了。

金婶关了灯。忽听院子里有动静，她小声对金菊说：闺女，谁呀，咕咚一家伙？

金菊有点困了，就说：娘，别说话了，睡吧，是猫。

金婶说：不能是猫。她起身扒窗帘向外看，吓了一跳，只见福来蹑手蹑脚往屋门前走……金婶赶紧推金菊：闺女，是福来翻墙进院了。

确实是福来。这几天金菊和孩子一直没回家，福来急得团团转，今晚，说啥也忍不住了，一路小跑来到丈母娘家，见院门锁着，他翻墙跳进院子里。

金菊赶紧起来，说：别吱声，娘，别把孩子吵醒了，我到外屋地看看去。金菊披上衣服走到外屋地，把灯打着……

福来看灯亮了，以为金菊要给他开门，高兴得不得了：唉，我老婆就是我老婆，知道是我来了，给我开门来了。

金菊不带好气儿地说：想得美。

福来满不在乎，说：老婆，我来接你和儿子回家了，你跟娘说说，咱这就走呗？

金菊还满肚子的气呢，她端起一盆水，把房门打开……福来兴奋地抬脚要进屋，金菊将一盆水泼向福来：我还跟你回去，上外头嘚瑟去吧。

冷不丁的一盆冷水给福来泼了个透心凉，他“妈呀”一声倒退几步：哎呀呀，老婆你，你这是干啥呀？还没等福来再反应，金菊随手把门反锁上了，说：还干啥，这家里没你了。

福来扑拉把脸，说：别别，老婆，咱别这样的，不看僧面看佛面，你就看在儿子的面子上，就原谅我这一回呗，我还等你回家给我蒸大馒头吃呢。

金菊说：去去去，还蒸大馒头，美得你，滚吧！

福来哀求着：老婆，我向你保证……啊，阿嚏！……我求你了老婆，你把我弄成这样，还让我滚，你，你就可怜可怜我，带儿子回家吧。

金菊说：现在知道可怜了，早干啥来着？我告诉你王福来，今天我要跟你回家，我就不是人。

福来委屈地说：不回去也别往我身上泼水呀，这泼点热的还行，大下晚的，泼我一盆凉水，你想冻死我？

金菊说：想要热乎的，有哇，来，这还有一暖壶热水，你等着啊。

福来连忙说：别别，别的呀老婆，我都承认错误了，你就饶了我吧；我发誓，我要再不干活去耍扑克，我王字就倒着写。

金菊说：拉倒吧，一天到晚撒谎撂屁的，蒙谁呀，你哪句话是真的？还“王字倒着写”，倒着写也是王八的王。

福来一看没辙了，抹擦一把脸，梗梗起来：好，行，既然、如此、这般，你……你等着的。

金菊不屑地说：还我等着，等啥呀，等你耍扑克捞钱呀？

福来故意气金菊：等我有钱的，我，我有钱就买别墅，我买一栋、我再买一栋，我不住我养小狗。

金菊也不示弱：哼，小样吧，还买别墅，你买别墅我买貂儿，买貂儿我不穿，我挂着当门帘儿！

福来讨不到便宜，又被冻得直打喷嚏，只好翻墙狼狈地跑了。

金菊上炕躺下了。金婶也挺心疼自家姑爷儿的，她说：你这孩子也够虎的了，不让进屋就不让呗，泼他一身凉水干啥呀，这大下晚的，你给他弄感冒了呢？

金菊把被子蒙头上，说：气死我了他。

金婶说：行了啊，不紧不离儿就得了。

福来跑到马小壮家后院。马小壮正在驴棚轧草料，看见浑身湿漉漉的福来，他愣住了，说：你……什么情况这是？

福来说：可别提了，让金菊泼了盆凉水。

马小壮：哈哈，好，泼得好！不让你受点教训、清醒清醒，一天到晚的都不知道北了。

福来说：笑，捡笑哈。

马小壮说：啥叫捡笑哇，瞧你那损样，这不你自己来送笑的嘛。

福来说：你少跟我扯。我问你，我求你的事，你咋还不给我办呢？

马小壮说：这几天不是活多忙嘛，等忙完了这阵子，我就给你办去。

福来说：等你去办，黄花菜都凉了，你这人就不干正经事。我说马小壮啊，你瞅我现在这损样，你心里是不偷着乐呢？

马小壮说：就你那德行，我还偷着乐，你够级别吗？

福来说：行了行了，说真格的，明天干活回来，咱俩一起去你丈母娘家，好好求求她。这事只要她出面，我丈母娘指定打发金菊回家，不行的话，我就扛锄头去见你老丈母娘。

马小壮不理解：……你扛锄头去干啥呀，打家劫舍啊？

福来说：我这不是用形象表达诚意嘛，让她看看我王福来是正儿了八经干活的人。

马小壮嗤笑：挺扯，还“形象表达”。

福来不耐烦了：少废话，明天就赶紧去办，告诉你啊，这事你要办不好，你就是我儿子、的儿子。

马小壮说：哎呀，占我便宜给我降辈呢，你才是我孙子、的孙子呢！

圆月当空，星儿闪烁。金昌和翟玲坐在院子里。触景生情，金昌萌生浪漫，他说：小玲，今晚的月亮真美，你看，她像挂在天上的一面镜子不？

翟玲有些心不在焉，敷衍了一句：像个烙饼。

金昌还在浪漫情境中：我说她像个美丽情人，那么优雅圣洁。

翟玲说：哼，地上还有个美丽情人在等你呢。

金昌对翟玲的小性子已经见怪不怪了，依然认真的样子：别啥都说，月亮姐姐在上，我向你保证，小玲就是我的美丽情人。

翟玲撇着嘴说：你的美丽情人是姜兰，她跟你一起上大学，毕业又一起回乡，你俩形影不离的，哪有我的份儿。

金昌很无辜地说：我跟姜兰同时考上大学是不假，可我爱的是你，你是真不知道还是特意气我呀？

翟玲说：姜兰今天又去办公室找你了吧？你说你俩，一天到晚都说什么呢，到一起就有说不完的话，没事还总一起往镇上跑。

金昌说：镇上有事不得去吗？再说，这都是镇里安排的，又都是工作上的事，你怎么老多想呢。

翟玲说：看见没，是成双入对经常出去吧？

金昌哭笑不得：哎呀，都已经有一个窦娥了，你就别老冤枉我了。金昌望着翟玲，深情地说：小玲，你老提这些事，其实你心里也不得劲，是不？

翟玲看着金昌认真的样子，有些触动，她说：金昌，你跟我说心里话，你是真的爱我吗？

金昌说：傻妹子，从小我就跟你说，哥就是你信赖的肩膀，任你依靠，任你捶打，怎么，现在长大了，就把这话都忘了？

翟玲说：我怕你嫌我没文化，比不上她们呗，真的，其实，我现在也是这么想，我一点都没撒谎。

金昌说：学习文化是为了更好的工作，咱小玲虽说没去读大学，但聪明啊，天生又有一副好嗓子，你说，要论唱二人转，这十里八村的，有谁能比得过你吧？

翟玲心里一热，说：真的吗金昌哥？你不会骗我吧，你真认为我行吗？

金昌说：我小玲妹妹本来就行，哥啥时候跟你说过谎。

翟玲忽然又委屈地说：可有人说我高攀你，配不上你，说你早晚会把我甩了，听了这些话，我心里能好受嘛。

金昌说：别人说啥不重要，关键咱俩不是好好的嘛，我怎样对你的，你是知道的呀。

翟玲说：我知道，我知道我不如你、怕你瞧不起我是真的，可我也知道我爱你也是真的。

金昌说：这就够了呀，小玲，哥就希望你每天都开开心心的，别老想那些没用的事，别老那么自卑，你知道我疼你、爱你就够了。

翟玲带点撒娇地说道：嗯……金昌哥，那我经常跟你不讲理，尽意儿气你，你不能生我的气吧？

金昌加重了语气，说：其实，有时候你爱跟哥发脾气，我也不想总是让着你，可一想到你娘走的那会儿，我瞅你当时那小样，两只大眼睛泪汪汪地瞅着我，那一刹那，刻骨铭心；从那时起，我就知道身上的担子有多重了，也知道我该怎么做了。

翟玲心里一暖，说：金昌哥，谢谢你能理解我。

金昌说：谢啥呀，傻妹子，哥还是那句话，一辈子疼你，只要你开心

就好。金昌突然感觉肚子里咕噜咕噜的，他站起身来，说：天不早了，我该回去了，不瞒你说，我还没吃晚饭呢。

翟玲说：呀，那你……我也没做晚饭，刚才我是在干娘饭店吃的。

金昌说：我回家吃去，你早点休息吧。

翟玲说：嗯，我再练会儿手绢。

第二天一早，榛农们骑着摩托车上山干活。大伙儿有说有笑，好不热闹。小妮子看金昌脸上没个笑模样，问金昌怎的了？金昌说没啥，只是在想点事。小妮子又问：啥事啊金昌哥，是跟小玲姐定亲的事吗？

金昌说：嗯，有这事。金昌又反问：哎，我的事你咋知道的？

小妮子说：我娘跟我说的呗。我娘说，你爹定好的酒席，后厨的师傅都已经把鱼呀、肉呀什么的，全都准备好了，可惜，这左等右等的，一堆东西都快放不住了。

金昌说：没事，等忙过这段时间，我把哥们儿们都叫上，到婶子的农家乐造一顿，啊，小妮子。

小妮子说：拉倒吧，等你们去吃，鱼肉都得臭了。

福来为自己的事着急，他问马小壮：我求你办的事咋样了，你老丈母娘要不给我说情，我儿子都快不认识我了？

马小壮说：想儿子了？福来说：那还用问。

马小壮说：借口，是想老婆了吧？不过我跟你说啊，这事我已经跟我丈母娘说了，她说这是你自己的事情，让你自己找她去，你看怎么样？

福来急了：我自己去找她还用得着你了，我不是怕她骂我嘛。

马小壮说：为了老婆，刀山火海都得闯，骂你也得受着。

福来说：不行，你必须跟我陪绑啊，要不我真不敢去。

马小壮嗤声道：熊样儿吧。

下工后，马小壮就把福来领到丈母娘家。俩人进屋，规规矩矩站在那没吭声……

柳枝娘盘腿坐在炕头，嘴里叼着大烟袋，吧嗒了几口，说：咋回事呀，耷拉着脑袋也不说话，要没啥话说，就滚犊子吧。

马小壮赶紧说：娘，人我是给您带来了，您想说啥就说。

柳枝娘眼珠子一瞪：啊？怎么是我想说啥呢，不是福来要找我有话说吗？

福来赶紧走上前一步：啊，是是，是我有话想跟您老人家说，我想……我想那什么，想……

柳枝娘说：你想你个屁呀！还老爷们呢，有话就痛快麻溜地说，别像新媳妇放屁似的——零揪。

福来赶忙说：我说我说，嗯……不上山干活出去玩，我确实错了，我想，我想麻烦您跟我丈母娘说说，让金菊娘儿俩回家吧。

柳枝娘在炕沿边磕打磕打烟袋锅，说：你还有脸让金菊回家？你知道不，你耽误一个工，就是好几百块呢，人哪家老爷们不撅屁股地干，往家挣钱；你可倒好，放着钱不挣，跑出去扯犊子玩，就你这不正经的玩意儿，还找我来为你说情？我要是你丈母娘，早让闺女跟你打离婚了。

福来真不知道说什么好了，只是嘟囔着：可我媳妇……

柳枝娘说：闭嘴！你还有脸说自个家媳妇，啊？那金菊多好的一个人啊，这么多年了，家里外头的，啥事不可着你、让着你？你可倒好，说欺负就欺负，家里那么老多的活，你都干啥了？这农忙的时候，你不上山干活，跑外村去耍扑克，你算什么东西？

马小壮见老丈母娘动气了，连忙打圆场说：娘，福来都知道错了，咱就别说他了行不？

柳枝娘说：他算哪路大仙儿呀，还说不得、碰不得了？他老丈母娘没把他撵出家门，就算便宜他了，就他这样式的，就该让他打光棍。

福来瞅着柳枝娘，有点蒙圈，他眨巴着眼睛、嘎巴着嘴，说不出话来……

柳枝娘用大烟袋点乎着说：你瞅我干啥呀，福来？

福来忙低头，说：我没瞅您老人家，我，低头认罪呢。

柳枝娘说：瞅你那损样。

福来鼓了点勇气，说：娘，啊不，大娘，其实，大家都误会我了，我现在有话，可又不敢说。

柳枝娘说：不敢说就别说，啥时候像个爷们样了再跟我说话，赶紧走吧。

福来哭咧咧哀求着：大娘，您不想帮我了？

其实，这两天柳枝娘没少找金婶唠扯这事，也是好言相劝地说金婶；金婶也借此一早就已经劝金菊带孩子回家了。柳枝娘没把这些说出来，也是想说福来几句，要他以后好好过日子。所以，柳枝娘数落了福来一顿之后才对福来说：臭小子，你老丈母娘都让金菊回家了，你还来找我干啥呀？

福来一听，激动得不得了，嘴也有些瓢了：哎呀，哎呀我的，大娘啊……哎呀我的那个老丈母娘啊……福来拔腿往外跑……

马小壮也跟了出去：哎，福来你慢点跑，等等我。

福来已经跑出院子，进了隔院，他说：我等你干啥呀，我去我丈母娘家。

马小壮笑了。

福来跑进屋，激动得有些颤抖，他对金婶说：娘，娘啊……你终于让我进屋了……可我，我怎么腿还发软呢……

金婶说：金菊都抱孩子回家了，你还跑来说什么废话。

福来说：可，我媳妇能回家，我得先来谢谢娘。

福来直点头哈腰。金婶不乐意了：啊，闹了归其还怨我了，是我不让闺女回家的呗？

福来忙说：不是不是，我不是那意思。

金婶说：不管你啥意思，我跟你说，以后不许再跟贾六他们混了，再让我发现你不着调，可不是现在这样式的了。

福来说：贾六其实……就是……我以后不跟他玩了。福来又变得腼腆起来，说：那什么……娘，我爹，我爹出门办事，是不要回来了？

福来问这话是心虚，他平时就有些惧怕老丈人，这次出了这么个事，他没法交代，弄不好，老丈人一发火让他滚蛋，那他可就真完犊子了。

金婶看出福来的心思，说：啊，想你爹了呗？

福来马上顺杆爬：可不咋的，我爹走一段日子了，真有点想他老人家了……娘，那我这事，你老人家能在我爹面前……给我，保留点不？

金婶白了一眼福来，说：还用你提醒我。

"丈母娘疼姑爷"是有道理的。福来吊着的心一下子落了下来，连忙说：还是娘疼我，那我给娘，鞠躬了，福来一个大哈腰、转身跑出屋。金婶喊道：你锄头落这了，上山干活能没锄头嘛。福来"啊"了一声，抓起锄头颠颠跑出院子。

金菊对福来的气虽然没全消，可总住在娘家也不是个事，再说，爹马上要回来了，自己带孩子住在娘家，跟爹也不好交代；另外，她作为合作社的办公室主任，也得考虑一下影响。她心里也清楚，福来终归不是有家不顾的人，她知道福来是爱这个家，更爱她跟儿子的，只是贪玩油滑了点。

福来扛着锄头进院，见金菊在厨房干活，锄头一扔赶紧进屋，又想讨好又怕挨骂，有些激动地说：老婆，我老婆可回家了……老婆，你真能憋我，差点把我憋成光棍了。

金菊坐在小板凳上擦着锅盖，头也不抬地说：光棍的日子不挺自由的嘛，你不就愿意自由嘛。

福来心情放松了，一副油里滑气的样子：不好不好，一点都不自由。哎呀，能把你请回家可真不易呀，古人都云，刘备请诸葛亮是三顾茅庐，我都八顾你姑奶奶了。

金菊说：你以为我是给你面子？

福来说：儿子都想爸爸了，我老婆当然要回来了。

金菊使劲蹭着锅盖，说：哼，出息了，学会编笆撒谎了，都好几次了，说好的上山干活去，眼瞅着就过河了；那天，我真想拽住你，给你俩大嘴巴子，缺德吧你。

福来在老婆面前，一贯是个厚脸皮的人，他说：我五行里不是缺德的人，嘿嘿，老婆，我都知道错了，凉炕我也睡好几天了，今晚……有焐被窝的了。

金菊瞥了一眼福来：想得美，让你进屋就不错了。

福来看见有蒸好的馒头，他抓起一个大口地吃起来：嗯……我老婆蒸的馒头，香！他瞟一眼金菊，又说：这家伙，白白胖胖、暄乎乎的，好吃。

金菊放下锅盖，掸掸手，起身往外走……福来赶紧追出去，嘴里含含糊糊地说：老婆你干啥去呀？

金菊说：接儿子去。

福来连忙说：我跟你一起去，啊……福来一脚踢到门口的锄头上，被绊了个“狗吃屎”，手里握的馒头飞了、嘴里嚼的馒头掉出一半来……

金菊看福来那狼狈样，忍不住咯咯笑了起来……

农忙时节，榛子山上一片繁忙，榛民们在紧张地劳作。

金昌和喇叭叔分别带着部分榛民在东、西两面坡地做防虫作业。

金昌看看活差不多都做完了，就向对面坡地喊话：哎——喇叭叔，你们那边的活干得咋样了？

喇叭叔回话：金昌啊，我们这边的熏蒸棒该插的插、该撇的撇，都已经干完了。

金昌说：好哇，我们这边也都做完了，那咱就整理一下收工吧。

喇叭叔说：好。金昌，我去镇上有事先走一步了，你辛苦一下收个秋儿。

金昌说：哎，放心吧喇叭叔。

库管杨柳枝坐在合作社库房门前，不住地往村公路上张望，她着急地嘀咕：这都几点了，该下班了，金昌他们怎么还没回来呢？

金昌还在山上，和大伙儿一起收拾工具。

福来拎一桶水过来。马小壮赶紧凑过去，说：福来，快给我倒点水洗洗手……

小妮子在往手上抹雪花膏，看姜胖在跟前，便问：小胖，你抹点不？

姜胖凑跟前：抹点……哎呀，就是抹也没用，你看我这手被熏蒸剂熏得，通红，快要裂口子了。小妮子又拿出一个小瓶，说：我还有润肤霜呢，再抹点它，手好得快。说完，把瓶盖打开……姜胖一闻：哎呀，不行不行，太香了。姜胖看马小壮在擦手，说：哎，小壮哥，你抹点不？

马小壮不假思索地说：抹点。他接过润肤霜就是一顿抹……

姜胖看着马小壮那粗糙的手，说：哎呀，小壮哥这手这么粗，跟砂纸差不多，拉人。

马小壮说：咱老农的手，粗糙点儿能干活。

金昌在不远处喊：马小壮啊……

马小壮：哎，来了。

金昌又说：还有小妮子，你们几位生产小组长都过来一下。

小妮子：来了。

金昌对几位小组长说：今天又起个大早，把榛子园的活干完了，大家辛苦了！各自都把工具收拾好，咱就收工回家了。下午都去苗圃干活，分工都已经明确过了，还是希望大家紧把手，争取今天就把活干完，这样，苗圃就可以实施喷灌了，我们就掌握主动了，各位小组长都掌握一下干活时间啊。

大家开始收拾整理工具。马小壮在收拾"糖醋熏蒸杀虫剂"的药剂瓶，他捡起一个瓶子晃了晃、拧了一下盖……"砰"的一声响，瓶盖崩开了，马小壮下意识地一扭头，瓶子里残留的药水溅到了他的身上。马小壮说：哎呀妈呀，这熏蒸剂，膨胀力这么大！

金昌赶紧说：小壮要小心啊，没稀释过的熏蒸剂，可烧人啊。

马小壮不在乎地说：知道哇。

福来说：知道你还使劲晃荡瓶子，别刚熏完虫子，再把你给烧了。

马小壮说：大老爷们的，哪那么歇咧。

福来说：你牛哄啥，在杨柳枝面前，你就不"大老爷们"了。

马小壮说：嘁，叫你说的了。咋的，刚回家没两天就跟我转，叫媳妇整余作了？

福来说：滚一边儿去。

杨柳枝在库房等得不耐烦了，嘴里嘟囔着：金昌这帮小子就是磨叽，到现在还不回来，这都大晌午的了，我可不伺候，回家。说着，她关上门离开了库房，进了销售部办公室。

杨柳枝见翟玲在要手绢，说：哎呀小玲，又唱上单出头了。

翟玲说：啊，再不赶紧练，就派不上用场了。

杨柳枝说：哟，不就是没事玩儿玩儿吗，还有啥用场吗？

翟玲感觉自己说走了嘴，连忙说：啊，没事就玩玩呗，镇上要有个啥活动了，不是能拿得出手嘛。

杨柳枝说：行了吧，这都啥时候了，有时间再练吧，该回家了。你不马上回家吧？

翟玲说：我还不能走，这还有个客户的订单等着接收呢，你先走吧。

杨柳枝是个爱扯老婆舌的人，是个没事就爱叨咕别人的人。她问翟玲：哎，小玲，你大姑姐回家没？

翟玲皱一下眉头，说：什么“大姑姐”，我连亲还没定呢。

杨柳枝说：我是问金菊回去没？

翟玲说：回去了。

杨柳枝一下子来了精神头，说：看见没，回去了，她是憋不住了吧，这是想爷们儿了，没出息；我要跟小壮叽咯了，非让他多难受几天不可，憋憋他。跟你说啊，等你跟金昌结婚了，可别惯他包啊。

翟玲冷下脸说：我们还没到那一步，你这话说得太早了啊。

杨柳枝说：哎呀，也就是咱姐俩嘚咕嘚咕，看你。行了，我有事得赶紧走了，这库房钥匙放你这吧，等大伙把工具送回来，你帮我把库房门锁上。

翟玲有些难为情，又不好驳面子，就说：……放这吧。

杨柳枝说：那我就谢谢你呗。

翟玲说：行了，有事你赶紧走吧。

杨柳枝说是有事，无非就是想早点回家吃饭。她到娘家蹭饭，正赶上柳枝娘从大锅里往外捡包子，她随手抓起个包子：我娘又蒸包子了，刚出锅的……好吃。

柳枝娘一边捡着包子一边说：小壮可爱吃我蒸的包子了，一会儿你拿家点，再给大壮他们带几个去。

杨柳枝高兴了：嗯，韭菜鸡蛋馅，好吃，娘多给俺家拿几个啊。

柳枝娘说：行啊。哎，柳枝，小壮没跟你一起下工吗？

杨柳枝说：还都没回来呢，我没等他们。

柳枝娘责怪地说：那些个工具你不收拾好再走，要你这个库管干啥呀？

杨柳枝满不在乎地说：小壮能给我收拾呀，再说了，我已经让小玲帮我锁门了。

柳枝娘认真地说：你老这么着不好，以后得把东西收拾好再回家，听见没，咱不差那一会儿。

杨柳枝说：知道啊。娘，嫂子不是说休息嘛，她又去饭店加班了？

柳枝娘：啊，你九妹婶子的农家乐可火了，吃饭的人多了，忙不过来，就得去加班。

杨柳枝说：九妹子可真能干，这饭店开得是越来越大了。

柳枝娘说：那还说啥了，她买卖好，你嫂子的奖金也多啊。

说到嫂子，杨柳枝想起了自己的哥，她家里就她和杨成林兄妹两个，几天前，杨成林出车去北京送榛子去了，还没回来，她问：娘，我哥去北京送货该到了吧？

柳枝娘说：你哥都快往回走了。柳枝娘把装好的两袋包子递给杨柳枝，说：柳枝，这包是你跟小壮的，这一包别忘了给大壮送过去啊。

杨柳枝说：行。

柳枝娘又捡出几个包子，说：柳枝，就着包子热乎着呢，给界壁儿你金婶送几个去，娘就不过去了。提到邻居金婶，杨柳枝立马掉脸子说：我可不去。

杨柳枝这话可不那么简单。杨柳枝和翟玲本是红石峪村公认的两朵“村花”，二人不仅长得都漂亮，二人转唱得也都好，每逢过年过节或有啥大型活动要演出时，她俩都会出场，那是绝对的“腕”。翟玲对什么腕不腕的没啥大感觉，可杨柳枝不然，她总是想把自己摆在“村一姐”的位置上，可村民们的评价是翟玲要胜她一筹，而且妇女主任金婶也总说翟玲唱得比她好，她受不了；特别是翟玲又要成为金婶的儿媳妇了，她的心里更加不平衡，所以，她总是不愿搭理金婶。而金婶又觉得杨柳枝这孩子有点没大没小，不懂事，也不愿待见她。俩人一直不太和。

柳枝娘问：你咋不去呢？

杨柳枝说：她从来就不待见我，我还给她送包子吃，我撑得……

柳枝娘生气了：咋说话呢，你这孩子咋还没大没小了呢！

·四·

这几天福来的心情大好，老婆和儿子都回家了，这跟马小壮的功劳是分不开的，所以，他昨晚请马小壮进城喝点小酒，又洗了桑拿搓个澡。下工路上福来问马小壮：小壮，昨晚桑拿洗得咋样？

马小壮说：没啥咋样，跟澡堂子洗澡差不多。

福来说：差多了，澡堂子有蒸汽浴吗？能躺在休息大厅看电视吗？刚舒服完就忘，啥玩意儿。

马小壮说：舒服啥了？这家伙把我蒸得，快喘不上气了；那搓澡搓得，我后背现在还火哧燎的呢。

福来说：傻帽儿，谁让你那实惠呢。哎，这事你回家跟杨柳枝说没？

马小壮说：昨晚回家太晚了，没来得及说。

福来嘱咐说：告诉你啊，多一事不如少一事，小壮，咱俩说好了啊，杨柳枝要问你干啥去了，就说咱俩喝酒去了，别说洗桑拿啊。

马小壮不明所以，哼哈着：啊，啊。

福来说：你啊啥，记住了，不能说咱俩去洗桑拿了啊！

马小壮说：啊，那为啥呀？

福来说：有人不了解呗，说洗桑拿有女的。

马小壮说：废话，女的就不洗澡了。

福来说：你没明白我的意思，我问你，要有人说洗桑拿有小姐按摩，你怕不？

马小壮很朴实，对城里的一些新鲜事知道得也不多，他好奇地问：哎，那小姐按摩是咋回事，为啥要怕呢？

福来曾经是出租车司机，加入合作社后又做过几年销售员，经常走南闯北，有些见识；但面对马小壮的好奇，他打了马虎眼，说：啊，我也是听别人说的，没见过。

马小壮有点失望地说：尽放那没味的屁。

满堆和小妮子、姜胖骑车出了山路。满堆有点饿了，他看姜胖兜里鼓鼓囊囊的，问：小胖，你兜里揣的啥玩意儿，有吃的没？我饿了。

姜胖拍拍鼓囊囊的衣兜说：有吃的，生苞米粒子，给你吃啊？

小妮子和姜胖也是好朋友，也很了解姜胖的为人，她说：小胖，又要去翟叔家喂那几只老母鸡啦？

姜胖说：啊，这几天翟叔没在家，咱不能让那几只老母鸡掉了膘、耽误下蛋呀。

满堆说：人家有闺女，小玲姐在家呢，还用你老去喂、显那个大……

姜胖甩了一眼满堆：说啥呢，那个大啥？当小妮子姐的面说脏话哈？

满堆说：本来小玲姐就在家嘛。

姜胖说：小玲姐？我不是说她了，有点空就鼓捣她那个秧歌手绢，很少做家务活；翟叔不在家，还是九妹婶子常到她家去给做饭呢。

满堆说：我跟翟叔是邻居，我咋没发现，你别搁那瞎说。

姜胖说：你能发现个啥，就知道整天黏糊小妮子姐吧。

满堆和小妮子俩人是有了谈对象的意思了，但还属于“保密”阶段，所以姜胖这么公开一说，本来面子就挺小的满堆当然不会承认，他赶忙说：小胖，你别瞎说。

姜胖说：谁瞎说了？哎，小妮子姐，你说我说得对不？

小妮子红着脸说：你俩说啥我没听见。

金昌和马小壮骑车进园区，直接到了库房。马小壮见库房里无序堆放着的工具，而杨柳枝又没在库房，生气了，他说：金昌，你看见没，柳枝又没在库房，等我回家非说说她不可，这已经不是一次两次了。

金昌说：是咱们回来得晚了点。

马小壮说：晚了也得等啊，库管是干啥的？

金昌说：来吧，咱俩给归拢归拢就是了。

马小壮跟金昌倒腾起来……马小壮问金昌：翟叔这次去市里开的啥会？

金昌说：市里面组织的招商引资的会。

马小壮说：招商引资这事要能成，咱红石峪可就厉害了。

金昌说：是啊，要能引进外资，咱们合作社就可以扩大生产规模，搞榛产品深加工了。

马小壮说：但愿翟叔能谈成，到那时，咱这小小的榛果，就要变成黄金豆了。

金昌说：谈何容易，这只是咱企业追求的目标，发展的路还长着呢。

马小壮说：对，慢慢来，咱有这么好的万亩榛子园，还愁找不着好“婆家”。翟叔快回来了吧？

金昌说：嗯，就这一两天的事。

老翟头在市里开完会，回到宾馆马上给金昌打电话，他让金昌发个通知，他回去后马上就召开合作社常务理事会。金昌很高兴，迫不及待地问招商引资的情况怎么样了？

老翟头说：招商引资的事见面再说。不过，我可以先跟你说个好消息，咱们合作社新开垦的九百亩山林地的“清场报告”，是符合国家林业政策的，市林业局已经审批通过了；一会儿我回去，你把新榛子标准园设计方案给我准备好，如果没啥其他问题，咱就着手干了。

金昌说：太好了！设计方案、实施方案我都写完了，都给你准备好了。

老翟头高兴地说：好小子。老翟头很欣赏自己这个未来的姑爷。

老翟头刚说完电话，老李敲门进房间。

老李是三里堡村合作社理事长，他跟老翟头是合作伙伴，相互默契，俩人走得很近。

老李说：老翟大哥，开完会就找不着你了，跑哪去了？

老翟头说：九妹子说喜欢花卡子，这事我必须得办啊。来来，你先坐，我拿给你看看啊。说着，老翟头把花卡子拿出来，说：怎么样，老伙计，我买的够档次不？

老李看了看，说：不行不行，啥玩意儿这是，你咋买白色儿的？不好看。

老翟头说：不明白了吧，落后了吧，人家那店老板说，白色代表纯洁、高雅，现在可时兴了，城里的白领女人，都喜欢戴这样的，这叫……时、时尚。

老李说：哎呀，那卖东西的人忽悠你，你也信；再说，这也不值几个钱呀，你咋不买点贵的呢？

老翟头说：啥贵不贵的，只要九妹子喜欢，就是金贵。

老李说：你也太那个了吧，给九妹子买东西，你就得大张旗鼓着点，我还给老伴儿买了件高档的花外套呢，给女人买东西，就要舍得花钱。

老翟头说：你知道啥，我经常出门，哪次回去都不带空手的。哎，你没给你闺女买点啥？

老李说：小丽可不用我买东西，她在省城啥都能买着，多给她点钱就行。

老翟头点点头：那是。好了，给车加点油，咱这就往回走了，回去我还要开理事会呢。

姜胖在老翟头家的院门前，他掏出苞米粒子，冲着院子里的鸡群撒进去：咕……咕咕咕……

满堆家与老翟头家隔院相邻，他扒着墙头喊：小胖，我都到家一会了，你咋才来喂鸡？

姜胖说：我去了趟园区，给小妮子电脑上下载几个软件，才忙活完。

满堆问：下载啥软件？

姜胖说：小妮子说她爱看电影，我给下了几个新影院软件。

满堆说：哎呀，你给瞎鼓捣啥，那些玩意儿不能随便下载，小心有病毒；再说了，小妮子真有需要的话，她怎没跟我说呢？

姜胖说：看见没，自己说漏了吧，你不跟小妮子好，叫人家找你干啥呀？

满堆被噎了一下：……别跟我扯，我的事你少管啊。

姜胖说：刚才还不承认，这一会儿工夫，就把人家小妮子姐当成你自个儿的了，那就赶紧娶家去，锁家里保护起来得了。

满堆嘴拙说不过小胖，他气得说：你还说，小胖！

姜胖哈哈笑了起来，随手又向院子里撒了两把苞米粒子：咕……咕咕……

老翟头开车和老李上了高速路。老翟头看着路边写有“中国榛子之都”的醒目牌子，不无感慨地说：老李，“中国榛子之都”，这大牌子可够气派的了，“都”可就是唯一啊，这可是咱榛产业的大名片呀。

老李也很有感触：是啊，市委领导不都说了嘛，平榛产业的发展，已经让咱这地儿成为全国榛子产品的集散地和发展中心了；市里面又提出榛产业发展的“五大战略”，那“科技兴榛”“创名优品牌”什么的，咱合作社就一项一项照着办，保证发展得快。

老翟头说：咱有老祖宗留下来的得天独厚的山林资源，再有党的林权改革的好政策，发展现代化榛产业这条路是走对了；有了政府的“兴林富民”政策，这一座座的大山就是金山银山，大家一起赚钱、一起致富，多好哇。

老李说：现如今，这榛子树都变成了摇钱树，榛产业发展了，咱榛农可是抖起来了，老翟大哥，咱们赶上好时候了。

老翟头提高嗓门儿说：咱就铆足劲加油干吧。

“大奔”在宽敞的路面上疾驶向前……

马小壮回到家，开门见山问杨柳枝：媳妇，你怎么又把库房钥匙放翟玲那了？

杨柳枝正嗑着瓜子看电视，她眼睛都没离开电视，说：我到点就下工，不行吗？

马小壮说：不行呗，你这么做属于早退知道吗，以后你得注意了。

杨柳枝说：啥叫早退呀，我踩着点下的班，我早退了吗？啊，到下工时间了你们不回来，我还得干等着呀。

马小壮说：当然要等了，你是库管，大伙儿把工具拿回来，你不得清点清点，谁交谁没交、哪些工具能用、哪些需要修理啥的，你不做统计记录能行吗？

杨柳枝斜眼儿瞅着马小壮说：我库管归总经理金昌管啊，你少来说我。

马小壮说：还有，那库房的钥匙，随便扔给谁，出了问题谁负责？

杨柳枝说：瞅你说那玄乎劲儿，啥随便扔了，钥匙放翟玲那有啥担心的。说完，一把瓜子皮扔地上……

杨柳枝呲嗒马小壮是家中常态，主要是仗着自己“村花”级的相貌。她从小就没了爹，柳枝娘把她当宝贝似的养着、惯着，所以，被惯坏了的她，不但在马小壮面前趾高气扬，在村里也挺霸道，说白了，就是眼里没别人；她能嫁给马小壮，就是看中马小壮人品好，老实忠厚又能干，而且，马小壮家里无牵无挂，爹妈都没了，自己进马家门，不会受谁气。

马小壮也不愿跟杨柳枝一般见识，他很有自知之明，能娶上这么漂亮的媳妇，他挺知足；这不，说完话他就拉倒了，上厨房端了一盘包子放在炕边，吃上了……

杨柳枝被马小壮数落一顿，心里不舒服，她找茬：小壮，我还没问你呢，今天你咋回来这么晚？

马小壮说：抢时间干活呗，山上的活干不完，苗圃的活就得往后拖，再后面的活就都会受影响。

杨柳枝好像闻到了什么，她凑到马小壮跟前使劲闻闻：哎，你身上怎么有香味呢？

马小壮说：瞎说，啥香味呀，这不娘包的大包子香嘛。说着，又要吃……

杨柳枝一把抢下包子扔回盘子里，说：打马虎眼哈？又谁跟你耍贱了，啊，这是哪个骚娘们儿身上的味？

马小壮有点不耐烦了，说：你能让我消停会儿不？

杨柳枝拽过马小壮手闻了闻，一甩手说：我还让你消停，你把香味都带家来了，还不让我问了，赶紧跟我说实话，是哪个女的往你身上蹭的？

马小壮说：别啥话都说，是小胖看我手粗给我抹的雪花膏。

杨柳枝：啧啧，是吗？跟我撒谎是吧，姜胖那小屁孩哪来的雪花膏？

马小壮真烦了：你少废话！说着，又要去抓包子。杨柳枝上前抓住小壮的胳膊……忽然她看见小壮脖子上露出的几块红印子，就像发现了新大陆似的，眼睛发光地说：哎呀，马小壮，你还真有事了，啊？你脖子上咋有红檩子呢，是让谁亲的吧？马小壮被问愣了：啥红檩子？杨柳枝二话不说，把马小壮拽到大立柜镜子前：跟我装是不，来来，你自己照照！

马小壮从镜子里看到脖子上确实有红檩子，可也没在意，说：……我是妖精啊，弄放大镜照我？

杨柳枝认为马小壮打岔是心虚了，她说：呵，假装镇静是吧，那我还就偏要问到底了，你说，昨晚你跟福来干啥去了，你俩咋回来那么晚？

马小壮被无端地质问，有点要生气，他说：别又没事找事，干活累够呛，回家你还气我。说着，把汗渍渍的上衣脱下来扔炕上，打开立柜门，拿出一件老头衫……

光着膀子的马小壮，后背露出几条红檩子，让杨柳枝看见了，这下可

不得了了，她疯了似的，上去扯住小壮手里的老头衫，叫唤着：哎呀我的妈呀，马小壮，你后背也让那骚娘们儿给挠了呀，啊？这都挠出好几道檩子了！

马小壮说：放屁！别没事找事哈。

杨柳枝像得了理似的不依不饶，把马小壮掰转过身，后背对着镜子，说：你自己好好看看吧。

马小壮从镜子里看着自己的后背，一下想起来了，说：哎呀，这是昨晚我跟福来去洗澡弄的。

杨柳枝马上问：怎么弄的？

马小壮一时忘记了福来嘱咐他“只说喝酒，不提桑拿”的话，随口说了实话：就是洗桑拿去了，让服务生搓的呗，这有啥大惊小怪的。

杨柳枝一听更来气了：什么？你还洗上桑拿了？找小姐按摩了吧？马小壮啊马小壮，你还学会不正经了，我能饶了你吗？

马小壮被杨柳枝整得冒汗了，他不耐烦地说：反正我都告诉你了，你愿咋想是你的事。

杨柳枝说：哎呀，你还告诉我，我告诉你吧马小壮，这事我跟你没完！杨柳枝一蹦三尺高……

福来路过马小壮家，听见家里的吵闹声，他嘀咕着：该不是小壮有什么困难了吧？哥们有难，怎么也得帮一把呀。福来进了院子，向屋里喊：小壮，小壮你在家吧？

马小壮埋怨杨柳枝说：看你闹得没，把福来给吵吵来了。

杨柳枝赶紧出屋门，说：福来，你找小壮有事啊？

福来说：啊……我咋听你跟小壮吵吵了呢？

杨柳枝搪塞着：没有啊。

福来很知趣：啊，那就好，那我走了啊。

马小壮在屋里喊上了：福来，你别走，你进来。

福来说：啊，小壮啊，我就是过来看看你，你俩没啥事，我就干活去了。

马小壮急了：我让你进来，你就别磨叽了。

福来要进屋，被杨柳枝拦住，她说：福来，你先别进屋，我问你点事。

福来很小心地说：你说。

杨柳枝问：昨晚你跟小壮干啥去了？

福来当然要按事先嘱咐小壮的话去说了，他说：嗯……昨晚，昨晚俺俩没干啥呀？

杨柳枝说：没干啥？

福来肯定地说：啊，没干啥，俩老爷们还能干啥，干一天活了，挺老累的，喝点小酒解解乏呗。

杨柳枝听福来跟马小壮说得不一样，忙问：你俩喝酒去了？

福来点头：啊，喝酒去了。这不，嗯，头些日子我出那点事，小壮够哥们一直帮我，我报答报答他。

马小壮着急了：福来，昨晚咱俩干啥去了，你就跟柳枝实话实说！

福来脑子里迅速反映——马小壮强调“实话实说”是啥意思呢？他跟小壮都已经说好的事，等于是“攻守同盟”啊，那是不能变的，“攻守同盟”的话就是哥们要“实话实说”的话！福来再次肯定地对杨柳枝说：实话实说，我俩就是去喝酒了。

杨柳枝的脸色一下子变了，但又强作笑容，说：我知道了，福来，没你事了。

福来真认为没事了，说：就是的，柳枝弟妹，对老爷们别管得太严了，喝点小酒，至于吗。那小壮啊，我去苗圃干活了啊。

马小壮急得直拨拉脑袋：话没说明白，你走啥呀？

杨柳枝的目的达到了，不需要福来了，她说：行了行了，福来，你走吧。

福来蒙瞪地往院外走，回头又嘱咐性地喊了句：小壮啊，不就是喝点酒吗，算个啥事呀，别吵了啊，我干活去了。

福来走了。杨柳枝来劲了，她瞪着马小壮吼道：到底咋回事，你说！

姜老慢在苗圃。他是合作社榛子种植的老技术员，育苗专家。大家都叫他老慢，是因为他是个不愿多事的人，平时基本不怎么说话；而且，不管遇到什么事情，火上房了他还是慢了慢了的，能急死人。这会儿，他坐在苗圃看护房外写榛苗栽种记录。庆丰合作社理事长老关开轿车到苗圃边下车……

老关说：老慢，你在那闷头记账呢，还是数钱哪？

姜老慢见老客户来了，高兴地说：哟，老关，你可是贵客，快请屋里坐。

老关说：别客气，坐外头凉快。

姜老慢拿板凳递给老关，说：好好，那就外头坐吧。

老关说：老慢呀，你最近又多识不少字吧？

姜老慢说：哈哈，又来逗我，我文化程度浅，就得笨鸟先飞多写多练呗。

老关说：老慢说话就是谦虚，你可是榛子育苗专家，连金昌都是你徒弟。

姜老慢说：那可谈不上，我这点道行，也是传统办法育榛，到上秋时，在山上挖坑埋种子，等第二年开春，能出苗就捡着了，不出苗也没辙，还是听天由命啊；哪像金昌他们，都已经发展到平地繁育榛苗了，跟咱以前那土办法比，完全不一样了。你看这几百亩地的榛苗，长势好不好哇？

老关说：那还说啥了，要不我怎么急着来找金昌呢，你赶紧叫他过来。

姜老慢说：好，你先坐这歇会儿，我给他打电话。姜老慢进看护房打电话……

老关蹲在苗床前欣喜地看着榛苗……

姜老慢从看护房里出来，说：老关，金昌一会儿就过来。

老关说：好。老慢，红石峪这榛苗基地，已经全部实现地下喷灌了，可再也不用看老天爷的脸子吃饭了；你们这平地繁育榛苗，条田式管理，而且已经形成规模化生产了，可是够先进的。

姜老慢说：这都是金昌的道道儿，他大学毕业回乡之后，就一直在琢磨怎么样实现榛产业的现代化；你看啊，我先不说这两年生的榛子苗，就说那一年生苗，栽植后立即定干，可是优质榛苗呢。

老关扶着两簇榛苗，说：嗯，这榛苗长势确实好，茎干充实，芽饱满，定干就能达到 60 到 70 公分，种苗纯正，这小苗齐刷刷的，多好哇；要不咋说，“科技兴榛”还得要靠金昌这样有知识、有文化的大学生哪。

金昌来了。他离挺远就跟老关打招呼：关叔，你好啊！让你等半天了吧？

老关见到金昌就笑了：没有啊，金昌，我也是刚到一会儿，老慢就叫你过来了。

金昌说：关叔是专程来订榛子苗的吧？

老关说：是啊，这事我得赶紧张罗，来晚了，订不上就完了；你都知道，我又新开垦了几百亩荒山地，不瞒你说，我那清场都完事了。

金昌也是高兴地说：这么快？

老关说：快，我就等米下锅了。“林以种为本，种以质为先”啊，你这优质榛苗可是供不应求，到时候你得先给我留好喽。

金昌说：咱们有合作协议，我不能违约。

姜老慢插话说：金昌，老关把订金都打给我了。

金昌风趣地说：关叔，这么早交订金，是想让我给你打打折呗？

老关：哈哈哈，还是金昌理解我。不过我跟你说，移苗上山之前，你得安排技术员到我那搞移苗技术培训啊，这栽培技术不掌握好，苗再好也不成。

金昌说：这事您就放心吧，各个合作社的生产技术讲座，镇科技站的姜站长早就计划好了。

老关说：哎，这么说我就踏实喽。

杨柳枝还在“审问”马小壮：你跟我说实话，刚才你是不说洗桑拿去了？

马小壮肯定地说：啊。

杨柳枝又问：福来咋说跟你喝酒去了呢，你俩到底谁说的对呀？

马小壮近乎哀求地说：我说媳妇呀，你这车轱辘话问来问去的，有意思吗？干大半天活累啥样了，你让我吃口饭，歇会儿行不？说着，又抓起包子……

杨柳枝一把夺下包子，说：你不把话说清楚，就不行！

马小壮强忍着又解释一遍：我不是说了吗，后背是搓澡搓的，脖子是让熏蒸剂喷的，你还不清楚？

杨柳枝追问：还有呢？

马小壮实在忍不住了，说：还有啥、还有啥？你没完没了是不？我看你是欠削了。马小壮坐炕沿上脱下一只鞋，比画着……

杨柳枝毫不示弱：哎呀马小壮，长能耐了，你在外头不正经，回家来还想削我，我饶不了你。杨柳枝扑上去把马小壮拽下炕沿，上脚就踹……

马小壮不无夸张地喊着：哎呀，哎呀呀呀，胯骨轴子踹掉了……

二人撕扯起来……

翟玲正在销售部处理订单。小妮子在不断地敲打电脑键盘……她着急地对翟玲说：小玲姐，我电脑怎么死机了，啥文件都打不开了。

翟玲纳闷：你用的这台电脑是新买的，怎么可能呢？

小妮子说：它就是不好用了呢，急死人了……不行，我得赶紧给金昌打电话。小妮子拿起手机给金昌拨电话……

翟玲不乐意地说：金昌又不是修理电脑的，给他打电话干啥呀？

小妮子说：那怎么办，我总不能耽误工作吧？

翟玲不耐烦地说：打吧打吧，我回家了啊。

小妮子更着急了，边拨电话边说：你咋这不够意思呢，见我有难了也不帮一把，小心眼子……喂，金昌哥，你在哪呀……小玲让你到销售部来一趟。

走到门口的翟玲一愣，回头白了一眼小妮子……

小妮子故意瞅着翟玲继续说：啊，对，我电脑出毛病了，没法工作了，小玲说你会修……哎呀，你赶紧过来吧，我等你啊。

翟玲着着实实被小妮子这个机灵鬼给涮了一把，想发作又发作不起来，悻悻地扔下一句：你厉害。

金昌快步走进办公室，进门就问：咋回事呀小妮子，电脑不好使了？

小妮子着急地说：你快帮我看看吧，不知咋的，它卡住了，怎么也打不开了，我都急死了。

金昌边看着电脑边说：小玲咋说的，说我会修电脑？

小妮子做了个鬼脸，说：我是故意气她的。

金昌说：哎呀，瞅你这姐俩。哎？你这电脑桌面上，咋下载这么多娱乐节目软件呀？

小妮子意识到好像自己闯祸了，支吾着：啊……是……

金昌说：这些玩意儿占空间，乱七八糟的广告也多，弄不好还会中病毒；现在网上有很多恶意软件，可不能随便点它们。你别着急，我再看看啊。金昌强行关机、又启动……

小妮子说：这电脑是啥毛病，你能看出来吗？

金昌说：嗯……现在还说不清楚。这么着，我开车去趟镇里，我有同学在那开电脑维修部，我让他给收拾一下。小妮子要将功补过似的马上说：我跟你一起去，花多少钱都我出。金昌瞪了一眼小妮子。

翟玲回到家。她看见隔院的满堆匆匆往外跑，连忙问：哎，满堆，大中午的你跑出去干啥呀？

满堆说：小玲姐快跟我去吧，柳枝嫂子和马小壮打起来了。

翟玲一听，转身就往外跑：这杨柳枝，又是闲得没事干了。

村卫生室。马大壮从车上卸下几个药品箱搬进屋里。石榴在收拾药箱。

石榴对大壮说：这几箱药就先放那吧，你赶紧回家吃饭，等会儿我巡诊回来再归拢。

马大壮还没等搭话，手机响了，他接电话：喂，小胖啊……什么？小壮两口子又吵吵起来了，还动手了？……我马上回去。

石榴赶紧问：他俩又因为啥呀？

马大壮说：谁知道了。说着跑出卫生室。

金昌开车在村公路上。马大壮迎面跑过来。小妮子奇怪，说：金昌，大壮急忙慌的，要干什么这是？

金昌赶紧停车，喊道：哎，大壮哥，有事吗？

马大壮气喘吁吁地说：可别提了，快跟我回去，小壮又跟媳妇吵架了。

金昌说：刚才还好好的呢，这会儿就吵上了？

马大壮说：都动上手了。

金昌赶紧把车掉头，对马大壮说：还瞅啥呀，上车……

翟玲和满堆、姜胖赶到杨柳枝家。

杨柳枝是豁出去了，不管大家怎么劝，扯起大嗓门，越吵动静越大。

翟玲说：柳枝嫂子啊，小壮把事情都跟你说了，你就别再吵了，一会儿把左邻右舍的都嚷嚷来，就更没面子了。

杨柳枝说：面子值多钱呀，小壮跟福来说两岔去了，指定是没干好事心里有鬼，我信他俩谁呀？

翟玲说：就算小壮没说清楚，不也没啥大事嘛。

杨柳枝说：他还说要削我，拿鞋底子比量我，我还就不折服了。

姜胖说：嫂子，小庄哥拿鞋底子比量，不是跟你闹着玩的嘛，你还有啥折不折服的。

杨柳枝说：小胖你闭嘴！

金昌和小妮子、马大壮进屋。姜胖高兴了：哇，援兵到了，你们快劝劝他俩吧。

翟玲看金昌跟小妮子一起进屋，心里又不是滋味了，嘀咕句：样儿吧。

马大壮见一屋子人都在劝架，感觉没面子，他很恼火地喊道：小壮，你怎么跟媳妇吵架呢？赶紧跟柳枝说句软乎话，完事干活去。马小壮说：我没错我凭啥说软乎话？马大壮又吼：不说也赶紧滚！

马小壮知道大哥急了，他低下头，可没动地儿。

姜胖推着马小壮说：小壮哥，大壮哥说得对，咱走。

杨柳枝拽住马小壮说：不行！不把话说清楚，我就不让他走！

马小壮说：我不走，那苗圃的活你去干？说完要走……

杨柳枝狠拽着不撒手，说：干活去？我能让你走才怪呢。

金昌看杨柳枝有点不像话了，上前一步说：杨柳枝，你这是干啥呀？闹一会就行了呗，小壮的衣服都给撕巴了，还没完了这是？

杨柳枝挺胸抬头地说：我就没完了！说着，她抓起俩大包子，砸向马小壮：我让你吃！我让你吃个够……

金昌见马小壮被整得一脑袋包子馅，忍不住笑了：哎哟嗬，小壮这桑拿可没白洗，洗出一脑袋韭菜鸡蛋来了。姜胖捧着肚子大笑起来：哈哈哈，小壮哥脑袋上长韭菜花了。

杨柳枝有点下不来台了，说：死小胖，我让你说疙瘩话。她使劲一推，把姜胖推个仰八叉，仰面朝天倒在炕上。

满堆也被整笑了：哎呀小胖胖啊，大肥肚皮都露出来了，哈哈……

姜胖一骨碌从炕上爬起来，说：嫂子你玩赖！

马小壮的脸挂不住了，他指着杨柳枝说：你个败家娘们的，要作死啊，我不收拾你、你真要反天了！说着，抡起巴掌抽向杨柳枝……

“小壮！”金昌大喊一声搂住了马小壮扬起的胳膊：你要干什么？

杨柳枝破罐子破摔了，像个吃错药的疯子嘶喊着：马小壮，我跟你拼了！她隔着金昌拼命抓挠马小壮……金昌竭力推开马小壮……杨柳枝越挠不着越着急，越着急就越使蛮劲，她又猛一上手，挠在了金昌的脖子上，金昌“哎呀”一声，说：杨柳枝，你挠我干啥呀？完了完了，把我大脖梗子挠花了……

翟玲埋怨说：哎呀柳枝，你把金昌的脸挠破了。

杨柳枝愣住了……

马小壮又急又气：可毁了呀，这败家娘们是要作上天了。说着，他眼珠子一瞪，真的要动手了……

金昌赶紧喊：小壮，别干傻事，赶紧的，蹽！姜胖推着马小壮说：对，赶紧蹽吧小壮哥，好男不跟……

金昌带着马小壮等几个人跑出院，赶忙上车。

杨柳枝追出，要往车上扑，车开走了……她攥着拳头跺脚喊：马小壮，你混蛋！你给我回来——

翟玲赶到跟前，说：柳枝嫂子，你还让他回来干啥呀，赶紧拉倒吧，你还想把这事闹多大呀？

杨柳枝凶愤地说：管它闹多大呢，我跟他没完！

翟玲说：你还没完啥呀，不考虑后果啦？这事让你娘知道了可就麻烦了。

一提到娘，杨柳枝马上有所忌惮和收敛。她在村里是有名的“洋辣子”，可在自己娘面前，她还是个挺孝顺的闺女，不敢放肆，这是她最大的优点。

马大壮还在屋子里，他看着一片狼藉，焦躁不已：这下可乱套了。

·五·

杨柳枝和翟玲在院门外。杨柳枝对翟玲说：对不起啊小玲，我刚才把金昌挠了。

翟玲带着怨气说：就是的，你咋整的，你挠他干啥呀？

杨柳枝说：叫这帮人给气得呗，那帮小子拉偏架，都来说我。又说：反正，也挺替你解气的哈。

翟玲吃一惊：你瞎说啥，咋还替我解气呢？

杨柳枝说：小玲啊，嫂子是过来的人，啥事看不出来呀；不是我说你了，你整天那眼睛里都看啥了，你是真看不出事来，还是故意装着看不出来呀？

翟玲不解：你跟小壮闹翻了，跟我有啥关系？

杨柳枝煞有介事地说：哎呀，你真傻。嫂子跟你说啊，就那个姜兰，整天黏糊着金昌我就不说啥了，现在，这又加上个小妮子，没事老往金昌跟前凑合，你看把她给嘚瑟的，这家伙，跟着金昌满哪跑，金昌走哪她跟哪，这你要不看紧点，小心她打金昌的主意啊。

翟玲说：叫你说的了，我跟小妮子是干姊妹，她可不能有歪心思。

杨柳枝说：干姊妹咋的，就是亲姊妹也有干出那事的，不是有那句话吗，“小姨子是姐夫的半拉……”

翟玲急了：哎呀嫂子，你都说哪去了？我下午还有活呢，得去园区了。

翟玲转身走。杨柳枝追上说：哎，我跟你说的话，你得上心。小玲，你跟嫂子说心里话，你看着自己的对象老跟人家出去，心里啥滋味呀？

翟玲不耐烦地说：啥老跟人出去，小妮子办公室的电脑出毛病了，他俩要去镇里找人收拾电脑去，你还大惊小怪上了。

杨柳枝这人心眼小嫉妒心强，就是见不得别人好。她继续说：小妮子行啊，刚到合作社没几天，总经理就带她出去了；你说，咱红石峪的大姑娘、小媳妇的多了去了，可金昌偏偏派她去市里学习，这学习完回来，立马又安排她去销售部，这也有点太过分了吧；我看呢，等你爹回来，跟你爹说说，让小妮子哪凉快哪待着去得了。

翟玲很纳闷：哎，嫂子，小妮子没得罪过你吧，你哪来这么大气呀？

杨柳枝说：小妮子没得罪我，她娘可把我娘得罪不轻，你不知道咋的？

翟玲更是疑惑：九妹婶子怎么能得罪你娘呢？

杨柳枝说：村里分山地那会儿，那“金沟子”坡地，多好的一块地，要不是被九妹子抢走，那就是我娘的地了，我娘也能在那开“农家乐”了。

翟玲说：你别那么说，九妹婶子得的那块地，是村委会集体表决通过的，这事还提它干啥；再说，九妹婶子寡妇失业的，多不容易。

杨柳枝说：我娘也是寡妇啊，那块好地就应该分给我娘。可惜呀，可惜我娘不会来事。

翟玲实在听不下去了，说：嫂子，那些闲话咱少说啊。我还说刚才的事，你毕竟把金昌挠挺狠，你也知道金婶是急性子直脾气，这事要她知道了，可不好办，我看，你应该去趟金婶那。

杨柳枝说：我上她那干啥呀？

翟玲说：傻呀你，这事你不去道个歉，我看你过不了金婶这关。

杨柳枝说：我挠金昌，你都没心疼呢，该她啥事？

翟玲说：柳枝嫂子，虽说咱俩也有互相看不上的时候，可咱是起小一块儿长大的，是一个村的姊妹，这事你听我的，赶紧找金婶去，要不，没你好果子吃。

杨柳枝哼了一声，说：金婶啥啥都瞧不起我，也不待见我，这回呀，气着她才好呢。

翟玲实在没辙了，就说：话我是跟你说了，听不听就是你的事了，走了。

马大壮一直站在马小壮家院子里。杨柳枝进院。马大壮的脸上满是诚恳和忧虑，他对杨柳枝说：弟妹，今天这事儿，不管咋说也是小壮不对，我肯定要说他，你消消气啊。

杨柳枝瞅都没瞅马大壮，说了句：该你啥事啊。说完进屋。

马大壮被讪在院子里，他很无奈……

金昌把车停在村口，对几个人说：小壮，你们就在这下车吧，我和小妮子直接去镇上，把电脑收拾了。金昌又瞪了一眼姜胖：都是你干的好事。姜胖不好意思地做了个鬼脸。

马小壮说：金昌，对不住啊，你这脸还让柳枝挠破了，我说，你跟我先去趟卫生室吧？

金昌说：没事呀，你别管了。

马小壮心疼地说：我看挠得挺重，你还是去一趟、让石榴给看看吧？

金昌说：别跟我磨叽了。说着，开车走了。

姜胖问马小壮：我跟满堆上苗圃干活去，你咋办？

马小壮说：别管我了，我担心这事让金婶知道了，指定得不乐意了。

满堆说：小壮说得对，金婶疼儿子、护犊子是出了名的，一点不带含糊的。

马小壮说：那什么，你俩干活去吧，我去趟卫生室，找我嫂子商量商量，看这事怎么办好。

马小壮进卫生室。他耷拉着脑袋站在那里，不知道怎么跟嫂子说才好。

石榴瞅瞅马小壮，说：刚才还吵得劲儿劲儿的，这会儿哑巴了，杵在那干啥呀？

马小壮慢慢坐到凳子上，说：愁人。嫂子，金昌那脖子让柳枝挠好几道檩子，我看挠得挺重，不知道能不能落疤痢？

石榴说：表皮划痕没啥大碍，就是别感染了。你也是，你都知道柳枝

上来脾气不管不顾的，怎么不搂着点？关键是金昌无缘无故地被挠了，金婶那怎么交代？

马小壮说：我给金婶赔礼道歉去呗，跟她好好说说，金婶能原谅我。

石榴说：那还有你丈母娘呢，她知道你俩吵架不？

马小壮说：现在她不能知道，她要知道了，早来作我了。这事整得，麻烦大了。

石榴深知柳枝娘的厉害，她担心地说：我看，柳枝娘她饶不了你，弄不好非削你不可。

马小壮很后悔地说：哎呀，你说那福来，他请我洗那破玩意儿干啥？

石榴说：人家福来也是好心，谁知道你媳妇诈尸不让呛了。

马小壮心里很乱，也没跟嫂子打招呼就往外走。石榴赶紧喊住小壮，递给他一瓶酒精棉团，说：一会儿见着金昌，把酒精棉给他，让他把伤口里外都抹到了；最好你把他带我这来，我给他处置一下。

马小壮：嗯。

金昌的爹——金有良，在红石峪村威望很高。他担任村主任期间，积极配合镇政府工作，带领村民们治理荒山林地，为农民致富闯出了一条新路；年纪大了，他主动让贤，喇叭叔被选为新的村主任。金有良还是位深受乡亲们喜爱的二人转艺人，他的一身技艺都是从小跟自己爹学的，他爹是著名二人转老艺人，是兴远镇“小戏台”上绝对的头牌。如今，镇政府要在“小戏台”召开先进农民企业家表彰大会，同时，要搞一台农民秧歌会活跃乡村文化生活，张镇长就委托金有良到各村去选节目。金有良刚完成任务，镇长就通知他和喇叭叔到镇政府开会。

金有良和喇叭叔进镇长办公室。张镇长热情招呼：哎呀，有良叔刚跑完几个村选节目的事，还没回家就被叫来开会，喇叭叔也到了，辛苦二位了！

金有良说：张镇长客气了，能为镇上做点事情，是应该的。

喇叭叔说：镇长是为表彰大会的事叫我俩过来的吧？

张镇长说：是啊，到时候，还要给乡亲们看秧歌会呢。镇里打算把小戏台重新修建一下，毕竟那是上百年的古建筑，年头久了需要加固，有些设备也该添置了，今后在乡村精神文明建设和发展乡村旅游文化产业上，都会发挥作用的。你们也都熟悉小戏台，请二位帮我拿拿主意。

金有良说：好啊，应该让小戏台旧貌换新颜了。我看不仅整体要加固刷新，具体的像舞台台面、两边侧台，包括后台区域，都一起修整一下就更好了。

喇叭叔也说：是呀，现在乡村文化活动越来越多了，小戏台也能多发挥作用了。

张镇长说：好哇好哇，还是你们最有发言权。这样，咱这就到现场，看完之后，你们把具体想法一项一项列出来，我好做个计划预算。张镇长又对金有良说：有良叔，我看这台秧歌会，还是请您这位二人转行家做总导演吧？

金有良说：领导信得过咱就干，虽然咱是业余的。

张镇长很高兴，说：客气，有良叔可是老民间艺人了，镇里的文艺活动，请您过来就方便多了；还有喇叭叔，您虽然是业余的舞台监督，可镇里每次搞活动都少不了您，你和有良叔也是一盘架老搭档了，我就先谢谢二位了。

喇叭叔说：咱不说这话啊，镇长，镇上的事就是咱自己的事。那咱就赶紧过去看看吧。

张镇长说：好，抓紧时间，一会儿各村文艺骨干都过来，还要开会呢。

三人到了“小戏台”。站在舞台上，喇叭叔说：这小戏台虽然年头久了点，可气派还是不减啊，正儿八经的古建筑。

金有良说：它可是有年头喽，而且，底蕴还不浅呢。

张镇长说：是呀，清代的时候，咱们这儿产的平榛被选为“贡榛”，京城的人，年年到这儿收榛子的时候，都要在这看戏呢。有良叔，你老爹后来在这唱二人转的时候，我还小呢，每次都是我爹背着我跑来看热闹哇。

金有良说：是啊，那时候，唱戏的锣鼓家伙什儿一响，十里八村的人，拿板凳、扛椅子的都往这赶，可是热闹啊。

喇叭叔说：那人多得，每次散了戏的时候，那跑丢的鞋都是一大堆呀。

三人哈哈笑起来。

红石峪村文化广场。一群妇女围坐在古树下的大磨盘上。就听满堆娘玄乎乎在讲：哎呀，你们可不知道那杨柳枝有多厉害呢，我儿子和几个大小伙子上去拉架都不好使唤，你说她咋那么能撒泼呢？人家金昌总经理上前拉架，她咔咔给人挠了，那大血檩子，那血冒的，哎呀妈呀。

姜兰娘说：杨柳枝真傻，自己家老爷们啥样人还不知道哇。

翠兰说：可不咋的，还说小壮洗桑拿找什么小姐，小壮就是老实人吧，要叫我，早削她了。

一位妇女附和说：嗯哪，我可知道小壮不是那种人。

金婶拎着菜兜子走过来，她还不知道所发生的事情。这位妇女说：哎，妇女主任来了。我说他金婶啊，杨柳枝跟小壮吵架了，你知道不哇？

金婶惊讶：啥时候的事啊，我刚去趟小市场，没听说啊。

另一位妇女插话说：就是谁都不敢告诉你呗。

姜兰娘怕金婶着急，忙打圆场说：哎呀，不是啊，她吃饱了撑得乱说话，别听她的，没啥事啊。

满堆娘还没反应过来姜兰娘的用意，说：还没啥事？那杨柳枝……

姜兰娘赶忙打断：叫你别说就别说，还能把你当哑巴卖了。

那位妇女反应挺快，赶紧解围：啊是呀，我们是说满堆娘呢，满堆娘库管干得好好的，硬让那杨柳枝给撬去了。

金婶认真地说：都别瞎起哄了，合作社有啥事，都是开理事会决定，谁都不能擅自做主。

满堆娘说：哎呀，还是他金婶说话准成。

翠兰小声对满堆娘：别说了，再说就漏兜子了。满堆娘和几位妇女互相瞅瞅，都憋不住地笑了。

金婶瞅了瞅几个人，说：你们这帮老娘儿们就能闹，没事儿就搁这瞎哈哈；哈哈吧你们，我赶紧把东西送回家，这就看看杨柳枝去。

满堆娘说：杨柳枝平日里都不咋搭理你，你还管她干啥？

金婶说：那也得管，两口子打架，违反村规民约。

反映挺快的那位妇女又说：妇女主任，你还是别管了，小心一会儿“拉清单”。

金婶说：闹吧闹吧，我可没时间跟你们瞎哈哈。

金婶离开。翠兰埋怨满堆娘：就你嘴快，我要不拦着你，你非说出去不可。

满堆娘说：还不早晚的事儿嘛，金昌还不回家了，被挠那样，他娘能看不见？

翠兰说：满堆娘说得也是，这事肯定瞒不过她金婶。咳，这杨柳枝可真够呛，两口子哪有上牙不碰下牙的，吵吵两句就得了呗，动手干啥玩意儿？

满堆娘心里最嫉恨的人就是杨柳枝。原先她一直是合作社库管，后来，库房实行计算机管理后，老翟头觉得满堆娘年纪大了、又不懂电脑，就提名理事会、推选杨柳枝做了库管，杨柳枝毕竟是高中生，又明白点儿电脑；可满堆娘却不这么认为，她就觉得，杨柳枝指不定用什么手段讨好老翟头的呢，把她顶替下来就是杨柳枝干的“好事儿”。当她听说杨柳枝把金昌挠了这事儿，可算找到机会了，恨不得立马在金婶面前把这事儿说它个轰

轰烈烈、悲悲惨惨。满堆娘回到家立马给金婶打电话。

金婶在家接电话：谁呀……满堆娘呀。

满堆娘很亲切地问：老嫂子，忙什么呢？

金婶说：我正要找杨柳枝去呢。

满堆娘说：你先别去了。

金婶问：怎么了？

满堆娘神秘兮兮地说：我跟你说完这事，你可千万别着急啊。

金婶纳闷：什么事呀？

满堆娘说：你儿子让杨柳枝给挠了，挠脸上了！那大檩子挠得，血赤乎啦的，你知道不？

金婶惊诧：你说什么，她两口子打架，挠我儿子干啥呀？

满堆娘公开挑拨：哎呀，还干啥呀，你不一直看不上那杨柳枝吗，她指定是冲着你来的呗，这事儿，就算你儿子倒霉吧。

金婶一下子急了：我儿子凭什么要倒霉呀？还反了她杨柳枝了，我找她去！

金婶撂下电话往外走，愤愤道：杨柳枝这孩子是越来越不懂事了，哼，我得让你娘好好管教管教你。

柳枝娘在炕上做针线活。金婶气哼哼进屋，连珠炮似的把杨柳枝数落一顿，就是质问：你家杨柳枝想干什么？为什么挠我儿子？

柳枝娘很纳闷：……瞎说什么呢，这劈头盖脸的？我说老妹子呀，柳枝随便挠人，那不是没教养吗？

金婶说：就是的，随便挠人算怎么回事呀？她怎么那么没教养呢？

要论吵架，柳枝娘可不是善茬子，在整个村子里，要说她第二，就没人敢称第一。她脑瓜一转，说：就是的，要说教养，这老话说得好，“好男不跟女斗”，我闺女真要那么做了，那指定是你家金昌在柳枝面前要威风、欺负人，把我闺女惹急眼了呗；要那样式儿的，干脆，把你儿子的总经理撤了算了。

金婶给造一愣，这是啥套路啊，上来就要撤我儿子的总经理？她说：……啥意思呀你？这总经理是全体村民选出来的，你说了可不算。

柳枝娘说：我闺女在你儿子手底下受气，就是不行！

这时的俩老太太，都不冷静了。

金婶说：老嫂子你可真行，我来找你，你能说句客气话，这事也就过去了，你怎么还不讲理了呢？

柳枝娘说：啊，这事是因为啥发生的，到现在我还不知道呢，你进门就数落我闺女，火炽燎横的，我怎么跟你说客气话？

其实，柳枝娘说的也是实话，可金婶就认个死理儿，她说：你家孩子把我儿子挠了，你这当娘的，总该给句公平话吧。

柳枝娘丝毫不让，说：拉倒吧你，咋回事还没整明白呢，我咋公平呀？

金婶说：这明摆着人给挠了，你还要整明白啥？行了，老嫂子连一句客气话都没有，那就别怪我不客气了。金婶扭身走了。

柳枝娘虽然怼了金婶，可还是纳闷：柳枝这死丫头，因为啥把金昌挠了，她从来没跟金昌别扭过呀？

金婶直奔合作社园区，她气哼哼叨咕着：好你个柳枝娘，你闺女挠人你不说，还跟我胡诌八扯不讲理，还要撤了我儿子的总经理，都你们娘们儿的了？行，杨柳枝有错你不管，我管！

金婶进园区径直去了库房。金昌正在办公室忙着整理开会的材料，他看见娘直奔库房去了，说了声“不好”，赶忙给金菊打电话。

金婶进了库房，站门口就喊：杨柳枝！

杨柳枝吓一跳，一看是金婶，说：干啥呀，火刺棱的？

金婶说：我就问你杨柳枝，你就说你挠金昌没？

杨柳枝轻蔑地随口说：挠了。

金婶愣了一下，没想到杨柳枝是这么不在乎的样子，心火腾地一下子上来了：好你个杨柳枝，你是越来越出息了，还学会挠人了，把人挠了还无所谓了，你凭啥挠人啊？

杨柳枝带搭不理地说：我不是故意的。

金婶说：是不是故意的也不能挠人啊，还往脸上挠？金昌有哪做得不对，你可以批评他、说他就是了，这咋学得像家庭妇女了呢，你撒什么泼呀你！

杨柳枝不耐烦地说：你啥意思啊，你跑到库房来，就是来找茬儿骂我的呀？

金婶说：啥叫找茬儿呀，你把金昌给挠了，你都承认了，这事实搁这摆着呢，你不得道个歉呀？

杨柳枝说：道什么道，怎么道？我又不是故意的。

金婶说：怎么说话呢这是，会不会说话呀你？

杨柳枝说：说什么说，跟谁说？我挠的是金昌又不是你，跟你有啥说的？

金婶真生气了：哎呀嗬，杨柳枝，你都多大了，还这么不懂事？金昌是我儿子，你把他挠了，我当娘的能不心疼吗？

杨柳枝好像还有理了，说：我跟俺家小壮叽咯，我挠的是马小壮，金昌他上前拉架我没看见，就刮碰他点皮，至于你大惊小怪的、跑园区来数落我。

金婶气火了：你把他脸都挠出大血檩子了，还说刮碰点皮，就算刮碰点皮也是你干的；就凭你这态度，你不跟我说声对不起还不行了呢，你要道歉！

杨柳枝瞪着眼睛说：你少跟我瞪眼扒皮的！你到库房来找我吵架，完事还让我说对不起，你少跟我面前摆架子，不就是个妇女主任嘛，我可不吃你这套！

要讲吵架，金婶真不是杨柳枝娘儿俩的对手，她一时都不知说什么好了，只能说：嗬，这娘儿俩，真是一个模子扣出来的呀。

杨柳枝一愣：你找我娘了？

金婶：啊，找了。

杨柳枝这下生气了：你都找我娘了，还来找我干啥？

金婶说：你娘要讲理，我还能来找你吗？

杨柳枝说：讲理？讲理还要法院干啥？

金婶被噎得找不着话了：……我就没见过你这样的人……我就不信没人管你杨柳枝了？

马大壮一直在家门口等马小壮。见小壮回来，赶紧把他叫进屋，生气地说：小壮，我就不明白你了，家里有现成的淋浴，白天晚上都有热水，你跑外边洗那玩意儿干啥呀？

马小壮说：哎呀，那不是福来非要表示感谢嘛。

马大壮说：你跟哥说实话，你身上那红檩子，是不让“小姐”给整的吧？

马小壮着急说：说啥呢，我都不知道“小姐”长啥样，见都没见过，怎么能整上呢，红檩子就是让搓澡师傅给搓的。

马大壮说：你给我说准成了。

马小壮认真地说：哥，我是你亲弟弟，这么多年你还不了解我吗？

马大壮点点头：嗯，我相信我弟弟。只是，这家里的事都好说，可金昌那边就麻烦了，这不还有金婶嘛。

马小壮说：我知道，我给金婶道歉去呗。哥，你说，金婶平时都不咋愿搭理柳枝，所以我寻思，我自己找金婶去行不？

马大壮说：你自己去？

马小壮：嗯。

马大壮说：哎呀，我老弟就是这么傻实惠。你自己去，你让人说你在家支不起锅，是土鳖，说你媳妇把人挠了，你替媳妇去给道歉，啊？马小壮被问住了。马大壮又说：你先等等，我得去苗圃干活了，这事等我回来再商量怎么办吧。

马大壮走了。马小壮一头倒炕上，翻来覆去……他又一骨碌爬起来，找金婶去了。

金婶没在家，马小壮又硬着头皮到老丈母娘家“过堂”去了。

柳枝娘还生着气呢，见马小壮进屋，说：你不去干活，上我这来干啥呀？

其实，柳枝娘到现在还不知道杨柳枝是跟马小壮吵架，她听金婶的意思，是杨柳枝与金昌吵架把金昌给挠了，所以她还顾不上搭理马小壮。

马小壮说：娘，我过来看看柳枝来没。

柳枝娘说：她没来。又赶紧问：柳枝跟金昌吵架的事，你知道不？

马小壮吓一跳：柳枝又跟金昌吵架了，啥时候的事啊？

柳枝娘说：你金婶都到家找我来了，说柳枝把金昌给挠了。

马小壮紧张：金婶到家来了？

柳枝娘说：来了，我把她撅出去了。

马小壮眉头一皱：啊？哎呀我的娘啊，你应该给金婶道歉才是，你怎么能把她撅出去呢？

柳枝娘说：什么，我给她道歉？她不分青红皂白劈头盖脸说我一通，我不撅她，让她蹬鼻子上脸啊？

马小壮哭咧咧地说：完了，完了完了……娘，我跟你说……马小壮把事情一五一十说了个清楚。

柳枝娘听完，这个气呀：原来是你们俩干的好事，这事让人家知道了，我得多丢人吧。

马小壮鼠迷了，说：反正事情都发生了，娘说我该咋办吧？

柳枝娘说：你俩惹的祸，还问我咋办？我这老脸还不知往哪搁呢。

马小壮说：都是我不好，娘怎么说我都行，可我想……

柳枝娘问：你想啥呀？

马小壮胆突突地说：我想，陪娘给金婶道歉去，行不？

柳枝娘一下就掉脸子了：怎么说话哪，让我去道歉，怎么还把我给扯进去了？

马小壮不敢大声地说：金昌被挠了，金婶心疼儿子来找娘了，娘把金婶给撅走了……

柳枝娘瞪着眼说：啥意思呀，你是说我也把你金婶得罪了呗？

马小壮：嗯哪。

柳枝娘说：嗯哪个屁！你别往里头掺和我，我自己的老脸，我知道怎么遮；你要听我话，就回家去等柳枝，等她回来，你俩一起去见你金婶。

马小壮说：那，行吧。马小壮走出。柳枝娘马上给杨柳枝打电话，让她跟小壮去给金婶道歉。

杨柳枝听娘把自己埋怨一通，有些不耐烦，她说：娘，你先别说了，等我下班回去再说吧。说完，就把电话撂了，嘴里嘟囔着：讨厌！干啥非要给她道歉。

柳枝娘有话还没说完杨柳枝就把电话撂了，她只感觉要喘不上气来，一阵胸闷，嘴里念叨着：这死丫头，可气死我了……哎呀……她拿出一瓶救心丹，倒出几粒含在了嘴里……

金婶坐在炕上生闷气。金菊来家了。金婶问：你回来干啥呀？

金菊张口便问：娘，你去库房找杨柳枝了？

金婶说：啊，他们娘儿俩都不讲理，我去那说道说道不行吗？

金菊说：哎呀，这事儿娘还不知道呢，因为喝酒洗桑拿的事，福来和小壮把话说两岔了，杨柳枝才误会小壮的，杨柳枝是撕扯小壮没注意才挠着金昌的。

金婶问：那杨柳枝跟小壮吵架，金昌上跟前儿干啥呀？

金菊说：拉架呗！

金婶说：这不结了，金昌是好心上前拉架，反倒被挠了，那杨柳枝就更应该说句客气话呀！

金菊劝金婶：哎呀娘，你心疼我小弟，我理解你，可让柳枝道歉就算了吧，咱老邻居住得好好的，啥事儿别那么较真儿了。

金婶不依不饶：我不较真儿，她们娘们儿起码得讲理吧！你没听见刚才柳枝娘说那话呢，还要撤了金昌的总经理，比她闺女还不讲究呢。行了，你不还有事吗？

金菊说：嗯，我得回家取份资料，一会儿翟叔回来开会用。

金婶说：你走吧，这没你事了。

金菊走了。金婶听了金菊把事情说了一遍后，心里更加不平衡，儿子好心劝架受伤了不说，自己还被杨柳枝娘儿俩撅了一通，特别是平时就不怎么待见的杨柳枝对她那样子，更是无法忍受，她马上给村主任喇叭叔打了电话，把村里闹腾的事一股脑地汇报给了喇叭叔。

喇叭叔和金有良以及各村村主任和文艺骨干在镇政府会议室开会。

张镇长讲话：刚才大伙儿谈了不少建议，都挺好的，我也说几句。大家都知道，咱们辽北东部山区，在夏季，是榛子自然生长期，所以这期间，自然形成了“夏闲”的生产生活规律，镇里要利用这段时间召开大会，表彰我们榛产业的先进代表，尤其是一代有知识、有文化的新农民，他们在农村合作社发展中发挥了积极重要的作用。

众人点头赞许。

张镇长继续说：我们同时还要举办农民秧歌会，为先进代表们演出，同时又丰富了乡亲们的文化生活。现在，农民兜里有钱了，就要追求快乐的生活品位呀，我们就要把乡村文化生活搞起来；秧歌会虽然是农民自己演自己，也得弄得像点样，镇里头还要请红石峪村的有良叔做导演，喇叭叔做演出的舞台监督，大家有啥意见没？

大伙儿七嘴八舌地说：没有……那还说啥了……咱还巴不得的呢……

万能大声说：赞成。我们还想看有良叔唱二人转呢。

万能是万大炮的儿子，可他不像老爹做事那么随便，是个办事稳当、性格朴实的小伙子。今天他代表三里堡村秧歌队来镇里开会。

金有良说：还是你们年轻人唱吧。万能啊……

万能：哎，有良叔。

金有良说：你们三里堡那“东北民歌大联唱”，乡亲们都挺爱看的，这节目热闹喜庆，你们再好好排排，就做秧歌会的开场节目吧。

万能高兴地说：好啊。有良叔，大联唱里有男女领唱，我来选人行不？

金有良笑着说：咋不行呢，你打算选谁呀？

万能说：我们村有个小伙儿在小市场卖鱼，他叫于成，干沟于、成功的成。

金有良说：啊，我知道他，那小子嗓门儿才亮堂呢。

张镇长见大家兴致很高，也插话说：我也提个人选啊，咱们镇林业站的姜兰，那嗓门儿也挺亮的，她可以作为返乡大学生代表，演个节目吧？

喇叭叔听镇长提到红石峪的人，当然高兴了，马上说：行啊。我看金昌也应该参加。

金有良赶紧说：金昌不行。

喇叭叔说：咋不行呢？

金有良说：他不是那块料。让他上台讲讲榛子、林业生产什么的，他还能说几句，演节目不行；返乡大学生有姜兰代表就行了，金昌在这方面是“狗肉包子——上不了台面”。

张镇长笑着说：都是农民自己唱着玩的事，让金昌锻炼锻炼吧。

金有良说：别锻炼了，他精不精傻不傻的，上台唱歌忘词就完了。

张镇长和大伙儿都笑了。

会议结束。金有良叫住万能，他想侧面了解一下万大炮的情况，福来不上工耍扑克的事他已经知道了。金有良说：万能，你爹最近挺忙吗？

万能说：还行，不怎么忙。有良叔找我爹有事？

金有良说：也没啥事。你爹还老玩扑克吧？

万能说：可不咋的。

金有良说：福来老去找你爹玩？

万能说：哪呀，是我爹最近腰脱病又犯了，出不了车，就找福来他们到家玩过几次。

金有良说：啊。那你爹整天跑出租多累呀，回家还不好好歇着？

万能倒是很理解自己爹，他说：有良叔，这是咱爷儿俩说话，你说我爹开车枯燥劳累一天了，回家闲着也难受，我这当儿子的不让他玩会儿，也有点儿于心不忍。

金有良点点头说：嗯，你能理解你爹，还行。

万能说：其实我也是没法，我跟秀华老劝我爹找个老伴儿吧，可我爹不干。

金有良说：那你爹整天在家闹腾，秀华能受得了吗？

万能说：受不了也得受，谁让那是我爹呢。

金有良关心地说：你爹开出租车也是辛苦，再没日没夜地折腾，对身体不好；开车最重要的是要精力集中，休息不好，行车时就容易出危险。

万能说：有良叔，你是让我回家管管我爹呗？

金有良怒笑说：哪有儿子管爹的？不是不能玩，现在正是农忙的时候，就别张罗这些事了。

万能说：好，回家我跟我爹说。有良叔，我开车送你回家吧？

金有良说：行，你顺道送我去趟小市场吧。又说：万能啊，你爹岁数不算大，身边没个说话的人不行啊，有合适的，还是找个老伴儿好，你们当小的，要替长辈多想想。

万能说：有良叔是不了解我爹，我爹那毛病大着呢，你别看他人不咋起眼，一般人他还都瞧不上呢。

金有良说：是吗？万大炮这家伙还挺清高？

万能说：可不，矫情着呢。

金菊在屋里找资料。福来晃荡晃荡进了屋。金菊盯着福来，问：刚才你看见大壮没？

福来说：看见了，我俩在一个小组干活呢。怎么了媳妇？

金菊说：小壮两口子吵架了，他没告诉你呀？

福来说：没呀……福来见金菊一直瞪着自己，又说：你瞪俩眼珠子看我干啥？

金菊生气地说：你说我看你干啥，都是因为你，小壮两口子才吵的架！

福来委屈：怎，怎么是因为我呢……福来忽然像恍然大悟：我想起来了，今天上午……福来恨不得一口气把话说完：我就听见他俩说话那动静有点不对、我还特意过去一趟、寻思劝劝她俩、结果被杨柳枝给拦在屋外、她奇奇怪怪地问我昨晚干啥去了、问完就叫我走了、连屋都没让我进去、他俩肯定是……

“行了！”金菊叫停了福来，说：我娘知道了杨柳枝把金昌挠了这事很生气，非要杨柳枝道歉不可……

福来打断金菊，说：等等、等等，杨柳枝挠金昌干啥呀？

金菊说：杨柳枝和马小壮撕扯到一块了，金昌上去拉架，才被挠的；你赶紧回家劝劝娘，别让杨柳枝给娘道歉了，这也是金昌的意思，这事就此拉倒吧。

金菊说完就匆匆出了门。福来追了出去，说：什么乱七八糟的，哎，老婆，你干啥去呀？

金菊说：翟叔一会儿就到了，我得赶紧回园区开会去。娘的工作你做吧。

金菊走了。福来嘀咕着：咋回事，我成妇女主任了。

福来到金婶家，见丈母娘黑着脸生气的样子，他说：娘，你就别上火了，金昌一个大小伙子的，让人挠两下不算啥。

金婶不乐意说：你说话咋那轻松呢，要你儿子让人给挠了，你不心疼啊？我还要问你呢，你闲得是不，没事领小壮去洗那玩意儿干啥呀？这下整得可好，弄得我都跟柳枝娘翻脸了。

福来赶紧说：那我以后不去就是了。娘，其实就是杨柳枝手快点，金昌再笨点，我看，这事也没啥大不了的。

金婶说：照你这么说，这事还怪我儿子了？

福来说：我不是那意思。现在怪谁都没用，咱冲着柳枝娘和马小壮，也得给杨柳枝留点面子不是。

金婶说：哼，我给她留面子，她给我面子吗？她不给我道歉，就是不行。

福来琢磨一下，有了主意，说：娘，那这么的吧，我这就跟小壮说去。

福来一提马小壮，见金婶马上看着他、情绪有了变化，他赶紧又说：

看见没，娘，我一说马小壮，您这气就消一半了。

金婶也算是找了个台阶下，忙说：小壮是好孩子，叫他来一趟吧，我有话跟他说。

福来马上说：好好，我这就找小壮去啊。

·六·

省城。沈北民间艺术团。人事科耿科长找小丽谈话，关于合同演员签约三年的事。小丽欣然签约。

耿科长说：小丽，这合同签了，可要在团里好好工作啊。

小丽说：嗯，耿科长，我一定好好努力，做好各项工作。

耿科长说：团里相信你。对了，还有件事情要跟你说，团里为了丰富演出剧目，要排一批新节目，另外，从团里业务建设的长远考虑，也需要招聘几名条件好的演员，特别是像《洪月娥做梦》这类节目，正在寻找新演员，你们那里有合适的人选，可以给团里推荐一下。

小丽马上说：耿科长，要推荐的话，俺们兴远镇哪就有一位很棒的二人转演员。

耿科长说：你是说，锦山市上届东北民间歌手大赛，大奖的得主翟玲吧？

小丽说：对呀，耿科长知道她？

耿科长：嗯，翟玲可是个人才。怎么，你俩认识？

小丽说：何止是认识，我俩是闺蜜。

耿科长笑了，说：那挺好啊。上次大奖赛，我和我们团谢导演当时就在现场，比赛刚结束，团里就准备聘她了，不巧，她老爹病了，住院手术，这事就耽搁下来了。要不这么的吧，小丽，你跟翟玲联系上，转达一下团里的意思，如果她愿意到团里做签约演员，团里随时欢迎。

小丽说：好，我这就跟她联系。

翟玲接到小丽的电话，听说艺术团欢迎她去应聘，很高兴，她说：小丽，谢谢你啊。

小丽说：谢啥呀，小玲，机会来了，你赶紧点的啊。

翟玲说：知道啊。你上次给我打过电话之后，我一直在琢磨这事，可越琢磨越觉得这事没那么简单。

小丽说：哎呀，你怎么像个老太太似的，琢磨啥呀，琢磨来琢磨去的，机会就错过了。

翟玲说：我也知道机会难得，可我总得跟家里人打声招呼，听听他们的意见吧。

小丽说：他们的意见？这是你自己的事情。

翟玲说：是我自己的事情，可你想过没有，我要走了，家里人怎么办？撇下我爹一个人在家，他能愿意吗？我干娘会怎么说？金婶一定不会同意吧。再说了，这事起码得先听听金昌的意见吧。

小丽说：看你这些心思。我马上要去演员队报到了，不跟你说了，你赶紧先找金昌谈吧，撂了啊。

翟玲寻思了一会儿，直接去了总经理办公室。

正要出门的金昌看见翟玲，笑呵呵地打招呼：小玲，你来了。

翟玲走近金昌，看着脸上的几道檩子，心疼又带埋怨地说：你也是的，就拉个架呗，干啥还死乞白赖的呀，显你能耐咋的。

金昌说：当时你在现场都看见了，我就是急着想给他俩拉开，没承想，杨柳枝瞅冷子来那么一下子。

翟玲说：你虎哇，以后别盛呵呵的了，别以为啥事缺了你不行。

金昌说：我以后注意就是了。我这马上要开会了，有空咱俩再唠啊。

翟玲忙说：那，你晚上有时间吧？

金昌想了一下，说：不好说，就怕你爹那有事。

翟玲说：我爹一会儿开完会要去镇上，见张镇长去。

金昌说：是吗？好啊，那咱俩在老地方见呗。

翟玲：嗯哪。

金昌见翟玲没动地儿，说：小玲，你是不有什么事情要跟我说？

翟玲说：刚才，刚才小丽又给我来电话了。

金昌说：怎么，小丽要回来了？

翟玲说：不是，是我……等晚上我跟你说吧。

金昌见翟玲犹犹豫豫吞吞吐吐的样子，他有种预感，特别的预感，他应付着说：好吧，晚上说。

马小壮在家正撩着衣服对着镜子往身上抹什么……福来进屋，说：干啥呢这是，往后背抹啥呢？

马小壮说：抹点凡士林。你这家伙非让我长见识，领我去洗那破玩意儿，这回可好，柳枝就因为后背这红檩子，怀疑我了。

福来说：啊，你俩是为这事吵的架呀，那跟我没关系了。

马小壮瞪着福来说：还没关系？就因为你说咱俩喝酒去了，柳枝才怀疑我的。

福来疑惑：……不是……你跟杨柳枝承认了，说咱俩去洗桑拿了？

马小壮说：啊，我不说实话能行吗？我当时不都叫你实话实说了吗？

福来来气了，说：实话？就是真正真实的那话？那你马小壮不是叛徒吗！咱俩不都说好了吗，不提洗桑拿的事，就说喝酒去了？你咋……马小壮呀马小壮，就你那破嘴，杨柳枝咋没把你给挠了呢？

马小壮说：真要挠了我还好办了呢，可她把人家金昌给挠了。

福来问：挠得狠吗？

马小壮说：你可不知道柳枝有多虎，当时就跟疯了似的，我还没反应过来咋回事，她就以“迅雷不及掩耳盗铃之势”，咔！金昌就“妈呀”了。

福来说：你家杨柳枝是够虎的了。

马小壮说：可不咋的。这败家娘们，把金昌挠那样，金婶肯定心疼死了，你说我该咋办吧？

福来胸有成竹地说：这事好办，给我丈母娘道个歉，就一句话的事。

马小壮说：行啊，我也是这么想的，我这就找柳枝去。

福来忙说：不用找她了，我丈母娘有话，让你一个人去就行；她是心疼儿子，她也信任你，你把话说到，这事就过去了。

马小壮说：那也行。

金婶在家没等到马小壮和福来，却把村主任喇叭叔等来了。喇叭叔进了院，说：老嫂子在家吧？

金婶赶紧迎出门：哎呀，主任来了，这么快就从镇上回来了？

喇叭叔说：是啊。有良还没到家吧？

金婶说：谁知道他走哪去了。快屋里坐。

进了屋，喇叭叔说：哎呀，刚才我在镇上开会，老嫂子给我打电话我也没听细听，这一回村，就赶紧过来看看你。

金婶说：主任来了，我就跟你说道说道。你说这杨柳枝多气人吧，她两口子吵架，金昌去拉架，她把我儿子给挠了，我去跟她说说理，她还说“讲理还要法院干啥”，你听听、听听，这说的叫啥话吧？

喇叭叔笑了笑，说：杨柳枝都任性惯了，有话拿过来就说，我就是过来劝劝你，咱就别跟她那么认真了，再说，她也没把金昌挠咋样吧？

金婶带着气说：挠啥样算咋样啊，挠出人命再找她呀？就算是不小心，她娘儿俩不会说句客气话？

喇叭叔说：哈哈，福来这小子，没事就爱耍点小聪明，这下捅了杨柳枝这马蜂窝，把小壮给蜇够呛，还把你给气着了；杨柳枝这事做得不对，老嫂子，你说这事要咋办吧？

金婶见喇叭叔直截了当就表明了态度，有点不好意思了，她说：我也就是跟主任你汇报情况呗，你要这么说，我也说不了啥了。

喇叭叔说：啊，刚刚还说要要个理儿呢？其实啊，我理解老嫂子是心疼儿子，可咱毕竟是妇女主任，咱是为大伙儿办事的，有时吃点亏，咱当干部的就得受着点，要不咋整。

金婶说：啥干部呀，妇女主任就是操心挨累的差事；我可跟你主任说啊，等明年开春，我这妇女主任就不干了。

喇叭叔说：咋的，因为这点小事儿，就要撂挑子了？

金婶说：明年村两委班子该换届选举了，赶紧换人吧，我可不受这窝囊气了。

喇叭叔说：等到时候再说啊。老嫂子，我还跟你说个事啊，村两委会还要提名金昌，做新一任村主任候选人呢，到时候你得支持啊。

金婶赶紧说：不行啊，这可不行，合作社还有一大摊子事等他干呢；再说了，你一直干得挺好的，就接着干呗。

喇叭叔说：现在村企业已经发展起来了，选个有文化、有志向的年轻带头人，领大伙一起往前走，是形势需要哇。好了，老嫂子，杨柳枝的事，我心里有数。我还有点事，得赶紧走了。

金婶说：着什么急走哇，一会儿有良就到家了。

喇叭叔说：有时间我再过来。老嫂子，咱都这么大岁数了，不能遇事就生气了，还要保重身体呀。

金婶说：好、好。喇叭叔走出。

喇叭叔有些话虽然是点到为止，但金婶上心了，不论从自己的身份、还是金昌的地位，为这事再折腾也不好了，她赶紧给福来打电话，不要让马小壮到家来了。

福来接了电话后，对马小壮说：行了，情况有变，这回省事儿了，你跟杨柳枝都不用去道歉了。

马小壮相信金婶的诚意和宽容，可越是这样，他心里越是过意不去，他想了想，说：要这样的话，我干脆去趟村委会。福来说：你去那干啥呀？马小壮说：我让老慢叔把大喇叭打开，我当着全村父老乡亲的面，给金婶赔礼道歉。

福来一听，急了：你这么做，不把我丈母娘装进去了吗？你这不但没起到好效果，还让全村人都知道这事儿了，你脑子灌水了，你想干啥呀？

马小壮也急了：那怎么办呀，金婶不能白受气吧？

院子里传来喇叭叔的喊声：小壮啊，马小壮，你在家没？

福来说：哎呀马小壮，喇叭叔找上门了，你，等着挨训吧。

马小壮连忙迎出去：喇叭叔……

喇叭叔进屋，看见福来，说：福来也在这。

福来说：啊，喇叭叔，您请坐。

喇叭叔瞅着马小壮说：小壮啊，能耐大了，脾气见长了，两口子往死里叽咯，还动上手了！

马小壮低着头说：这事儿，我知道错了。

福来一脸的蔑视，说：你知道啥呀？喇叭叔，马小壮还要继续犯错误呢。

喇叭叔一愣：……继续犯错误，咋回事，小壮？

马小壮说：嗯……我想给金婶赔礼道歉，金婶说不用了，我就得去趟村委会了。

喇叭叔问：你去那干啥呀？

马小壮没吱声。福来说：小壮要通过村里的大喇叭广播，承认自己所犯的错误，向我丈母娘道歉。

喇叭叔挺气愤地说：小壮，你挺老实个人啊，咋蔫巴捅咕呢？那大喇叭里是什么事情都可以广播的吗？有啥好事广播广播还行，这事在大喇叭里说出去，不是糟践人吗，你想没想后果？

马小壮要崩溃了，着急说：哎呀，我想跟我丈母娘一起去见金婶，我丈母娘让我滚犊子；我想跟柳枝一起去道歉，柳枝就是不回家；我想大喇叭广播道歉，还是不行，我实在是没招了我啊……喇叭叔，你就帮我想想辙吧。

喇叭叔说：还有什么可想的呀，你赶紧去找杨柳枝。

马小壮说：可金婶都叫福来告诉我，不让我俩去了。

喇叭叔面带厉色说：那是你金婶的姿态，你们俩就没个态度和认识吗，年轻轻的？

马小壮：……

喇叭叔接着说：我跟你说马小壮，你别忘了你还是村支委、生产小组长，你们两口子再吵架，我真把你的大名拿到大喇叭里广播了，别到时候点名批评你，你小子的面子没地儿搁。

马小壮说：这我知道，村规民约里都写着呢，提倡精神文明，其中就有夫妻要和睦，这我都记着呢。

喇叭叔说：小壮，新农业发展了，新农村的新农民就要有新风貌，没个规矩可不行啊；你自己掂量着办，我走了。当兵出身的喇叭叔，说话行事就是干脆。

杨柳枝回到娘家。柳枝娘赶紧问：小壮呢？

杨柳枝说：我没叫他过来，我也不想去金婶家。

柳枝娘不高兴说：这说的什么话呀，都啥时候了，你俩还不过去？你们不过去，我这当娘的不是没把闺女管教好吗？

杨柳枝说：金婶都到库房数落我一顿了，纯属小题大做，我不想搭理她。

柳枝娘说：你的孩子要让人给挠了，你不心疼吗？你咋不将心比心呢？

这时，杨柳枝的嫂子梅子进屋，她说：娘，你别着急啊。柳枝啊，你就别跟娘犟了，你应该跟小壮过去一下，跟金婶说句话。

柳枝娘说：梅子，你赶紧给小壮打电话，叫他赶紧过来。

梅子答应着拿出手机……杨柳枝赶紧说：嫂子，你别打，小壮来了我也不去。

柳枝娘本来就感觉这事有些亏欠金昌和金婶的，在想着怎么圆了这件事，看杨柳枝这么不懂事，她气愤地骂道：你……你个小冤家，你怎么这么犟呢！我是打不动你了，等你哥回来的，他知道你这么不听话，看他削你不！

杨柳枝看娘真生气了，赶紧说：娘你别生气了。我库房还有事，得赶紧走了。

梅子想拦着：柳枝啊，你就这么走了？杨柳枝没吱声，走出。

柳枝娘说：梅子，你别管她，她不回来才好呢，省得惹我生气。柳枝娘说完，捂着胸口喘大气……

梅子着急：娘，你怎么了？

柳枝娘有气无力地说：扶我上炕，我有点上不来气儿。

梅子说：娘，你生这么大气干啥，我扶你啊。梅子扶娘上炕……

杨柳枝刚到库房，马小壮也来了。杨柳枝说：你干啥来了，找打架呀？

马小壮说：没有。媳妇，我是过来请你的。

杨柳枝说：去去去，有能耐你还跑哇。

马小壮哄笑着说：媳妇，说真格的，我看你刚才那架势，差点就要拿大菜刀抡我了，我能不跑吗？

杨柳枝说：我跟你说啊马小壮，以后有啥事你不事先说一声，让我知道了，我还作你。

马小壮说：是、是，我保证。那……咱就赶紧去看看金婶吧，啊？

杨柳枝烦躁地说：干啥你们都非要我去呀？

马小壮说：刚才，喇叭叔上咱家找我了。

杨柳枝紧张了：喇叭叔上咱家了？他说啥了？

马小壮说：批评我呗。

杨柳枝问：他咋批评你的？

马小壮说：咳，也是咱做得不对，喇叭叔说，让我别忘了自己是村支委和小组长的身份。马小壮看了看杨柳枝，又说：是喇叭叔让我过来找你的。

喇叭叔在村里威望很高，不仅是因为村主任和村支书的身份，他那一身军人的气质和作风，令全村人心生敬畏。听小壮这么一说，杨柳枝不再固执己见了，她说：等我把活儿忙完的。

杨柳枝虽然不冷不热的，但总算有了态度，马小壮就挺知足的了，他马上说：哎，这才是我好媳妇呢，那我回家等你了，你快点的啊，我哥为这事也着急着呢。

杨柳枝说：大壮？又不是他去道歉，他管得着吗。

马小壮说：你就不能管我哥叫一声大哥吗？你一口一个"大壮"、一口一个"他"的，老这么叫，大哥和嫂子他们能乐意吗？

杨柳枝说：他不叫"大壮"吗？

马小壮耐着性子说：媳妇，大哥一家对咱总是那么好，你老这么叫，多生分呢。

杨柳枝突然问：大壮给石榴买裘皮大衣了吧？

马小壮纳闷：嗯，买了，那是年前的事了。

杨柳枝说：那他给我带一件不行啊，我也不是不给他钱。

马小壮说：这事你……马小壮平心静气地说：大哥和嫂子平时对咱咋样，你都知道哇，就比方说，我和大哥合买的那台进口小卡车，头些日子卖了，大哥一分钱都没留，全都给咱了，嫂子也啥话都没说，就那笔钱算下来，能买好几件貂儿呢。

杨柳枝不吱声了。

马小壮说：媳妇，那咱……

杨柳枝轻声说了句：回家吧。

老翟头开车送老李回家，他问老李：刚才你闺女在电话里说，她留团里了，留在省城不回来了？

老李说：是啊，她愿意在那发展，就由她去吧。

老翟头说：这孩子是有出息，我都替你高兴。

老李说：我也愁啊，你说，小丽也快奔三十的人了，到现在还没找对象呢，她老这么在外头瞎折腾，将来也是个事儿。

老翟头说：找对象着啥急，缘分到了，自然就有了。

老李说：你是站着说话不腰疼，你闺女有对象了，就说我着啥急?

老翟头没接老李的话茬，他说：我开得挺快呀，这眼瞅快过桥了，过了桥就到你家了。

老李看看老翟头，说：老翟，这就到我家了，你进屋坐会儿，我让老伴儿炒几个菜，咱哥俩整两口。

老翟头笑了笑，说：今天可没时间了，你有事就直说吧。

老李：哈哈哈……知我者老翟也。那个，哪天有空，麻烦你给我看看山，我那还有一片荒山林地没开发呢，我吃不准，不知那片山地种榛子行不行，要行的话，我就赶紧报批，开干了。

老翟头说：给各个合作社看山是我分内的事，没说的；再说，你可是咱宝仁榛子的职业经纪人，对榛产业发展有贡献，有啥事我得先给你办。

老李说：老翟大哥客气。自从二十几家合作社联合经营，统一品牌、统一销售之后，不论是生产技术、榛子园管理，大小事你没少管，不麻烦是假；我三里堡合作社规模小，榛子质量再好，可消费者不认可不行，我加盟到宝仁行列，自己把住质量关就行了，其他的都由合作社统筹管理，你说我多省心吧。

老翟头说：等我安排好时间，咱俩就进山啊。

老李直点头：好，好。

老李说的是实情，现在的榛子销售，在金昌的倡导下，兴远镇所有合作社都统一使用“宝仁榛子”商标，各合作社因为良好的品牌效应，都获得了更大的效益。

万大炮今天心情特别好，腰病见好，能正常出车了。他跑完了上午的活儿，想找姜老慢喝口小酒，开车来到姜兰娘家。姜兰娘说：大炮，今儿个抽什么风啊，想起上这来了?

万大炮说：我还能抽啥风，找我担挑儿喝口小酒呗。

姜兰娘说：哎呀，老慢他去合作社开会了。

万大炮说：又去开会?这家伙整得，还挺忙叨。那行了，老慢不在家这酒就喝不成了，走了。

姜兰娘说：别的呀，酒喝不成也得坐下喝口水吧。

万大炮说：不的了，我去趟九妹子那，看她家有啥活没，有阵子没去了。

姜兰娘皱着眉头说：我说你烦不烦人呢，大炮，人家九妹子都跟老翟头相上好了，你还老上那干啥呀，你这不是给人家添乱吗？

要说万大炮喜欢九妹子，那可是真的。九妹子在万大炮心中，就是偶像级人物——勤劳善良又漂亮，不笑不说话，打小他们是同学那会儿，心里就有她。九妹子丈夫过世后，为了小妮子，尽管有不少男人追求她，可她谁都没答应。如今，老翟头穷追不舍，她终于答应和老翟头先处处，这也是因为在她要开农家乐最困难的时候，老翟头帮了自己的大忙；更重要的是，九妹子把翟玲当作自己的干女儿，这些年一直帮着老翟头照看着。万大炮对这些事情心知肚明，而且，在这个问题上他做得也挺板正，除了去关心关心九妹子，帮她家里干点活之外，没啥别的想法。

万大炮大大咧咧不在乎地说：大姨姐，咱跟九妹子都是乡里乡亲的住着，她整天在饭店忙活，家里又没个男劳力，我帮帮她有啥不可以的？

姜兰娘：哎呀，她家里有事也用不着你管呀，人家有满堆呢，那大小伙子啥活不能干吧；再说了，你还隔河跨村的，怎么，红石峪没爷们了？所以呀，你就别老往那出溜了。

万大炮说：叫你说的了，你知道我跟九妹子除了是同学之外，还有一层关系不？

姜兰娘：啧啧，还扯上关系了。

万大炮说：我二大爷他家那大儿媳妇，就是九妹子的表姐。

姜兰娘白了万大炮一眼，说：别扯犊子了，这都饶几个圈了。

万大炮说：我说话你还不信，我跟九妹子真套亲戚。

姜兰娘说：拉倒吧你，别犯贱了，趁你现在这岁数，赶紧张罗再找个伴儿吧。

万大炮说：不找，我儿子都娶媳妇了，家里有人做饭、烧炕，饿不着冻不着就行了。

姜兰娘忽然眼睛一亮：哎，我们村这有个人，我给你拉嘎拉嘎呗？

万大炮问：谁呀？

姜兰娘说：柳枝娘，咋样，那人挺好哇？

万大炮说：……柳枝娘？

姜兰娘：啊，她可是干净利索、心眼儿还好使的人，真挺适合你的。

万大炮眼珠子瞪老大，说：哎呀我的大姨姐呀，柳枝娘？那可是有名的“女汉子”型的老娘们，我可惹乎不起她；你说，俺俩要成了，到时候是我娶她呀，还是她料理我呀？

姜兰娘被逗得咯咯直笑，说：人家柳枝娘心眼儿挺好使的呢。

万大炮说：可拉倒吧，她可比我大好几岁呢，我是管她叫大姐还是叫大婶呀？

姜兰娘说：净瞎说，她，她才大你三岁，“女大三抱金砖”，我看这岁数挺好的。

万大炮说：打住打住，这话咱还是撂下啊，免谈。啊，我给你这和九妹子买的南方水果还在车上放着呢，我给搬进来啊。

姜兰娘说：我可不要，俺家不缺那玩意儿。

万大炮说：那哪行啊，我都买回来了。

万大炮搬了箱水果进来，他打开箱子拿出一个橘子，说：这是南方的无核蜜橘，名牌，吃好了，我再给你们买。

姜兰这时进院，看见万大炮，打招呼：三姨夫来了。

万大炮：啊，外甥女啊，这是刚下班呀？

姜兰说：是，刚下班。三姨夫你坐啊。说完进自己房间。

万大炮对姜兰娘说：这孩子是越长越出息了。哎，她和那个小高咋样了，该给孩子张罗定亲了吧？

姜兰娘说：咳，这事儿没少催她，孩子大了，管不住了。

万大炮说：这事儿得抓紧啊，那天我跟老慢还提这话茬了呢，小高那孩子条件挺不错的，这事大姨姐可得管啊。万大炮出院。

姜兰换了身衣服从屋里出来，问：娘，三姨夫干啥来了？

姜兰娘说：没啥事儿，要找你爹喝酒。姜兰娘盯看着姜兰，又说：闺女，最近忙吗？

姜兰说：娘，你有事啊？

姜兰娘说：我看你挺长时间没去见小高了吧？

姜兰微微一笑，说：我经常去市里开会，还能见不着他。

姜兰娘说：等再见着他，你跟他商量商量呗，如果，市林业局要有合适的工作，你去市里上班得了。

姜兰故意打岔：怎么，我娘要往市里调动我，往外撵你闺女了？

姜兰娘说：说啥呢，娘不是为你考虑吗，你俩老这么分开着不是个事，该往一起张罗了。

姜兰说：我现在这工作挺好的，上市里干啥。说着，她抓起个橘子，剥开皮，掰了个橘瓣送到娘的嘴里：娘，说心里话，其实我还真不怎么喜欢老高，这人学得越来越市侩了。

姜兰娘：哎呀，你俩都处一段时间了，还说喜欢不喜欢的；再说，小

高他家庭条件挺不错的，这事你得抓紧。

姜兰说：娘，你别着急，这事等等再说啊。说着，又往娘的嘴里怼了个橘瓣……

姜兰娘拍打一下姜兰的手，说：你总是等等等的，等成个老姑娘，真有一天小高要变心了，你再想找对象就难了。

姜兰嚼着橘子说：那我就守着娘一辈子呗，咯咯……我出去一趟啊。

姜兰娘：你这孩子，又要出去，还回不回来吃饭呀？

姜兰说：不用等我了。

老翟头开车进村，他拨了个电话……

农家乐的服务员麦穗接电话：喂，你好！九妹子农家乐饭店……是翟叔啊，您等着啊，我找婶子接电话。麦穗赶紧喊：婶子，翟叔来电话了。

九妹子从后厨出来：哎，来了来了。她接电话：喂，老翟大哥啊……你到村里了，那你到我饭店来吧……还要开会去……嗯，好，一会儿我就回家去。

老翟头坐在九妹子家院子里，他拿出烟口袋絮上一袋烟……

万大炮开车过来，抱着水果箱进院。

老翟头见了，没好气儿地说：哎呀，这不是万大耍吗？你这是干啥呀，咋还抱着个水果箱啊，你妈也没在家呀？

万大炮瞥了一眼老翟头，说：你不会好好说话哈，翟大理事长？瞅你这损架，叼着小烟袋，抽得挺滋润呗？

老翟头说：啊，你瞅我不滋润吗？

万大炮还是挺客气地跟老翟头说：德行。看你整天开个破车遥哪嘚瑟的，在外头兜完风回来啦？

老翟头端了端架子，说：去市里头开了几天会，刚回来了，一会还有事儿呢。

万大炮说：熊样儿，有事有事，见天儿的就是“有事”，你咋不关心关心九妹子呢，她家里有不少活，你也不帮她干干，那苞米垛都快散架子了，是我帮着给固定、收拾好的。

老翟头说：那我就谢谢你呗？

万大炮说：你别谢我，俺承受不起。

老翟头拉点近乎说：哎，来，在这坐会儿，抽袋豆饼烟，这才叫烟呢，有劲，还不呛嗓子。

万大炮说：我可没闲工夫赔你，我把水果和豆面卷放这，就回家吃饭啦。

老翟头看着万大炮拿来的东西，醋劲儿上涌，损嗒说：德行，转转哄哄的，还什么“豆面卷”，你卷个屁呀，不就是“驴打滚儿”吗！

万大炮也不生气，说：啊，驴打滚儿咋的，传统美食，好吃不贵。

老翟头哼声说道：我看你就是那驴，打滚儿，哈哈哈……

万大炮今儿个不占主动，掐架没底气，他说：好你个老翟头，今天你骂我好几回了哈，我记着啊，到时候的。

老翟头不依不饶地说：你记着个啥，还“到时候的”，到啥时候还要贱呀？老上这打水我就不说你了，你这驴打滚儿……啊对，豆面卷，还送起来没完了？今儿个又抱箱破玩意儿上门，耍贱耍不够哇？

万大炮说：打住，打住啊，有钱难买我愿意，我愿买啥就买啥，我愿送啥就送啥，有法儿你自个想去。说完往外走……

老翟头忙说：别走哇，万大耍。

万大炮回身，瞪着眼睛说：干啥呀，想打架？

老翟头一笑，说：你紧张啥，不能咋的你呀，来，陪我坐会儿。

万大炮说：拉倒吧，我坐这，给你俩当灯泡使唤？

老翟头：哈哈哈……瞅你黑不溜秋那样，谁能拿你当灯泡使呀。

万大炮说：不跟你扯那没用的了，我儿子在家把酒都给我烫好了。万大炮又要走。

老翟头大声喊道：大炮，窗台上那破水杯，是你的不？

万大炮去拿水杯，说：啊，又忘这了。哎，老翟头，你跟九妹子啥时候请我喝酒哇？

老翟头嗤笑说：那你得等。

万大炮出了院子又甩下一句：你搁那嘚瑟吧啊。老翟头哈哈大笑起来……

万大炮走了。九妹子开车回来，看见老翟头，说：大哥回来了。

老翟头赶忙站起来，兴奋地说：回来了……九妹子，好几天不见你了，这家伙，越来越精神了。

九妹子说：又来逗我……你咋瘦了呢，在外头吃不好吧？

老翟头说：这洽谈会开得，上老火了，等有时间再跟你说吧。你咋样，我不在家这几天，想我没？

九妹子：啧啧，都多大岁数了，还说这样话。

二人进屋。老翟头拿出白色卡子，说：多大岁数怎么了，岁数大了就不知道想了。你看我给你买啥了？

九妹子说：哎呀，我就跟你随便叨咕一下，你还真买了。

老翟头说：你看看咋样，这款式好看不？

九妹子看了一眼大卡子，说：你咋买白色儿的呢？

老翟头说：白色儿不好吗？

九妹子连忙说：不好不好，你看谁头顶上戴白色儿的卡子呀。

老翟头说：人家城里人说，这叫时尚，它象征纯洁、高雅，白领人都戴这样的。

九妹子说：啥时尚，白色不吉利，拿去扔了吧。

老翟头说：别的呀，你不喜欢，我再给你买呗，这个不戴就先留着吧。

九妹子着急了：我让你扔你就扔，白色的犯忌讳。九妹子对白色特别的敏感，可能是跟丈夫过世得早有关吧。

老翟头说：好好，等我再给你买别样的啊，一定给你买。

九妹子说：你坐会儿，我给你烧壶水去。九妹子去厨房。

老翟头说：别忙叨了，我坐会儿就走。

九妹子把电水壶按上，转身回屋，说：大哥，金昌和小玲俩孩子定亲的事，你跟有良大哥定好哪天办没，我可是把喜宴的食材都备好了。

老翟头说：上次定的日子没办成，现在忙得我还没找好日子，等我再跟有良商量吧。

九妹子说：上次是因为小玲一直往后拖，事就没办，这回你先跟闺女定准了。

老翟头说：好好。时候不早了，大伙儿都等我开会呢，我得赶紧走了。

九妹子说：我送你到门口。大哥，抽时间去看看老嫂子啊。

老翟头说：要去，可今天不行了，开完理事会还要去趟镇上，张镇长等我呢。

九妹子说：看看你，这刚回来就又忙上了，你得注意点身体。

老翟头笑模滋儿地说：身体好着呢。

合作社会议室。理事会成员在等老翟头开会。喇叭叔见缝插针，对姜老慢说：老慢，镇上要求各村级管理部门，要“两务公开，张文公榜”，你啥时候把村里的账目整理一下，咱就赶紧张榜公示吧。

姜老慢说：村账目公示，我早就归拢好了，马上就交给你啊。

喇叭叔说：嗯，好哇，姜会计办事就是麻利，谁说你做事磨叽啦，我看他们是冤枉你老慢啊？

姜老慢说：给大伙儿办的事不做好，村民们能信任咱？

金昌一直等在园区门口。老翟头开车进院，他马上迎了上去：翟叔回来了，辛苦了翟叔！

老翟头下车，说：没事。怎么样啊金昌，我这几天不在家，够你忙的了吧？

金昌说：还行，不过有不少事要跟你汇报呢。

老翟头说：走，先去我办公室。

二人到理事长办公室。金昌说：翟叔，我先跟您汇报一个销售上的情况。

老翟头说：嗯，你说。

金昌说：天津的朱经理，已经撤销与我们的订单了。

老翟头：啊？

金昌说：而且，他认可赔付违约金，也要撤单。

老翟头眉头紧锁，说：撤销订单？……咱是遇到刨地沟的了。

金昌涉世较浅，老翟头的话他不大明白。老翟头解释说：就是刨地沟，有人把他刨走了，把我们的买卖给撬了呗。

金昌疑惑：咱们宝仁榛子的销售价格是市场统一价，而且，咱的榛子质量还比别的商家要好呢，怎么能出现这种情况？

老翟头说：简单点儿说，就是有不少人，以次充好，赚不义之财，他们通过各种手段，把劣等榛子、甚至榛子壳等废品买去，掺进优质正品榛子里卖，那价格就便宜很多；但是，这么做，不仅坑害消费者，也会坑害朱经理本身呢。这朱经理摊子铺得虽然挺大，可他毕竟是新手，有些事情他看不清、看不远哪，弄不好还会出现“货到地头死”的情况，那他就惨了。

金昌听明白了，也着急了，他说：我给他电话，跟他唠唠吧？

老翟头说：别急，等等再说。我看村主任和老慢他们都到了，咱先开会。

金菊在门口迎上来，说：翟叔，这是宝仁榛子销售报表，您先看看吗？

老翟头说：报表先不看。广州广粤果品商行的订单过来没呀？

金菊说：还没有。也不知道那个刘经理跑哪去了，一直联系不上他。

老翟头心头一震：联系不上？天津的朱经理要撤单，广州的刘经理联系不上，赶一块儿了……

· 七 ·

福来在丈母娘家帮厨。他对金婶说：娘，马小壮和杨柳枝还是要到家来。

金婶着急地说：我不都跟你说了吗，别让小壮来了，你咋没告诉他呀？

福来说：我都跟他说了，就是说这话那会儿喇叭叔去找马小壮了，是喇叭叔让他来的，还说让他找杨柳枝一起来。

金婶说：是村主任叫他们来的？

福来说：是。娘，这事您就别想太多了，小壮他俩过来是应该的，眼里没老人能行吗，喇叭叔都批评他了。

娘儿俩正说着话，金有良拎两兜子鱼进院。福来低声说：我爹回来了。

金婶一听，有点儿紧张：啊……快，快去接你爹呀。

福来赶紧跑出门：爹！您回来了。

金有良说：福来呀，你把这鱼放盆里啊。

福来说：哎。爹，又买两份呀，另一份是给柳枝娘的吧？

金有良说：是啊。你先放那啊，等会儿让你娘送过去。

福来说：好。

金婶出屋，说：老头子，家里有不少吃的了，你又买这么多鱼干啥呀？

金有良说：我从镇上回来路过小市场，就顺便买几条。我外孙呢？

金婶说：去隔壁院跟来娣她们玩儿呢。

老两口进屋。金有良说：看见没，大人都没孩子懂事。东西两院住得挺好的，还扯那些没用的。

金婶听出金有良说话的意思，但还是不服气地说：你说话是啥意思呀？

金有良说：还啥意思，你不是给村主任打电话告状了吗？

金婶说：你不了解情况别瞎说啊，啥叫告状呀，我是跟村主任反映情况，杨柳枝她两口子打架，还把人挠了，对老人还没礼貌，我说说她不对吗？

金有良说：年轻人的事，让他们自己解决呗，咱当老人的跟着瞎掺和啥。

金婶说：你个老死头子的，还说我瞎掺和，我儿子让人把脸给挠花了，我不心疼啊。

金有良说：你心疼能咋的呀，又不是啥原则问题，邻居间相处好几十年了，没红过脸、没闹过别扭，就因为杨柳枝那孩子做事欠考虑，咱就跟人家掰脸？

金婶不乐意地说：我不跟你说了，刚到家就来说我，啥事你都不带替我着想的。

金有良说：你是不还到库房找杨柳枝吵架了？

金婶说：啊，找她了，可我没跟她吵架呀。

金有良说：你咋一点当长辈的样都没有呢，哪有到园区里去找人吵架的呀？在村里，你大小不济是妇女主任，怎么能干那家庭妇女的事呢？

金婶不服：妇女主任咋了，我本来就是妇女；杨柳枝挠人她是啥呀，她不是家庭妇女呀？你怎么老向着外人说话呢？我净跟你受窝囊气了。

金有良说：是你自己去找的人家要讲道理、讨公道的，你还受气了？年轻人之间互相有啥事了伍的,你知道了也就当不知道呗,你跟着认真啥？

金婶说：你当爹的就这么说话呀？我儿子的脸都让人挠了，还让我装不知道。

金有良说：我说老伴儿，咱都这大岁数了，啥事还是装点糊涂的好。

金婶说：你让我装糊涂，我是那糊涂人吗？

金有良被气笑了，说：哼，说自己聪明的人，就是，傻子。行了老伴儿，听我话啊，你赶紧去趟柳枝娘那，把鱼给送过去。

金婶说：我才不去送呢。

金有良耐心地说：柳枝娘心脏不好，她知道你真生杨柳枝的气了，非着急上火不可；你去了，见个面，主动说说话，这片云就散了。

金婶说：有病吧你，咱儿子吃亏，她闺女气我，你还让我主动找她去，还给她送鱼吃？

金有良说：老伴儿呀，毕竟是你先跟她七个不平八个不愤的，老嫂子说你几句你就听着呗，她说完了也就拉倒了，你还不了解她吗？

金婶说：真是没说理的地儿了，弄了半天，还都我的不是了。

金有良说：我让你过去，就是不想让你拿着理儿说起来没完；就算人家做得不对，你能原谅人家，那才叫好样的呢。

金婶说：不跟她们说说理，那杨柳枝不得作天上去。

金有良说：老伴儿，其实你都知道，杨柳枝那孩子也有优点，她孝敬她娘，是吧，你背地里也夸过她呀；再说了，咱儿子是合作社总经理，杨柳枝可是合作社库管，就从支持儿子工作的角度，你也得跟她好好相处吧，这关系要处不好，就会影响各方面工作。

金婶说：还用你教育我了，你当村主任的时候，遇到啥事我不都是让着、忍着的，现在我当妇女主任，还少受气、少吃亏了？

金有良说：吃点亏不是坏事。我问你，你们老姊妹俩因为这件事，以后就不见面了？这邻院住着，抬头不见低头见的，以后你们就不说话了？

金婶：……

金有良又说：鱼我都买回来了，你给送过去，互相都有了台阶下，不挺好吗。

金婶虽没全想通，还是听了金友良的话，勉强答应了。

柳枝娘让杨柳枝气够呛，也觉得有些对不住金婶，想去跟金婶过过话，她刚出屋，金婶拎鱼进院……老姊妹俩都有些尴尬。柳枝娘说：你又来干啥呀？我都跟俺家柳枝说好了，一会儿就去你家了。

金婶说：我来给你送几条新鲜的黄花鱼，你咋不欢迎我呀？

柳枝娘见金婶还是挺强势的样子，也不甘示弱，说：好，这情我领了……嗯，挺新鲜的。她接过鱼，随手撇进压水池的大盆里……

金婶本来就是让金有良劝来的，见柳枝娘这么个态度，心里很不舒服，她说：老嫂子咋那样式的呢？这鱼是有良特意给你买的，就是让你别上火了，你咋不识好人心呢？

柳枝娘不酸不辣地说：好人坏人我还不知道得了，咋的，还没吵吵够哇。

金婶耐着性子说：看你说的了，我还跟你吵吵啥，我过来给老嫂子赔个不是，你还装啥糊涂呀？

柳枝娘故作受宠状：哎呀我的妈呀，妇女主任跟我说这话，我可担待不起；你能看在我面子上，不生孩子的气了，这事就拉倒了。

金婶说：你看你，这不还是埋怨我吗。又说：我过来就是想跟你说，你就别让柳枝过去道歉了，她也不是尽意儿的。

柳枝娘心里好受点了，说：我不是说你吧，人家不给你道歉，你说啥不行，这要给你道歉去了，你又不让了，就像俺们娘们儿不懂人情似的。

金婶心眼子也顺了不少，说：哎呀，算了，咱都这大岁数的人了，哪能跟孩子们一般样呢。

柳枝娘白了一眼，说：这事你可说了不算，柳枝她不懂事，我得说她，没大没小没礼貌不行，不道歉可说不过去，你就回家等着道歉吧。

两个老太太都在找台阶下。

金婶说：咋的，你还没消气呀？怎么，咱俩以后不见面啦？这老邻居住着，整天抬头不见低头见的，你就别跟我翻楞白眼啦。

柳枝娘说：呲嗒完了我，又来哄我，啧啧。行了，事情啥样我都知道了，你跟我发火也是有原因的，这事是俺家柳枝做得不对；本来我这是打算到你家去呢，你先来了，我就不过去了啊。

金婶说：你不生气了？

柳枝娘抹搭一眼金婶，又带笑说：你都不生气了，我还生啥气呀。

金婶说：那我就回去了啊，正做饭呢。这鱼，趁着新鲜赶紧做了啊。

柳枝娘说：那我就不客气了呗。

金婶也抹搭一眼柳枝娘，又带笑说：你还矫情啥。

老姊妹俩咯咯笑了……

理事会上讨论热烈。有人提出销售方向应该往南方发展，开拓新市场，老翟头问金昌怎么看这事。

金昌说：咱们宝仁榛子，在北方的市场基本处于要饱和的状态，确实需要拓展南方等新的市场；可当务之急，是要尽快联系上广州广粤商行的刘经理。去年榛子节的时候，刘经理满口答应要把宝仁榛子推广到南方市场，而他们的广粤商行，正是南方干果行业最大的经销商，如果能找到他、拿下他，我们就不用费更多周折了。

金菊说：刘经理我一直联系不上，电话都打不通。

喇叭叔说：我看，打电话实在找不到刘经理的话，就派人去趟广州吧。

老翟头说：我看行，就像金昌说的，广粤商行可是岭南地区销售量最大的干果批发商行，他们的销售量，就相当于咱们这儿的“北方干果大市场”，是一个特具规模的干果品集散地。

金昌说：我们发过去两箱样品榛子了，可刘经理一点儿信息都没反馈回来。

姜老慢说：是啊，去年榛子节的时候，刘经理来咱这可是夸下海口，要经销咱们的宝仁榛子、做岭南地区的总代理呢。

老翟头说：按常理讲，到这时候了，我们都应该接到订货单了。

姜老慢说：奇怪了，这家伙怎么还失联了呢？

喇叭叔说：指定是哪出差头了，要不不能联系不上，刘经理可是办事认真的人，做生意相当精明，就凭他能看好宝仁榛子这一点，就说明他在行。

老翟头说：这事怎么办，我再琢磨琢磨。大家没有其他事，今天的会先到这吧，我还要去趟镇政府。

大家散去，老翟头把姜老慢叫到办公室。

姜老慢说：你这老伙计，开完会你不赶紧回家，叫我上这来干啥？

老翟头说：老慢，我给你带了瓶好酒。说完，从兜子里拿出一瓶茅台酒，说：你看这酒怎么样？

姜老慢一看，忙说：茅台呀，这东西太贵重了，你还是自己留着吧。

老翟头说：老慢呀，我这经常不着家的，家里边、社里边你没少帮衬着，我这心里有些过意不去呀。

姜老慢说：说这话不对啊，你那么忙，还不都是为了咱合作社、为了咱村里的老少爷们吗，咱这老伙计就不说这些个了。这酒，你就留着跟有良喝吧。

老翟头说：俺哥俩喝啥酒都行，你要嫌茅台不够档次，我再给你换别的。

姜老慢说：别别，这事你就别张罗了。你呀，赶紧跟九妹子把事办了吧，你有新家了，到时候我上你家喝去。

老翟头说：哈哈，老慢说话就是实在。

金昌进办公室。姜老慢打招呼：金昌过来了。又说：老翟啊，你们谈吧，我回家了。

老翟头赶紧把酒塞给姜老慢：拿着，哪天我去你家吃饺子啊。

姜老慢接过酒说：好好，有时间我就叫你到家去。

金婶家。福来十分忐忑地站在金有良面前。

金有良是个心里能装住事的长辈，尤其是对姑爷儿，不像对儿子那么简单直接，他像唠家常似的说：福来，你最近都忙啥呢？

福来说：没，没忙啥。又献殷勤地说：我，我给爹沏壶茶喝？

金有良说：好啊，沏点茶水喝，一会儿咱爷儿俩有嗑儿唠。

福来心里一紧：哎……我爹有，嗑，现在就唠呗。

金有良说：唠嗑赶趟，爹刚回来，让爹先歇会儿。

福来：嗯哪……那我先跟爹说个事，那什么，一会马小壮就到家来了。

金有良说：他有事呀？

福来说：那事……爹可能都知道了，小壮非要给我娘道歉，我娘都说不用了，他非要过来。

金有良说：金昌拉架被挠是他自己不长眼睛，那马小壮有啥歉可道的呀，又不是他挠人了？

福来说：那我给小壮打电话，叫他回去吧？

金有良说：人家都要来了，就别让他回去了。这么着，你把家里那套新茶具拿出来，咱也跟南方人学学啊，喝点工夫茶，聊聊天。

福来说：那套茶具，爹不是说等金昌结婚的时候用吗？

金有良说：现在用也是正用，拿去吧。

福来吹捧着说：我爹真会欢迎人。

金有良笑呵呵地说：赶紧的啊，把茶具洗干净了，把家里的好茶叶拿出来，咱也玩点茶道。

福来不那么紧张了，附和着说：哎，给小壮来点文明的、有档次的。

福来很快把茶具洗好端屋里，特殷勤地说：爹，茶具洗好了，茶也沏上了，我给爹倒一杯……你看，这茶的味道咋样……

金有良抿了口茶：挺好，味道不错，正经好茶呢，这是亲家送的那高山茶吧？

福来说：是，就是。

金有良说：好喝。来，姑爷儿坐下，你也喝一碗。

福来转上了，说：爹，咱拿专业茶具喝茶，说话也应该说专业的。

金有良说：喝茶就是喝茶，说话还有讲究？

福来说：那当然了，比如，这么喝茶不能说“喝一碗”。

金有良故意说：说喝一壶？

福来说：我爹真幽默，喝酒是喝一壶，喝茶得说“喝一杯”。

金有良说：喝一杯茶，我这么说对不？

福来溜须着说：我爹学新词真快。

金有良说：你咋知道要这么说呀，福来？

福来说：当初，我给翟叔跑榛子销售那会儿，腿都要跑断了，啥没见识过呀，不过也没少吃苦。

金有良喝着茶，说：要说那会儿吃苦，你可没你翟叔和老慢叔他们苦啊，那大冬天前儿的，北风烟儿雪刮着，俩人推着自行车出去卖榛子，顶风走，刮得眼睛都睁不开，可是冻死人了，那俩手冻得，手指头跟那小胡萝卜似的。

福来说：可不，等大雪过后，那马路让车轱辘压得，锃明瓦亮，自行车上去都直打出溜滑。

金有良说：是啊，把那老哥俩摔得鼻青脸肿的，真是不容易；这些个事，你们年轻人可不能忘了啊。

爷儿俩正唠着，马小壮和杨柳枝来了。

马小壮进了外屋地，对金婶说：婶子，我跟柳枝看你来了。说着，给金婶鞠了一躬……

金婶有点不知所措：哟哟，这孩子……

杨柳枝一脸的无所谓，眯眯一笑：婶儿，这是我给你拿的山菜，刚采的，可新鲜呢。

金婶说：哎呀，这山菜可是好玩意儿，能采这么多可不容易，你留着给你娘拿去呗。

杨柳枝说：我给我娘了。

金婶接过山菜，说：那婶子就谢谢柳枝了，谢谢小壮啊。又朝屋里喊：老头子，小壮和柳枝来了。

金有良热情地说：小壮啊，来来，快屋里坐。

马小壮进里屋，说：有良叔，您从镇上开完会了。

金有良说：啊。小壮，你跟柳枝坐沙发上。又说：福来呀，赶紧倒茶。

福来说：好，我倒上啊……今天让小壮品品这上等的高山茶。

马小壮说：我有良叔就是客气，茶水都沏好了，真不好意思，谢谢有良叔。

金有良说：谢啥玩意儿啊，来来，小壮，你跟柳枝都别客气了，喝碗茶水。

福来用眼睛使劲盯着金有良……金有良纳闷……福来忙对小壮说：你先喝杯茶。福来特意把杯字强调了一下。金有良笑了笑，说：对对，小壮，你先喝、杯茶，尝尝这茶的味道咋样。

马小壮喝了口茶，很实惠儿地说：嗯……勒苦。

金有良：哈哈，小壮啊，一会儿我告诉你这是谁喝过的茶，你就不说苦了。

金婶见杨柳枝没喝茶，就说：柳枝啊，你别看着呀，喝点水……要不婶儿给你倒杯果汁喝？

杨柳枝说：不用，我不渴。

马小壮说：媳妇，喝茶水也是一种礼仪，不渴你也象征地抿一口啊。

金婶说：柳枝不喝茶就别勉强了。柳枝啊，婶儿给你倒杯白开水吧？

杨柳枝说：算了吧，婶儿，我啥也不喝。

金婶说：这孩子还客气上了呢。

马小壮说：婶子，金昌还没回来？

金婶说：没呢，这不你翟叔回来了吗，他们开会呢。

金昌在老翟头办公室。他问老翟头：翟叔，招商引资的事，泡汤了吧？

老翟头说：你咋知道？

金昌说：刚才在会上，你只字没提这事，我就知道没戏了。

老翟头说：哎呀，我可是信心十足地去开这个洽谈会的，可没想到，空俩爪子回来了。

金昌理解地说：能找到合适的投资商，使咱们的企业做大做强、实现榛子产品深加工，这设想挺好，可也不是件容易事，着急也没用，翟叔不用上火。

老翟头说：说是这么说，金昌，你说咱这万亩标准榛子园和咱这宝仁榛子的质量，到了洽谈会上，怎么就没人跟我搭茬呢？

金昌拿出一份几张 A4 纸打印的“企业简介”递给老翟头，说：要想把企业品牌宣传出去，让更多人认识咱们的宝仁榛子，自我包装和对外宣传很重要。

老翟头说：你啥意思，我卖的是榛子，我还卖包装？

金昌说：就是要包装。我还是要说咱这简介，现在咱这份企业简介，说白了，就是份宣传单，这种东西早已经过时了，我建议过多少次要重新做，可理事会就是没重视起来。可我还是要跟您说，咱们的宝仁榛子，可是纯天然野生自然林生产的平榛，几百亩的平地榛苗基地，那可都实现地下喷灌了，这么有实力的企业，干啥不好好包装、好好宣传啊？就咱这规模和优势，哪个客商见了他能不动心？

老翟头说：包装这玩意儿，有那么重要吗？

金昌说：俗话说“货卖一张皮”，翟叔，你把咱现在这份企业简介放桌面上，能让客商们感兴趣吗？

老翟头：嗯，是没人感冒，即使有人拿起来，也是看几眼就扔那了。“货卖一张皮”，我琢磨琢磨。

金昌接着说：翟叔，你想想看，如果咱把我们实现了地下喷灌的平地育苗基地和万亩标准榛子园，用精美的大幅彩色照片展示出来，再把我们实行无农药环保防虫等科学养榛的生产活动，通过图文并茂的形式展现出来，包括我们的生产加工能力和产品销售规模，以及企业发展的理念和追求等方面的宣传介绍，好家伙，咱红石峪榛子专业生产合作社，是何等气派、何等专业吧。

老翟头被金昌的话深深地吸引住：嗯，往下说。

金昌说：你看有些电影电视剧里，那些商业大咖们，那家伙，一出场，就是穿一身几万块钱的名牌西装、扎个上千块钱的领带，大皮鞋擦得锃亮，走起路来咔咔的，你知道是啥意思不？

老翟头眨么眨么眼，说：就是啊，啥意思？

金昌说：一个是实力的炫耀，再一个就是，装呗！

老翟头：哈哈哈……装，装一张皮。

金昌说：哎，就是要好好包，啊装。

老翟头兴奋地说：好！这事就这么定了，新企业简介怎么设计、怎么宣传，你就张罗办吧。

金昌说：行，我把资料给姜兰拿去，让她帮着先做个小样，如果行的话，就赶紧去印刷厂印刷。

老翟头不高兴地说：又是姜兰，这事你自个不能去办吗？

金昌说：人家姜兰在镇上工作，我没她路子广，让她办的话，咱就省心多了，而且，费用上还能省不少呢。

老翟头说：你小子，还挺能算账。还有啊，新开发那块山地的设计方案，姜兰拿给专家们看了吧？

金昌说：看了，专家们认可了，尤其是针对榛子林周边，那些百年柞树和桦树的保护方案，能留住的绝不砍伐，尽量保持生态原貌，专家和局领导都非常满意。

老翟头说：嗯，这样会给迁徙的鸟类创造更好的生态环境啊。那我就给伐区作业队打电话，让他们进山倒茬了。

金昌说：这方面翟叔是行家，您就多操心了。嗯，还有件事，天津朱经理那，翟叔怎么打算的？

老翟头反问：你怎么想的啊？

金昌说：成林去北京送货了，等我给他打个电话，让他回来时顺路去趟天津，亲自找朱经理谈谈吧。

老翟头说：要不让老李去趟也行，他毕竟是咱们宝仁榛子的指定经纪人，洽谈起来也方便。

金昌说：我是想让成林顺路先去谈谈看，摸个底，不行的话，再让李叔过去。

老翟头说：也好，就这么办。哎，金昌啊，再说说你的事，你跟小玲定亲的事，该抓紧张罗了？

金昌说：我娘把定亲戒指都打好了，我爹把订婚喜宴也定好了，我想忙过这阵子，按理来讲该办了。

老翟头说：你说话啥意思？

金昌说：嗯……小玲建议啊，她想再往后拖拖，这事先不着急。

老翟头说：还往后拖？

金昌说：啊，小玲，可能是舍不得爹呗，想在家多陪陪您。

老翟头说：没出息。她跟你结婚，不也是在村里吗，又没跑出大老远去；这孩子就是任性，等我回家说说她。行了，工作都交代完了，早点回家吧。老翟头起身要走，又想起件事：哦，刚才开会定下来了，小妮子正式做合作社的技术员，有时间你赶紧找她唠唠，把工作布置给她。

金昌说：好，我这就找她谈。

金婶家。

福来使劲让马小壮喝茶水，他还要给倒，马小壮赶忙拦住：不喝了不喝了，灌大肚了。

福来说：没事没事，水饱、水饱。

马小壮摁住茶杯说：别跟我扯了，我知道你小子是借机报复。

福来哈哈笑了。

马小壮对金有良说：有良叔，你还没告诉我这是谁喝过的茶呢？

金有良说：哈哈，我跟你说啊，这是诸葛亮喝过的茶，你信不？

马小壮蒙登，半天才反应过来，他也随着忽悠说：叔，诸葛亮啥时候送给你的呀？

金有良说：哟，这日子算起来可长了，我算算啊……

金婶赶紧插话说：小壮，别听你叔在那瞎掰，这都扯到哪去了。

金有良说：老伴儿你别打岔。

马小壮笑说：有良叔，我最近听说，税务部门又免了一项税，把吹牛皮的税给免了。

金有良：哈哈哈……反正我知道，吹牛皮不用打草稿。

马小壮起身，说：谢谢有良叔，我该回去了。

金有良说：不再坐会儿了？

马小壮说：不了，我得赶紧去我丈母娘家了，老丈母娘还等着收拾我呢。

福来讥笑：哈哈，这被人收拾还得顺序排号呢。

马小壮幸灾乐祸地瞅着福来说：是啊，挨收拾得顺序排号。

福来的表情一下子凝固起来。

心结打开了，马小壮乐模滋儿地领着杨柳枝走了。

金婶对金有良说：我说老头子，你怎么没个当老的样呢？你可真能扯，还什么诸葛亮喝的茶；你们爷儿几个搁那逗乐子，弄得我跟柳枝都没说上几句话。

金有良说：老伴儿啊，你怎么就不明白呢，我要不跟他们打哈哈取乐，你跟杨柳枝就那么干瞅着，茶不喝、果汁不要，你还要给人家倒白开水，尴尬不？

金婶说：……就你有道道。该吃饭了，我给你端饭去。

金有良说：不急，等儿子回来一块儿吃吧。

金昌在销售部跟小妮子谈话。

金昌说：小妮子，当上技术员了，有啥困难没？

小妮子有点不敢相信，说：我现在就是合作社的技术员了？

金昌说：当然了，理事会刚开会定下来的。可技术员的工作不轻快呀，你要比别人多做不少工作呢；现在这农业生产，离开科学技术就没出路喽。

小妮子说：我还不知道技术员都要做些什么呢？

金昌说：嗯……我给你打个比方啊，比如，合作社制订新榛子园发展规划，需要技术方案、也需要制图吧；榛子生产加工的技术操作，需要专业管理、规范制度吧；还有，对合作社榛农们常态化的科普知识讲座……这些都要由技术员来做。

小妮子说：啊，这么多。还好，这些专业知识，在培训班大都学习过。

金昌说：就是啊。小妮子，在实践过程中，还会碰到很多实际问题，到时候，我们共同研究解决。

小妮子说：那我该先做啥？

金昌说：咱新开发的榛子林马上就要作业了，等倒茬和平茬完后，上秋就能移苗上山了，这项工作，我会专门召开个会，明确任务分工，到时，你就可以根据具体情况，搞实施方案了。

小妮子说：嗯，我差不多明白了。我事先做了点功课，你帮我看看吧。小妮子在电脑上打开了自己做的“新垦榛园规划设计方案图”文件夹。

金昌仔细地看着……他指着图的一角说：这块坡地是西北角，西北角风大风硬，到实施作业的时候，就应该考虑设计防风带了。

小妮子也指指图说：这不，有标记啊，坡下显示有柞树和桦树防风带呀。

金昌说：那离生产用地距离太远了，起不到挡风作用，到时候你可以实地测量一下树高和用地之间的距离，就可以根据实际情况做防风带了。咱北方山区冬季风大，会对榛子树有损害的。

小妮子说：嗯，有道理。

金昌说：搞规划，做设计，不要为了设计而设计，要因地制宜才行。

小妮子不住地点头：嗯，你说得对，给你点个赞！我再好好斟酌一下啊。

翟玲到园区找金昌。她走到销售部窗前，看到屋内情景，顿感不快：哼，我还在家里傻等呢，人家在这唠上了，这个热乎劲儿。她转身就走。

翟玲刚出园区，碰上姜兰。姜兰说：小玲，金昌在办公室吗？

翟玲说：这家伙的，看见我，张嘴就是金昌。

姜兰说：让你说的了，我找金昌有事，见着你，我不问你问谁呀？

翟玲抹搭一眼姜兰，说：样儿吧，去吧去吧，他跟小妮子在办公室搞研究呢。

姜兰被整乐了，说：啊，我说咋不高兴呢，是这么回事呀，吃醋了？

翟玲说：没有啊。

姜兰笑了笑，很认真的样子说：哎，小玲妹妹，姐送你一个日本名字呗。

翟玲懵懂：啥？

姜兰一字一字地说：小心眼子。

翟玲：你……

姜兰哈哈笑着进了园区。

金昌回总经理办公室，见姜兰过来，说：老同学来了，我正有事要找你呢。

姜兰说：干啥呀，人家还没进门呢就摊上事了？

金昌说：我把要新做的企业简介资料拿给你啊，回头你帮我做出来。

姜兰说：什么简介？我是听说你遇难了，过来关心关心你，你这又给我找事。

金昌说：啥遇难了，大老爷们的有啥可关心的。金昌给姜兰倒杯水。

姜兰说：嘁，你以为我是来关心你的，顺口客套问一句呗。你们在搞无农药防虫措施呢？

金昌说：是啊，已经往榛子园撇、插熏蒸棒了。苗圃还没做呢，等地下喷灌完，马上也做。

姜兰说：金昌，榛子苗圃防治土里的卵虫和幼虫，使用绿色熏蒸剂是挺有效果，但从长远考虑，安装太阳能板夜光灯可是一劳永逸的办法。

金昌说：安装它当然好了，既省人力又省工，到晚上，那一排排LED小灯泡亮着，各种小虫主动往亮灯的水瓶里飞，这设施既防虫又环保；可要安装，需要一笔不小的开销呢，我已经建议翟叔好几次了。

姜兰说：这事你就催紧点吧，真要出现虫害，转眼工夫，榛苗根系就一扫而光；我今天来，就是要跟你说这个事情，这段时间是虫灾高发期，你每天都要安排人员不间断巡查，千万马虎不得！

金昌说：明白，我会向下安排、提出要求的，你放心吧。

姜兰是兴远镇林业站站长，各个村的林业生产状况，她都要督查和指导；不管她给金昌提出什么意见和建议，金昌都能认真对待，落到实处。所以她很佩服金昌的敬业精神和工作能力，很欣赏他。

姜兰逗金昌：金昌，做领导的感觉是不挺好，那大嘴一张，咔咔一说，大伙儿就都照你意思办了，心里是不特有成就感。

金昌说：说反了吧老同学，是你这位林业站站长在给我指导啊。

姜兰说：又来了又来了。

金昌把一摞子材料递给姜兰，说：材料我都交给你了，你赶紧帮我办吧，再有什么需要，直接找我。

姜兰说：好吧，你给的任务说啥也得办哪。

金昌说：走吧，我爹刚回来，还等着我回家吃饭呢。

姜兰说：嗬，工作狂也知道饿了。

出了园区，金昌给翟玲打电话，可一直没人接，他嘀咕着：翟叔回来了，这是给爹做饭呢。不对呀，翟叔去镇上了。

翟玲正在家练习秧歌手绢，她听见手机响了，一看是金昌打来的，没有接。她冲着响铃的手机说：忙去吧，没人理你！说完接着练……又听有微信过来，她打开微信，是金昌发来的：小玲，今天我爹回来了，我娘做了不少好吃的，她让我告诉你，要是家里没什么事，就过来一块吃饭吧，等你。

翟玲嘟囔道：我才不去呢，气饱了！

·八·

小壮和杨柳枝回到娘家。柳枝娘又把俩人教育一番，事情总算平息下来。

梅子和女儿招娣每人端一份做好的鱼放在桌上。柳枝娘说：小壮，你嫂子把两份鱼装好了，大壮还在家等你们回去吃饭呢，正好把鱼带过去，你俩赶紧回去吧。

杨柳枝美滋滋地说：今天挺划算，有人给送鱼，还有人给做鱼，都谢了啊。

梅子说：瞧柳枝说的。

柳枝娘说：没心没肺的，你金婶给咱送鱼，是让咱有个台阶下，邻里之间要往好了处，你还不明白咋回事啊？以后要懂点事。

杨柳枝看着两份鱼，心里打着小算盘，说：那我也当把好人，娘，大壮这份我带走了，我那份，就留给招娣带学校吃午饭吧。

招娣听了，眼睛一亮：我老姑行啊，敞亮，我给你点个大赞，必须的！

杨柳枝得意地说：老姑还差啥了。

马小壮乐了，对柳枝娘恭敬一个立正，说：娘，我给你此致、敬礼了。

柳枝娘抿嘴一笑，说：你们以后别再叽咯了。

马小壮说：记住了。说完，和杨柳枝高兴地走了。

回家的路上，卸下了包袱的小两口心情畅快了，开始聊起自己家那点事了。马小壮问：媳妇，刚才嫂子在厨房跟你唠半天，她都跟你说啥了？

杨柳枝说：又说让咱早点要孩子的事呗。

马小壮说：嫂子说得对，咱是该要了。其实，咱娘早就着急这事了。

杨柳枝说：要孩子多麻烦啊，我嫌累得慌。

马小壮是一心想早点要孩子，他说：媳妇，等咱有孩子了，你跟孩子都我照顾，你尽管放心。

杨柳枝说：这事我没想好啊，你别催我。

马小壮说：这还有啥可想的，想要，咱咔咔就……那啥了呗。

杨柳枝鄙视地笑着说：就知道"那啥"，瞅你那小体格吧。

马小壮拍拍胸脯，说：这体格咋啦，媳妇，你看着啊。说着，马小壮一个小"变身跳"跳到杨柳枝前头，来了个"跨腿转身"接"大片腿"，说："张飞片马"。随即亮个相："武松打虎"。紧接着一个转身提溜个侧空翻，又一个亮相："苏秦背剑"……几个动作下来，干净利落。

杨柳枝惊喜，一笑：行啊小壮，功夫不减呢。

马小壮说：怎么样，就咱这种儿，还愁种不出好庄稼？

杨柳枝说：哎，小壮，我问你，咱俩要有孩子，你喜欢男孩还是女孩？

马小壮随口就说：女孩。

杨柳枝说：是吗？

马小壮说：我哥那都有一个带把儿的了，老马家有接户口本的了。

杨柳枝一撇嘴说：那你还是重男轻女呗。

马小壮说：不是，我真的喜欢女孩。

杨柳枝说：为啥呀？

马小壮凑近杨柳枝，说：就凭俺媳妇这村花级的模样，咱的闺女肯定也是一个小柳枝，就是一个美；到时候，我这边挎着媳妇，这边领着闺女，那叫一个，哈哈哈……

杨柳枝也被小壮说笑了：看把你美得，找不着北了吧。

马小壮说：那是，哈哈……说着，比画着又要折腾……

杨柳枝说：行了行了，赶紧走吧，石榴在家等咱们呢。

马小壮说：那咱说好了，媳妇，从今天开始，咱就应该有打算了，就准备，那啥了啊。

杨柳枝转过头抿嘴憋着笑，脸都有些红了。

金昌忙了一天，总算回到家了。他进屋就跟娘打招呼：娘，我回来了。

金婶赶紧上前，把着金昌的肩膀说：儿子，让娘看看挠哪了。

金昌嬉皮笑脸地说：没事呀娘，都结痂儿了。

金婶说：还结痂儿了，这还都红着呢，你说说你……进屋吧，你爹等你吃饭呢。金昌刚要进屋，金婶又说：小玲啥时候来呀？

金昌说：我给她打电话她一直没接，估计是有事呗，不用等她了。

金婶说：她不来的话，我把做好的鱼给她拨一盘留出来，腾出空你给她过送去。金昌答应。

金昌进里屋，见爹和姐夫在喝茶水，说：爹。我爹这茶水都溜上了。

金有良说：哈哈，儿子，爹今天改道了，咱这山里的老农也摆摆谱，玩把茶道。

金昌说：我爹把翟叔送的好茶都拿出来喝了？

金有良说：刚才小壮过来，就喝的这茶，你也过来喝碗。

金昌：嗯，喝碗茶水。

金有良又说：小壮这小子才实惠呢，这茶水喝得，那茅房就一直没空着。

福来插话：呵呵，给小壮灌得，整个楞儿造一个水饱。

金昌说：哈哈，小壮今天可让杨柳枝给收拾完了，那发面大包子，撇得满脑袋开韭菜花，哈哈……

金有良脸一沉，说：你还笑呢，就那么点事儿，瞅瞅叫你们闹腾的；老娘们吵架就是瞎咋呼，你可倒好，嘚瑟的，死乞白赖地往上凑啥呀？

金昌不在乎地说：我没死乞白赖，我就是上前拉架，往他俩中间一站，还没缓过神儿来呢，杨柳枝咔咔就上手了，我到现在都没整明白，怎么一下子就挂了呢。

金有良严肃地说：没人跟你开玩笑。爹跟你说话你得走心，别什么事都逞强，显你能耐呀？

金昌说：我跟小壮他们，看情况不好，直接就蹽了，没逞强。

金有良说：啥事别风风火火的，尤其你当个总经理，啥事都得稳当着点。

金昌说：我还咋稳当啊，再稳当，我就让杨柳枝给挠哗啦啦了。

金有良说：你严肃点，我跟你说的是工作，是你这个年轻总经理的工作！

金昌望着爹，认真地说了句：爹，儿子明白你的意思。

金婶端着饭菜进屋，急着说：唠起来还没完了，都啥前儿了，赶紧吃饭！

金有良说：哎呀，没那么饿呀。

金婶说：你不饿，儿子还空着肚子呢。

金有良说：好好，吃饭吃饭。

福来起身要走。金有良说：姑爷儿别走，一块儿吃啊，一会儿爹有话跟你说。

福来一个激灵：啊、啊，爹，我等着。

老翟头到了张镇长办公室。

张镇长说：翟叔哇，怎么样，这次去市里开洽谈会，有收获吧？

老翟头说：可别提了，泡汤了。

张镇长安慰说：没关系，下半年咱还有榛子节，镇里要邀请不少国内外的客商呢，到时候，请他们看看你那万亩榛子园，参观一下你们的企业，就凭你这实力，还打动不了投资商。

老翟头说：是是。嗯……实力我们是有的，可宝仁榛子要想让更多人都知道、都说好，还需要加大对外大宣传的力度，要学会包装自己，企业介绍、广告宣传什么的，都要抓紧跟上，一定要重视起来。

张镇长只觉眼前一亮，说：翟叔，你这种榛子的行家，现在这观点、这理念，很有现代企业家的气质，很先进、很有时代感呢，好哇。

老翟头被夸得有点听不懂了：啊……这，这都是金昌讲的。

张镇长感慨地说：这多好，你们爷儿俩，这一老一少就是一盘架。

老翟头说：嗯，金昌那小子不错。张镇长，我听村主任说，镇上要维修小戏台？

张镇长说：有这事。

老翟头说：这是好事啊，大家都支持。我这人说话实在，镇里是缺钱还是缺物，就说话。

张镇长说：翟叔啊，谢谢你。不过，这事不需要你们张罗，镇里财政上能解决的，就不能给村企业增加负担了。

老翟头说：镇长你别嫌我啰嗦啊，我刚承包榛子园那会儿，穷得要死，当时给镇政府增加多少负担哪，要不是镇政府落实国家林业惠民政策，给我林业补贴和技术支持，哪有我现在这万亩榛子园；现如今，合作社发展起来了，榛农们手里有钱了，我能支持一下镇里，为文化建设出点力，高兴还来不及呢。

张镇长说：翟叔您真客气。

老翟头从兜子里拿出一张支票，说：我说的是心里话，张镇长你看，今天，红石峪合作社刚开完理事会，大家一致同意，要我给镇上带张支票过来。

张镇长说：翟叔，红石峪合作社这份心意我们领了，可这支票，你还是带回去吧。

老翟头说：别的呀，这钱不是我一个人拿的，是合作社全体榛民出的，您一定要收下。

张镇长说：那，好吧，我先代表镇政府，谢谢红石峪全体榛民了；翟叔，这份情我记着啊，有时间我专门去村里，向乡亲们表示感谢。

老翟头说：镇长，您就别客气了。现在这满山的榛子树，就是摇钱树，那榛果就是黄金豆，咱们有钱了，就要支持乡村建设。

张镇长说：现在是看到成果了，可从林权改革之后，把山地分给村民，一直发展到土地流转、村民入股成立了合作社，再发展到现在万亩榛子标准园的规模，翟叔和乡亲们可没少吃苦哇。

老翟头也感慨地说：说实话，刚分山地那会儿，有些村民把分到的坡地上的榛子树刨了，种上玉米啥的，急得我趴山上哭哇，有人看见我就问，“你怎么又死老婆了”？

张镇长：哈哈……现在说起来都当笑话听了。

老翟头说：要不咋说榛农们要感谢政府呢，要不是林业部门给承包户在技术上大力支持，对榛产业实施优惠贷款政策，咱辽北这荒山林地，还是“风吹石头跑，沙子满天飞”，“手捧金饭碗要饭吃”呢，哪还能拿出钱来搞什么文化建设。

张镇长说：翟叔说的是大实话，在理儿。经济建设搞上去了，文化建设也要跟得上，不能兜里揣着钱，被人家管咱叫“土豪”，文化才是民族强盛的灵魂哪。

马小壮和杨柳枝回到自家院门口，杨柳枝拿着鱼开门进院。马小壮见状，就知道她这是不想把鱼给大哥了，他说：媳妇，你不去大哥家了？

杨柳枝说：去呀，我回屋拿点东西。

马小壮问：拿啥东西啊？

杨柳枝说：那个……娘给大哥拿的包子还在屋里放着呢。

马小壮说：你把娘给大哥的鱼给我拿着吧。

杨柳枝说：不用啊，大壮不爱吃鱼，不用给他了。

马小壮说：媳妇，这是娘给大哥的，你不能自己留着。

杨柳枝说：啥叫自己留着呢，娘这是给我带的。

马小壮眨巴眨巴眼睛，说：娘是……

杨柳枝抢着说：娘是让我拿回来的，我拿回来的就是我的呗。

马小壮无语了。

杨柳枝把鱼放屋里，拿了几个包子出来，二人进了马大壮家院子。

今儿个这一天，马大壮急够呛，累够呛，也被杨柳枝气够呛，那也没办法，谁让是自家弟媳妇呢，就算冲着马小壮，让着点吧，马大壮特意买了新鲜鱼，让弟弟、弟妹到家吃顿饭，调节调节气氛；他也不怎么会做饭，稀里糊涂地把鱼做熟了，好在石榴下班了，接下了厨房的活。

马小壮和杨柳枝进屋。马小壮说：嫂子，不好意思，我来晚了。我给你搭把手吧。

石榴说：不用了，小壮，你跟柳枝快里屋去，还有俩炒菜，这就得了。

马小壮和杨柳枝进里屋。马大壮的儿子铁蛋在炕桌前摆碗筷，他说：老婶，你咋才来呢？

杨柳枝也不分个大小，随口说：才来怎么了？

铁蛋说：你也不帮我妈妈做饭。

杨柳枝说：我给你家送包子了，你还没谢我呢。

铁蛋说：包子不是你做的，我都知道。

杨柳枝说：咋说话呢铁蛋，不想让老婶给你买五香牛肉干吃了？

铁蛋都知道老婶说话没准，他说：说话不算话，谁信呢。

杨柳枝不在乎地说：老婶还能骗你，铁蛋，等赶大集那前儿给你买啊。

铁蛋说：那招娣和来娣，还有小豆子他们都爱吃，你给他们也买吗？

杨柳枝说：那东西多贵呀，不能谁都给买。

铁蛋噘了噘嘴，不吱声了。

马大壮看儿子不高兴了，说：铁蛋啊，妈妈把菜都炒好了，赶紧端菜去。

铁蛋应声去了厨房。马小壮跟杨柳枝说：柳枝，跟孩子说话要认真，答应了你就得买啊。

杨柳枝说：我跟铁蛋说话，没你事。

马大壮说：小壮，咱哥俩可有段时间没好好喝酒了，今天哥给你开瓶好酒啊。

马小壮一下想到要孩子的事了，赶忙说：哥，你别开了，我不喝。

马大壮说：咋不喝呢？青花瓷的源水老窖，这酒不错，整两口。

马小壮说：不整了。

铁蛋端盘菜放到炕桌上，上了炕。他说：老伯天天都整点，今天咋不整了呢？

马大壮说：是呀小壮，你咋的，有啥事吗？

马小壮支吾着：嗯……没有。

马大壮说：事情都过去了，说话就别磨磨叽唧的了，喝酒。

杨柳枝以为大壮含沙射影在对她，有点觉警儿了，说：我可没给小壮气受啊。

马大壮赶忙说：啊，我不是那个意思，弟妹，我是想跟小壮整点，放松放松，谁知他还不整了。

杨柳枝说：他不整你不省酒了吗。

马大壮讪笑着说：这……这话是怎么说的呢。

马小壮忙打圆场：没事没事，来，哥，我给你倒上。

马大壮不乐意地说：行了，你不喝还倒啥，吃口饭算了。

马小壮说：别的，哥，酒都打开了，你咋的也得喝点。

马大壮觉得扫兴，说：我自己喝没意思，算了吧。

石榴端菜进屋，说：大壮这是又上来倔劲了，小壮不喝就不喝呗，怎么，吃饭还非得喝酒哇？

马大壮觉得很没面子了，大声说：我就奇了怪了，小壮，你跟我说实话，这好模样的怎么酒都不喝了呢，有病啊？

马小壮艮了巴叽地说：喝出傻子来，就真有病了。

马大壮真倔上了，他把两个酒盅都倒上酒，说：来，都倒上了，喝。

马小壮应付着，端起酒杯和大壮碰一下，沾了一下嘴唇。

马大壮说：怎么样，这酒好吧？

马小壮想调节一下气氛，开玩笑说：这是酒吗？

马大壮奇怪，说：酒瓶子在这摆着呢，当你面开的封，咋不是酒呢？

马小壮咂摸咂摸嘴儿，说：咋有股敌敌畏的味呢？

马大壮真生气了，说：来气不，瞅你这样是真有病了，算了算了，不喝了，石榴……

石榴说：干啥呀？

马大壮说：把酒杯、酒瓶子都拿一边去。

石榴觉得大壮的话有些让小壮难堪了，她赶紧说：拿走干啥呀，小壮就是跟你开个玩笑，是吧小壮？

杨柳枝明白小壮不喝酒的意思，她打岔说：哎呀，今天这鱼是大壮炖的吧？

马小壮撑咕一下杨柳枝，说：叫大哥。杨柳枝慢悠悠地嗍拉着鱼，干脆不吱声。

石榴赶紧搭话：你哥不会炖鱼，柳枝嫌不好吃，就吃点别的啊，这还有炒菜呢，啊。

杨柳枝说：挺好吃，没看我一直嗍拉着吗。

铁蛋说：我爸爸炖鱼，没有妈妈炖得好吃。

石榴恨叨铁蛋说：铁蛋，吃饭呢，小孩吃饭别说话！石榴这会儿心里很不是滋味，本来特意做了几个菜，两家人在一块吃顿饭，乐和乐和，就把吵架不愉快的事情圆过去了，没承想这两口子……这饭吃得有点憋屈，心情不顺，她把儿子当撒气筒了。

金有良和金昌爷儿俩吃完饭在喝茶唠嗑。

金有良说：儿子，定亲的事，你娘都给张罗好了，有时间跟小玲说说，该抓紧办了。

金昌含糊着说：爹……我看这事先不急。

金有良说：定亲是大事，上次让小玲拖得就没办成，这回总要抓紧办了吧。

金昌说：现在正是农忙的时候，等闲下来再张罗也赶趟儿。

金有良说：家有好事就赶紧办。再说，姑娘大了，别老给人家拖着，你俩岁数都不小了。

金昌应付着：嗯哪。

金有良说：行了，咱爷俩都唠半天了，福来在那屋吧？

金昌说：在，他一直等你呢。

金有良说：叫他过来吧。

金昌有点担心地说：爹是要……

金有良说：你别管了，这没你事了。

金昌出去把福来叫来。福来进屋就叫：爹。

金有良说：坐吧。福来谨慎地坐下。

金有良说：福来……福来噌一下站了起来……金有良一愣，说：你干啥呀？坐、坐。

福来：啊、啊。又坐下了。

金有良说：山上的活儿还忙吗？

福来说：啊……山上的活儿差不多忙完了，今天都去苗圃干活儿了。

金有良说：最近，我姑爷还老头疼啊？

福来说：……谁说我头疼？

金有良笑一下，说：啊，你去西下屋，把那板胡给爹拿过来吧。

福来有点蒙：爹，爹不是要问话吗，怎么要拉板胡了？

金有良说：这茶水溜着，我再拉段小曲儿，咱爷儿俩边喝边聊，你说美不美呀？

福来还是迷迷瞪瞪的，说：好、好……我去拿。

福来出屋，碰上要出门的金昌，他问：你干啥去？

金昌说：小玲等我呢，我得赶紧走了。姐夫，这么快爹就跟你唠完了？

福来说：唠啥呀，爹让我拿板胡去，说要拉个小曲儿给我听。金昌，爹从来没这么磨叽过，还跟我笑呵的，他越是这样式儿的，我越瘆得慌，爹是啥意思呀？

金昌心里明白，但不想点破，他说：你问我，我哪知道。

福来说：哎，小舅子，爹刚才没跟你提我的事吗？

金昌说：没有啊。

福来是真哆嗦老丈人，他求金昌说：爹叫我拿板胡去，你就这空儿，过去试探一下爹，他要跟我动真格的，你赶紧给姐夫顶上，就说我也是无奈，啊？

金昌说：姐夫，这事我可帮不了你。其实，也没那么复杂，你主动认个错说两句好话，不就完了吗。

福来有点急：你给我当小舅子真不合格，姐夫有难你不帮忙，找女朋友去了，重色轻友。

金昌没再搭理福来，拿着饭盒出了门。

福来把板胡拿给爹。金有良简单调了调琴弦，拉起板胡……金有良问福来：好听吗？

福来说：好，听。

金有良笑了，又问：姑爷儿，最近都干点啥了呀？

福来为了应对老丈人，事先准备了好几套表现自我的"先进事迹"，他选了一套能反映自己最新进步的事迹，说：干的挺多的，我先说我都学会做饭了。爹，那大米饭让我焖得，比金菊焖的都好吃；那土豆丝它不好切吧，我都会了，跟饭店水平比，都差不了哪去。

金有良说：哎呀，我姑爷儿可是出息不少哇，学会做饭了，这些都是最近练会的吧？

福来对"最近"一词很敏感，就怕老丈人问最近的事，他连忙说：啊，最近，是最近练会的。这不山上活多吗，金菊也挺累的，我就学呗、练呗；您就放心吧，我肯定好好学做饭、做家务，指定把她们娘儿俩伺候好。

金有良继续拉弦……

福来试探着找话说：爹……这板胡拉得，快冒音了，得上点松香吧？

金有良头也不抬地说：不用。

福来实在憋不住了，说：爹，我……我想跟爹说会儿话，您先……

金有良说：姑爷儿想说啥就说，爹听着呢。

福来一时又不知道说啥好了，只“嗯”了声。

金有良又说：我再给你换个曲儿啊，《月牙五更》听过吧？

福来说：听，过。

金有良说：那小曲，浪不溜丢的，听着啊。金有良拉起了《月牙五更》……

福来要崩溃了，心里牢骚着：我的爹呀，你真是爹！又拉上《月牙五更》了，这要是真奔着五更天拉下去，那可就惨了，这天还没黑呢！

金昌到了河边，没见翟玲，他马上打电话，说：小玲啊，你在哪呢？

翟玲说：我干娘来了，做饭呢，我给打个下手，你等我吧。

金昌说：好，老地方，我等你啊。金昌坐靠在河边的一棵树上……

老翟头家。九妹子在灶膛前忙活着，翟玲端盆菜进屋，说：干娘，肉都切好了，菜也洗净了，还有啥要干的没？

九妹子说：没啥了，小玲，你赶紧去吧，金昌等你呢。

翟玲说：那就让干娘受累了。爹，我走了。

老翟头说：快去吧闺女。翟玲走出。

九妹子望着翟玲的背影，面带甜甜的微笑，说：瞧这俩孩子，多好哇。

老翟头说：嗯，长大了，主意也越来越正了。

九妹子说：哎，俩孩子订婚的事，该张罗办了，有良大哥在我那把酒席都定好了。

老翟头说：是该抓紧了。

河边。金昌真累了，等着等着就困了，趴在并拢的膝盖上眯着了。

翟玲快步跑来，没等停下来就说：金昌，等着急了吧？

金昌抬起头，眯缝着眼睛说：刚到一会儿。小玲，你爹到家了？

翟玲说：啊。干娘也去了，给我爹做饭呢。

金昌拿出饭盒，说：我娘还给你带鱼了，一会儿回家跟你爹一起吃吧。

翟玲挺高兴：哎，正好今天家里没做鱼，我一会儿带回去。

金昌说：刚才你跟我说小丽又来电话了，她什么事啊？

翟玲有点犹豫，说：嗯……你猜吧，往好事上猜，往大了猜。

金昌说：有事你就说，别让哥着急啊。

翟玲说：你就猜吗。

金昌看着翟玲，轻声说道：你想去省城的艺术团。

翟玲一愣：啊？你，你怎么知道的，我还没说呢？

金昌微微一笑，说：是你告诉我的呗。

翟玲说：我啥时候告诉你的，这事我谁都没跟谁说啊。

金昌说：傻妹子，咱俩可是起小一块儿长大的，我能不了解你吗；再说最近这些日子，小丽经常给你打电话，没事你就在家舞扯秧歌手绢，有时还跑这河边吊吊嗓子……

翟玲说：你，你都知道了。

金昌笑了笑，看着翟玲问：你真想去当演员？

翟玲点点头，说：想。马上又说：我不去很长时间，就去演出几场就回来。

金昌很理性。他说：这事……这事没那么简单吧，你也说这是大事，小丽当初也是说去做客串演出、演几场就回来，可现在她回来了吗？翟玲没吱声。金昌继续说：你想过没有，你去了，人家团里要跟你签约，你怎么办？你去演几场就回来，团里也不会答应吧？那沈北民间艺术团，是个老专业团，可不是想去就能去、想走就能走的；再说，你一个农村小姑娘，啥啥世面都没见过，我怎么放心你走呢。

翟玲说：农村姑娘咋了，小丽不也是农村的吗。

金昌说：不是说农村姑娘咋的，省城那么大个城市，你到那人生地不熟的，出点啥事咋整，不行啊。

翟玲着急：咋不行呢？那我这些年二人转白练了？

金昌说：没白练，作为业余爱好也挺好的，逢年过节有个啥活动伍的，也能参加演出啊。

翟玲说：那些演出，跟专业团演出能一样吗？反正，我就是想去。

金昌想了想，说：那你走了，你那些工作怎么办？财会工作的重要性你也知道，别人不好替代。

提到工作安排上的事，翟玲自己已经做过打算。她说：你都安排小妮子到销售部帮办了，销售这块她可以替我；财会这摊，就让金菊姐替我呗，她以前也不是没帮过我。

金昌退了一步说：这件事，跟你爹商量了吗？

翟玲说：还没呢。

金昌说：那就先跟你爹商量商量，看你爹是啥意见，完事你再做决定。

翟玲说：我现在是问你，你啥意见？

金昌很真诚。他知道翟玲从小就一直没间断练功，也知道定亲的事她一直往后拖，就是因为没有放弃去当演员的想法；金昌也觉得，自己心爱的人，为了自己的理想和追求出去寻梦，他不应该反对。他认真地说：小玲，你追求个人理想，想要走自己的路，哥尊重你的选择，可……

翟玲说：可啥？你明知道我爹不能同意这事，所以你才这么说。

金昌很为难。他说：小玲啊，这件事，你必须得先跟你爹说。我先不说你爹会是啥意见，就说我娘啊，她现在，没事就坐炕上鼓捣着咱俩定亲的戒指，在那稀罕，就等着喝定亲酒了，你要是走了，我都不知道怎么跟她交代。

翟玲说：我们能尽孝就行呗，也不能啥事都得他们说了算，那我还是我自己吗？再说，我又不是不回来了。金昌哥，我真希望这事你能帮我，你都知道小丽为这事总来催我，而且，艺术团也欢迎我去。

金昌说：小丽是小丽的事，关键是……

翟玲说：关键是啥？当初，民间歌手大奖赛我得了大奖，艺术团的耿科长就建议我去他们团里，你也不是不知道。

金昌说：那是，当时要不是你爹急性阑尾炎住院需要人照顾，你还真的就走了。

翟玲说：就是啊，那你现在还舍不得我走？

金昌说：不是我舍不得，是你现在有重要工作在身，有些事情你必须要考虑周全了，最起码的，得先把工作交接、安排好了吧；小玲，我还是那句话，关键是你要先跟你爹商量商量。

翟玲紧皱着眉头，她最打怵的就是怎么过爹这一关。

老翟头家。老翟头与九妹子喝酒，俩人碰杯，老翟头一仰脖，干杯。他说：九妹子，这会儿饭店正忙着呢，你还过来给我烧上炕了，这小炕是真热乎呀。

九妹子说：不烧热乎哪行，炕要不热，你喝完酒倒炕就睡，睡出毛病来，小玲还不得埋怨死我。

老翟头说：我让小玲给我烧呗。

九妹子说：现在的年轻人都爱睡床，不爱烧炕了，孩子们也都有自己的事情；抽时间我就过来了，也没多大工夫。九妹子又给老翟头倒满一杯酒。

老翟头心里这个美呀，还没喝多，就开始飘了。他说：我老妹子在屋里，就有热乎气儿，往炕头一坐，二两小酒下肚，我就是活神仙。来，喝酒……

九妹子抿了一口酒，说：你见着镇长了？

老翟头说：见着了，张镇长特意在办公室等着我呢，事情都办完了。

九妹子打量着老翟头，说：哎呀，瞅瞅你，头发长了也没剪，还穿这身衣服去见领导，也不怕寒碜。

老翟头说：这寒碜啥，穿着舒服就行呗。

九妹子说：你现在可是民营企业家，以后再出去见人，要好好收拾收拾了，别穿戴得这么随便了。

老翟头说：哎呀，金昌这么说我，你也这么说我，九妹子对我是真好哇。

老翟头说的是心里话。自打媳妇故去之后，他一直处在劳累之中，自己当爹又当娘的，还承包了榛子林，家里家外地忙，要不是九妹子帮他带翟玲，他真就忙不过来了，他始终心存感激。他说：有些话我想跟你说说啊，你说现在咱俩，你忙我也忙、我忙你也忙，可忙到啥时是个头哇？所以，我都想好了，如果咱俩把亲事办了，想去哪玩玩啥的，咱说走就走，那有多好哇。

九妹子一直不张罗自己的事情，她是在替孩子们着想。在她的心里，永远装着两个孩子，一个是没了爹的亲闺女小妮子，一个是没了娘的干女儿翟玲，无论自己再苦，都要让两个孩子快乐、幸福，这是维系她生命的支撑和底线。她面带微笑说：小玲跟金昌的亲事还没定，我闺女跟满堆那还悬着呢，咱老头老太太的着啥急呀。

老翟头说：咋啥事一轮到老人就不着急了呢？从小把他们养大就尽了义务了，天天瞅着他们过日子，没完；有良大哥还总催我呢，说咱俩总得有个着落，老这么拖着不是个事。

九妹子说：有良大哥说话当然是好心，可孩子们都还没落实，咱心里头哪能踏实。

老翟头说：其实，我一个老糟头子怎么都好过，我是心疼你。哎，对了，我去开会前你跟我说过，你的农家乐想再开个分店，还没开呢吧？

九妹子说：还没开？小市场分店都张罗成了，明后天就安排厨师试菜了。

老翟头说：是吗？哎呀，你就是不听我话，开一家店就够你忙的了，这又开一家，你还嫌不累呀？你要听我的，把饭店都兑出去，就在家养老算了，我养得起你。

九妹子说：我还没老呢啊。不管怎么忙，啥事有大伙儿帮衬着，也累不到哪去；我这农家乐，要不是你跟大炮一帮哥们儿帮我，也没我今天这规模和效益。

老翟头脸子一掉，说：你别老提大炮啊，我烦他。

九妹子说：你烦人家干啥呀？大炮可没少帮我干活，咱不能忘了人家。

老翟头说：家里又不是缺人手，他来干活算咋回事？

九妹子心地善良，别人给予自己的帮助她不会忘记，知恩图报。所以，她对万大炮和他做的事情，很坦然。她说：大炮那人挺好的，热心肠，你经常出门伍的，我还挺借他的劲呢。

老翟头生气地说：以后让他远点闪着去。

九妹子不乐意说：别胡诌八咧，没事老往醋坛子里扎猛子，有意思咋的？

九妹子一生气老翟头就紧张，他赶紧说：看看，说说你还生气了，行了行了，我不说了啊。

九妹子说：本来就是的吗，都是乡里乡亲的，干啥要生掰啊。

老翟头说：好好，喝酒，我再给你倒一杯啊……

九妹子说：不喝了。

老翟头还是给九妹子倒了酒，他说：哎呀，就算我有说不对的地儿，你就当啥也没听见呗，我就不愿意看你生气。

九妹子说：没事老把别人挂嘴边，多讨厌吧，就像大炮跟我咋的了似的。

老翟头赶紧哄着说：老妹子还真生气了？得，都是我不好，我说错话了，我再不说了。

九妹子说：老说这话是不尊重人，你知道不？

老翟头又整一杯下肚，说：九妹子，你知道你在我心里啥位置不？我老翟，忘不了你对我的恩哪。咱就说我当年承包榛子园那会儿，手头没钱缺少资金呀，你把家里压箱底的钱都拿出来了，还把娘家传下来的金镏子都卖了钱，支持我搞承包，就这事，我老翟头一辈子都不带忘的。

九妹子说：那点钱还总叨咕啥。

老翟头说：那可不是钱的事，那是心，是真心！你还记着我当时挨家挨户借钱的事吧？

九妹子深深地吐了口气，说：那么深刻的事，怎么能忘呢，连你平时最要好的朋友……

老翟头打断九妹子，说：可别提这事了……老翟头连连摇着头，不禁眼前一片湿雾，他说：那时候要承包榛子园，哪有钱啊，急得我到处借，所有亲戚都借到了，也没凑多少；后来，我就搁村里跟朋友借，满以为一个村的朋友、前后趟房的邻居指定能借给我，哎呀，这家伙我那心伤的呀，哥们儿见我老远来了，就像没看见一样，赶紧把门关上了，那闭门羹吃得，叫人心碎呀。

九妹子说：真是不容易啊。要说当初解决你燃眉之急的，还是老主任有良大哥。

老翟头说：那还说啥了，有良大哥急得没招儿，把这件事提到村两委会上，是村里给我搞了“村民诚信联名贷款”申请，在镇政府的支持下，从信用社给我贷了款，我才走上发家致富的路，才有了今天。

九妹子说：我可知道，这一路走得有多不容易。现在，村企业发展起来了，大伙都富裕了，可咱都是大半辈子的人了。

老翟头说：就是的呀，要不我咋张罗早点把咱俩的事办了呢，我就是想让你跟我过几天舒心日子。

九妹子坚持说：咱俩的事还是先放放，等孩子们都办完了，咱俩再说吧。

老翟头说：其实，咱把铺盖卷往一块儿一放，就行了呗。

九妹子说：说得轻巧，就咱那俩闺女，也不能让咱对付。

老翟头说：咳，现在这年轻人，跟咱想的不一样；不过，你说得也对，先抓紧把孩子们的事办了吧。

·九·

马小壮心里头美滋滋的，媳妇答应要孩子的事了，心情那叫一个爽啊。说那啥就那啥，马小壮拿两把大锁出了屋……杨柳枝忙问：小壮，你拿锁头出去干啥?

马小壮说：锁院门呀。

杨柳枝纳闷：这么早就锁院门，太阳还没落下去呢?

马小壮小声说：媳妇，咱不说好要，那啥吗，一会儿来个人伍的，不是受打扰吗?

杨柳枝听明白了，她抓过抱枕蒙在脸上，哈哈笑了起来……

马小壮去锁院门，嘴上念叨着：我锁上大门，我上两道锁，明白事的就别敲门了。

隔院的石榴在院子里捣酱缸，看见马小壮在锁院门，她问：小壮，这么早就锁大门了?

嫂子突然问话，马小壮吓一跳：啊，嫂子，我……今儿个忙活一天，有点累了，想，早点睡觉。

石榴奇怪：太阳还搁山顶上呢，你就张罗睡觉了，有点太夸张了吧。

马小壮说：啊……也不是睡觉，就是，躺着歇会儿。

石榴突然想起马小壮不喝酒的事，似乎知道了啥，她哈哈笑起来……

马小壮被笑蒙了，说：……嫂子，你笑啥？

石榴说：我看你好笑就笑了呗。

马小壮讪笑着说：我真不是、要睡觉。

石榴逗马小壮：我也没说你要睡觉呀，你心惊啥，是你自己说要睡觉的呀；睡吧睡吧，早点睡出个大胖小子啊，哈哈哈……

马小壮真想找个地缝钻进去，说：没有啊……没有。

马小壮跑回屋里。杨柳枝问：院门锁好了？

马小壮大喘一口气，说：锁好了。

杨柳枝又问：哎，嫂子搁那笑啥呢？

马小壮说：你听见了？

杨柳枝说：那能听不见吗。小壮，这么早就锁院门，一会儿谁来叫门你咋办？

马小壮说：就当家里没人呗。

杨柳枝说：你傻呀，院门是你从里面锁的，家里能没人？

马小壮上前摸了一下杨柳枝的脸蛋儿，说：嘿嘿，我就当家里没人，他们能拿我怎的。媳妇，那啥，咱要排除一切干扰，就那啥……

杨柳枝推开马小壮，说：去去，刷牙去！叨咕我一天的不是了，好好刷刷你个臭嘴。

马小壮知道杨柳枝是干净人，但他没动地方，说：哎呀，看你这麻烦劲儿。

杨柳枝说：你去不去？

马小壮忙说：去、去，我这就去刷牙漱口，整得干净儿的啊。马小壮进卫生间……

《月牙五更》的小曲悠悠荡荡……金有良继续拉板胡。福来满脸哭相地说：爹，你看看我呗？

金有良没抬头，说：看啥，看你脸上长花了？

福来说：我脸上……起火疖子了。

金有良说：尽瞎说，喝那么多茶水，还能起疖子？哎呀，茶水喝多了，爹有点内急，你等爹一会啊，我上趟茅房。金有良今天不打算对福来咋样，毕竟是姑爷儿不是儿子，要给一点儿面子；他知道福来是聪明人，在心理上敲打敲打、提提醒儿就行了。

福来更着急了，心里嘀咕：爹这是咋回事啊，就是不说话，这么晒着我，啥意思啊？他眼珠一骨碌：对，求援去，找马小壮给出出主意。他连忙跑出门，回头喊：爹，我也内急，憋不住了，我回趟家啊。

马小壮嘻眯嘻眯地从洗手间出来，甩掉鞋上了炕。

杨柳枝问他：刷完牙了？

马小壮说：那还用问，你闻闻，茉莉花味，香不？说着把嘴凑到杨柳枝嘴跟前……

杨柳枝一甩头，说：臭！

马小壮说：我刚刷的牙，你闻……

杨柳枝一捏鼻子，说：闻啥，你洗脚没？

马小壮说：脚，哎呀……

杨柳枝说：你哎呀啥，光刷牙不洗脚？不洗干净你别上来。

马小壮说：行行行，我洗去、洗去。马小壮下了炕。

这时，院子里传来叫门声：马小壮，哎——马小壮，你在家没？

马小壮一屁股坐炕沿上，愤怒地说：谁，这是谁！

杨柳枝说：好像是福来的声音。

马小壮说：福来？这个玩意儿，这个时候来敲门。

福来站在院门口，喊了半天没动静，他又推推院门，说：咋整的呀小壮，大白天锁啥门呢？哎呀，这咋还上两把锁呢？他继续喊：马小壮——你小子干啥不出来呀？我找你真有事，急事！

叫门声惊动了隔院的马大壮。大壮从屋里出来，说：福来，你找小壮有事啊？

福来说：大壮，哎呀，我老丈眼子跟我较上劲了，把我整蒙圈啦，我找小壮帮我分析分析，出出主意。

马大壮说：小壮他在家呀，刚从我这回去的，他是不去后院喂驴了，你再喊喊他。

福来说：我刚从后院过来，他没在那。

马大壮说：那就是在屋呢，继续喊，你大点声。

福来说：还咋大声啊，我喊得那后院的驴都听见了。

马大壮说：实在不行，你就去后院敲窗户哇？

福来说：我再喊喊试试。哎——马小壮，你听见没呀？干啥呢你呀？

屋里的马小壮跟杨柳枝说：完了完了完了，我哥给暴露了，咋办呢媳妇？

杨柳枝说：开门去呀。

马小壮说：我都装作家里没人了。

杨柳枝说：你都装不住了还装啥。

福来还在喊：小壮，马小壮，你又出啥事了咋的？

杨柳枝着急了：你赶紧出去呀，还想让他喊得全村人都知道了？

马小壮穿上衣服往外走，说：这个玩意儿，这不干扰我私生活吗！他出了门就骂：王福来，你喊啥、你喊啥，再喊我削你了！

福来说：德行！还叫我大名了，大白天锁这么早门，还上两道锁，咋的，在家数钱怕人抢啊？

马小壮把门打开，十分气愤地说：有你这么叫门的吗，干啥玩意儿啊，要死要活的，扯脖子没命地喊，我要不给你开门，你就在院门口上吊了咋的？

福来进院，说：少废话，我问你点儿事。

马小壮无可奈何地说：有屁快放。

福来感觉马小壮哪不对劲，说：你……哪不舒服了？

马小壮瞪着眼睛说：你能让我舒服吗？

福来说：别跟我扯，怎么，两口子吵架升级了，怕别人听见，把自己锁屋里吵？

马小壮说：你哪那么多废话，别说那些没用的。

福来摇着头说：哎呀，求人是难啊。

马小壮要急了：你到底有没有事，没事就滚蛋！

福来说：你看你，没事我找你干啥。

马小壮还是很仗义地要帮忙，他说：有事你说呀。

福来说：我老丈人可毁了我了，打你走后到现在，他有话不说，就让我一个劲喝茶水，听他拉小曲儿，我真受不了了我，他再不说话，我就得坐到五更天去了。

马小壮想了想，说：你老丈人是有水平的人，人家跟姑爷办事讲究，尤其是对你这样的人，说深了不好，说浅了不管用，所以他就陪你喝茶，拉小曲儿，让你自己去想呗。

福来说：这不就是骂我吗。

马小壮说：聪明。

福来说：啊，他把老主任那套作风拿出来给我用上了？

马小壮说：你还嘚瑟的不知道咋回事呀，人家把闺女嫁给你，就想过安稳日子，你整天遥哪瞎转悠、不顾家，人家当爹的能乐意？

福来说：他不打我不骂我，就想吓死我呗？

马小壮说：孺子可教也。小壮见福来可怜兮兮的样子，心又软了，他琢磨一下，说：瞅你这孙子、的孙子，是真蔫巴了，我要不教你一招，也不好意思了。

福来说：我都急死了，你有啥招赶紧的。

马小壮说：我看你这么的吧，认怂。

福来：认怂？

马小壮说：示弱。

福来：示弱？

马小壮说：当孙子。

福来：当……

马小壮一瞪眼：怎的？

福来说：啊行行，只要能过了这一关。

马小壮说：这不结了。你老丈人对你哪不满意，你就态度诚恳点，他问你啥，你就回答啥，他说你应该怎么做，你就对对对、是是是，说什么你都顺着他，这么一弄，估计他就没啥脾气了。

福来说：哎，这招行，不管他说啥，我就一个劲往好了说。可他就是不说话，我可没招了。

马小壮说：你这脑袋真是让驴给踢了，他不说话就是想放你走呗，你就借坡下驴拜拜呗。

福来说：那能行吗？

马小壮说：你不好试试吗，如果你走了，他要叫你回来，你就再回来也不掉价。

福来说：对呀，就顺着他。

马小壮说：哎，才弄明白。

福来不无感激地说：小壮哥们就是够意思。

马小壮赶紧说：那我就闭门谢客了，你赶紧回去吧。

福来说：行，这招要好使，我就严重表扬你一次。

马小壮应付着：行行，承蒙表扬。不好意思，我要关门了。

福来说：哎呀，又要关门，兴许别人有事还来呢？有病你这是。福来退出院子。马小壮锁门。福来说：这家伙的，还上两把锁呀？

马小壮说：少废话，咨询费你啥时候给我？

福来转身就走，说：等着吧。

福来和马小壮关系很铁，也很有特色。好的时候，一塌糊涂，推心置腹不吐不快；掐起来时，死去活来，伶牙俐齿，必置对方于死地而后快。有人说他俩，就像是一对“欢喜冤家”。

马大壮对马小壮的反常也很不理解，他回屋对石榴说：小壮有病啊，大白天的锁院门，来人敲门也不出来，真够艮的了，明儿见着他非骂他几句不可。

石榴没说话，咯咯的一个劲地笑。

马大壮问：你笑啥？

石榴说：我笑你弟弟呗，早早就把院门锁上了，还上了两把锁，咯咯……结果，还让福来给敲开了；你说福来是不是不懂事，把人家小壮睡觉的好事给搅了？

马大壮是实惠人，一根筋，他说：太阳还没落下去呢，睡啥觉哇？

石榴说：刚才吃饭那会儿，你没发现点啥情况？

马大壮说：啥情况？

石榴说：你想想，平日里你哥俩老在一起喝酒，可今天，你那么劝他他都不喝，没情况他能这样？

马大壮没听明白，也没吱声。石榴说：我看，他俩是想要孩子了。

马大壮觉得不可思议，说：挺扯。俩人刚吵完架，话茬儿还没落地呢，这就张罗要孩子，开什么玩笑，小孩子过家家呢。

石榴说：我说话你还不信，一准儿是那么回事，柳枝娘早就催柳枝要孩子了。

马大壮说：她爱干啥干啥，她的事你少管啊。

石榴说：两家门挨门、墙靠墙的，低头不见抬头见，还能少管了。又说：大壮，我知道你今天让柳枝气够呛，可柳枝心眼不坏，啥事说完就拉倒了。

马大壮说：我是说你跟弟妹处事得长点心眼儿，别哪天让她算计了你；她心里，除了有她自己娘没别人不说，还总爱占小便宜。

石榴说：有些事咱心里明白就行了。不过，就凭她能疼她娘这点，就是好姊妹；再说了，柳枝就算有啥毛病，咱冲的是你弟弟小壮的面子呀。

马大壮说：我就是瞅她来气，她一有时间，就老开咱家车出去玩，你回娘家要用车，我还得提前通知她，跟她商量。

石榴说：哎呀，谁让你是当大哥的呢。

杨柳枝坐在梳妆台前，见马小壮进屋，说：福来走了？

马小壮说：哎呀我的活祖宗啊，他可走了。

杨柳枝说：福来找你肯定没啥好事，他就知道撒谎撂屁的。

马小壮说：别那么说人家，啥叫哥们，哥们就是关键时刻好使唤。媳妇，你又在那干啥呢呀？

杨柳枝说：美容啊。

马小壮说：别美了，我媳妇不用整那玩意儿也漂亮。

杨柳枝说：贴完面膜，这脸可软乎了，还发光，你看。

马小壮说：女人咋这么麻烦呢。

杨柳枝说：嫌我麻烦了，你要抱儿子，你就不嫌麻烦我？

马小壮说：行行，女人伟大，媳妇伟大啊。

杨柳枝说：那当然了。

马小壮说：媳妇，我上炕喽。马小壮甩掉鞋袜上炕……

杨柳枝紧紧鼻子，说：你刚才就没洗脚吧……哎呀，还把袜子扔我跟前了，快拿一边去。

马小壮不以为然，说：我咋没闻着有味呢？

杨柳枝说：我这么大面霜的香味，都没盖住你那臭袜子的味，赶紧洗去。

马小壮说：哎呀，再怎么洗，不也是这味吗。

杨柳枝说：不行，不洗你就别往我被窝钻。

马小壮说：好好好，我洗，我去洗呀。说着进了卫生间。

杨柳枝躺在炕上，听见哗哗的水声，她喊道：小壮，还没洗完脚吗？

马小壮说：我好好地洗呢，都打了三遍香皂了。

杨柳枝说：你咋不去压井打盆水洗呀？你哗哗的用自来水洗，得花不少水费呢。

马小壮说：费不了多少哇。

杨柳枝说：以后少用自来水洗东西啊，你没看见水表那小针一个劲转吗？那转的是钱。

马小壮说：我知道哇。

马小壮进屋上了炕，说：媳妇，你闻闻我脚还臭不了？

杨柳枝用被角捂住鼻子说：臭不要脸，滚一边儿旯去。

马小壮一把撩开被子说：我就滚你这边儿旮了……

金有良在看电视。福来进屋。金有良说：姑爷儿啊，坐吧。福来很谨慎地坐下。

金有良笑了，说：你别那么拘谨，爹就是想问问你啊，最近你还去万大炮那吗？

老丈人终于说上正事了，福来激动、兴奋，还有点紧张，他说：那什么，是，有这回事，就是……

金有良说：就是你不想去，是他找你去的，你也是为了哥们没办法呗？

福来激动地：哎呀爹呀，还是爹能理解我呀，我跟爹坦白说……

金有良说：说就说呗，咋手还抖上了呢？

福来说：嘿嘿……我，我本来没抖，爹一说我抖，这还搂不住了呢。

金有良面带微笑，诚恳地说：咱这么着，姑爷儿，以前的事就都过去了，打今儿起，在合作社里，咱该干啥就干啥，别耽误工；下工回家呢，多帮媳妇干点家务，你说行不？

福来说：行行行，我一定按爹说的做。

金有良说：爹跟你说的话你得听，不然的话，你早晚要吃亏。

福来说：是是是，我听爹的，我一定听爹的话。

金有良说：当老人的都是希望你们好，你说，你不好好上工干活，你也少计工、少分钱呀，你钱挣少了，怎么养活老婆孩子？

福来说：对对对，爹说的话就是理论，以后我肯定不耽误工了，下工我就赶紧接孩子回家，没事就跟金菊学做饭、做家务。

金有良说：哎，到时候不挨饿，还能吃上热乎乎的馅饼，是不是？

福来说：是，馅……福来的脸一下子红了，他尴尬得快要发不出动静地说：馅饼……

金有良哈哈大笑起来……

福来也呵呵……哈哈……

河边。翟玲对金昌说：金昌哥，刚才你说，你尊重我个人的选择？

金昌点头：嗯，哥尊重你个人的选择，但这么大的事，必须要跟你爹商量之后再做决定。

翟玲说：那小丽再跟我联系，我怎么跟她说？

金昌说：即使你要去，现在还不能马上走，得把工作上的事安排好了，你把情况跟她直说就行。

翟玲说：那你回家要告诉你娘啊，你好好跟她说，别说不好，回头她来作我就完了，就算我求你了。

金昌微笑着说：有我，你不要担心，我会跟我娘好好说的。

翟玲看着金昌，把头轻轻地依靠在金昌的肩膀上，喃喃地说：金昌哥，你真好。金昌抽出胳膊，轻轻地搂住翟玲……

小丽娘给翟玲打来电话，说小丽把团里让她转交给翟玲的《洪月娥做梦》剧本，发到家里了，让翟玲马上来取。翟玲对金昌说：走吧，我回家取车，这就去小丽她家取剧本。

金昌说：你赶紧去吧，拿上剧本早点回家。

翟玲说：知道了。

望着翟玲的背影，金昌心里五味杂陈。翟玲是他心爱的姑娘，是他从小护着长大的小丫头，现在出落得年轻又漂亮，他怎能舍得她走呢；他从翟玲的眼神中看出了，这个当初爱哭鼻子的小姑娘，已经变得坚强起来，看着她那双对艺术无比渴望的大眼睛，感受着那颗向往着展翅高飞的滚烫的心，就像当年自己考上大学时，那样的激动，那样的憧憬吧。想到这些，他心都要碎了，真不忍心劝翟玲留在家里。他嘱咐自己，要尊重翟玲的自我选择，我爱她，就要让她幸福、遂愿。

金昌回到家，疲惫地倒在了床上。他忽然想起什么，赶紧起身拨了个电话，说：成林……北京的货都交付完了，明天就该往回走了吧？

成林说：是呀金昌，明天就往回返了。你有事吧？

金昌说：是有事，而且很重要，你顺路去趟天津吧……是，去津津乐果品商行，去见见朱经理……对，你要想法联系上他，一定要见着他……哎，就是吗，买卖不成情义在，你就这么跟他说。

金婶进屋，她问金昌：儿子，你怎么和小玲唠这么长时间啊，说你俩啥时候定亲的事了吧？

金昌点头：嗯。

金婶说：那日子定下来了？

金昌犹豫着说：……娘，我俩今天说定亲的事了，就是吧……小玲过几天要去趟省城……

金婶高兴地抢话说：你俩去省城，是买定亲的东西吧？

金昌说：不是我俩去，是，小玲自己去。

金婶说：啥？你这孩子，咋让小玲一个人去呢？省城挺老大个地方，你再让她转悠丢了。

金昌说：不是去逛街买东西，是……娘，是这么回事，省城的沈北艺术团，要请小玲过去演出几天，等她回来就办定亲啊。

金婶说：演出去？等她回来？……行啊，只要是她有准乎话了，等几天就等几天吧，过年那前儿，她还到市里演出过呢。

金昌打着马虎眼说：是啊，小玲演出多好看，省城都欢迎她去呢。

金婶说：也是的，小玲那二人转唱得就是好。那等她演出回来咱再办呗？

金昌说：是啊娘，等她回来就办喜宴。

金婶说：只要能定下来就行。

金昌深深地呼出口气，一侧身倒在炕上……

金婶说：这是咋的了，儿子？

金昌说：累的。

金婶说：那你赶紧歇着吧，娘不跟你唠了啊。也是的，这一天天给我儿子累的。

金婶回到里屋，坐炕沿上发愣。她回味着儿子的话，心里有些打鼓：这好模样儿的，小玲要出去演出，上省城演出，不是啥好事吧？金婶越想越觉得不对劲，她赶紧跟金有良说：老头子，可不好了。

金有良说：怎么了，一惊一乍的？

金婶说：儿子跟我说了。

金有良问：说啥了？

金婶说：还能说啥，我老早就说，小玲没事就往市里头跑，还去参加什么大奖赛，根本就不是什么好事，怎么样，照我说的话来了吧。

金有良说：遇到啥事了这是，你把话说明白了？

金婶说：儿子刚跟我说的，省城的什么团要叫小玲演出去。

金有良说：这，这不是好事吗，说话大喘气的，吓我一跳，我还当真出啥事了呢。

金婶说：还好事？说是去演出，她要不回来咋办，叫我儿子打光棍呀？

金有良说：怎么可能呢，你想哪去了？不就是去演出吗，演出完不还回来吗。这时代发展了，年轻人往外走走、出去转转，不是坏事。

金婶说：就你会当好人。我跟你说啊，这事我不同意。你赶紧去找老翟头，让他跟小玲说说，这事别让她去啊。

金有良说：我老伴儿这是糊涂了，小玲还没过门呢，你就跟人家指手画脚的了；再说了，咱儿子能跟你说这事，就说明他跟小玲都已经商量过了，所以呀，老伴儿，咱就别跟着掺和了。

金婶说：还说我掺和，我早掺和早好了，当初儿子要听我话，大学毕业了就该留城里；这下可好，我儿子回来了，她又要走了，不行，你赶紧找老翟头去。

金有良说：我找他去，我说啥呀？

金婶说：有话就直说呗，实在不会说，就把我刚才说的话都告诉他。

金有良琢磨一下，说：行，反正我还寻思着要去看看他呢。金有良到酒柜前拿了两瓶酒。

金婶着急说：干啥呀，我叫你跟老翟头说事去，不是叫你喝酒去，你别酒喝多了把正事给耽误了。

金有良说：看你这个啰唆劲儿。金友良出了门。

老翟头正在家喝酒。金有良进屋，说：老伙计啊，搁家整上了？

老翟头看见金友良，乐得不得了：哎呀，亲家大哥来了，我还想抽时间过你那去呢，你先来了，快炕头上坐吧。说着，老翟头把炕头让出来。

金有良说：这家伙整挺好哇……造这一大碗，跑地鸡炖松蘑，嗯，还有俩小炒，就你一个人吃？

老翟头说：九妹子忙饭店的事，给我做完饭就去农家乐了。老翟头见金有良拿着酒，又说：哎呀，有良大哥又给我拿好酒了。

金有良说：小意思，这酒不错，龙山寨传统的烧锅酒。

老翟头说：今晚咋的，老嫂子肯定给你做好吃的了，没喝点？

金有良说：喝啥呀，让俩熊孩子的事整得，没心思多喝。

老翟头说：那正好，咱哥俩再整两盅呗？

金有良说：再整点。

老翟头兴致勃勃地说：太好了，你等着啊。老翟头下地拿瓶茅台过来，说：你拿的那酒先留着，今儿个咱俩整这个。

金有良说：茅台？

老翟头说：啊。我给老慢整一瓶，这瓶就是给你留的，打开，喝。

金有良说：我说，这不年不节的你就别打开了，留着过年喝吧。

老翟头说：留啥呀，亲家大哥来了必须喝，喝完了再买呗，整。

金婶在屋里琢磨着儿子跟自己说的事，越琢磨心里越忐忑，就是担心翟玲出去了就不能回来了，想来想去，她决定去农家乐找九妹子说说这事。

九妹子把金婶让进包间里。金婶说：九妹子，你这儿这么忙我还来添乱，可这事，说啥你也得帮我。

九妹子说：怎么了老嫂子，有话慢慢说，啥事还要我帮忙？

金婶说：可愁死我了，九妹子，我这日子是没法过了。

九妹子说：又跟福来生气了，还是福来欺负金菊了？

金婶说：他还敢欺负我闺女，我是说小玲，你干闺女可是你一手带大的，你说话，她指定听。

九妹子忙问：小玲怎么了？

金婶说：她呀，我就整不明白，她为啥非要去省城演出？

九妹子说：演出啊，我当是啥事呢。老嫂子，你也不是不知道小玲啊，从小她就喜欢唱唱跳跳的，要不，我也不能找人帮忙、送她去市里学二人转；孩子学成了，出去演出几天，你咋还整不明白了？

金婶说：我就是不乐意她往外头跑，省城离家那么老远，我就怕弄不好，再把这儿媳妇给弄丢了。

九妹子笑了，说：叫你说的了，孩子们都长大了，你不能总拿小绳拴着她们吧；再说了，以前小玲出去参加比赛啥的，不也有演出吗，老嫂子不都挺愿意的、还挺展洋的吗，现在要出去演出几天，不是一样的事吗。

金婶说：不一样了啊，她和金昌眼瞅就定亲了，我还等着抱孙子呢，可不能再让她遥哪跑了。

九妹子咯咯笑了，说：老嫂子，这事，我看你管得有点宽了啊。

金婶说：啥管得宽了？啊，她今天出去演几天，明儿个又出去演几天，那日子还过不过了？九妹子，我也没求过你啥事，这次就算我求你了，你劝劝小玲。

九妹子说：老嫂子你也别说什么求不求的，这么着，明儿白天我这没那么忙，我见着她，跟孩子聊聊这事啊。

金婶说：哎，我就知道，九妹子心眼最好使了。又说：你好好劝劝她啊，实在不行，我就找老翟头说道说道去。

老翟头和金有良在喝酒。老哥俩边喝边聊、越唠越热乎，一瓶子白酒已经见底了。

金有良说：大兄弟，你跟九妹子啥时候办事呀，咱都土埋半截子的人了，有好事就赶紧张罗办，别像年轻人似的，在那磨磨叽叽的。

老翟头说：老哥说得在理儿，可现在是我忙她也忙，刚才她还跟我说呢，又在小市场开了家分店，你说这哪是挣钱呀，这不没事给自己找罪受呢吗。

金有良说：亏你还当个理事长呢，这玩意儿就像放羊，一只也是赶两只也是放，九妹子又有那个能力，就让人家干呗。

老翟头说：哎呀，都老头老太太了，过几天清闲日子吧；现在也不缺钱花，我真想让她把饭店都兑出去。

金有良说：这话说得自私了啊。你跟九妹子也这么说的？

老翟头说：我这不跟你叨咕吗。你说，等俺俩成亲了，是不谁都照顾不了谁了？

金有良说：别忘了，你榛产业能发展到今天，其中也有九妹子一份功劳；人家开个饭店，你还嫌没人照顾你了，太那个了吧你。

老翟头说：我不是怕她太辛苦了吗。

金有良说：干啥不辛苦呀，捡钱还得哈腰呢。人家是耽误给你烧炕了，还是耽误给你做饭了？

老翟头说：就是的呀，她越是这么干，我不也就越心疼她吗。

金有良说：别搁那歇咧了啊，心疼人也得心疼到地方，九妹子饭店的事你尽量少掺和，她是有脑子的人，自己该干不该干的比谁都清楚。金有良看看墙上的钟表，说：哎呀，今儿个这酒喝得高兴啊。大兄弟，时间不早了，小玲搁那屋都睡觉了，咱俩喝多了，再吵吵巴火地把孩子给整醒了，我得走了。

老翟头说：没事啊，别走别走，咱俩话还没唠完呢，我拿酒去……金有良赶忙说：别拿了。老翟头从外屋地拎进一提啤酒。金有良说：你怎么，还要喝啤的？老翟头说：这黑啤酒不错，整两听，溜溜缝儿。

金有良说：再喝就多了啊。

老翟头说：没事，喝多了你就在我这睡。

金有良犹豫了一下，说：……行，整吧，今儿个咱哥俩就整个透。

老翟头说：这不结了，整。

金婶回到家，没见金有良，她到金昌房间，问：儿子，你爹还没回来呢？

金昌说：没呢，可能还在翟叔家吧。

金婶说：是去你翟叔家了。咋唠这么长时间呢？

金昌说：这老哥俩儿，也挺长时间没在一起唠了，肯定少喝不了。

金婶说：儿子，你赶紧去你翟叔家找你爹去，别让他在那儿喝多了。

金昌说：嗯，我接我爹去。

金昌刚到老翟头家门口，就见老爹离拉歪斜地从院子里出来，他赶紧上前，说：哎呀我的爹呀，你这……这是怎么走的呀，快点吧，赶紧靠着我点儿。

金有良扶着院墙说：我，不靠你，我……靠墙。

金昌心疼地扶着金有良说：爹这是喝多少哇，咋喝成这样了？

金有良说：少，废话，赶紧把爹，弄回家。

金昌说：行，还知道回家，看来还没喝多。咱这样啊，爹，你先靠墙坐会儿，我进屋看看翟叔怎么样了，马上我就出来啊。

金有良说：别去，有事，明儿个再说，你翟叔喝大了，炕上，猪头了。

金昌就像自己喝了多少烈酒被辣着了似的，咧着嘴说：我爹真能耐，能把翟叔给干趴下了。

金有良说：小，意思……茅台打底儿，啤酒，溜缝儿。

金昌说：好样的，我爹身体真棒。来，趴我肩膀头上，儿子扛你回家……

金昌把爹扛回了家。金婶见状，担心地说：哎呀，咋喝成这样了呢？

金昌说：多亏去接他了，要不非摔哪不可。

金婶说：快放炕头，我给拿枕头啊……这是喝了多少啊……

金昌说：白的啤的没少整。

金婶说：走前儿我还嘱咐他，让他跟老翟头说说话去，谁让他喝酒去了呀……哎呀，满嘴呼噜酒气，烦死了。

把爹安置好，金昌问：娘让爹跟翟叔说啥，是说小玲的事吗？

金婶说：怎么了，你不让说呀？

金昌说：这事就让人家爷儿俩商量呗，就算你不希望小玲去，她能听你的吗？

金婶不想让老伴儿听见她说话，就说：走，过那屋说话去。

金昌跟娘到了自己房间。金婶不高兴地说：怎么，这还没咋的呢，她连我的话都不听了？看这架势，以后我在家里就没啥地位了呗，连话语权都没了呗？

金昌说：娘，你别生气，我说的不是那意思。俗话说“天要下雨，娘要嫁人”，啥事就顺其自然吧，你要硬管这事，反倒不好。

金婶说：啥叫硬管啊，我是你娘，还不让我表示意见了？真是的，我就是不想让她去！

金昌说：也就是演出几天的事。

金婶说：可不就几天吗，咋的，她还想待城里不回来了？都长大了是吧，翅膀硬了、要飞了是吧？

金昌说：不是的，娘……金昌还没说完话，娘转身回屋了。

金昌心里很难过，他知道，娘生气了。

春季是苗圃虫害高发时段。这段时间，金昌每天晚上都要亲自去一趟苗圃，他拿着手电筒出了院门。

金婶听金昌出去了，叹了口气，心疼地说：这孩子，一天到晚地多少事儿，都这么晚了，这又是去苗圃了。

睡着的金有良，鼾声如雷……

月光清冷。金昌在苗圃。他打着手电筒，一排一排地观察着榛苗的情势，手电筒的光亮在一簇簇榛子苗上掠过，他仔细查看着……

突然，手电筒的光亮聚焦在一簇榛苗上，金昌发现榛苗的苗芽和根部有虫子在啃食，他顿时一惊，后脊梁一阵酥麻、冒出一身冷汗，失声道：

不好！“大灰象甲虫”……

·十·

金昌紧急拨打电话……

老翟头躺在炕上打着呼噜……他的手机和家里的座机轮番响着……

翟玲在床上看剧本。手机响了，她一看是金昌打来的，赶紧接电话：金昌啊……什么……啊，啊啊，我知道了，我这就叫爹去啊。

翟玲扔下剧本、跑到老翟头屋里，见爹睡得呼噜呼噜的，她喊了几声、推了几下……说：这么大的酒味，爹睡得太死了……翟玲转身回屋，穿好衣服、拿起手电筒，向苗圃跑去……

姜兰在家接电话，她说：喂，金昌啊……你说什么？

金昌说：我在苗圃观察到，已经有大灰象甲虫的幼虫在啃食榛苗的叶片了。

姜兰一下子紧张起来，几乎是喊着说：那得马上采取措施呀，等它啃食到根部，就把苗根啃断了，破坏性非常大，若不及时处置，你那几百亩优质榛苗就全完犊子了！你准备怎么做啊？

金昌说：马上组织人力，连夜人工捉虫。

姜兰说：人工捉虫？你又是疯了，红石峪所有的人手都搭进去，也不够用啊？

金昌说：人手不够也得干！我这边马上组织红石峪的人，你那赶紧找人来帮忙！

姜兰犹豫地说：……这大半夜的上哪找人去啊，再说了，谁能愿意来呀？

金昌吼着说：不愿意来也得想办法给请来！姜兰，这事我就交给你了，拜托了！！

姜兰的眼中涌现出一股坚毅，她说：金昌您放心，我马上想办法组织外援！

姜兰撂下电话，不断地念叨：组织外援……外援，外援……

喇叭叔接到金昌的电话，他马上通知各生产小组长召集所有人员，立即到苗圃。之后，他给马小壮打电话，可电话一直没人接，他着急得直拍电话：这个马小壮，怎么不接电话呢……你接电话呀……

杨柳枝和马小壮睡在炕上。杨柳枝听见电话声，赶紧推马小壮：小壮，电话响了。

马小壮懒沓沓地说：谁打错号了。

杨柳枝说：不会是福来打的吧？

马小壮说：都多晚了还来电话，不接。

杨柳枝说：你不接，等他上家来敲门啊？

马小壮说：他没那么勤快，大半夜的打电话，指定是跟我汇报他跟他老丈眼子的情况，不用搭理他。

杨柳枝说：一会儿真来人敲门呢？

马小壮说：我就是你孙子。

杨柳枝一翻身，说：孙子。俩人又睡了。

喇叭叔在家急得团团转：马小壮咋睡这么死呢，就剩他们小组没通知到了。

翠兰说：这程子山上的活儿多，大伙都累透了，睡得就死呗，你还是敲门去吧。

喇叭叔说：嗯，敲门去。

金菊家的电话响了，福来懒得下地接，他说：老婆，电话搁那叮当响，你咋不接呀？

金菊说：你离电话那么近，你咋不接呢？金菊下地接了电话：谁呀？……金昌……你说什么？

金昌说：你立即向所有合作社负责人发出紧急通知，让他们立即组织人员连夜巡查，看看他们的苗圃和榛子园有没有虫害发生，一定要仔细巡查！仔细巡查！

金菊说：明白！她撂下电话，说：可毁了，福来，苗圃发现大灰象甲虫了，你快点起来抓虫子去。

福来要赖不想去，说：哎呀，这虫子真可恨，早不来晚不来，非得大半夜里来。

金菊着急说：别废话了！

姜老慢家。姜兰帮姜胖在外屋地找瓶子。姜胖要开灯，姜兰说：别开灯小胖，别给娘弄醒了。

姜胖说：不开灯我能找到瓶子吗？

姜兰找到一个瓶子，说：给。拿手电照，不一样能找到吗？

姜胖说：不够，我还得再找一个。

姜兰说：拿一个瓶子就行了，你拿俩干啥？

姜胖说：不关你事。

姜兰说：哎，你往兜里揣啥了？

姜胖说：不让看。

姜兰说：你是给麦穗拿的瓶子吧？

姜胖说：不该问的别问。

姜老慢从里屋出来，说：衣服都穿好了？走，赶紧走。

姜兰发现姜胖的衣服穿得不对，捂着嘴笑起来，说：爹，你看小胖，把衣服都套反了。

姜老慢瞅着姜胖说：可不咋的，小胖这是睡糊涂了。

姜胖说：姐你快点的啊，帮我多干点。

姜兰有点着急了：你们快去吧，快！

金菊抱着小豆子往外走，见福来还躺在炕上睡觉，她说：福来，你快点起来，我先去娘家送孩子了。

福来又胡扯：嗯……哎哟，我肚子咋这么疼呢。

金菊瞪着福来说：我怕把孩子吵醒，也懒得跟你掰扯，赶紧的你，快起来！金菊出门。

福来赶紧下地把门关上，说：这虫子真是不懂事，大下晚儿的，真跟着捣乱。

金菊在外敲窗户：福来，你关门也没用，一会小壮他们来叫你，我看你去不去。金菊走了。

福来不以为然：我关门，灯我也关了。

金婶听见外头有动静，她打开灯。金菊刚抱孩子进院。金婶连忙迎出去把孩子抱过来，说：闺女，是不苗圃有事了？

金菊说：嗯，金昌发现有大灰象甲虫了。

金婶说：我的妈呀，那玩意儿可厉害，得赶紧想办法啊。

金菊说：金昌已经布置下去了，大伙正往苗圃赶呢。

金婶说：福来呢，怎么你一个人送孩子呢?

金菊怕惹娘生气，就说：他，他先去了。

金婶埋怨说：福来咋这么粗心呢，大下晚儿的走黑道，他倒等会儿你呀。

红石峪村各家各户陆续亮起了灯光，人们都在紧张地忙活着……

村街道上，村民们打着各式的照明工具，往苗圃奔去，不时有摩托车驶过……

马小壮被惊醒，他推推杨柳枝，说：媳妇，我咋听外面有动静呢?

杨柳枝眯缝着眼说：咋啦，福来又来敲门了？

马小壮说：不是他，这动静挺大的呢。

这时，喇叭叔在院外喊叫：马大壮、马小壮，你俩快起来……

杨柳枝翻身坐起来，说：哎呀妈呀，小壮，是喇叭叔叫门，出事了。

喇叭叔又喊：苗圃有虫灾了，赶紧起来捉虫子去！大壮、小壮，你们听见没呀？

马小壮一骨碌爬起来，说：完了，完了完了，我这小组长当的，一点面子都没了，让村支书堵被窝了！他迅速抓起衣服套身上就往外跑……

杨柳枝看自己衣服在沙发上，赶紧说：小壮回来，快点给我拿衣服。

马小壮回身，说：瞅你，就多事。他把衣服扔给杨柳枝。

杨柳枝又说：我的鞋、我的高跟鞋。

马小壮瞪着她说：上苗圃干活，穿啥高跟鞋？

杨柳枝说：那我穿啥？

马小壮拿起一双旅游鞋扔给她，说：就穿破鞋吧。

杨柳枝说：你说啥，叫我穿“破鞋”？

马小壮急的：哎呀，你啰嗦啥，快穿上吧，穿运动鞋干活不累。

杨柳枝笑着说：我知道。

马小壮说：整事哈。说完跑出屋……

马小壮见喇叭叔和翠兰在门前，忙说：来了来了，喇叭叔，我这就去叫大壮啊。

喇叭叔说：赶紧把你们小组的人都叫齐了，带上家把式儿，马上去苗圃！

马小壮说：收到！

马小壮又跑回屋，说：媳妇，你穿好了，就跟大哥先走，我找福来他们去。

杨柳枝说：我才不跟他走呢，我等你。

马小壮说：你走道慢，就先走呗？

杨柳枝说：大壮都不爱跟我说话，倔得哄的，谁看他脸子。

马小壮说：哎呀，这都啥时候了还矫情，快点的吧你。

马小壮出屋，刺棱一下翻过院墙……这时，马大壮从屋里出来，说：小壮啊，我都听见了，我这就去苗圃啊。

马小壮跑到福来家，见屋里黑着灯，他敲了几下门，没动静，嘀咕句：这小子，今儿个出息了。

金昌和喇叭叔、姜老慢站在苗圃边。翟玲跑过来，说：金昌，我爹来不了了，他睡得太死，我怎么叫也没叫醒他。

金昌说：知道了，赶紧干活吧。金昌又对喇叭叔说：现在大家都去南

地块干活了，北地块还抽不出人去呢，今晚要抓不完虫子，榛苗损失就大了，不行的话，就想办法花钱找帮工来干了。

喇叭叔说：这大半夜的找帮工，可不好办呀。

姜老慢说：姜兰在家打电话呢，也不知道能不能找到人。

金昌说：但愿她能办成。咱们先干着吧。

马小壮跑来。金昌问：小壮，你们小组的人都到了吧。

马小壮说：嗯，我都喊到了。

金昌说：咋没见福来呢？

马小壮说：他没来吗？我去找他了，看他家黑着灯、没人啊。

金昌说：知道了，你先干活吧，我找他去。

马小壮说：别找了，他兴许往这走呢。

金昌没吱声，他截下一辆摩托车，往村里驶去……

姜兰在家不停地拨打着电话，神情变得越发紧张起来……

三里堡合作社理事长老李接到姜兰的电话后，马上召集各生产小组所有人在桥头集结，赶往红石峪救援；同时，他又动员了一些非生产小组的散户，他深深地知道，多一个人，就能多保住几棵榛苗。

老李到了贾六家门口，他先打电话，没人接，之后狠劲敲门……迷迷瞪瞪的贾六开了门。老李说：你个小兔崽子，咋睡这么死呀，我给你打电话不接，门敲碎了才开呢？

贾六说：睡着了没听见呗。大舅，大下晚的你急着找我干啥呀，我舅妈病了？

老李说：你才病了呢。快穿上衣服，咱三里堡的人都到桥头集合了。

贾六说：干啥呀？

老李说：都去红石峪。

贾六说：咋啦，红石峪着火了？

老李说：红石峪苗圃出现虫灾了，人手不够，咱得去支援。

贾六说：哎呀我的妈呀，大舅，合作社的事你找我干啥呀，我又不在你合作社上工？找错人了啊，我睡觉去。说着就要往回走……

老李吼道：回来！

贾六吓一哆嗦：我……

老李说：哪那么多废话，我没时间跟你解释，赶紧的，我还得去找万大炮他们几个呢。

贾六说：大舅，你真不知道深浅，你找我我都不爱去，大半夜的你找他们去，你给人家多少钱他们能搭理你这个活呀？

老李说：这活有乡政府补贴，还有一天顶三天工钱，划得来；你就别磨叽了，赶紧给我穿衣服去。

贾六说：给多钱也不去，睡觉。

老李要发作，又压了下来，他说：你……我跟你说孩子，听大舅的话，你赶紧去桥头集合，你们都不去的话，红石峪的优质榛苗全让虫子啃光了，咱们村新开垦那儿百亩林地，还等着移苗上山呢，到时候苗都没有了，我拿什么移苗，我还种什么榛子呀？

贾六终于听懂怎么回事了，说：是这样式儿的呀，我大舅受损失能行吗，我穿衣服，立马就去啊。

金昌很生气。在这个节骨眼儿上，他绝不能容忍自家姐夫偷懒耍滑，更重要的是，合作社不允许有、也不养活“散装农民”。金昌在福来家敲窗户，说：姐夫……福来，你在家没呀？

福来并没睡着，他猫在被窝里嘀咕：哼，我有事，你不帮我你装傻；你有事，我也装傻听不见。

金昌说：姐夫，我知道你在家，大家都去抗虫灾了，这是大事，你怎么还搁家睡觉哇？

福来知道自己藏不住，就编笆说：我，肚子疼，我去不了了。

金昌严厉地说：好模样儿的就肚子疼了？我没时间跟你废话，快起来干活去。

福来不耐烦说：我说你烦不烦哪，去不去干活是我自己的事，你管天管地，还管人拉屎放屁睡觉了？

金昌说：我刚才可点名了，各小组的人都到齐了，就连轻病号都去了，你一个大老爷们的，好意思在家睡觉？

福来说：总经理小舅子，我肚子疼得要命，真起不来炕了，你就发扬点人道主义精神、饶了我吧。

金昌大声喝道：少废话，别耍赖！现在是全力以赴捉虫保苗，你赶紧的！

福来赖不下去了，下地开了门，又披着被坐炕上了：哎呀，就你这破总经理当的，烦透人了，我不但啥光儿也借不上，还让你管够呛。

金昌说：别说那些没用的，赶紧穿衣服。

福来梗梗地说：我就不赶紧的，你能咋的我？有能耐把我从合作社开除才好呢，我再开出租去。

金昌说：行啊，想入社是你的自愿选择，要退社也是你的自由，但今晚这活，你必须得去！

福来说：我就不必须了，你爱咋咋的。

金昌说：那我就不客气了，我按章程扣你年终奖和分红的钱啊，生产小组能不能再要你，另说道。

福来无理取闹，说：看把你能耐的，在家里还这么欺负人，你带娘去老万家打我那笔账，我还没跟你清算呢，这又来管上我了。

金昌说：管你怎么了？你自己倒是做点脸哪，爹刚说完你，你转身就忘了，是你跟爹刚表完态不，这会儿又不玩伙计了？

福来说：你，你少拿爹来吓唬我。

金昌耐着性子说：姐夫，咱自家的事情怎么都好说，有时间我请你喝酒都行，现在是捉虫抗灾要紧，咱别让人家看笑话。

福来耍赖皮，说：你也知道怕人笑话呀？哎，这回我就让人家看看了，看我小舅子总经理，在我面前说话就是不好使，小样儿吧，没招儿治你可得了。

金昌气得没辙，使出了撒手锏：看你这样是不想好了，我现在就回家叫爹去。说完就往外走。

福来一个激灵跳下炕，拽住金昌说：哎哎哎，你还真去叫爹咋的？

金昌说：你就是贱骨头，牵着不走、拽也不动的，非得来真格的？

福来赶紧穿衣服，说：我是看你那样来气，当个破总经理，整的我一点自由都没有了。

金昌说：别磨叽了，赶紧找个手电拿着。

福来说：知道啊，夜里抓虫子能不拿手电吗，还得拿个瓶子。

金昌说：哼，啥啥都知道。福来说：那当然了。金昌说：就是不知道自己啥时候死。

福来说：我才不死呢，我得好好活着……为了你姐。

夜色下的苗圃，星星点点、人头攒动，村民们打着各种照明在捉虫子……

金昌和喇叭书、姜老慢站在苗圃边，不住地向远处张望。支援的人一直没来。姜老慢破天荒地着急起来，他对喇叭书说：主任啊，这幼虫繁殖的速度很快呀，现在是虫子多人少，照这进度可不行啊。

喇叭叔说：现在就是缺人手，姜兰那边找不到人可就糟了；实在不行的话，金昌啊，我们就得向镇上汇报，请镇长出面了？

金昌说：喇叭叔先别着急，不到万不得已的时候，咱们别惊动镇上。

姜老慢说：金昌啊，这榛子苗无论如何要保住啊，不仅是咱们新开垦的榛子园需要，还有几个合作社，都眼巴巴地等着要榛苗、等着移苗上山呢。

喇叭叔说：是呀，无论如何都要保住榛苗！

金昌也有些着急了，他说：这些我都知道，可现在需要的是人，人！

小妮子匆匆跑来，急着说：金昌，我们小组的小秀晕倒了。

金昌说：啊？咋搞的？

小妮子说：她平时身子骨就弱，有低血糖，这大半夜的不睡觉，撑不住了。

金昌更着急了，说：那她咋还……赶紧送她回去，找村医。

小妮子说：刚才我就叫她回去，她不肯，她挺要强的。

金昌说：那……

姜胖跑了过来，他说：金昌哥，我这带了点吃的，还有一盒清凉油，能管点事。

金昌说：你俩赶紧过去，照顾好小秀。二人离去。姜老慢说：金昌，这么撑着，不是个事啊。

喇叭叔犹豫着，说：金昌呀……

金昌急得有点要撑不住了，他轻吼了句：我知道……

就在这时，苗圃左右通道上，疾速赶来了两支人群，姜兰在队伍的最前头，她大声地喊：金昌——

金昌猛一抬头，惊喜：……来了，外援到了！

喇叭叔说：还是两路人马……哎——姜兰——

姜兰气喘呵呵地喊着：喇叭叔——金昌——老李和老关他们，都来支援咱们了——

金昌按捺不住地激动：好、好，好啊。

喇叭叔说：援兵到了，援兵到了！

姜老慢说：及时雨，及时雨呀！

老李和老关跑到跟前。金昌迎上去抓住两人的手，说：李叔、老关叔，你们可来了。

老李、老关：哎，我们来了！

喇叭叔说：你们来得太及时了，不然的话，榛苗就惨了。

老关说：金昌啊，啥也别说了，要怎么干，你就吩咐吧。

金昌说：好好，客套话我就不说了，现在，红石峪的人都在南块地呢，北块地还没人呢……

老李马上说：明白了，金昌，我和老关的人就去北块地了。走吧，老关。

老关立即向人群喊：庆丰合作社的跟我来！

老李也向人群喊道：三里堡合作社的，都到北块地！

老李、老关带人走了。万大炮急匆匆跑过来，说：金昌啊……

金昌没想到万大炮也来了，他说：哎呀，三姨夫也来了，咋把你给惊动了，你的腰能行吗？

万大炮说：金昌，你小子，有现成的杀虫剂不喷，大半夜叫大伙起来，人工捉虫，你这不扯犊子吗？

金昌解释说：三姨夫，这苗圃种植面积太大了，它可是邻近源水河，喷施农药，会造成河水与土壤污染，使不得呀。

万大炮说：啊，是这么回事，那我明白了，还是大学生有学问。

喇叭叔说：大炮哇，这大半夜的你来干啥呀，在家睡觉多好哇？

万大炮说：我能睡得着吗，那老李像不要命似的砸门喊我，他大肠头都快喊出来了。

金昌笑着说：那你就说腰脱犯了，来不了呗。

万能走过来说：我爹说了，大老爷们的，关键时刻不能掉链子。

金昌说：万叔，毕竟你的腰……

万大炮说：哎呀，别废话了，干活去了。

万大炮和万能融入人群中。金昌感慨地说：老慢叔，我真没想到，三姨夫能来帮忙。

姜老慢说：他只要不要那驴脾气，行，是个爷们。

金昌心里踏实了，有人就能保榛苗了。这会儿他才发现，姜兰一直站他在身边，一只手反叉着腰、身体前哈，微微喘着粗气……金昌看着她，没有说话，微微点了点头……

二人抬眼望去，苗圃基地已成了光的海洋——各种照明的点点光亮，连成了一片……

月亮悄悄隐去，晨曦慢慢铺撒在山头。

天放亮。榛苗保住了。村民们三三两两往回走，虽说很疲惫，但霞光中，每个人的脸上都刻着坚韧与自豪。

金昌瘫坐在苗圃边，他太累了。望着渐渐远去的人群，心中无限感慨。金昌腾地一下站起来，走到喷灌开关前，打开开关……一组组、一排排喷灌，扬起一束束硕大芦花状的弧线，洒向绿油油的苗床……顿时，苗圃上空飘浮出片片水雾，在阳光的照射下，现出一道道绚丽的彩虹……

金昌望着如此壮观的景象，仿若进入了幻境，他轻声叹道：好壮观。

迷离的彩虹中，一道身影，一道熟悉的身影——气若幽兰，举步轻摇，微笑着向金昌走来……金昌呢喃着：真美。

姜兰走近，见金昌呆立着打量着自己，说：……瞅啥呢?

金昌一下回过神来，说：瞅……金昌向姜兰身后扬扬头，说：彩虹。

姜兰转身，望着洋洋洒洒的雾花和缤纷斑斓的彩虹，感叹：漂亮。

金昌深呼一口气，坐了下来。

姜兰说：累了吧?

金昌说：不累是假的。

姜兰也坐了下来，她说：所以啊，安装太阳能板夜光灯的事，该考虑了。

金昌说：是啊，我们不能总是被动地被灾害了。金昌望着大片的榛苗，若似憧憬地说：我时常在想，农业要发展，要往现代化农业上发展，可我们的农村、农业，现在基本上还是处于落后的小农生产模式；一些发达国家，在农业生产上，特别是在现代化农业机械，对了，还是在你给我的一些资料上看到的，现代化农业生产中，已经出现了很多智能化农业机械了。一想到这些，又眼馋、又着急啊。

姜兰说：是啊，发展农业现代化是我们的使命，我们责无旁贷，必须上心了。

金昌说：不然的话，还要我们这些大学生农民干啥呀。

姜兰说：饭要一口一口地吃，路要一步一步地走，还是回到现实中来，解决眼下的问题吧。现在这是大灰象甲虫的幼虫期，用人工抓虫子还可以，可一旦到了成熟期，那虫子飞起来就更麻烦了，我们还不能打农药，所以，我建议你赶紧跟翟叔说这事。

金昌说：我已经想好了，这事必须马上提到议事日程上。又说：姜兰，我还是要说一句，谢谢你!

姜兰说：你这家伙，啥时候学的会哄人了?

金昌说：我说的是心里话。这段时间，你要不督促我每天都要到苗圃看情势，昨晚这榛苗可就遭殃了，这么大面积的虫害要发展起来，可就是毁灭性灾难了。

姜兰也深呼一口气，说：总算没白忙活。又说：哎，金昌，昨晚那情景，你有何感受?

金昌一下兴奋起来，说：……古诗里说“春种一粒粟，秋收万颗子”。农民兄弟们起五更爬半夜的，男女老少齐上阵，通宵奋战在苗圃；他们忍着困乏、忍着病痛，毅然地咬牙坚持着，他们深知，保住了榛苗，就是保住了丰收，就是保住了生活的富足。看着他们劳作的身影，心中油然地涌出敬佩。

姜兰说：又在那诗情画意了。

金昌认真地说：这就是一首诗、一幅画，抬眼望去，家乡的美景是美不胜收哇。

姜兰也感慨道：红石峪昨晚的夜景，更是美翻了；劳动虽说是累点，可见到那光点闪烁的动人情景，心里真是暖暖的。

苗圃里充满了阳光，不知疲倦的喷灌飘飘洒洒，绿油油的榛苗挺实茁壮。

老翟头抻抻腰起了炕，自言自语道：这觉睡得，实成，两口小酒下肚，一觉睡到大天亮。他趿拉着拖鞋走出屋子，见翟玲房间门开着屋里没人，说：我闺女起这么早，这是去早市了。

姜胖昨晚没见老翟头去苗圃，以为他没在家，又来给喂鸡了。他把昨晚抓的虫子撒到院子里，招呼着：咕……咕咕咕……

老翟头听见动静，出了屋，说：小胖啊，这么早又来喂鸡了？

姜胖奇怪：呀，翟叔，你在家呀？

老翟头说：我可不在家咋的，我说你这孩子，咋这么早就来了呢？

姜胖瞄了瞄老翟头，带有不满地说：我就是这么早就来了，天没亮就起来了。

老翟头逗姜胖：小胖胖，你不是爱睡懒觉的“大觉包”吗，哈哈……

姜胖学着老翟头做了个鬼脸：哈哈。睡懒觉得看啥时候，昨晚我要睡懒觉，你能给我发三天工钱吗？

老翟头一愣，说：昨晚，昨晚是咋回事？……哎，小胖，你手里那小瓶里装的啥，我看咋像虫子呢？

姜胖故意想整一下老翟头，他说：啥叫像虫子啊，你看看吧，就是虫子，大灰象甲虫。

老翟头脑袋嗡一下：什么，大灰象甲虫？你，你是搁哪整来的这玩意儿？

姜胖不紧不慢地说：这玩意儿，还能哪里有哇？

老翟头死盯着姜胖，吼道：快说！

姜胖一个激灵退了两步，眨巴眨巴眼说：苗圃呗。

老翟头震惊：苗……他一把抢过姜胖手里的瓶子，看了一眼，惊恐地嚎叫：我的天老妈呀，可不好啦——他撒丫子就往外跑，边跑边嚎：苗圃哇……榛苗……

姜胖连忙喊：翟叔，翟叔你回来，我话还没说完呢。

老翟头真的蒙了，连连说：完了、完了完了，这下可毁了……完了完了……

姜胖追到门口，大声喊：翟叔，你听我说——

老翟头头也不回地说：听你说个屁！老翟头跑了，拖鞋跑掉了他全然不知……

姜胖没辙，又掏出个装着虫子的小瓶子，边往院子里撒着边说：给你个虫子吃，咕……咕咕，谁让你昨晚睡大觉呢，咕咕咕……还大理事长呢，咕……咕咕……

老翟头一溜儿小跑到苗圃，碰见了金昌，他快要哭了：哎呀哎呀，可不得了了！

金昌惊诧：翟叔，你……你咋光脚丫子跑来了？

老翟头说：我光脚了吗？

金昌说：哎呀，翟叔真是着急了，鞋跑丢了都不知道，你是知道昨晚的事了？

老翟头晃晃手里的瓶子，说：可不咋的，虫，虫子……

金昌马上说：虫子都解决了，没事了。

老翟头将信将疑，颠颠跑到苗床边，趴在地上看着一簇簇的榛苗，声音颤抖地说：真，真没事了？真解决了？……

金昌搀扶起老翟头，说：快起来吧翟叔，真都解决了。

老翟头说：哎呀，这榛子苗，可是咱合作社的命根子啊，可吓死我了。金昌，你是怎么做到的？

金昌没有直接回答，他望着一片片绿汪汪的苗床，深深地说：大伙儿呗。

金有良起炕。金婶进屋，说：酒醒了？

金有良说：我根本就没醉。

金婶说：还嘴硬，喝的都人事不醒了。我问你，昨晚你跟老翟头唠的咋样？

金有良揉揉脑袋，说：哎呀，是喝多了，那事忘唠了。

金婶一皱眉头：忘了？这么大的事你给忘了？又发牢骚说：忘了好啊，忘了就是支持小玲进城呗？那你就支持她吧，等儿子打上光棍，我可不管了啊。

金有良说：你说你老太太，没事瞎操啥心啊？现在都啥年代了，还有老婆婆这么管儿媳妇的呀？

金婶掉脸子说：我算看透你了，啥事你都是胳膊肘往外拐，不带跟我一条心的。

金有良说：打锅说锅、打碗说碗，别啥事都往一块儿扯，日子过到现在，不是挺好吗。

金婶说：你儿子快娶不上媳妇了，你还说好？谁家过日子的人，老往城里跑哇？就算她还能回来，你不怕别人说三道四，我还得在红石峪养老呢。

金有良说：这话你就别说了啊，赶紧吃饭，我饿了。

金婶继续唠叨：你说说啊，这眼瞅俩人就定亲了，小玲一走拉倒，这不坑人吗。

金有良被唠叨烦了，说：情况是你说的那样吗，孩子不就是去演出几场吗？你瞅你，这一大清早的，叨叨起来没完了？怎的，人家那孩子要干啥，还得你说了算？人家还没过门呢。说完出屋，在院子里伸胳膊、抻腿，锻炼上了……

金婶杵在那里，呆了半天，说：……你又搁那抻巴啥，不吃饭了？

老翟头听完金昌说的情况，也很感动，他说：金昌，我马上回去，这就给老李、老关他们打电话，好好谢谢他们；这次的工钱咱一定不能少给，政府补贴再另算。

金昌说：这会儿先别打电话吧，他们刚回去，都该睡觉了。

老翟头说：啊，对对，我把这茬给忘了。又说：咱一定要好好感谢三里堡和庆丰合作社。哎呀，都怪我昨晚跟你爹贪杯，多喝了点，我啥动静都没听见。

金昌说：这么重大的事情，我也有些发蒙，本来我是要叫你来着，可喇叭叔、老慢叔他们都不让叫。

老翟头说：他们是照顾我呗，这些老伙计啊。金昌，你说这黑灯瞎火大下晚儿的，谁能愿意干这活呀，我真没想到，合作社的人一个不落全都来了。

金昌说：我是让乡亲们感动够呛啊，看他们深更半夜无怨无悔地闷头干活，那眼泪一直在眼眶子里转悠。

老翟头认真地望着金昌，说：金昌，你说的是心里话？

金昌说：是我骨子里的感受。老翟头满脸欣慰地点点头。金昌说：这些农民，真的是太可爱了。他忽然想起什么，说：翟叔，今年，我们得抓紧安装太阳能板夜光灯啊。

老翟头说：没问题，我马上召开理事会。

劳累了一晚上的人们，各自回到了自己的家里。

石榴已经把饭做好了。她又打电话让马小壮两口子到家吃饭。

马小壮一进屋，石榴就说：小壮，快洗洗手，吃饭了。

马小壮说：有嫂子真好。

石榴说：小壮，柳枝咋没来呀？

马小壮说：她累了，回家就倒炕上睡着了。

石榴说：那也得吃点东西再睡呀。

马小壮说：她不过来吃了。

石榴说：那你趁热吃吧，吃完给她带点回去。

马小壮说：我，我也不想吃了。

马大壮在里屋着急了，说：小壮你进来，你嫂子一早就起来忙活，咋的你也少吃点呀。

马小壮说：我，有点恶心……喝口粥吃点咸菜吧。

石榴想起马小壮锁门的事，咯咯笑了，说：小壮啊，反应这么厉害，你是怀孕了咋的？

马小壮说：我真能怀就好了，省得费劲巴拉地求媳妇了。

石榴哈哈笑起来……

马大壮说：你俩搁那瞎扯咕啥，来老弟，吃饭。

姜胖回到家，坐在正屋炕上，晃荡两下身子，滚炕头就睡着了。

姜老慢进屋，见儿子睡着了，他犹豫了一下，抱起一床被子到了西下屋，自语道：这孩子怎么睡的，把我炕头占了，就在这对付一觉吧。

姜兰娘见老慢进了下屋，赶紧跟过去，说：哎，老头子，饭都给你们做好了，咋都不吃呢？

姜老慢说：吃不下，睡觉。

姜兰娘说：睡觉你也别在这睡呀，下屋这炕我还没烧呢，腰拔坏了就完了，去上屋睡去。

姜老慢躺在那说：别叫我。

姜兰娘说：哎呀，你这是跟谁较劲呢？

姜老慢说：炕头让你儿子占了，我就在这睡吧。

姜兰娘说：你个死老头子就是犟，小孩子家不懂事，你就将就一下炕梢睡呗，不睡炕头不行啊？

姜老慢：嗯哪。

姜兰娘说：你等着，我叫小胖把炕头腾出来。

姜兰娘进屋推姜胖：儿子，儿子你动动地儿，往炕梢挪一下，让你爹过来睡。

姜胖嗯了一声，没动窝儿。

姜兰娘说：我说你这孩子咋回事，你爹在炕头睡一辈子了，你怎么上这睡来了？

姜胖哼哼着说：那我上哪睡啊？

姜兰娘脱鞋上炕，往炕梢拽姜胖：你睡炕梢呗……哎呀，还让娘拽你……

姜老慢抱被子进屋，上炕头躺下，说：你小子想睡炕头，还得等。

姜胖闷声说：您是爷。

福来知道自己昨晚的表现不好，回到家他赶紧表现，热饭、热菜，放桌子、摆碗筷，殷勤地叫金菊坐炕头吃饭。

金菊吃着饭，瞅着福来说：大家都自觉地干活去，你为啥非让金昌到家叫你呀？

福来说：我，不是去了吗，大姐，活我都干了，累我也受了，你还说我干啥？

金菊说：你这人还真是属赖驴的，不挨鞭子不动弹，损样儿。

福来赶紧给金菊夹菜，说：媳妇，吃菜。

金菊说：你看谁像你呀，外村的那么老多人都来了，人家万叔腰不好，也跟着干了一宿。

福来瞧不起地说：万大炮哇……

金菊瞪福来：万叔！

福来马上说：啊啊，万叔。

金菊说：人家万叔做事，能看得出大小，能分得出轻重。

福来说：对对。媳妇，吃，吃肉……

万大炮回到家。万能媳妇秀华赶紧往桌上端饭，说：爹累了吧，吃饭吧。万能没跟您一起回来呀？

万大炮说：他跟你李叔说话呢。

秀华说：哦。爹，刚才李叔老伴儿往家打电话了。

万大炮说：干啥呀？

秀华说：她娘家有事，要爹给出趟车，说跑个来回给你五张。

万大炮说：你咋回的话呀？

秀华说：我说昨晚您出工了，一宿没睡觉，恐怕不能出车了。

万大炮说：还啥恐怕啥呀，他给十张也不能出。又说：困死我了，你把电话线拔了，把门给我看住了，谁来也别让进啊。

秀华说：知道了。爹，粥都盛好了，您吃点吧？

万大炮没动筷儿，他摸摸炕，说：这炕给我燎把火没？

秀华说：哪天都给爹燎把柴火。爹是在外头一晚上了，身子都凉透了，您吃着饭，我再续捆柴火去。

万大炮说：饭就不吃了，赶紧好好睡一觉；等万能回来，让他少出动静啊。说完，躺下就呼噜上了。

秀华赶紧收拾饭桌、拔电话线、给灶坑续柴火……她带上院门，端个盆去了后院。

就这夹当，钱贵大摇大摆地推开院门进了屋，见万大炮躺在炕上，他说：大炮哇，大炮……你们这都干啥呢呀，怎么一个个的都猫被窝里睡上了？

万大炮翻个身，接着睡……

钱贵奇怪：怎么了这是，我去贾六家敲门，他媳妇说他睡觉呢，大炮这也睡上了，啥意思呀你们？哎，大炮，你没事吧？醒醒大炮，我叫你你听见没？

万大炮只“嗯”了一声，又接着睡……

钱贵接着叫：大炮，你快起来，我找你有事。

万大炮一下子翻身坐起来：没看我睡觉呢吗，啥事非得现在说？

钱贵不以为然，说：我刚才看见张铁子了。

万大炮气不顺地说：看见他你告诉我干啥呀，他是你爹呀！

钱贵说：又来呛我。福来不跟咱玩了，这不仨缺一吗，我找张铁子过来凑个手呗？

万大炮说：你想干啥呀？张铁子他不是玩牌，是玩钱，你离他远点啊。

钱贵说：你这人毛病就是多，不玩钱你说没意思，玩钱你又不干。

万大炮说：去去，没空跟你研究这事，该干啥干啥去。万大炮躺下。

钱贵不死心，说：别的呀，你还没说为啥大白天睡觉呢？

万大炮不耐烦地说：做梦娶媳妇。

钱贵说：哈哈，大炮这是想女人了。

万大炮闷声说：你少废话啊，再不走，我把你踹出去了。

钱贵不甘地嘟囔句：瞅你那损色。

万大炮突然吼了声：滚！

钱贵吓一跳：好你个万大炮，做梦娶媳妇吧……

·十一·

金昌和老翟头顺着苗圃往回走。老翟头说：金昌，我看老朱要撤单就撤吧，少了他，地球还不转了。

金昌说：我再找找他，我已经安排成林去天津了，我想再争取一下。

老翟头说：我看都多余。

金昌说：老朱的商行发展到现在，可是挺有实力了，咱不能轻易放手，有些工作该做还得做。

老翟头说：你是刚踏入社会，涉世还浅，我不是说我这人够不够义气啊，我就看不惯这种见利忘义的人，当初他刚起步那会儿，我们给他的优惠政策是先赊账后付款，他才逐渐发展到现在这规模；啊，现在有点小家底，就不管不顾了？哼，这要不小心让人骗了，他傻眼都来不及，磕头都找不到庙门。我说的意思你明白吧？

金昌说：明白。翟叔，我还有个事想跟您说。

老翟头说：你说。

金昌说：昨晚我爹跟你唠小玲的事没？

老翟头说：没唠哇，你是说你和小玲定亲的事吧？

金昌说：不是。小玲要去省城演出的事，你还不知道吧？

老翟头说：什么，去省城？演出？啥玩意儿这是？

金昌说：是省城的沈北民间艺术团，想请小玲去演出，演几场就回来。

老翟头掉下脸子说：闲得没事去省城演什么出哇，吃饱了撑的这是？

金昌说：翟叔你先别着急，这事我是这么想的……

老翟头抢着说：你同意了？

金昌说：小玲征求我意见了，我尊重她的想法，这事，她也会跟你商量的。

老翟头说：这事还有啥商量的啊？她要走了，我先不说你，你爹、你娘那我怎么交代呀？

金昌说：我爹我娘的工作，我来做吧。

老翟头说：金昌啊，我不管你怎么做工作，这事不行，我不同意！

金昌说：你先别急着下结论，一会儿回家跟她交流一下，爷儿俩商量商量，我看小玲决心挺大的。

老翟头说：你怎么，你支持她？

金昌说：小玲她有发展自我的权利。

老翟头说：屁自我！她自我了，我上哪找闺女去？合作社那一摊子工作谁干？你俩的亲事怎么办？

金昌说：翟叔，你也知道小玲就是喜欢这行，从小她就愿意扭秧歌、唱二人转，你还能强拧着不让去吗？再说，她可能只是去几天，演出完就回来。

老翟头说：几天也不行。愿意扭、愿意唱，就在村里、镇里玩玩呗，以前有这事，我也没拦着吧？去省城算怎么回事啊？她再怎么扭，还能扭出花来？再怎么唱，还能唱出榛子来？

金昌说：翟叔，你要跟小玲这么说，她肯定会伤心的。

老翟头说：那也不能听你的，一个农村姑娘家的，进城出点啥事怎么整？

金昌说：这事我已经跟我娘说了，我娘虽说不怎么乐意，可我劝劝她，她也就不吱声了，没想到你这死活不行。

老翟头说：金昌我告诉你，这事搁我这，说啥也不行！你说你俩，眼瞅就要成家了，我要让闺女走了，她真出点什么事，真不回来了，你娘能饶得了我？打住，你赶紧给我打住。

九妹子在老翟头家和翟玲唠嗑。翟玲说：干娘，我真想实现自己的愿望。从小的时候，我和小妮子就跟着你学二人转，后来你开了农家乐，又托人把我介绍给市文化馆的任老师，任老师也希望我能走上这条道，我就是想有出头的那一天。

九妹子说：是啊，我知道你不想白瞎这身功夫，干娘也更知道，你这一走，根本就回不来了；要那样的话，真不知要扯出多少事情呢，最主要的是，你就没想想你和金昌的将来吗？

翟玲说：那怎么办呀，这机会太难得了，我不想放弃。

九妹子说：小玲，这事你爹还不知道吧？

翟玲说：我还没来得及跟他说呢。干娘，你说我爹要不同意这事，我咋办呀？

九妹子说：还能咋办，他不同意你还走啥呀，他那拗脾气，你又不是不知道。

翟玲说：反正这次我就想去试试，我就是要换个活法给她们看看。

九妹子知道，此时翟玲的心已经飞走了。她望着这个当初依偎在自己怀里喃喃撒娇的小姑娘，突然感觉有些陌生了，她捋着翟玲额前几根散落的头发，轻轻地说：俺家小玲长大了。

院子里有动静，翟玲向外看一眼，说：我爹回来了。

老翟头进屋，说：哟，娘儿俩都在呢。

九妹子打量着老翟头，觉得怪怪的，一看脚底下：哎呀，你咋趿拉双胶皮鞋呢？

老翟头说：别提了，差点没让小胖给吓死。

九妹子说：怎么了，小胖那孩子咋招惹你了？

老翟头说：一大早的，拿两瓶虫子吓唬我。

翟玲说：爹还好意思说呢，昨晚，大伙儿都去苗圃捉虫子去了，你可倒好，搁炕上烀猪头呢。

老翟头心里有别扭，说话也不中听了：咋说你爹呢？长大了是吧，什么话都敢跟你爹比量了？

翟玲小声说：本来就是吗。

老翟头说：那昨晚你为啥不叫我呢？

翟玲说：咋没叫你呢，就差没把你耳朵拽下来了。

昨晚的事，老翟头明知理亏，他摸摸耳朵，转移话题说：我说我这耳朵咋火炽燎的。

九妹子笑着说：看你爷儿俩，都还不饿是吧？快洗洗手，上炕吃饭。

翟玲跟干娘把饭菜摆桌上。九妹子说：你们爷儿俩趁热吃啊，我得去饭店了。

老翟头说：着啥急走哇，坐下一块吃呗。

九妹子说：今天中午还有旅游团的订桌呢。你们快吃吧。九妹子出。

老翟头看着一桌子饭菜，说：哎呀，这儿有个家，热乎乎的，有人照顾、又有人疼，多好啊。

翟玲说：咋的，就像我不疼爹似的。说着，把爹扶上了炕。

老翟头心里好受了点儿，说：闺女，你的事金昌都跟我说了，你真打算走吗？

翟玲眼睛一亮，说：爹支持我呀？

老翟头说：我还支持你，你去那干啥呀？你走了，这家怎么办？

翟玲说：家不还在嘛。

老翟头环视着屋子，心思很重地说：这屋里就咱爷儿俩，你就是爹的命根子，你出去有点啥事伍的，你爹我怎么整？

翟玲说：让爹说的了，我上中学那会儿也住校，你不也一样该干啥干啥吗？

老翟头说：那不一样，每个星期礼拜的，你还回来呢。

翟玲恳求着说：爹，我就是想去试试，看我能力怎么样，兴许能演个主角啥的，我还能给爹争光呢。

老翟头说：哎呀，过去的穷日子过怕了，爹就是想多挣点钱好好养活你；现在咱有钱了，我就想过几天安稳日子，你要走了，这日子怎么过就不好说了，别的先不说，就说金昌那都没法儿交代。

翟玲心里有主意。当初金昌大学毕业，她就不想让金昌回村，就是想自己有机会也进城，俩人就都留在城里了，如今，她仍没丢掉这个想法。她说：金昌有啥不好交代的，我都跟他说好了。

老翟头说：他大学毕业，是我非把他拽回来的，可你这又走了，这不是打爹的脸吗？

翟玲说：金昌要做个"有知识、有文化的新农民"，这是他的理想，你不拽他，他也照样回来；他毕业那会儿，我不想让他回来，他还是回来了，他的志向在这里，谁都改变不了他。

老翟头说：那你……闺女，你现在都老大不小了，你就没想想将来呀？

翟玲说：爹还想得那么老远，我也没说去了就不回来了呀。

老翟头说：我是怕万一，万一有啥变数、你回不来了，我这张老脸，可没法跟乡亲们交代，也没脸见亲家。你要听爹的话，就别去惹那个事。

翟玲见拗不过爹，就退了一步说：爹，你别着急，这事我再好好想想啊。

老翟头说：你别支乎我，没啥可想的，我不同意的事你就不能去做。

翟玲看爹不动筷，心软了，她给爹夹了几筷子菜，说：爹，你吃饭吧，我给你倒口酒喝啊。

老翟头说：别倒了，不喝。

翟玲说：咋不喝了呢？翟玲拿了瓶酒给爹倒上，乖乖地说：爹，我给你倒上了，少喝一点呗。

老翟头嘟囔着：把你养活大了，越来越不听话了。

翟玲坐到爹跟前，说：爹，你想过没有，有多少人想进城都进不去呢，现在，艺术团主动欢迎我去，这应该是好事，对吧，你怎么还愁上了呢？你想想，如果这事成了，说明你闺女比别人有能耐，对不，爹应该高兴才是。

老翟头说：我拿啥高兴，搁哪高兴？在别人面前，我就等着挨骂吧。

翟玲说：爹咋总想别人呢，你闺女就该在农村待一辈子？

老翟头说：在农村待一辈子怎么了？金昌有多少进城的机会，多少人打他主意，可都被他给推掉了，就凭他这份执着劲儿，你都应该好好守着他，爹说这话不过分吧？

翟玲说：我就得在这守他一辈子啊？

老翟头说：这不废话吗，你不守他一辈子，还能守你爹一辈子？

翟玲沉默了。她低声说了句：快吃饭吧，爹，饭菜都凉了。

徐文静每年都要到离红石峪不远的柞树屯选购树苗，每到这时，她都要顺便来看看金昌和姜兰这些老同学，大家聚一聚。姜兰接到徐文静的电话，高兴得有点咋呼了：哎哟喂，是徐大老板呀……啊，你都去柞树屯了，树苗子都已经装车发走了，好一个女强人，厉害！你怎么安排的呀……金昌，金昌他在家呀……啊，今天白天都睡觉了，就没接你电话呗……大白天就不能睡觉了，你不了解情况没有发言权啊……好嘞，见面说，等你啊。

姜兰马上给金昌打了电话。金昌说：文静已经到了，走哪了？

姜兰说：她在柞树屯的事情都办完了，现在镇上呢，你给她打个电话吧。

金昌说：好，我这就打。

姜兰马上说：哎，先别撂电话，我还有话呢，山上还有活吧？

金昌说：早期榛子园南片，榛树有些发育不良，得采用人工措施改善授粉条件，不抓紧的话，雌花发育不好，非出空粒、瘪仁不可，我看这几天阳光充足，得赶紧上山。

姜兰说：你要采取人工授粉？

金昌：啊。

姜兰说：人工授粉可不是轻巧活，得用毛笔尖挨着个往雌花上点授雄花粉，那活可累得要命，大伙儿能受得了吗？

金昌说：受不了也得挺着，榛子减产，损失就大了。

姜兰说：还有，那九百亩林地倒茬，快完了吧？

金昌说：已经完工了。

姜兰说：知道了。你倒茬都做完了，我总得去现场看一下、掌握一下情况吧。

金昌说：行啊，来看看作业合格不，回来听你意见啊。

姜兰说：那明天榛子园见。

第二天清晨，庞大的摩托车队进山了。

金昌骑着摩托载着翟玲。金昌对翟玲说：一会干完活儿，中午我娘请你到家吃饭啊。

翟玲说：我可不敢去。

金昌说：吃饭还有啥不敢的？

翟玲说：我怕你娘埋怨我。

金昌说：不能啊，你知道我娘疼你。

翟玲说：别让你娘忙活了。

金昌：……

姜兰骑着一辆崭新摩托车载着姜胖，风驰电掣般驶来……

坐在马小壮身后的杨柳枝看见了，“啊”一声高分贝尖叫：哎呀姜兰，你开这摩托也太帅了，摩登！

杨柳枝的话音还没落地，姜兰的摩托冲到队伍前头……

翟玲见状，说了句：嘚瑟。

杨柳枝喊姜兰：哎，姜兰啊，你这车这么老大，花多少钱买的呀？

姜兰说：没几个钱。

王小二说：姜兰姐，这是新款“大黄莺”吧，这车有加热功能吗？

姜兰说：是新款“大黄莺”，车把和车座都有加热；我先让你们开开眼啊，我把车载音响打开，用低音炮放点音乐给你们听听。

王小二说：来段儿听听。

满堆说：是啊姜兰姐，来点震撼的。

马小壮说：我就爱听东北调调，姜兰，你给放段东北小曲儿听听。

姜胖说：小壮哥，土老帽！

姜兰说：没关系，我这都是新东北民歌，听着啊。姜兰按下车载音响开关，一首现代味十足的东北民歌《茉莉花》响起……

金菊说：哎呀，我就爱听这歌。

王小二说：太棒了，够派！

马小壮说：东北小调还能这么整呢，好听。

满堆说：太震撼了！这音响，像在迪厅里听歌一样，震得榛子山都在颤。

金昌兴奋地对翟玲大声说：咱们唱起来喽……

大伙儿呼应着，歌唱起来……

摩托车队在山路上奔腾着、欢舞着，时而你前我后、时而穿插迂回、时而并驾齐驱……留下一路欢歌笑语。

省城。沈北艺术团。耿科长把小丽叫到办公室，问她翟玲那边情况怎样了。

小丽说：团里要我转给她的剧本，她已经收到了，正在家练呢。

耿科长说：那就好。过几天团里要集中搞整训，如果翟玲方便的话，可以请她过来上课、参加整训。

小丽说：那我给她打电话、还是团里通知她？

耿科长说：团里有翟玲的资料，也有她的联系方式，如果她没啥意见，就可以给她发邀请函了。不过，你可以先跟她打个招呼，好让她有个准备；你也可以跟她透露一下，如果她能来团应聘，团里可以安排她参加《洪月娥做梦》这个节目的排练。

金昌、翟玲和榛农们在榛子园里，每人手里拿着个小瓶和一支毛笔，用毛笔往雌花上点花粉，一派专注……

翟玲手机响了，她走到没人的地方接电话：小丽，这么早就来电话？

小丽说：是团里让我给你打的电话，我跟你说啊……小丽一股脑地把耿科长跟她说的话全都倒给了翟玲。

翟玲说：这消息来得太快了，要给我发邀请函，可我这边还没准备好呢？

小丽说：离整训还有几天时间，你赶紧准备吧；小玲，我可通知你了，你赶紧拿主意啊。

翟玲说：让我再好好想想，完事我给你电话。

小丽说：抓紧啊。翟玲说：谢谢你，小丽。

金昌看到翟玲在远处接电话，心里有种莫名的不安。

榛子园里一片寂静。炙热的阳光无情地晒烤在人们的身上，尽管头上戴着各种各样的遮光装饰，每个人的脸上却仍凸显着豆大的汗珠……

马小壮向四周看了看，脸上露出一丝诡异，他走近姜胖，说：小胖，累了吧？

姜胖说：嗯。累还能忍受，就是太热了。

马小壮说：是你太能吃了，身体一胖就比别人更怕热了。

姜胖说：那有啥办法，我从小就能吃。

马小壮说：能吃是好事，说明身体好、心情好，是吧？哎，小胖，听说你跟麦穗搞对象了？

姜胖愣了，紧张地说：你，你听谁说的，谁嘴这么欠？

马小壮煞有其事地说：还能有谁，福来呗。

姜胖信以为真，说：尽瞎说，我找他去。姜胖撒目一下，向一边大声喊：王—福—来！

姜胖的喊声吸引了不少人的目光……

福来纳闷：呀，这谁呀，叫上本人大号了？

姜胖气愤地说：王福来，你过来！

福来一看是姜胖，不屑地一笑：小胖胖，我干活呢，没事别瞎喊。

姜胖跑到福来跟前，说：谁没事瞎喊了，我问你，是你闲得没事传瞎话呢？

福来说：传瞎话，我传啥瞎话了？

姜胖说：是你说的呀，说我跟谁谁搞对象了，啊？

福来莫名其妙：……我啥时候说了，你听谁说的？

姜胖坚定地问：是你说的不？

福来坚定地说：不是我说的！

姜胖更坚定地说：有人说是你说了，我看也就是你说的！

福来被整的没脾气了，说：哎，小胖，“有人说”，这人是谁呀？

一旁的马小壮憋不住了，哈哈大笑起来……

福来见马小壮不是好笑，就知道是咋回事了，他说：马小壮，你过来！

马小壮没事似的，说：干啥呀？

福来说：是你跟小胖说的是我说的说是小胖跟谁谁搞对象了？

马小壮装傻，说：是我跟小胖说的是你跟我说的说是小胖跟谁谁搞对象了吗？

福来狠歹歹地说：瞅你那破嘴，咋不找根麻绳给你缝上呢？

马小壮说：就你那损样，你缝个来试试。

福来说：德行，有能耐咱俩单掐，你把人家小胖捎上干啥呀？

马小壮说：尿性，还单掐，单掐就单掐，你划道吧。

福来一下子又想到了和马小壮洗桑拿订“攻守同盟”的事，他说：你这个叛徒，我咋没代表祖国人民枪毙了你呢。

马小壮用手比画个枪形，对着福来：啊 Pia！

大伙儿都被逗笑了。

姜兰骑摩托车到山脚下，她向山上喊：哎——金昌，你们这边的活干完了吗？

金昌说：啊，剩不多了。姜兰，你过来歇会儿吧。

姜兰说：好啊。

金昌招呼大家休息。姜兰走过来。金昌说：看完我们的伐区作业，没让你失望吧？

姜兰说：嗯，不错，原生态林保护得挺好，整体布局也合理，应该能通过验收。

金昌拿瓶水递给姜兰，说：那就好。来，喝瓶水。

姜兰接过水瓶，说：我还真渴了……

金昌说：你来得正好，给大伙儿出个节目，让大家放松放松。

姜兰抹搭一眼金昌，又看了看周围的人，说：来，咱们大家一块放松一下。

很多人围拢过来。

满堆说：好啊，姜兰姐要演节目了。

姜兰说：今天不演节目，我给大家出几道脑筋急转弯的题，有爱动脑子的，脑袋瓜就转转，怎么样？

满堆说：好啊，你出题吧，我保证给你答上来。

王小二也说：姜兰姐，出题吧。

姜胖泼冷水，说：姐，你还是歇会儿吧。

杨柳枝呲嗒姜胖说：小胖你闭嘴，别捣乱！姜兰你快说吧。

姜胖低着头瞪着杨柳枝……

姜兰看了看姜胖，又看了看杨柳枝，笑了，她走近杨柳枝，说：嫂子，你这手上的大包怎么弄的？

杨柳枝说：啊，叫蚊子咬的。姜兰说：很痒吧？杨柳枝说：痒，都快让我挠秃噜皮了。

姜兰对大伙儿说：问题来了啊，问，蚊子咬在什么地方你不痒？

大伙儿开始琢磨……

杨柳枝轻轻挠着手背，念叨着：蚊子咬在、咬在什么地方……

姜胖眼睛一亮，冲着杨柳喊道：蚊子咬在你臭脚跟子上你不痒！哈哈……

杨柳枝说：你个臭小胖，叫蚊子咬你个满身大包，咬……啊对，蚊子咬别人身上我不痒。

姜兰说：恭喜柳枝嫂子答对了。

杨柳枝瞅着姜胖，美滋滋地晃着头……姜胖没占着香应儿，眼中仍是一股不服气……

金昌笑着说：小胖，你不是柳枝嫂子的对手。

姜兰说：再给大伙儿出一道题，仔细听啊。

众人提起精神。

姜兰说：说，有一头驴，向西走了五十米，向南走了三十米，又向东走了二十五米，然后向右转了一圈，请问，这时候驴的尾巴朝哪？

众人又开始琢磨，有人在比画，有人在算计……

马小壮略加思索，说：驴尾巴朝西。

福来故意说：朝东。

杨柳枝说：我猜我猜，驴尾巴朝左。

王小二说：朝左就是朝西。

满堆说：没那么简单吧？

福来解恨儿地说：驴尾巴朝马小壮，哈哈哈……

马小壮冷笑，稳稳地说：福来，没事你老朝着我干啥呀？

福来：……你、你骂我哈？

大伙儿也反应过来了，哈哈笑了起来。

杨柳枝急着说：姜兰姜兰，我答对了吧，朝左？姜兰摇摇头。杨柳枝忙问：那朝哪呀？

姜兰说：驴尾巴，朝地呗。

众人：嗯？

姜胖抓住机会，说：不对不对，驴尾巴朝着杨柳枝放屁呢。

好多人咯咯笑了。杨柳枝有点下不来台，腾地站了起来，说：你个死小胖！

姜胖做个鬼脸晃着脑袋……杨柳枝说：看我不收拾你……马小壮拦住杨柳枝说：媳妇，大伙儿都是闹着玩儿呢。

金昌笑着说：好了好了，歇得差不多了，还剩下不多的活，大家紧紧手，干活了。

兴远镇宾馆。徐文静在房间里，她换上一套漂亮的连衣裙，又往身上喷了喷香水……

徐文静对兴远镇情有独钟。这里的柞树屯是“文静景观艺术设计工作室”的主要花卉研发、采购基地，她在这里创新研发的嫁接改良新品种“锦山菊”，在“北京国际园林花卉博览会”上荣获大奖，她的事业随之风生水起，公司一举成名；买卖铺得越来越大，专业要求也越来越高，她迫切需要一位有能力的合作者，而金昌就是最佳人选。她这次来看老同学，并让金昌帮忙为“苏州园林”项目撰写可行性报告，就是一块“敲门砖”，她期待着。

金昌和姜兰到了宾馆。仨老同学热情寒暄。

徐文静打量着二人，说：瞧这对帅哥靓女，谁把你们都埋没在这山沟里了，啊？

姜兰说：你这么形容不对啊，人家金昌是帅哥，我可没你靓啊。

徐文静冲姜兰做了个鬼脸：见面就怼我，不够意思。又说：来来，快坐。

金昌坐下，转悠着脑袋四下闻闻，说：文静，你这屋里啥味儿啊，怎么呛鼻子呢？

姜兰说：别瞎说啊，人家徐老板喷香水了。

金昌故意说：喷那玩意儿干啥呀，污染空气。

徐文静故意显摆：我喷的可是国际名牌、法国香水，是用天然玫瑰花提炼的，自然花香。

姜兰说：是啊，大老板用大品牌。

金昌说：那也没咱这的榛子花香。

徐文静说：是呀，金昌总经理说的对，小小的榛子花可不一般。梅花有傲骨，唯榛子花可与其媲美，有人作诗赞美，“榛子花开人不知，带胎上轿三月里……”；待到明年惊蛰时，我一定再来红石峪，观赏榛子花开，品味榛子花香，哈哈哈……

姜兰说：哎呀，拽哈，这刚见面就拽上诗情画意了。

徐文静意犹未尽地说：这叫触景生情，诗意萌然。

姜兰眼一抹搭，说：啧啧啧，还诗意萌然，这是小资味的资味萌然。

金昌说：行了，都别拽了，咱们吃饭去吧，我安排。文静，想吃点啥？

徐文静说：找个环境好点的农家乐呗，我想吃农家菜。

金昌说：那我带你去九妹婶子的农家乐，那有雅间，柴火铁锅炖特别好吃。

姜兰说：不反对。铁锅炖有溜达鸡和各种山货、时令蔬菜啥的，特别是农家茄子，那吃起来才棒呢，你在城里肯定吃不着这口。

徐文静说：别的，我哪次来都给九妹婶子添麻烦，咱找个没人打扰的地儿吧。

金昌说：我想想啊……有了。

徐文静问：去哪？

金昌说：有一家离河边不远的餐馆，我们就去那吧。

徐文静马上说：去河边好啊，那多有情调；还等啥呀，走。

三人往外走。徐文静忽然想起什么，问：哎，对了，怎么就你俩来了，小玲怎么没来呢？

姜兰瞅瞅金昌，说：文静的话我可都转告给你了啊。

金昌说：啊，我找她去了，她要给翟叔做饭，另外，她还有点别的事。

徐文静点点头：哦。

老翟头家。翟玲在厨房做饭。老翟头进屋。翟玲说：爹回来了。

老翟头说：闺女，进院儿就闻到香味了，这是给爹做什么好吃的了？

翟玲说：爹最爱吃的笨鸡炖蘑菇加宽粉。

老翟头说：我闺女可以啊，这饭菜做得像模像样的了。

翟玲说：都是干娘教我的。我还拌了个小凉菜，再给爹烫壶小烧。

老翟头说：好哇，喝点好睡觉。哎呀，有个闺女就是好啊。

翟玲说：有干娘照顾你不更好吗。

老翟头说：那是两码事。

翟玲说：爹，你快上炕吧。

老翟头上了炕，问：闺女，金昌没到家来呀？

翟玲说：来了，又走了。

老翟头说：他又干啥去了？

翟玲说：徐文静来了，他和姜兰去镇上了。

老翟头说：徐文静，听名字有点耳熟？

翟玲说：啊，她也是金昌的大学同学。

老翟头说：大学同学，就是那个在国际博览会上获大奖的女老板？

翟玲说：是她，著名企业家。

老翟头说：嗯，能耐挺大呀。闺女，小丽那有信儿没？

翟玲恍惚一下，说：嗯……没信儿。

老翟头看着翟玲，说：怎么，心神不定的？你不去了，就赶紧跟艺术团打招呼啊。

翟玲说：爹，你就是死活不想让我去呗？

老翟头说：不去不挺好吗？就说咱这家里吧，起码爹每天回家有口热乎饭吃；那外头呢，咱兴远镇有啥文艺活动，你不也是主角吗，有你发挥的地儿，适当玩玩就行了。

翟玲说：那档次可不一样，去专业艺术团演出，我就是艺术家了。

老翟头说：啥家也不去，咱就守着青山绿水的这个家，好好过日子。

翟玲满脸无奈转身往自己房间走。老翟头说：这孩子，咋不吃饭了呢？翟玲头不回地说：吃完了。

河边餐馆。姜兰端着酒杯说：文静，我敬老同学，欢迎常来啊。

徐文静也站起来，说：谢谢了啊。徐文静干了，见姜兰只抿了一口，说：哎哎，你敬酒哪有不干的？

姜兰说：我骑摩托车不能喝酒，再说了，你也知道我不会喝酒呀。

徐文静说：怎么，做了几年站长，整天在镇政府大楼里，还没学会喝酒？

金昌说：她哪是整天在大楼里啊，都是在基层，在榛子园里。

徐文静说：哟，金昌，帮着姜兰说话呢。

金昌说：她确实挺忙的，挺辛苦。

徐文静：啧啧，还心疼上了。

姜兰说：文静你干吗，这桌上也没有醋瓶子呀？

徐文静说：嗬，俩人合伙欺负我这个外来人？

姜兰说：谁敢欺负著名企业家呀。好啦，抱歉啊文静，我得回去了，不能陪你了。

徐文静问：怎么了你？

姜兰说：我明天要去市里开会。

金昌说：那也得吃饱了再走啊。

姜兰说：吃不少了，还得回去准备些材料。对了，金昌，明天你带文静去龙山寨，骑我的车去吧。

金昌说：那你怎么办？

姜兰说：我坐大客去市里，有班车啊。今晚我让小胖把车给你送过去。

金昌说：也好，去龙山寨也不近便，我那摩托车有点吃力了。

姜兰说：你那台破车该换了啊。行了，你俩好好吃、好好聊，走了啊。

徐文静说：那我送你。

送走了姜兰，徐文静回到桌前，她说：呵呵，姜兰有意思，还是那么飒楞。

金昌说：她在学校那会儿不就这样吗。

徐文静诡异一笑，说：金昌，我发现你挺护着姜兰呀，一提她，看你那小眼神……是你的后备吗？

金昌说：别搁那瞎说啊，哪跟哪呀。

徐文静说：什么哪跟哪，不是吗？在学校那会儿，那对你照顾的，又是给你洗衣服、又是给你打饭，有个头疼脑热的，小药就跟上了，照顾得面面俱到，对你多主动啊。

金昌说：文静，你别忘了还有咱们的老同学，学生会主席老高要娶姜兰。

徐文静说：哎呀，那老高是啥呀，不就是个高干子弟吗。

金昌说：姜兰是人家的未婚妻。

徐文静说：你不拽紧她，她当然是老高的人了。

金昌哈哈笑起来……徐文静说：你笑啥？金昌说：你这是闹抢亲呢？

徐文静咯咯一笑，说：来，咱俩喝，这杯我干了，你随意。

金昌皱着眉头说：又来了，你慢点喝，这么喝容易喝醉了。

徐文静说：这哪到哪啊。又喊道：服务员，再打杯扎啤。

老翟头跟闺女闹得很不开心，借点酒劲找金昌撒气。他拨通金昌电话，明知故问：金昌，你在哪呢？

金昌说：叔，我在外头吃饭呢。

老翟头说：是跟女同学吃饭吧？

金昌说：啊，是大学同学。

老翟头酸了吧唧地说：啊，大学同学，小学同学没来呀？中学同学啥时候到哇？

金昌蒙登：啊，啊……翟叔，你是有事吧？

老翟头说：废话！没事能给你打电话吗？别在外头待那么长时间啊，早点回来，我等你有事说。

老翟头撂了电话。翟玲匆匆进屋，不高兴地说：爹，你怎么能给金昌打电话呢？

老翟头也带着气说：怎么，我不能给他打电话吗？

翟玲说：你打电话催他回来，弄不好，他该以为是我让你打的。

老翟头说：就是你让打的又能怎的？我就是不愿意他老跟别的女人打咧咧。

翟玲着急，说：你咋这样的呢？

老翟头说：我这样咋了？我这是对他好，也是为你好。

翟玲说：我的事不用你管。

老翟头说：咋的，不想要我这个爹了？

翟玲真生气了，一甩手说：不跟你说了。说完回自己屋了。

老翟头望着愤愤离开的闺女，抓起酒杯一仰脖：嗯？没了……

徐文静听了金昌和老翟头的对话，很不适应的样子，说：唉，金昌，你整天在农民圈里转悠，这小农意识你能受得了吗？

金昌不以为然，笑着说：我本来就是农民吗。

徐文静说：你是受过高等教育的人，他这样跟你刨根问底的，你就能忍受？

金昌说：没有啊，翟叔是有事要跟我说。

徐文静说：金昌，我这人脾气直有话就说，这你知道，我就说小玲啊，她跟你虽然是从小到大的朋友，可以说是青梅竹马，可毕竟有文化、知识上的差异，如果你俩在一起生活，能有共同语言吗？

金昌说：生活就是锅碗瓢盆的交响曲，我乐在其中。

徐文静说：跟我打马虎眼。

金昌说：我是实话实说。

徐文静仔细地瞅着金昌，说：金昌，我发现你变了。

金昌故意说：看我变年轻了？

徐文静说：又打岔，我知道你是故意的。又说：以前那个英俊潇洒充满活力的金昌，现在可看不出来了，能看到的就是你内心的孤独和无奈。

金昌平静地说：那是你不懂我。

徐文静说：是啊，有点搞不懂了。

金昌一笑避之：还是说说你吧，跟浩子发展得咋样，我看他对你挺好的，你俩该结婚了吧？

徐文静说：浩子就是挺能干活，也挺本分的，结婚暂时还谈不上。

金昌说：男人本分、能干活就是优点。

徐文静说：我也不缺劳动力，钱花到了，谁都能干。

金昌说：都是同学，相互了解，感情基础很重要。

徐文静又仔细地看着金昌，说：狡猾，说着说着你，又扯我身上了。来，喝酒……

姜兰回到家。姜胖纳闷，说：姐，你没去吃饭吗？

姜兰说：吃了，吃完回来了。

姜胖说：这么快就吃完了？

姜兰说：啊，我先回来的，他俩还在那喝呢。

姜胖认真地说：姐，你们请人家吃饭，你不应该先走。

姜兰说：哎呀，你徐姐姐是个实惠人，只要跟朋友喝酒，她就能一直陪你喝到底，我可受不了，赶紧跑回来吧，你也知道姐不会喝酒。

姜胖说：那就金昌一个人陪她？

姜兰说：他俩到一块儿就都一套一套的，能聊得来。

姜胖更认真了，说：你这人咋这样呢？他俩单独在一块喝酒，让谁看见了，说闲话怎么办？你应该留在那才对。

姜兰说：啊，我也是女的，你就不怕我在金昌跟前，别人说姐的闲话？

姜胖说：你都有对象了，还说啥闲话；人家徐姐姐大老远来看你们俩，你躲一边儿去了，就是不够意思。

姜兰故意逗姜胖：你不是也劝过姐，让我少去找金昌吗？

姜胖说：你，胡搅蛮缠，这是两码事。

姜兰笑着说：小老弟，这事就不用你管了，这都是我们同学之间的事。

姜胖说：我不是非要管你的事，你这么做，失礼知道吗？

姜兰看姜胖那认真样，调侃说：胖儿，姐给你安排个职务，你干不？

姜胖说：啥？

姜兰说：管闲事协会会长，这职务不错吧？

姜胖毫不犹豫说：不错，我现在就上任了。

姜兰说：哎，小胖，昨天在山上怎么回事，你怎么一个劲儿地怼柳枝嫂子呢？

姜胖说：我就是特意怼她。

姜兰说：为啥呀？

姜胖说：那天我们去拉架，她当大伙面把我掀了个仰八叉，关键是还把金昌给挠了，我这是，替……

姜兰说：替天行道？

姜胖说：啊对，替天行道。

姜兰说：你这不成绿林好汉了吗？

姜胖说：绿林好汉行侠仗义，有什么不好？我这是按照村规民约里写着的，树正风、扬正气。

姜兰说：那全村那么多事你都要管，你这不成"村长"了吗？

姜胖说："村长"咱不敢当，咱是，会长，你刚给我封的啊。

姜兰咯咯乐了：还真想当会长了，那你就替姐管点事呗？

姜胖说：你有啥事，还要我替管？

姜兰说：明天金昌带你徐姐姐去龙山寨，你能陪他俩去不？

姜胖说：你咋不去呢？

姜兰说：我明天要去市里开会。

姜胖说：真是的你，刚说完是你们同学之间的事，自己不去还叫我去，几个意思啊你？

姜兰连哄带求地说：小胖，啊会长，这事你就帮姐管一下呗。

姜胖说：我不管，我也去不了。

姜兰说：你怎么去不了？

姜胖说：我跟麦穗说好了，明天俺俩进城买东西去。

姜兰眼睛一亮，说：哎呀小弟，发展得挺快呀，这都一起出去逛街买东西了。

姜胖说：才不是呢，麦穗给饭店买消耗品，东西太多拿不了，让我陪她去，你别瞎说啊。

姜兰说：小样吧，去就去呗，又不是什么不好的事，你紧张啥？

姜胖说：谁紧张了？

姜兰说：没紧张你脸怎么红了？

姜胖下意识摸了一下脸，说：……叫你气的呗！

姜兰哈哈乐了……

姜胖有点下不来台，大声说：姐，你怎么这么没素质哪？

·十二·

徐文静把新接的大型工程项目讲给金昌。金昌听得很认真。

金昌问：这个项目无疑是非常好的，那甲方要求整体上体现什么主题风格？

徐文静说：古典式苏州园林。

金昌说：啊。可行性报告你要我帮忙写？

徐文静说：非你莫属。

金昌说：你身边的浩子是现成的大才子，你让他写多好？

徐文静说：浩子整天在外忙工程作业，哪有时间静下心来写这东西，还是你帮忙整吧。

金昌说：这个忙我可以帮，可要写好的话，得查不少资料，要完全投入才行，我总不能像交个课堂作业似的糊弄你吧。

徐文静说：你是说需要时间？

金昌说：肯定需要点时间啊。

徐文静说：时间我可以保证你。金昌，我跟你说心里话啊，我这次来，一个是新项目要请你帮忙，再就是想给你创造一次机会。

金昌一点都不意外，说：呵，你给我安排工作来了。

徐文静说：你不能一辈子就留在农村民营企业吧，与其都是挣钱，到省城我那去，不是更实惠吗？

金昌说：挣钱养家这是必须的，可我的目标早就定好了。

徐文静说：目标和实惠都要有。我那的薪资待遇、工作环境，比你合作社要好很多，我还可以给你一套商品房，总经理的位置也是你的，这条件可以吧？

金昌说：文静，真的很感谢你，可我的奋斗目标，是要借助国家发展大农业的机遇，实现榛子产业现代化；再实际点说，就是要实现榛产品的深加工，把合作社办成现代化企业。

徐文静说：你要搞榛产品深加工、发展企业，首先需要的就是资金，再怎么有科技支撑，短期内是很难达到目标的。又说：你一定要在山沟里求发展，我是看不出啥前途来。

金昌说：老同学，跟你交个实底吧，能做一名有知识、有文化的新农民，为家乡的发展做点事情，就是我的人生追求。

徐文静说：愚钝。利用自己熟悉的专业搞事业、有大把钞票能赚的富裕生活，才是实实在在的追求。

金昌说：可能我们的价值取向不一样。现在，辽北东部山区榛产业初见规模，可跟国际上一些榛产业大国相比，我们还落后不少，还需要走很长的路；我作为一名学习这方面专业的大学生，能为这项事业做点贡献，就是实实在在的价值体现。

徐文静说：空洞。人不能活在美好的想象中，要回到生活的现实中来。

金昌开玩笑说：徐老板，我也说个现实，你就不怕我去了你那，抢了你的饭碗？

徐文静轻松地说：你别忘了，我是你老板，呵呵，来，喝酒。

徐文静干了酒。金昌说：好了，时间不早了，今儿就聊到这吧。你早点回宾馆休息，我那边，翟叔还等着我呢。

徐文静说：酒还没喝尽兴呢。

金昌说：还有明天呢，明天你再尽兴啊。

徐文静犹豫一下，说：那，说好了，明天咱们尽兴。

金昌说：明天主要是带你去龙山寨，很美的苍鹭岛。

徐文静有些不舍地说：那行吧。哎，我听说苍鹭岛非常好看。

金昌说：何止是好看呀，到了那里，能洗涤人的心灵。

徐文静说：嗯，期待。

金昌来到老翟头家，进屋说：翟叔，我回来了。小玲睡了？

老翟头没好气儿地说：可不，她等你半天你也不回来，这都多晚了，还不睡。你咋样啊，跟那个女老板喝多少酒啊？金昌说：是女同学，同学。老翟头说：反正不是男的。

金昌微微一笑，说：我翟叔说话带刺了啊。

老翟头说：我闺女等你一晚上，你可倒好，跑出去跟别人心情了。

金昌说：老同学特意来看我们，我不去咋整，总不能在电话里接待人家吧？

老翟头说：别跟我油里滑气的，搁电话里咋接待人？

金昌说：所以啊，我不就去了嘛。

老翟头说：你少来圈拢我。

金昌说：不敢，你是我……就要成为老丈人的老丈人啊。

老翟头差点憋不住要笑了，说：你严肃点，我跟你有事要说。

金昌说：我听着呢，叔。

老翟头说：广州的刘经理，你一直没联系上吧？

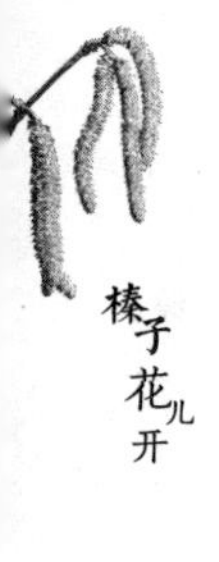

金昌说：还没有。

老翟头说：南方销售市场这块，你怎么打算的？

金昌说：再等等刘经理信儿呗。

老翟头说：老这么等也不是个事，总得想法联系上他呀？成林还没信儿吧，他到天津了吗？

金昌说：他刚到天津，我等他信儿呢。

老翟头说：又是等信儿，成林都到天津了，朱经理到底是什么态度也不知道，就这样傻等着啊？

金昌说：我跟成林通过电话了，他说，等他回来跟我细说。

老翟头说：这都几天了，他该回来了呀？

金昌说：他二姨病了，家里经济状况又不好，成林顺路去看看、送点钱过去，这事柳枝娘都不知道。

老翟头说：啊，我说的呢。

金昌说：等成林回来后，了解了具体情况，咱们再拿主意。又说：翟叔，这两天正好没啥活，我想跟你请一天假。

老翟头说：你想干啥呀？

金昌说：明天带徐文静去龙山寨，看苍鹭去。

老翟头说：我跟小玲要去看你娘，你不在家能行吗？

金昌说：我爹我娘都在家，我不在没关系。叔，你是为小玲的事去看我娘的吗？

老翟头说：小玲的事，俺爷儿俩都唠完了，我不让她去，她也没反对我。

金昌说：啊，那我回家跟我娘说，让娘准备点好吃的，我爹再陪你好好喝两盅。

老翟头说：还准备啥呀，常来常往的，也不是外人了。

金昌说：叔，咱们榛子专卖店库存的情况，我想跟你商量一下。

老翟头说：说。

金昌说：我已经通知各个专卖店进行库存清点了，剩下点榛子，全都拉回来吧？

老翟头说：拉回来干啥，都卖了得了，一斤好几十块钱呢，你不怕浪费？

金昌说：咱留点库存行，一旦有新客户临时需要，能派上用场；等上秋前儿新榛子下来，我再把陈的卖给活性炭场去。老翟头说：嗯……行。金昌说：那我明早安排马大壮去办？

老翟头说：这事就你安排了。

金昌又说：叔，明早小玲起来，我已经去龙山寨了，你告诉她一声啊。

老翟头说：我跟她说。你赶快回家吧，臭小子。

金昌说：哎。我走了，叔。金昌出了院门，张着大嘴呼出一口气……

金昌回到家。金婶忙说：回来了儿子，在外头吃饱没呀，娘还给你留着饭呢？

金昌说：我吃饱了。娘，小玲说明儿个跟她爹来看你，你给准备点好吃的吧。

金婶说：好啊，是来说进城的事吧？

金昌说：不知道。可翟叔刚跟我说，他不同意小玲去艺术团。

金婶一下高兴了：哎呀，没想到老翟头能不同意。好，好，这回我可要好好招待招待他爷儿俩。

金昌说：娘，明天我不在家，陪同学去龙山寨啊。

金婶说：那爷儿俩到家来，你不在家算咋回事？

金昌说：家里有你和爹呢。

金婶说：那行吧。哎呀，我得赶快把冰箱里的肉拿出来，早点缓上。

金昌回到自己房间，给翟玲发了条信息：小玲，明天我带徐文静去龙山寨，你和翟叔来我家，我娘要做好多好吃的等你回家吃饭呢。晚安。

第二天。老翟头说好要带闺女去见亲家，可一大早接个电话，老李说那边都准备好了，请老翟头去给看山；老翟头觉得这是自己答应过的事情，特别是头几天抗虫灾时，人家老李是帮了大忙的，他就满口答应了。见亲家的事就泡汤了。

老翟头出门前对翟玲说：闺女，你去看看你金婶吧，柜子里还有瓶好酒，你给带上啊。

翟玲说：我一会儿去小市场买点水果啥的，酒我就不带了。

老翟头说：带着吧，我特意给你有良叔买的。

翟玲答应。她也想去见见金婶，争取金婶能同意自己去艺术团的事。

金昌骑“大黄莺”带着徐文静路过红石峪村口。坐在路边聊天的村民都把目光投向金昌，特别是哪有热闹哪少不了他们的“四大金刚”，开始起哄架秧子。

大眼儿说：哎，那不是金昌吗，骑这么大摩托，这小子炫酷呢？

大分头说：哎呀喔，骑的新款“大黄莺”，金昌带谁家的大妞兜风呢？

大头鞋说：后边那女的是谁呀，不是咱村的，长得挺漂亮？

大忽悠喊：哎——金昌，那大摩托车座可有加热，时间长了别把腚烙糊了。

村民们打趣地笑起来。

大头鞋喊：金昌，你悠着点，车速太快，别把大妞的腰闪了。

金昌减缓车速推起头盔的挡风面罩，说：你们闲得没事嘎巴嘴哪，我观光去喽！摩托车渐渐远去……

大分头还在后头喊：金昌啊，别让老翟头看见呀，让他看见非削你不可！

大头鞋说：别让翟玲看见，让她看见，就跟你拜拜了！

大眼儿说：别喊了，人都跑没影了。

大分头说：谁家的大妞这么漂亮啊，像城里人？

大忽悠说：是金昌他大姨夫家那小姨子的外甥他二妹子吧！

村民们哈哈笑。

喇叭叔给姜老慢打电话，他说：老慢啊，这都啥前儿了，大喇叭咋还没广播呢？

姜老慢说：村主任，你让我广播啥？

喇叭叔说：昨天一早我告诉你的事，咋你给忘了？

姜老慢说：哎呀，村支委会开会的事，我可不忘了咋的，岁数大了这是。你别着急，我这就广播去，这就去。姜老慢一路小跑到了广播室，打开播音器，开始广播：村支委会的委员们注意了，村支委们注意了，今天召开村支委会，请各支委马上到村委会开会，马上到村委会开会。我再说一遍，再说一遍……

老翟头刚要开车出院，听见大喇叭广播，说：这个老慢，再晚说一会儿，我就走了。

柳枝娘听到广播，说：还“再说一遍、再说一遍”，再说两遍、三遍，小壮也听不见。

梅子说：是啊，娘，小壮和柳枝去小市场了吧？

柳枝娘说：可不。你赶快给小壮打电话，让他赶紧开会去。梅子说：哎，我这就打。

马小壮接到电话后回村开会。杨柳枝继续逛街。

万大炮招呼福来到家玩扑克。福来不怎么敢玩了，今天是被万大炮硬叫来的。

福来说：哎呀，我这是真没脸，又过河来玩了。

贾六说：别说那话，就像我们脸皮多厚似的。夏闲到了，没啥农事了，连玩带唠嗑的，谁家不玩呀。

万大炮说：福来呀，你就踏实玩会儿吧，要不然，我给你老丈人打电话，给你请个假？

福来说：哎别别别，不至于。我老丈眼子都跟我说过了，到了夏闲不忙的时候，可以玩玩。

万大炮说：就是吗，到了夏闲，各村还想办法组织活动让大伙儿乐呵呢。

钱贵说：福来，你都成贵宾大腕了，想找你玩会儿，都得仨人研究完才能请你。

福来说：钱贵，你这帽子给我戴得挺高哇，你家啥时候开帽子工厂了？

钱贵说：托你这干部家属的福，刚开张。

贾六着急了，说：来来来，牌都洗好了，摸庄啊……

村委会会议室。老翟头进门就埋怨姜老慢：老慢，有你这么发通知的吗？再晚会儿，我又参加不上了，现上轿现扎耳朵眼儿。

姜老慢说：这事都怪我给忘了呗，岁数大了，这脑子就不好使唤了。

老翟头又说：主任，金昌来不了了，我跟你说一声啊。喇叭叔说：知道了。

马小壮逗老翟头：我翟叔真是爹，人家金昌的爹都没吱声，你就给请上假了。

老翟头喜上眉梢儿，瞅着金有良说：金昌就要有俩爹喽，多好哇，哈哈……

金有良憋着哏说：那是，那是。

喇叭叔说：人都到齐了，咱开会啊。有两件事情要说，这要进入夏闲了，山上就剩下点零星小活了，所以，有关村里文化活动的事，跟大家商量商量，看怎么办好。一个呢，是镇上要举办秧歌会，咱村这个节目怎么个报法儿，具体情况一会儿有良跟大家说；再一个，就是村里要不要成立秧歌队，这事请大家发表意见啊。

马小壮说：我同意成立秧歌队。夏闲人就闲，闲着没事就有想歪道的了，打麻将赌钱的、扯老婆舌整事的、喝酒扯淡闹事的，干啥的都有，咱把大家组织起来玩，挺好。

姜老慢说：可闲下来，有不少人要走亲访友，还有不少小青年搞自驾游啥的，就怕组织不起来。

马小壮说：那就尽快呗。

满堆爹说：是啊，早点把大伙组织在一块儿，都忙着唱啊跳啊、排节目演节目什么的，你马小壮也就没工夫跟媳妇吵架了。说完，自己哈哈笑起来。

马小壮尴尬一笑，说：是是，满堆爹说得对。

金有良说：组织起来搞些活动挺好，咱们再把节目练好了，不仅活跃了村里的文化生活，还可以去慰问军烈属、到养老院演出啥的，大小不济是个活动。

姜老慢说：你们就没算算账啊，那经费的事情咋办呀？排练节目，总得添置点服装、道具什么的吧，出去演出总得有个车吧，这些钱从哪出哇，你们都想过没呀？

喇叭叔笑着说：到底是会计啊，说话就带钱。老慢说的是实际问题。

老翟头说：这事好办，村秧歌队搞啥活动，经费我全包了。

姜老慢一下子精神起来：老翟说话当真？

老翟头说：当真，吃水不忘打井人。当初我承包山地那会儿，带着亲们开垦自然榛子林，那家伙把大伙累得，山上石头多的，一镐刨下去直冒火星子；山上除了零散的榛子自然林，就是漫天大风和吹起来的沙土，自带的干粮嚼到嘴里那沙子都直硌牙，哎呀，那时候乡亲们干活太苦了。如今这榛产业发展起来了，咱挣到钱了，能不回报乡亲们？

姜老慢高兴：哎，关键时候翟老板好使。你说怎么个出钱吧，说点实惠的。

老翟头说：所有经费，包括买点服装啊，置办点乐器啥的；还有，去哪演出的车辆唔的，都我包了。

喇叭叔兴奋地一拍桌子：好，老翟办事就是痛快。

满堆爹竖起大拇指：佩服！

金有良点点头：有样！

马小壮折服地站了起来：敞亮！那咱们的秧歌队就赶紧成立起来吧。

姜老慢说：这事好办，我搁大喇叭一广播，保证让文化室推不开门。

喇叭叔说：那我就代全村的老少爷们先谢谢老翟了，这事就先这么定了。有良啊，镇上要各个村报节目的事，你跟大家说一下吧。

金有良说：镇里定的是，这次镇上举办秧歌会，每个村最多出俩节目，基本上一村一个节目就够了。

马小壮说：有良叔，那大伙儿都想参加怎么办？

金有良说：都参加可不行，那唱几天都唱不完，只能是谁的节目适合秧歌会，大伙儿又愿意看，就选谁参加。

马小壮说：我给金昌报个节目，咱应该把金昌推上去。

金有良愣一下，即刻说：不行，金昌笨得像根棍子似的啥也不会，别糟践秧歌会了。

老翟头也说：推上去好推，摔下来你接着呀？你有良叔都说他啥都不会，你现教他能赶趟吗？

马小壮说：翟叔，你不了解情况，人家金昌有现成的保留节目呢。

老翟头说：他有啥保留节目？

马小壮说：金昌跟姜兰唱过《逛新城》，是不，老慢叔？

姜老慢说：是。那是他俩在学校那会儿，参加新年联欢会唱的，还得了个什么奖。

老翟头说：开什么玩笑，这是要在小戏台上演出，不是开联欢会，可不能打嘻哈。

满堆爹说：行了小壮，人家老丈人不同意，他爹也不赞成，你就算了吧啊。

马小壮仍坚持说：你们咋这样呢？合作社平时有啥事都找金昌，现在有好事了，就把人家扔一边去了，这不公平。

金有良说：小壮啊，你是好心可以理解，金昌呢，在地头街边和你们小年轻的玩玩还行，可参加镇上的秧歌会就免了啊。

马小壮说：镇上还支持姜兰，作为回乡大学生代表参加秧歌会呢，喇叭叔，对吧？

喇叭叔点头：有这事。

马小壮说：就是的吗，那咱们村就应该支持金昌。

老翟头坚决地说：这事说不行就不行，金昌他没那两把刷子。

喇叭叔说：行了，先都别争了，反正还要大家报名呢，等报完名再选择、再商量。散会吧。

老翟头说：好。我得赶紧走了啊，有良啊……

金有良说：你干啥去呀？

老翟头说：我跟你说啊，我得给老李看山去，他打电话催我好几遍了，今儿个就不能去你那了。

金有良不满地瞪着老翟头……

老翟头说：哎，你别跟我瞪眼珠子啊，我话还没说完呢，一会儿我闺女去见她金婶；你有好酒就给我留着，咱哥俩哪天再整。

金有良说：你闺女不走了？

老翟头说：我不让她走她上哪去呀。老翟头出。

喇叭叔说：有良大哥，开会的事，你回家把情况跟金昌说说，我就不找他了。依我看，小年轻的锻炼一下行，金昌也不能整天钻在榛子堆里吧？

有这样的活动，让他也跟大伙儿玩玩，跟着放松放松。

金有良面无表情地说：我还寻思你要说啥呢，没别的事我回家了。金有良出。

喇叭叔又对姜老慢说：老慢啊，你说这老翟头也太霸道点了吧，他硬是不让金昌参与，有良还随弯就弯了。

姜老慢慢条斯理地说：这都是自愿的事，金昌自己要参加的话，又有现成节目，俩老头谁都挡不住。

杨柳枝在小市场逛街。大分头和大眼儿也在小市场。大分头对大眼儿说：今儿个可开眼了，真没想到，这个金昌可是够风流的了，搁哪联系个大妞儿到处兜风呢，还骑了辆新的大摩托？

大眼儿说：你别瞎说，金昌是啥样人，还用我告诉你。

大分头说：我怎么瞎说了，他带着个大妞从村口过去的，你不也看见了吗。

大眼儿说：我说的是你别往那方面想呀。

杨柳枝听见俩人唠嗑，赶紧凑近，说：哎，你俩说啥呢，你们看见金昌跟哪个大妞兜风去了，啊？

大分头瞅瞅杨柳枝，说：啊，村姐。那个，我知道是哪个大妞，是，我不告诉你，走了，哈哈……

杨柳枝哼一声说：小崽子的，不告诉我，那我也听见你俩说啥了。

翟玲在小市场买了几兜水果，买完往回走……

杨柳枝撵上翟玲，说：哎，小玲啊，你咋买这么多水果呀，多沉呀，你能拿动吗？

翟玲说：这才多点东西，咋拿不动呢。嫂子也来逛市场了。

杨柳枝说：啊。哎，小玲，你没跟金昌一块出去呀？

翟玲说：他出去办事我跟着干啥。

杨柳枝说：不对吧，金昌是出去办事吗？

翟玲反问：那他干啥去了？

杨柳枝靠近了点，说：我可跟你说，我刚听说的，金昌带一个漂亮大妞，骑着大摩托跑了。

翟玲说：你别乱说话，那是他同学。

杨柳枝说：是女的不就得了吗。那他为啥带女同学去玩不带你？

翟玲说：他也不能走哪都带我呀。我知道他们是去苍鹭岛了，那地儿金昌都带我去好几次了，你就别一惊一乍的了。

杨柳枝说：还跟我犟。人家都说了，那女的在金昌后头坐着，可是搂着腰呢，不信你就打听那帮小子去，他们在村口都看见了。

翟玲说：看见又能怎样，坐摩托车不扶着点不就掉下来了。

杨柳枝：你看你，真没数，你俩这还没咋的呢，他就不拿你当回事了，没事总带着个大妞遥哪逛，以后你俩的日子可怎么过？

翟玲不耐烦了，说：行了，别说了，我回家了。

翟玲走了。杨柳枝紧撵着说：小玲，小玲你等等我，嫂子跟你一起走……

龙山寨苍鹭岛。成群的苍鹭、白鹭在玩耍，有的在柞树上嬉戏，有的在浅滩上觅食，还有成群结队地在空中曼舞……

徐文静兴奋地说：金昌你快看啊，一大群苍鹭飞过来了，太美了……哎，你看那只苍鹭，它叼起一条鱼飞起来了……

金昌望着飞起的苍鹭，说：真的很美。

徐文静激动地说：太壮观了，苍鹭——我爱你们——

金昌指着浅滩说：文静你看，那边那只苍鹭，它叫“斗蛇勇士”，它身边那只，是它媳妇“大妞儿”。

徐文静说：看见了，看见了。金昌，你都认识它们了？

金昌说：当然认识了。

徐文静说：哎呀，你看它俩那长腿，踮着步走在浅滩上，像舞蹈家在跳芭蕾。

金昌说：比芭蕾还漂亮。每到黄昏的时候，它俩在浅滩上跳起双人舞，一会儿扭着长长的脖子亲昵地交织欢喜，一会儿迈开大长腿你追我赶在水中嬉戏欢舞，看在眼里，醉在心上。

徐文静说：美轮美奂。

金昌说：欣赏它们、感受它们，能把人的心灵净化得纯净、自然。

徐文静说：金昌，你跟那只雄苍鹭叫“斗蛇勇士”，一定是有故事吧？

金昌说：有。有一次我带小玲来看它们，正巧有一条蛇爬到幼鹭跟前，就是“斗蛇勇士”从天而降，“嗖”地俯冲下来，长嘴犹如利剑，一剑封喉咬住那蛇，又在滩上猛甩几下，瞬间就把蛇给制服了。

徐文静感慨地说：精彩。真是太美妙了，这是鸟儿与大自然的和谐之美。

金昌说：哈哈，又要发感慨了？

徐文静说：嗯，感慨，感慨油然。她环顾着四周，又说：金昌，此时此刻，你知道我有种啥感觉？

金昌说：你说。

徐文静说：站在这绵延起伏的山岭环抱之中，我心里可有几丝悲凉呢。

金昌说：怎么讲？

徐文静看着金昌说：你不觉得，好山好水、好寂寞吗？

金昌望着远方，没吱声。

徐文静又说：我就不信你能耐得住寂寞，在这山里过一辈子。

金昌笑了笑，说：我怎么就不能在这过一辈子呢？我有那帮起小一块长大的哥们，有那么多关心扶持我的农民兄弟，还有能令你直呼精彩、美轮美奂这田园般的自然美景，我怎么会寂寞？

徐文静说：你又要打岔！我是说精神层面。

金昌说：我正实现着建立起万亩茶园式榛子标准园、能产出高品质平榛的规划，我在追逐着能实现榛子深加工的现代化、产业化榛产业的梦想，还有很多很多的想法和追求，精神层面充实得很。

徐文静无奈地笑了笑，说：你这人真是的，跟你说啥就是说不到一块去；我知道，你总是在躲闪我。

金昌语重心长地说：没有。说心里话，文静，你是在城里那花花世界里待的，已经不会享受生活了；你知道我站在这绵延起伏的山岭环抱之中，心里是什么感受吗？

徐文静说：你说。

金昌说：我既欣赏又陶醉。

徐文静嗤之：虚伪，麻醉。

金昌淡然一笑。

徐文静说：人不管在哪里，都要有朋友圈，都要有生存环境，你不跟着现实走，就会脱离群体、远离世故。

金昌说：那好啊，那我就是活神仙，我还超脱、自在了呢。

徐文静说：行了，别气我了，还是说点实际的吧。你去我工作室，到省城，能实实在在做点事情，将来兴许在园林景观设计上，能留下一笔你设计新理念的辉煌创造呢。我知道，你有自己的奋斗目标，可这目标太大，靠你一个人是完不成的；你到我那，能独当一面，而且，城市环境的绿色发展、生态建设的空间广阔，还能充分发挥你的学识，何乐而不为呢？人这一生机遇很重要，你在农村蹲着，真可惜你一身的才华了。

金昌说：文静，我说这话你别介意啊，我虽然从小生长在农村，也曾经有过对大城市的向往，但长大后，特别是读大学时在一线城市待了几年，对城市没啥好感了，特别是那些所谓的“现代化大都市”，就是人为的钢筋和混凝土的丛林而已，喧闹、拥堵、浮躁；可我的家乡呢，清净、辽阔、安恬，你看看眼前这山水景色，我干啥不好好享受哇？

徐文静说：你可是林大高材生、国之栋梁，完成学业就回家闷头种地，还说是享受，怎么说你好呢。

金昌说：我不是答应帮你做新项目方案报告了嘛。

徐文静说：啊，这件事情你再不帮我，就说不过去了啊。

金昌说：你放心，答应你的事情我肯定会做好的。

徐文静默默地瞅着金昌，喃喃说道：……我饿了。

翟玲从小市场出来，没有去金婶家，而是去了小妮子家。

小妮子见翟玲脸色难看，问：怎么了你呀，进屋也不说话，自己搁那怄气？

翟玲突然气愤地说：太过分了！

小妮子吓一跳，说：怎么了？

翟玲把刚刚听到的闲话讲给了小妮子。

小妮子听完，说：哎呀，我当是什么事情呢，看你凶得那样，这事你就别多想了啊，没哏。这么些年了，你还不了解金昌吗？

翟玲嘟囔着说：谁知道了，人家可是合作社总经理、优秀大学生、新生代农民企业家。

小妮子筋筋鼻子，说：酸，臭，你都快成烂酸菜帮子了。

翟玲说：本来吗，柳枝嫂子都说，金昌就是不把我当回事、他才那么做的。

小妮子说：你，你怎么什么话都能信呢？金昌那么喜欢你，事事都让着你，你让他还怎么拿你当回事呀？再说了，他也得有朋友、有交流吧？怎的，谁都不能对金昌好了？要是谁都不搭理他了，那金昌成啥了？翟玲说：成啥了？小妮子说：那不就成了……我不愿说金昌哥的难听话。

翟玲：……

小妮子接着说：玲儿姐，你别没事老是胡想乱想的，我娘、你干娘，总对我说，女孩子有自信才美丽呢。你要总这样的，我都不喜欢你了。

翟玲说：哎呀，我就说说还不行了？要你对象骑摩托带别的大妞兜风，你乐意呀？

小妮子咯咯笑了起来，很蔑视地说：你可真能扯，什么“大妞”“兜风”的，你恶心不？徐姐姐是客人，金昌带老同学出去玩玩，这有啥可说的；而且，他都告诉你了也告诉你爹了，你还瞎想啥呀你？有时候看你这样式的，我真想，给你两下。

翟玲被小妮子数落得没电了，说：你看看，我都要走了，你还这么说我，哪有你这样的姊妹啊？

小妮子说：往哪走，你爹不是不同意你进城吗？

翟玲说：昂。

小妮子说：那你还说走？怎么，你还是想去呀？

翟玲闹心，不想说啥了，她问：有啥好吃的没？

小妮子说：你等着，我给你拿去啊，新蒸的黏豆包。

翟玲忙说：再拿点白砂糖。

金婶在厨房忙活着备食材。金有良进屋，说：老伴儿，别做这么多菜了，老翟头来不了了。

金婶说：……说得好好的，咋又不来了呢？

金有良说：有事呗，他一天到晚地都忙死了。

金婶说：小玲能来吧？

金有良说：能来吧，你给做点她爱吃的。

金婶说：啊，那孩子爱吃甜食，我给她做拔丝地瓜。金婶拿出几块地瓜，又说：老头子，一会儿你把地瓜洗干净、把皮打了啊，我打个电话去。

金有良说：放那吧。

金婶打电话没人接，她说：老头子，小玲咋不接我电话呢，她可别不来？

金有良说：不来就不来，咱自个吃呗。

金婶说：我这么大岁数了，她要不能来，就应该提前给我来个电话告诉一声。

金有良说：她兴许是真有啥事呢，没弄明白之前，就别乱说话啊。

金婶不乐意了：眼瞅到吃饭的点儿了，她还不给个准信儿，我着点急还不行？

杨柳枝听说镇里举办秧歌会要选节目了，她想要报名，马小壮不同意。

杨柳枝说：你这人，还村支委呢，刚开完会就说落后话，我有现成节目，你为啥不让我报？

马小壮说：镇上规定的，一个村只能上一两个节目，哥几个都说好了，咱谁都不去报，金昌兴许就有机会了。

杨柳枝说：马小壮，你啥意思？有机会你不让我表现，你给金昌找机会，什么人啊你？

马小壮说：全村人都知道你唱得好就行了呗，咱大伙儿都支持金昌一下，那意义不一样。

杨柳枝说：胳膊肘往外拐。翟玲和小丽她们，不就是参加完秧歌会，就去市里参加比赛了吗？

马小壮说：咱别想那么高了，还是说金昌吧，他大学毕业就回到农村，不容易，又为大伙儿办了那么多的事情，咱不能光使唤人家；他平日里那么忙，这有点啥活动伍的，咱得替人家想着点，你说是不？

杨柳枝说：我不管，反正我就要报。

马小壮说：媳妇，你听我说，咱俩不是要，那啥吗，张罗要孩子的话，就没那精力扭秧歌去了。

杨柳枝固执地说：我可不听你的。

金昌带徐文静从苍鹭岛回到镇上。二人一起吃饭。

徐文静看着柴火大锅和一升装大扎啤杯，说：金昌，这也太实惠、太夸张了吧。

金昌说：在咱这就这么实在。

徐文静说：这锅里头得装多少东西啊？

金昌说：反正不少，吃上你就知道了，一会还得往大锅里续农家菜呢。

徐文静迫不及待地上手了：我可是地道的吃货……嗯，好香！这茄子怎么这么好吃？

金昌说：这是刚从菜园子里摘的茄子，怎么样，有味道，还有嚼头吧？

徐文静边吃边说：是，能吃出茄子本身的清香味儿，在城里吃不出这味道。

金昌说：你在城里吃不到的东西多了，慢慢品尝吧。

徐文静端起酒杯说：咱俩还没喝酒呢，碰一下……你随意啊。说完，"咕咚咕咚"半扎啤酒下肚了。

金昌担心地说：你悠着点儿，喝太猛了容易醉。

徐文静说：让你说的了。我徐文静喝酒就是板整，从不拖泥带水；昨天你可说了啊，今天要尽兴。

这顿饭，徐文静喝了很多很多的酒。

金昌给翟玲打电话要她开车过来接徐文静，可翟玲就是不接电话。他想了想，又给福来打……

福来正在玩牌，他手机响了，吓一哆嗦：妈呀，咋来电话了呢？

万大炮笑着说：你紧张啥福来，肯定不是你老丈母娘。

福来看了一下显示屏，说：小舅子，这个小子指定没好事。

金昌在电话里说：姐夫，徐文静有点喝多了，你赶紧开车过来接我俩一下。

福来梗梗起来，说：你是干什么吃的，让她喝多了？

金昌说：我拦不住她，你说我有啥用。

福来说：我不说你说谁呀？你领她去看山川美景还行，怎么还带她喝酒呢？这是农村，放个屁都能说出好几个味道来。

金昌说：别跟我废话了，你赶紧开车过来。

福来说：去不了，我在外头办事呢。

金昌说：哪个外头呀，去外国了，回不来？

福来继续撒谎：我车坏道上了，我在茅房蹲着呢。

旁边几人听福来瞎掰，都忍不住摇着脑袋笑了。福来捂住手机说：都别笑！

金昌着急说：你到底来不来？

福来说：我正拉屎呢，你让我提着裤子过去呀。金昌气得把电话关了。

万大炮点呼着福来，说：你呀你，满嘴喷粪。

金昌拨通了马小壮电话，说：小壮，大壮的车在家没？

马小壮说：没在呀。

金昌说：这么着，你去满堆家，把他那台“七座”开来，帮我送一下徐文静……哎，把小妮子和满堆都带来啊。

马小壮说：带她俩干啥呀？

金昌说：带她俩过来方便，还用我说么。

马小壮马上说：明白。

马小壮和满堆、小妮子开车到了饭店。小妮子说：金昌哥，我们来了。徐姐姐在哪呀？

金昌说：在里面呢。小壮，你们把徐文静送回宾馆，我骑摩托车回村。

马小壮说：你喝酒没，喝酒了就不能骑摩托了？

金昌说：对了，我都忙活忘了，那……

马小壮说：你把摩托放车上，先把你送回去，反正也是顺路，我们再送徐文静回宾馆。

金昌说：好，就这么的。

马小壮又说：哎，金昌，你回去到办公室等我一会儿啊，我有事跟你说。

金昌：啊。

马小壮安置完徐文静回到园区。进了办公室，见金昌趴在办公桌上……

马小壮说：金昌，让徐文静给灌迷糊了，怎么趴这睡上了？

金昌慢慢抬起身，晃了晃脑袋，说：真灌迷糊了，我要不搂着点，又让她整桌子底下了。小壮，徐文静咋样了，回宾馆没事吧？

马小壮说：啊，小妮子都给她安排好了。

金昌说：那就好。

马小壮说：好啥呀，吐了小妮子一身。

金昌：啊？马小壮说：你啊啥呀。我先跟你说个事，完事儿你好早点回家休息。金昌说：你说。

马小壮看金昌的样子，有点心疼了，说：你行不行呀，要不明早我再跟你说？

金昌说：没事呀，你说吧。

马小壮说：那个，秧歌会的事，村里让大伙儿报名呢，你报不报？

金昌说：我啥都不会，拿啥报？

马小壮说：你会《逛新城》啊。

金昌说：哎，还真别说，我跟姜兰在学校新年联欢会上表演这个节目，台下的掌声也是哇哇的，哈哈，我当时挺能耍虎哈。

马小壮说：那就啥也别说了，你赶紧跟小玲商量商量，看她能陪你唱不。

金昌说：小玲正忙自己事呢，没时间管我。

马小壮说：还有姜兰呢？

金昌说：姜兰去市里开会去了。

马小壮说：啊……那我回家问问我媳妇，让她陪你唱吧？

金昌说：让杨柳枝陪我唱？

马小壮说：啊，她可是成手，让她陪你唱，你都不用担心，即使你忘词了，她都能给捡起来。

金昌说：我说马老师啊，你可别逗了，我可不跟杨柳枝唱啊，那家伙任性得要死，别唱半截腰，再把我晾那儿就完了。

马小壮说：你咋那么看我媳妇呢？

金昌说：我怕她再“照顾”我，不行不行。

马小壮说：上台表演都讲台风、有规矩，不能胡来，这点我媳妇都知道。

金昌说：别费那劲了，我就一个人唱俩角色得了，哈哈……

马小壮说：你先别的，我回家说说柳枝，她能陪你，还是两个人唱更好。

·十三·

马小壮回到家就把他的想法跟杨柳枝说了。杨柳枝吱吱扭扭就是不搭腔。马小壮着急了：媳妇，我都跟你说这么老多了，你倒是表个态呀？

杨柳枝漫不经心地说：让我表啥态呀？

马小壮说：你就不能陪金昌唱那个《逛新城》？

杨柳枝说：我凭啥陪他唱啊，我要唱就唱单出头。

马小壮说：真拿你没办法，啥事一到你这你就……

杨柳枝根本没把马小壮说的话当回事，她问：哎，小壮，那徐文静长咋样，有小玲好看没？

马小壮也不给杨柳枝好脸子了，说：别啥都问，徐文静好不好看，跟翟玲有啥关系。

杨柳枝还说：那徐文静要老来找金昌，小心哪天把小玲惹急了，把金昌踹了啊。

马小壮说：你没事老这么瞎嘞嘞，招人烦不？

杨柳枝一点都不以为然地说：本来就是的嘛，嘁。

金昌回到家。金婶着急地问：儿子，你看我这都张罗一天了，他们爷俩都没过来，你知道吧？

金昌说：翟叔有事来不了我知道，怎么，小玲也没来？

金婶说：可不咋的，我还给她打了好几个电话，她都没接，这孩子怎么越学越不懂事了。

金昌说：我估计小玲是有什么事情给耽搁了，我给她打电话她也没接，一会儿我过去看看她。

金婶说：你吃饭没呢？

金昌说：吃了。我爹在屋里呢？

金婶说：在呢。

金昌进里屋。金有良说：儿子，陪爹坐会儿，走一天了，喝口茶水吧。

金昌说：先不喝。爹，今天村支委会我没赶上，也不知道有啥事没？

金有良说：啊，嗯，那个也没啥事。

金昌说：哦，那我去趟翟叔家。

金有良马上说：到那别啥都问啊。

金昌说：怎么了？

金有良说：……也没事，你去吧。

老翟头一个人坐在炕头喝酒。金昌进屋。老翟头没好气地说：玩够了。

金昌说：玩啥呀，我就带老同学去了趟苍鹭岛，这事不都跟你请假了吗。小玲怎么没在家？

老翟头说：甭管她，咱爷儿俩唠会儿嗑。又说：你自己拿个杯子，咱爷儿俩喝两盅。

金昌说：不的了，我已经喝过了。金昌坐到炕上。

老翟头说：今天开会的事，你爹跟你说了没？

金昌说：没说。村里有啥事情研究了？

老翟头说：没啥研究的，就是镇上的秧歌会的事，马小壮推荐你参加。

金昌给老翟头把酒杯倒满，说：翟叔同意我参加吗？

老翟头说：怎么，你想参加？

金昌说：跟大伙儿一块儿玩玩呗。

老翟头挖苦说：还没咋的呢，就想抖落毛了。

金昌说：叔咋这么想我呢？

老翟头艮道地说：我就希望你安分点，别以为是个大学生，就不知道自己是谁了。

金昌也来劲了，说：叔，你老人家要这么说我，我还就要参加了呢；我参加不为别的，就是证明我金昌跟大伙儿一样行。

老翟头满脸瞧不起地说：你行个屁！臭小子，在我跟前还吹上牛了，我唱二人转那会儿，你还搁那撒尿和泥玩呢。

金昌说：我哪能跟您这前辈比呀。没啥事，我就回家了。

老翟头说：你真不陪我喝点？

金昌说：我都喝过了。天不早了，您喝点小酒，早点歇着吧。

金昌刚走，翟玲到家。她跟爹打了个招呼就要回屋。

老翟头说：闺女，这么晚了才回来，你不是跟爹说好的去看你金婶吗？

翟玲说：你咋知道我没去呢，爹？

老翟头说：你买的水果，我看还在院子里放着呢。

翟玲说：啊，我今天临时碰到点事，金婶那等哪天再去吧。

老翟头说：你这样式儿的不好啊，说好的事情就得去做，不能让人家失望；我听金昌说，你金婶还给你做拔丝地瓜了。

翟玲说：地瓜有的是，哪天再做呗。

老翟头说：那是她对你的心意，你还不明白。

翟玲手机响了，是金昌的，她接电话，冷冷地：……啊，我到家了……

报名？我不想参加……我肯定不去，撂了。翟玲嘟囔着说：还跟你报名去，美得你。

老翟头说：是金昌吧？翟玲：嗯。老翟头说：他想要跟你去报名？

翟玲冷哼一声，说：他以为他是谁呀，我还跟他去报名。

老翟头说：不去报就不报呗，你也别，那个呀。

翟玲说：也不是我那个呀，他不那个我能那个吗。

老翟头说：啥那个那个的？

第二天清早，大喇叭传出姜老慢的广播：全体村民注意了，全体村民注意了，告诉大家一个好消息，镇政府要举办先进榛子企业表彰大会暨农民秧歌会了，欢迎大家踊跃参加秧歌会，想参加秧歌会演出的村民，请到村委会报节目，到村委会报节目。我再说一遍……

村文化室门前拥着很多人。马小壮等哥们等着金昌来报名。姜胖打电话催金昌，金昌说：哎哎，我穿演出服装呢，这就到。

姜胖兴奋地一嗓子：妥！

马小壮赶忙问：金昌什么情况？

姜胖说：他在家穿演出服呢，这就到。

马小壮高兴说：行啊，还穿着演出服来报名，挺重视啊，有门。

喇叭叔走到门口，说：来了这么多人，大家的热情都很高啊。哎，你们都在门口站着干啥呀，咋不进去报名呢？

姜胖说：报名着啥急呀。

王小二说：俺不报，没意思。

喇叭叔说：是没意思还是你胆小不敢报哇？

满堆说：他一上台就爱打嗝，有屁憋不住。

喇叭叔说：小二，《王二姐思夫》那小曲，你不唱得挺好的吗？

王小二说：村主任，那是女的唱的，俺是带把的。

哥几个跟着起哄……

杨柳枝知道自己在二人转上比翟玲还差点，她怕翟玲也去报名压制了自己，所以，报名前，她给翟玲打电话，火力侦察：喂，小玲啊，你在家吗？我想去你家看看你去。

翟玲说：你有事啊？

杨柳枝说：我就想跟你说，我昨天是错怪金昌了，你别往心里去啊，俺家小壮都说我了。翟玲没吱声。杨柳枝又说：哎，小玲，一会儿你去报名吗？

翟玲说：我不去报。

杨柳枝说：哎呀，太好了，你要不报，这事就是我的了，那我就不去你家了啊，我报名去了。

翟玲撂下电话，说：嘚瑟得不轻。

小妮子匆匆到翟玲家。她说：玲儿姐，咱俩不是说好了要去支持金昌报名吗，你咋还不去呢？

翟玲说：有啥可支持的，他会啥呀？我看他就是瞎胡闹。一想起杨柳枝跟我说的事，我一晚上都没睡好觉。

小妮子说：哎呀，我都跟你说了，啥事别听风就是雨的。

翟玲说：那我也不去，我还有事。

小妮子说：一会儿金昌没见你去，他啥心情啊？

翟玲说：那我不管，他愿啥心情啥心情。我就是对他太好了，啥事都惯着他，他才敢拿我不当回事。

小妮子说：你这人就是犟，怎么又扯回去了呢？那你就在家怄气吧，大气包子。说完走了。

金昌在家里。他穿着一身老汉服，对着镜子一个劲儿地照。金婶奇怪地问：儿子，你咋这身打扮呢？这是你爹演农村老汉穿的衣服，你这么穿不行，太砢碜了，快脱下来吧。

金昌说：我要的就是这效果，最起码让他们知道咱态度是认真的，兴许能有加分因素呢，是不，娘？

金婶说：你这孩子，尽整些奇了嘎怪的，就算报上名了，你爹也得给你拿下来，你还费那劲干啥。

金昌说：翟叔说我不行，我爹也不支持我，那我就唱给他们看看，看我行不行。

金婶说：你还行啥呀？想冒傻气你就去，去了你爹也不能给你报上。

金昌说：也不能他一个人说了算，走着瞧。说完，骑摩托出门。

徐文静醒来，她拿起手机看时间，顿时蒙了，她一骨碌爬起来，边穿衣服边叨咕：哎呀完了，我怎么睡过了呢，火车都快进站了……完了完了，下午还有重要会议，赶不上可糟了，这可咋整？徐文静在忙乱中想到了金昌，她赶紧拨电话……可没想到，金昌没带手机。

金婶听见金昌房间有电话响，过去一看手机，来电显示是“徐文静”，她赶紧接电话……金婶知道了徐文静的情况，她让徐文静别着急，然后赶紧往村文化室跑。

喇叭叔和金有良、姜老慢在村文化室等着村民们来报名。姜老慢觉得有点奇怪，他说：哎，这人来了不少，咋没人进来报名呢？

喇叭叔说：别着急，再等等，兴许这帮小子要扎堆儿一起报呢。

金昌这时跑过来，对大伙儿说：哎，你们都比我来得早哇。

马小壮赶紧说：金昌，你还磨蹭啥，快进去吧。

金昌说：哎，你看我这身打扮，有岁月感没？

马小壮说：啥岁月感呀，整个楞儿一个老农。

金昌说：哎，有眼了，咱演的就是这角色，这叫扮相。

姜胖着急说：金昌快别说了，就等着你报名开唱了，赶快进去，好好唱啊。

王小二说：金昌加油！

小妮子、满堆说：加油，金昌！

马小壮说：金昌，就看你的了！

金昌说：瞧好吧你们。金昌等人挤进文化室……金昌对屋里人说：各位好！我来报个节目。

喇叭叔高兴了，说：……金昌这都扮上了，行啊。

金有良不乐意，说：儿子，你跟着凑啥热闹啊，这有你事吗？

马小壮说：有良叔，这是红石峪的事，应该有金昌一份。

姜胖说：就是的，重在参与。

王小二说：自愿报名，谁都可以报。

喇叭叔对金有良说：金昌有积极性，咱应该支持他。

姜老慢赶紧说：先说你会唱啥吧，金昌？

金昌说：看了就知道。老慢叔、喇叭叔，我可以开始了吗？

喇叭叔、姜老慢说：可以，可以。

金友良：哎……

没等金友良说话，金昌已经走到场地中间，比画着清唱起来："锦山升起红太阳，红石峪山村闪金光，幸福的榛农换新装，阿爸和女儿双双逛新城呀……"

金昌这一出表演，给大伙儿逗够呛。姜老慢笑着说：哎呀，老歌换新词了。

金有良赶紧阻止：停、停，儿子，你饶了我吧。

金昌哼着曲调走着秧歌步继续唱："阿爸呀，哎，等着我，噢，看看农村新气象；女儿吔，哎，等着我，噢，看咱红石峪新气象，快快走呀快快行哇，噢呀呀呀……"

姜胖和村民们一起鼓掌，连说：好，好！

马小壮说：喇叭叔，咱们村又一支新秀出现了。

王小二说：比我唱那《王二姐思夫》好多了。

姜胖说：金昌的节目有新意！

喇叭叔也被逗笑了，他说：不带这样玩的，金昌，那“女儿”不能你自己演，要找个搭档才行；我看小妮子在外头呢，叫她过来跟你一起唱吧？

金昌说：喇叭叔，我这叫“上装”“下装”一起演，反串才不好演呢，这叫能耐。

姜老慢说：能耐还大了你，金昌，你这样式儿的演出，到时候非给整笑场了不可。

金昌说：老慢叔，我还有语言类节目呢。

金有良马上说：打住打住，打住啊，你赶紧在我眼前消失，哪凉快哪待着去。

金昌说：别这样啊，爹，我唱得挺溜道的，你要不喜欢，我再换个曲儿也行啊。

这时，金婶急忙慌挤进来，往外拽金昌，说：儿子呀，快点的吧……出了门，金婶又说：徐文静给你打电话来了。

金昌说：她怎么了，病了，走不了了？

金婶说：不是，她说她睡过点儿了，怕赶不上火车，让你赶紧送她去火车站。

金昌说：她现在在哪？

金婶说：说在宾馆大厅等你呢。

金昌说：这家伙是急糊涂了，她应该打车走哇。

金婶说：咱这地儿打车不得等半天吗，你快点的吧。

金昌说：那行，我这就去找她。金昌转身就走，又回头说：娘，你告诉小玲一声啊，我来不及跟她说了。

金婶说：你快去吧，我告诉她。

金昌演出服也没来得及换，骑上摩托车就走了。

金婶回到家，发现手里还攥着儿子的手机，说：咳，这事办的，都拿到村委会了，还是忘给儿子了。

村里报名的人都散了。马小壮和杨柳枝往回走。马小壮说：媳妇，你不往家走，要去哪呀？

杨柳枝说：大壮拉回点榛子，我把库房归拢归拢，腾出地方出来放榛子。

马小壮说：啊，走吧，我跟你一起去。

杨柳枝说：没多少活，我打电话叫福来和小胖了，他俩一会儿就到。

马小壮说：那行吧，我先回家，正好把饭做了。

杨柳枝说：别做饭了，我哥今天回来，他这就到家了。

马小壮说：正好我哥也回来了，今晚跟成林好好聚聚。

杨柳枝说：谁知道娘是怎么安排的。

马小壮听杨柳枝这话有点不得劲儿，他说：你啥意思啊，你不想让我哥见成林啊？

杨柳枝说：我没说啊。

马小壮不高兴说：媳妇，你咋回事，你怎么那么恨我哥呢，我哥也没得罪你呀？

杨柳枝说：大壮又给石榴买手机了吧，还是最新款的品牌机呢，你说他给我也带一部，还怕我不给他钱咋的？

马小壮说：人家过日子，爱买啥买啥呗，你想买啥，等有时间我领你去，你跟我哥较劲，这不没意思吗？

杨柳枝说：他就是想显摆，拿好日子来气我吧。

马小壮不乐意说：你都想哪去了。

姜胖去库房，遇见福来，他说：你跟我去库房吗？

福来说：啊，不去那去哪？

姜胖说：金昌今天去村委会报名了，我们支持他、都去捧场了，关键时刻，你咋连个影都没有呢？

福来没去，是他不想让金昌参加秧歌会，他说：别这么跟我唠嗑行不，我没赶上趟；一会儿干完活回家，我还有话劝他呢。

姜胖说：金昌那你别去了，他没在家。福来说：他去哪了？姜胖说：送同学去了。

福来说：送徐文静去了？

姜胖：啊。

福来说：就是一个同学呗，干嘛非要送啊？

姜胖说：你是警察办案，问那么多话？

福来说：你小子的，话我还不能问了。这时，马大壮开车进院。福来说：大壮回来了，大壮啊……

马大壮说：哎，福来、小胖，你们等一会儿了吧？

福来说：我俩刚到。

杨柳枝拉拉着脸对马大壮说：都等半天了，才回来。

马大壮说：啊，好几个销售点，得挨个转；不过我一点儿都没耽误，中间一口气儿都没歇。

杨柳枝不搭理马大壮了，她对姜胖说：小胖啊，福来，你俩上车把那几袋榛子卸下来吧。

金昌骑摩托车到镇政府，他放好车，打电话给同学，让同学开小车把他和徐文静送到了火车。

金昌嘱咐徐文静说：文静，这是趟绿皮车，坐车的人很多，车马上就进站了，咱俩得快点走。

徐文静说：我穿高跟鞋走不快，你等等我。

金昌说：你把包给我拿着，再不快走，就真赶不上了。

徐文静说：有那么多人吗？

金昌说：进站你就知道了。你去检票口排队等我，我买张站台票去。金昌说完，跑向售票处。

候车室里，检票口前排着长队，徐文静在队伍中。闸口刚一打开，人群呼啦一下拥挤向前，队伍顿时乱了……金昌跑过来，大声喊：徐文静，徐文静！

徐文静在人群中喊：哎——金昌，我在这儿呢！

金昌看见徐文静，说：来了来了。

徐文静被拥挤到闸口、检了票，她回头说：快点的金昌，我先进站台了。

金昌说：知道了。金昌使劲挤了几下，站台票也没检直接跑进站台。

徐文静闪过拥挤的人群，躲在一边等金昌。

金昌被人流挤到车门口，想脱身又挤不动，急得他连连喊：哎呀呀呀，别挤我、别挤我……我不是上车的，我不上车！

一位留着小胡子的乘客在金昌的身后挤推着说：不上车你搁这挡着干啥，捣乱啊你？小胡子使劲一推，说：上去吧你！金昌被推挤上火车……

金昌说：哎哎，别挤我，我得下车找人……拥挤的人群将金昌推进车厢里……

另一位戴棒球帽的青年说：你往外挤啥，你挤啥，欠削哇！

金昌说：你快点闪开，我要下车，让我下车呀……

小胡子乘客说：这犊子玩意儿，有病。

金昌说：哎呀，我同学……

徐文静在站台上，她急得要命，一个劲念叨：哎呀我的妈呀，人都上完了，金昌跑哪去了，包还在他手里呢。她赶紧给金昌拨电话……

金婶在家，她听见金昌的手机响了，说：谁又给金昌来电话了，我去接一下。

金有良说：你把儿子手机拿这屋吧，省得老去那屋接。

金婶接电话：喂……是徐文静啊，金昌他没拿手机，他到宾馆找你去了，你没见着他吗？……什么，你找不到金昌了？……哎呀我的天哪，这下可坏了。

金有良赶紧问：老伴儿，咋回事？

金婶说：可别提了，儿子去火车站送徐文静，俩人都进站台了，可徐文静找不到金昌了。

金有良说：那还找他干啥呀，傻老婆等茶汉子呀，她赶紧上车走哇？

金婶说：徐文静的皮包还在儿子手里呢，她没法走哇。

金有良说：那我儿子呢？

金婶说：你问谁呀？

列车员放下脚踏板、锁好了车门……

满头大汗的金昌赶紧喊：别关门、别关门！列车员呀，我得下车，下车！

列车员说：你喊啥，喊啥？

金昌指着车下说：我同学还没上来呢。

列车员说：车都开了，你喊也没用了。往里走往里走，别在这挡碍。

列车启动了。徐文静还在站台上……

金昌急得有点蒙登，他说：列车员同志，你咋回事呀，我还没下车呢，你咋不招呼一声啊？

列车员生气地说：跟谁打招呼？这是铁路！你以为是打出租车呀，招手既停。

金昌说：关键我不是坐车的，我是送人的。

列车员说：那你咋不听站台广播呢？

金昌说：那老多人都把我挤蒙了，我上哪听广播去；完了，这下还把我给拉跑了，完了完了。

列车员上下打量着金昌，说：送站也没你这么送的，坐车的人还没上来呢，你先挤上车了，是着急先上车占座吧？

金昌说：我又不坐车，我占什么座。

列车员说：行了行了，别堵在门口，你赶紧往里头走吧。

金昌说：我上里头去干啥呀？列车员同志，你能告诉我，这要把我拉哪去呀？

列车员耐着性子说：这趟车的终点站，石家庄。

金昌：石……

列车员说：你可以就近下车。金昌说：下站是哪呀？列车员说：沈北。

金昌说：沈北？哎呀我的天老妈呀，那不是省城吗，到那我咋回来呀？

徐文静站在空荡荡的站台上，还在念叨着：这个死金昌，跑哪去了呀？这可咋整呀？

一位站台值班员走过来，说：请问这位旅客，你怎么没上车？

徐文静说：同志，我把人丢了呗，我找不到人了。

值班员说：大人小孩儿？

徐文静说：大人。

值班员愣了一下，说：哦……请把你的车票出示一下。

徐文静把火车票递给值班员，说：还有哪趟车，能最快到沈北？

值班员看过车票又递给了徐文静，说：再过两个小时还有一趟车，你可以去办理改签。

徐文静心想，再等俩小时，开会就赶不上了。她突然想起姜兰在市里开会呢，立即给姜兰打了电话。姜兰很快赶来，见了徐文静就问：怎么回事儿文静，那大活人怎么能丢了？

徐文静说：谁知道他跑哪去了，我都看见他进站台了，转眼就找不着了？

姜兰说：这家伙是不上车找你，让火车给拉跑了？

徐文静说：怎么可能呢，我都没上车他上车干什么？

姜兰说：先别管他了，你怎么走哇？

徐文静说：怎么走快吧？

姜兰说：走吧，火车站对面就是客运站，去沈北的车十五分钟一趟，挺快的。

徐文静说：赶紧的吧。姜兰，你说，金昌不能真让火车拉跑吧？

姜兰说：没拉跑他能去哪，他总不能钻铁轨底下吧。

园区库房。杨柳枝拿着账本站在门口。福来和姜胖、马大壮在卸车。

福来问马大壮：大壮，就这几麻袋榛子，咋还往回拉了，都不够油钱的吧？

马大壮说：金昌说是留着备用的，就都拉回来。

杨柳枝说：小胖，都卸下来了吧？姜胖说：卸完了。杨柳枝说：那就别在这摆着了，赶紧扛库房里。

马大壮说：弟妹，应该验完货再入库吧，福来和小胖是质检，他俩都在这？

杨柳枝有点不高兴，说：我是库管，我验收。

马大壮说：是呀，验完货再入库，这不是正当手续吗？

杨柳枝说：你啥意思呀，是说我这个库管不负责任呗？

马大壮说：我不是那意思，走了程序，没啥问题对大家都好。

杨柳枝说：啥程序，啥问题呀？怎么，这些榛子不是从咱宝仁专卖店拉回来的？

马大壮不明白杨柳枝是啥意思，说：是，是呀。

杨柳枝说：这不结了吗，专卖店的榛子，不都是经过检验合格的榛子吗？

马大壮不敢大声地说：那，再重新入库，不也得检验嘛，这是规定的程序呀。

杨柳枝狠狠地说：……那就走程序，验吧！

姜胖赶紧说：嗯嗯，验一下。他拽过一袋榛子，拆开线……检验过后说：没问题，过了。

杨柳枝说：没问题就都搬进去吧。

马大壮跟福来和姜胖一起搬麻袋包，他对福来说：福来，你跟小胖验收完了得签个字啊，签完字、入了库，再发现袋子里有什么石头子儿、废榛子伍的，就不关我事了啊。

杨柳枝本来就不自在，听马大壮又说这话，来气了，她说：瞧大壮这话说得，就像我验收不仔细似的，怕沾包是吧？那好啊，我就再仔细验收一遍。说完，她拦住几个人，拿把剪刀咔嚓嚓把几个麻袋封口全都剪开，说：福来，你跟小胖把榛子全都倒出来，挨个包检验！

福来和姜胖相互瞅瞅，都是一脸的无奈，只好按杨柳枝说的办了。

马大壮看着一地的榛子，着急了，说：干啥这么整啊，规定的同一批榛子入库，都是抽样检查就行了，我就是跟福来开个玩笑，你这是啥意思啊？

杨柳枝说：那你是啥意思呀？什么石头子儿、废榛子、不关你事儿，说明还是有问题呗，那就彻底验个清楚！

马大壮不敢发作：你……

福来见势不好，赶紧说：大壮，来来，咱赶紧把榛子收起来，完事扛库房里；哎呀，多大点事啊，小胖，来，快点……福来一个劲儿地给姜胖挤咕眼……

姜胖反应很快，马上说：啊，就这几袋子，一会儿的工夫，就完活。

马大壮带着气回到家，一屁股坐炕上，呼呼喘着粗气……

石榴问：咋的了这是，出啥事了吗？

马大壮说：那家伙咋那么不讲理呢？我就开句玩笑，我也没得罪她，她干啥那么伤人啊？

石榴说：你说的谁呀，是柳枝吗？

马大壮说：她有病啊！我就跟福来开句玩笑，她干啥当着福来和小胖撅我面子，太过分了吧！你说，她还把我当大哥吗？

石榴说：你也是的，大伯子在兄弟媳妇面前说话就要加小心，开啥玩笑啊？活该。

马大壮说：你还说上我了，那我还啥话都不能说了、当哑巴？再说了，我那也是为她好哇，提醒一下，按规定程序把那几袋榛子检一下再入库，我说得不对吗？

石榴说：你说啥？检验的事，福来和小胖都是质检员，入库的事，人家柳枝是库管，你说啥话呀？该说的说，不该说的就闭上那张臭嘴。

马大壮气愤地说：行，以后我啥话也不说了，你也别老说我见她没动静啊。

石榴说：行了行了啊，成林这就到家了，赶紧收拾收拾，一会儿去柳枝娘那。

马大壮说：我不去！

石榴说：你不去能行吗，你不去我怎么去？

马大壮说：你愿怎么去怎么去！

石榴说：怎么说话呢？咋的，挺大个老爷们，就这么点事，还活不起了？

马大壮倒炕上，说：气死我了。

翟玲给金昌打电话，接电话的是金婶，她很纳闷。金婶把金昌没带手机的事情跟翟玲讲了一遍。翟玲有点不高兴，她见爹在院子里鼓捣车，出门问：爹，你要去哪呀？

老翟头说：我去三里堡老李那。闺女，刚才给你金婶打电话干啥呀，你要去看她吗？

翟玲说：不是，我打电话找金昌，电话是金婶接的，她说金昌出门忘带手机了。

老翟头没在意，说：忘就忘呗，这事还用说啥。

翟玲故意提醒说：金昌是送徐文静去了。

老翟头听出味道不对，说：……是啊，走就走呗，挺大的人了，还非得送来送去的？

翟玲说：关键是金昌。爹，你回来吃晚饭吧？

老翟头说：没准儿，你别等我，你自己吃吧。

翟玲气哼哼地说：我不吃！

老翟头开车出院，他越琢磨越不得劲，他拨通了金有良家的电话……

金有良接电话：喂……大兄弟，我还想给你电话呢，你办完事到我这来吃饭吧，我开瓶好酒给你喝。

老翟头不怀好意，说：今儿个我去不了了，我找金昌有事，他在家没呀？

金有良说：没在呗，这孩子手机也没拿，等他回来，我让他给你去电话呀？

老翟头故意问：金昌出门为啥不带手机啊？

金有良说：啊，一早徐文静急忙活让他送站，走得着急，就忘拿了。

老翟头说：哎呀，那徐文静来了，陪她玩两天就行了呗，干啥还非要送啊？

金有良说：你不了解情况，就别乱说话。

老翟头提高嗓门说：啥叫乱说话呀，送女同学，还不拿手机出门，糊弄谁呀，金昌是怕啥咋的？

金有良听老翟头说话不着调，质问道：你咋这么说话呢？

老翟头来脾气了：事情在那摆着呢，我怎么就不能说了呢？

金有良也来气了：你有啥可说的，我儿子是你家小女婿啊，你随便吆五喝六的。

老翟头也觉得自己有点过分，缓和点语气说：你，赶紧找他。

金有良说：我又不是你家的小厮儿！金有良气愤地扣下电话。

金婶忙说：你干啥生那么大气呀？

金有良说：太不像话了，这个家伙。

金婶觉得老翟头是误会了，又说：老头子，我还是找小玲说说去吧？

金有良气哼哼说：去干啥？也别去、也别说，这事儿，越抹越黑。

老翟头跟老李在山上。老翟头骂骂咧咧嘟囔着：这个家伙，说说还把电话撂了。不行，我得找他说理去。说完，要往山下走。

老李拦住老翟头，说：别的呀，现在回去，你俩还得掰扯。就这么点儿事，我都听明白了，金昌着急送站没拿手机，这情况很正常，要我说，你就不该打这个电话。

老翟头说：你是不知道咋回事，别替他挣口袋。

老李说：我有啥不知道的，就是大学同学来看看他呗，看你急头掰脸的样，你不对啊；金昌是好孩子，就快成你女婿了，有啥事你得多担待他。走吧，咱把前头那块坡地看完，心里就有数了。

老翟头跟老李来到南坡地。老李说：老翟，我看这坡地光照充足，通风排水条件不错。

老翟头环顾一下四周，又抓了一把土仔细看了看，说：嗯，土质也不错，土层也够厚，中下腹地坡度也合适，种植榛子没问题。

老李说：好，就等你这句话呢。咱再去北面看看去。

北坡地。树木繁茂，顺着坡沟流淌着清凌凌的山泉水。老李说：老翟，北坡地要不适合种榛子，你帮我琢磨琢磨种点啥吧。

老翟头说：这北坡要行的话，可以搞林下经济，你看这灌木丛和小树林，还有这山泉水，水土相当滋润；依我看，先在林冠下种植红松，搞红松复合林，能成。

老李说：我知道在林冠下种植刺龙芽、大叶芹和人参都行，可搞复合林，我一点儿经验都没有。

老翟头说：林家岭合作社理事长林晓曼，搞林下经济是能手，哪天咱请教她去。

老李说：好啊。老翟，要是可行的话，你得让金昌帮我写规划。

老翟头说：这还说啥了，这是技术合作的事。

老李说：行了，我心里有数了，具体事咱俩下山唠吧，今儿个我请你喝酒。

老翟头说：不的了，心情不好，不喝了。

老李说：哎呀，孩子们的事情你管那么多干啥呀。酒这东西就是，高兴了喝点，不高兴也喝点，其乐无穷啊。

老翟头说：那我先把你送九妹子饭店去，再把车送回去，回头就找你去。

老李说：这不结了。

杨柳枝回到家。马小壮问：媳妇，库房的事是咋回事，你又跟我哥过不去了？

杨柳枝说：谁跟你嚼舌头了？肯定是福来跟你瞎嘚嘚了。

马小壮说：福来也是关心咱们。

杨柳枝说：你说那个大壮啊，挺大个老爷们爱生闷气，没啥出息。

马小壮无奈地牢骚着：看别人啥也不是，自己一准儿啥也不是。

杨柳枝说：我是我他是他，他就是一摊屎。

马小壮耐着性子说：咱别那么说话行不？这么多年哥嫂对咱咋样，你

心里最明白。你赶紧过那屋跟哥过过话吧。

杨柳枝说：跟他过啥话呀？不去。我哥这就到家了，我跟娘上小市场买肉去。

杨柳枝出了门。马小壮到隔院大壮家，见哥在炕上躺着，叫了声：哥。

马大壮说：别叫我哥。

马小壮说：柳枝她不懂事，你跟她生什么气。

马大壮不耐烦：我不想跟你说话。

马小壮说：那成林回来了，咱一会儿得过去看看他吧？马大壮没吭声。

杨成林开车回村。他先给老翟头打了电话，之后等在办公室门口。

老翟头开车进园区，见了成林热情地说：成林啊，你回来就先歇着呗，这程子你一直在外跑长途，够累的了。

成林说：不累，回家也没啥事，就先过来见您了。

老翟头说：快进屋说。二人进了办公室。老翟头问：成林啊，去天津见着朱经理了？

成林说：见到了。

老翟头问：他到底啥态度啊？

成林说：他还是说，认可赔付违约金，也不进咱的货。

老翟头说：朱经理怎么能这么办事呢？这家伙真不知道好赖。

成林说：翟叔，朱经理指定另选别的供货商了，要不他不能说话这么硬气，我看他那边，就拉倒吧。

老翟头说：要我我就拉倒了，可金昌不这么想。成林，你先回家吧，这事等金昌回来再说，你娘在家该等着急了。

成林说：那我先回家了。

老翟头说：走，咱俩一起走。

老李到了农家乐。他对九妹子说：九妹子，你这可真是座无虚席啊，咋这么多客人？

九妹子说：啊，有个旅游团过来玩，在我这吃农家饭。

老李说：好哇，生意兴隆。那，我跟老翟换个地儿吧。

九妹子说：别的呀，老翟给我电话了，我给你们在里间留了位置；你先喝杯茶坐会儿，我让麦穗过来写单。

老李说：赶趟，等老翟大哥过来点菜吧。

九妹子说：老翟爱吃啥我都知道，点两个你愿意吃的吧。

老李说：我啥都行，就随老翟大哥吧。

九妹子说：行，我这就给你们安排去。麦穗啊，给你李叔上茶。

老李喝着茶等老翟头。电话响了，他接电话：喂……哎呀，是小豫啊，宝仁榛子在你那啥情况啊……是啊，太好了，有你在那张罗，河南的销售市场就能打开局面了……这我知道，肯定会有竞争的，我明白，明白……好好，我这就让金菊跟你联系……行，我明天还给你电话，再见。

老李撂下电话，兴奋地拍下桌子：太好了！宝仁榛子又打开一块大市场。

老翟头进饭店。正在喝酒的“四大金刚”看见老翟头，大眼儿说：哎，你们看，老翟头来了。

大忽悠说：老翟头脸子怎么那么难看，本来长得就不跟潮流，这下更砢碜了。

大头鞋说：他是跟谁生气了？

大分头说：我去逗逗他。

大眼儿说：别去啊，小心让他骂你一顿。

大分头说：我给他解解闷。大分头走到老翟头跟前，说：翟叔，过来喝闷酒啊？

老翟头说：我还没喝呢，咋叫喝闷酒呢？

大分头说：今天我请客，翟叔能跟咱一起整几杯不？

老翟头说：老李还等我呢，有工夫你再孝敬我吧。

大分头说：哎呀翟叔，你应该叫你那总经理姑爷孝敬你才对呀。

老翟头说：没事别跟我扯犊子玩啊。

大忽悠走了过来，说：翟叔，你咋不高兴了？

老翟头说：碰到你们几个，我上哪高兴啊？

大忽悠说：你知道金昌跟个大妞出去兜风的事不？

老翟头严肃地呵斥道：别乱嚼舌头，那女孩是他同学。

大忽悠说：啊，是他同学，俩人在大马路上玩“双人骑”。

老翟头气地说：去去，吃饱了撑的，没事来气我哈，都离我远点。

大分头嬉皮笑脸地说：翟叔，离你远点是多远啊？

老翟头说：别让我再看见你们就行。

大忽悠哈哈笑起来，说：好好，翟叔，你只要眼睛一闭，就啥也看不见了。

老翟头一下子急了：小兔崽子的，皮又紧了是不！

俩村民回桌。大眼儿说：咋样，不让你们去还偏要去，讪一脸大紫疱了吧。

大头鞋说：你俩小心点啊，让金昌知道你俩在背后说他坏话，他非收拾你们不可。

大分头说：喝酒唠屁磕呗。

老翟头进雅间。老李笑着说：老哥，那帮小子又逗你了？

老翟头说：他们气我呢。

老李说：这几个小子就是爱开玩笑，撩闲。

老翟头说：我还有闲心跟他们开玩笑，这闹心事一个跟一个的。

老李说：来，咱老哥俩喝两杯，喝点小酒儿，解乏解闷解心宽。

老翟头心事重重耷拉着脑袋，说：我真没心思喝。

老李说：别的，老哥，啥事也不至于头不抬眼不睁的。

老翟头说：哎呀，杨成林回来了，说天津的事彻底黄了。

老李说：黄就黄呗，没他老朱咱还不卖榛子了。

老翟头说：那么大的一个客户，不做确实可惜了。

老李笑着说：那我跟你说个事，保准你就不在意他老朱了，回头咱俩就好好喝酒。老李给老翟头倒上酒……

老翟头赶紧问：怎么，是河南那头有信儿了？

老李说：哎，让你说对了，小豫刚给我来电话，想知道啥情况不？

老翟头着急：快说呀你，那可是个大家伙。

老李说：别着急呀，我跟你说啊……

老翟头打断老李：你先别说，我问你，你跟小豫说没，让他来榛子节？

老李慢悠悠地说：我慢慢给你讲啊……

老翟头急得不得了：哎呀，你还卖啥关子。他抓起酒杯：来，喝酒！

老李：哈哈哈……

·十四·

成林拎两大编织袋进院，进院就喊：娘，我回来了。

梅子出屋，高兴地说：成林回来了。娘去小市场了。

成林说：啊，我老婆在家呢，你没去接来娣呀？

梅子说：我刚把饭焖上，这就去接她。哎呀，拎这么大包，我来拿吧。梅子接过包和成林进屋，说：这都买啥了，整这么大包？

成林打开大兜子说：我一样样拿出来给你看啊……这是给娘买的……

梅子说：你给娘买这么多吃的？

成林说：还有你跟孩子们的……老婆，这是给你买的衣服，你看漂亮不？

梅子说：……这也太花花了，我能穿出去吗？

成林说：咋不能呢，人家北京和天津都时兴这服装，我还给娘买一件呢。老婆，饭店的活累不累？

梅子说：不累。九妹婶子可照顾我了，大活不让我干，我就洗洗碗、摘个菜啥的，今儿个她知道你回来，下午没让我去干活。

成林说：啊。老婆，让我看看……嗯，还行，没瘦。想我没？

梅子一阵脸红，说：我接孩子去了。说着往外走。

成林笑了：还不好意思了，老婆，我想你了。

小市场上人来人往，各种吆喝声不断。柳枝娘和杨柳枝买了不少东西。柳枝娘说：柳枝，东西都买得差不多了，估计你哥都到家了，咱俩该往回走了。杨柳枝说：娘，肉还没买呢。柳枝娘说：啊，看我这脑子，是不好使唤了。

娘儿俩走到卖肉摊位前。肉摊老板说：柳枝娘来了，今天买点啥肉啊，要炒菜、包馅子、还是炖着吃的？

柳枝娘说：红烧。有牛肋扇吗？

肉摊老板说：有啊，要多少？

柳枝娘说：嗯，称五斤吧。

肉摊老板说：好嘞，五斤牛肋扇儿……

杨柳枝说：娘，别买那么多，吃不了都浪费了。

柳枝娘说：你哥在外头辛苦，让他多吃点。柳枝娘掏出钱包，发现钱不够了，说：哎呀闺女，娘的钱不够了，你兜里带着没？

杨柳枝说：我没带啊。

柳枝娘说：那咋整？

杨柳枝说：算了，别买了，有这么老多菜呢。

柳枝娘说：我再翻翻，看能凑够不。

肉摊老板说：柳枝娘你别翻了，钱不够也耽误不了你吃肉，我给你称好了，下次过来再算吧。

柳枝娘说：那哪行啊。

万大炮开出租车路过。他打开车窗，说：老姐姐，这是跟闺女买肉哪？

柳枝娘扫了一眼万大炮，说：不买了，走了。

万大炮说：咋不买了呢，看我来了，就不想吃肉了？

柳枝娘说：钱没带够，就不吃了呗。

万大炮说：别的呀，我有哇，我给你拿。

柳枝娘说：我可不跟你借钱。

万大炮下车，拿出两张大票，说：哎呀，我说老姐姐呀，咱就别外道了，我先拿两百给你，够不够，不够我这还有？

杨柳枝说：我万叔可真有钱，兜里还有一摞子呢，哈？

万大炮说：那是，钱跟我可好了，它说了，花完了它还来找我。

肉摊老板说：万叔说话有意思。

万大炮说：真格的，钱跟我亲。

柳枝娘犹豫了一下，接过钱说：那就谢谢你了，等我让成林给你送去啊。

万大炮说：送啥呀，有空我去你家取就完了呗。

柳枝娘一听，像碰见鬼了似的，说：你可拉倒吧，你老往九妹子那出溜，完事再往我家跑？这钱我不借了，给你吧，走了。

万大炮把钱推回去，说：别的，这钱就算我白给你了，我万大炮要到你家要钱去，我就是王八犊子。

肉摊老板说：万叔不是犯贱吗，你给人家钱，回头还把自己骂一顿。

万大炮说：那咋整啊，谁让她是老姐姐呢。

柳枝娘哈哈笑了起来，说：哎呀我的妈呀，你个万大耍呀，是真能耍；行了，这钱我就先拿着了，明儿个我还是让成林给你送去。

万大炮说：啥也别说了，老姐姐，赶紧回家吃肉吧。

沈北火车站。金昌下车，他找到补票处，对窗口里的人说：请问，我想补张票，是在这办吧？

补票员是位小伙子，他说：坐哪趟车来的？

金昌说：从佳木斯方向来的。

补票员说：那就从始发站补到沈北。

金昌说：啊？同志，我是说我是坐那趟车来的，但不是从那上的，我上车那站是锦山站，我只坐了一站地，而且我不是坐车的呀？

补票员瞅瞅金昌，说：你不是坐车的，是坐火箭的呀？

金昌说：……咱别这么唠嗑行不？

补票员说：我没时间跟你唠嗑，没票就赶紧补票。

金昌好言相求：同志，同志，你别急，我知道你很辛苦，整天接待那么多人不容易，我跟你说，我是送我同学的。

补票员说：你同学有票吗？

金昌说：有。

补票员说：拿来我看一下。

金昌说：可她没来。

补票员生气了：你怎么回事，你是补票还是捣乱？人来人往的这么多人，我哪有时间跟你开玩笑。

金昌说：我没跟你开玩笑哇，我说的是真话。

补票员说：莫名其妙。

金昌说：你奇妙啥？

补票员说：……补票吧，没人跟你怄气。

金昌说：我也没招惹你，你跟我怄啥气呀？

补票员喊道：没票补票，少废话！

金昌说：我没跟你废话呀，你这个人咋这态度呢？

补票员说：你想要啥态度呀？你没有车票我让你补票，你说你不是坐车的、是你同学坐车，完事又说你同学还没来，你不是捣乱是干啥？

金昌解释说：同志，同志，我跟你说，我真不是坐车的，真是我同学坐车，可她真没坐上车，是车把我给拉这儿来的。

补票员恼了，说：我说你魔怔啊，想气死谁咋的？

金昌觉得自己很委屈，说：我没想气你啊，我不是向你解释、说明情况吗，你这人咋这样呢？

补票员说：我咋样了，你还想要我咋样？我告诉你，我忍你半天了！

金昌也恼了，说：忍半天了你也没解决问题呀？又说我捣乱、又说我怄气、还说我魔怔，你还忍我半天了，我都忍无可忍了！

值班主任听见吵架声，跑过来说：你们俩吵吵啥呀，发生什么事了？

补票员说：主任，这小子我整不明白了，你跟他说吧。

值班主任说：啥整不明白了？他看着金昌说：这位乘客，你说。

金昌说：补票。

值班主任说：补票就补呗，这就是补票处啊？

金昌说：他不给补。

补票员赶紧说：我没说不给补啊。

值班主任看了看金昌，说：这位同志，你跟我来吧。

金昌说：跟你去哪？

值班主任说：到值班室。值班主任带金昌进值班室，说：从哪来的呀？

金昌说：锦山。

值班主任说：你怎么没买票？

金昌说：买了。

值班主任说：啥票？

金昌说：站台票。

值班主任说：你坐车，怎么买站台票呢？

金昌说：我是送站，不得买站台票吗？

值班主任说：请你把票拿给我看看。金昌掏出站台票递给值班主任。主任一看票，说：啊，站台票，你这属于逃票哇？

金昌着急说：逃……我都买票了，怎么是逃票呢？

值班主任耐心地说：你买的是站台票，是接送旅客时进入火车站的凭证，是不能凭它乘车的；你持站台票坐车，属于逃票行为，这是铁路治安管理条例规定的。

金昌不敢硬气了，说：值班主任同志，是这么回事……

值班主任说：我先跟你说，使用站台票坐车就是违规，而且你这张票还没有检，更是错上加错了，你自己说该怎么办吧？

金昌说：主任，主任，你听我说，锦山站上车的人太多，闸口一开，那人呼啦一下子就都拥上去了，我没检票是被挤进去的，我上车也是被挤上去的，我是送我同学的。

值班主任说：你同学呢？

金昌说：她没来。

值班主任说：你给我也整蒙了。咱这么着，你先坐下，把情况说清楚。

金昌还是着急，他说：我都说完了你还让我说啥？你还是赶紧给我补个票，补完我还得赶回村呢，兴远镇离这还大老远的哪。

值班主任说：哦，你是打农村过来的？

金昌说：我就是农村人，祖上三代都是农民，三代往上也都是，地地道道的农村人。

值班主任被说乐了，他打量着金昌，说：哎，我问你，你穿的这身衣服，怎么看着有点别扭呢？

金昌说：我穿的是我爹的演出服，你当然觉得那个了。

值班主任好奇了，说：演出服，你是演员？

金昌说：有希望，我有可能成为我们村新秧歌队的队员。

值班主任说：我说怎么怪怪的，穿个农村老汉服，手里还拎个坤包，这都是演戏用的哈？

金昌说：啊……这个包就是我那个同学的，没上来车的那个同学。

值班主任问：你是哪个秧歌队的？

金昌说：兴远镇的红石峪你知道吧？

值班主任说：红石峪？

金昌说：就是盛产平榛的辽北锦山市兴远镇。我们那不但平榛产得好，秧歌扭得也好，哈哈……金昌不知天高地厚地笑起来。

值班主任也笑了，说：你会扭秧歌？

金昌说：我给你比量比量，扭个给你看看？

值班主任：那好哇。

金昌张口就唱："东北的冬天，是嘎嘎的冷，东北的姑娘，有火辣辣的情……"

值班主任哈哈大笑，说：不错不错，除了有点跑调，还是挺煽情的。

金昌得到了理解。值班主任了解了情况以后，送金昌出车站，他说：金昌，回红石峪就赶紧把秧歌练好了，等再来我们这，就给我们好好扭扭、唱唱。

金昌说：好啊。郑主任，谢谢你啊，有机会我们再见。

值班主任说：好，等你们举办榛子节的时候，我去你们那买榛子。

金昌握着郑主任的手说：兴远镇榛子节欢迎郑主任光临。

金昌走在站前广场上。来来往往的人们都用诧异的眼光看着他，他并不在意，心想，现在最重要的是赶紧给娘打个电话。他终于找到个公共电话亭，拨通电话，说：娘……可别提了，你儿子走麦城了。

金婶说：啥，你咋去麦城了，麦城在哪呀，离这大老远的吧？

金昌说：啊，一下子说不清，我就告诉你一声我没事儿，你放心吧，等回家再跟娘说啊。娘，我跟徐文静走散了，你知道了吧？

金婶说：哎呀，家里人都急死了，徐文静都打好几次电话来了。

金昌说：她现在在哪？

金婶说：姜兰送她坐大客回沈北的。

金昌说：她还说啥了？

金婶说：说你要到家了就给她打电话，她的包还在你那。

金昌说：我知道了。小玲到家里去没？

金婶说：没过来。你翟叔往家来电话了，等你回来再说吧。

金昌说：好好。

金婶说：儿子，那么老远你怎么回来呀，我让福来开车去接你吧？

金昌说：不用了，娘，我打车回去。

金婶说：你身上又没带钱，谁能拉你呀？

金昌说：这事娘就放心吧，我撂电话了。

金昌撂下电话，见路边停一辆出租车，他走过去，问：师傅，走吗？

司机说：啊。去哪？

金昌说：师傅，上车之前，我得先跟你说……

司机有点警惕地说：你，想说啥？

金昌笑着说：你不用紧张。我跟你说，我身上没带钱，到地方我付给你车费，你看行不？

司机看着金昌，觉着挺有意思，但没吱声。

金昌见司机不说话，他说：痛快点，给句话。

司机说：没带钱，没钱你出门干啥呀？

金昌说：你拉不拉吧，不拉我再找别人。

司机点点头说：呵，挺诚实，自己没带钱就敢打车，实话实说，行。不过咱得把丑话说前头，我送你到地儿，总得给我个油钱吧？

金昌说：那是，照单全付，一分不少。

司机说：嗯，有点意思。你要去哪？

金昌说：岭北，红石峪。

司机惊住了：……你去红石峪？

金昌说：不认识呀？

司机说：哎呀喔，我说咋说话底气那足呢，原来是红石峪的小伙。

金昌疑惑：你，几个意思这是？

司机说：这世界咋这么小呢，我刚送个客人过来，我就是兴远镇的。

金昌一听，说：嗬，出门遇老乡了，那就啥也别说了，走吧。

司机说：那还说啥了，快上车吧。

车子启动车。金昌说：哎，哥们，我求你点事。

司机说：啥事，说。

金昌说：我出门走得急，手机也没带，兜里就剩一钢镚，刚才还给我娘打电话用了，你电话借我用一下行吗？

司机说：那有啥不行的，用吧。司机递过手机。金昌拨通电话，说：喂，徐文静啊。

徐文静开车在路上。她接到电话，满腹牢骚：哎呀金昌啊，怎么回事啊你？你在哪呢？你怎么搞的呀，咋把我扔站台上就不管我了呢？

金昌说：先别说那么多了，你现在走哪了？

徐文静说：我还走哪了，姜兰送我坐长客走的，我都在沈北了。

金昌说：不好意思啊。你包还在我手里呢，我怎么送给你啊？

徐文静说：我把地址给你，你发快递过来吧。

金昌说：你不回公司吗？我打车给你送过去？

徐文静说：你傻呀你，锦山到沈北挺老远的路，用得着特意打车过来吗。

金昌说：我现在就在沈北，我把包送给你，我再回家。

徐文静说：你怎么搞的呀，你真让火车拉跑了？

金昌说：啥也别说了，全是眼泪。文静，这包我给送哪好哇？

徐文静说：我公司现在没人，浩子他们都在现场作业呢，我这就赶到甲方开会去了。

金昌说：那咋办？

徐文静说：要不……你今天别回去了，我给你安排个酒店住下，等我开完这个会，去找你吧。

金昌说：那这样吧，我已经坐上出租车往回走了，我也得赶紧回去，那边还一堆事呢，我回去给你发快递吧。

徐文静也只好同意：那好吧。哎，我那包里有钱，你可以付车费。

金昌故意说：真的？

徐文静说：冒傻气，你不会打开看看。

金昌笑着关了电话。

金婶知道儿子没事，放心了。她对金有良说：老头子，儿子有信儿了，我赶紧告诉小玲一声去啊。

金有良说：多余。有啥事等儿子回来再说呗。

金婶说：别的，我还是去一趟好。

金有良说：哎呀，啥事你就是沉不住气。

金婶边往外走边说：我这不都为了咱儿子嘛。

翟玲在屋里听音乐，比画着动作，见金婶来了，忙问：婶子，金昌还没回来吧？

金婶说：还没到呢，已经往回走了。

翟玲说：他，从哪往回走的啊？

金婶说：沈北，火车站。

翟玲说：沈北？他去省城了？翟玲一下子就把省城跟徐文静挂上钩了。

金婶说：是让火车拉去的。小玲，你看，我把金昌手机拿来了，这是他赶着走、确实忘带了；婶子没别的意思，就是想跟你说说，你千万别误会金昌啊。

翟玲面无表情地说：我还以为啥事呢，他不爱带就不带呗，也不是说谁出门都非得带着它。

金婶好声好气地说：你没明白婶儿说话的意思，小玲，平日里金昌啥事都听你的，就是头晌他走得太急，没来得及告诉你，等会儿他回来了，我说他啊；刚才我听你打电话找不到他，着急够呛。

翟玲不冷不热地说：我不着急呀，他爱送谁就送谁呗。

金婶说：哪是他爱送的啊，是我接的电话，现到村委会找的金昌，他怕徐文静赶不上火车，着急忙慌就走了，连报名穿的演出服都没换下来呢。

翟玲嘟囔着说：真是的，我有事的时候，也没见他这么急过。

金婶压着气儿强作笑颜：你看看，我本来是想跟你把事情说开了，你还是想不开……那什么，婶子家里还有事，我走了。有工夫到家里去啊。

翟玲是真误会金昌了，她送走金婶，扭头跑回屋，趴床上委屈地哭了起来……

· 十五 ·

镇政府。姜兰在向张镇长汇报工作。张镇长说：姜兰，市林业局这次开会，有什么新精神要传达吧？

姜兰说：主要有三项内容，一是依法保护管理好榛林地，以及森林和野生动植物资源；二是依法保护好湿地资源，以及生态公益林的保护和管理；第三项是要做好森林防火，以及森林病虫害的防治。

张镇长说：好好，明天就组织各个合作社一把手和相关技术人员，到镇里来开会，大家坐下来，一起学习讨论一下。又说：姜兰，还有个事啊，眼瞅到夏闲了，各个村都开始组织秧歌队的活动了，这事你有啥想法啊？

姜兰说：我是红石峪的人，我可以参加红石峪秧歌队的活动。

张镇长说：可以呀，你有那个才气。我还有另一层想法，红石峪的秧歌队，是咱镇里最好的秧歌队，每年都还要代表镇上搞一些活动，如果今年再有啥活动，你就可以代表镇上做一些组织工作，这样的话，就不用另派人了。

姜兰说：行，只要是镇上的任务，我保证完成好。

张镇长说：那你就多操点心了。

杨成林回来了，柳枝娘家很热闹。成林和大壮、小壮坐在炕上。梅子往炕桌上摆菜，她说：成林，先别唠了，赶紧倒上酒吃饭吧。

成林拿起酒瓶子，说：大壮，咱哥几个可有些日子没在一块喝酒了啊，今儿个咱哥仨好好整几盅。

马大壮话中带刺地说：成林，有人最近不喝酒了，人家够呛能陪你喝。

成林马上瞅马小壮，说：什么情况？小壮，你为啥不喝酒了呢？

马大壮拖着腔说：杨柳枝不让他喝了，他就不敢端杯了呗。

成林问：是吗小壮？

马小壮说：柳枝说的不算，喝酒就是随心情，想喝就挡不住。

成林说：大壮可是实惠人，喝酒从来不装假。

马大壮说：这回不行喽，小壮已经不跟我喝了，我自己喝也没啥意思了。

成林说：小壮，你哥没别的爱好，没事就是爱整点，你当弟弟的，这点事应该满足他。

马小壮胡诌八扯道：你是不知道，那什么，最近不知咋的，一喝酒就睡不着觉，所以就不喝了呗。

成林说：别扯了，喝点小酒睡觉才香呢，倒上……

金婶带着气回到家，她对金有良说：小玲那孩子咋这么不懂事呢，我去她那坐了会儿，她连碗水都没给我倒不说，还酸得溜地跟我掉脸子，以前她也不这样啊？

金有良说：我说不让你去你偏去，你自己找气生怪谁。

金婶说：我就是不愿让她误会我儿子呗，寻思过去解释解释。

金有良说：这事谁都不用解释，我儿子啥样，他们谁不了解啊。

金婶说：那他爷儿俩还作啥妖哇？

金有良说：那你还想咋的？

金婶说：这事没完。说着，她抓起了电话……

九妹子在饭店听电话：啊，我知道了。老嫂子，你别着急啊，这事肯定有啥误会，金昌是好孩子，没说的。九妹子撂下电话，见老翟头一个人坐在那，走了过去，说：老翟大哥，老李喝完回家了？

老翟头说：还没喝透回家干啥，他上洗手间了。

九妹子说：啊，当他面我没法说你，金昌送站的事，你跟老李说啥了？

老翟头说：金昌回来了？

九妹子说：正往回走呢。徐文静喝点酒睡过头、赶不上火车了，才叫金昌送的，这事你就别多想了。

老翟头说：哼，我撒谎的时候还没他呢。这事你就别管了。

九妹子说：你咋这样呢，自己姑爷是啥样人，你不知道哇？

老翟头说：啊，徐文静睡过点儿了，该着金昌送吗？她咋不找别人送呢？再说了，你们家送人、一直送到不见人影，有这么送的吗？

九妹子说：你这态度不对啊，金昌就像自己家孩子一样，到现在还没

回来，你咋不惦记惦记他呢？

老翟头说：他跑外头疯去了，我还惦记他？惯他一脑袋包吧。

九妹子说：越说越过分了啊。你应该给老嫂子打个电话，问问金昌的情况，关心关心才对。

老翟头说：我都打完了。等他回来的，非把这事整清楚不可。

九妹子不高兴了，说：就这点破事还没完了？

老翟头说：我就没完，看我怎么收拾他的。说完抓起酒杯，一扬脖干了。

九妹子起身就走：损样儿吧。

姜胖在院里吹笛子。姜兰娘挤着眉头说：小胖，别在院子里吹了，烦不烦哪。

姜胖说：又烦我。秧歌队要成立了，我不得练练啊。

姜兰娘说：你练就练，也不能在家院子里吱哇乱叫地吹呀。

姜胖说：我不在院子里吹，你叫我上哪吹啊？

姜兰娘说：村口那地儿人少，你上那吹去吧，谁也烦不着。

姜胖想了一下，进屋拿了个袋子往外走，说：那行吧，我找满堆一起去。

姜胖到了满堆家，他向院里望望，见麦穗在院子里收衣服，小声说：哎，麦穗，家里有人吗？

麦穗说：快进来呀，我不在这站着呢嘛。

姜胖进院，说：啊，我不是那意思，就是，你爹和你娘在家吗？

麦穗知道姜胖还有点不好意思，故意逗他：都在呢。

姜胖说：那，那我走了。

麦穗咯咯笑了，说：你走干啥呀，还怕他们咋的？人家早就知道咱俩的事了。

姜胖说：别瞎说，怎么会呢，咱俩不谁都没告诉嘛。

麦穗说：还谁都没告诉呢，你知不知道你自己，那俩小眼睛瞅我的时候，死盯着不带眨巴的，谁还看不出来。

姜胖说：那也是他们猜的。

麦穗说：还嘴硬，我晚上没事就跟你出去溜达，不是河边就是小树林，我娘要是不知道是咱俩在一起，她能放心让我出去？

姜胖寻思一下，发狠地说：好啊，准是满堆那小子告的密，等着的，看我怎么收拾他。

麦穗说：胆儿肥了你哈，他是我哥。

姜胖说：那我不管。哎对了，你哥在家没?

麦穗说：我哥给爹打酒去了。

姜胖说：啊，太好了。说着，往麦穗跟前靠了靠，亲热地说：你看我给你买啥了。

麦穗说：啊？小胖，你又给我买东西了?

姜胖说：那是啊，你快看看，这随身听怎么样?

麦穗看着崭新的随身听，说：哎呀你个小胖胖啊，真有你的，这么珍贵的东西，你也舍得给我?

姜胖说：给你用，比我自己用还高兴呢，快拿着。

麦穗接过来，稀罕着说：真好，这回我没事就听听歌，能解闷还不累。

姜胖说：是啊，这里储存了两千多首歌曲呢，还有好多相声、小品、二人转，管够你怎么听。

麦穗高兴说：小胖，等我下次进城的，我也给你买礼物啊。

姜胖憨笑说：咱俩谁跟谁呀，你不用那样式儿的。我告诉你这几个按钮都怎么用啊……姜胖很殷勤地挨着麦穗，很近很近……他已经能感受到她呼吸的温热、身体的温暖，他的心里有些异动……

满堆不知什么时候进了院，突然说：干啥哪你俩?

姜胖被吓了一跳，不满地喝道：满堆，你怎么像个鬼似的!

麦穗有点尴尬：哥……给爹买酒了。

满堆说：啊。你俩搁那鼓捣啥呢?

姜胖说：鼓捣啥该你啥事!

麦穗马上说：哥你看，小胖送我的随身听。

满堆看了看，说：行啊小胖，出手挺大方啊。

姜胖没好气地说：像你似的了，小心眼儿、尽小捅咕。

满堆知道自己说不过姜胖，就说：行，你大方，你接着大方吧啊。说完往屋里走。姜胖赶紧拽住他，说：哎你等等。

满堆说：我等啥呀，等着给你俩当灯泡?

姜胖说：熊样儿吧你，给你通上高压电，你这个灯泡也不带亮的。

麦穗咯咯一笑，跑回屋了。满堆赶紧对姜胖说：你不是来找麦穗吗?

姜胖说：没看我拿笛子来的吗。你赶紧拿上口琴，咱俩到村口吹一会儿去。

满堆说：就你那谁听谁烦的臭笛子，还吹个什么劲儿呢。

姜胖说：你去不去，不去我自己去!

满堆说：嘁，你少来将我。等我吧。

出租车司机边开车边与金昌唠嗑。他说：哎哥们，刚才你打电话，对方管你叫金昌，你就是红石峪的那个金昌吗？

金昌说：是啊，我就叫金昌，红石峪的。

司机说：可你也不像金昌啊。

金昌说：你也不认识我，怎么能说我不像呢？

司机说：红石峪的小伙儿都有钱，出门派头足，头上不抹二两头油、小皮鞋不擦锃亮不叫帅，哪像你呀……看你这穷酸相，咋能是金昌呢？

金昌说：啊，这衣服是有点别扭，我还是先脱下来吧……

司机说：你真是金昌？

金昌说：咱兴远镇还没有第二个叫金昌的吧？我叫金昌、我爹叫金有良、我爷爷叫金满堂，我……

司机说：得，得，打住打住，别报家谱了，我认识你了。

金昌憋不住笑了。司机又说：金昌，咱镇里的人都知道你和姜兰的大名，可我见过姜兰，一直没见过你，这回我可见着真人了。

金昌说：我就是个普通人，有啥可见不见的。

司机说：哎呀，你俩可是咱兴远镇的大名人。就你们搞的那什么"科学养榛"的事，俺们都知道，你们把榛子园整得都是什么茶园式管理了，这事我们也知道；二十几个合作社联合起来共同经营、打造"宝仁榛子"品牌，差不多快让全国都知道了。

金昌说：咱就是农民的儿子，能为乡亲们做点啥都是应该的。

司机说：话是那么说，可不是谁都能做到的。金昌，我既然见着你了，就想问问你啊，你大学毕业了，咋不留城里呢，城里各方面条件多好哇？

金昌说：哪好也没家乡好哇。

司机说：就这么简单？

金昌说：就这么简单。

司机说：我看不简单。金昌，能认识你真的高兴，我这人就是实惠人，你能坐我车，我就感觉挺荣幸的了；从现在开始，咱就当哥们儿处，今天的车钱免单了。

金昌说：那哪行呢，你开车是做生意，我坐车不给钱能行吗？

司机说：咱都是实在人，没说的。

金昌说：哎，你都跟我论哥们儿了，我还不知道你尊姓大名呢。

司机说：我姓车，你叫我小车就行。

金昌说：嗯，车师傅。

车师傅说：金昌，你经常赶大集去吗？

金昌说：你咋问这话呢？

车师傅说：那大集上有个卖风车的老人，就是我爷爷。

金昌惊讶：风车老人是你爷爷？

车师傅说：是啊。

金昌说：哎呀，我小时候还玩过你爷爷做的风车呢，那风车做得，各式各样的，小孩们可喜欢了。

车师傅说：其实，我爷爷做风车不是为了卖钱。

金昌愣了一下，说：那他是……

车师傅说：他就是在那等着机会看秧歌。金昌，我爷爷还听过你爷爷和你爹唱过的二人转呢。

金昌说：那你爷爷是老戏迷了。

车师傅说：可不。你爹和九妹子唱《包公赔情》那会儿，整个小戏台人山人海的，我专门把车开去，让爷爷坐车里看。

金昌说：嗬，你把出租车当包厢了。

车师傅说：爷爷就是喜欢这口儿，看到节骨眼儿上，还眯缝着眼睛、摇头晃脑地跟着哼哼呢。

金昌说：镇上要举办秧歌会了，你爷爷还能去看吧？

车师傅说：他老人家肯定去。

金菊惦记着的弟弟，她打发福来到娘家问情况。金婶对福来说：这么晚了还跑一趟干啥，有事打个电话就行了呗。

福来说：还是过来看看好。福来见一帘饺子放在那，又说：娘，你包的这饺子，怎么还没跟爹吃呀？

金婶说：你爹不张罗吃，说要等金昌回来一块吃。

福来说：还不知道他啥时候能到呢，都包好了，你跟爹就先吃吧，别等他了。

金婶说：都等一天了，还差这会儿工夫了。你先进屋吧。

福来进屋里，见爹的脸色不对，他说：爹，我给您倒杯茶喝吧。

金有良说：别倒了，我不想喝。

福来说：我爹惦记儿子上火了，就更应该喝点茶水了，我给爹倒上啊。

福来给金有良倒上茶水，说：爹，咱家金昌是不有点太实惠了，送人送到省城了？

金有良说：不长心，我看他回来怎么跟老翟头解释。

福来说：翟叔到家来找金昌了？

金有良说：那倒没有，小玲找不着金昌着急，他爹就跟着瞎起哄。

福来说：金昌带徐文静出去玩的事，我都听人叨咕了，翟叔还能听不见？

金有良说：你听谁说啥了？

福来不敢说实话，就说：听了……也记不清了，其实也没啥事。

金有良说：啥事？就是赶巧。

金婶说：等我见着老翟头的，非说说他不可，破手机那玩意儿，不拿就不拿呗，哪门子规定写着，出门必须要拿手机呀？

福来说：要不我爹咋说呢，“手机是好东西，又是祸事母子”。

金婶说：哎呀，儿子都走一天了，在外头连口水都喝不上，他爷儿俩还来神儿了。

柳枝娘家。杨成林和马大壮、马小壮哥几个见面，有说不完的话……

梅子觉得胃不舒服，跑到外面墙根儿吐起来。杨柳枝追出去，说：嫂子，你咋回事呀？

梅子说：我怎么直吐酸水呢？

杨柳枝说：……你不会是怀上了吧？

梅子说：不能吧，石榴发的计生药，我就漏服一两次，怎么可能。

杨柳枝说：嫂子，娘可是等着抱孙子呢，你真有了可是好事，那就要了啊。

梅子说：我知道给娘生俩孙女她不咋高兴，可国家允许生二胎，也没说可以随便生，就算我有了，我还真不能要。

柳枝娘见姑嫂俩在墙头根说话，走过来问：你俩说话怕人听咋的，跑这来说？梅子呀，这几天我看你脸色不大好，你哪不舒服了？

梅子打马虎眼说：可能是……有点感冒了。

柳枝娘说：感冒也不能脸是这色儿呀，不对劲？

梅子说：娘，就是感冒了。

柳枝娘坚持说：不像是感冒，你跟我说实话，你不能是有了吧？

梅子说：没有啊。

柳枝娘说：梅子，真有了，咱就留着啊，听着没？

梅子不敢反对，说：嗯。

马大壮心情不太好，喝了几杯就告辞了。马小壮和成林接着喝、接着唠……

成林说：小壮，我听娘说，柳枝又跟你吵架了，完事还把金昌挠了？

马小壮说：这事娘跟你说了？

成林说：那能不说嘛。

马小壮说：这事确实把金婶气够呛，有时间你说说你妹。

成林又问：最近柳枝跟你哥又过不去了？

马小壮说：这事你也知道了？

成林说：铁蛋替他爸打抱不平，跟娘说了，我还能不知道？

马小壮说：我都不爱说这些事情。成林，你说柳枝咋那样呢？见我哥面就大壮大壮的，也不叫哥，这不没礼数吗？其实我倒没啥，我哥就是哥，可我还有嫂子呢。

成林说：是啊，可柳枝为啥跟你哥不对付，她跟你叨咕过没？

马小壮说：都是不大点小事，不是说我哥给我嫂子买裘皮没给她带、就是说我哥买轿车是跟她显摆；头几天我哥给我嫂子买个新手机，她又不高兴了；你说人家过日子，该咱啥事？哥嫂日子过好了，咱高兴还来不及呢。

成林说：大壮的脾气闷点，说话再倔点，这话不投机，听起来就烦呗。

马小壮说：柳枝啥事不管不顾的，我不两头为难吗？就算我哥说话不中听，回家跟我说呗，这可好，就因为榛子入库那点事，她又跟我哥叽咯了；你看刚才她在饭桌上那样，她不尽意儿气我哥嘛。

成林说：啊，刚才柳枝眉飞色舞那样，是尽意儿气大壮啊？

马小壮说：你说她嘚瑟不。

成林说：小壮啊，我知道你是个大度的人，心眼儿好使，啥事不把你整迷糊，你不带说的；其实，我这个妹妹就是猴脾气，心眼儿还挺好使的，就是小时候让我娘惯的，老是长不大，啥事都直巴愣登的，你就将就她点吧。

马小壮说：那也别太任性了，啥事不考虑别人的感受怎么行？我说话都不怕你这个大舅哥不乐意，别人要送她点东西，你看把她乐的，可往出拿点东西，她老舍不得了；你说人情礼往的，舍得舍得，能舍才能得，这她都不懂。

成林很实在，他说：俺兄妹俩就是没爹、没靠山，穷怕了，再早那会儿，家里有一块苞米面大饼子，都是好东西。

马小壮说：现在不是再早了，兜里有钱就花点呗。我就说买轿车这事，人家金昌和村里那些哥们都在张罗、等年底一起买呢，那咱也买呗，咱又不差钱，可柳枝说啥不干，就盯上我哥家那台桑塔纳了，有啥事就开人家车出去，我哥就算不是抠门的人、不计较，可我嫂子会怎么想啊？

成林说：小壮啊，买车这事等我跟柳枝说说啊，可有些事要说起来，

也不算是什么大事。

马小壮说：不是大事我也上火。有时间你真得跟她唠唠，啥事别太过分了，我哥和嫂子不管啥事都护着俺们，柳枝干啥还跟人家急头掰脸地闹生分？

成林说：嗯，你说这话我能理解，回头我说她就是了。

马小壮说：让她好好过自己的日子吧。

成林说：好在你们有个好嫂子，石榴大事小事的都让着柳枝，这要是赶上俩人谁都不让着谁，老马家可就热闹了。

马小壮说：可不。

成林说：来，咱俩把这点酒干了，我得跟娘唠会儿嗑。

马小壮马上说：刚才这些话，你别跟娘说啊。

成林笑着说：咱哥俩哪说哪了。

姜胖和满堆在村口路边大树下，二人合练笛子曲《扬鞭催马运粮忙》。练完一遍，姜胖说：满堆，我笛子吹得咋样，不跑调了吧？满堆说：跑。姜胖说：还跑吗，我觉得音准挺好的呀？

满堆说：那是你耳朵不好使。

姜胖说：你老打击我情绪。

满堆说：没情绪就别吹了。哎，那里边有蛐蛐儿叫，咱俩逮几只蛐蛐儿玩玩？

姜胖说：好啊，要能逮几只“大钢声”，那老厉害了。

满堆说：就是的，小市场有人卖蛐蛐儿，最好的“大钢声”能卖好几百块呢。

姜胖说：抓着就是斗斗玩呗，你还掉钱眼儿里了。

满堆说：我是说行情。

俩人钻树棵子里了……

车师傅在开车，手机响了，他看是生号，说：金昌，电话是找你的吧？

金昌看一眼，说：啊，是姜兰的，我接一下……喂，姜兰……我快到镇政府了。

姜兰说：都快到家了，还去镇政府干什么？

金昌说：我的摩托在政府院里呢。你有事找我……好，我到家就去找你。

金昌撂下电话。车师傅说：姜兰跟你不错呀，出门办事，她还挺惦记你？

金昌说：俺们一个村的，从小在一块儿长大，上大学又在一起、都是搞一个专业，没说的。

车到了镇政府大院门口。金昌说：车师傅，我在这下了，你就不用进院了。

车师傅说：你把摩托放后备箱，我送你到家吧。

金昌说：你别绕来绕去的了，天不早了，你也该回家了。

车师傅说：那好吧，再见了金昌。

金昌说：哎，再见。谢谢车师傅了，咱后会有期。

老李和老翟头还在喝酒。老李觉得酒喝得差不多了，干了杯中酒就要撤。老翟头不同意，说：不行，还没喝过瘾呢，再来两壶小烧。

老李拗不过老翟头，说：那就再来一壶吧，喝多就醉了。

老翟头能胜儿：不能啊，一人再来两壶都没问题。麦穗呀，再拿两壶小烧。

麦穗拿两壶酒过来，说：叔，酒喝多了伤身子，别喝那么多了。

老翟头拉着脸子说：把酒放下，这没你事了。

麦穗不高兴地回到吧台，九妹子问她咋回事？麦穗说：翟叔还要两壶酒，我劝他别喝了，他不高兴了。

九妹子也在生老翟头的气，她说：让他喝吧，喝废了拉倒。

老李知道老翟头心情不好，劝说：老翟，咱俩就这点酒了啊，喝完赶紧回家睡觉。

老翟头有心思地说：今天我可睡不着。我就是想不明白了，你说金昌的女同学老来找他干啥吧？她老来老来的，别把金昌给拐搭走了。

老李说：说这话不对啊，金昌怎么能是那种人呢？再说了，金昌大学毕业，能回乡务农就很了不起了，可从根本上来讲，没有你闺女在村里，人家金昌还真不见起回来呢。

老翟头说：现在他心野了，还要报名去扭秧歌呢；他变了，以前他可不是啥事都爱张扬的人。

老李说：金昌跟那帮小青年比，就很不错了，你别忘了，他可是活蹦乱跳的小伙子，就因为一个女同学来看他，你就不让了？那要是来个男同学呢，你还能这样吗？谁没几个女同学吧，我还有呢，有时候她们到苍鹭岛去玩，玩得太晚了，还在我家住呢，要像你这么讲话，你弟妹还不得跟我干起来。

老翟头说：我就不愿意有别的女人找他。

老李说：你这又不讲理了，金昌真要像你想的那样，人家早就留城里找工作、找对象了，早把你闺女给甩了。

老翟头说：我也是怕我闺女为这事儿上火。

老李说：啊，你光想你闺女，就不想想人家金昌了？

饭店没有别的客人了。九妹子跟麦穗说：看这架势，你翟叔他俩一时半会儿走不了，咱俩走吧，我让大军搁这等着锁门。麦穗跟九妹子走了。

老李对老翟头说：老翟大哥，饭店都打烊了，好像都没人了，酒喝得也差不多了，咱走吧？

老翟头往大厅看了看，说：九妹子也走了？又说：今天这酒没喝好，哪天再过来喝啊。

老李说：没说的。

俩人出了饭店。一出门，小风一吹，老翟头脑袋嗡一下、一阵发紧……他看门口停一辆出租车，说：哎，老李呀，我、车哪去了？这车，干啥来了？

老李笑着说：你的车已经送园区了，你怎么忘了？这是我外甥的出租车，来接我的。

老翟头回过神来，说：看我这记性。

贯六从出租车下来，说：翟叔，你好！

老翟头说：啊，你是贯、六，接你大舅来了？

贯六说：是。

老李说：老翟，你今晚可没少喝啊，走吧，咱俩上车，先把你送回家。

老翟头说：我可不跟你走，我透透风，自己，走走。

老李说：走吧，你常送我回家，这回我咋的也得送送你啊。

老翟头说：你咋还、磨叽上了呢？你送我，回头我再、送你，咱俩来回送，一宿也、送不完。我溜达溜达就、到家了，你先、你先，走……

老李说：那行吧，我先走了，你加点小心啊。老李上车。

贯六启动车后，说：大舅，我看翟叔那样儿，喝大了吧？

老李说：他今天心情不好。

车走到村口，老李看见道边的姜胖和满堆，他降下窗户，说：小胖，你和满堆在那干啥呢？

姜胖看了看车，说：是李叔啊，嘘……你小点声，我跟满堆抓蛐蛐儿呢。

老李说：天黑了，你俩该早点回家了。

姜胖说：天黑才出来抓蛐蛐儿呢，外行。

老李说：这小子的，抓吧抓吧。车开走了。

姜胖听着草丛里有蛐蛐儿叫，压低声音说：哎，满堆，快过来，快拿手电往这照一下，蛐蛐儿指定在那块石头下面。

满堆说：来了……

老翟头晃晃荡荡来到村口。他坐在路边，掏出烟口袋卷烟，舌头有点僵硬地叨咕：我就在这，等，看你啥时、回来，小兔，崽子的……

老翟头的叨咕声，惊动了树棵子里的姜胖和满堆。满堆小声说：小胖，你快看。

姜胖问：什么情况？

满堆说：坐在路边大石头上那个人，是翟叔不？

姜胖看了看，说：是他。哎，翟叔坐那干啥？

满堆说：喝多了，走不动了吧？

姜胖说：不对，他嘟嘟囔囔的，好像在骂人？

满堆向四周看看，说：这会儿就咱俩在这，没别人呀，他骂谁呢？

就在这时，金昌骑摩托车过来……

老翟头看清了车，猛一下站起来，喊道：小兔、崽子的，你还知道，回来呀！他冲向了金昌……

金昌急忙刹车，惊诧地说：……翟叔，你怎么在这呀？

老翟头说：我，等你哪！

金昌感动地说：哎呀，我翟叔真行，这么晚了，还到村口来等我。

老翟头说：等你？你以为、你是谁，你说，这么晚了，你咋、才回来？

金昌说：可别提了，翟叔，我去送徐文静了，中间出了点差头。

老翟头说：出，差头？跟人家玩、一天了，能不出、差吗？

金昌苦笑着说：不是……

老翟头说：什么、不是。

金昌感觉到老翟头喝酒了，关切地说：翟叔，你喝酒了怎么还出来呀？

老翟头说：喝酒、咋的，我就不能、出来吗？你、害怕了，没法、交代了？

金昌见老翟头情绪不对劲，赶忙说：好好，我告诉你哪出差了啊，可咱爷儿俩别在这说话啊，咱回家说去行吧？说着，上前要搀扶老翟头……

老翟头使劲一扑拉，晃了个趔趄，说：回个屁、家，出差了，你还有脸、说……他就势一把薅住金昌的衣服，另一手就往金昌脸上比量……

金昌见小老头想跟自己比量，忍不住乐了，他抓住老翟头的胳膊，说：叔，就你这点小劲儿，还想动手？

老翟头想挣脱被抓的手：哎呀……哎呀哎呀……俩人拉扯起来……

树棵子里的满堆说：小胖，这是理事长夜袭总经理呀？

姜胖说：就翟叔那两下子，还跟金昌较劲，门儿没有。别吱声，瞅着。

满堆有点担心地说：哎，真比量上了，金昌吃亏咋办？

姜胖说：就那小老头，我都能给他整背服；只要金昌不吃亏，咱就看着。

老翟头见整不动金昌，回头瞅瞅摩托车，看见车把上挂个女人包，更来气了，他甩开金昌，抓起包，厉声说道：这是那个、女人的、包，啊？

金昌心想，完了，这下可解释不清了，他诚恳地说：这是徐文静的包，她走得急没拿走，我就给带回来了，就是这么回事。

老翟头急眼了：好哇，又是徐文静、徐文静，她把包都、送你了，你俩，啥关系？

金昌没辙了，就想赶紧把老翟头整回家，他说：翟叔，没啥关系。咱这样，咱爷儿俩回家坐炕头说去，怎么说都行，咱别在这纠缠好不？

老翟头不依不饶：纠缠？你在外面，纠缠、完了，还不让我、说话了？你个、小王八犊子！老翟头越说越来气，他猛地把摩托车推倒，使劲得踹，边踹边说：我叫你骑个、破车！叫你、双人骑，带大妞、去兜风！……老翟头把大分头他们的话都抖搂出来了。

金昌彻底明白翟叔为什么发这么大火了，他反倒不着急了，开始哄劝：哎呀，我叔那铁脚板练的，这可是传统武术“挫地脚”的功夫呀。

老翟头点呼着金昌说：快给我、说，徐文静、在哪？我要、见她！

金昌说：人家回省城了，你上哪去见啊？

老翟头不信：回、省城了，你还拎她、包，你到现在还，瞪俩眼儿、撒谎。

金昌很无奈：叔，你别着急啊，那我就从头给你讲……

老翟头根本就听不进什么了，说：你还讲、啥？你个小兔、崽子的，今天我不收拾你、个板正，我就不是你、爹！老翟头已经语无伦次了，他又狠狠地踹起摩托车：叫你嘚瑟，兜风……

金昌笑着说：叔，啊“爹”，那车是铁，脚是肉，你再整个好歹的，我就不是人了，咱别这样行不？

老翟头瞪着眼说：少扯、犊子，她到底、在哪？现在就、带我去、见她！

金昌笑着说：你都把我车踹坏了，我怎么带你去啊？

老翟头说：你要不去、找她，咱俩就去、见你爹！

金昌还是笑着说：叔，你是误会我了，徐文静她真走了、回省城了；咱别在这叽咯了，有话回家说去啊，在这让谁看见多不好。

老翟头唾沫星子乱喷：啊呸！知道、不好，你还、乱搞？今天我、不削你，就算、白活！老翟头冲向金昌，上去就是一拳……

金昌躲闪……翟头发疯似的，一会儿打金昌、一会儿踹摩托，一顿胡乱……

姜胖和满堆在树棵子里看热闹，姜胖使劲捂着嘴忍住笑，说：哎呀，原来老丈眼子是这么管姑爷啊，今天算是开了眼了，哈，翟叔这么着急想当爹呀。

满堆抱打不平说：金昌是替同学办事，哪能这么对他呀，咱俩去劝劝翟叔吧，我看他跟金昌动真格的了，金昌那摩托车算完了。

姜胖说：踹零碎了才好呢。

满堆说：你咋还幸灾乐祸呢？

姜胖说：翟叔有钱，踹坏了再给金昌买台新的呗。

满堆说：都啥时候了，你还说这话。快想想办法吧，咱俩总不能干瞅着？

姜胖说：人家老丈人管姑爷，你还沉不住气了。

金昌让老翟头整得没脾气了，竭力劝说着：叔，踹几脚就行了，岁数大了骨头脆，把腿踹瘸就完了。

老翟头说：你还想、让我瘸？你个小、崽子的，我……让你欺负、我闺女，我……老翟头抡双拳招呼起金昌……

金昌见势不好，抓起包撒丫子就跑……老翟头紧追：站住！你，别跑……小瘪、犊子……爷儿俩跑远了。满堆说：小胖，翟叔拐搭拐搭地，能追上金昌吗？他跑摔了可麻烦了。

姜胖说：翟叔虚张声势呢，喝那多酒，他跑不了多远。

满堆说：这摩托车咋办呀，不能扔这吧？

姜胖说：我看看。姜胖上前看了看，说：完了，这油箱都踹漏油了。姜胖想了想，又说：满堆，一会他俩指定回来找车，咱俩先把车拽树棵子里藏起来。

满堆说：藏起来干啥？

姜胖说：等他们走了再说，快点的。姜胖和满堆把摩托车拖到树丛里……

老翟头追不上金昌，没跑多远又回来了，见车没了，说：嗯……车呢，车、哪去了……让谁，偷走了？损贼，趴窝车、还偷，嗯……老翟头强压住要吐的反应，说：回家，睡觉。

老翟头走了。姜胖说：翟叔可算回家睡觉去了。

满堆说：小胖，那金昌还能回来不？

姜胖说：他肯定回来找车。一会儿等金昌走了，咱把车推翟叔家去。

满堆说：推翟叔家干啥呀？

姜胖说：等他明天酒醒了，让他知道知道，啥叫“过分”。

满堆点头说：喝多了就踹人家车，还打人，这事儿别让他忘了。满堆见有人过来，说：金昌回来了。

姜胖说：快猫起来……

金昌回到村口，他四处张望，纳闷：嗯，车哪去了……让小老头推家去了？不能吧……

·十六·

金昌来到老翟头家，见屋里黑着灯、院门敞着，他进院转了一圈，嘀咕着：摩托车没在这呀……他走近窗户往里听听，轻声说：嗯，睡上了就没事了。金昌轻轻掩上院门，站在院门口，还是纳闷：这车哪去了呢？这时，屋里传出隆隆的呼噜声。金昌不无心疼地说：小老头是折腾累了。

金昌回到家。他没敢把徐文静的包往屋里拿，放在了院子里。他进屋，见到家人，说：娘，爹，我回来了。姐夫也在这呢。

福来说：金昌，你可回来了，爹和娘都惦记着你呢。

金婶上下仔细打量了金昌，说：行了，回来就好。儿子指定饿了，我下饺子去。

金有良说：儿子，你咋回来的，怎么没听见你车的动静呢？

金昌说：可别提了。

金有良说：怎么了？

金昌撒了个谎：摩托车坏道上了。

金有良说：坏道上了？坏了也得推回家来呀，福来呀……

福来说：听着呢。

金昌赶紧说：爹，不用了，我送小市场修理去了。

金有良说：啊，送去修去了。人没事吧，伤着哪没？

金昌说：没有。爹，哪也没伤着，可能是车有点旧了，说啥也打不着火了。

金有良点点头，说：嗯，人平安就比啥都好，先喝口水吧，福来……

福来：哎，我知道，给小舅子倒水喝，水我都烧上了。

金有良又说：儿子，你这孩子是不傻呀，几年的大学白念了，念出个书呆子来？送人就送呗，上车送是为啥呀？

金昌说：我，一两句话也说不清，爹，有时间再跟你们说啊。

福来说：我放桌子，爹和娘都还没吃饭呢，我再给爹烫壶酒喝。

金有良说：不喝了，你娘下好了饺子，咱就吃饭。

金昌说：爹，你跟娘先吃吧，姜兰那还有点事，我得赶紧去一趟。

金有良说：还是先看看你翟叔去吧，他一天没见着你了，还惦记着你呢。

福来说：金昌，明天有时间，赶紧找小玲解释解释吧。

金昌说：小玲怎么了？

福来说：送徐文静就够可以的了，还没拿手机、一天都没回来，谁家姑娘遇到这事能不多想吧。

金昌没吱声。

金婶端饺子进屋，说：他们再有啥想法，儿子也得赶紧吃饭。儿子，哪也别去了，赶紧上炕。

金昌心里有事根本吃不下，他说：你们先吃吧。娘，成林说今天回来，他到家了吧？

金婶说：到家了，他还给拿不少东西来呢。

金有良说：金昌啊，镇上给你来电话了，通知你跟老翟头明天开会去，这事别忘了啊。

金昌说：知道了。爹，我去趟姜兰那，你先吃吧，别等我了。

金有良说：那你快去快回。别忘了去你翟叔那打个招呼。

福来说：爹，那我也回家了。

金有良说：你不搁这吃点呀？

福来说：不的了，我吃过晚饭了。

金昌和福来出门。俩人站在院门口，对瞅着……金昌说：你不回家，搁这瞅我干啥呀？

福来说：到底怎么回事，你摩托哪去了？

金昌说：……送小市场修理部了。

福来说：唬谁呀你，这么晚了，修理部早关门了。

金昌说：别问了，你走吧。

福来说：你撵我干啥呀？跟姐夫说实话，有什么事我可以帮你。

金昌说：帮啥呀，越帮越忙。

福来说：我不像你啊，整人不带眨么眼的，你是我小舅子。

金昌挤出个比哭还难看的笑脸，说：谢谢姐夫了！我现在都闹心死了，没心思跟你详细汇报了。

福来也能理解此时的金昌，再没说啥就走了。

金昌拿上包来到姜兰家。他把整天的遭遇简单跟姜兰说了一遍。

姜兰说：金昌，就你这“遭遇战”，我都不敢恭维你，车让翟叔给踹坏了不说，还落一身埋怨，这回你麻烦可大了。

金昌说：关键是摩托车找不到了，怎么跟我家里人交代呀。

姜兰说：你就不应该骑摩托回来，你要坐车师傅的车，就算老翟头在村口堵你，他总不至于上出租车打你吧。

金昌说：谁能想到他踹车呀，踹也就踹了，这又找不着了，真是邪了门了。

姜兰说：我看这事，你求我算了，没有我跟翟叔解释，你根本摆不平他。

金昌说：没事啊，那小老头就是借引子找茬儿，发泄发泄呗。我发现翟叔最近心情不怎么好，自己闺女要进城不说，工作上压力也挺大，没事跟我撒撒气，我理解他。

姜兰说：你呀，还不知道问题的严重性呢，这可不是撒气的事；就这包的事，翟叔不理解你，还是小事，要让小玲知道了，这事就大了，你还就得求我。

金昌说：求你多没名。等明天到镇里开完会，我往他跟前凑合凑合，带他找个小饭馆，给他来壶小烧，我就不信我整不明白他。至于小玲……再说吧。

姜兰说：行，走着瞧。

金昌说：哎，徐老板这包放你这了，明儿一早就赶紧发快递给她寄过去。

姜兰说：看见没，这不还是求我了嘛。姜兰抹搭他一眼，又说：金昌，小玲的事，我是说如果啊，如果小玲进城了你怎么办，这事你想过吗？

金昌说：有什么想的，大学毕业的时候，咱们不都说好志向了吗，“农村是个广阔的天地，在那里是可以大有作为的”，这没几年工夫，你就忘了？

姜兰说：当然没忘，可我觉得你也要现实一些，人要生活，就要面对现实；我还是说如果啊，如果徐文静那需要你的话，你不是可以两全其美吗？

金昌觉得姜兰是好心，是在为自己担忧，但接下来事情的发展还不知道怎么回事呢，他含糊地说了句：车到山前必有路。

金昌走了。姜兰回屋睡觉去了。

姜老慢不高兴地对姜兰娘说：我说老伴儿，你可真是的，闺女跟金昌说会儿话，你还搁那扒门缝儿听。

姜兰娘说：你知道啥，我这不是关心嘛，知道了吧，老翟头跟金昌发脾气了；你说老翟头咋这么对金昌呢，就算有点啥事，也不能把人家摩托车给踹了吧？

姜老慢说：酒喝多了，冲劲儿上来，就不管不顾了呗。

姜兰娘说：啥冲劲儿呀，金昌就去送个同学，至于他那样的嘛。

姜老慢说：我说，今天这事，你可别跟他金婶说去啊。

姜兰娘说：人家亲家之间的事，我说它干啥呀。

姜老慢说：这就对了。

姜兰娘面带神秘地又说：老头子，我看咱闺女跟金昌说话挺投缘的，刚才他俩还说，小玲要真进城了金昌怎么办？要那样的话，我看咱闺女跟金昌挺合适的，啊？

姜老慢狠狠地瞪着她说：快睡觉，别搁那瞎胡咧咧！

金昌回到家，吃了几个饺子，简单洗漱一下就躺下了。睡之前，他给翟玲发了个短信：小玲，可能你还在生我气吧，哥先说声对不起！明天我去镇上开会，等我回来再找你细唠。晚安。爱你的大哥哥。

翟玲看了短信后，嘟囔句：哼，有啥可细唠的，我才不生气呢，烦人的大哥哥。翟玲刚要关灯，小丽来电话了，她接电话说：小丽，这么晚了还来电话，我都要睡觉了？

小丽说：哎呀，家里那边睡这么早，我都不习惯了；这个时间，这边的夜生活才刚开始呢。

翟玲说：熊样儿吧你，还“夜生活”上了，到底是城里人了哈，你是有啥事吧，快说。

小丽说：就是有事呗。我给你寄过去一张光盘，是团里老艺术家录制的单出头《洪月娥做梦》，你好好看看啊。

翟玲说：太好了，小丽，你想得也太周到了！光盘啥时候到哇？

小丽说：这是团里送给你的，正好我给家寄东西，把它一块儿发家去了，明天就能到了，你上俺家去取吧。

翟玲说：好，够意思。

小丽说：行了，我也是刚演出完，该冲凉了。你照着光盘好好练吧。

翟玲说：放心吧。翟玲的心情一下子好了起来，脸上露出愉悦。

第二天。老翟头要开车去镇上，他发现房山头有台摩托车，走上前仔细瞅瞅，情不自禁叫了起来：我的妈呀，闹鬼了，金昌这摩托咋跑我这来了呢？他又仔细看看：天哪，油箱咋都成这瘪犊子样了？他使劲回想着昨晚发生的事，又说：这小子把它放我院里是啥意思呀……想讹我？想得美！账我还没跟你算完呢，小兔崽子的，等开完会再收拾你。

姜兰有个好习惯，每天早起，上班前都要做点家务活，算是替娘分担一点。今早要洗缸衣服，她去姜胖房间拿衣服，发现姜胖的衣服裤子蹭了好些油……她想了想，马上喊姜胖：小胖，我都吃完饭要上班去了，你咋还不起来。

姜胖没睁眼，说：别叫我，我还没睡醒呢。

姜兰说：你起来，我有事跟你说。

姜胖翻个身，不耐烦地说：哎呀，姐……

姜兰问：你这衣服，袖头子、裤腿脚蹭的全是油，跟姐说，你昨晚干啥去了？

姜胖说：……没干啥。

姜兰说：有事可别瞒着我啊，我问你，金昌的摩托车找不到了，你知道在哪吧？

姜胖顺口说：你咋知道我知道在哪？

姜兰说：啊，又是你干的好事，你把车弄哪去了？

姜胖说：放翟叔家了。

姜兰说：你……放那是啥意思呀？

姜胖一下子坐起来，说：让翟叔修去呗，还啥意思。大清早的就来审讯人。

姜兰说：你这不是乱管闲事吗，你这么做，不是给金昌添乱嘛？

姜胖说：我是给翟叔添点乱，他给车踹坏的，他不得给修哇。

姜兰说：想得简单，你这么做，翟叔肯定误会是金昌推去的。小胖，这事你赶紧跟翟叔解释去，要不金昌就更麻烦了。

姜胖忽然想起什么：哎？……他眨巴眨巴眼，说：姐，昨晚翟叔和金昌的事，你怎么知道？

姜兰反问：我还想问你呢，你怎么知道的？

姜胖说：我跟满堆在村口练笛子，然后在那抓蛐蛐儿玩，就看见了老丈人管姑爷的全过程了呗。

姜兰苦笑说：哎呀，你这闲事管得，都管出境界来了。正好你又是当事人，赶紧找空儿把车的事跟翟叔说一下啊。

姜胖摇晃着脑袋说：翟叔不把车修好，我就装不知道。

姜兰无奈地往屋外走：你就作吧，胡乱管闲事。

姜胖向屋外喊：姐，是你给我封的，会长！哈哈哈……

福来惦记着金昌摩托车的事，早饭没吃就要出门。金菊说：你饭还没吃，穿外套干啥呀？

福来说：啊，去小市场赶早市。你想买点啥不，我都一起带回来？

金菊说：没啥要买的。哎，你不会借引子跑万大炮那去吧？

福来说：你怎么老那么想我呢？你知道不，好孩子是夸出来的，老爷们也一样，你得把我往好了想。

金菊嗤笑说：你干啥好事了，让我往好了想？

福来说：最起码家里买菜、做饭、洗衣服啥的，现在不都是我干吗？对了，我还收拾家、擦地呢。

金菊说：啧啧啧，我都干半辈子了，你才干几天，还挺大个动静了；再说你干的那些活，还不都是跟我学的吗？

福来说：跟不跟你学现在不都是我干嘛。媳妇，你就说我饭做得咋样吧，最起码那土豆丝我炒得不错了吧？

金菊说：还不错呢，瞅你改刀切得那玩意儿，比筷子都粗，炒出来半生不熟的。

被窝里的小豆子说：我爸爸会给我炒黄豆，可香了，我可爱吃了。

福来说：哎，我就爱听我儿子说话。

小豆子说：爸爸，你送我去幼儿园吗，我还想听爸爸讲故事？

福来说：儿子，爸爸今天真有事，一会妈妈送你啊；等爸爸晚上去接你的时候，再给你讲故事。

小豆子说：那行吧。

金菊说：福来，你出去想干啥，能跟我说实话不？

福来说：等我把事情办完再说吧，走了啊。

金菊说：你回来！

福来说：哎呀，你咋这磨叽呢，我就去趟小市场，不信，你还在后头跟着我。

金菊堵住门，说：少打马虎眼，你指定有事，赶紧跟我说咋回事，你不说，就别想出这个门。

福来没辙了，说：哎呀……你知道金昌昨晚是咋回来的不？

金菊说：……啥意思？

福来说：我没见他坐出租车，也没见他骑摩托车，那他是跑回家的呀？爹问他咋回事，他说车坏道上、送去修理了，你能相信吗？

金菊说：坏了就是坏了呗，那有啥奇怪的。

福来说：我是说都那么晚了，往哪送去修呀？再说了，他要是车坏了，肯定得先找我这个姐夫呀，可他啥也不说。金菊说：那，那咋办？福来说：我去修理部看看呗。说完，骑摩托走了。

福来到了修理部，打招呼：王师傅，这么早就开忙了。

王师傅说：福来，你这么早就出来了……你这车刚给收拾完，怎么，又哪出毛病了，不能吧？

福来说：没有，我不来修车，我是问您个事。

王师傅说：啊，啥事你说。

福来说：昨晚金昌过来修车了？

王师傅说：金昌？他没过来呀。怎么了，他车出毛病了？

福来说：啊，那什么，王师傅，您先忙着，我走了。

王师傅说：有工夫过来啊。

福来骑车走了。他心里嘀咕：车根本就没在这，准是有情况了这是。

金昌开车去镇上开会，他特意到成林家停下车。成林正在擦车，见金昌下车，赶忙说：金昌，你好啊！金昌说：你好成林。成林说：我还寻思收拾完车，找你汇报情况去。

金昌说：啊，天津那边的情况我也知道一些了，等我开会回来，咱们再仔细聊聊这事啊。

成林说：怎么，你这是要开会去？

金昌说：是，去镇上开会。昨天你回来就到我家去了，我还没在家，今儿一早我赶紧过来看看你；你先歇两天，然后，你这车队队长有些事情该办了。

成林说：歇不歇无所谓，有啥事你就说。

金昌说：咱合作社那几辆大货，该年检了。

成林说：是，我这几天就去办。

金昌说：还有啊，小壮说他跟大壮要买辆大货，这方面你有经验，帮他哥俩参谋参谋。

成林说：这事他俩跟我说了，我建议他们买台新型自动翻斗车。

金昌说：好啊，他俩要买了车的话，等上秋收榛子，咱合作社的货车就够用了。

成林说：就是啊，咱就不用出去租车了。

金昌说：那行，你好好歇歇，我走了啊。

成林忙说：金昌，有件事我得给你赔个不是。

金昌知道成林要说啥事，他笑着说：咱们是哥们，别说了。

成林坚持说：柳枝她不懂事，你就多担待点吧。

金昌说：没那么严重。

金昌到了镇政府，碰见姜兰，他说：姜兰，徐文静的包邮走了吧？

姜兰说：刚给邮走，还是办的特快。

金昌说：那就好。有时间我请你吃饭。

姜兰说：嘁，挺大个动静。哎，昨晚摩托车的事，我怕你着急，就先告诉你吧，我问俺家小胖了，是他把车推翟叔家了。

金昌根本不相信这事跟小胖有关系，他讪笑着说：我都说请你吃饭了，你还骗我。

姜兰说：小人之心。是真事，昨晚你回来那会儿，俺家小胖和满堆就在村口……

金昌愣住了，他做梦也想不到，昨晚发生的事情还会有两个第三者知道。他说：……就是说，那摩托车现在翟叔家呢？

姜兰说：是啊，你先知道就行了；走吧，要开会了，回头再细说这事。

金昌和姜兰到会议室门前。老翟头和老关等几个人在那唠嗑。姜兰说：金昌，翟叔可在门口呢，你怎么办，敢过去跟他说话不？

金昌说：有啥不敢的。说完，走向老翟头，说：翟叔，您早到了。老翟头低着头不看金昌，嗯了声。

金昌嬉皮笑脸地说：一会儿开完会，我请您坐会儿呗？

老翟头脸上没表情地说：上哪坐去啊？

金昌说：哪都行。你不是爱吃烤牛肉吗，我请你吃呗？

一旁的老关说：哎呀，我说老翟呀，你这姑爷可是真孝顺，上这来开会，都没忘了请你喝两壶。

老翟头不想在大家面前太撅金昌面子，说：我还真想吃那口了。再说吧。

金昌说：别再说呀，成林回来了，有些事不说不行了，咱爷儿俩就这么定了，中午饭我请，下午还有会，中午不能喝酒，晚饭我还请你，陪叔喝个痛快。

老翟头还是没啥表情地说：我说再说就再说，开会。

老翟头和老关进会议室。林晓曼主动打招呼：老翟大哥，你好啊。

老翟头说：你好啊，晓曼。

林晓曼说：好着呢。老翟大哥，我刚听老李说，是你给他出的主意，要搞林下经济呀？

老翟头说：是啊。建议我是提了，可三里堡具体怎么个搞法，咱们有时间还得到现场看看去再说。

林晓曼说：没问题，技术共享；有老翟大哥牵头，咱都一起干呗。

林晓曼是位事业上的女强人，是林家岭合作社理事长。从土地流转开始，她就大面积承包荒山林地搞林下经济，一直发展到成立合作社，企业发展得越来越好，已经拥有几万亩的规划经济林。

老翟头对老李说：看见没老李，人家晓曼理事长说话就是敞亮，有她帮忙你就不用愁了。

老李高兴地说：那还说啥了，我就先谢谢了，谢谢晓曼理事长！

金昌和姜兰进会议室。林晓曼对老翟头说：哟，老翟大哥，你姑爷儿来了。又对金昌说：金昌啊，啥时候改口管你翟叔叫爹呀？

金昌有些不好意思，说：啥时候叫……都行。心想，哼，昨晚他都已经自称爹了。

林晓曼乐了：哎，金昌说话痛快。来来，你们二位大学生过来坐。

翟玲要出门，她看见院里那辆摩托车，说：哎？这不是金昌的摩托吗，咋弄成这样了呢？她赶紧给金昌打电话。金昌手机振动，他赶紧出了会议室，说：小玲啊，有什么急事吗？我正在开会。

翟玲说：你摩托车是咋回事？

金昌有点不知所措，说：啊，那个……昨个儿回来的时候，坏道上了，等我回去跟你说啊。

翟玲说：你摩托坏了，送我家来是咋回事？

金昌说：……我正开会呢，等开完会再跟你说啊，小玲，我先撂了。

翟玲攥着手机说：这也太离谱了吧，还学会作人了。她气哼哼开车出了院，院门也没锁。

福来骑摩托在村里转，他四处撒目，最终在老翟头家发现了摩托车。福来进院，看着车说：哎呀，这车咋这德行了……油箱咋裂这么大口子呢……金昌是让谁给撞了，还不敢说？他犹豫一下，没动车，去了园区。

福来进金菊办公室。金菊问：去修理部了？福来说：啊，可车没在那。哎，媳妇，你说怪不，金昌的车怎么在翟叔家呢？

金菊说：在翟叔家？

福来说：是啊。而且那车，好像摔了，被砸了，反正是不能骑了。

金菊说：车咋那样了呢，那我小弟有没有受伤啊？

福来说：你弟弟没事，昨晚我见着他了。

金菊说：那车是咋回事啊？

福来说：我也寻思这事呢，我分析啊，是不是昨晚翟叔在家喝酒喝多了，金昌回来先去他那了，俩人说不到一块，翟叔急眼了，就把车给弄残疾了？

金菊说：喝多了……翟叔不能那样对金昌吧？

福来说：喝多了酒的人哪有什么准成。我给金昌打个电话。

金菊说：他在镇上开会呢，等等再打吧。

福来说：等不了，赶紧跟他通个气儿，要不他回来怎么跟娘和爹交代。

镇政府会议室。张镇长在讲话：我已经向各位传达了关于“发展绿色经济”会议精神，下面就由冯科长传达关于《绿色经济协调与发展的可持续性》相关文件精神，听完之后，要分组进行讨论啊，大家仔细听。

金昌见手机有震动，一看是福来打的，他没接电话，给福来发了个短信：有事发短信！

福来发短信：我看见你那残疾摩托在翟叔家！

金昌立马回复：此事你先当不知道，把车送修理部。

福来看了短信，对金菊说：金昌要我把车送修理部去。

金菊说：那你就赶紧给送去吧。

福来推着破烂车到修理部。王师傅说：福来，怎么刚走又回来了？

福来说：我小舅子这车的油箱漏油了，让我推来给修一下。王师傅，你给看看能修好不？

王师傅说：我看看啊……哎呀，这车咋搞成这样了呢……这油箱是咋整的呀，坑坑洼洼的不说，咋还裂个大口子呢，怎么弄的这是？

福来说：啊，嗯……您看，能给焊上不？

王师傅摇摇头说：这可焊不上了。

福来说：焊不上，那换个新的行不？

王师傅说：换倒是能换，可就是不值了，有换油箱的钱，还不如添点钱买台新车了。

福来说：王师傅，管花多钱呢，您就给换个新的吧。

王师傅说：要换个全新的，一是你花钱太多，二来呢，与你这车也不搭配，太硌棱不好看呢。

福来说：没关系没关系，只要修好了还能骑，钱不是事，硌棱点也没关系。

王师傅说：你别着急，我给你琢磨琢磨……这样，我那还有几台报废车，我给你倒腾一个合适的换上，你省了钱、车还能继续跑两年。

福来说：哎呀王师傅，太感谢了、感谢了！

王师傅说：咱都一个村住着的，干嘛还这么客气。

福来说：不是，王师傅，是那个啥，那个……福来一时不知道说啥好了。

王师傅说：行了，车就放这吧，今儿个活不多，我这就弄。

福来说：那我就下午过来取。

王师傅说：行，你就放心吧。

金婶为了儿子，想把老翟头请到家来，坐下来好好说说话，人怕见面嘛，就没有解不开的疙瘩。她对金有良说：老头子，跟你商量点事。

金有良说：讲。

金婶说：你上趟小市场呗。

金有良问：干啥？

金婶说：上次请老翟头他没时间过来，今天再请他们爷儿俩到家来坐坐吧，坐下来唠唠，把话说明白，儿子这事就算过去了。

金有良说：老翟头在镇里开会，还不知道啥时候能回来；再说了，我还一肚子气没地儿撒呢，还请他吃饭，他骂完我就没事了？

金婶说：哎呀，我合计着，别因为这事伤了和气；再说，还有小玲呢，咱这也是为了儿子嘛。

金有良说：昨天你还生小玲的气呢，怎么这会儿就……

金婶说：叫你说的了，那咱们亲家之间就不来往了，这门亲戚不轧了？

金有良说：老翟头说我儿子那些个话，你忘了我可没忘。

金婶说：不忘你还想咋的，还想把咱儿子的婚事给搅黄了？

金有良说：他说话不着调，我听着来气。说着，往外走。

金婶紧撵几步，说：你干啥去呀？

金有良说：你不是让我去小市场吗？

金婶说：你个死老头子的，赶紧去吧。老翟头爱吃熏肉大饼，你多买点肉回来；小玲爱吃水果，买点葡萄、香蕉啥新鲜的，啊。

金有良说：那个老东西，他骂完我还有功了？我啥都买，我就不买肉。

金有良去小市场，他想顺道去看看金昌那摩托车咋样了，他到了修理部。

王师傅说：哎呀，是有良大哥，你今儿个有时间出来溜达了？

金有良说：啊，我去趟小市场，顺路过来看看。我听儿子说他车坏了，送你这来了。

王师傅说：啊，是你姑爷给送来的，我刚给拾掇上，你给骑回去呀？

金有良脑子里划魂儿，说：这车，是福来给送来的？

王师傅说：是啊，今儿一早送来的。

金有良说：啊，不瞒你说王师傅，我不咋会鼓捣摩托，这玩意儿，不给油它不走，油门给大了车就蹿出去了，掌握不好它。

王师傅说：这会儿道上没几个人，你就慢点跑呗。我先把车擦擦啊……你说金昌这车是咋骑得呢，把车造完了，这车身不是土就是油的？

金有良说：你就别给擦了，等我回家再收拾吧。

王师傅说：别的，这会儿我没啥活，你先买东西去，回来我也就弄好了。

金有良说：好啊，我这就回来。

金友良去小市场买了几兜子菜，回来就把摩托推走了。

福来不知道老丈人取走了车，他也到修理部，说：王师傅，车修好了吧？

王师傅说：修好了，你老丈人刚给推走。

福来说：啊？我爹给推走了？

王师傅说：刚刚走，钱都给完了。

福来说：真让我爹推走了？

王师傅说：是啊。怎么了？

福来说：啊，没事，谢谢王师傅啊。

金有良推着摩托车到福来家，见家里没人，他打电话叫福来回来。

福来很快赶回家，对爹说：爹，是您把摩托推回来了？你要不去，我就给骑回来了。

金有良说：爹问你，金昌这摩托车到底是咋回事呀？

福来说：……具体我也不知道咋回事，我是路过翟叔家，看车在那，我就推去给修了。

金有良说：你没打电话问问金昌？福来说打了。金有良问：金昌他咋说？

福来说：他让我就当啥都不知道。

金有良寻思一下，说：行了，我知道了。说完往外走……

福来说：爹，您不进屋坐会儿了？

金有良说：家里还有事呢。晚上都回家吃饭吧。

福来说：嗯。那车这事……

金有良掉着脸子说：这事就是老翟头干的！你娘还要请他吃饭，给他做什么熏肉大饼；姑爷儿你说，我今天请他吃饭，我是“土鳖”不？

福来说：爹，反正车已经修好了，我娘没事就行呗

金有良嘟囔句：这个老东西。

上午的会议结束，老翟头约老李到饭馆吃饭去了。老李对老翟头说：老翟大哥，金昌请你你不去，你还把我给找来了；我下楼的时候，看见金昌在楼梯口等你呢，你赶紧给他打电话，叫他过来吧。

老翟头说：让他在那等着吧，咱俩赶紧吃，吃完还得回去参加讨论呢。

老李说：我不是说你了，人家孩子又要请你吃饭、又要请你喝酒的，你就应该借坡下驴。

老翟头说：我不修理修理他，他拿我闺女就不当回事儿。

老李说：老哥，你别嫌我多嘴啊，昨晚的事你做得不对，金昌再怎么也是孩子，没你这么当老人的。

老翟头说：我就奇了怪了，他摩托车怎么跑我家院里了呢？

老李说：跑你家院里了？

老翟头说：可不。

老李想到昨晚回家看见了姜胖和满堆的情景，他说：嗯……昨晚我回去那前儿，看见小胖跟满堆在村口玩呢。

老翟头说：啊？他俩在村口……那指定看见我骂金昌了，这是小胖又管上闲事了。

老李说：反正我看他俩在抓蛐蛐儿，备不住你跟金昌吵吵，真让那俩孩子看见了。

老翟头说：要真是他俩干的，我还真冤枉金昌了？小胖这小崽子心眼可多了，动不动就收拾我一把。

老李说：要不咋是“管闲事协会会长”呢，哈哈哈……

金昌还站在镇政府楼里。姜兰走过来，说：金昌，你是站这等翟叔吧？他，应该走了吧，我看会议室都没人了？

金昌说：走了，走了我应该看见呀？你帮我再上楼看看去，我在这等着。

姜兰上到二楼，遇见郭秘书。郭秘书说：姜兰啊，正好我这有几份文件，你帮我去办公室复印一下，下午讨论，大家等着用呢。

姜兰说：好啊。姜兰接过文件复印去了。等办完事，才想起来金昌还在楼下等着呢，她赶紧往楼下跑，见金昌还等在那，她说：翟叔早没影了。

金昌没等着老翟头，这又等了姜兰半天，他生气了，说：没影了你还

在楼上磨叽啥呀，这都几点了？

姜兰说：你要我上楼找翟叔，我不得找吗？

金昌说：时间都让你浪费了，吃饭都快没时间了。

姜兰说：这还赖上我了？啊，楼上楼下我找个遍，我容易吗我？

金昌说：找不着还找啥？

姜兰说：你少拿我撒气，你自己没盯住翟叔，还怪我了？

金昌说：闭嘴，没人拿你当哑巴。

姜兰：……

金昌气哼哼往楼门口走，上去一脚把门踢开……

·十七·

福来骑金昌的摩托车把金友良带回到家。金婶迎上说：回来了老头子。哎，这不是儿子的车吗？这是从哪骑回来的，咋回事这是？

福来忙说：娘，没啥事，出点小毛病，都修理好了。

金有良拉拉着脸说：欠削。

金婶没听明白，问：你说啥？

金有良说：你快点把东西接过去呀，我都抱不住了。

金婶把几个包接过来，说：啥东西这么沉啊。

金有良说：全是他爷儿俩爱吃的，还有肉。

金婶说：你这人，说不愿意买，还买这么多。

金有良说：是你说要请他的，我是给你面子。

金婶说：我先给老翟头打个电话，让他今晚别安排其他事了。

金有良说：他不来才好呢，全给我儿子吃。

福来停顿好摩托车，说：娘、爹，没啥事我就先回去了。

金婶说：晚上你们都回家来吃饭啊。

福来：嗯哪。

老翟头和老李在吃饭，金婶给他打来电话，他一下紧张起来，拿着电话问老李：不好了，老嫂子给我来电话了，我接不接呀，啊？

老李说：亲家母来电话了你还不赶紧接，快接呀你。

老翟头说：我怕她骂我，我就假装没听见，不接吧？

老李说：不接是下策，你还是赶紧接了，兴许是有良打的呢。

老翟头紧张地接电话，细声细语地说：喂……是老嫂子啊……我在会场开会呢，我现跑出来接你的电话……老翟头突然提高了嗓门说：啊，是啊，哎呀，那好啊……亲家请我喝酒，我能不高兴吗……好好，我指定到、指定到……哎哎，就这样。

老翟头撂下电话，松了口气，说：哎呀我的妈呀，吓死我了，整冒汗了。

老李笑了：我可头一回看你老翟还会打哆嗦。

老翟头说：看来我真是福大命大造化大，老嫂子不但没埋怨我，还请我跟闺女上她家吃饭去。

老李说：有良大哥和老嫂子是给你找个台阶下，你就赶紧借坡下驴、去认个错吧。

老翟头说：是啊。哎？以前都是有良叫我去喝酒，这次怎么是老嫂子呢？她不会先把我整去，见了面再收拾我吧？

老李说：要收拾你的话，她就不能叫小玲一起去了。行了啊，这事姜兰都跟我说了，那徐文静回沈北，确实最后是姜兰送走的，你就别不依不饶的了；一会开完会你找下金昌，有些话爷俩说说就行了。

老翟头说：快吃饭吧，一会儿这面条，都糗成面坨子了。

金婶让金菊和福来晚上到家吃饭，金菊不想去，她对福来说：福来，娘还不知道车的真实情况吧？

福来说：指定不知道，知道了还不得骂翟叔。

金菊说：要这样的话，晚饭咱就别去了，到时候我娘别深一句浅一句的，咱在跟前，翟叔该磨不开面儿了。

福来说：那行，我去娘那帮着忙活完，就回来。

福来和金婶在外屋地准备晚饭。老翟头给福来打来电话，福来犹豫……

金婶说：你电话响了，咋不接呀？

福来想了一下，接电话说：翟叔啊……我帮我丈母娘准备晚饭呢……那什么，摩托车都修好了……啊，你就放心吧……我爹和我娘备了好多菜，就等你们爷俩到家吃饭了。

福来关电话。金婶问：福来，金昌的摩托车坏了，老翟头也知道了？

福来说：啊。

金婶说：这家伙的，金昌就是出门没拿手机，你看他那个不乐意的样，问这问那的；现在知道我请他吃饭了，才装模作样地问问车修好没，真假咕。

梅子来找金婶。福来见活干得差不多了，找了个借口回家了。

金婶问梅子什么事，梅子说要跟金婶私下说，金婶领她到后院。金婶说：咋了梅子？我看你脸色不好，出啥事了？你哪不舒服了吧？

梅子说：婶子，我去卫生院查了，确实是又怀上了。

金婶说：哎呀，你说你，咋不注意点呢。

梅子说：喇忽了呗。

金婶说：你婆婆知道不呀？

梅子说：成林跟娘说了，可我不想留着。

金婶说：你不想留，可你老婆婆那还等着抱孙子哪？

梅子说：咱村是计划生育模范村，我不能因为我的事，损坏了全村的名誉吧。

金婶说：是啊，今年年终奖金报表我都填完了，你要是再要第三胎的话，我就不能往上报了，要是报上去了，可是我妇女工作没做细致，那就是瞒报漏报。

梅子说：我不能给大伙儿添这个麻烦。再说，现在两个孩子还能拉扯得开，再要生一个，那我就什么也不能干了。

金婶说：这事成林是咋想的呀？

梅子说：他听我的。

金婶说：梅子，你既然不想再要了，就得赶紧跟成林说，让他做你婆婆的工作吧，不然的话，让她知道了，非作死你们不可。

梅子犹豫着……

镇上的会议结束了。姜兰和金昌站在大门口。姜兰递给金昌一个文件夹，说：你的新版企业简介小样做好了。

金昌赶紧打开，翻看一下，说：太好了……这才像个样。谢谢啊！你啥时候取的？

姜兰故意掉脸子说：中午，被你呲嗒一顿，之后。

金昌不好意思，赶忙说：对不起对不起，那会儿我心里太乱，正窝着气呢。

姜兰说：你窝气就拿人家撒气？

金昌连连哈腰赔不是：错了错了，我错了，姜站长大人不计小人过，宰相肚里能跑摩托。

姜兰扑哧乐了，说：行了行了，在政府大院里点头哈腰的，砢碜不？你怎么回去，我带你吧？

金昌说：我开车来的，一会儿还得去园区，翟叔说他在办公室等我。

姜兰说：那我走了……

金昌喊住姜兰，拍拍手中的文件，说：谢谢你那同学，改天我请人家吃饭。

姜兰说：小意思。说完，扣上头盔，摩托车轰鸣一声，走了……

金昌望着姜兰的背影，轻声道：帅。

老翟头在办公室等金昌，他在想着一会儿怎样面对金昌。他知道金昌是个正儿八经的小伙子，不管从哪方面都挑不出啥毛病；他也知道是自己误会了金昌、酒后失态，可要开口道歉……哪有老丈人向姑爷道歉的……

金昌进办公室，热情地招呼：翟叔。

老翟头下意识地又端起架子：你，干啥来了？

金昌说：刚开完会，有些事情咱得研究一下了。

老翟说：我不想研究啥。

金昌说：你先看看我拿啥来了，看完再让我出去也不晚。金昌递上文件夹……

老翟头说：我啥都不看，拿走。

金昌说：这是咱合作社新的企业简介，刚做好的小样，你要不看，我就收起来了？

老翟头一副不耐烦的样子，说：我不想跟你说话，你出去吧。

金昌收回文件夹，说：行，我出去。

金昌往外走。老翟头沉不住气了，说：回来！

金昌收住脚说：回来。

老翟头说：你小子还长脾气了，说走就走了？

金昌说：不是你撵我出去的吗。来也不是，走也不是，那我就……站着吧。

老翟头嘴上硬心里软了，说：站着干啥呀？受审讯也得，坐下！

金昌故作委屈，说：……坐不下。

老翟头说：怎么了，屁股长疖了？

金昌说：屁股疼。

老翟头说：昨晚儿，我打着你屁股了吗？

金昌一惊一乍地说：哎呀喔，叔，你承认打我了；那行了，我这就回家告诉我娘，就说你打我了。

老翟头说：……你个小兔崽子的，我还打你，我撵都撵不上你了！

金昌尽意儿逗小老头：我叔拐哒拐哒的，跑挺快，哈哈……

老翟头有点尴尬：别笑！

金昌嘟囔说：不笑了。现在你是我叔，将来你是我爹，你怎的我都行，就是别、冤枉我。

老翟头心里有点暖，可嘴上却说：我还冤枉你，就你做的那些个破事，我哪冤枉你了？

金昌说：最起码有些话，你不能乱说吧。

老翟头说：我乱说话了吗？

金昌委屈地说：你说我……说我跟大妞玩双人骑、兜风，我能受得了吗？

老翟头耍赖，说：那……你带着个女人出去玩，是事实不？

金昌说：啥女人女人的，我陪同学去观光，都跟你请假了，你干啥非咬个屎橛子不放。

老翟头又来劲儿了，说：嗬，学会说脏话了，你出去玩还有理了？不是我当叔的挑你，你平时办事那么严谨，可我就不明白了，你为啥出门不带手机？为啥？

金昌说：不带就是走得急忘带了呗，有啥"为啥""为啥"的呀？

老翟头说：……还学会顶嘴了哈？你特意借人的新摩托，带那个女、同学去兜风，还在村口瞎显摆，啊，这事我还得表扬你？

金昌说：不是兜风啊，我是去镇里接她，完事去龙山寨看苍鹭，咱村是必经之路，这你都知道哇。

老翟头说：那你想过没呀，这事让我闺女知道了，她能高兴吗？

金昌说：叔，徐文静这次来，她是去柞树屯进树苗子，顺道过来看我和姜兰，而且小玲也知道这事，这我都跟你说好几遍了，你咋还不相信我呢？

老翟头仍不甘地说：你，你办事不板正，我怎么相信你？

金昌说：我办啥事不板正了？

老翟头说：我问你，你把那破车推我家院里干啥呀？男子汉大丈夫，怎么能干那种小肚鸡肠的事呢？

金昌说：车的事，叔就别问了，反正我娘啥都不知道，这事就别再掰扯了。

老翟头又找茬儿说：你最近就是不消停，好家伙，还去村委会报名，去扭什么秧歌了。

金昌不急不慢地说：我没扭秧歌，我是唱歌。

老翟头说：反正你是去了，这事我闺女同意吗？

金昌说：报名那会儿小玲正跟我生气呢，我没来得及问她。不过，叔，我跟你说，其实我不忙的时候跟大伙儿一块儿玩玩，行；你说我要整天在办公室里坐着，不就成小白脸了，再不锻炼锻炼就废了。

老翟头说：瞎扯，整天上山干活，脸晒得快成驴粪蛋了都，还小白呢，你就是给自己找借口。

金昌说：我不是。

老翟头也找不出什么茬儿了，就说：那行了，随你便了。你不是要跟我研究研究吗？过几天，新垦榛子园倒完茬就要平整地去了，你要准备好啊。

金昌说：技术方面的活你放心，计划方案我都已经写好了，而且，我和技术员小妮子她们都交代好了，她们也都做了准备。

老翟头心里满意嘴上不说，但口气温和了：别搁那杵着了，都站半天了，坐下来喝口水，完事咱俩一起去见你娘。

金昌说：还见我娘呢，你就不怕我娘跟你翻脸？

老翟头颇得意地说：今天是你娘亲自打电话请我的。说完，马上又严肃起来：哎，我可跟你说啊，一会见着你娘，不许说摩托车的事，听见没？

金昌嘟囔说：你刚才不还提了吗。

老翟头说：你看你看，你还来劲了？

金昌说：你不提我不会说呀。还有那天津的事，我还想跟你商量商量。

老翟头说：老朱那先晾着他。金昌问：为啥？老翟头：上赶了不是买卖。

金昌说：要不这样吧，叔，你先回家，我这就打电话，再跟朱经理好好聊聊，实在说不通的话，我想亲自去趟天津。

老翟头说：嗯……既然你有这么多想法，这事你就拿主意吧。我回家接小玲去。

老翟头把想说的话都倒出来，心情畅快了，出门时偷偷做了个得意的鬼脸。刚出园区，姜胖打对面过来；姜胖特意来找翟叔说摩托车的事情，他不想让翟叔误会金昌。老翟头挺喜欢姜胖这孩子，也愿意逗他。他戏耍说：小胖胖啊，干啥来了，来找你金昌哥哥玩呀？

姜胖不打怵地说：我找翟叔您啊。

老翟头说：好哇，找我去你家吃馅饼啊？

姜胖说：我是要跟你说，您不能欺负金昌。翟叔，有你那么踹人家车的吗，像踹麻袋包似的那么踹？

老翟头恍然大悟：我的天哪，昨晚你真在村口，到底是你把车推我家院里的？

姜胖说：我没给推村委会去就不错了。

老翟头说：咋的，你小子想当村主任啊？你这会长当得、这闲事管得，管到我老翟头脑袋上了？

姜胖感觉自己说话口气有点大了，又诚恳地说：不好意思啊，翟叔，我就是怕金昌哥受委屈。

老翟头说：嗯，就冲你这仗义劲儿，咱这么的，小胖，今儿个呢，你有良叔请我到家喝酒，咱爷儿俩都去那怎么样？

姜胖说：不去。老翟头说：为啥？姜胖说：去了你灌我酒，我喝醉就完了。

老翟头说：你小子心眼儿就是多。你不去，我可走了啊。

老翟头上车。姜胖故意说：翟叔，听说你要给金昌买台新摩托车，有这回事吧？

老翟头哈哈大笑，说：小胖啊小胖，你这是来逼宫的；我特别严肃地告诉你小胖，你再管我闲事，小心我给你小鞋穿。

姜胖说：好哇，我等着啊，要水晶的啊。

金昌通过电话跟朱经理交流一番，感觉到朱经理说话不再那么硬气，并答应过几天再沟通一下，他觉得这事还可以再商量，还有余地，金昌的心情好了许多。他刚要出门，姜胖进来了。金昌说：小胖，你过来干啥呀，库房还有事吗？

姜胖说：我是过来找你的。

金昌说：翟叔刚出去，你见着他没？

姜胖说：见着了。哎，金昌哥，我看他院里那摩托没了，是翟叔给修了？

金昌故意含糊其词地说：啊，都已经修完了。

姜胖果然以为是老翟头给修好的，说：嗯，翟大理事长挺够意思，还行。哎，你娘知道这事不？

金昌说：我娘就知道车坏了，别的不知道。小胖，昨晚你跟满堆猫哪了，我咋没看见你俩呢？

姜胖嘿嘿一笑，说：我俩在树棵子里抓蛐蛐儿，你上哪看见去。

金昌说：好小子，不软不硬的，帮哥们收拾翟叔一把。

姜胖说：金昌哥，我看你那摩托车造得也不像样了，就着这事，讹翟叔一把呗。

金昌说：讹翟叔？

姜胖说：啊，让他给你买台新款摩托骑骑，不赖吧？

金昌说：想得美，这次我能平安过关就不错了。

老翟头拎两瓶茅台进院，大老远就喊：老嫂子，我老嫂子做啥好吃的了，离老远就闻到香味了。

金婶出门，话中带刺地说：哎呀，大兄弟来了，今儿个说话这动静就对了，昨儿个就差张嘴骂人了。

老翟头哈哈大笑，说：我不对啊我不对，我跟老嫂子认个错。

金婶说：哎，小玲咋没一起过来呀？

老翟头说：她手头有点事，一会儿就过来。

金婶说：好好。这是孩子没在跟前儿我跟你说啊，以后别再没事整事了。

老翟头说：老嫂子，我也是着急找他，一着急，这说话就不中听了，你就别提这事了。

金婶说：好了好了，不提了。有良啊……

金有良从屋里出来，说：来了来了。

金婶说：大兄弟来了。

金有良见老翟头拎着酒，说：哎呀，亲家，来就来呗，又拎两瓶好酒？

老翟头说：大哥爱喝咱就买，多钱的玩意儿。

金有良说：快进屋吧。

老翟头跟金有良进屋坐炕上，他看桌上摆那么多菜，说：哎呀，我老嫂子做了这么多好嚼谷。

金有良说：都是你和小玲爱吃的，一会儿还有熏肉大饼呢。

老翟头说：太好了，好酒配好菜，舒坦。

金婶端菜进屋，说：金昌咋没回来呢？

老翟头说：他往天津打电话呢，这就回来了。

金婶说：那就别等了，你们哥俩先滋溜着，我去给你们拔几棵小葱、蘸酱吃。

金婶到园子里拔了把小葱到压水井涮洗。隔院柳枝娘从院外拎小筐进院。金婶打招呼：他柳枝娘啊，去小市场了？

柳枝娘说：啊，梅子说她不舒服，我给她买点水果吃。

金婶说：哎呀，看你这老婆婆是真会当哈，给儿媳买这么多好吃的。

柳枝娘说：你忙活啥呢呀？

金婶说：老翟头来了，一会儿小玲也过来吃饭。

柳枝娘：好啊，这老哥俩凑一起多好，没事在一块喝几盅。哎，你说，我那死老头子要还活着，也能跟有良整几口不是。

金婶说：话说到这了，我说句实在话啊，你现在都利手利脚的了，你咋不张罗找个伴儿呀，身边有个伴儿，出门买个菜啥的，都不用自己拎着了。

柳枝娘说：我可不找扛活的。再说，走一家进一家不容易，孩子们也接受不了。

金婶说：孩子们都成家了，人家关上门自己有嗑唠、有话说，你找谁去？还是找个好。

柳枝娘说：儿女孝顺就好。我苦日子都熬过来了，再找一个，跟他扯啥，再弄个不着调的，还不够我惹气的呢。

金婶说：你就是太要强了吧。

柳枝娘说：哎呀，都多大岁数了。

金有良和老翟头边喝边聊上了。老翟头说：有良大哥，这会儿嫂子没在屋，有话我先跟你说，昨天都是我不好，我给你赔个不是，你就别生我气了，我给你倒上酒啊。

金有良这两天是有些生气，他说：我不是说你了，大兄弟，你老说小玲找不着金昌着急，可那会儿，我也找不着儿子呀，你说咱俩不是一样急吗？

老翟头说：是是。你说话小点声，别让嫂子听见。来，我敬你酒，消消气。

金有良说：我要真生你气，还能让你到家来喝酒，我是说这事；金昌这孩子是你从小看大的，他啥脾气秉性你是知道的，你怎么还动上武把操了，我说你啥好呢。

老翟头说：我不对、我不对啊，我就是酒喝多了，搂不住火了。

金有良说：你真给孩子踹个好歹的咋整？

老翟头说：还咋整？我都靠不了他跟前，这小子就像个泥鳅似的，根本就逮不着他。

金有良说：那你就踹呀？挺大岁数的人了，还那么不知道深浅。老翟头尴尬地嘿嘿两声。

金有良说：你有金昌这好姑爷，就知足吧。这孩子多辛苦哇，整天钻榛子园、跑苗圃的，没有功劳还有苦劳吧，你干啥玩意儿左一个不放心、右一个看不惯的呀，他就报个节目，看把你嘚瑟得，说啥不行了，金昌真要参加的话，你还能把他腿打折了？

老翟头说：看见没，我就说金昌不是那块料，你就对我不满意了，其实，我愿意让他参加。

金有良说：我也是不想让他参加，我是说这个理儿。咱还是把话说回来，你身边有金昌这好帮手，要好好待见他，你别真哪天给他整急眼了，他不给你玩活了，看你怎么办。

老翟头说：那是那是，我刚才不说了吗，我错了，我都给你赔不是了，来来，我再自罚一杯，你能消气了吧？

金有良说：咱俩一起干喽……其实有些事啊，你得替金昌想想，咱农村人，全指着起早干活吧，可他经常是下了工，晚上还要写方案、做计划啥的，成宿成宿得熬，你说，够孩子呛不？

老翟头说：可不咋的。其实这些都不用你说，我心里明镜似的。

金有良说：我不是说你了，你都忘了我儿子的好了，这可真是说到“想当初”了，你说，金昌上大学之前，是他整天帮你在家炒榛子不？

老翟头带着苦涩笑了笑，说：可别“想当初”了，当初那前儿才糟践人呢。

金有良说：“当初”能忘得了吗？金昌可是用灶台那大铁锅炒榛子，整天光着个膀子、汗巴流水的围锅台炒，眼珠子都炒红了，还可劲往灶膛里添柴火，那天我要不及时回家，这房子都能燎着喽。

老翟头：哈哈哈……

金有良说：你还笑，我儿子帮你那会儿，多不容易吧。

金婶进屋，说：你俩别在那打嘻哈了，这菜也没见动筷儿，都凉了吧，我在给热一下。

金有良不想让老伴儿知道哥俩唠啥，就说：不凉不凉。老伴儿呀，那什么，你去，捣点蒜泥吧。

金婶感觉奇怪：捣蒜泥？平时你吃蒜都是不扒皮咬着吃，今儿个怎么还捣上了？

金有良说：亲家来了，咱讲究点儿，快去吧，捣碎点啊。

金婶出屋，不解地说：老翟头吃大蒜也不扒皮呀？真是瞎乱指使人。

金有良和老翟头唠得正热乎，金昌进屋，见爹和翟叔都有了笑模样，心里踏实下来，说：爹，翟叔，这是哥俩好了呗。

金有良说：我儿子回来了，赶紧上炕，陪你叔喝两盅。

金昌说：好啊。叔，你跟我爹喝得咋样了？

金有良说：没咋动筷儿，这不等小玲呢。

金昌说：啊，我给她打电话了，这就过来了。来，我给叔倒酒……

老翟头说：金昌，天津的事怎么个情况？

金昌说：朱经理还是不吐口，不过，话说得没那么死了；不行的话，我真得去趟天津。

老翟头说：这事你就看着办吧。

金有良说：儿子，赶紧把酒盅端起来，陪你叔走一个。

金昌说：好。叔，咱爷儿俩啥也不唠，嗑儿都在酒里，意思都在杯中，我敬您！

老翟头干了酒，说：哎，叔明白，这酒喝得舒坦。

金婶把捣好的蒜泥往小碟子里拨……她对金昌说：儿子，你爹和你姐夫把摩托车弄回来了。哎呀，王师傅修车是真认真，车不但修好了，还把车擦得锃亮呢。

金昌不想让娘知道那些糗事，他打马虎眼说：娘，我看见了，您赶紧坐下一块儿吃呀。

金婶坐炕边上，对老翟头说：大兄弟，你吃菜呀，别干瞅着。

老翟头听金婶提摩托车的事，心又提到了嗓子眼，他赶紧讨好说：啊啊……老嫂子，我看，金昌那车够旧的了，还修啥呀，该换台新的了，我给他买台新的啊。

金婶说：你给买算咋回事？再说了，俩孩子要成亲的话，用钱的地儿多着呢，你先别往外舍了。

老翟头说：我连闺女都舍了，还有啥不能舍的。

这时，翟玲进屋。她说：婶子、叔，我来晚了，对不起啊。

金婶喜笑颜开地说：小玲跟婶子还客气，呵呵，你来了婶子就高兴，快上炕。

翟玲乖笑着说：哎。

黄昏后。彩霞映红了天际，源水河水库的水面上泛着橙红色的波纹，金光粼粼；水库的浅滩上，成群的苍鹭和白鹭悠闲地觅食、漫步，景色暖人。

金昌和翟玲坐在水库大坝上。金昌说：小玲，你知道徐文静那性格，不管啥事，总是风风火火的，其实她也挺不容易的，大学刚毕业就开始创业，真是很辛苦；这好不容易出来玩两天，也是想好好歇歇、放松一下，我也理解她，这事你不能再跟我怄气了，啊。

翟玲说：反正老是有女人围着你转，就看你以后怎么对我了。

金昌说：咱不说这些了，你应该知道我有多在乎你。

翟玲说：你别说离不开我啊。

金昌说：怎么，你还是想去艺术团？

翟玲说：我都跟你说过了，你也说支持我个人的选择。

金昌说：对对，说过了，哥坚定地支持我的小玲。

翟玲说：这还差不多。金昌哥，你说我爹不同意我走，我咋办呀？

金昌说：那就……其实，在大都市的舞台上唱歌，也没啥了不起的，你能去镇里参加秧歌会，也一样有光彩。

翟玲说：到艺术团演出，我就是专业演员，在小戏台唱歌，就是秧歌队员，你说，这档次能一样吗？

金昌说：人啥时候没有虚荣就好喽。

翟玲说：样儿吧，又来说我。

金昌微笑着搂住了翟玲，说：小玲，这几天，你也没怎么睡好觉，挺辛苦的，早点回家休息吧。金昌的温唇轻轻贴吻在小玲的脸上……翟玲依偎着金昌的肩膀，呢喃细语：再坐会儿……

晨光染绿。上山干活的摩托车队。金昌骑着崭新的“大黄莺”摩托载着翟玲，在车队中穿行……

姜胖说：哎，金昌哥，翟叔给你买的新车，你骑着好帅呀！

金昌说：小胖，这也有你这个会长圈拢的一份功劳呀。

姜胖说：那还说啥了，损坏东西要赔偿。

满堆也说：就是的，理事长也不能例外。

金昌笑着说：哈哈，你们俩抓蛐蛐儿有功啊，哥给你们记着了啊。

马小壮说：金昌，骑上“大黄莺”帅呆了你，够派！

金昌说：这算啥，等秋后咱们都买上新轿车，一起兜风就更有派了。

翟玲掐了金昌一把，金昌“哎呀”一声。翟玲说：别老说兜风兜风的。

姜胖说：金昌哥，玲姐不乐意了，到年底，你得用新轿车接新媳妇！

翟玲脸一红：小胖……

马小壮对坐在身后的杨柳枝说：媳妇，听见没，大伙儿都要买新轿车了，你给我也买一台呗？

杨柳枝捶了一下小壮，说：边儿去。

姜胖故意将杨柳枝，说：小壮哥，别没事找事，明知道嫂子不能给你买，你还撩闲。

满堆也默契地配合说：就是的，嫂子攒那老多钱，等着买飞机哪。

大伙儿笑了。

杨柳枝有点下不来台，她也上当了，说：哟，你俩小屁孩说啥呢？咋的，俺们家差哪了，你说我不能买，我还偏就买了呢，小壮，咱也买一台，要比他们档次都高的！

马小壮高兴了，说：哎，这才是我媳妇哪。

姜胖说：柳枝嫂子，这可是你说的啊，到时候你不给买，我们哥儿几个不能饶了你。

杨柳枝说：哎呀小臭胖胖，不能饶了又能咋的，忘记了仰八叉的事了？

姜胖一下子闷声，说：不跟你说了，尽玩儿赖。

小妮子说：金昌哥，你把音响打开，放段音乐听听呗。金昌说：想听啥？小妮子说：《猜花》。

满堆说：《猜花》好听，我爱听。姜胖说：妮子姐说啥你都说好听。满堆：……

金昌笑着说：好嘞，听着啊。

一首欢快的东北民歌《猜花》飘荡在大山中……进山劳作的摩托车队，又是一路欢歌笑语……

广州广粤果品商行的陈总和刘经理在办公室。陈总说：刘经理，我们出国考察几个月刚回来，事情就多起来了，刚才采购部说，红石峪给商行发来的样品榛子早就收到了，你应该验收一下啦。

刘经理说：哎呀，这件事情我有责任，我们考察走的时候，我没有跟红石峪那面打招呼，他们就把榛子发过来了。

陈总说：所以啦，你应该跟人家红石峪打个招呼，再跟采购部交代一下才是呀。

刘经理说：失误、失误，我马上就去采购部。

陈总说：我们经营的坚果食品中，榛子类食品基本都是“平欧杂交大果榛子”，还没进过“平榛”呢，如果宝仁榛子质量上乘，我们也可以考虑的吗。

刘经理说：好好，我这就去办。

刘经理到采购部找库管小月，说：小月啊，红石峪发过来的榛子，你给我搬过来看一下。

小月说：好的，经理。不多时，小月搬来一个纸盒箱，打开……

刘经理看着盒子里的榛子，满脸惊愕……榛子发霉长了许多绿毛，他说：怎么会是这个样子啦？

小月说：刘经理，收到货我就等您验货，可您没在家，放在这里没有人动过的。

刘经理说：这是怎么搞的，怎么会发霉变质了呀？

小月说：具体是什么情况，我也不知道。刘经理着急说：哎呀，我都跟陈总夸下海口，说红石峪的榛子没有问题的呀，现在是这个样子，我怎么跟陈总交代啦。

小月说：刘经理，这事应该跟红石峪联系了，问问他们是什么情况。

刘经理说：只好这样子啦。

老翟头是有心人，他知道九妹子开的农家乐饭店还没有做保险，就直接在保险公司给饭店买了保；保险公司要求参保人再亲自去办理一下，老翟头去找九妹子。要见九妹子了，他心情格外地爽。

老翟头走在河边小路上，嘴里哼唱着东北民歌《丢戒指》，他连唱带跳、手舞足蹈："月牙儿，花园中，绣呀丝呀绒呀，依儿呀儿哟……"老翟头穿行在树丛中，他边唱边比画、心喜情怡："来一个蜜蜂儿，它蛰我的手心呀，甩手丢了金戒指儿啊，嗯哎哎海呦……"

老翟头进九妹子家院，他高声喊：九妹子在家吧，大哥看你来了？

九妹子迎出来，说：大哥来了，你没出门呀？

老翟头说：哎呀，咱红石峪合作社的买卖做大了，企业要扩大规模，我刚写个"用地申请"，坐那半天了，累得我腰都酸了，出来走走。

九妹子说：快进屋吧……看你这乐呵劲儿，有啥高兴事了？

老翟头说：看我给你买啥了。他把保单递给九妹子。

九妹子看了一眼，说：哎呀，你给我饭店买保险了？

老翟头说：咋样，高兴不？

九妹子说：我都跟你说了别买这玩意儿，白花钱，你就是不听我的。

老翟头说：不懂了吧，买保险就是买平安，这可不是白花钱的事，你的农家乐都开分店了，没投保，一旦有点啥情况咋办？

九妹子说：让你说的了，能有啥情况。

老翟头说：开饭店就怕出意外，就说你那几个大炉灶，整天大火苗子噌噌的，一旦有个火情啥的，有保就比没保强；手续我都办完了，你带上身份证和营业执照，去一趟市里的保险公司，具体怎么办人家会跟你说。

九妹子说：好吧，明儿个我就去。哎，我听老嫂子说，你给金昌买新摩托车了，她高兴得，一个劲儿跟我叨咕。

老翟头说：那新款"大黄莺"往院子里一放，老嫂子那嘴就合不拢了。

九妹子说：金昌可是打灯笼难找的好孩子，你可别倚老卖老瞎作了。

老翟头说：我可不是作，我是让他要拿我闺女当回事儿。

九妹子说：小玲还走吗？

老翟头说：我不同意她走得了吗。一个女孩子家家的，跟金昌挺门过日子吧。

九妹子说：去也就是个演出几场，也不是不回来了。

老翟头说：说不行就是不行，你怎么劝我，我也是不同意。

榛民们在山上平整土地。金昌和小妮子、马大壮在野生自然林搞测量。

马小壮对福来说：福来，还是有文化的好哇，你说，咱上山来了就在这抡镢头杆，哈腰平整土地，人家金昌他们在那搞测量，就不用挨这累。

福来说：现在说这话有啥用。哎，对了，你跟金昌和姜兰他们都是县实验中学的，人家都考上大学了，你咋回家种地了呢？

马小壮说：回家种地咋啦？你媳妇不也是俺们实验中学的，不也回家种地了吗？

福来说：你能跟俺媳妇比吗，俺们家金菊现在是合作社办公室主任；再说了，金菊当年在实验中学可是班里的前三，考大学手拿把掐，可她要和金昌都上大学去了，家里咋办？我丈母娘谁管？——你呀，挺精挺灵个人，当初咋不好好学习呢？

马小壮说：那不是我的事，是老师的事。他讲那玩意儿讲得，我听一遍就会了，他还反复讲反复讲，讲得我烦了，就不爱听了，我越不爱听，他还越讲，所以我就成现在这样了。

福来说：瞎掰，是你整不明白老师才反复讲的呢。

王小二说：小壮哥，你现在这个样子了，没事就在家养驴玩了呗？

马小壮说：养着哪。没事我还带它去河边洗洗澡、去山坡遛遛弯，挺好。

满堆说：还养那玩意儿干啥，现在也用不着驴车干活了，整天还得伺候它。

马小壮说：那你就不寻思寻思，它给你干了十多年活呢？

福来说：多余。天天你还得给它喂草、刷毛，还得扫圈棚、除驴粪，不嫌烦哪。

马小壮说：烦啥呀，这玩意儿养时间长了有感情，跟人一样，它能听懂你的话、懂你的心思，其中乐趣，你们体会不到。

福来不怀好意地说：小壮，你不应该叫马、小壮。

马小壮说：那叫啥呀？

福来说：应该叫驴、小壮，哈哈……

马小壮说：去你个臭瘪犊子的。

翟玲在销售部电脑前，她看到广粤商行发过来的电子邮件，上面有榛子发霉的照片，惊讶不已：怎么回事，发来这照片是啥意思？她赶紧拨通金昌电话，说：金昌，广州的刘经理有信息过来了。

金昌一听非常高兴，说：刘经理有信儿了，太好了，他跟你说啥了？

翟玲说：我还没跟他通话，他刚刚发过来几张照片。

金昌说：照片，什么照片？

翟玲说：照片里的榛子都长毛、发霉了。

金昌脸色一下子变了：啥……刘经理是不搞错了，宝仁榛子怎么能长毛发霉呢？

金昌骑上车飞快地到了园区，见到翟玲急忙问：怎么个情况小玲，赶紧让我看看。

翟玲说：你看吧……

金昌看了电脑上的照片，大吃一惊：啊，这是咱的榛子，可怎么能发霉了呢？

翟玲说：我也纳闷，宝仁榛子从来没发生过这种情况。

·十八·

金昌仔细看着照片、沉思着，他说：……气候问题？南方的气候条件，不适宜储藏散装榛子？

翟玲说：这我哪知道。

金昌说：上大学的时候，我接触过一些关于干果储藏知识，干果类食品对温、湿度反应敏感，气温超过20℃或长期光照，会加速脂肪转化而变味，就是我们说的“哈喇味”，不知刘经理那是在什么条件下储藏的。

翟玲也着急说：那怎么办呢？

金昌说：我想想，想想……给老高打电话，他是这方面的专家，向他先咨询一下情况。

金昌马上拨打了老高的电话，说：老高啊，有件急事要向你请教咨询啊。

老高说：金昌，干嘛这么客气，有事你说。

金昌说：我直说了啊，你对气象与林业生产的关系有专门的研究，简单点说,我想了解一下,广州地区的气温和空气湿度年平均指数是多少哇？

老高说：广州？广州地区年平均气温在22℃左右；平均相对湿度，5、6月份为最高，在84%～85%；11、12月份为最低，也有67%～69%。

金昌又问：那么，干果储藏、特别是榛子的储藏，对温、湿度的要求是多少？

老高说：榛子的储藏……最适宜的温度应该是15℃以下，空气相对湿度是60%以下。

金昌说：这不扯吗，温度、湿度都突破上限了。

老高问：怎么了金昌，你要往广州发榛子吗？

金昌说：我都已经发样品过去了，可发去的榛子都长毛了。

老高说：啊？那就与温、湿度和储藏环境有关系。

金昌说：有什么办法解决这个矛盾？

老高说：自然气候的温、湿度是无法改变的，只能从榛子自身的包装和储藏环境上想办法。

金昌说：包装、储藏？好好，我知道了，谢谢啊，有事我再给你电话。

金昌撂下电话，紧锁着眉头……

翟玲关切地问：你打算怎么办？

金昌说：……我给刘经理打电话，再核实一下情况。他马上拨通了电话，说：喂，是刘经理啊……刘经理你好啊……是啊，去年榛子节一走，就再也联系不上你了……我可不有事咋的，你发过来的照片我收到了，那是红石峪的榛子吗？你没搞错吧？

刘经理说：不会搞错的啦，到目前为止，我们公司经销的榛子，只有平欧杂交大果榛子，东北的平榛，只有你们这一箱子啦。刘经理发牢骚说：金昌啊，我们的生意是做不成了，榛子到这来就发霉变质，我们就没有办法销售啦，朋友我们可以交，生意就不好谈啦；这件事情是我联系的，你现在搞得我在陈总面前很没有面子，搞得我很难堪的啦。

金昌放下电话，说：这下可麻烦了，我得向姜兰报告情况了……

姜兰接了金昌的电话，说：你可真会找时候，我刚下班，还没进家门呢。你有事啊？

金昌说：有事，你到我办公室一趟。

姜兰说：有啥事不能电话里说吗？

金昌说：有急事，非常紧急。

姜兰一听，马上说：行了，你在办公室等我吧。

金昌关了电话，一屁股坐到椅子上，眼神有些发愣……

翟玲递给金昌一杯水，说：你也别太着急了，合作社也不光你一个人。

金昌看着翟玲，欣慰地翘了下嘴角。

翟玲又说：我不陪你了，干娘叫我下了班到她饭店去一趟。

金昌说：你去吧，不用担心我。翟玲点点头出了门。

姜兰赶到园区，进办公室就问：什么事这么紧急，非把我调来？

金昌说：榛子出问题了，我们发往广州的样品榛子发霉了。

姜兰的心咯噔一下提了起来：什么？……咱们宝仁榛子，怎么会发霉？

金昌说：不但发霉，还长毛了，照片都发过来了，你看看吧。

姜兰到电脑前看照片……说：天哪，怎么弄的这是？

金昌说：我分析是榛子受潮了，储藏环境不适宜。我们得赶紧想法解决。

姜兰略一寻思，说：……想办法，那就得改包装，除此没别的办法。

金昌说：你也支持这想法？

姜兰说：当然。现在有不少干果食品厂家，都已经这么做了。

金昌说：我刚才请教老高了，他说南方的气候环境与空气相对湿度，确实不适宜储存散装榛子之类的干果，要从根本上解决问题，就得改换包装。

姜兰说：嗯，采用“真空彩塑压膜包装”吧，这种系列的设备，可以密封包装，榛子不会变质变味，口感也不会变，应该能适应南方的气候情况。

金昌说：那我赶紧上网查厂家吧，要行的话，马上就联系一下。

姜兰说：我手头有几个专业厂家的资料，这就转给你；一般专业厂家都会派技师登门安装、给予技术指导，很方便。

金昌说：太好了，那我就马上办理。

姜兰说：瞅你这猴急的样，这事你跟翟叔说了没有？

金昌说：是啊，光顾着着急了。我俩去见翟叔吧。

姜兰说：走。

老翟头听完金昌和姜兰的情况汇报，他说：你俩说的情况很正常，南方那边潮湿，榛子发霉一点都不奇怪，咱不往那销就完了呗；再说了，打老祖宗吃榛子那前儿到现在，储藏榛子的方法一直没变，都是往麻袋里一装，放库房就得了。这件事啊，备不住刘经理是找借口，本来他就不想进宝仁榛子，要不他怎么一走了之，到现在才有动静呢？

姜兰说：翟叔，在北方气候环境条件下，是你说的那种情况，可南方不行，咱们要想法儿解决才是。

老翟头说：我还是刚才那话，不行就不往那销。当初我就说，到那地儿做买卖要行的话，别人早行了，还能轮到咱头上。

金昌说：可去年榛子节，刘经理来了之后，你的想法不又改变了吗？

老翟头说：当然了，那么大个市场谁不想挤进去，可从现在情况来看，广州那么热的地儿，还潮乎乎的，我是没招儿。

金昌说：榛子是怕潮、怕湿热，但可以想办法改变呀，我建议，改包装、上真空包装流水线，这样的话，就能解决这个问题，打入南方大市场就有希望。

老翟头说：你还没弄明白咋回事呢就要上那玩意儿，别弄了半天，客户不认真空包装过的榛子，我怎么整，我让乡亲们说我是败家子？

金昌说：这想法是市林业局高科长建议的。

老翟头迟疑了一下，说：……这件事，等明天开理事会定吧，有啥想法在会上说。

新月如钩。金昌坐在院子里沉思着。碰到了那么多的事情该怎么办，合作社面临诸多情况不容乐观。天津朱经理的问题解决不了，将失去华北的一大块市场；榛子发霉的问题如不及时解决，宝仁榛子就很难打入华南的大市场。还有，自己和小玲的将来怎么办？如果她进城了，回来的可能性非常渺茫，那自己的终身大事怎么办？怎么解决这些难题，让金昌想得头疼。

金婶走了过来，她说：儿子，你都在院子里坐半天了，别这么坐着了，回屋睡觉吧。

金昌说：娘，你跟爹先歇着吧，有些事情挺麻烦，我得好好想想啊。

金婶拿了件夹袄给金昌披上，说：那你别太晚了，明天还要起早呢。

金昌微微笑着说：谢谢娘。

金婶回屋上炕躺下，她捅了金有良一下……

金有良说：我正做梦呢，你捅咕我干啥？

金婶心疼地说：你说咱那儿子愁人不，这都多晚了还不进屋睡觉，我看他再这么累下去，非累出个傻子不可。

金有良说：哎呀，他不睡，就是不困。

金婶说：我看儿子有点不对劲，好像心里不痛快似的。

金有良说：那榛子发霉了，他能不上火？你就别唠叨了，再说话，我就失眠了。

金婶继续说：以前是日头一落，摸黑就闭灯，现在可好，一到晚上就来精神，没事就搁那望月亮啊、看星星的，都快成夜猫子了，再这么熬下去，可不是个事。

金有良说：那咋办，儿子不睡觉，你还把我也搭上？

金婶不乐意了：你个死老头子的，我跟你说半天话，横竖都白说了。

金有良说：白说啥呀，我不让你睡觉了嘛。

第二天，合作社召开理事会。金昌说：广州的情况跟大家介绍了，我个人的想法也给大家表明了，关于成品榛子能不能上新包装的事，还请各位拿出意见和想法吧。

沉静一会儿，姜老慢说：要我说，以前榛子包装和储存方法，还处在原始的初级阶段，如果还使用大麻袋和纸盒箱储运，咱就算不跟南方做生意，也跟不上形势了。

喇叭叔说：我觉得，现在的市场需求和大众消费理念，已经发生了很大的变化了，咱宝仁榛子还有出口的打算呢，那设备和技术就必须更新。

老翟头说：你们说得全都对，可你们想过没有，就算都按你们说的去做了，可广粤商行能接受这样的包装吗？咱们那么多的老客户能接受吗？我给各位打个比方啊，就比如咱们买烧鸡，被真空包装那只鸡，能比刚熏出来的好吃吗？

满堆爹说：理事长咋说上烧鸡了，这是馋了咋的。

老翟头说：我是说，好好的榛子硬给捂巴上，谁都不认它了，到时候咋办？金昌啊，刚才你还巴巴巴说起来没完，现在我问你，你咋不说话了？

金昌说：翟叔你先说。

老翟头说：我还是那句话，打从老祖宗那吃榛子，一直发展到现在，你们见过榛子被真空过吗？被真空的榛子，它还是榛子吗？

姜老慢说：咋不是呢，老翟，你吃过罐头吧，那肉罐头你可经常吃，是你下酒的方便菜吧，那不也是被真空的吗？

金有良说：真空，就是包装袋里头没空气了。

满堆爹说：对。理事长，说白了，就是塑料袋里的空气被抽出来，榛子就不能受潮，也不能变质了。

老翟头说：你们说那玩意儿说的，那它还能保留榛子的原始香味儿吗？

金有良说：老翟你都忘了，小玲在超市买的那些杏仁、腰果啥的，你吃过吧？

老翟头说：吃过。

金有良说：那就是塑封包装，你吃了，不也说挺好的吗？

金昌接着说：而且，榛子属于“闭果”类干果，经过真空处理后，只要保持好温度、控制好湿度，不但不会变质变味，还会大大延长保质期。

老翟头说：这事呀，必须掰开皮儿说瓤儿。那新设备进来了，好多现实问题你们考虑了吗？首先厂房要有吧，我库房用地刚申请完，园区还有地方建新厂房吗？

金昌马上说：翟叔，厂房是现成的。

老翟头瞪着金昌说：在哪呀？

金昌说：园区东边那排砖瓦房，就是现成的生产加工车间。

老翟头说：你小子盯上那了，那房子我可舍不得用，我还想在那建个小礼堂呢。

喇叭叔说：哎，金昌建议得对，那排房子做厂房最好了。老翟啊，我看大家伙儿都不反对，咱就这么干吧，啊？

老翟头眨巴眨巴眼，没吱声。

满堆爹说：老翟啊，企业要往大了发展，不走新路子不行啊，咱们的生产加工工艺是要提升提升了。

老翟头说：这事大家都同意干，我就不说啥了，我也是把能想到的都嘚咕嘚咕。那这事，就由金昌牵头干吧。

金昌深深地吐了口气。

老翟头又说：还有个事顺便说一下，林晓曼帮老李搞林下经济，我和老李也想着帮她做点事；她想在镇大集上设销售点，咱帮她找个好铺面，把林家岭合作社的农产品推销出去，就算对她的报答了。

喇叭叔说：行，这事我来办吧。

金昌兴奋地站起来，说：好，林家岭合作社销售摊位的事，就请喇叭叔操心协调给办了。关于成品榛子改换新包装的事，我们就作为理事会的决定通过了，大家各负责一摊工作、马上动起来；引进新设备，就由我和姜兰负责，扩建新厂房的工程由满堆爹牵头，喇叭叔负责合作社内部岗位、人员的调整调配，我们一定要在秋收前完成这件事情。这事翟叔就放心吧，我会随时把情况向您汇报的。

老翟头看着喊里咔嚓安排工作的金昌，欣赏地点点头：好。

姜老慢慢条斯理地说：金昌啊，大家都有负责的了，我整啥呀？

金昌笑了，说：老慢叔，本来我想单独给你布置。这样，购置新设备需要财务预算，等我把设备选好，报您这，你就可以做预算了；同时，根据新设备生产、出品等情况，你需要做一份新的成本核算以及新的销售价格方案。

姜老慢乐了，说：我又得好好扒拉扒拉算盘、多爬点格子了，哈哈……

镇林业站。小杨问姜兰：站长，好几天没见着你了，红石峪的新设备上马了？

姜兰说：啥叫上马了，有咱帮金昌的忙，还能搞不定。

小杨说：行啊站长，不愧是咱镇里的“优秀科技承包人”，说扶持个新项目，立马就齐活。

姜兰说：不过，我还替金昌他们犯愁呢，这新包装，市场能不能接受？要是经销商不接受新包装，也不好办呢。

小杨说：那就要看产品宣传和推销的力度了。

姜兰说：说的是。所以啊，金昌打算亲自去趟广州。

金昌带领大家在新的生产流水线上忙个不停……

老翟头看着一件件包装好的榛子从眼前经过，对金昌说：好哇金昌，看这包装，有1000克的、250克的，连50克的小包装都有啊，这么分类包装，够先进的了。

金昌说：要不咋叫专业化呢，开袋即食，卫生、保鲜又方便。

老翟头说：哎，我就琢磨不明白啊，你们说，把榛子包这么严实，它不能再捂出毛、哈喇了吧？

姜胖故意调皮地说：能、能。

金昌赶紧说：别听小胖吓唬你。翟叔，真空包装是越严实越好啊，袋子里的空气被抽空了，就可以避免受潮、防止微生物滋生，榛子就不能发霉长毛了，而且口感也不会变。

老翟头还是有些担心地说：可刘经理他们能不能识货，这还是个事呢。

喇叭叔说：那就跟广州方面联系一下，再给他们发几箱榛子过去。

金昌说：这事我想过了，与其用物流发货过去，不如派人亲自送去好啊。

老翟头问：派人亲自送？

金昌说：派人送。

老翟头精神头上来了，说：走，咱别在这说话……村主任啊，招呼理事们都到我办公室去。

喇叭叔说：这就到。

老翟头主持理事会讨论，同意派人亲自去广州送样品榛子，最后决定金昌和福来去广州。

福来得到通知后，赶紧跑到金菊办公室，说：媳妇媳妇，哈哈哈……啊哈哈……

金菊说：……干啥呀这是，魔怔了，跑这抽风了？

福来说：媳妇，戏里边唱“天上掉下个林妹妹”，赐给了贾宝玉；咱也不差啥，合作社掉下个“大馅饼”砸我福来大人的脑瓜顶上了，哈哈哈哈……

金菊说：怎么，翟叔让你跟金昌一起去广州？

福来说：那还有假，理事会定的。

金菊说：瞎吹吧，去那地方，可是跟老广做生意，得能说会道才行，你个农村土老帽，没见过啥世面，可别给合作社耽误事。

福来说：我曾经做过销售你忘了？那也是这跑那颠儿过，再说了，还有金昌呢。

金菊说：这跑那颠儿的，你也都是跑的小地方。

福来说：从小到大得有个过程，这回去广州，下回备不住就是上海了，再下一回，说不定还能到新加坡、莫斯科呢。金菊说：别在那做美梦了。

电话响了，金菊接电话：你好，宝仁榛子销售部。

金昌说：姐，是我。

金菊说：金昌啊，什么事？

金昌说：你马上给我订两张去广州的火车票，最好是明天的。

金菊说：这么急，订谁的名字啊？

金昌说：我和姐夫。

金菊说：知道了，我马上办。

福来马上说：怎么样，媳妇，好事成真了吧。说着，上前要抱金菊……

金菊推开福来：滚！别捣乱，我要订票了。

金昌把去广州的事情告诉了翟玲。翟玲挺担心地说：金昌，这回你可是出远门，广州大得你都找不到北，到那可别走丢了。

金昌说：让你说的了，我在省城上学四五年，那也是一线大城市。

翟玲说：要不，我开车送你去吧？

金昌说：开什么玩笑，老妹儿，坐火车都得走两天。

翟玲说：是啊？既然那么远，你俩咋不坐飞机呢，用不了一天就能到。

金昌说：你忘了，姐夫他晕机。

翟玲说：啊对对，上次他跟金菊姐去海南，就是坐飞机回来的，结果，晕得他苦胆都吐出来了。

金昌说：就是的。哎，小玲，女孩子都喜欢买什么小玩意儿伍的，哥给你带点啥回来，你想想。

翟玲说：我没啥要买的，以后再说吧，你给你娘买点好的带回来吧。

金昌说：嗯，也行，那我就看着给你买吧。

翟玲说：我明天开车送你去火车站吧？

金昌说：不用，姜兰开车送就行了。

翟玲一听这话，就觉得不舒服，她说：你要出远门，不让我送让姜兰送？

金昌说：她去市里办事，要用我的桑塔纳，也算是搭她的顺风车。我跟你说啊，小玲，我走这段时间，咱老实儿在家待着，你有啥情况，也要等哥回来再说，记住没？

翟玲说：你啥意思啊？

金昌说：就是你去艺术团的事呗，要去的话，第一个就要先告诉我，啊。

翟玲说：知道了。

金昌说：行了，你爹还在农家乐等咱们呢，咱俩一起去饭店。翟玲：嗯。

九妹子听说金昌要去广州很高兴，特意陪老翟头和金昌、翟玲一起吃顿饭。她一个劲儿地往金昌的碗里夹菜：金昌，多吃点啊。金昌说：谢谢婶子。九妹子又往翟玲的碗里夹菜……翟玲说：干娘真好。

老翟头说：你尽往他俩碗里夹菜了，我的碗还空着呢！

九妹子说：你，挺大岁数了，还跟俩孩子吃醋。

翟玲给爹夹了几样菜……老翟头说：哎，还是我闺女疼我。

九妹子说：别酸得溜的了，快吃吧。说着，她又夹了块儿肉给老翟头。

老翟头笑着说：嗯哪，这还差不多。

金昌和翟玲对视一下，俩人憋不住都笑了。

老翟头问金昌：东西都准备好了？

金昌说：啊，差不多了。翟叔，这趟出门，我还有个想法。

老翟头说：啥想法？

金昌说：我想，广州的事办完之后，顺路去趟天津。

老翟头说：你还惦记着天津的事？

金昌说：是。

老翟头说：广州的事能办成就不错了，有些事情不能强求，朱经理那等等再说吧。

金昌说：左右也是出去一回，能办成一件是一件。

老翟头说：那你就看那边的情况再定吧。

金昌说：好。婶子，你有啥事没，要买啥，我给你带回来。

九妹子说：也没啥带的，要是有好看的连衣裙，你给小玲和小妮子一人带一件回来。

金昌说：好。

翟玲美滋滋地说：还是干娘最疼我了。

老翟头说：金昌，这次要不是帮老李他们办事，我都应该跟你去一趟。

金昌说：先可老李那来吧，他那几百亩坡地的规划方案都做好了，你就跟林晓曼先帮他干起来吧。

老翟头说：是啊，他得赶紧按计划作业了，得先种植红松苗，这可是当务之急啊。

翟玲的电话响了，她接电话：柳枝嫂子……是啊，金昌是明早走……你要捎东西啊……我跟金昌在饭店呢，你家离金菊姐家近，要买啥，告诉福来就行了。

福来开车到镇上的银行自动取款机前，取出几沓钱。贾六和张铁子开出租车过来。贾六说：福来，取钱了？福来：啊。贾六说：取这么多钱，想跟咱凑凑手呗？福来说：不瞒你说，我要出远门了。

贾六说：要去哪呀？

福来说：说出来吓死你，广州。

贾六说：真去广州啊？

福来说：吓着你了吧？

张铁子诡秘一笑，赶紧跟贾六说：六子，叫福来去我家玩玩呗。

贾六点点头，对福来说：哎，福来，咱去张铁子家玩会儿呗？

福来说：我又不认识他，不去。

贾六说：这不就认识了嘛……哎，铁子，跟福来打个招呼。

张铁子说：哎，你就是福来呀，我早就听过你大名了，“干部家属”。

福来说：你就是张铁子呀，我听说你手法不错会变戏法，是真的不？

张铁子笑着说：戏法都是假的。怎么样，去我家露露手哇？

福来说：不行，我老婆还等我回家呢，走了啊。

福来上车。贾六连忙说：别的呀，福来，我去张铁子家等你了。

福来敷衍着：再说吧。

福来开车走了。贾六问张铁子，说：怎的，还玩吗？

张铁子说：反正今天的活儿够口儿了，去我家等他。

杨柳枝和不少妇女在文化广场等福来。福来到广场停下车，大摇大摆地下来，说：都在这等我呢。

杨柳枝说：是啊福来，我们都等你半天了，你给我们捎点东西回来啊。

福来说：没问题。都要捎些啥呀？

麦穗说：你给我带点南方货吧？

福来说：只要有卖的，我就能买回来，想买啥就说。

麦穗说：去年石榴姐在南方买的花衣服挺好看，给我买两件啊。

福来说：行啊。

石榴说：福来，给我带瓶香水。

福来说：我老婆还没抹过香水呢，这玩意儿我可不会买。

石榴说：那有啥不会的，去大商场问问就知道了。

福来说：那我也得知道你要买啥牌子的呀？

石榴说：毒药。

众人哈哈笑，以为石榴是开玩笑。福来认真地说：石榴嫂子，你逗我玩儿呢？

石榴说：哎呀，你到卖香水的地儿一问就知道了。

福来说：那我问完了，服务员不能骂我神经病吧？

石榴说：那是进口香水，“毒药”是个品牌的名字，我不调理你。

福来说：好，我记住了，这名字好记。

杨柳枝赶紧说：福来，给我也买瓶香水，我要大瓶的啊，也要进口的。

石榴说：不用买大瓶的呀，买一小瓶就够用一阵子的了。

杨柳枝说：不的，我就买大瓶的，够全家人抹一阵子的，划算。

福来说：哎呀，我说杨柳枝呀，你以为那香水是你家压水井啊，随便喷、可劲儿用？

杨柳枝说：那我不管，只要大瓶就行。

其他妇女也开始抢着喊福来，要带这买那的，争先恐后说个不停……

这时，福来的手机响了，他接电话：喂，贾六……我都跟你说了我去不了，你就别跟我废话了。

贾六说：哎呀，你今天也不走，就玩一会儿呗，你要不过来，我们这就仨缺一了，哥儿几个都等你呢，你别磨叽了。

妇女们还在叽叽喳喳地呛呛着……

福来把手机对着妇女们扫一下，说：你听见没，贾六，我这一大帮老娘们找我，我真没时间过去。

贾六说：福来，你咋娘们唧唧的呢，和老娘们凑一块儿，有啥出息呀？

福来说：啥出不出息的，她们是找我……杨柳枝见福来说起来没完，一把抢过手机，对着话筒喊：福来他很忙！说完把手机关了。又对福来说：我还要买一双新款高跟鞋。

贾六在张铁子家，手擎电话，直揉耳朵，说：……这谁家老娘们，这么厉害？

张铁子说：这老娘们挺泼啊，搅局儿啊。

刘三说：这不完了吗，白等了，还是三缺一。

张铁子说：福来那小子要不来，也没啥意思了。

贾六说：他不玩，咱再找个人呗。我输你那么多钱，总得捞回来点吧？

张铁子笑了，说：好啊，让你捞。我再招呼个人过来啊。

金婶要给金昌带不少东西。金有良说：老伴儿，这半拉炕都让你堆满了，我看着都迷糊，你整这么多东西给带着，也没啥可用的呀？

金婶说：谁说没用，都有用。这是在路上吃的黄瓜、肉酱、小柿子，对了，外屋地还有现蒸的馒头，我拿去啊。

金有良说：你可真多余，这不给儿子添累赘吗？

金婶说：有啥可累赘的，火车上卖的东西太贵了；多带点，儿子吃着方便，要在火车上待两天呢。

金婶又抱了几个馒头进屋。金有良说：哎呀，那肉酱就别拿了，再整撒了呢，弄得哪都是油。

金婶说：这个可得带，那南方的饭菜，咱儿子不一定吃得惯呢，带点肉酱好下饭。

金有良说：远路无轻载，给孩子多带点钱最实惠。

金婶说：就你懂。这几个编织袋都卷好了，也都带着；你说，好不容易去趟广州，大伙儿指定要捎不少东西，用它装东西最实惠。

金有良说：坑人，让孩子背编织袋满大城市跑，金昌能背才怪呢。

金昌拖个拉杆箱进屋。金有良说：老伴儿，看见没，儿子都已经有拉杆箱了，那编织袋就别拿了，这是去广州不是去三里堡。

金婶说：我不管。儿子，牙刷娘给你带了啊。

金昌说：那酒店啥都有，手纸、牙刷牙膏都有。

金婶说：城里人真讲究，连这些玩意儿都管。儿子，酒店那牙刷指定都是新的，留着别用啊，都带回来；你就用娘给带的这个，咱不能随便浪费东西。

金昌无奈地接过牙刷放在包里：嗯哪。

金婶说：小玲要买啥东西，你都问好了没？

金昌说：她没说自己要买什么，就说要我给娘买点啥好东西带回来。

金婶说：这孩子知道懂事了，还惦记我呢。儿子，到广州，有好看的金项链，再买一条回来。

金昌说：娘是给小玲买吗？

金婶说：那还有谁。

金昌说：一对金戒指都准备好了，项链也有一条了，买那么多没用，算了吧。

金婶说：我说买就买，那是娘的一点心意。

金昌忙说：好好，买。

金菊在给福来整理行装。福来在一旁装包。

姜胖给福来打来电话，他说：福来姐夫啊，我想给我娘买两个首饰盒，要带音乐那种的，你能给我带回来吗？

福来说：两个首饰盒？小胖胖，你娘要给你办嫁妆呢？

姜胖说：哎呀，你咋那样呢？

福来爽快地说：逗你呢，我兄弟的事，没问题。

姜胖说：那我给你送钱去。

福来说：什么钱不钱的，哥们挨饿那会儿，是你帮我渡的难关，没说的，你等着吧，我一准给你买俩回来。

姜胖说：福来姐夫够样儿。

福来撂下电话，说：小胖有意思。

金菊说：他让你给买首饰盒？

福来笑着说：说是给他娘买的，还要买俩。

金菊也咯咯乐了，说：那指定有一个是给麦穗买的，小样吧，还遮遮掩掩不好意思。

金菊继续收拾东西，边收拾边嘱咐：福来，虽说咱是农村人，可出门在外要讲究点，大酒店里铺着地毯啥的，你那大泥脚可别往上踩，要脱鞋啊；真遥哪乱踩，让城里人看见，该说咱农村人不懂规矩了。

福来说：我又不是没出过门。

金菊说：你以前出门，尽走些小地方，井里那蛤蟆知道吧？

福来说：我老婆还瞧不起人了，我跟金昌一起走，我还怕啥的。

金菊拿出一套西服，说：这身西装我都烫好了，火车上先别穿，躺一身褶子就不好看了，到广州下了火车再把它穿上，让人家打眼一看，就知道咱有身份。

福来说：还有啥话一堆说，再折腾天该亮了。老婆，你想买点啥还没说呢。

金菊脱掉外衣上了炕，说：你给我买件睡衣穿吧。

福来说：买睡衣？

金菊说：啊，你没看电视里吗，城里人都穿睡衣睡觉，咱差啥了。

福来说：买睡衣啥时候穿呀？白天搁屋里穿，来个人伍的不方便；晚上钻被窝了，还用穿那玩意儿？

金菊说：老土，我不能总穿老头衫睡觉吧？

福来说：老头衫怎么了，松快快儿的，肚皮和腰都盖上了，还不冻膀子。

金菊不高兴了，说：我咋嫁给你这么个乡巴佬呢，老头衫比睡衣好吗？

福来说：当然了，你说心里话，老婆，老头衫穿身上舒服不？

金菊掉脸子说：去去，不买拉倒，睡觉。

福来赶紧哄：买买买，我老婆喜欢咱就买，而且，要买最好的，等我买回来，你让那帮老娘们儿看看，看我老婆多有品位。

金菊抹搭一眼，说：早这么说就完了呗。

福来说：呀，还抹搭上我了？说完，摁倒了金菊……金菊：哎呀，你干啥？福来说：睡觉……

·十九·

金昌和福来要出发了。翟玲起早就到金婶家来了，进屋就说：婶子，叔。这都准备好了。

金婶说：都弄好了，就等着出发了。

金有良说：小玲，你坐会儿啊，叔出去看看车到没。翟玲说：哎。金有良刚出屋，翟玲拎起一个大包往外走。金婶连忙说：哎呀小玲，不用你拿呀。

金昌进了屋。金婶赶紧说：这还有大小伙子呢，儿子，你快点接过来。翟玲说：我能拿动啊。金昌把大包接了过来。金婶说：小玲还没吃早饭吧？我现蒸的大馒头，等会儿金昌走了，你吃点啊。

翟玲说：不用，婶子，家里都有，一会儿回家跟我爹吃。

马小壮还在家睡懒觉，杨柳枝推醒他，说：小壮，都啥前儿了，你还睡？

马小壮说：啥事呀，这么早就叫我？

杨柳枝说：福来都要出发了，你不是喜欢罗西帽吗，赶紧跟他说去呀？

马小壮说：你让他都买不少东西了，我就算了。

杨柳枝说：干啥算了，顺便让他一块儿都买了呗，赶紧起来找他去。

马小壮说：你去跟他说声就得了，我再睡会儿啊。

杨柳枝说：灶膛火还着着呢，你快去吧。

马小壮说：哎呀，昨天你干啥去了？把自己东西张罗完、就不管我了。

姜兰开车到了金婶家门口。

金有良说：姜兰啊，还让你送金昌了，谢谢你啊。

姜兰说：有良叔见外了，我这也是顺路的事。

金有良向院内喊：金昌啊，车到了，快点走吧。

金昌拎包和翟玲出来，说：哎，来了来了。

姜兰说：小玲来送金昌了？

翟玲没啥表情地说：啊。

姜兰说：哎，金昌，福来还没到吧？

金昌说：从家出来了，等会他吧。

姜兰说：赶紧把东西装车上，然后过去接他，这个时段路上车多，咱早点走。

金昌说：没事，赶趟。

翟玲对金昌说：姜兰说话好使，你应该听她的。

姜兰笑了笑，说：你看看，小玲都说我说话好使，金昌还说不着急。姜兰凑到翟玲耳边小声说：姐送你那个日本名字，还真是那么回事哈，咯咯……

翟玲：……

金有良说：姜兰说得对，别起个大早赶个晚集，赶紧接福来去。

金昌说：好，走了啊。

福来拎包出院门。马小壮走了过来，见福来穿得利整整的，说：这家伙，挺带派啊，小皮鞋擦得锃亮。福来说：啥时候我皮鞋不亮啊。你有事啊？

马小壮说：给我带样东西。福来说：带啥？马小壮说："罗西帽"你知道吧？

福来说：嘁，小常识。要多大号的？

马小壮说：多大号的……我感觉我脑袋和你差不多吧？

福来说：你挺大个脑袋瓜子，别和我脑袋套近乎。

马小壮说：咱俩真差不多。

福来说：差远了。你把号码整准了，要不买大买小不合适的，你怎么戴？

马小壮说：我想想啊……福来说：快点想，别磨叽。马小壮说：多大号……5，8的，是58号的。

福来见车过来了，说：行了，我记住了。要啥色儿的？

马小壮说：啥色儿都行，你就看着买吧。福来说：知道了。

姜兰开车到门口。福来上车，说：走了，小壮。

马小壮说：哎，金昌、福来啊，祝你俩平安顺利、马到成功啊。

车启动。杨柳枝跑过来，说：小壮，那帽子买啥色儿的，你告诉福来没？

马大壮说：老娘们家就是磨叽，买啥色儿的不行。

杨柳枝说：废话，他给你买个绿色儿的，你也戴？

马大壮说：绿色儿的不行吗？

杨柳枝说：傻呀你？

马小壮突然想起绿色的那个意思，说：哎呀媳妇，你咋不早说呢。不行，我得追福来去。马小壮紧跑追车，喊着：哎——福来，帽子的颜色，颜色，我还没跟你说呢！

福来听见马小壮的喊声，恶作剧地说：姜兰，大点踩油门，让他在车后头消化消化食儿。

姜兰说：消化啥食儿呀，大清早的，小壮还没吃饭吧。

马小壮撵着车使劲喊：福来——你听我说，我的帽子，不要绿色的，你听见没？

福来戏谑地说：哎呀，现在干啥都讲究“绿色”，这家伙还跟“绿色”唱反调。

老翟头和满堆爹在村文化室下棋，几个村民在旁边看热闹。

大分头说：翟叔，你这臭棋咋走的，那过河马，不擎等着人家吃你呀？

老翟头说：瞎目糊眼的，你没看后面吗？

大分头说：……啊，看我这眼神，看秃噜扣了，感情你还跟着落底炮呢，这局翟叔赢了。

满堆爹拿起一个棋子，“啪”一拍：将！他赢，那还得等。

大分头说：高吊马！

大眼儿说：哎呀，满堆爹厉害，这叫出奇兵呀，太厉害了！

老翟头说：我咋不折服呢，他赢我了吗？

满堆爹说：交棋吧你，臭棋篓子。

老翟头说：别急别急，等会儿、等会儿。

满堆爹说：还等啥呀，棋搁那摆着呢，你瞎呀，看不见啊？

老翟头说：你，你说我瞎哈，你等着的，哪天我让你也瞎一回。

满堆爹电话响了。大眼儿说：满堆爹，你电话。

满堆爹知道自己闺女跟姜胖谈恋爱了，虽然还没公开，但心里也很高兴，他是想让福来给姜胖这个未来的姑爷买套好西服。他对老翟头说：你别动我棋啊，我去去就来。

老翟头说：我等你。哎，你个老东西，要求金昌给你捎东西呀？

满堆爹说：啊是。你不给九妹子买点啥？

老翟叔说：我早就说完了，快去快回吧你。

满堆爹跑出文化室，见到福来，把钱给了，又交代了几句，赶紧跑了回去。

姜兰开车上了公路。福来说：满堆爹挺够意思啊，要给姜胖买西服。姜兰，小胖谈恋爱了吧？

姜兰说：不知道。

福来说：我看麦穗那小孩挺好，人品端正、又能干活，长得还漂亮。

姜兰说：说的是呢，就看俺家小胖有没有那福气喽。

福来说：小胖还说啥了，好孩子一个。

姜兰说：调皮蛋一个。

福来说：没问题，这不，未来的老丈眼子，都开始装备上姑爷了，哈哈……

姜兰笑了笑没吱声。她想打开车载音响，可打不开，她说：这破车的音响不好使啊。

金昌说：早就不管用了。

姜兰说：你这总经理也不行啊，咋不让翟叔给你配台好车呢，开这破玩意儿多没面子？

金昌说：对付着开吧，整天在山里头转悠，开啥好车也都颠簸坏了。

姜兰说：开车没音响多没劲。哎，金昌，你不是要参加镇上的秧歌会吗？

金昌说：咋的？

姜兰说：到火车站还得会儿时间，在车里也没事，你来一段呗，你要唱好了，我就不参加了，把名额让给你。金昌说：行啊，想听啥？姜兰说：啥都行，唱“老汉”也不反对。

福来说：姜兰，你别糟践人了，这会儿呀，金昌可是“十八岁的哥哥，惦记小英莲”呢。

金昌也不隐晦：哎，还是姐夫理解我。

姜兰说：呵，这刚出门就惦记上了。

金昌出门了，翟玲静下心来合计自己的事情，她有了自己的打算。

翟玲来到金菊家。金菊说：小玲来了。

翟玲说：啊，金菊姐，我是来求你帮忙的。

金菊说：瞧你说的，有啥事你就说。

翟玲开门见山，说：金菊姐，我想去艺术团的事，金昌跟你说了吧？

金菊说：说了。小玲，你怎么，还真想去呀？

翟玲说：嗯。金菊姐，其实你也知道，我真的太喜欢二人转了，一听到那曲调，我就感觉浑身都有劲儿，一下子就兴奋起来了，我就想去专业艺术团试试去。

金菊说：小玲，你是要我做我娘的工作吧？

翟玲说：不是，婶子能理解我呀。就是，合作社财会的事我脱不开身，你说我怎么办吧？

金菊说：啊，这还真是个事，它不像别的什么活，叫谁都能帮你忙。

翟玲说：金菊姐，你以前没少帮我，这次我要走了，财会这块儿你替我做呗？

金菊说：那可不行。小玲，你知道的，合作社的制度很严格，分工谁的事就谁来干，我就是帮你，让理事会知道，也得让我停下来。

翟玲说：哎呀，那怎么办呀，我总不能因为这事，影响我个人的前途吧？

金菊说：你也是的，金昌走之前，你咋不让他安排好人呢？

翟玲说：他老说忙、没时间，昨天我又问他了，他还是说等等。等得都烦死了。

金菊诚恳地说：小玲，这么多年，你在我眼里就是亲妹妹一样，所以，我有啥说啥，你来找我，也是不见外；想当演员当然好，可有一点你想好没，你去了，还能回来么？

翟玲说：我没打算长期当演员，就是想客串一下，我就是想能在专业舞台上唱二人转；我要是从艺术团回来，档次就不一样了，大家不都得羡慕我？

金菊说：姐说你你别生气啊，咱要这虚荣干啥？就算你演出几场回来了，又能怎样？又能改变什么？一早起炕太阳出来了，你照样该干啥还干啥，没啥改变，就是心里得到一些满足吧。

翟玲说：要你这么说，我真不能去了？

金菊说：反正当姐姐的把话都跟你说了，你真要走的话，就得按金昌说的办，把工作都安排妥当了，到时候谁都说不出啥来。翟玲有些失望。金菊又说：要说你跟小妮子呢，你俩都是能歌善舞的，可她就不张罗什么去哪比赛呀、来个单出头唱唱啥的，啊？

翟玲说：哎呀，让你说的了，小妮子比我懂事呗？

金菊笑着说：你俩都懂事，你就是太好强了。小玲，我这人说话很直，有时候把人说生气了，自己还不知道咋回事，你别生我气啊；我说的都是实在话，可能九妹婶子都不能这么说你，别看她是你干娘。

翟玲听完金菊的话，也不能再说什么，无奈地回到家，心中更加郁闷。

九妹子要去市里办事。她对小妮子说：闺女，娘得去趟市里的保险公司，你跟我进城去不？

小妮子说：我去不了，上午还有工呢。

九妹子说：满堆也不能有啥事，你俩跟我进城去玩玩呗？

小妮子说：俺俩说好哪也不去，我下班了，就回家看电影。

九妹子说：啥电影啊，好看吗？

小妮子说：我刚下载的好莱坞大片《音乐之声》，超级棒，那里的音乐歌舞，老好看了。

九妹子说：那你搁家看吧，娘走了啊。

九妹子开车先到了金婶家。金婶说：九妹子，这会儿有工夫过来了？

九妹子说：我这就进城办事，顺路过来问你买点啥不？

金婶说：没啥买的……你顺便给小豆子买点蛋糕也行。

九妹子说：还是“良美烘焙”那家店的呀？

金婶说：就那家的，那家做的好吃，我给你拿钱啊。

九妹子说：不用了，多钱的玩意儿。你不再买点别的啥了？

金婶说：不买了。你进城办啥事呀？

九妹子说：老翟大哥给我饭店头的保险，我得赶紧办手续去。

金婶说：这是正经事。道上车多，慢着点开。

九妹子开车上路。电话响了，她接电话：倩茹啊……一早饭店事多，我刚出门。

倩茹说：你大约多长时间能到哇？

九妹子说：一个小时能到市里，你就在家等我吧。

倩茹说：好。你好不容易来一趟，就别着急回去啊，在我这住一晚上。

九妹子说：到那再说吧。

倩茹说：别再说，我想晚上领你 K 歌去，咱都放松放松。

九妹子说：哎呀，我哪有那闲情跟你 K 歌，我家里有不少事呢。

倩茹说：老同学给我介绍个对象，我寻思让你帮我看看。

九妹子说：啊，是这么回事啊，那等咱俩见面再细说，我开车呢，先撂了。

老翟头和老李、林晓曼在兴远镇大集中心大街上。老翟头说：晓曼，这铺面在兴远镇大集上可是最显眼的位置，咋样，你还满意吧？

林晓曼高兴地说：满意满意，这位置、这铺面确实不错，就这了。

老李说：我说老翟呀，晓曼的事解决了，下午咋安排，你说了算。

老翟头说：女同志优先，还是晓曼说吧。

林晓曼说：要我说，老李那已经开始种植红松了，咱再过去看看吧，有啥问题，现场就解决了。

老李说：好，上车，先去我那吃口饭。

老翟头说：咱这么的老李，现在时间还早，你把晓曼安排好，顺路把我送家就行，我先回家歇会儿。老李说：那咱们吃完午饭就进山？老翟头说：没问题。

老李把老翟头送到家，老翟头下车。林晓曼喊住老翟头：老翟大哥，给你买的真丝围巾和酱牛肉还没拿呢。老翟头接过来说：谢谢晓曼啊。哎呀，你还非得表示表示。

满堆在园区门前等小妮子。小妮子走来。满堆问：请我看啥好电影，这么隆重，连我请你吃饭都不去了？小妮子说：到家就知道了。

俩人边走边聊。姜胖迎面走过来。满堆说：小胖，你去哪？

姜胖说：我去饭店。

满堆说：你跟我去小妮子家看电影啊？

姜胖说：我跟你俩去？我可不给你俩当灯泡，走了。

满堆说：不识好人心。

小妮子咯咯笑起来。满堆问：你笑啥？

小妮子说：大白天的，咱也不需要灯泡啊，咯咯……

俩人回到家。满堆挺感慨：哎呀喔，咱俩可以自由自在的待会儿了。

小妮子说：看把你乐的。咱俩上我娘那屋看去，我去把电脑打开啊。

小妮子到九妹子屋里。满堆随后，他说：搁你笔记本上看就行了，怎么上你娘这屋看呢？

小妮子说：我娘这台式电脑屏幕大，看好电影，过瘾。

满堆说：嗯，好好欣赏欣赏。

小妮子点击播放《音乐之声》，优美的主题歌旋律飘然而至，满堆高兴地说：小妮子，这音乐太棒了，好好享受享受。小妮子说：你先看着，我烧壶水去。

满堆说：先别烧了，跟哥一起看吧。

小妮子说：烧水也不耽误看。外头起风了，我顺便把门关上。

满堆说：你把床帘拉上，荧光屏反光，影像还发灰，拉上窗帘看得清楚。

小妮子上炕拉窗帘。满堆说：小妮子你快来看，好戏开始喽……

杨柳枝在菜园子里摘菜，见马小壮回来，她说：小壮，这都快晌午头儿了，你咋才回家呢？

马小壮说：去活动室玩了会儿。媳妇，驴喂了没？

杨柳枝说：没喂。你自己喂吧。

马小壮说：你这人咋这样呢，你在家没啥事，就帮我喂喂呗？

杨柳枝说：我还帮你喂驴？我都跟你说好几次了，你把我的话当耳旁风是不？你不赶紧张罗把驴卖了，我就找人卖了啊，到时候别说我没跟你打招呼。

马小壮一听杨柳枝又说要卖驴，气不打一处来，他瞪着杨柳枝说：别说废话！你都知道不可能卖，还老说这事儿干啥！

杨柳枝说：你不卖，我就不喂。

马小壮说：你不喂拉倒，我自个喂。

杨柳枝嗤了声，说：这人，宁可自己不吃饭，先喂驴去，有病。我跟你说啊，以后别再买那么多饲料啊，得花不少钱呢。

马小壮说：挣钱不花，留着干啥，当画看哪？马小壮到后院，给毛驴“倔倔”撒草料、喂胡萝卜。

杨柳枝跟到后院，说：小壮，你跟我说明白了，这驴你真不打算卖？

马小壮坚决地说：不卖。

杨柳枝照马小壮腿弯儿踢一脚，马小壮差点跪地上，说：你踢我干啥呀？

杨柳枝说：欠踹。喂完了，赶紧把驴棚收拾了啊。

马小壮说：昨天我刚收拾完，你看这里、这里，多干净，还有啥可收拾的？

杨柳枝说：你看这棚子里的苍蝇多的，后窗户我都不敢开了，驴粪味刮满屋子都是，快熏死我了；你不赶紧把驴卖了，我就把驴棚拆了。

马小壮说：我真弄不明白你了，媳妇，你咋不听我话呢，咱家小驴“倔倔”，不用你背不用你抱的，也不用你喂食，不用你扫棚，你干啥就那么烦它呢？前些年，它给咱家干了多少活啊，你都忘了？

杨柳枝说：你装什么傻呀，过几天，你跟大壮就去买大货车了，那车买回来往哪放啊，你看院子里还有地儿吗？

马小壮说：咱家院没地儿，放大哥那院就完了呗，多大点事。

杨柳枝说：不行，车主写你的名字，就得放咱家院里。

马小壮说：我看你就是成心。你说咱前脚把它卖了，后脚有人干啥，你能想象得到吧？要卖，你就先把我卖了。

杨柳枝说：这话说得，像张罗后事似的；我可跟你说好了，你不卖，等哪天我也是卖。

马小壮说：我也跟你说好了，要卖驴就先卖我。

杨柳枝说：你个死小壮的，你说的是人话吗？

马小壮说：别跟我吵吵巴火的，金昌和福来都不在家，我那帮哥们有不少都出去玩了，你再跟我吵吵，可没人拉架了，我说话你听明白没？

杨柳枝说：哎呀，马小壮，威胁我哈！我告诉你，驴在后院拉粪有味，就不行；你要留牠，你就自己找地儿去，我说话你听明白没？

马小壮说：你怎么是城里人啊，也嫌乎大粪有味啊？现在那些“有机食品”，不都是上大粪长的吗？你整天吃那黄瓜小葱西红柿啥的，不都是大粪喂出来的吗？

杨柳枝说：滚边儿旯去，你才吃大粪呢。

万大炮拿了些豆面卷要出门。秀华说：爹，你带这么多豆面卷呢，能吃得了吗？

万大炮说：啊，你九妹婶子就爱吃它，吃不了下次再吃呗，这东西好放。

秀华见爹走了，进屋跟万能说：万能，你说爹咋还惦记九妹婶子呢？

万能说：又怎么了？

秀华说：爹又给九妹婶子送东西去了。你不会跟爹说说，别让他再送了，再送就该送出毛病了。

万能说：我爹啥样人大家都知道，没事啊。

秀华说：谁知道了？爹对九妹婶子就是单相思，时间长了真不是个事。

万能说：那咋整，这又不是一天两天的了，九妹婶子和我爹我娘都是同学，你也不是不知道。

秀华说：人家九妹婶子和老翟头都是公开的事了，你爹老往跟前凑合，弄不好招人烦。

万能说：没招儿。爹啥事都懂，就这事整不明白；我也暗示过他好几次，他就是不进盐酱儿。

万大炮开车到九妹子家，他拿着保温杯和豆面卷，进院就喊：九妹子啊，九妹子，在屋没呀？我给你送豆面卷来了。

屋里的满堆听见喊声，说：小妮子，小胖他三姨夫又送东西来了，我出去把东西接过来？

小妮子说：别出去，我不愿意他给娘送东西。

满堆说：那万叔知道屋里有人不给他开门，他该说咱没礼貌了。

小妮子说：门我都扣上了，别吱声，就当家里没人。

万大炮又喊了两声，见没人吱声，扒窗往屋里望，嘀咕：……这大白天的，窗帘也不打开、电视还没关，哎呀，这九妹子忙得，啥都顾不上了。万大炮以为家里没人，就把保温杯和豆面卷放在窗台上，嘀咕着：水打不成了，还拿杯子干啥，放这吧；想借引子说会儿话，人还不在，走了。

满堆见万大炮走了，说：哎呀妈呀，万叔可走了，这要被他发现咱俩在屋里，还不得笑话死咱。

小妮子说：等我跟娘说说，让他别老到家来找我娘了，翟叔看见他老来，非跟他急眼不可。

满堆说：我们是晚辈，这事你别说娘啊。

小妮子说：不能直说，我就跟万能说，反正我不想让他老往这出溜。

满堆说：其实，咱们都知道万叔跟你娘有一层同学关系，他除了打点水，就是来帮干点活啥的，也没别的意思。

小妮子说：啥没别的意思啊，他自己不以为然，我娘还要在村里见人呢。

满堆不想因为这事让小妮子不高兴，就打岔说：哎，快看，那女教师在教那帮小孩唱“哆来咪”呢，那帮小孩太有性格、太可爱了……

老翟头拎着一大包东西，美滋滋走进九妹子家院子，他走到屋门前拽了下门……又到窗户跟前看了眼……纳闷：哎，这都啥前儿了，窗帘还挂着、门扣着，是生病了没起炕吗？……哎，豆面卷，水壶也在这……老翟头一愣：这又是万大要来了！

屋里的满堆说：小妮子，又有人进院了，我开门去看看吧？

小妮子：嘘——来人也没啥事，要有事就打电话找我娘了，不管，咱接着看电影。

满堆小声说：我还是看看去，如果还是万叔，咱就请他进来说话。满堆轻轻走到外屋地，扒门镜往外看……正这时，正盯着屋门发愣的老翟头见门镜有闪动，他扒门镜外往里看……俩人在门镜里对上眼，老翟头惊诧：啊，有人！

满堆吓一跳，赶紧捂住门镜，心里说：哎呀妈呀，是翟叔，这可咋办……他蹑手蹑脚转身回到屋里……

老翟头拎着东西站在院里，嘟囔着：奇了怪了，这都跟我对上眼儿了还不开门，啥意思呀？鬼鬼祟祟的，搞这么神秘……他突然明白了什么似的：这不扯吗？！他二话没说，气哼哼走了。

小妮子问满堆：满堆，谁呀？是饭店服务员找我娘的吧？

满堆说：是翟叔，他走了。

小妮子说：翟叔？满堆说：啊。小妮子说：那你咋不给开门呢？

满堆支吾着：……这大白天的，就咱俩在屋里，还挂着窗帘，多，尴尬呀。

小妮子说：也是。行了，人都走了，咱赶紧接着看吧……关键剧情开始了，那个男主人公爱上女教师了，也不知道他俩能不能成？

老翟头回到家，直愣愣站在院子里，瞪俩眼珠子呼呼喘着粗气……他猛地把手里东西摔地上，吼了声：我他妈不要了！

老李和林晓曼在办公室等老翟头。老翟头进屋，一屁股坐在沙发上。林晓曼见状，说：哎呀，老翟大哥，这是怎么的了，我那五香牛肉不好吃吗？

老翟头说：你还逗我呢，我遇见鬼了。

林晓曼纳闷：啥？

老李说：遇见鬼了？

老翟头说：啥也别说了，我吃了个大苍蝇！老李，你给我来碗热水喝，我有点冷。

老李说：这大夏天的，你怎么还冷呢，是不感冒了？

老翟头喝道：赶紧给我倒碗热水喝。

老李：……

九妹子和倩茹从保险公司出来。九妹子驾车在路上。

倩茹对九妹子说：你给老翟头打了好几次电话了，他不接是啥意思？

九妹子说：不接就是有事呗。你没看他一天忙的，自己合作社的事忙完，其他合作社的事还得关照，挺大岁数了，挺够他呛的。

倩茹说：哟，听你这话的意思，你跟他关系发展得不错呗？别怪我多虑啊，你俩在一起能行吗？

九妹子说：我俩咋不行呢？

倩茹说：反正咱这帮同学里，数你最有脑子、最聪明，你真想嫁给一个除了有钱、啥都没有的老农？

九妹子说：你是不了解老翟头，那人行，他挺体谅我的，知道疼我；我闺女也不反对这事，她说她翟叔心眼好使，为人实在。

倩茹说：还是找个有点文化的好，虽然是后半辈子的事，可也不能对付。

九妹子说：咱都这把年纪了，可不能“遐想”了啊，早已不是可以自由选择的岁数喽。

倩茹说：我可见过老翟头，他可不是白给的，见一面就知道他一肚子心眼儿。

九妹子说：这你可说错了，他才没心眼儿呢，啥事就是直来直去，说完拉倒。

倩茹说：你就夸他吧，等你嫁给了他，他上炕连脚都不洗，我看你怎么办？

九妹子说：他不洗我也不洗，看谁怕谁。

倩茹：哈哈哈……你这老娘们，也够砬茬的了。

九妹子说：说实话，真能跟老翟头在一起，也算是缘分，我挺知足。

倩茹说：但愿啊。

天蒙蒙黑。老翟头饭也不吃了，上炕把窗帘拉上，坐在炕上生闷气。

九妹子回村直接到老翟头家，见院门没关，说：大哥这院门还开着，那就是还没睡呢。她走到窗前，说：大哥，睡没呀？没睡就下地把门给我开开。

老翟头听见九妹子叫门，狠狠地说：别叫了，我可不是你大哥！

九妹子以为老翟头开玩笑，说：开什么玩笑，大哥，快把门开开，我有话跟你说。

老翟头说：啥也别说了，我冷！

九妹子着急说：哎呀，你这是发烧了，你咋不让小玲找石榴去？小玲没在家吗？九妹子想了一下，又说：行了，你别着急，我这就找石榴去啊。说完匆匆往院外走……

老翟头气愤地打开窗帘、推开窗户，说：我不用你献殷勤啊，你也不用故意来气我，回家吃你的驴打滚吧，滚！

九妹子这时才觉得事情不对，她停下脚步，说：哎，怎么了你，老翟头，烧糊涂了，满嘴胡话！

老翟头说：别跟我装糊涂，你在家干啥了，心里不清楚咋的？

九妹子说：……我去市里办事到现在，进了村家都没回，就直接过来了，我怎么还在家干啥了？你那舌头让熨斗烫了咋的，满嘴乱咕噜！

老翟头说：编，继续编，挺大个人了。

九妹子一脑袋糨糊，说：什么编呀，你到底咋回事，耍什么驴脾气！

老翟头说：你还搁那装，咱俩在门镜上都对上眼儿了，转身就不承认了？

九妹子更是纳闷：什么“门镜”“对眼儿”？什么乱七八糟的？你胡说八道啥呀？是不又喝多了？闹大发劲就过分了！

老翟头说：没人跟你闹了，你根本就没去市里，你跟谁在屋里呢，敢跟我说吗？

九妹子听出老翟头话里有话，但不知道他遇见什么事了，然而有一点能肯定，他怀疑我了。她说：啊，你怀疑我，好，老翟头，你既然这么认为了，我也没啥跟你解释的，啥后果你自己承担、自己负责！

老翟头说：你少扯！还让我承担后果，咱俩眼珠子都瞪一起去了，你还不承认？

九妹子说：我啥也没做，你让我承认啥？

老翟头说：啥没做你咋不敢开门？！

九妹子说：开什么门？我没在家我开什么门？

老翟头说：还不承认，还死咬个屎橛子不放，你当我是两岁小孩哪！我当时是给你留了面子，没把门踹开！

九妹子说：你疯了，刚踹完人家摩托车，还要踹人家门，作死啊你！

老翟头说：你，你想气死我呀？

九妹子实在忍受不了怀疑和指责，她说：爱气你就气，愚蠢的人活着也没意思，去死吧你！说完，愤愤地离去。

老翟头坐炕上赌气：气死我了，你还不乐意了，这人是真没处看去。

翟玲被爹的疯狂举动吓呆了，半天没敢出动静，见干娘走了，她进爹的屋，眼泪汪汪地说：爹，你这是干啥呀，咋回事呀这是？

老翟头看看闺女，觉得这事太丑，不能跟闺女讲，他说：没你事，回屋去！

翟玲说：你把干娘都……

老翟头说：都啥也别说了！

翟玲说：爹，不管有啥事，你不能跟干娘那么说话吧，你刚才说那些话，得让干娘多伤心呢。

老翟头呵斥道：叫你回屋去，你还说啥呀？

翟玲说：可是，你说干娘……你那么说话，让我还怎么见干娘呀？

老翟头吼道：滚！

翟玲说：……不管你这个破爹了！她跑回屋，一头栽床上呜呜哭了起来：干娘……

隔院的满堆娘听见了老翟头和九妹子的吵架，她嘀咕着：哎呀，这老翟头，跟人家九妹子发什么疯啊？真是越活越回陷了！她对麦穗说：闺女，你刚才听见什么没？

麦穗说：那么大动静能听不见嘛。

满堆娘问：你九妹婶儿今个在饭店没？

麦穗说：没在。

满堆娘一惊：你这孩子的，这事可别胡乱说啊，那老翟头说话你还听没明白吗，他说九妹子在家招野男人了，你再说她没在饭店……

麦穗说：是没在呀，九妹婶子今儿一早就去市保险公司了，而且，小胖还跟我说过，满堆跟小妮子在家看电影呢。

满堆娘说：哎呀我的天老妈呀，吓死我了，听你这么说娘就放心了。那老翟头可真不是东西，人家九妹子怎么跟他解释，他就是听不进去，还骂人。

麦穗说：娘，那我让爹过去跟他说说吧。

满堆娘说：让你爹过去干啥，这事让他怎么说？等明儿个你跟小胖说说，让他说说他三姨夫去，没事别老去九妹子那了，他要不去，哪能惹出这么大的事来。

麦穗说：行。小玲姐也不知在家没？满堆娘说：干啥？麦穗说：我跟她说说，让她劝劝他爹。

满堆娘说：你先过那屋去问问满堆吧，他不是跟小妮子在家呢吗，别是因为他惹的是非。

麦穗说：嗯。

麦穗到满堆的房间，她推醒满堆问：哥，我问你，今天中午你去哪了？

满堆说：中午？没去哪呀，我就跟小妮子在她家看电影了。

麦穗说：你确定吗？

满堆说：确定呀。咋了，出啥事了？

麦穗说：你睡觉吧，明白了。

麦穗赶紧给姜胖打电话。姜胖听完麦穗的电话，说：我知道了。

姜兰娘进屋问：儿子，这么晚了，麦穗来电话说啥呀？

姜胖说：我三姨夫没事找事呗，他老往九妹婶子家送东西，这回送出毛病来了。

姜兰娘说：怎么了，你三姨夫让老翟头撞见了。

姜胖说：是翟叔去九妹婶子家，家里有人没给开门，翟叔以为是九妹婶子跟我三姨夫在屋里呢。

姜兰娘说：啊？这个败家玩意儿，这回发洋贱可贱出花来了，我找他去！

姜胖说：这都啥前儿了，娘，黑咕隆咚的，你要过河去呀？

姜兰娘说：那……明儿我找他去，非好好骂骂他不可。

九妹子回到自家院里，看见窗台上放着豆面卷和保温杯，她冷静了下来，一下子什么都明白了，说：啊，老万又过来了，原来醋是打这酸的。

九妹子进屋，见小妮子还没睡觉，说：闺女还没睡呀？

小妮子说：娘回来了，我就睡。

九妹子说：闺女，我看窗台上有豆面卷，是你万叔拿来的吧？

小妮子说：啊。

九妹子说：你翟叔也来过了？

小妮子说：来了。我跟满堆看电影呢，没给他们开门。

九妹子说：你俩谁从门镜里往外看老翟头了？

小妮子说：怎么了，娘？

九妹子说：办事欠考虑呗，我被他骂娘了。

小妮子说：啊？我就说万叔没事别老来，早晚得惹出闲事，这不，来了。

九妹子有气无力地说：哎呀，我寻思，饭店保险的事办得挺顺当，要好好感谢他，还特意买件衬衫给他，没想到，回家遇上这么一出。

小妮子给娘倒了杯水，说：不就是没开个门吗，还至于骂人啊，真是的，连这点事都经不住，还是他不了解你，别理他。娘，你也别上火，等我让满堆跟他解释吧。

九妹子的心凉了，很凉。她呆坐在那里，只有那已经没了血色的嘴唇轻轻在动：别解释，越抹越黑，他都不信任我了，离他远点吧。

·二十·

万大炮在家里。他端着大茶缸，看着电视里的二人转《小寡妇上坟》，边看边跟着哼哼……

姜兰娘进屋，见万大炮那没事人的样子，气就不打一处来，她大刀阔斧劈头盖脸地说：我说你这个万大耍呀，你那不要脸的劲儿啥时候能改改呢？我都跟你说过多少回了，没事别老往九妹子那跑，你偏不听，就是发贱！现在咋样，那老翟头误会你不说，他还把九妹子骂了，你搁这还像没事人似的，你说你是个啥东西吧你？

万大炮翻着眼珠子纳闷：咋的了这是，大姨姐，这一大早劈头盖脸的，什么“误会”呀？咋还骂九妹子了呢？咋回事这是？

姜兰娘说：你少瞪俩眼珠子跟我装糊涂。

万大炮放下茶缸，说：我说大姨姐，我去过九妹子家不假，可我也没碰见老翟头，怎么能有误会呢？

姜兰娘说：臭嘚瑟呗！你是不又送驴打滚儿去了？

万大炮说：送了。

姜兰娘说：这不得了，人家老翟头进院，就看见你送的那破玩意儿了，他能不误会九妹子吗？

万大炮急了：谁惯的他一脑袋包哇，我还长一脑袋刺儿疙瘩呢；驴打滚儿我送了，他老翟头想怎么的找我来呀，骂人九妹子干啥呀？

姜兰娘说：他不找你找谁呀，你不知道"寡妇门前是非多"吗？你说你啊，没事你就今儿个打壶水、明儿个又去干点活啥的，你不是耍贱吗？

万大炮压着火说：大姨姐你听我说，咱和九妹子都是乡里乡亲的，我就不能去走动走动了吗？就是他老翟头心脏、埋汰，我万大炮走得正、行得端，他凭啥那么想我呀？

姜兰娘说：还凭啥，就凭你是光棍，就不能乱出溜儿。光棍的日子不好过，走哪都招眼，你还不知道咋的？听我话，你赶紧给老翟头打个电话，把事说清楚了。

万大炮说：啊呸！还找他去解释，我呸他我，他滚一边儿旯去吧。

姜兰娘说：反正我把话都给你说了，该咋办你自己掂量着。说完往外走。

万大炮追上去说：哎，大姨姐，你别走哇，连口水还没喝呢。

姜兰娘说：我还有心喝水？你赶紧找老翟头解释去。姜兰娘走了。

万大炮双手叉腰晃着脑袋咬着牙根从牙缝里挤出声来：解释……

老翟头在办公室给金菊打电话，他说：金菊，你通知咱们合作社各部门的负责人，到小会议室开会……金昌没在家也要开，啥事别等到秋收现忙活，那人吃马喂的不少事呢。金菊答应马上通知。

姜老慢要出门去开会。姜兰娘从外面进来，说：老慢，你要出去呀？

姜老慢说：开会去。你干啥去了？

姜兰娘说：我找大炮去了。

姜老慢说：我一寻思你就去那了，你跟他咋说的？

姜兰娘说：我让他找老翟头解释解释去呗。

姜老慢说：现在去找老翟头，你不是让他俩找打架吗？

姜兰娘说：我让他跟老翟头把事情说清楚，不行吗？

姜老慢说：还不到说清楚的时候，这会儿呀，老翟头还一肚子气呢，弄不好他俩真能干起来；这事等我让满堆过去，替大炮解释一下不就完了吗。

姜兰娘：那我不管，送东西是送东西的事，随便怀疑人可不行。

姜老慢说：本来没啥事，你这一搅和，非整出麻烦不可。

姜兰娘不乐意了：咋还我搅和了呢，我不在劝和他们吗？

姜老慢说：劝和也得掌握节骨眼儿。

姜兰娘瞧不起地说：就你这慢儿了慢儿了的样，还节骨眼儿呢。

姜老慢说：等着瞧吧。

万大炮气冲冲来到合作社院，下车就给老翟头打电话，张口就喊：老翟头！

老翟头擎着电话还没听出来是谁，他问：你谁呀？

万大炮说：老翟头，你给我出来！

老翟头听清楚了，说：万大要，你小子跟你爹说话就这动静吗？

万大炮说：你少占我便宜，臭不要脸的！

老翟头说：我看你是找削了吧。

万大炮说：别装了，你给我滚出来！

老翟头说：属啥的你，张嘴就骂人？

万大炮说：你是人吗？

老翟头腾一下子火上来了，说：好你个万大要，我还没找你算账呢，你个臭瘪犊子还找上门来了，你等着！老翟头气横横来到院子里，说：万大要，你还有脸来找我，你是男人不？

万大炮说：纯爷们。

老翟头说：啊呸！

万大炮说：你还呸我了，连女人你都欺负，你还是爷们吗？

老翟头说：哎呀万大要，满嘴喷粪你还先反咬一口了，想打架咋的？

万大炮说：就想跟你打架了！

老翟头瞪起眼睛说：咋个打法，你摆道儿！

万大炮攥起了拳头，说：看你那熊样。

老翟头说：看你那德行，还攥上拳头了。老翟头顺手捡起一块砖头，在手里掂了掂，说：来，小子，看你的拳头硬，还是砖头硬。

万大炮见势不好，抢上前夺砖头，俩人撕扯起来……万大炮夺下砖头、扔到一边……

老翟头：哎呀哎呀，显你胳膊粗力气大咋的。

万大炮说：我告诉你啊，今天我就是为九妹子来的。

老翟头说：你还为九妹子来，少搁那自作多情臭不要脸。

万大炮说：我就多情了，我就……爱咋咋的！我告诉你，你埋汰九妹子就不行，你要跟我来不三不四的，别说我真跟你不客气！

老翟头说：你还说我不三不四的，你属猪的、猪八戒倒打一耙呀？那破水杯是你的不？那破驴打滚儿是你的不？

万大炮说：是我的咋啦？我去打水咋啦？我送东西咋的啦？我还帮她家干活啦，你能咋的呀？

老翟头说：你就是个咋啦咋啦的王八蛋！

万大炮说：你才是王八羔子呢！送点东西，就往我脑袋上扣屎盆子，就往那埋汰事上整，你心咋那么脏呢？

老翟头说：你老往人家出溜儿还说我脏，你那张臭脸皮咋那没尺寸呢？

万大炮上脾气了，他破马张飞地说：好你个老翟头，既然你说这话，那好，今天我就正式通知你，你不是不理九妹子了吗，那我就天天去灌水，天天去送驴打滚儿，我天天去！

老翟头怒火中烧，破罐子破摔地说：还反了你了，欠削是不。老翟头又要去捡转头……万大炮急速上前，在身后抓住了老翟头两个膀子……老翟头动弹不了，他用胳膊肘向后猛怼万大炮的裤裆……万大炮向后一闪：呀，来真格的哈……

这时，姜老慢和满堆爹进园区。姜老慢见状，忙呵斥：大炮，你干啥呢？

万大炮说：他胡说八道！

满堆爹说：大炮，有话好好说，吵吵把火的干啥呀，还要动手咋的？

万大炮说：他随便埋汰人，我能让他吗？

老翟头说：你还少干埋汰事了，左一趟右一趟的？

万大炮说：我堂堂正正，没做亏心事。

姜老慢说：大炮，你赶紧回家去吧，这没你说话的份儿。

满堆爹也说：大炮，听老慢的，赶紧回去，啥先也别说了啊。

万大炮说：回就回，但我也得说几句。我跟你说老翟头，九妹子她家我照样去，你老翟头再埋汰我，就别怪我不客气了，走了。

老翟头说：小样吧，你个臭瘪犊子的，你再去，我就把你给废了。

万大炮说：吹吧你，老翟头，别自找没趣啊！说完开车走了。

姜老慢说：走吧老翟，大炮就那样人，说完就没事了，你可别生他气，走走，咱还得开会呢。

老翟头说：他是不太过分了？老慢你说说看，我跟他也没犯啥话，他还跑我这找麻烦来了，啥人呢？

满堆爹说：要不咋叫误会呢。老翟，其实你去九妹子家那会儿，是满堆和小妮子俩孩子在屋里看电影呢。

老翟头说：啥？他俩搁屋里？你少跟我打马虎眼。

满堆爹说：人家俩孩子怎么就不能在屋呢，那是人小妮子自个的家呀。

老翟头说：那满堆……

姜老慢笑着说：老翟，人家小年轻的在一块儿玩玩、看个电影啥的，不行吗？

老翟头：啊……老翟头好像明白怎么回事了，有点不好意思了，但还是给自己找台阶下，他说：满堆这个小崽子的，他咋那么艮呢？见我去了，出来跟我吱一声啊，搁门镜上跟我对上眼儿了。等我见着他的，看我怎么骂他！

满堆爹慢不着急地走上前，说：我是满堆他爹，你骂他，我能乐意吗？

老翟头：……

姜老慢哈哈笑了……

金昌和福来在火车上。马上要到广州了。福来说：小舅子，刚才刘经理来电话说要接站，你非不让，这广州咱是头一次来，人生地不熟的，下车还要找酒店，多麻烦。

金昌说：有啥可麻烦的，打出租车很方便。

福来说：你不怕走丢了？

金昌说：打车怎么能走丢呢？广州出租车的服务老好了，司机从来不宰客，也不绕圈子，人家的理念是“多跑一趟就有啦”。

福来说：那刘经理说今晚请咱吃饭，你为啥又给谢绝了？

金昌说：火车快进站了，你赶紧换衣服，有话等到了酒店再说。

福来拿出一套西服往身上穿。金昌说：姐夫，你怎么把西服穿上了，一会儿下车得热蒙你，快脱下来，换短袖的。

福来系着领带，说：你姐跟我说的，下车咱得穿体面点。

金昌说：还是穿短袖吧，这边很热的。

福来说：我也没觉得热呀？

金昌说：火车上有空调你不觉警儿，一会儿下车你就知道咋回事了，我可看天气预报了。

二人下车，一股热浪带着潮气扑面而来。福来说：哎呀喔，金昌，这，一下子掉大蒸笼里了。福来被热得有点发蒙，又说：太热了，我得把领带摘了……

金昌说：知道热了，开始摘领带了？再过一会儿就该扒衣服了，一直扒到想扒皮。

福来说：光是热还行，怎么还潮乎乎的，身上卤汲汲的呢？这跟在桑拿浴的蒸汽房里也差不多；就这天，那榛子不搞真空包装，真去见鬼了。

金昌说：我亲爱的姐夫，瞅你那脸热得，快成紫茄子皮了。

福来说：你不比我好哪去啊。

二人坐出租车到酒店。酒店门童热情迎接。金昌到前台办理入住手续。福来坐在沙发上，惊羡地撒目着……金碧辉煌的大厅里，舒缓柔和的广东音乐若隐若现；富丽堂皇的吊灯上，五颜六色的发光体闪烁晶莹；大堂旁的咖啡厅里，不少客人的小桌前摆放着各种饮品……福来自语：这酒店，上外国也就这样吧。

金昌从前台回来，说：走吧姐夫，手续都办完了，咱们去九楼。

福来说：去“酒楼”？小舅子，咱刚到这就喝酒，不好吧？

金昌说：我们住在九层。

福来说：啊……初来乍到，有点蒙门儿。

俩人拖着箱子、一个抱着编织袋到电梯门口。金昌说：姐夫，按一下上楼按钮。

福来说：……这，我怎么按？

金昌说：按向上那箭头就行。

福来比画着按钮的面板……又收住手，说：小舅子，咱别坐这玩意儿了，走楼梯得了。

金昌说：你想累死谁啊，上九楼，那得一层一层往上爬楼梯。

福来说：爬山咱都能爬呢，爬楼梯就不行了？

金昌说：坐电梯直溜儿就上去了。赶紧按吧。

福来伸着手犹豫着，说：还是，你按吧。

几位老广走过来，按下上楼指示扭。一位时尚青年见金昌和福来的样子，用广东话说：土北佬（谐音：土八路）。

福来觉着不舒服，他纠正说：什么“土八路”，我们是正规军，锦山市兴远镇红石峪的。

老广们听了哈哈大笑。一老广说：这土北佬好可爱的啦。

时尚青年说：东北人真幽默啦。

福来也不怯场，回应道：不幽默、不幽默，你们好幽默的啦。

电梯门打开，金昌进电梯，见福来没上来，他说：姐夫，快点上来呀！

福来见电梯内有地毯，赶紧脱鞋……金昌用身子挤着电梯门说：姐夫，你脱鞋干啥呀，快点进来呀！

福来拎着皮鞋拖着箱子进电梯，说：城里人干净，见着地毯就脱鞋，你姐特意嘱咐我的。

几位老广笑了，有人还捏上了鼻子……

二人进房间。福来像是“进大观园”似的：哎呀，我说这是人间天堂啊……小舅子，这房间整得，咋这么大扯呢，你说这酒店得花多少钱整这么好的装修哇？

金昌说：你咋不说酒店还挣咱钱呢。

福来新奇地满屋看……他看到小吧台，说：这小柜儿上的东西太全了，就差把超市给搬来了。

金昌的电话响了，他接电话，说：刘经理，你好，我是金昌。

刘经理说：金昌，你好哇。

金昌说：我们刚到，就接到您的电话了。

刘经理说：是啊，我们是老朋友啦。金昌啊，我去红石峪，你们都是好吃好喝好招待的啦，你们来到广州，我也要尽地主之谊给你们接风，请你们用下午茶好吗？

金昌说：谢谢刘经理啊。实在不好意思，今天我们的日程都安排满了，就不麻烦您了。

刘经理说：大家都是朋友吗，喝喝茶、聊聊天啦。

金昌说：刘经理，如果方便的话，明天上午去你们商行，麻烦您安排车来接我们就行。

刘经理说：那好吧，没问题。为了我们商行的生意，你们重新改包装，还亲自把样品送过来，我真是好感动的啦。

金昌说：您客气了。刘经理，明天我们就见面了，翟理事长让我给您带话儿，一是向您问好，二是贵方对产品有什么意见和要求，咱们见面说。

刘经理说：好的好的，我明天亲自开车去接你们，今天你们已经有安排了，我就不便打扰了。

金昌说：谢谢刘经理，今天就不麻烦您了。

刘经理说：那我们就明天见啦。

金昌说：明天见。金昌关了手机。福来像不认识似的瞅着金昌……金昌说：嗯？你瞅啥？

福来说：行啊小舅子，小嘴儿巴巴、小嗑儿咔咔的，一点大碴子味儿都没有，行，有点总经理的架势，够派。

金昌说：你才知道？

福来说：哎，有一点我不明白啊，刘经理要接站，你不让接就算了，可他请咱吃饭你也不去，是啥意思，那我们怎么跟人家沟通啊？

金昌说：别急，我要让他认为咱很忙。

福来说：忙？咱们还有其他要忙的事情吗？

金昌说：跟人家谈判，是需要掌握方法的，太主动了，会让人家认为我们底气不足，交流起来会很被动；“上赶子不是买卖”，说的就是这个意思。

福来点点头：嗯，有道理，不去就算了。那咱俩赶紧吃饭去吧，人家都说“吃在广州”啦。

老翟头主持会议。他说：人都到齐了，先让有良把去镇上开会的情况跟大家说说吧。

金有良说：这次去镇上开会，主要就是秧歌会提前了的事，我先跟大家打个招呼。

老翟头说：有良说的这事大伙儿都知道了，这事是村委会的事情了，喇叭叔……

喇叭叔说：知道了。镇上的秧歌会要提前了，我们有些事情就要做调整。

老翟头接着说：我们接着商量一下，秋收前准备工作的落实情况，对了，金昌走之前跟我说的事情，我怕忘了，你们等会儿啊，我把小本子拿出来……

马小壮逗老翟头，说：翟叔，你是不跟老慢叔一样，不认识几个字呀？

老翟头说：咋不认呢，瞧不起人咋的？你把我老花镜拿来。马小壮把花镜递给老翟头。老翟头继续说：金昌跟我说的这几项需要准备的工作和要求，我先念给你们听啊。

姜老慢说：你就先说苗圃吧，夏季到了，雨水多，排涝工作该准备了吧？

老翟头说：是啊。马小壮……

马小壮说：翟叔你说。

老翟头说：夏闲了，你有出去旅游的打算吗？马小壮说：没有。

老翟头说：那好，苗圃排涝这事，就交给你们小组了；雨水大了，要注意防涝，特别是垄间排水沟要保证通畅。

马小壮说：没问题。

喇叭叔说：老翟，金昌提到过仓储的问题，也不知道用地批下来没有哇？

老翟头说：已经批下来了，我亲自去办的。

喇叭叔说：哎，那就好。现在这库房不够用，可咱们的榛子产量连年增长，扩建库房的事情，可要抓紧办了。

姜老慢说：不但是够不够用的问题，还有不少合作社采完榛果之后，仅有的库房都装不下，还得四处租地儿存放，咱们的成本可就提高了。

老翟头说：咱们的库房要扩建好了，就可以免费为他们提供服务，而且，统筹调配货物也方便了，大家要没什么意见，这件事就这么定了，等金昌回来就开干。

马小壮说：我发现翟叔真能格儿，不管干啥事，咔咔咔，齐活，城里人管这叫，速度。

老翟头说：拖泥带水没速度能行吗？前些年城里人就说“时间就是金钱”，咱们还能落他们后头？

马小壮说：行啊，咱理事长一点也不落后。

老翟头说：我啥前儿落后过？以后我还想筹办“采榛节”呢，让城里人都到咱这来，上山采榛果，体验体验咱这原生态。

马小壮说：体验原生态，新鲜词儿不少啊，理事长。

老翟头说：废话，我老出去开会，那上头的文件都白学了？咱不也得，那什么……与时俱进嘛。

喇叭叔笑了，说：老翟也快成文化人儿了。咱们不仅要办“采榛节”，还要筹建“榛子文化博物馆”呢，把以前皇帝上咱这选“贡榛”的历史、和咱们合作社榛产业的发展历程和成就，让人们都知道知道。

姜老慢说：用金昌的话讲，这叫“榛产业文化”。

老翟头说：对，文化。哎哎，我还是先把小本子记的事，一块儿都说完了啊……

老翟头跟九妹子吵架，翟玲心里很不是滋味。她来到干娘家，见家里没人，就在院子里等。一会儿工夫，九妹子回来，翟玲马上迎上去，说：干娘。

九妹子心里还有气，脸色不好，她说：你来干啥呀？

翟玲说：我过来看看你。干娘，昨晚我爹跟你发火了，他做得不对，我替他给你认错吧。

九妹子说：哎呀，我生的是你爹的气，这不关你的事啊。九妹子进屋，翟玲跟在后头。九妹子说：等我半天了吧？翟玲说：刚到。干娘没去饭店吗？

九妹子说：还没去呢。昨个儿去市里，给小豆子买的蛋糕，我给你金婶送去了。

翟玲说：干娘有啥事打个电话，我过去送都行。

九妹说子：这就够闹心的了，别再给你们这些孩子添麻烦了。九妹子打开一包蛋糕，递给翟玲：给，这蛋糕可好吃了。

翟玲接过蛋糕，拿出一块递给九妹子，说：干娘，你也吃。

九妹子说：我吃了。哎呀，你那爹呀，真是要了命了。

翟玲说：干娘你就别上火了，这事麦穗都跟我说了，是我爹在那瞎胡闹，他做得不对，没弄明白咋回事儿，就胡说八道；可我爹他有嘴没心，你就别记恨他了。说心里话，也是我爹把干娘太当回事了，所以就……

九妹子说：你爹不容易我知道，你看他一天到晚忙得，都快累死了；可一码是一码，这次我不能轻饶了他，惯他这次，以后他还欺负人。小玲，人与人之间最重要的就是信任，你爹连最起码的信任都没有，我这尊严找谁去？

翟玲说：干娘可是有文化的人，我爹是不是真心对你，你最知道，要不，他也不能像天塌了似的，不管不顾地发飙；其实，把话说开就没事了，我爹要找你赔不是，你咋说他我都没意见。

九妹子说：说不说能咋的，反正我也不搭理他了。

翟玲说：还有我呢，干娘，你看在我的面儿上，也该原谅他呀。

九妹子说：不看你的面儿，我还能让他这么消停，早作他去了。

翟玲说：我干娘有素质，还能去挠他？

九妹子说：那咋的，惹急了，我就挠他。

翟玲说：嗯，干娘挠他我不管，你别不理他就行。

九妹子的心一下子被扎了一下，她看着小玲，叹了口气，说：哎，大人还没这孩子懂事呢。

马小壮开完会回到家。杨柳枝问他开的什么会，马小壮说：不少事呢。对了，镇上的秧歌会提前了，喇叭叔要你明天到小戏台排练，别忘了啊。

杨柳枝说：嗯。小壮，我这几天怎么老恶心、吐酸水呢？

马小壮一听，立马兴奋起来：真的，你咋不早说呢？

杨柳枝说：兴许是酸杏吃多了，胃口不舒服，嗯……我还想吐……

杨柳枝跑到外头，马小壮追出去说：哎呀，这，你这是有反应了。

杨柳枝说：我是不怀上了？

马小壮说：指定了。

杨柳枝说：这可麻烦了。

马小壮说：麻烦啥呀，怀上了好啊，我伺候你，把儿子生出来呀。

杨柳枝说：哎呀，我是说村里要排节目的事。

马小壮说：啊。当初我让金昌报名参加秧歌会，你偏不干，非要能胜儿，你这真怀上了，咱给村里耽误事不，那节目咋整啊？

杨柳枝说：我哪知道。

马小壮说：媳妇，我看咱先去镇上做个检查吧，检查一下，心里好有个数。

杨柳枝说：现在刚有反应，能检查出来吗？

马小壮说：我没生过孩子我哪知道。哎，要不你给石榴打电话，问问她，让她带你去检查？

杨柳枝说：等我不难受了再说吧。

马小壮说：赶早不赶晚，明天就开始排练了，你能不能去，这事总得跟喇叭叔有个交代吧。

杨柳枝想了一下，说：嗯，那我找石榴去。

马小壮说：哎，石榴要去不了，就我带你去。

杨柳枝说：我先问问石榴吧，兴许是胃口不好呢。

马小壮说：媳妇，保准是有了，我种的地，还能没收成？

杨柳枝说：样儿吧。

金有良刚到家，金婶就问：老头子，老翟头回家了还是在办公室呢？

金有良说：干啥呀？

金婶说：九妹子到我这来了。你说说，哪有他那么糟践人的吧，啊？我说说他去。

金有良说：老伴儿，你别去了，刚才开会的时候，老哥几个都说他了，他也知道自己话说过头了；九妹子刚才不也过来了，你安慰完她就行了。

金婶说：不行，随便欺负人、随便就完事了，老实人不欺负有罪呀？

金婶出了门。金有良自语：老翟头这回可栽了，我看他怎么跟九妹子交代。

老翟头在办公室，他见金婶进来，就知道事情不好，赶忙献殷勤：我老嫂子来了，快请坐，请坐！来，来，我给你倒碗水喝……

金婶大声喝道：老翟头！老翟头一个激灵……金婶说：你也太不像话了，你怎么那样对九妹子呢？有你那么说话的吗，啥事你还没弄明白，就胡说八道？挺大个老爷们，你这不是欺负人吗？

老翟头唯唯诺诺地：老嫂子，老嫂子你别着急……

金婶说：干吗不着急，九妹子那么老实的人，怎么能随便冤枉呢？

老翟头一脸哭相地说：要不咋说蒙圈呢，当时我看到那种场景，一下子就，那个了。

金婶说：什么“场景”呀？相信人，就不能“蒙圈”！你说说，啊，人家九妹子进城办事回来还想着你，特意给你买件高档衬衫，你可倒好，不分青红皂白就冤枉人、砢碜人，一个女人家受得了这个吗？

老翟头说：这事大家伙儿都骂我不是人了，老万那个家伙也上门来打架了，我都知道错了，我……我这不正要跟九妹子赔不是去嘛，老嫂子你就别生气了？

金婶说：大伙儿骂你，活该！是你自找的。金婶缓了口气，又说：你赶紧找九妹子认错去，别因为这事俩人再闹掰了，到时候，可没人能帮得了你。

老翟头说：好好好，我照办就是了。

金婶说：说白了，女人可以啥都不在乎，可名声最重要了，特别是九妹子这样的女人，这点你懂吧？

老翟头说：我懂我懂，老嫂子说得对。来，来，老嫂子别上火了，快请坐吧。

金婶说：不坐了，家里还有事呢。你赶紧去九妹子那，好好认个错。

老翟头说：我都知道了，还让你跑一趟来。

金婶走了。老翟头坐在那发呆……

翟玲在院子里练习秧歌手绢，听屋里电话响了，赶紧跑进屋接电话：喂，谁呀？

耿科长在电话里说：是翟玲吧，我是沈北民间艺术团、人事科的老耿啊。

翟玲说：哎呀，是耿老师啊，耿老师你好呀。

耿科长说：好好。

翟玲说：耿老师你有事吧？

耿科长说：是啊，而且是好事，经团里研究决定，正式邀请你来团参加演出，如果你方便的话，明天就到团里来一趟吧。翟玲一下子愣住了，半天没说话。耿科长说：翟玲啊，你在听我说话吗？

翟玲说：啊，啊，听着呢。那……我明天去了，就能留团里了吗？

耿科长说：团里准备要聘用你，可也要尊重你本人的意见；我是建议啊，你过来先看看团里各方面的情况，劳资待遇啊、工作生活环境啊，然后你再做决定。

翟玲说：嗯……我不太明白耿老师说的是啥意思。

耿科长说：就是说，你对团里的工资待遇、工作条件，包括生活环境各方面都满意了，就可以跟团里签正式合同了。

翟玲说：哎呀，还有工资呢，太棒了，我都不敢相信能有这机会。

耿科长说：你别小瞧你自己啊，翟玲，你可是你们市里大奖赛金奖得主，当时，我和我们团长就在现场啊，你的专业条件很不错，团里早就看中你了。

翟玲说：那我去了，有地方住吗？

耿科长笑了，说：翟玲说话有意思。生活方面你就不用操心了，宿舍都给你安排好了，你跟小丽住一个房间。

翟玲说：啊，跟小丽住一起？太好了，团里想得太周到了。

耿科长说：咱们演员宿舍就在艺术团院里，工作起来很方便，而且，团里有自己的食堂，吃饭、生活也都很方便。

翟玲说：耿老师，那我明天就可以去团里了？

耿科长说：是啊，你还有什么困难吗？

翟玲说：嗯……我这就做准备吧。

耿科长说：那好，来时的车票都留好了，团里给你报销。

翟玲激动地说：谢谢耿老师，谢谢团里。翟玲撂下电话，坐在那发愣，心想：好事来了，真的来了，这不是做梦吧？……此时的翟玲，激动、兴奋、又紧张，一时竟没了主意。她赶紧给小丽打电话，说：小丽呀，耿老师给我打电话了。

小丽说：我知道，让你马上到团里来。

翟玲说：这事是真的吗？

小丽说：说啥呢，这件事我不一直催你吗，团里早有这个打算了。

翟玲说：小丽……翟玲有些哽咽，眼圈湿了……

小丽说：小玲，你咋了……咋不说话了你？

翟玲说：小丽，谢谢你。

小丽说：哎呀，你真有意思，咱俩你还说这话。

翟玲说：我可知道啥叫发愁了。

小丽说：好事来了，你还发啥愁啊？真没出息。

翟玲说：我这边的工作还没交代呢，金昌又没在家，你说我咋办呀？

小丽鼓励翟玲说：小玲，这可是千载难逢的好机会，过这村就没这店了，而且，《洪月娥做梦》这个节目，团里到现在也没宣布让谁排呢，就是有意给你留着呢。

小丽越这样说翟玲越着急：哎呀，急死我了……

石榴知道杨柳枝有可能怀孕之后，二话没说，开车带着杨柳枝去镇卫生院做检查。化验结果出来了，石榴说：柳枝，这回你可要当妈妈了。

杨柳枝回到家，可把马小壮乐坏了，他献殷勤地说：媳妇，你可是劳苦功高，赶紧，赶紧上炕躺着。

杨柳枝说：没事呀。

马小壮说：还没事，你以为当妈妈那么容易，从打怀孕到把孩子生下来，一直到孩子读书、考大学、找工作、娶媳妇，这心思就一直在他身上了，准备好吃苦吧。

杨柳枝说：不说这些了，烦。

马小壮说：那你还不赶紧上炕。媳妇，秧歌会演出是不行了，这事我得跟喇叭叔说一声了。

杨柳枝说：你去说吧，我自己都讨厌自己。小壮，你说，喇叭叔能让谁去参加秧歌会？

马小壮说：这我就不知道了。咱赶紧把咱这好消息告诉娘吧。

柳枝娘听说闺女怀孕了，高兴地里出外进的，一个劲儿叨咕：人丁兴旺，人丁兴旺啊。她扒着墙头喊金婶：我说她金婶呀，她金婶……我都快乐死了，我们家有喜事了，你在屋没呢？

金婶从屋里跑出来，说：啥喜事呀，你快说说？

柳枝娘一个劲儿地笑……金婶说：你光搁那笑不说话，啥意思呀，喝乐老婆尿了？

柳枝娘说：我告诉你啊，我们家柳枝怀上孩子了，呵呵……

金婶说：哎呀，这家里要添丁进口了，恭喜恭喜。

柳枝娘说：等我有大胖孙子了，咱喝喜酒啊。

金婶说：看把你乐得，那是你的外孙子啊。

柳枝娘说：都一样，反正是我闺女生的孩儿。

喇叭叔给金有良打电话，说：有良啊，跟你说个事啊，杨柳枝怀孕了，马小壮刚打电话告诉我的。

金有良说：啊，是吗？杨柳枝怀孕是好事，让她好好养着。那咱们向镇里选送节目的事，是不是安排小妮子和满堆参加呢。

喇叭叔说：那个……小玲身上可有不少节目呢，她可是咱红石峪的头把，我看安排她最合适了。

金有良说：啊，那也行。

喇叭叔说：就这样吧，我这就跟小玲说。

喇叭叔把翟玲叫到村委会，他对翟玲说：小玲，刚听说杨柳枝怀孕了，镇上的秧歌会她就不能参加了，这事还不能耽误，我和老主任合计一下，就由你来完成这次任务吧。

翟玲心里咯噔一下，说：喇叭叔，嗯……

喇叭叔说：怎么，你有什么困难吗？

·二十一·

翟玲去艺术团的心念已定，索性就把事情对喇叭叔如实说了。她说：我，我实话说了吧，喇叭叔，省城的沈北艺术团有个演出要我去参加。

喇叭叔说：是吗，这啥前儿的事？

翟玲说：这事早就约好了，艺术团刚才来电话，叫我马上过去参加排练。

喇叭叔高兴地说：哎呀，这是好事呀，咱红石峪出艺术家了。

翟玲说：这事我还没来得及跟家人说呢。

喇叭叔说：这事得支持呀，你可是咱红石峪出来的人才呀。

喇叭叔马上给金有良打电话，把事情说了一下，俩人一沟通，秧歌会的节目就安排满堆和小妮子了。

金有良刚撂下电话，金婶就问：老头子，村主任是怎么说的，小玲真要走了？

金有良说：主任来电话，你不都听见了吗？

金婶说：我在外屋地干活，没听明白。小玲这孩子主意够正的了，这么大的事她自己就做主了？

金有良说：这事你早就知道了，就是不愿意那么想呗。

金婶说：他爹不同意，她也敢走？

金有良说：那就另说着了，镇上的事她都说不参加了。

金婶说：这可咋整，金昌还没在家，要不，我打电话跟儿子说说？

金有良说：别的老伴儿，老翟头要同意她走，咱说啥也没用，况且，对于一个农村的孩子来说，这是好事情啊。

金婶说：那我儿子不知道这事，回家该埋怨我了。

金有良说：这么大的事，小玲不可能不跟儿子说。

金婶说：哎呀，我真是担心。

金有良说：有啥担心的，小玲跟金昌这么多年了，她是啥样孩子，你心里还没数？

金婶说：我还是想跟儿子说。

金有良说：小玲能跟金昌说呀，你就别掺和了。

金婶说：你个死老头子，又说我……

老翟头赶回家中。他对翟玲说：你这孩子，我一堆事还没忙活完呢，你就打电话叫我回来，啥事这么急啊？翟玲说：好事。老翟头问：啥好事啊？

翟玲说：爹，你闺女真出息了，省城艺术团正式邀请我去演出了。

老翟头说：真邀请你去了？

翟玲说：团里刚给我打的电话。

老翟头斩钉截铁地说：不行！

翟玲哀求地说：爹，这事村主任、有良叔都知道了，你不能不让我走吧？

老翟头说：谁知道了你也不能走，你走了，麻烦就大了。

老翟头把话说得很死。翟玲转身回自己房间。老翟头见闺女生气了，赶紧跟过去，说：闺女，就算我同意你去，你也走不了，你想想，你走了，你那一大摊子工作怎么办？

翟玲说：这事你理事长可以做主啊，老慢叔一直是我财会方面的师父，你先让他兼着呗。

老翟头说：合作社不是我私人开的，你说走就走，总经理又没在家，这不等于给合作社撂挑子吗？

翟玲恳求着说：哎呀我的爹呀，怎么啥事儿到我这儿就不行呢，你就让老慢叔先接替我几天呗？

老翟头说：要就是几天的事也好说，可你前脚走、后脚就不知道会发生什么事情呢，你干脆就死了这条心，哪也不能去！说完，气呼呼出了门。

老翟头的话语冰冷着翟玲的心。翟玲在屋里来回走着、直跺脚……她抓起手机拨打出去，说：小丽啊……都急死我了，你给我出出主意吧，我爹他说啥也不让我去。

小丽说：哎呀小玲呀，我都不知道说你啥好了。

翟玲说：你就别说那些话了，快帮我想想办法吧。

小丽说：你自己的事，干啥非要听你爹的？再说，这又是好事，金昌也不反对你，你还犹豫啥，你先过来就完了呗？

翟玲说：我不敢。

小丽说：瞅你那点出息。告诉你啊，团里安排你跟我一个宿舍，是特意给你现调的，团里多重视你呀。跟你说啊，你的床铺我都给你整理好了。

翟玲说：可是……

小丽也有些着急了，她说：你还可是啥？你呀，干脆，把东西都收拾好，把车加满油，包往车上一扔，踩两脚油门不就过来了吗，有啥不敢的。

翟玲：……嗯。

小丽说：小玲，你再这么犹豫，机会就错过了，再不下决心，你就在农村蹲着吧。

翟玲一咬牙，说：我给车加油去。

金婶坐在炕边发愣。

金有良看着老伴儿笑了笑，说：老伴呀，你说，小玲去艺术团演出，是好事还是坏事呀？

金婶说：什么好事坏事，根本就不是那么回事。

金有良说：小玲去的那地儿，可是省城的专业艺术团，专业的。

金婶说：啥专不专业的，她走了，我儿子咋办？

金有良说：你看你看，又来了。她是去演出，也不是一去不回了，跟咱儿子该咋办还咋办呗，人俩孩子现在不是挺亲密的吗。

金婶说：都亲密了她还遥哪出溜？

金有良又笑，说：你这就不讲理了吧，那你儿子跑那么老远出差，都好几天不在家了，你咋不说呢？

金婶瞪着金有良说：你啥意思啊？你向着谁说话呢？你到底是谁爹呀？

金有良说：她们俩都是咱的孩子。老伴呀，要我说，小玲这事你应该高兴才是。

金婶：……

金有良说：你听我说啊，省城那沈北民间艺术团，是个老牌专业文艺团体，名声很大。那里的演员，都是全省曲艺界拔尖的艺术人才，在全国都有知名度；他们有好多节目，像什么相声、小品、拉场戏、单出头什么的，中央电视台都经常播，你不也经常看吗，就这地儿，多少人挖门盗洞想进去，很难。可人家主动邀请小玲去，说明啥？

金婶听得有点入神，说：噢，说明啥？

金有良说：说明你儿媳妇有能耐呗。

金婶说：那，这事还挺展洋呗？

金有良说：儿媳妇有出息，老婆婆不展洋吗？

金婶说：……是哈，细一合计，是这么回事。小玲那孩子长得多水灵，咱们村数她长得好看，嗓音也好，镇上搞比赛，她回回拿第一，比杨柳枝她们唱得都好。金婶的脸上露出了得意的笑容：我儿媳妇是有能耐哈。

翟玲买了两大兜子水果到金婶家。她想，虽然自己决心要走出这一步，但还是要尽量争得家人的理解和支持，不管咋的，也要打个招呼再走。她进门就喊：婶子。

金婶见翟玲进屋，乐了：哎呀，小玲啊……金婶站在小玲跟前，抿着嘴也不说话，上看看，下瞅瞅，稀罕儿得一个劲儿地笑……

翟玲被看得有点不知所措，脸都红了，她说：婶儿……我胳膊都酸了。

金婶说话了：看你这孩子，买这么老多东西。金婶接过俩大兜子，说：吃饭没呀？

翟玲说：还没呢。

金婶说：正好，就在婶子这吃吧，刚包的饺子，我还没下锅呢。

翟玲说：哎呀，我真有口福，婶子是知道我要来，特意给我包的吧？

金婶说：要不我儿子总说你聪明呢，是啊，婶子现买的肉自己剁的馅儿，就是特意给你包的。

翟玲说：我的事婶子知道了？

金婶说：那能不知道吗，虽然这事我不乐意啊。

翟玲说：婶子，我给金菊姐打个电话，让她也来家吃饭吧？

金婶说：好啊。一会儿把你爹也叫来。

翟玲说：我爹不能来。

金婶说：怎么了？

翟玲说：他不同意我走呗。

金婶说：你爹也是为你好，你出去了他不放心呗；其实，我也是不放心你。小玲，这事你还没跟金昌说呢吧？

翟玲说：还没呢，我怕他说我，我想等等再说。

金婶说：走之前，你得跟他说，要不他该伤心了。

翟玲说：婶子，金昌有你这样的老人真好，你那么疼他，那么通情达理。

金婶说：你们这些年轻人，跟我们做事不是一个路子，我不理解你们又能咋办？婶子就希望你去那长长见识，演出完事就回来，别待太久了啊，毕竟你老爹就一个人在家。

翟玲说：知道了，婶子真好。说着，上前跟金婶贴了个脸儿……

金婶：哎哟哟，这孩子……

吃完了饭，金婶到文化广场和村里的妇女们扭秧歌。几个妇女凑过来。

翠兰说：她金婶啊，你家小玲也太能耐了，要去省城演出了。

金婶说：是啊，人家艺术团都来好几次电话了，催小玲赶紧去呢。

翠兰说：这可是件大好事呀，俺们家那位说，小玲那叫人才，是从咱红石峪走出去的艺术家。

金婶美滋滋地说：我们家小玲就是有出息，她从小就喜欢唱歌跳舞扭秧歌的。

翠兰说：好哇，这回她可有施展的地方了。

金婶说：那是，人家艺术团可重视她呢，人还没到，宿舍就都给安排好了，两个人住一个房间，可宽敞呢，屋里啥都有，咯咯……

柳枝娘显然是有点妒忌了，她说：啧啧啧，就像你看见了似的。

金婶说：你还别搁那瘪瘪嘴儿，三里堡小丽那孩子就在艺术团，是她亲口说的，她俩就住一个房间。

翠兰说：省城的老专业艺术团，那条件肯定错不了。

金婶说：哎，她柳枝娘啊，让你家柳枝也去呗？

柳枝娘说：柳枝可不去，我还等着抱孙子呢。

满堆娘说：她金婶，小玲这一走，你可抱不上孙子喽。

金婶说：叫你说的了，小玲也不是不回来了。

柳枝娘说：她啥时候走哇？

金婶说：就这两天的事。

柳枝娘说：不是好嘚瑟。

金婶说：哟，怎么我听着直倒牙呀，你就不会说点好听的。

满堆要给老翟头赔不是。他来到办公室，对老翟头说：翟叔好。

正要出门的老翟头一看满堆，没好气儿地说：好个屁。你来干啥呀，事你惹乎完了，找削来了？

满堆说：我，不好意思啊，翟叔，当时我在屋里见你来了，不知道说啥好，就……

老翟头说：你再不知道说啥，也得给我开门哪！你瞅你，把你九妹婶子都气成啥样了？小胖他三姨夫，啊，也跟我不讲理了。

满堆说：我听小胖说了，他三姨夫还不想搭理你呢。

老翟头说：让他一边去，等见着他，我还骂他。

满堆说：那咱爷儿俩这事，翟叔能谅解我不？

老翟头说：没你这败家孩子这么干的，你就开个门，大大方方告诉我看电影呢，叔还能说你啥，谁还没个年轻的时候啊？

满堆害怕地小声说：我也没想到惹出这么大的祸……翟叔，那，我能帮你干点啥不？

老翟头说：你能干啥呀？行了，啥也别说了，我也是没个当老的样，让你这小辈人也见笑了。

满堆说：那我爹请你喝酒，你得给个面儿吧？

老翟头说：算了吧，我还得去你九妹婶子那呢。

老翟头出了办公室。满堆紧跟在后头，说：翟叔，你手里拿的啥呀？

老翟头说：给你九妹婶子买条真丝围巾，给你看看啊？

满堆说：啊不，还是留给婶子看吧。

九妹子在厨房干活。老翟头进屋，说：九妹子，我就知道你一准儿在家呢。

九妹子根本不想搭理老翟头，她说：真没礼貌，不敲门就进来了，出去出去。

老翟头说：老妹儿，我错了，我不是人，你总得给我认错的机会吧？

九妹子说：没良心的，翻脸不认人，你就不是人，太让人伤心了。

老翟头说：都是我不对，我不是东西，我不识南北，我还，有话要跟你说呢。

九妹子生气说：你还要说啥呀！那万大炮和咱就隔条河的事，都算是一个堡子的住着，你是不了解我，还是不了解他吧？怎么捡个醋坛子就往自己脑袋上砸呀，你整这么一出，不怕人笑话吗？

老翟头说：我哪有那思想准备呀，当时我见到那场景，脑袋就迷糊了，嗡一家伙，浑身拔凉，我都不知道咋从你家走回去的。

九妹子说：哪有你那么混的呀？人有一张脸，树有一层皮，你那张脸皮不要了，人家还得活呢。

老翟头说：啊要，啊不……

九妹子冷冷地说：啥也别说了，这么多年了，连个信任俩字都没混上，这不扯呢吗，你走吧，别上我这来了。说着，就往外推老翟头……老翟头不想出去：哎哎，九妹子，你别往外推我呀，我都说我不是人了。九妹子把老翟头推出门外，使劲把门关上。

老翟头隔着门说：九妹子……我老妹儿……

九妹子转身上炕把窗帘也拉上了。

老翟头跑到窗户跟前，说：九妹子，你就不能原谅我了？

九妹子说：你还站那干啥呀，叫人“滚”是啥滋味，也想尝尝啊？

老翟头看没希望了，耷拉着脑袋往院外走：哎呀，没得到原谅还挨一顿骂不说，这，围巾还忘给了。

姜胖和麦穗从村外回来往家走。姜胖说：麦穗，羊肉串吃得过瘾不？

麦穗说：过瘾。哪天我也请你吃啊。

姜胖说：啥时候想吃，就跟哥说一声，哥还请你。

麦穗说：不能总让你给我花钱啊。

姜胖说：咱俩谁跟谁呀，我挣钱都给你花。

麦穗说：那可不行啊，还得养活家里老人呢。

到了麦穗家门口，姜胖说：到你家门口了，你进屋，我就回家了。

麦穗说：你进屋坐会儿吧？

姜胖说：不进去了。刚才咱俩说好了啊，明天我还在老地方等你。

麦穗说：嗯，你等我电话啊。

姜胖往家走，碰见老翟头。他说：翟叔，这么晚了，你还出来溜达？

老翟头说：你小子干啥去了？

姜胖说：啊……我娘叫我打酱油。

老翟头说：酱油呢？小样吧，是不跟麦穗出去玩了，糊弄你叔呢？

姜胖说：没有哇。

老翟头忽然很亲切地说：哎，小胖胖，你给叔办点事呗。

姜胖说：只要我能办的。

老翟头说：我刚才去你九妹婶子家，光顾着说话，丝巾忘给她了，你替叔给送去呗？

姜胖看看丝巾，又瞅瞅老翟头，不怀好意地笑笑，说：行啊，你给婶子捎什么话，我一起都给带去。

老翟头说：没话，你就说我送的就行了。

姜胖说：不行吧？

老翟头说：咋不行呢？

姜胖说：那不瞎了你一片心思吗？

老翟头说：瞎不了，你就这么说吧。

姜胖说：翟叔，光送东西不捎话，你是怕我听吧？

老翟头说：你小子想哪去了，我是，不知道说啥。

姜胖狡黠一笑：那，你给婶子发个短信呗，先告诉她一声，我再送丝巾都赶趟。

老翟头说：你都知道我不会摆弄手机，我怎么发信？

姜胖说：那有啥不会的，你不是会拼音吗？

老翟头着急了，说：我会拼个屁呀。

姜胖说：翟叔咋那不文明呢？那你把手机给我，你说啥，我给你发。

老翟头说：我……干脆，你就看着发吧。他把手机递给姜胖。

姜胖接过手机，说：行。

老翟头说：你别乱说啊。

姜胖闷头打信息，说：“你别乱说啊”。

老翟头说：不是，我是说你别乱说。

姜胖又说："我是说你别乱说"。

老翟头说：哎呀行了，小崽子你别乱鼓捣了，等我见着她再说吧。

姜胖发完短信，把手机递给老翟头，说：好好，不发不发。我都给你写完了，自己看看吧，走了啊。

姜胖跑了。老翟头看手机里的短信，念道：小白兔，白又白，两只……这个小兔崽子，调理我。老翟头又想想，说：哎，你写完我不发，小屁孩，你调理不着我。

小妮子接了一个电话后，马上到九妹子房间，说：娘，你有条短信过来了，赶紧看看是啥事。九妹子说：能有啥事？小妮子说：小胖打电话告诉我的，说让你打开手机看看，他说是翟叔给你发短信了。

九妹子说：尽瞎扯，老翟头才不会发短信呢。说完，她打开手机，果真有老翟头发的短信，她读信：小白兔，白又白，两只花眼瞪起来，还没弄清咋回事，胡说八道作起来。读完信，她瞅瞅小妮子，娘儿俩哈哈大笑起来……

这时，翟玲端了一大盘饺子进屋，说：干娘，啥事呀，娘俩乐得哈哈的？

九妹子和小妮子对视了一下，忍不住又乐了……

翟玲说：小妮子别乐了，我给干娘和你买的水果在车上呢，你去给搬进来。

小妮子出门。九妹子接过饺子，说：你金婶给你包吃饺子了？

翟玲说：啊。婶子说今天饺子包得好，让我给你端点过来。

九妹子说：我还想让你过来呢，你的事怎么定的呀？

翟玲说：金婶不反对了，可我爹不让我去。

九妹子说：那你准备咋办？

翟玲说：机会不能错过，走出去再说。

九妹子说：小玲啊，你爹那边你可得好好想想啊。

翟玲说：我都说了我还回来，我爹他慢慢能想通。

金昌和福来在酒店房间里。金昌说：好家伙，张罗半天要大吃一顿，这可倒好，出门还没走几步，你就吵吵热得受不了了。

福来说：搁外面吃干啥，这么多小吃，房间里凉快快的，咱往这一坐，喝点小酒就齐活。

金昌说：我听服务员说，珠江的夜景才美呢，要不咱去看看吧。

福来说：不去。你看我身上卤得，出去一会儿，就像咸鸭蛋似的冒油了。

金昌说：我可给你安排游玩的机会了，别到时候说我抠门儿。

福来说：赶紧把娘给带的肉酱拿出来，把刚买的黄瓜洗洗，再尝尝广州这古法烧鹅、白斩鸡，咱就打地摊吧，我来摆台。金昌说：我去洗黄瓜。

福来把几张报纸铺在地毯上，摆上吃的，说：娘给带的东西，都在编织袋里吧？

金昌说：是。你再把娘给带的酒拿出来。

福来说：好嘞。福来从编织袋里拿出一瓶酒，说：哎呀我的亲娘哎，给带这么一大瓶子，够喝的了。

哥俩坐地上，金昌把酒倒上递给福来，说：来，姐夫，今天咱哥俩席地而坐，自己给自己接风，干杯，哈哈……福来说：预祝咱们成功。

金昌说：成功！金昌递给福来一个鹅腿，说：这古法烧鹅好吃，皮脆肉糯，广州的名牌特产，你先尝尝。福来说：嗯……味儿不错。金昌说：蘸调料吃更好。

福来说：嗯……好吃。哎，小舅子，咱俩既然已经出来了，就在这多玩几天，反正回去也没啥大事。

金昌说：咋没事呢，咱还得去趟天津呢。

福来说：翟叔都说不用找老朱了，你还张罗啥？

金昌说：啊，光想着到年底就分红，不想着怎么让合作社多赚钱？

福来说：那也不差老朱那一个商家。

金昌说：老朱可是大客户，不能半路丢了，得把他拽回来。

福来说：不说老朱，咱喝酒。

几杯酒下肚，哥俩都有点小兴奋。福来说：小舅子，我在火车上教你的《宁舍一顿饭，不舍二人转》，你再唱唱呗，熟练熟练。

金昌说：好啊，你给我起个头，我就唱。

福来说：好。“哪了伊呼嗨呀！”

金昌：“哎——”

福来：“哪了伊呼嗨呀！”

金昌：“哎嗨——哎嗨，哎嗨哎嗨哟！宁舍一顿饭，不舍二人转……”

隔壁房间住着一位外国商人丹尼尔，是个中国通，喜欢中国文化，也喜欢听东北二人转。他听有唱歌的声音，自语道：谁在唱歌，这歌这么好听？

丹尼尔出房间，站在金昌房间门前听歌……听了一会，他轻敲房门，说：I'm sorry，我打扰你们了。

福来听有人敲门，说：小舅子，谁在外头说话呀？

金昌说：好像是个外国人。开门去呀。

福来开房门，说：……外……先生，你，有事？

丹尼尔说：你好，你们的歌声太好听了，唱的是东北的二人转吧？

福来高兴，说：哎呀，行家呀，你喜欢二人转？

丹尼尔说：我很喜欢。

福来说：好哇，喜欢就请进屋听。

丹尼尔说：OK，谢谢！

丹尼尔进屋，说：请问你们是哪个歌剧院的？

福来说：我们不是歌剧院的，我们是红石峪的农民，唱着玩呢。

丹尼尔说：农民？

金昌说：啊，我们就是在山上干活的农民。

丹尼尔：哦，我明白了，你们是业余歌手？

福来说：对，业余歌手、业余歌手。如果你不嫌弃的话，坐下来跟我们喝杯酒？

丹尼尔高兴地说：OK。他看了一眼地上摆的东西，说：你们这是“打地摊”。

金昌有点不好意思，忙说：对不起，我们随意了点。

丹尼尔说：不不不，席地而坐，这很有意思。我到房间拿一瓶威士忌大家一起喝，怎么样？福来说：那敢情好了。丹尼尔出。

福来说：小舅子，这老外也不见外，还给咱拿酒喝；我还没喝过为、什么呢，一会咱尝尝啥味啊。

金昌说：他说的是威士忌，洋酒可有后劲啊。

丹尼尔拿酒进房间，说：这是瓶很好的酒。

福来说：哎呀老外先生呀，你请坐。嗯……咱们都坐地上喝，OK吗？

丹尼尔笑着说：OK。说着，饶有兴趣地席地而坐。

福来接过酒，往大杯子里倒……

金昌说：请问先生，您怎么喝？

丹尼尔说：威士忌不能这样喝，只倒一点点就可以了，最好再加冰块，喝之前晃一晃，小口小口地品味。

福来边倒酒边说：喝一点点不痛快，还是倒满了吧？

丹尼尔惊笑着说：哇……可以，我不反对。

金昌端起酒杯递给丹尼尔，说：先生，入乡随俗，等你到俺们东北，都是大碗喝酒、大口吃肉了。来，为我们相识碰一下。

丹尼尔喝了口酒，说：你们是东北人？金昌说：耶。丹尼尔说：你会说英语？

金昌说：Yes,I learn English at collage。（是的，我在大学学习过英语。）

丹尼尔说：Oh,that's good，太好了。我喜欢你们的东北，我也去过东北。

金昌拿出两袋榛子递给丹尼尔，说：先生，这是我们东北家乡产的榛子，请你品尝一下。

丹尼尔眼睛一亮，说：榛子？谢谢。您是带给家人的礼物？

金昌说：也算是吧。

丹尼尔熟练地嗑开一个嚼了嚼，说：……这榛仁口感很好。

金昌说：这是我们东北辽宁省北部山区的"平榛"，一百多年前，曾经作为贡品，献给朝廷。

丹尼尔饶有兴趣地说：哦，这就是我听说过的辽北的"贡榛"吧？

金昌惊讶：你知道我们辽北的"贡榛"？

丹尼尔笑着说：认识你们很高兴。自我介绍一下，我是臻尔琦食品开发有限公司的总经理，我的名字叫丹尼尔。

金昌兴奋地说：丹尼尔先生。我知道，贵公司是做食品深加工的，而且，臻尔琦巧克力，就是你们的龙头产品。

丹尼尔说：是啊，你对我们公司有了解？

金昌说：德丰巧克力很受消费者欢迎，在中国也有很大的市场。丹尼尔先生，恕我冒昧，有可能的话，我想邀请您到我们红石峪去参观、做客，我们已经拥有了万亩榛子标准园，对于食品深加工来讲，是相当的实力，而且，那里是中国最好的平榛资源地。

丹尼尔说：您客气了。我们集团也在寻找新的合作伙伴，很需要拥有品质好、产量高的榛产品资源，我们可以考虑。

金昌更加地兴奋：那太好了。我可以邀请您参加我们的榛子节吗？

丹尼尔说：就是榛子产品促销会？

金昌说：正是。

丹尼尔说：OK，我争取参加，到你们东北先交朋友，再听听你们原汁原味的东北二人转。

金昌递给丹尼尔一张名片，说：好。这是我的名片，我叫金昌。

福来说：他是我们宝仁榛子生产专业合作社的总经理。

丹尼尔说：哦，谢谢……金昌，这名字很好听，金昌总经理。

金昌说：丹尼尔先生，如果方便的话，我们就保持联系；我回去后，

会跟我们理事长汇报。

丹尼尔说：好，我回去也要跟总部汇报。

福来说：丹尼尔先生，我给您倒碗东北小烧喝吧？

丹尼尔很高兴，说：一点点啦，用你们的话说，“恭敬不如从命”啦。

金昌说：丹尼尔先生对中国文化很了解呀。

丹尼尔说：我想跟你们一起唱唱东北二人转。

三个人顿时兴奋地手舞足蹈起来……

夜深了。金昌接到翟玲电话，他知道翟玲还是要走了，这也是意料之中的事，可当他面对现实的时候，又不知道说什么才好……

翟玲说：金昌，我都说半天了，你怎么一直不说话？

金昌说: 你已经收拾好了？翟玲: 啊。金昌说: 团里要求你去多长时间？

翟玲说：耿科长说，到团里报到完再说。

金昌嘱咐翟玲，如果团里要签合同，一定要先把合同传给他看完之后再考虑签不签。金昌又说：小玲，你就开开心心地去吧，记住，只要合同签了，你就是在聘演员了，不管做什么事情都要按规矩办，可不能像在家里那样，啥事随随便便的啊。

翟玲说：好哇，记住了。我先去看看，有什么情况我俩随时电话联系，拜拜。

金昌撂下电话，躺在床上不吱声……

福来满脸思想地说：但愿别真的拜拜。

金昌此时非常闹心，他说：少废话，睡觉。

福来说：这会儿你能睡着觉吗？

金昌说：我不睡觉我干啥？

福来说：你根本就不应该让她走。

金昌说：这事是我能说了算的吗？

福来说：你说了不算，你是干啥的呀？你是她的未婚夫，你俩可是铁板钉钉儿跑不了的事，大小不济，你有权利说不？

金昌说：我还是那句话，我尊重她的选择。福来说：尊重……金昌不耐烦地说：睡觉！

第二天一早，翟玲开车离开了红石峪村。车在高速路上，车里放着音乐，翟玲大声喊道：哎——我是自由的小鸟了……

老翟头穿好衣服走到厨房，见大锅里有煮好的米粥，还有一盘饺子冒着热气，灶台旁放着一张字条……老翟头预感到什么，他抓起字条贴近眼睛看着：爹，别埋怨我不辞而别，女儿是去追求心中崇拜的艺术。等我回来。我爱老爹！

老翟头的脸色一下子变了，愣愣地戳在那里，良久……

金有良在院子里锻炼。老翟头跑进院子，说：有良大哥啊，老嫂子在家吗？

金有良说：你嫂子出去了。进屋吧，大兄弟。

老翟头声音有些颤抖地说：有良啊，我闺女走了。

金有良说：去哪了？

老翟头说：还能去哪，去省城那艺术团了呗。这败家孩子也没跟我打声招呼就走了，这不坑爹呢吗？

金有良盯着老翟头说：你没看住自己闺女，找我说有啥用，有能耐你把她找回来呀？

老翟头说：你真那么想啊？那行，我这就开车追她去。说完转身就走……

金有良赶紧拽住老翟头说：你还真去呀？

老翟头说：你，你要我去我能不去吗？

金有良说：进屋。老翟头跟金有良进屋里。

金有良给老翟头倒杯水，说：你确定闺女走了？

老翟头带着哭腔说：走了，就给我留了张字条。你说这还让我活不了？九妹子刚跟我翻脸，这闺女扔下我这个糟老头子也走了，啊，你儿子回来跟我要闺女，我还拿不出人来，我一头撞死得了。

金有良说：你不挺能嘚瑟的吗？一天到晚吆五喝六的，看把你能耐的，兴远镇都快装不下你了。

老翟头说：别这么说我了，我都急死了，你还火上浇油。

金有良说：人都已经走了，你着急也没用，赶紧把工作安排好吧。

老翟头说：工作的事还好办，我是怕嫂子抗不了。

金有良说：你刚才在家没吃着饺子吗？

老翟头说：哪还顾得上吃了，还在大锅里熥着呢。

金有良说：那是你嫂子给小玲包的，你说她通情达理不？

老翟头说：是啊？哎呀妈呀，这家伙把我吓得，我就怕老嫂子知道了，到家去把饭桌给我掮喽。

金有良说：你就知道她厉害，可她疼你你忘了？这事她知道深浅，也知道你不容易。

老翟头说：那我也怕，老嫂子以前骂我那劲头儿，那俩眼珠子瞪得……

金有良说：行了，别在那扒小肠了。你真没吃饭呀？

老翟头说：吃啥呀，急得我胃口都堵得慌。

金有良说：先喝口水，一会儿你嫂子回来，给你整口吃的。

老翟头说：你穿这身运动服，要干啥去呀？

金有良说：去镇上排练。哎，你没啥事，我带你看热闹去吧。

老翟头说：我都闹心死了，还有心看那玩意儿，我开车送你还行。

金有良说：算了，我跟村支书一块走。你晚上过来吧，咱哥俩弄瓶好酒喝。

老翟头说：我闺女都不理我了，我还有心思喝酒，我得有多大心脏呢？

金有良说：别老那么说闺女，小玲也算是有出息。咱俩先别唠了，晚上过来坐会儿，总比你一个人在家待着好。

小妮子和满堆在小戏台排练《看秧歌》。台下有不少乡亲在看热闹。金有良和喇叭叔坐在台下。金有良说：这俩小年轻唱得挺带劲，行，进入得挺快。

喇叭叔说：这个节目她俩演出过，搭档得挺默契，没说的。

一段音乐结束后，金有良说：小妮子，你俩刚才看姜兰耍手绢没？

小妮子说：看见了，耍得漂亮。

金有良说：你俩手绢耍得还差点，下去要好好练练啊。

小妮子说：知道了有良叔。

金有良说：好了，你俩完事了，接下来是三里堡的大联唱，万能啊……

万能从台口跑出来，说：来了。有良叔，我们村秧歌队都到齐了。

金有良说：好，你们的东北民歌大联唱，先从头走一遍啊。

万能说：收到。随后，他向后台喊道：三里堡秧歌队全体队员，上台……

金昌和福来带着样品榛子，坐在酒店大堂旁咖啡厅等刘经理。福来说：金昌，今儿一早就有短信过来，是小玲发的吧？

金昌满腹心事地嗯了声。福来又问：她怎么个情况？金昌说：她已经走了。福来说：完了。

金昌急歪歪地说：你能说点好话不，尽说让我泄气的话，你烦不烦哪。

福来说：你让翟叔把她找回来，你就不烦了。

金昌说：别说了，像个老娘们似的。福来说：我这不为你好吗。金昌瞪着福来：你还说？

两个人的争吵声惊动了周围的人，纷纷投来不满的眼光……

·二十二·

刘经理进酒店。金昌迎上前去：刘经理，刘经理你好。刘经理说：哎，金昌、福来，你们好哇。

福来说：你好哇刘经理，我们又见面啦。

刘经理说：是的啦，让你们久等啦。

金昌说：刘经理，请咖啡厅坐。刘经理随金昌往咖啡厅走。金昌说：刘经理，翟理事长给您带好，他说请您去红石峪喝酒呢。

刘经理说：一定去、一定去。老翟还好吧？

金昌说：挺好的，就是忙了点。

刘经理说：那就好哇，忙了点，说明生意好啦。我们先看看样品啦。

金昌拿出几袋样品榛子。刘经理仔细地看着每一袋榛子，他说：……金昌，我看你这新的包装技术，可以跟国际接轨了。

金昌说：刘经理，你真这么夸我？

刘经理说：我和陈总出国考察，见识了很多，其中就有干果食品储藏与包装；你这是从根本上解决了问题，榛子口感不变，成色也很好，还便于储存，我可以向陈总推荐啦。

金昌说：刘经理，你说得我心都要跳出来了，干果行业的专家，懂行。

福来说：佩服。

刘经理说：红石峪的榛子质量，我是不会看错的。金昌，我实在是不好意思，出国考察走得匆忙，没有跟你打招呼啦。

金昌说：你真给我急够呛。刘经理，咱不说这些了，一会见着陈总，您多给美言几句。

刘经理说：那是一定的啦，他看到这么好的产品，我们之间的生意也就好做啦。

仨人来到“广粤果品商行”门前。金昌看到阔气的门脸，说：哎呀，这么大的门面，够气派。

刘经理说：两位里边请啦。

进了总经理办公室。陈总迎上说：欢迎东北来的客人，欢迎欢迎。

金昌和福来说：陈总好，陈总好。

几人落座。陈总说：怎么样，金昌啊，一路上辛苦吧？

金昌说：不辛苦，谢谢陈总，没什么。我介绍一下，这是我们红石峪合作社的质检员，王福来。

福来紧张地笑了笑，点着头说：幸福的福，到来的来。

陈总说：啊，好好好，福气来啦。金昌，你们是昨天到的吧？

金昌说：对，我们是昨天到的。

陈总说：我本应尽地主之谊，请二位喝茶，可你们还有事情要照应，我就不便打扰啦。

金昌说：陈总您客气了，我们有幸与贵公司合作，应该感谢您，哪能给陈总添麻烦呢。

陈总说：哈哈，金昌好客气啦，那好，刘经理……

刘经理说：哎，陈总要看样品吧？

陈总说：要看的。金昌啊，刘经理常跟我说起红石峪，尤其看好你们的平榛，这榛子到底怎么好，我就要领教啦。

金昌和福来赶紧把几袋不同规格包装的样品榛子小心翼翼地摆放在陈总办公桌上……

陈老板打开一袋榛子，看过后说：成色还可以啦，颗粒也还均匀。他抓起一把榛子，合手一拍……又说：嗯，拍手即开、皮很薄啦……

陈总的每一个动作，都紧紧揪着金昌的心……

陈总拿一粒果仁儿嚼在嘴里，说：嗯……陈总微微皱起眉头……

金昌的心一下子提到了嗓子眼儿……

陈总品过榛仁儿后，松开了眉头，说：味道不错，这才是我想要的榛子，红石峪的平榛名不虚传，皮薄粒大，味正口香，品质很好啊。

金昌和福来不约而同地对视一下，难以抑制的兴奋与激动涌上脸颊……

刘经理也放松了下来，他说：陈总，金昌他们为了进入南方市场，这次特意彻底改变了榛子的传统包装，新引进了先进的包装流水线设备。

陈总说：这种新包装，可以跟国际接轨啦。金昌啊，这买卖说好是我们要做的啦，我请你们去大酒楼坐坐、喝喝茶，有些事情我们要坐下来谈，你总得给我这个面子吧？

金昌悬着的心一下落了地，他赶忙说：哎呀，我想请陈总您还没来得及说呢，让陈总先说了。恭敬不如从命，那就谢谢陈总了。

陈总说：不必客气，生意我们要做，朋友也要交的；最主要的是，请你们二位领略一下岭南风情啦。

金昌和福来不约而同地说：谢谢陈总！

金昌心里佩服：精明的生意人，看好的货色，立马就叼住。

谈成了生意，哥俩很高兴。吃过宴请，二人疯狂采购一通，拎着大包小裹回到酒店。

老翟头给金昌打来电话，埋怨翟玲不辞而别。金昌把责任揽过来，说：翟叔，小玲是跟我商量好才走的，要说，你就说我吧。

老翟头说：你咋不先问问我，就让她走了呢？

金昌说：我问你你也不能同意，我想，就让她先去吧。

老翟头说：你咋这么不负责呢？金昌，你让她走好走，可走了之后有多少麻烦事儿你不知道吗？

金昌说：我啥都知道。翟叔，事情已经这样了，就先这么着吧。

老翟头说：先不说这事了。你那头情况怎么样，见着陈总了？陈总什么意思？

金昌说：见着了，陈总可热情了，一切比预想的还要顺利。

老翟头说：那咱们的新包装，他也认可了？

金昌说：非常认可。他还说，咱们这是跟国际接轨了。

老翟头说：好啊好啊。那刘经理呢，他什么态度呀？

金昌说：刘经理见到新包装的样品，非常高兴，他在陈总那一个劲儿替咱说好话，而且，陈总看好咱们的宝仁榛子，当场就拍板了，过两天，咱们销售部就能收到广粤果品商行的订单了。

老翟头说：太好了！你小子又办成一件大事啊！

金昌说：翟叔，还有个好事我要告诉你，我捡到了一块儿金疙瘩。

老翟头说：啥，你捡到金疙瘩了？你小子走狗屎运了，到广州发财了？

金昌绘声绘色地把巧遇丹尼尔的事讲给了老翟头。

老翟头听了哈哈大笑，说：你小子是福将、福神啊！我去市里参加招商引资会，毛儿没捞着，你小子一下子就捡到个大宝贝，太好了，太好了！我给你小子记大功！

金昌说：你也别这么早就高兴，这才刚接触上，还需要一步一步深入地往下谈。

老翟头说：你叼住他，死死叼住，这件事，咱们全力以赴！

老翟头撂下电话，激动了好一会儿。缓了缓无比兴奋的心情，自语道：好啊，广州的事情办成了，还叼了一块儿大肥肉，金昌这小子行，行，这姑爷儿我没看走眼，可……我得赶紧找闺女去啊。

老翟头开车上了路，直奔省城……

翟玲到了艺术团。小丽把翟玲接进宿舍。小丽说：怎么样小玲，这宿舍不错吧？

翟玲说：还行，就是小了点。

小丽说：咱俩人住还嫌小，这可是团里特意给你调的。坐吧，这是你的床。

翟玲走到窗前，看着院子里的环境，说：哎呀，这院子够大的了，满院子的花花草草，够可以的。

小丽说：不好我能叫你来嘛。你看，前头那楼是排练场，一楼和二楼都可以排练、上基功课。

翟玲说：基功课，怎么上啊？

小丽说：基本功训练呀，腰腿功软开度、民间舞、毯子功，还有扇子、手绢道具基本功练习。

翟玲说：啊……

小丽说：你要作为主要演员培养，还有专门的老师给你吊嗓，还有……

翟玲说：让你说得我都迷糊了，先不说了，早晨从家走得早，我还没吃东西呢，找个地儿吃点啥吧。

小丽说：去饭堂吃还是出去吃？

翟玲说：……我刚来，不好意思见生人，咱俩出去吃吧。

小丽说：嗯。哎，小玲，你爹还是不同意你来吧？

翟玲说：不但不同意，还把我骂了，说我没良心把他扔下就走了。

小丽说：也是的，你爹一个人在家，是挺孤单。

翟玲说：他就是老封建，不愿让闺女出远门呗。

镇政府。郭秘书向张镇长请示工作，说：镇长，金昌出差还没回来呢，表彰大会提前的事，我得跟他打招呼吧？

张镇长说：得马上告诉他了，他和姜兰都是回乡务农大学生的优秀代表，镇里还得重点表彰呢，你赶紧通知他吧。金昌走哪了？

郭秘书说：听有良叔说，他现在广州呢。

张镇长说：金昌才能耐呢，红石峪的平榛已经占领东北和华北市场，这又往南方发展了。

郭秘书说：他还打算往国外卖榛子呢。

张镇长说：这小子厉害。你一会打电话告诉他，就说我说的，让他务必赶回来参加表彰大会。

郭秘书说：好的镇长，我马上办。

广州酒店房间里。福来感觉有点凉，他说：我怎么像伤风了呢，鼻子不透气，先把空调关上吧。

福来关了空调。金昌说：瞅你一会儿冷一会儿热的，不够你嘚瑟的了。

福来说：哎，小舅子，刚才翟叔听完你汇报，老高兴了吧？

金昌说：嗯。高兴归高兴，可小玲的事又让他不高兴了。

福来说：小玲的事谁都没办法。哎，我咋有点饿了，昨天剩的东西在哪？

金昌说：你还想吃东西？陈总给咱上了一大桌子菜，你咋没吃饱哇？

福来说：那场面，我没好意思吃。再说那味道我也吃不惯，甜了巴嘰的，炒菜像没搁盐似的；还有那虾爬子，也太大了，我都没法下手。

金昌说：别丢人了，那上面摆的是龙虾壳。

福来说：那个就是龙虾呀，怎么光摆个壳呢？那龙虾肉呢？

金昌说：雕花下面摆的就是龙虾肉，你不知道？

福来说：服务员把那大盘子摆上，叽里呱啦说那话也听不懂啥意思，没敢动筷。

金昌说：服务员是告诉你，那是生吃的。

福来说：你能听懂广东话？

金昌说：听不懂你不会看呀，他们几个人夹着那龙虾肉蘸辣根吃，你也学着那么吃就完了呗；再说了，看不明白，你不会张嘴问？

福来说：那种场合不得讲究点吗，不能乱说话。

金昌说：多亏你没咋说话，要不陈总还不得笑话你。

福来说：有啥可笑的？就那饭菜，还不如吃碗大楂子就酱茄子顶饿呢。

金昌脸上冒出了不少汗珠，他说：你赶紧把空调打开，多热啊。

金昌手机响了，他坐在床头顺手打开一包“湿巾”擦汗……他接电话：喂……郭秘书啊，你好郭秘书……好，挺顺利的，有事您说……金昌走到窗前听电话：啊，镇领导要去市政府开重要会议，所以日程就做了调整……

福来从床头柜上拿起一袋“湿巾”嘀咕着：这啥玩意儿啊，“男用湿巾”“女用湿巾”……这写的不是多此一举吗，擦脸擦汗、擦个手伍的，还分男女？这南方人，做买卖精明过头了吧。

金昌继续说电话：好好，我一定按时赶回去，请镇领导放心。

金昌打完电话，福来见他的脸红红的，说，金昌，你脸咋的了，通红？

金昌摸摸脸，说：是啊，我脸咋火辣辣的呢？就你刚才把空调关了，热得呗。哎呀，不好，辣眼睛了……金昌赶紧进洗手间，打开水龙头……

福来说：小舅子，谁给你来电话？

金昌从卫生间出来，他挤咕挤咕火燎燎的眼睛说：镇政府的郭秘书。

福来说：他想让咱帮买东西？

金昌说：还买东西，赶紧去买火车票吧。

福来说：……咱不说好了，玩两天再走吗？

金昌说：镇上的表彰大会提前了，咱赶紧把天津的事办完，立马回家。

福来说：不会吧？

突然变化的日程，使金昌有些着急，他不耐烦地说：你耳朵不好使啊，还得我说几遍呀？

福来说：别跟我发火。

金昌说：我这满脑子的事，你别缠巴我了行不？

福来说：你拿表彰也太当回事了，不就是发个红皮证书吗。

金昌耐着性子说：那不是表彰我个人，是表彰农民、大学生农民。

福来说：小舅子，人家翟叔对朱经理都不感兴趣了，你还去天津干啥呀？

金昌不耐烦了，说：你还说？

福来有点不服气：我不是帮你参谋参谋吗。

金昌说：参谋个屁呀！

福来有点挂不住了：咋的，还不让我说话了？

金昌说：有话回家说去！

火车站售票窗口前，金昌在排队。排到金昌了，他说：同志，我买两张明天去天津的硬卧票，越早越好。

售票员说：对不起，明天去天津的车票已经全部售完。

金昌有点着急，说：咋都卖完了呢？

售票员说：确实卖完了。

金昌说：……还有几号的票呀？

售票员说：28 号还有票。

金昌说：28 号……那不晚了吗？

售票员嫌金昌有点磨叽了，说：后面的旅客，请问去哪？

金昌马上挤住窗口，说：哎哎，售票员同志，你能给我找找不，看看明天还有没有去天津的票了，我有急事必须明天早上走。

售票员敲了几下键盘，说：软卧票还有两张，888 元一张，你要吗？

金昌说：要、要！两张都给我，谢谢你了！

售票员说：T9928 次，明天早上 7 点 08 分发车，软卧票两张。

金昌说：好、好，谢谢啊。

金昌交付票款……站在他身后的老广说：8 真好了，888 发发发，不错的啦。

金昌离开窗口，叨咕着：888 发发发，好哇，8 点钟发车，后天上午就能到天津了。

翟玲和小丽吃完饭回到宿舍，翟玲就坐不住了，她说：小丽，你跟我一块去排练场啊？

小丽说：你带的东西还没归拢呢，柜子还没收拾呢，练功着啥急。

翟玲说：你不知道我现在有多激动，小丽，到现在我都不敢相信，这么好的机会能落我头上，我真想早一点参加演出。

小丽说：展示你的机会有的是，你那“凤回巢”手绢绝活，就连大主演樱子，都没你那两下子。

翟玲说：樱子？

小丽说：杜美樱，团里的老演员。

翟玲说：怎么，她是团里的台柱子？

小丽说：啊呗。她是一级演员，团里排节目，重要角色基本都是她的。

翟玲说：那我就更得好好练了，别到用的时候掉链子。走吧，带我去排练场。

小丽说：我真不能去，我还有事得出去一趟。

翟玲说：那我自己去。小丽说：咱俩一起走。翟玲和小丽出屋。翟玲问小丽出去办啥事，小丽不告诉她。翟玲说：样儿吧，跟我还保密。是不有男朋友了？

小丽说：我都说了先保密了。

翟玲说：不够意思。

金有良在家等老翟头来吃饭。电话响了，金有良接电话：哎，大兄弟，你嫂子把饭菜都做好了，你不赶紧过来，还打电话干啥呀？……你说什么，你找闺女去了？……这都快要到了，哎呀，我说你个当老人的，你咋那么糊涂呢？小玲走的是正道，你这么做，不是伤闺女的心吗？

老翟头说：这家里这么多的事，不把她找回来，往后的日子我怎么过？

金有良说：你咋那么自私呢？光想着自己怎么过日子，咋不想想孩子们的日子怎么过呢？再说了……老翟头抢话说：你别管了。说完把电话关了。金有良说：这不扯呢吗……

金婶问：怎么了老头子，老翟头干啥去了？

金有良说：上省城找小玲去了。

金婶说：哎呀，小玲过些日子就回来了，这追着撵着的，不等于打孩子脸吗，有这么折腾人的吗？

金有良说：哼，一个不让走，一个非要去，这爷俩都犟一块去了。

金婶说：你再打个电话，叫老翟头赶紧回来吧，反正他还没见着小玲呢。

金有良说：他这就要到了，能回来吗？

沈北民间艺术团大门前。老翟头拎个小兜子靠着“大奔”打电话：闺女啊，你在哪呀？

翟玲说：爹呀，我在排练场练功呢，等我回宿舍就给你打电话啊。

老翟头往院里看看，说：你排练场在哪个楼啊？

翟玲说：哪个楼？告诉你也没用。

老翟头说：谁说的，是不紧挨着院门口、有挺大的窗户那两层楼哇？

翟玲说：啊？你怎么知道？

老翟头说：你下楼来接我。

翟玲说：接你？

老翟头说：啊，爹过来办事，顺路看看你。

翟玲说：啥？爹真来了，你不是跟我开玩笑吧？

老翟头说：开啥玩笑呀，我就在艺术团大门口呢。

翟玲说：什么……翟玲飞快下楼、跑到大门口，惊讶地：……爹，你怎么来了？

老翟头说：你不吱声就走了，爹能放心吗？

翟玲说：哎呀，我都跟你说过多少次了，还有啥不放心的。

老翟头说：别搁道上说话，你住哪啊，领爹看看去。

翟玲说：走吧。翟玲带老翟头进院，又说：爹，你拎一兜啥东西？

老翟头说：红菇娘儿。

翟玲说：爹想得真周到，我嗓子真有点不舒服。

老翟头说：到屋烧壶开水，泡几个喝吧。

翟玲说：水不用自己烧，楼下就有大茶炉。

爷俩进了宿舍。老翟头环顾了一下，说：这屋你和小丽俩人儿住啊？翟玲：嗯。老翟头说：还行。

翟玲说：团里特意给我调的。爹吃饭没？我带你去饭店吧。

老翟头说：吃不下，喝口水就行了。

翟玲说：跑那么远的路，不吃东西哪行。

老翟头说：我都气饱了。你吃没？

翟玲有点紧张了：嗯。爹你坐。爹，你是特意为我的事来的吧？

老翟头说：不为你我为谁呀，有你这么干的吗？家里家外都围着你转，可你把谁放眼里了？你这么做，不把金昌给坑了吗？

翟玲说：金昌要不同意，我也不能来。

老翟头说：他是你对象，他那是尊重你。再说了，就算金昌同意了，今后这路怎么走，你打算好了？

翟玲说：……我又没说不回去了。

老翟头说：那你也不能话都不说、事都不安排完就走吧？

翟玲说：我都告诉你了，可你不同意，我有啥法；团里邀请我过来我都答应了，我不能失信吧？

老翟头说：啊，你怕跟团里失信，那对家里人的尊重也要有吧？

翟玲说：这事我提前都跟爹说了，我也给你留条子了，我寻思我来了之后，再慢慢做你工作呗。

老翟头说：我不用你做工作，你赶紧收拾收拾，跟我回去。

翟玲一下子像变了个人似的成熟了起来，她说：干啥呀，爹，你不能这样吧？我都老大不小了，我有我的自由，我有我的追求，我有发展自己的权利，你干啥不让我干一番自己喜欢的事业呀？

老翟头说：你还想喜欢啥？在红石峪，我没给你自由，没给你追求，没给你发展自己的机会吗？你就挨着样儿地数数，从村里到镇里到市里，啥荣誉你没拿过？我看你就是身在福中不知福，异想天开。

翟玲腾地站了起来，说：爹，你咋就不能理解理解你闺女呢？

老翟头说：你，你还让我咋理解你？

翟玲平和了一下自己，说：金昌上大学那会儿，我没少遭白眼，没少听到那些闲言碎语吧？这个说我土，那个说我配不上金昌，说金昌大学毕业指定不回来了，就算回来，也不能娶我这土包子。听了这些话，我心里是啥滋味你知道吗？你和干娘都忙，我找谁去说说心里话？我只能把自己关在屋里、趴在被窝里哭；那时候逼得我，不管刮风下雨的，冒着大雪都要进城去学二人转，我就是想要改变自己。这些苦，我都白受了？这些努力，都白费了？翟玲的眼圈有些红了……

老翟头感觉闺女说的也挑不出啥毛病来，就说：……听蝲蝲蛄叫，还不种庄稼了，这都过去的事了，还提它干啥呀？现在，金昌对你多好啊，大家也都羡慕你吧？

翟玲说：那我也要有志气，金昌是大学生，我也不是白给的；我到艺术团来，能演上主演了，我就是艺术家，我也可以跟金昌平起平坐。

老翟头说：你这不叫志气，是怄气、赌气，扯那些玩意儿有用吗？肚子饿了摆桌子吃饭，天黑了上炕睡觉最实惠。

翟玲说：你就是典型的老农思想。

老翟头说：怎的，还没咋的就要瞧不起你爹了？

翟玲也觉得自己的话语有些重了，她缓和了语气说：爹，走的时候没当面跟你打招呼，是我做得不对，可我都来了，团里人事科那都报到了，我怎么回去吧？你想过没，就算我跟你回去，村里那些人会怎么看我呀，还不知道会有多少难听话呢，我干吗要让他们说三道四？我就要争这口气，我也要给爹争脸，给干娘争脸。

老翟头说：别人说啥用不着在意，谁还跟闲话过日子。闺女，你跟爹说实话，想在团里待多长时间？

翟玲说：我都跟你说了，能在艺术团演上个主角、证明自己，我就回去。

老翟头说：……我饿了。闺女，跟爹去酒店，我今天不走了，咱爷俩好好唠唠。

翟玲说：真的？翟玲有点不相信地、又兴奋地拥抱住老翟头，说：你真是我亲爹。

老翟头说：哎哎，我是你亲爹还有假？

翟玲高兴了，撒娇地说：那你就在这多待几天吧，我陪爹逛逛省城。

老翟头说：明儿起早就走，回去还有不少事情呢。

翟玲说：那跟干娘说一声吧。

老翟头说：她还没搭理我呢，回去再跟她说吧。

老翟头跟闺女吃完饭，住到附近的酒店。爷俩又唠了半宿。

第二天早上，翟玲领爹到一个自助饭店用早餐。她说：爹，这家餐厅怎么样？

老翟头说：闺女，你刚到这里，就知道吃饭的地儿了？

翟玲说：是小丽告诉我的。

老翟头环视了一下饭店，说：挺好，经营品种还挺多，中餐西餐都有，菜品不错……嗯，环境也不错，装修讲究有档次。等我忙完榛子节，领你干娘也过来长长见识。

翟玲说：听爹说话的意思，你是不叫我回去了呗？

老翟头：爹是通情达理的人。昨晚你跟爹唠那么多，我也知道你的苦处，你也有难处，这些年也委屈我闺女了。小玲啊，你有自己的追求，那就先留下吧。

翟玲说：太好了，我爹万岁！

老翟头说：不过啊，时间可不能太长，个把月的时间，出来锻炼锻炼，了了你那个小心思就行了，见好就收，别耽误家里的正事，也不能出现什么意外，懂吗？

翟玲高兴地：嗯哪！

老翟头开车回村。他给金有良打电话，说：有良大哥呀……我正往回走呢，你那好酒好菜都给我准备好，咱哥俩还得喝两盅啊。

金有良说：怎的，是一个人回来的、还是俩人回来的？

老翟头说：我就是不放心闺女去看看，她搁那还挺好，就让她玩几天吧，孩子也挺不容易的。

金有良说：嗬，老家伙行啊，去趟省城有境界了。

老翟头说：我也不能像你说的太自私了是吧，咱也不是那小心眼儿的人。

金有良说：你呀，那心眼儿小得，也就裂口的榛子那点儿缝儿。

老翟头说：你别把人看扁了啊。

金有良说：好了，有话回来再说，道上慢点开，我等你。金有良撂电话。

金婶说：听老翟头这口气，好像没那么生气，他同意小玲留那了？这事，我看应该告诉儿子了，啊？

金有良说：别啥事都跟儿子说，他在外头挺不容易的，咱不给孩子添堵，行吗？

金婶说：你又说我又说我……

广州酒店。金昌躺在床上。闹表声响了，金昌叫醒福来。

福来边穿衣服边说：咱早点走啊金昌，广州的车多，别堵道上，误了火车就完了。

金昌说：嗯，咱这就走，8 点的火车，赶趟儿。

福来说：哎，火车票放哪了？

金昌说：在我枕头底下。

福来顺手把火车票揣兜里，说：车票我揣着了。说完就蹲在地上擦皮鞋。

金昌说：姐夫，新买的皮鞋够亮的了，还擦它干啥。

福来说：废话，红石峪的青年，啥时候不是皮鞋锃亮。

金昌逗福来：哎，姐夫，上电梯你都拎着鞋，你咋不拎着皮鞋上火车呢？

福来说：……我拎着火车上皮鞋！

金昌哈哈笑。

酒店大堂。金昌去服务台结账……不大工夫又回来了。

福来问：结完账了？

金昌说：出了点问题，姐夫，你过去跟她们解释一下吧。

福来到服务台，问：咋回事，服务员？

女服务员说：先生，你们房间内的性保健品，使用过了吧？

福来愣了：……啥玩意儿，性，保健品？……我屋住的是俩男的。

女服务员说：房间内放的“湿巾”是消费品，不是赠品，是要埋单的。

福来说：埋，埋什么埋，你埋汰我？

女服务员说：不是埋汰你，房间内的消费品被你们使用过，是要付款的。

福来来气了，说：你……我跟你说啊，钱我有，可这不是钱的事，是名声问题！谁闲着没事用那玩意儿，跟我扯什么？

女服务员说：对不起先生，这是酒店的规定。

福来说：啥规定？我看你们就是乱收费。对不起，我不付。

女服务员说：先生，你不要着急，有话慢慢说。

福来生气说：我能慢吗我？我根本就没消费那东西，什么性，保健品，你们不能缺德知道不？！你非说我消费了就等于我消费了，也等于我有那事了，我真有那事了回家我怎么跟老婆交代，我老婆就得把我辇出家门不跟我过了，你知道不？有你这么坑人的吗？

女服务员说：这位先生，您不要生气。

福来说：我能不生气吗？谁受得了这种气呀？这事要搁我们那疙瘩传出去，我都没法做人了，我就是跳黄河、再跳一回长江都洗不清了我。

女服务员说：可是你们确实使用了湿巾，是必须付费的。

福来说：我告诉你，我没用，我就不付！

吵叫声引来了不少的客人……大堂经理赶过来，批评服务员说：你是怎么回事，怎么能对客人这种态度？

女服务员跟大堂经理小声嘀咕……

福来气愤得不知说啥好了：我告诉你啊，你们这服务员，说埋汰我就埋汰我，还说要把我给埋了。

大堂经理微笑着说：先生，“埋单”就是结账付款，不是埋汰您，更不是要埋了您。

福来说：你们弄错了，把账算我头上干啥呀？你们想干啥，欺负外来人咋的？

大堂经理还是微笑着，说：这样吧，这位先生，这件事情可能是有点误会，我们酒店就按“耗材”处理了，如果给您带来不便，请您原谅。

福来说：你们弄误会了，别把我们扯进去呀，这事多砢碜人。

大堂经理依然微笑着，说：不好意思先生，抱歉、抱歉……

金昌见问题解决了，拉着福来出了酒店。

福来是真动肝火了，他说：他们不是没事找事吗，非说我用那玩意儿了。

金昌这时想起昨天是自己打开一包“湿巾”擦的脸，他说：多大点事儿呀。

福来说：这事儿不大，可埋汰人。

金昌说：姐夫，你请我吃早饭，我就帮你洗清自己，怎么样？

福来说：我有啥可洗清的？……怎么，那包湿巾，你给打开了？

金昌说：我可以证明不是你弄的就完了呗。

福来一下子明白这祸是小舅子惹的，气得说：你……你手咋那欠呢，没事你研究那玩意儿干啥呀？告诉你啊，从现在开始，所有“埋单”都你的事啊。

金昌哈哈笑了，说：臭无赖。赶紧的吧，找个地方吃点饭。

俩人来到一个饭馆前。福来看招牌上写着“大傻小笼包”，说：哎，小舅子，你看那“傻”字没，我老是叫不准它的笔画，今天我可看清“傻”字是这么写了。福来用手比画着……

金昌说：行了，别冒傻气了，赶紧进屋吃饭吧。

饭馆里人挺多。俩人找个空座坐下。老板走过来，说：请问，两位吃点什么？

福来张口就说：可贵的上。

老板说：小笼包要两屉啦？

福来问：一屉几个？

老板说：“细”个。

福来说：细……几个？

老板用手比画着说：“细”个啦。

福来说：细个……先来细屉，再来细个卤鸡蛋，两碗皮蛋瘦肉粥。

老板说：好的，你点的“细”屉小笼包、“细”个卤鸡蛋、两碗皮蛋瘦肉粥，这就来了。

福来说：快点的啊。

老板说：很快的啦。

火车站候车室里，柔和的声音广播着：“各位旅客请注意，开往天津的 T9928 次列车，就要开始检票了，有去往天津的旅客，请到 2 号检票口

准备检票……”

金昌和福来还在饭馆吃饭。四屉小笼包很快见底。福来喊来老板。老板说：请问还要点什么？

福来说：要，再来细屉小笼包。

老板说：好的。那“细”屉需要打包带走吗？

福来说：不带走，就在这吃。

老板说：你还有客人过来吗？

福来说：没有，就我们俩。

老板说：两个人？

福来说：怎么，还不明白吗？

老板说：……明白、明白，马上给你上来啦。

火车站候车室里还在广播：“各位旅客请注意，开往天津的T9928次列车，已经开始检票了，有去往天津的旅客，请到2号检票口检票上车……”

金昌和福来坐在出租车上。金昌突然想起什么，说：哎，姐夫，刚才吃饭你给钱没？

福来说：说好你埋单，怎么是我给呢？

金昌说：坏了，没给人钱就走了，这咋整？

福来说：你真没给钱咋的？

金昌说：赶紧回去送钱吧。

福来说：哎呀，还回去干啥，误点就完了，一顿便饭的事，没多钱。

金昌看一下手机，说：误不了哇，还有一个多小时呢，离着车站也不算远，赶趟。

福来说：那就送吧。

金昌对司机说：师傅，调头往回走，还回刚才那大傻饭馆。

出租车掉头。福来说：哎呀，你真是多此一举。

金昌说：今天要消费千儿八的，让老板骂一顿也值，吃那么点东西就走人，咱不干那损人的事。

出租车到饭馆。福来进屋见老板，他说：哎呀，我说你这老板咋当的呀，你还赚不赚钱了？

老板说：做生意当然要赚的啦。

福来说：赚啥赚呀，我俩打车都快要到三里堡了，才想起没给你饭钱，现往回赶的。

老板说：不好意思，不好意思，我生意忙忘记收了，你们还回来啦？

福来说：那能不回来吗。

老板说；小意思，就算我请客啦。

福来说：那可不行，吃饭给钱天经地义。福来付了饭钱。

老板说：谢谢你啦。

福来说：别谢了，下次再来给打折啊。老板说：下次再来，给你免单啦。

福来和金昌进火车站候车室。他俩在大屏幕前查看……福来奇怪：小舅子，不对吧，你看这列车进出站的时刻表里，怎么没咱们去天津那趟车呢？

金昌说：再仔细看看。

一位车站值班员走过。金昌迎过去，说：请问，T9928 次列车，在第几检票口检票呀？

值班员说：……请出示一下您的车票。

福来说：车票在我这呢……

值班员看了一下车票，说：对不起，你们误点了，T9928 次列车已经在 7 点 08 分准时发车了。

金昌惊出一身冷汗：啊？同志……你没搞错吧？

值班员说：没有搞错，T9928 次列车，是正点发车。

福来说：同志，我小舅子说是 8 点钟发车。

值班员：你们再仔细看一下车票。

金昌说：完了完了。

福来看了看车票，说：小舅子，咋回事呀，发车时间是 7 点 08 分，你咋跟我说是 8 点钟发车呢？

金昌耍赖说：车票在你手里，你问我干啥？

福来说：票是你买的，我是今天早上才拿着的票。

金昌说：是啊，你拿了票咋不看一下时间呢？

值班员说：你们二位别着急，你们可以去改签。

金昌忙说：在哪改签？

值班员说：出候车室，向左走是售票处，里边就有办理改签的窗口。

福来说：哎呀，往兜里揣票那会儿，我咋没看一眼呢。又说：你也是的，非要返回饭馆送钱干啥呀？

金昌说：现在怨我有啥用，赶紧改签去吧。

福来说：这一大早的，啥字没看见，就看见个“傻”字，还搁那比画半天笔画。

·二十三·

翟玲在艺术团耿科长的办公室。耿科长关切地问：翟玲，怎么样，到这吃住还习惯吧？

翟玲说：还行，就是换了新地方，睡觉不踏实。

耿科长说：住时间长了就会适应了。耿科长拿出一份合同书递给翟玲，说：翟玲，这份合同给你，回去好好看看，觉得合适，再来找我，你就可以签合同、正式成为团里的签约演员了。

翟玲接过合同，说：好的耿老师。

电话响了，耿科长接电话：……谢队长啊，翟玲在我办公室呢……好。该谈的都谈完了，我这就叫她去你们演员队。

耿科长撂下电话说：翟玲，你去一下演员队办公室吧，谢队长在那等你，有些工作上的安排，他就直接跟你交代了。

翟玲说：谢队长？

耿科长说：啊，就是你参加大奖赛那时的评委老师呀。

翟玲说：是啊，我认识他。我这就去演员队找他。

谢队长在等翟玲，听到敲门声，他说：是翟玲吧，请进。

翟玲进屋，说：谢导演你好。

谢队长很热情，说：翟玲你好！你就叫我谢队长吧，以后我们就在演员队一起工作了。

翟玲说：好呀。自从参加完大奖赛，就没机会见老师，以后多照顾了。

谢队长说：没问题，以后有什么事就跟我说。从明天开始，你跟演员队上基训课吧。

翟玲说：行啊。可，我还没买练功服呢。

谢队长笑着说：不用你个人买，明天到排练场，队干事就发给你了。这几天你先跟大家一起练练功，节目安排的事情你先别着急，这要等整台晚会方案定下来再说。翟玲说：知道了。

回到宿舍，翟玲把合同看完问小丽：小丽，你跟团里签几年合同？

小丽说：三年。

翟玲一咧嘴：三年？这合同能改吗？

小丽说：这是正规的劳动合同。

翟玲说：我看这合同不适合我，三年时间太长，三个月的话，我爹还能同意。

小丽说：三个月？你开什么玩笑，还当小孩过家家呢，三个月连试用期都不够。

翟玲说：那你不早说，早说我就不来了。

小丽说：你后悔了？

翟玲：……

小丽说：你可别得了好处还卖乖啊，团里可是爱惜人才，啥都给你开绿灯，这机会多宝贵呀，你应该珍惜才对。

翟玲说：这叫三年呀，我现在可是大姑娘了，在这待三年，我就要变成老姑娘了。

小丽说：别那么夸张，我年纪也不小了，我都没想这事；再说了，合同规定的三年里，还有半年的试用期呢，到时候能不能转正，还要经过专业考试、综合考评呢，你可不能稀里马哈的啊。

翟玲说：这么麻烦啊。

小丽说：你还发啥愁啊，看团里对你那态度，巴不得把你留下呢。

翟玲说：这事我还是跟金昌商量商量吧，我得赶紧告诉他。

金昌在火车上接到翟玲的电话，翟玲问合同的事该怎么办？金昌说：小玲，说来说去，我还是这个意见，三年的时间不很长，可也不很短，是需要考虑各方面的因素了；但关键还是要看你自己想怎么发展了，你放心，不管你最后怎么决定，哥都支持你。

福来听金昌跟翟玲通完话，说：哼，“支持”，支持吧，闹心的日子在后头呢。

金昌突然冒出无名火：闭上你的臭嘴！

福来吓得愣住了……

老翟头开车到九妹子家。他站在门口，说：九妹子，九妹子在家没呀？

九妹子在里屋自语道：嗬，“小白兔”来了。她走到外屋地，说：你都看见我了还喊啥。

老翟头老老实实地说：你教育我说，进门要有礼貌，我就在外头先打招呼呗。

九妹子说：你有啥事啊？

老翟头说：昨儿个我去看小玲了。

九妹子说：……真的假的，你去省城了？

老翟头说：真的，我还能骗你。老翟头拿出一兜东西，递给九妹子。给，今儿早我们爷俩在酒店吃的西餐，小玲单独给你买两块进口奶油，还有两瓶蓝莓果酱，拿着吧。小玲说，这玩意儿让你抹面包吃，老香了，贼有营养。

九妹子说：这是小玲的一片心意，我就收着了，你滚吧。九妹子关上门。

老翟头着急了，说：哎哎，别别，我还有事，真有事。

九妹子说：有事就在外头说。

老翟头说：金昌明儿个回来，可我明天要去镇里开会接不了他，村里那帮小子都要去接站，你面包车借我用下吧。

九妹子说：现成的车，你用吧。

老翟头说：那我就让姜兰来取车了。

九妹子说：知道了。

老翟头往院外走……九妹子推开门，问道：哎，小玲在那怎么样啊，她到那习惯吗？

老翟头转回身，兴奋地说：那还说啥了，楼房住着，秧歌扭着，练功服都是团里发的，不用自己花钱；艺术团那大院、那大排练厅，上班都不用出院儿。嗯……团里就有食堂，院里就有小卖部，生活老方便了，别提她有多高兴了。

九妹子满意地微笑着，说：哎呀，太好了，我这干女儿也太争气了。

老翟头说：对了，她跟老李那闺女小丽住一屋，俩人一个大房间，一人一个床，还有床头柜、写字桌、大立柜啥的，屋里就有卫生间，还有淋浴呢。

九妹子说：啊，好好，这我也能放心了。她没说啥时候回来呀？

老翟头说：说好就个把月，演出完就回来。汇报完毕。

九妹子抹搭一眼老翟头，说：汇报完你就……

老翟头马上说：滚，我滚，我马上滚。老翟头知趣地、很乖地走了。

九妹子一转身，扑哧一声乐了。

金有良和老翟头坐在炕上喝酒。金有良说：你这趟去得好啊，闺女见着了，团里的情况也都了解了。

老翟头说：关键是我闺女对金昌有交代了，她答应我个把月就回来。老哥呀，你说这事我要整不明白，老嫂子都不能让我进门了。

金有良说：大兄弟呀，咱相处这么多年了，我还真就第一次看你对小玲的事这么上心、这么较真儿。

老翟头说：咳，这些年，是九妹子把她拉扯大的，我整天就忙活着榛子那点事，没白天没黑夜的，孩子都跟遭不少罪，想想啊，这心里头都揪得慌。

金有良说：小玲是个懂事的孩子呀。

老翟头说：这孩子是长大了。

金有良说：你亲自跑这一趟，看到小玲在那都不错，应该高兴了吧？

老翟头说：那是。来，咱喝酒……

第二天。老翟头去镇政府开会，遇见老李和老关，他笑呵呵打招呼：各位来得比我早哇。

老关说：老翟，你咋这么高兴呢，是金昌把事都办成了？

老翟头说：让你说着了喽，广州同意进我们的宝仁榛子啦，天津老朱也已经下单过来了。

老关说：是啊？那南方有销路了、河北也有结果了，你这家伙可厉害了。

老翟头说：这才哪到哪，等宝仁榛子飞出国门，那才叫厉害呢。

老李说：走吧，赶紧上楼，马上开会了。

会议室里，张镇长做报告。他说：明天，就要召开“兴远镇榛子产业先进模范表彰大会”了，所以，今天召集大家先开个预备会。市领导一直强调，建设社会主义新农村、发展特色经济、致富山区农民，是咱辽北农业发展的根本；经过多年的努力，现在，锦山市已经成为全国榛产品的集散地，咱兴远镇，已经是远近闻名的榛产业重镇了。这些成就的取得，离不开党的好政策，离不开那些勤劳质朴的榛农们。

大家听得认真，纷纷点头。

张镇长继续说：我们从2005年年底开始实行“农村集体林权改革”，直接落实到每家农户、每个榛农，从开始的小面积承包，发展到土地流转、自愿入股成立合作社，再发展到现在……说到现在，我就要说说红石峪村啊，红石峪的榛子企业，现在已经有二十多个合作社联合起来，走向了规模化管理，共同经营、统一销售“宝仁榛子”，销售市场不断扩大，经济收入逐年增加，翟叔啊……

听着入了神儿的老翟头突然被点名，腾一下立直了腰板儿：啊在！

张镇长和大伙儿都笑了。张镇长说：翟叔，我听姜兰说，金昌这次出去收获很大呀，拿下了广州、搞定了天津，还结交了国际知名的榛产品加工商？

老翟头说：有这事。广州、天津的订单都到了，那个丹尼尔也叼住了。

众人赞叹、纷纷议论……

张镇长说：翟叔啊，你们红石峪，又为我们兴远镇的榛产业发展做了大贡献哪。

老翟头说：这些事主要都是金昌干的。

张镇长说：所以啊，红石峪在农村生产合作社的发展道路上，坚持以“科技兴榛、科学养榛”，闯出了新路，走在了前头，获得了良好的经济效益，还要得益于金昌、姜兰这些回乡务农的大学生啊；在座的诸位都是合作社理事长级的，你们说，有这样的大学生新农民，你们心里踏实不？

老翟头说：当然踏实了。无论是生产技术还是市场营销，真离不开金昌他们；就像姜兰办的那个“榛子生产技术培训班”系列讲座，可是给榛农们解决实际问题了。

老关说：是啊，还有像金昌他们育苗基地培育的优质榛苗，可都是我们种植榛子的根本保障啊；有了科学技术的支撑，现代化农业发展就更快了。

老李说：现在，榛农们都组织起来了，有了自己的合作社、自己的企业，咱就是自己给自己打工赚钱，再也不用进城干零活了。

老翟头说：那是，也不用再让城里人管咱们叫“农民工”了；依我看哪，咱们现在有自己的企业管理园区，有榛产品加工厂房，还有专业技术人员，比城里的企业不差哪去，咱就管自己叫“工人农”吧，啊？

张镇长哈哈大笑，说，“工人农”，翟叔挺会来词儿啊。

大伙儿热烈地说：好！赞一个！点赞点赞！“工人农”！大家鼓掌……

张镇长说：这接下来，就该说说文化建设方面的事了，现在家乡富起来了，山美、水美、环境美了，可农民的文化生活还要跟上去呀。

大伙儿七嘴八舌地说：是那么回事，应该多搞些文艺活动，咱都等着去小戏台看秧歌呢……

张镇长说：哎，明天大家就都能看到了。镇里结合这次表彰大会，组织了一台“新农民秧歌会”，各个村的秧歌队都调动起来了，大家的热情都很高，这既丰富了乡亲们的文化生活，也推动了农村精神文明建设的发展啊；明天，大家都要把你们的人组织好了，保证表彰大会和秧歌会的圆满成功啊。

马小壮匆匆做好了饭，对杨柳枝说：媳妇，饭我做好了啊，我接站去了。杨柳枝也要跟去。马小壮说：你还没吃饭呢，别去了。我得赶紧走了，说好大家一起去火车站接金昌和福来，这帮小子可别不等我。杨柳枝说：我拿点饼干就行了，你先走，我锁门……

马小壮说：有石榴去就行了呗，你坐车再吐了呢？

杨柳枝说：没事啊，我还能总吐。兴许福来能带点啥新奇玩意儿呢。

马小壮说：那你赶快点吧。

金菊领儿子去买了不少好吃的，回到家她对小豆子说：儿子，你在门口玩会儿啊，妈妈把东西放回屋就领你去姥姥家啊。小豆子说：嗯，我玩会儿小汽车。金菊进屋。

小豆子在院门口玩。马小壮走过来，他说：小豆子，跟妈妈买东西去了？

小豆子说：啊，我妈妈买了好多东西，我爸爸今天回来。

马小壮说：爸爸要回来了，好哇，那爸爸就能给你买好吃的了。

小豆子说：妈妈说，爸爸给我买好多好吃的。

马小壮不怀好意地笑了笑，说：叔叔跟你说啊，小豆子，爸爸把好吃的东西拿回家，你得看住了，你晚上可不能睡觉啊。

小豆子说：不睡觉多困呀？

马小壮说：你要睡觉了，那些好吃的东西，就让老鼠给偷走了。

小豆子说：那怎么办呀？

马小壮说：你看住老鼠呗。

小豆子认真地说：嗯，我看住了，不许老鼠偷我东西吃。

马小壮说：哎，小豆子真乖。记住了啊，晚上不能睡觉。

小豆子使劲点点头说：记住了。

杨柳枝喊上石榴，妯娌俩一起出了门。杨柳枝说：嫂子，你说小玲傻不，金昌眼瞅着就跟她订婚了，她可倒好，拍屁股就走了，进城唱二人转去了。

石榴说：啥时候的事啊，我咋不知道？

杨柳枝说：你在卫生室上班，还能不知道？

石榴说：我真不知道。小玲是去沈北艺术团吗？

杨柳枝说：是呀。

石榴说：这是好事呀，你咋还说小玲傻呢。

杨柳枝说：这些年，小玲一直在追金昌，这好不容易要定婚了，她这么一走，俩人可别闹黄了。

石榴说：话说反了吧你，以前那个“土包子”参加完大奖赛，可是咱兴远镇的金凤凰了；这回再到省城镀镀金，回头在你我面前，人家可是大演员、艺术家了。

杨柳枝说：那可说不好，备不住金昌早有人了呢。

石榴说：谁呀？

杨柳枝说：姜兰呗。

石榴说：你别瞎说！姜兰对金昌是挺好，可她都有对象了。

杨柳枝说：我知道，姜兰喜欢金昌有年头了，咱都从小在一起长大的，我还不知道她。

石榴说：小玲和金昌可是青梅竹马，金昌又是有责任心的人，我还听金婶说，订婚酒宴都定了，定亲戒指也都打好了呢。

杨柳枝说：金昌和姜兰都是有文化的人，那可是郎才女貌，你说小玲这么一走了之，不是给他俩创造条件吗。

石榴说：不能啊。这事咱就别叨咕了，你也别出去瞎说啊，这话传出去，让小玲知道可麻烦了。

杨柳枝说：你不说，就没人知道。

石榴又说：一会见着金昌别说这事啊。

杨柳枝说：知道哇。

锦山火车站。金昌和福来从出站口出来。姜胖和马小壮一群人跑上前……

福来说：小壮、小胖啊，你们怎么都来了？

姜胖说：你俩出门办事辛苦，不来接能行吗。

姜兰说：哎，大家都赶紧的，把东西都接过来。

马小壮说：哎呀，这么东西，来来，大家快动手哇。

姜兰说：辛苦了金昌，着急赶回来，累坏了吧？

金昌说：还行，好在事情办得还算顺当。

姜兰说：南方大市场能拿下，天津那边也下订单了，收获满满啊。

金昌说：有时间再向姜站长汇报。福来，把东西给大伙均开拿吧。

福来说：我正在倒腾呢。小胖，你要买的东西，我都给你买来了，这个包你拿着吧。

姜胖说：哎，谢谢了。

福来说：满堆，这花包可都是细软，你心细，你来拿吧。

满堆说：给石榴嫂子拿吧，我可不拿大花包。

福来说：土老帽，这包在广州可时兴了。

杨柳枝说：哎呀福来，这包也太好看了，一会这包就是我的了。

石榴说：柳枝反应可真快。

金昌说：还是人多力量大呀，你们不来接站，我跟福来还真就惨了，俺俩得倒腾几个来回。

姜兰说：没看看是谁回来了。

金昌说：哎，姜兰，你没去镇里开会呀？

姜兰说：为了接你，张镇长特批了我的假。

姜兰开车带着大伙儿回村。金昌的眼睛一直盯着不远处一片片榛子标准园。姜兰问他：金昌，这几天没见着榛子园，有啥感想啊？

金昌说：好好漂亮的家乡美景啦。

姜胖说：哈哈，金昌哥这腔调捏得，有点硌生。

杨柳枝说：哎，金昌，小玲可远走高飞了，你想她不呀？

金昌说：我对象我当然想了。

杨柳枝说：哎呀，张嘴就说想，这话说得离心大老远的吧。

石榴瞪了杨柳枝……姜胖说：快闭嘴吧你。

杨柳枝说：去你个臭小胖。

车到村文化广场，大家下车，围拢在大磨盘周围。

福来说：来来来，都过来拿东西啊。他把几个大包打开……

金昌拿出来一条真丝围巾递给姜兰，说：姜兰，你的围巾。

姜兰接过围巾，说：真好，谢谢你啊。

金昌说：谢啥呀，劳你亲自接站，辛苦了。

姜兰说：辛苦啥，接站是张镇长亲自安排的。好了，我得去九妹婶子那交车去了。

姜兰开车走了。杨柳枝说：金昌真会关心人。哎，金昌，那围巾是你送给姜兰的不？

金昌说：是啊。人家开车接我，连镇里的会都没参加，有什么问题吗？

杨柳枝说：我也没说啥，你看你。

姜胖说：嫂子你别废话了，把你东西拿走，赶紧在我面前消失。

杨柳枝说：你个死小胖。

福来说：小胖啊，这是你的东西，拿着。

姜胖说：哎，钱我都准备好了。

福来说：再说吧。

杨柳枝说：小胖，你都买啥了，让嫂子看看。

姜胖说：没啥，俩首饰盒。

杨柳枝说：你买首饰盒干啥，还买俩，你有对象了？

姜胖说：没你事。

杨柳枝说：你看你，跟嫂子还不好意思？

姜胖说：我都说让你赶紧在我面前消失了，还跟我说话。

杨柳枝说：小样吧。

福来说：我说杨柳枝啊，你别老逗小孩行不，这是你的马丁靴。

杨柳枝说：哎呀，快给我……这靴子也太漂亮了……石榴，好看不？

石榴说：不错，挺洋气的。

杨柳枝说：我送给你穿啊。

石榴说：这么好的东西，你还舍得给我穿，是要求我办事吧？

杨柳枝贴近石榴小声说：卖驴那事儿，你给我抓点紧啊。

石榴说：我都答应你了，有时间就办呗。

杨柳枝说：福来，还有一大瓶香水没给我呢。

福来说：在这呢。

杨柳枝说：哎呀，哎呀哎呀，这大瓶的，真大。

福来对石榴说：给，石榴，这小瓶是你的。

杨柳枝瞅着石榴说：你买小瓶的真不划算，你看这大瓶的多好，没事儿在屋里屋外喷喷，啊？

石榴说：那倒不好了，喷多了就是污染。

马小壮着急了，说：这个闹腾劲的。媳妇，我回家了，帽子你先别拿了，回头我去福来家取去。

福来说：你别走啊小壮，你那帽子在金昌箱子里呢。

马小壮说：我都说不拿了，一会去你家取吧。

福来说：这两天净在车上咣当了，太困了，回家得赶紧睡觉了。

马小壮哈哈大笑起来……福来说：你笑啥？

马小壮说：大白天就张罗睡觉，你儿子能让你睡？

福来说：我儿子去幼儿园了。

马小壮说：啊，好好。

福来说：瞅你那损样儿，我好着呢。福来把帽子递给马小壮，说：你看看这帽子咋样？

马小壮接过帽子看了看，说：哎……福来，我不都跟你说了嘛，不要绿色的？

福来说：你好好瞅瞅，这是绿色的吗？

马小壮说：是绿色的。

福来说：你色盲啊？无知。知道联合国维和部队吧？

马小壮说：知道。

福来说：这不结了嘛。

杨柳枝拽马小壮，说：你傻呀小壮，别犟了，拿着吧。

金昌说：姐夫，你就别逗小壮了。来来，小壮，你帮福来把东西拿家去，我得先去趟园区，翟叔在那等我呢。

马小壮瞪着福来说：叫你嘚瑟，有你的好戏看。

金昌到了老翟头办公室，进屋就喊：翟叔，翟叔好。

老翟头满脸笑容地说：好啊金昌，这次我真得好好表扬你！

金昌说：嘿嘿，翟叔跟我还说客套话。

老翟头说：就是丹尼尔的情况……

金昌说：翟叔着急了？我从头跟您汇报啊……

老翟头听了金昌的汇报，高兴了，说：金昌，事情办得漂亮，你能与丹尼尔巧遇，这可是个大好消息啊，今天开会张镇长还提这事了呢。

金昌说：翟叔，我给你买了套唐装，明天开大会你就穿上吧。

老翟头说：要穿，要穿。哎，我让你买的大花卡子，你给我买没？

金昌说：必须的。这花卡子谁看都能眼前一亮，我拿给你啊……

老翟头说：等会儿再拿吧，我跟你有话说。

金昌说：翟叔要说财会的事吧？

老翟头说：是啊，这事我安排老慢代管了，事先我没跟你商量，就先定了。

金昌说：行，老慢叔做事认真，他又是村里的老会计了，大家都放心。

老翟头说：你跟我说心里话，金昌，我闺女这事，你不能埋怨她吧？

金昌说：这都是我俩商量好的，我没啥想法。

老翟头说：我知道这事让你上火了，可已经这样了，让她早点回来是真格的。

金昌说：我翟叔办事是有力度，我都没想到你能到省城找小玲去。

老翟头说：这么大的事我要不去看看，对谁都是不负责任。

金昌说：要不我娘夸你，说这事你没惯着闺女，完事，我娘还给你烫壶小酒喝。

老翟头说：这事我要整不明白，我怎么安慰你娘，我就是长八张嘴，都够呛能说服这老太太。

金昌说：你说我娘通情达理吧？

老翟头说：那是、那是。金昌，其实我去趟艺术团收获也挺大，我也见着世面了。

金昌说：是吗？

老翟头说：啊。我去团里这么一看，哎呀，别说我闺女了，我都喜欢那了。那大院子好几栋大楼，什么办公室啊、排练场、饭堂，啥都有；那家伙，大姑娘、小伙子长得，个个都带劲，可是不得了呢。

金昌说：要说搞事业，小玲还真没找错地儿。

老翟头说：没错。不过啊，再好，那也不是咱的根。

金昌说：翟叔，这件事情，就顺其自然看发展吧。

老翟头说：怎么发展这里也是家，这根本不能变。

福来到丈母娘家，跟娘和媳妇在厨房说话。

福来说：娘，爹去镇里，今天回不来吧？

金婶说：回不来，明天有秧歌会，你爹跟喇叭叔都在镇上排练呢。

福来说：啊，我爹这老了老了的，还越来越忙上了。

小豆子在屋里喊：爸爸，爸爸！

福来赶紧进屋，说：儿子！来了来了……想爸爸了？

小豆子说：想。还想老舅了。

福来说：嗯，好儿子！

小豆子说：爸爸，老舅怎么还不回来？

福来说：你老舅有事，你再玩会儿，等老舅回来咱就吃饭了。

小豆子说：我要回家。

福来说：那也得吃完饭再走。来，爸爸陪你玩这个大吊车。

小豆子说：我不想玩了，我要回家。

福来说：嗯？你着急回家干啥呀？

小豆子说：回家看东西。

福来说：家里有啥东西要儿子看呀？

金菊在厨房对娘说：娘，小豆子饿了，我给他下几个饺子，让他吃完回家睡觉吧？

金婶说：那先下一锅吧，你们三口一块儿吃，吃完都早点回家歇着吧。

一家三口吃完饭就回去了。

金昌到家了，进屋就喊：娘，我回来了。金婶高兴地说：儿子，我儿子回来了。跟你翟叔把事情都汇报完了？金昌说：都完事了。娘，我听翟叔说，爹去镇里了？

金婶说：可不吗，你爹今儿个不回来了，那秧歌会全指着他呢。

金昌说：这老爷子够忙的了。

金婶说：赶紧洗洗手吃饭吧。

金昌说：我给娘买的玉镯，姐夫拿给你看没？

金婶说：看见了，你还这么惦记着娘。给小玲戴的金项链，你买了吧？

金昌说：买了。

金婶说：好。娘问你，这几天，你都跟小玲通电话了？

金昌说：在火车上还通话呢，这几天她跟团训练，挺好的。

金婶说：那就好。你翟叔去省城看她了，跟你说没？

金昌说：说了，他还跟我显摆半天呢。

沈北艺术团。小丽在宿舍教翟玲动作，她说：怎么样，会没？

翟玲说：还行，我再练练吧，上了好几天基训课了，还有点摸不着门。

小丽说：那就歇会儿吧，也别太着急，熟了就好了。小玲，合同的事，耿科长怎么跟你说的？

翟玲说：他说作为外请演员客串演出，可以跟团里签一年的劳务合同，如果是聘用演员，就要按劳动合同聘任，就得签三年。

小丽说：那你打算怎么签啊？

翟玲说：说心里话，没问明白之前，我寻思演几场就回去了，没想到团里的规定这么多，合同还那么复杂。

小丽说：其实，那合同也没那么可怕。

翟玲说：哎呀，真是的，走了可惜，留这时间又太长，咋整呀？

小丽说：既来之则安之。就算你助演一年半载的，还能学到不少东西呢。

翟玲说：不瞒你说，小丽，我爹来这劝我之后，我就一直惦记家。

小丽说：哎，我问你，如果你留城里了，金昌能随你一起进城不？

翟玲说：金昌是个讲求实际、又有抱负的人，他要做一个有文化的普通农民，你说他能来吗？

有人敲门。小丽去开门：谁呀……是谢队长来了，谢队长又给咱讲故事听啊？

谢队长进屋，说：今天可讲不了故事，我找翟玲谈点事情。

小丽说：谢队长有事说，那我出去吧。

翟玲说：你在屋吧，我跟谢队长出去。

谢队长说：那我们去院儿里吧。

出了宿舍，谢队长说：翟玲，到吃饭时间了，院外有家料理店，那环境挺好，还挺讲究的，咱俩到那坐一会儿，边吃边聊吧？

翟玲说：不的了谢队长，你有事就说，我一会去饭堂吃饭。

谢队长说：我话都说出来了，你总得给我个面子吧？

翟玲说：……那行吧。翟玲随谢队长出院、进了“嘉禾料理”店。谢队长把大画册般的菜谱递给翟玲，说：翟玲，你来点菜，愿吃啥就点啥。

翟玲看了看菜谱，说：……谢队长，咱别在这吃了，小丽说日餐吃不饱，我还是去团里食堂打饭吧。

谢队长说：我能让你吃饱啊。你看这有几十种花样呢，喜欢吃啥就可劲造。

翟玲说：哎呀……这菜单花花绿绿的，怪好看的呢；我就是不会点这玩意儿，你给我要碗汤，来碗大米饭就行。谢队长哈哈笑了……翟玲说：你笑啥呢？

谢队长说：没笑啥。这里没有大米饭，就有饭卷，也叫寿司卷。

翟玲说：寿……卷，谢队长你点吧，我就随你了。

谢队长说：那行。服务员，点菜……

服务员写完菜单走了。翟玲问：谢队长，你找我啥事还没说呢？

谢队长说：啊，就是合同的事想跟你聊聊。合同啥时候签，还没想好吧？

翟玲说：这几天我先跟着训练吧，等过两天我对象忙完表彰大会的事，我跟他好好商量商量再说吧。

谢队长说：翟玲，你专业条件很好，业务能力也很强，团里对你非常看好，如果你能留团、签下三年的合同，将来能有机会带编入职呢。

翟玲说：啥叫“带编入职”？

谢队长说：带编入职就不是合同制了，你就是团里编制内的正式演员了，就属于国家事业编了。

翟玲似懂非懂地：是啊？

谢队长说：这事你可别错过了。

翟玲说：这得等我跟家人好好说说。

谢队长说：人这一生，机会很重要啊。

翟玲说：嗯，我明白。

服务员上来了饭菜……翟玲也松弛下来，她说：谢队长，跟你说家常嗑行吗？

谢队长笑了，说：唠家常好哇，咱随便聊。

翟玲说：昨天听你说，说你妈爱唠叨，哪次见着你都要问你找对象的事，那谢队长……你还没媳妇吗？

谢队长笑说：我还没对象呢，哪有媳妇。

翟玲说：哎呀妈呀，都这大岁数了还没媳妇呢？

谢队长说：咋的，你瞅我老吗？

翟玲说：你有……四十岁了吧？

谢队长苦笑：叫你说的了，我长得有那么着急吗？

翟玲说：不说了，咯咯……再说你该生气了。

谢队长点着一个盘子说：翟玲，你尝尝这个生鱼片……

吃过饭，翟玲回到宿舍。她抓起桌上一个馒头就造……小丽奇怪：喂，什么情况，谢队长没请你吃饭？翟玲说：请了。小丽说：那你还往嘴里塞东西？翟玲说：没吃饱。

小丽说：白请你吃饭，你还不造饱了？

翟玲说：那都啥呀，上来一盘，就几片菜叶，再上来一盘，就几个凉大米饭饭团，花花绿绿的像看画似的。

小丽说：看画你也得吃饱哇，谢队长请你吃，不砸他个狠儿能行吗；再说，今天他能请你去吃饭，那是太瞧得起你了，你还客气啥？

翟玲说：是吗，谢队长没请你们出去吃过饭？

小丽说：谁稀得让他请啊，我就是说这意思；你看他一天到晚那脸拉拉得，就像谁欠他钱不还似的。哎，他找你说啥事啊？

翟玲说：也没说啥，除了合同的事，尽问我些家里的情况。

小丽说：谢队长还没对象呢，你知道吧？

翟玲说：谢队长真没对象吗？

小丽说：以前他有个女朋友，是他大学同学，后来出国深造，就一直没回来。

翟玲说：啊，我说的吗。看谢队长那样，能有三十多了吧？

小丽说：哎呀，哪有那么老，他三十才刚出头。

翟玲一听，哈哈大笑起来……

小丽纳闷：你笑啥？

翟玲说：我刚才说他有四十岁了，哈哈哈……

小丽扑哧一声也乐了，说：你这家伙，太不会说话了。

翟玲说：完了，谢队长该生我气了吧？

小丽说：那得看谁说，要我这么说，他非跟我急眼不可。哎，小玲，等有时间，我领你去酒吧玩玩，保准比谢队长请的有档次。

翟玲说：去什么酒吧呀，我也不会喝酒？

小丽说：去酒吧就是玩，可以交不少朋友；那地儿一个月举办一次“红酒芝士派对”，还有不少老外去那儿呢，玩起来特开心，特刺激。

翟玲说：啥“红酒……派对”呀，啥意思？

小丽说：连吃带玩互相交流，谈天说地享受美食啊。

翟玲似懂非懂地：啊……

小丽说：小玲，我可是个吃货，就连省城哪家牛排做得好、哪家鱼做得最棒、哪家咖啡煮得好喝，我都见识过，有机会我都带你去尝尝。

翟玲说：那得花多少钱呀？我看谢队长今天就不能少花钱了。

小丽说：女孩子出去玩，别心疼男人的钱。

翟玲说：小丽，到底是出来时间长了，你说这些，我都快听不懂了。

小丽说：你别着急，慢慢来。

·二十四·

金昌和福来从广州给大伙儿带回来很多新鲜东西，更带来了很多人的惊喜和无尽的遐想。

姜胖把首饰盒送给了麦穗。麦穗高兴得不得了，说：哎呀小胖，给我买这么漂亮的首饰盒。

姜胖说：你打开盖子。麦穗轻轻打开了首饰盒，一首有节律的清纯美妙的音乐飘然而出……

麦穗惊喜：太棒了！谢谢你呀小胖。姜胖说：谢啥呀。哎，麦穗，咱俩的事咱先保密啊。麦穗问为啥？姜胖说：要不他们老逗咱。麦穗说：没事呀。

姜胖又说：天都要黑了，我还得去趟福来家，我给他送钱去。

麦穗想让姜胖多坐会儿，就说：那着啥急，他刚回来，家里事多，等明天再说吧，你再坐会儿。

姜胖说：嗯。俩人坐到板凳上。……坐会儿说啥呀？

麦穗说：你看你，还说啥，说咱俩的事呗。

姜胖有点不自然了：咱俩……

麦穗说：我告诉你啊，我爹让福来给你买了一身高档西服，说找个好日子，就去你家给你送过去。

姜胖吃惊地：真的呀？可……那也不对呀，按理说，都是男方向女方求婚，你爹咋给整反了？

麦穗说：啥男方女方的，都啥年代了，你还那么封建落后。

姜胖说：那你爹能跟我娘说啥？

麦穗说：就说咱俩的事呗。

姜胖说：咱俩……

麦穗看姜胖脸红了，说：小胖，你脸咋红了呢？说着，伸手摸了下姜胖的脸……

姜胖像触了电似的，脸一下子红到了耳朵根，他一把握住了麦穗的手……

石榴把进口香水摆放在电视柜的玻璃门里。铁蛋问：妈妈，你摆的小瓶真好看，又给爸爸买洋酒了？

石榴说：这不是洋酒，是香水。

铁蛋又问：香水是干什么的？

石榴说：香水就像妈妈抹的雪花膏，有香味。

铁蛋说：啊，香香。

石榴说：儿子，妈妈要去卫生室照顾病人，你去同学家写作业吧。

铁蛋说：嗯。铁蛋背书包走了。

马大壮一身酒气进屋。他打开电视看足球，又从冰箱里拿出瓶啤酒……石榴说：大壮，你们哥俩刚喝完，怎么又整上了，酒喝多了伤身体，你不知道吗？

马大壮说：小壮、没咋跟我喝。看足球，不喝、点啤酒，那就不、叫享受。

石榴说：看你都这样了，还喝？有个病号去卫生室了，我得过去看看。别再喝了啊，就这一瓶。

石榴出门。马大壮喝着啤酒看电视。他忽然发现电视柜里有瓶“洋酒”，很好奇，拿出来琢磨着：……哎呀，石榴让、福来给我买、洋酒了，老婆够意思……这小酒瓶、太精致了，写的全、外国字，纯、原装进口，先整口、尝尝。马大壮打开瓶子，“咕咚”喝了一口，说：嗯……哎呀，什么味……哎呀哎呀，这洋酒怎么……辣死我了……完了完了，呕……他马上往卫生间跑……

马大壮折腾完，倒炕上了。

石榴领铁蛋回家，她闻到浓浓的味道，说：哎……这屋里啥味呀？

铁蛋看见茶几上的香水瓶，说：妈妈，我爸爸把你的香香喝了。

石榴说：什么？

铁蛋说：你看，香香让爸爸喝了一半了。

石榴上前给了马大壮一巴掌，说：大壮，干什么你，怎么把香水喝了？

马大壮说：我以为、是，老婆给我、买的，洋酒，就、喝了，哈哈……

石榴说：哎呀妈呀，马大壮，你作死呀你，这香水怎么能当洋酒喝呢？

马大壮说：老婆，你、闻闻我嘴，香不？

石榴膈应地说：你那老臭嘴还让人闻呢，一边儿晃儿去！

马大壮打了一个嗝……铁蛋说：妈妈，我爸爸打嗝是香香的味儿。

石榴扇乎着鼻子说：难闻死了。

马大壮说：我也是那，林、黛玉，身上、冒香气。

石榴说：还林黛玉呢，咋没毒死你呢。

马大壮说：老婆，我，肚子里，这肠子，都成、香肠了。

铁蛋：哈哈……

杨柳枝穿着马丁靴在屋里走来走去，她左右照着镜子，得意的欣赏着……

马小壮说：看我媳妇，简直就是超一流模特。

杨柳枝说：可惜了，这朵鲜花插在了你这堆驴粪坨子上了。

马小壮说：咋的媳妇，还有啥想法咋的？

杨柳枝说：有啥想法也不能告诉你呀。

马小壮抱起杨柳枝，把她按在了炕上，说：我叫你有想法……

杨柳枝“哎呀哎呀”叫着，用手护住了肚子……马小壮两只胳膊支撑着，说：我哪能压着儿子呢……哎，媳妇，那香水买回来了，你咋不抹点呢，抹点儿让我闻闻啥味儿呗？

杨柳枝说：不抹，留着明天抹。

马小壮说：就抹一点，我还没闻过香水是啥味呢。

杨柳枝说：那玩意儿多贵呀，等出门再抹。

马小壮说：哎呀，今晚就抹点呗，增加点……情调。

杨柳枝说：你还增加啥情调啊，我肚子都起来了。

马小壮坐起身来：嘿嘿，哈哈哈……

杨柳枝纳闷：你傻笑啥呀？

马小壮说：都这时候了，也不知道福来大人在家睡觉没？

杨柳枝说：你个不正经的，人家睡没睡觉该你啥事。

马小壮说：哼哼，福来指定不能睡上。

杨柳枝说：有病吧你，想啥乱七八糟的。

马小壮说：哈哈，今晚小豆子就是他家里的警察。我告诉你啊媳妇，我已经训练小豆子了，告诉他今晚不能睡觉，让他瞪俩眼珠子、看着他爸给他买的好东西。

杨柳枝说：你……哪有你这么教唆孩子的。

马小壮说：好玩呀。我让福来耽误我、那啥的，我也不让他好好、那啥。

杨柳枝说：你咋那缺德呢！作吧你，福来要知道是你捣的鬼，等他找茬儿收拾你吧。

福来在炕上坐着，瞅着小豆子直纳闷，他对金菊说：今晚这孩子怎么了，这都多晚了还不睡觉呢？

金菊说：这不你回来了嘛。你不在家这几天，孩子天天数着手指头念叨，爸爸还有几天就回来了。

小豆子从被窝爬起来，说：爸爸，我想吃你买的芝麻糖。

金菊说：在姥姥家你都吃好几块了，睡觉之前不能再吃糖了，爸爸都给你留着呢，等明天再吃啊。

小豆子说：爸爸带回来的东西，我得看着，不能让老鼠给偷走了。

福来哄着小豆子说：儿子，咱家门都锁上了，老鼠进不来，啊，再说，还有爸爸看着呢。

小豆子：嗯。

福来给小豆子盖好了被子，说：爸爸拍拍啊，儿子乖……真不容易，可算是给哄睡了。

金菊换上新睡裙，说：福来你看，我穿睡衣好看不？

福来说：嗯……睡衣好看，我老婆更好看。说着，给金菊整了整睡衣，两只手有想法地抚摸着……

金菊：哎呀……赶紧洗澡去，我上炕了。

福来去卫生间，说：老婆，水热不？

金菊说：今儿个太阳足着呢。

福来说：好嘞，痛痛快快洗个热水澡……哎，老婆，这架子上的“洁尔阴”是洗头的吗？

金菊说：你傻呀，别动啊，那是发的妇女保健品。

福来嘀咕：怎么现在哪都有性保健品呢？

金菊问：你说啥，福来？

福来说：啊，没说啥。

金菊说：你刚才说性保健品是啥意思呀？

福来说：我没啥意思呀。

金菊说：老实交代，你去广州干啥坏事了？

福来说：哎呀，我说大姐呀，我整天跟你小弟在一块儿，我能干啥呀？

金菊说：谁知道你出门老实没。

福来光着膀子围着浴巾从卫生间出来，上炕就往被窝里钻：让你看看，我老没老实……

金菊起身，把睡裙撩开往福来头上一蒙，把福来压在身下，说：叫你不老实……

福来歇里地哼叫着：哎呀，哎呀哎呀……压死我了……

小豆子光屁股从被窝里站起来，说：爸爸爸爸，我来救你了……

福来：……哎呀儿子，你咋还没睡呢？

天空下起了毛毛细雨。老翟头撑着雨伞，急不可耐地给九妹子送花卡子。他站在九妹子家院门前敲门，轻轻喊道：哎——九妹子，你睡了吗？

九妹子听到喊声，自语道：外头下着雨，还过来干啥。她赶紧下地，把门半开着，说：你来干啥呀？

老翟头说：九妹子，你把大门打开，让我进去吧，我让金昌从广州给你买的大花卡子，你看看是你要的那样的不？老翟头拿出花卡子给九妹子看。

九妹子说：我不稀罕，你拿走吧。

老翟头说：你说喜欢玫瑰红的，我就张罗买了，还买俩呢，你不瞅瞅哇？

九妹子说：我不想要了。

老翟头说：那……也不能让我站门口哇，总得让我进屋把东西给你吧？

九妹子说：我说你这人烦不烦呀，我都说不要了，你还磨叽啥？

老翟头说：我可是厚着脸皮求金昌从广州带回来的，就凭那么远的路，你也该瞅一眼呀。

九妹子说：我叫你走你没听见？你再在门口站着，我就喊人削你了！

老翟头说：别跟我说气话了，这下着雨挺凉的，你让我上炕头坐会儿、暖乎暖乎呗，就坐一会儿。

九妹子说：想得美，滚吧你。

老翟头说：老妹儿啊，别折腾我了，我这身上都淋透了。是，都是我不好，有错就改呗；明天，我可是要领你赶大集、逛街去呢，我还要让全兴远镇的老少爷们都知道，九妹子是我的女人。又说：你把门开开，我把花卡子给你戴上、你看看呗……九妹子，你再不原谅我，我就给你跪水里了！

老翟头说完就要跪……九妹子见老翟头那滑稽样，又想起短信里的“小白兔”，忍不住笑了：小白兔，哈哈哈……九妹子把门打开，说：瞅你那损样，看你那天骂我那德行，我一辈子都不想搭理你了。

老翟头说：哎，我就乐意看你笑，那模样才俊呢。

九妹子甩了老翟头一巴掌，说：别恶心我，小白兔，咯咯……

蒙蒙细雨中，透过粉红色的窗帘，显映出九妹子和老翟头的身影——九妹子慢慢靠近老翟头……老翟头为她戴上了花卡子……

月色朦胧下的小村庄，夜深人未静。

金昌静立窗前，凝视着远方……

省城。翟玲在宿舍读着金昌发来的短信：小玲，红石峪今晚浪漫又多情，不知是谁拉起那民间小曲《月牙五更》，勾人心魂的情歌小调糅合在蒙蒙细雨中，是那么迷人。哥想你了，爱你！

今天是兴远镇赶大集、看秧歌的好日子。

清晨，小豆子起来就喊：爸爸爸爸，快起来吧，姥姥说，带我去开大会，看老舅戴大红花，你快送我去姥姥家吧。

福来眯瞪着睡眼说：妈妈呢？

小豆子说：上园区了。

福来说：你这孩子闹死我了，儿子，昨晚你咋说啥不睡觉呢，非要看着老鼠？

小豆子说：小壮叔告诉我，要看着的。

福来恍然大悟，他咬牙切齿地说：……马小壮，你个缺德玩意儿！

福来把小豆子领到丈母娘家院门口，对小豆子说：儿子，赶紧进屋喊姥姥去。

小豆子跑进院里，喊：姥姥，姥姥，我爸爸说该走了，我去叫招娣姐姐了。小豆子又跑出院……

金婶从屋里出来，说：好了好了，姥姥知道了。

福来说：娘，你们怎么走哇，要不我开车带你们去吧？

金婶说：今儿个开什么车，那么老多的人，早点走，溜溜达达当玩了。

福来说：那我先走了。福来走出。

金婶向隔院喊：老嫂子呀，该走了。

柳枝娘出屋，说：知道了，大妹子，走了。

金婶说：她柳枝娘啊，你今儿收拾得真精神啊，这脑袋捯饬得，锃亮。

柳枝娘说：我这还没好好收拾呢。招娣啊……招娣和小豆子、来娣从屋里跑出来……柳枝娘说：你领着妹妹和弟弟走啊。招娣说：知道了，奶奶。

马小壮和杨柳枝、姜胖、满堆往大集上走。

杨柳枝说：满堆，你和小妮子好上了？

满堆有点不好意思：嗯……

杨柳枝说：你嗯啥，还不好意思呢，哎，嫂子问你，你俩谁追谁的呀？

满堆说：……这可不好说。

姜胖说：柳枝嫂子，你咋什么事都打听呢？

杨柳枝说：死小胖，我就打听了，咋的？

姜胖说：哎，嫂子，我把管闲事协会会长这头衔，给你算了。

杨柳枝说：我才不管破闲事呢。

姜胖说：柳枝嫂子，问你个问题呗？

杨柳枝说：你想问啥呀？

姜胖说：你说，你家将来那小孩，跟我叫二大爷，你说行吧。

杨柳枝说：叫屁！完事你给我儿子打洗脚水去，哈哈哈……

姜胖说：满堆，不理她了，咱俩抄小道走。满堆说：走喽。

梅子意外怀孕不想生第三胎了，她跟成林商量好，等娘去看秧歌时，就去镇卫生院。梅子见娘走了，对成林说：成林，娘跟金婶走了，咱俩赶紧收拾收拾去卫生院吧。

成林说：媳妇，这事你可想好了。

梅子决心已定，说：咱俩不都商量好了吗，别磨叽了。

成林说：那咱这就走哇？

梅子说：这时候不走，还等啥时候哇？

成林说：不行，我把饭端来，你吃口再走。

梅子说：不吃了，我吃不下。

成林说：不吃饭哪行，我给你端去啊。老婆，这事你跟金婶说了吧？

梅子说：先别给金婶添麻烦，完事再告诉她吧。

兴远镇长街。牌门楼子上横挂着“兴远镇农贸大集”巨额横幅。大集热闹非凡。长街两旁，店铺林立、商品丰盈；来来往往的人们，毫不吝啬地购买着诱人的商品和农家特产……

姜胖和满堆每人握着一把“甜菇娘儿”从“晓曼农副产品专卖店”出来，走到一个摊床前，姜胖对摊主说：婶子，有炒熟的黑花生吗？

女摊主说：有哇，还有煮的呢，我抓一把给你俩尝尝。

满堆说：不能占你便宜，俺们买点。

女摊主说：好。要几斤啊？

姜胖说：不要那么多，俺俩就是看秧歌嘎巴嘴、吃着玩。

女摊主说：好啊。我这还有糖葫芦你们买不买？

姜胖说：来两串。

老翟头跟九妹子站在一家工艺品店橱窗前。九妹子看好里面一个荷包，她说：大哥，你看那橱窗里摆的大荷包多好看啊，买一个摆家里呗？

老翟头说：摆设没用，没用东西买它干啥。

九妹子说：不买还不兴看看呢，我就稀罕这些小玩意儿，跟我进去过过眼瘾，欣赏欣赏。

老翟头说：我欣赏不了，你去欣赏吧，我在门口等你。老翟头蹲在店门口，掏出烟口袋……

九妹子说：哎呀，我要给你买袜子，你说啥不买，非要光脚；荷包你也不瞅一眼，还蹲这抽上烟了，就你这老土样，给你放猪圈里正合适，哈哈……

老翟头说：你爱欣赏啥就欣赏啥，反正酒壶和烟口袋是我的最爱。

九妹子抹搭一眼老翟头，说：不看了。九妹子转身走了。

老翟头赶紧说：哎，九妹子，你别走哇……九妹子只顾朝前走，把老翟头甩在后面……

姜胖和满堆、王小二，还有村里几个小青年，每人手里拿串冰糖葫芦，在九妹子身后不远处跟着，被老翟头发现。老翟头说：小胖，你们几个臭小子，跟着你婶子身后干啥呀？

姜胖说：没干啥呀，看秧歌去呀。

老翟头说：别在她后头跟着，你离远点。

姜胖说：翟大理事长，再惹九妹婶子生气，你这只“小白兔”就不可爱了。

几个小青年哈哈笑起来。

老翟头气得瞪眼睛说：小胖，小崽子们，都滚一边儿旯去！

姜胖故意学老翟头的语调说：“你爱欣赏啥就欣赏啥，反正酒壶和烟口袋是我的最爱，”哈哈哈……

老翟头说：好你个小兔崽子的，偷听我说话？

满堆说：小胖，你可别让翟叔逮着，咱快跑吧。

小青年们开跑……姜胖挥举着冰糖葫芦，边跑边向老翟头做鬼脸，嘴里唱着：“九妹，九妹，漂亮的妹妹……”

小青年们合唱：“漂亮的妹妹……”

姜胖唱：“九妹，九妹，火红的花蕊……”

小青年们唱：“火红的花蕊……”

老翟头撵着几个人，说：小兔崽子们，起哄哈！

满堆说：小胖快跑。

姜胖和小青年们：哈哈哈……

小戏台观众席上。红石峪的村民们聚堆儿坐在一起。

姜兰娘批评姜胖说：你真是越学越不懂事了，那九妹是你叫的吗？你这么闹，不叫人家说咱没教养啊？

姜胖说：我唱的是歌词，逗翟叔呢。

姜兰娘说：没大没小的，以后不许这样了，听见没？

姜胖说：嗯哪。姜胖做了个鬼脸，和满堆几个人憋不住又哈哈笑了起来。

金婶说：说他干啥呀，孩子家家的，就是玩儿呗。

姜兰娘说：这死孩崽子，尽是些花花道儿。

柳枝娘说：人家九妹子是有文化的人，才不能跟孩子们一般见识呢。

招娣说：奶奶，看秧歌还得等半天呢，我领来娣和小豆子去风车爷爷那买风车呀？

柳枝娘说：去吧，你领好他们啊。招娣说：知道呀。

小戏台上方挂着“兴远镇榛子产业先进模范表彰大会暨新农民秧歌会”巨大横幅。台口摆满鲜花，台阶上铺着红地毯，台面干净平整，背景板上电脑喷绘的“红石峪万亩榛子园”亮丽耀眼。

舞台上，几个小青年在“打把式”；舞台下场门一侧，农民小乐队的乐手在对调、调试乐器；喇叭叔在上场门一侧挂节目单……

小妮子从后台过来，说：喇叭叔你叫我？

喇叭叔说：是啊，节目单我给挂这了，你告诉满堆节目顺序啊。

小妮子说：知道了。喇叭叔，咱红石峪的节目在最后一个？

喇叭叔说：对。

小妮子给满堆打电话，她说：满堆，咱俩的节目在最后一个啊。

满堆在观众席接电话：明白。他撂下电话，跟姜胖说：走吧小胖，咱别在观众席坐着了。

姜胖说：不坐这上哪去？

满堆说：我和小妮子的节目在最后一个，还有老长时间呢，咱俩还回小道儿玩会儿去。

姜胖说：你还要回去抓蝈蝈？

满堆说：来前儿没抓着，这回有时间了。

姜胖说：不能耽误你演出啊？

满堆说：不能，前面还得开大会，完事才演节目，而且我的节目在最后。

姜胖说：那行，走。姜胖跟满堆往小戏台后面的小道儿上跑去……

参加演出的秧歌队员们在后台忙碌着，有化妆的、喊嗓的，踢腿练功、吹喇叭拉弦儿的，还有整理服装摆放道具的……喇叭叔手里拿着节目单在嘱咐着每一组节目的队员……

小戏台广场东南角的柳树下坐一着位老人，他就是人们尊称的“风车老人”。每次镇里有秧歌会，他都会来这里，用彩纸和秸秆做着各种大大小小的风车；他把做好的风车插在一个架子上，一排排随风转动着，其中有一支最大的红色风车最显眼。招娣和来娣、小豆子、铁蛋儿几个孩子走过来。招娣说：小豆子，风车爷爷这风车做得好漂亮，你想买哪个？

小豆子说：我想买那个大的。

风车老人说：哎哟，孩子啊，这支大风车，爷爷不卖。

招娣说：爷爷，您做风车就是为了卖的，这支为啥不卖呀？

风车老人说：这支是为招揽生意用的。

铁蛋说：您就卖给小豆子吧，今天他老舅要戴大红花了。

小豆子说：我妈妈说，让我给老舅买个大风车。

风车老人说：要戴大红花了，那是劳模呀，你老舅是谁呀？

小豆子说：就是我妈妈的弟弟。

风车老人乐了，说：呵呵，说得对，是这么回事儿。你叫什么名字？

小豆子说：我叫小豆子，姐姐叫招娣、来娣，还有铁蛋哥哥。

风车老人：啊，小豆子这小嘴儿，说话挺溜道，真乖。

风车老人把那支最大的风车从架子上摘下来递给小豆子，又摘下三支小风车递给招娣，说：这风车，爷爷就送给你们了，拿去玩儿吧。

小豆子接过风车，说：谢谢爷爷。

招娣掏出钱递给风车老人，老人不收。招娣说：爷爷，买东西是要给钱的，您收了吧。

风车老人说：爷爷这风车是送给小豆子的舅舅的。你们都是好孩子，爷爷喜欢你们，就不用跟爷爷客气了。

招娣说：谢谢爷爷了。爷爷，我们一会儿去看节目，台上演的那些秧歌，都是小豆子他姥爷给排的。

风车老人说：是啊，小豆子，你姥爷是谁呀？

小豆子说：我姥爷是我老舅的爸爸。

风车老人又乐了，说：对，对，说得一点没错。

招娣说：爷爷，小豆子他姥爷就是红石峪的老主任。

风车老人说：啊，老主任？是他呀，我可是他的铁杆儿粉丝。

招弟说：风车爷爷认识金爷爷？

风车老人说：你金爷爷二人转唱得好哇。早年，他的爸爸在小戏台唱二人转那会儿我都听过；那时候啊，这十里八村有啥事伍的，都请他去唱，他走哪唱我就走哪听，他可是名副其实的二人转老艺人哪。

招娣说：那我们要去看秧歌了，您去不呀？

风车老人说：你们先去吧，我收拾收拾也过去。

招娣说：我奶奶给占座了，风车爷爷，我们在那等您啊？

风车老人说：好哇。风车老人的脸上露出灿烂的笑容。

马大壮和石榴在大集上。石榴想给大壮买顶帽子，她说：大壮，前头有家鞋帽店，柳枝给小壮买那罗西帽挺好的，要有那样式的，我给你也买一顶吧。马大壮说：跟她学啥，不买。石榴说：走吧，买个帽子还犟。

二人来到卖帽子和围巾的摊位前。石榴指着一顶帽子说：大壮，我看这款式不错，挺适合你戴的。

马大壮看了一眼，说：啥玩意儿啊，花里胡哨的，走走，不买。

石榴说：这人，干活没个帽子戴，把脸都晒秃噜皮了，买一顶戴呗？

马大壮推托着说：走吧走吧，怕晒还是爷们嘛。

杨柳枝和马小壮走了过来。石榴说：柳枝，正好，这有方头巾，我看这大红花的挺好看，咱俩一人买一条，过些日子上山采榛果戴。

杨柳枝上前看了看，说：我买这红花的吧，你别和我买一样的……哎，你买这绿花的吧。

石榴说：我戴绿花的好看吗？

杨柳枝说：红配绿一台戏，咱妯娌俩就是一台戏，咯咯，好看。

石榴犹豫了一下，说：……那行吧。

马大壮看着杨柳枝来气，他说：老婆别买了，走吧，等我开车领你进城，要啥色儿的你管够挑。

石榴说：我挺喜欢的，先买一条戴呗。

马大壮说：你走不走，不走我走了。

杨柳枝尖酸地说：算了吧石榴，大壮不让你买，是怕你给我带份儿，走吧走吧，我自己买一条算了。

石榴说：没有啊柳枝，大壮是看我家里有围巾才不让我买的；那我跟大壮到前头逛逛，你俩慢点走啊。石榴和马大壮走了。杨柳枝说：抠门儿。

马小壮劝杨柳枝说：咱媳妇不抠门儿，就给石榴带一条呗？

杨柳枝说：哼，冲大壮那样，我就不给她带。她忽然觉得难受：不好，我有点恶心，想吐……

马小壮说：想吐？哎呀，想吐咋办呢，我还忘带塑料袋和卫生纸了。

杨柳枝说：我打车回家，你别管了。

马小壮说：不叫你来你偏来。赶紧回家吧，我跟你一起回去。

杨柳枝说：别管我了，街口儿就有出租车。

这时，车师傅开出租车过来。马小壮赶紧招手喊：哎，出租车。

车师傅停下车说：对不起了，我现在不拉客。

马小壮说：你不拉客开过来干啥？

车师傅说：我有事。

马小壮说：哎呀，你就说要多钱吧，说？

车师傅说：多少钱我都不要，今天我得陪爷爷看二人转。

马小壮点点头说：嗯，是个孝子。你家爷爷是谁呀，我认识不？

车师傅说：甸子村的风车爷爷，你认识？

马小壮说：哎呀，你咋不早说呢，风车爷爷我当然认识了，我小前儿还买过他做的风车呢。你走吧，哥们算认识了，我再给媳妇打辆车。

车师傅问：你去哪？

马小壮说：红石峪。

车师傅又问：红石峪的金昌，你认识吗？

马小壮说：金昌？何止是认识，俺们是哥们。

车师傅说：你叫啥名？

马小壮说：我叫马小壮，这是你嫂子。

车师傅说：嫂子好。你们咋不看节目了，要回去？

马小壮说：啊，你嫂子怀孕了，盯不住那么长时间，要送她回家去。

车师傅说：那，赶紧上车吧，我先把嫂子送回去，回头再安排我爷爷。

杨柳枝上车。车师傅说：走了啊，马小壮。

马小壮说：谢谢了！

马小壮到观众席和马大壮坐在一起。马小壮见福来走过来，说：哥，福来过来了，看他说啥啊。

马大壮说：你又惹乎福来了？马小壮说：你瞅着吧。

福来走到马小壮跟前，狠歹歹地说：马小壮，你个孙子的，跑这疙瘩损着了。

马小壮装傻说：啊，啊？你跟谁说话呢？

福来说：你昨晚在家睡觉，没让耗子咬着啊？

马小壮说：没呀。哈哈哈……我一早儿就睡了，睡得那叫一个香呀。你过来干啥呀？

福来瞪眼瞅着马小壮，说：过来看看我儿子呗。

马大壮说：行啊福来，你都有这么大儿子了？

福来说：可不咋的，我儿子长大了，能耐也大了，学会调理大人了。

马小壮说：福来，我看你此时此刻的心情怎么特别爽呢……脸色滋润、白里透红，精神抖擞、走路不抖，昨晚那觉睡得挺好呗？

福来说：滚一边儿晃去，缺德带拐弯的，损吧你马小壮！

马大壮问：福来，小壮咋的你了，这么大的气？福来说：你问他。

马小壮说：什么呀，唉，我到底怎么你了？

福来说：昨晚，小豆子说啥也要看着东西、防着老鼠，就是不睡觉，是你教唆的不？

马小壮说：你儿子真听话呀。

福来说：马小壮你别美，你等着啊，咱俩走着瞧，你欠我的你得还！

马小壮说：我还你个屁，赶紧回家补觉去吧，哈哈哈……

表彰大会要开始了。金有良陪周县长和张镇长等领导一同走进嘉宾席；金昌和姜兰以及不少代表戴着大红花也走进会场。乡亲们热烈地鼓起掌来……

姜兰和金昌坐在一起。姜兰说：金昌，乡亲们都鼓掌呢，你别那么严肃，笑笑。

金昌说：别说话，张镇长上台讲话了。

张镇长走到台上，站在话筒前讲话：兴远镇的父老乡亲们，大家好啊！

众人：好——

张镇长说：好家伙，今天来了这么多人，大家就等着看秧歌了？

众人：看秧歌……

张镇长说：好，秧歌马上就演，咱们先请周县长上台讲话，大家欢迎。

众人鼓掌。周县长走上台，他说：我就先说几句啊，我先给乡亲们问好了！

众人：好——

周县长说：话说起来，我首先得感谢父老乡亲们，是你们用勤劳的双手，改变了过去“荒山石头堆，沙子满天飞”的落后面貌，建设出这美丽的家乡，我们不再端着金饭碗受穷了；现如今，咱家乡富裕了，满山的榛子标准园，已经享誉全国了，这就是“科技兴榛、科学养榛”的成果，也是金昌和姜兰等一批有知识、有文化的年轻人，放弃了城里的优厚条件回乡务农，致力于改变家乡贫穷落后面貌、不断努力的成果，我们应该给他们鼓掌，向他们致敬！

众人鼓掌：好，好样的……

周县长说：哎，那咱们就请回乡大学生先进代表，金昌同志上台讲几句话，大家鼓掌欢迎了。

金昌赶紧站起来，说：这还有我的事呢？

姜兰说：赶紧的，快点上去吧。

金昌上台站在话筒前，他说：县长让我说说，可我，还没想好说啥呢……

马小壮在台下喊：金昌，你就说说你为啥大学毕业要回家乡吧。

金昌说：啊……为啥？谁不说俺家乡好哇。

众人：哈哈哈……

满堆和姜胖在小戏台后山坡上。俩人用蒿草秆儿在做蝈蝈笼子。姜胖说：满堆，我的蝈蝈笼子做好了，你的呢？满堆说：我这就好了。姜胖说：那赶紧的，前面就有蝈蝈叫，轻点走啊。满堆说：明白。

二人哈腰向蝈蝈叫声的方向轻轻走去……

满堆发现一只蝈蝈，快步上前……结果，一脚踢在一个草蜂窝上，顿时，草蜂四散，嗡嗡乱飞……

满堆慌了：哎呀小胖，不好了，我被草蜂蜇了……

姜胖马上喊：满堆——你把外衣脱下来，蒙上，快蒙上头……哎呀，蜂子朝我来了，妈呀……姜胖和满堆蒙着头往公路上跑……

喇叭叔在侧台问小妮子：小妮子，我怎么一直没看见满堆呢，他咋还没来呀？

小妮子说：他都到了，刚才还在台下呢。

喇叭叔说：他搁台下晃荡啥？叫他到后台来，你快喊他。

小妮子说：喇叭叔，你别着急，我跟满堆是最后一个节目。

喇叭叔说：演出得提前备场，什么别着急，赶紧打电话叫他。

小妮子说：好好，我这就打。

车师傅返回小戏台广场，他把爷爷安置在车里，找了个好的观看角度，打开车窗……

演出开始了。三里堡村的秧歌队员们热情地表演《东北民歌大联唱》……

金婶手里的手机响了，她接电话：谁呀……什么？……你别着急、别着急啊，我这就去卫生院。

柳枝娘问：怎么了她金婶？

金婶说：老嫂子，我有事要去办，完事小豆子你给我带家去啊。

金婶匆匆走了。柳枝娘说：啥事啊，着急忙慌地走了？

姜兰娘说：哎呀，瞅你们这些事，赶紧看节目吧。

观众席后面，万大炮和贾六坐在出租车里。万大炮说：哎呀，还是咱三里堡演得好哇，比他们红石峪强多了。

贾六说：别说话，看。

万大炮说：咋看也是三里堡的节目好，多热闹哇。

嘉宾席上。周县长对金有良说：有良啊，这东北民大歌联唱好啊，一段接一段地唱，一个节目能听好几个曲儿呢。

金有良说：这是咱兴远镇的保留节目，哪回有演出都拿它放第一个。

周县长说：哎呀，这大花袄让她们穿得，也太花花了；那脸蛋画得，青红皂白的，哈哈，太有特点了。

金有良说：人家就愿意这么画，也愿意这么穿，这是一辈一辈传下来的；她们还有词儿呢，说这是大秧歌里的“戏中戏”，这么捯饬才叫好看呢。

周县长说：嗯，有地方特点。

小妮子快步跑到喇叭叔跟前，焦急地说：喇叭叔，可不好了。

喇叭叔说：怎的了？

小妮子说：满堆和小胖让草蜂子蜇了，他俩都去卫生院了。

喇叭叔说：什么，让草蜂给蜇了？

小妮子说：嗯呢。

喇叭叔连急带气要骂人：这他……完了，完了完了，这都开演了，红石峪的节目怎么办哪？

·二十五·

镇卫生院。满堆躺在病床上打点滴。姜胖坐在病床旁。金婶进病房，着急地问：怎么回事啊，你俩怎么让草蜂给蜇了？哎呀，满堆啊，你脸都肿成这样了？

满堆说：哈哈，可别提了，这脸蜇得，疼死我了。

金婶说：疼死了你还笑。你说你俩这孩子，这时候在路边走，可不能往草棵子里蹚，草蜂正是絮窝的时候，不注意你根本就看不见它。小胖，这事给你喇叭叔打电话没？

姜胖说：小妮子来电话了，喇叭叔已经知道了。

小戏台的演出进行着。喇叭叔在侧台对小妮子说：小妮子，满堆来不了了，一会儿我再找节目堵上，咱红石峪不能没有节目。下面该姜兰上场了，张镇长嘱咐的那几句台词别忘了啊。

小妮子说：放心吧喇叭叔。

喇叭叔到侧台边打电话，他说：老慢啊……你到我这上场门来一趟，有急事找你，快点啊。

姜老慢在音控室，他问：啥事啊？

喇叭叔着急说：让你快点过来就痛快麻溜儿的，磨叽啥？

姜老慢又问：我问你快点啥？

喇叭叔急眼了：快点就是快过来！姜老慢，你想急死我呀！

姜老慢还是问：急啥呀，你这是要赶火车还是赶飞机呀？

喇叭叔恨不得把攥着的手机当作是姜老慢给他两拳，他央求着说：……老慢啊，我求你快点过来。

小妮子手持话筒走上舞台，她说：尊敬的各位领导、各位来宾、亲爱的乡亲们，夏至艳阳天，情满榛子山，咱兴远镇的父老乡亲在此欢聚一堂，为先进模范演出，我们感到非常高兴。今天，各村秧歌队员们将一展他们高超技艺，用歌声和舞蹈，向勤劳致富的劳动者致敬；受表彰的优秀返乡大学生代表，也将献上他们的精彩表演，一展芳华。接下来，就请多才多艺的优秀返乡大学生代表姜兰，给大家献上一首《小看戏》，大家欢迎。

掌声响起。姜兰身着靓丽的演出服登台演唱。她边唱边舞，熟练地耍着双绢花……她突然一个"远抛"将手绢抛向观众席，手绢飞到金昌眼前……金昌没接好、手绢蒙在了头上……

金昌开玩笑地说：我还没进洞房，就蒙上盖头了？

众人笑。

台上的姜兰喊：金昌，你快把手绢扔回来呀。

金昌攥着手绢说：我不会扔啊？

马小壮拿过手绢，说：我来。姜兰接着啊，来喽——马小壮一个漂亮的"抛远"把手绢抛向台上，姜兰接过手绢继续表演……观众席爆发出热烈的掌声和叫好声……

金昌说：小壮你行啊。

马小壮说：必须的。

姜老慢来到后台。喇叭叔说：老慢你可来了。

姜老慢说：着急叫我干啥呀？

喇叭叔说：我跟你说……

姜老慢说：你先别说。我说你啊，你给我安排在音控室里帮着放音乐的，又急忙活喊我上台来干啥呀，音乐放错了你负责呀？

喇叭叔说：你别跟我这慢儿了慢儿了的啦，满堆踩草蜂窝上了，被蜂子给蜇了。

姜老慢说：啊？是吗，这小子咋不瞅着点哪？

喇叭叔说：你问我、我问谁呀？你赶紧帮我想辙吧，咱红石峪还缺个节目呢，怎么想办法堵这空哇？

姜老慢说：啊，别着急，我想想，我想想啊。

喇叭叔说：还想啥，谁合适，你就赶紧叫人去呀？

姜老慢说：嗯……这个时候，也只有他俩能行。

喇叭叔说：谁俩呀，你就直说了？

姜老慢说：我找有良和九妹子出演，你说行不？

喇叭叔说：还问啥呀，快点去吧。

姜老慢说：赶趟啊。车到山前必有路，船到桥头自然直。

喇叭叔着急说：哎呀，别拽了你，快去！

九妹子在观众席。姜老慢挤过人群，说：九妹子……

九妹子看着节目，说：快点说，啥事？姜老慢说：赶紧的吧。九妹子说：赶紧啥？

姜老慢说：舞台监督叫你和有良去后台有事。

九妹子说：听你说话这费劲劲儿。我这就去。九妹子起身走了。

姜老慢到嘉宾席找金有良……金有良说：干啥呀老慢？

姜老慢说：后台有急事，你赶紧的吧。金有良被拽走……

柳枝娘搂着的小豆子说：奶奶，我看见姥爷了，我姥爷也演节目吗？

柳枝娘说：别说话，看着。

金有良被拽到后台服装室，他看着喇叭叔说：光说让我救场，可我穿啥服装上台呀？

喇叭叔说：只要能上去唱，穿啥都行。喇叭叔看见一旁的万能，马上说：那谁，万能，你过来。

万能跑过来，说：什么事，喇叭叔？

喇叭叔说：把你们大联唱演员的服装，按照你有良叔和九妹婶子的身材，找两套过来。

万能说：没问题。怎么，有良叔和九妹婶子要上台演节目？

喇叭叔说：少废话，快点儿去。

万能连忙说：这就去、这就去。太好了，能看到有良叔唱二人转了。

喇叭叔又对金有良说：别着急啊，还有好几个节目呢。

金有良说：我急啥，这不你急烧火燎的嘛，你是把我豁出去了。

喇叭叔说：老手厉害，没事。

金有良说：是老慢厉害，没见过这么拽人的，这家伙，把我胳膊差点拽掉环儿了。

喇叭叔说：老哥啊，救场如救火。

一旁的九妹子说：有良大哥，咱俩搭一下吧……

小妮子手持话筒登台，她热情地说：乡亲们，东北二人转咱们唱了一辈又一辈，传了一代又一代，在这小戏台上，老一辈民间艺术家们，给我们留下了多少精彩和欢乐，令我们难忘；现在，我们就请红石峪村的有良叔和九妹……我娘，为大家表演一段《正反对花》。

观众席一下子沸腾了，众人：好，好！来一段，来一段！掌声和呼喊声变成有节律地延续着……

音乐响起，九妹子和金有良上台唱起《正反对花》，出口就是碰头彩……

台下的老翟头手握大荷包，他有点激动：机会来了，到我表现的时候了，瞅准机会我就上台献给她。

车师傅陪爷爷坐在出租车里，使劲鼓掌。风车爷爷说：好哇，好，地道！

万大炮说：唱得好！我九妹子真出彩。贾六说：老万，你就别自作多情了。万大炮说：你闭嘴！

金有良和九妹子演唱结束，观众掌声不断，二人频频鞠躬致谢……

就在这时，老翟头从观众席站了起来，他手捧大荷包快步往台上走，边走边说：哎——九妹子，我来了啊，我给角儿献荷包了……

万大炮说：呀，这老翟头也太虎了，这么老多人，就敢往台上跑？

马小壮喊：翟叔，你演的是哪一出哇？

福来说：翟叔要上去唱拉场戏吗？

马小壮说：不能吧。

老翟头跑着上了舞台台阶，到最后一级台阶时，腿一软，崴了，单腿跪在了九妹子跟前……观众们哈哈大笑。马小壮大声喊：翟叔，还没到拜天地的时候哪，你就先磕头了？！

老翟头爬起身上了台，对九妹子说：九妹子，你跟有良唱得太好了，太带劲了，祝贺你们了！你喜欢的大荷包，大哥我给你买了，送给你……

九妹子一时不知道咋办了……身边的金有良说话了：我说大兄弟呀，你这也太新潮了，当这么多人的面给九妹子献荷包，还是西洋式求婚呢。

老翟头说：嘿嘿，让有良大哥说对了，当年九妹子卖金镏子支持我，今天我当着乡亲们的面儿送她大荷包，我老翟头知恩图报啊。

金有良大声向观众说：乡亲们啊，咱们应该祝福他们吧！

众人：祝福啊……好！好呀，老翟头当众求婚了……

马小壮和福来等人使劲鼓掌……

福来说：老翟头真有样儿。

满堆爹说：老翟头，虎。

万大炮佩服地说：是爷们儿！

在一片热烈的祝福掌声中，九妹子捧着荷包，双手微微颤抖，眼中闪烁着晶莹的泪花……

表彰大会结束。

喇叭叔开车带金有良在路上。喇叭叔说：有良啊，今天你跟九妹子可是唱了台压轴好戏呀。

金有良说：能救场是应该的，只要乡亲们高兴。

喇叭叔说：这都忙完了，咱该去看看满堆和小胖了。金有良说：快去吧。

金昌和姜兰在广场边。金昌说：姜兰，刚才那手绢扔我头上了，你是失误了还是有意的？姜兰说：你猜。金昌说：你要的手绢，我上哪猜去？

姜兰说：金昌，表彰大会和秧歌会都忙完了，村里就要组建秧歌队了，你能参加吗？

金昌叹了口气说：……没心思。小玲的事还没定下来，我都郁闷死了。

姜兰说：我能帮你啥吗？

金昌说：歇会儿吧你，平时咱俩在工作上老接触，小玲都不咋高兴，你没感觉到吗？

姜兰说：你知道我这个人，我真不在意那些事；说心里话啊，你俩真发展到有啥疙瘩解不开了，只要需要我帮忙，没说的。

金昌说：我相信小玲爱我。

姜兰说：人在不同环境下，很多事情是会发生变化的，这一点你要有所准备。

金昌没吱声，他回头望着人群散去的小戏台，心中一阵空寂……

老翟头和九妹子在农家乐饭店。九妹子说：你可真能整，今儿个起这大幺蛾子，可臊死我了，你这不是让人说老不正经吗？

老翟头得意地说：此话差矣。你没看当时那情景，大荷包往你手里一献，张镇长和周县长他们都给鼓掌呢。

九妹子说：你也太能作了，我当时都不知道往哪躲了，要不是有良大哥把话茬接过去，我立马就得跑了，恨不得找个地缝钻进去。

老翟头说：哈哈，还有文化的人呢，这样式儿的求婚多浪漫啊。

九妹子说：还浪漫，这事都让孩子们笑话。

老翟头说：我就要让大家伙儿都知道，九妹子是我老翟头的人，万大炮再怎么跟我嘚瑟，不好使！

九妹子说：又来了又来了。

铁蛋没有忘记老婶答应给他买牛肉干的事，从大集上回来，他就往杨柳枝家跑，进屋就说：老婶儿，你说给我买五香牛肉干，你买了吗？

杨柳枝早把这事忘脑后去了，说：哎呀，铁蛋，等下次的吧，啊。

铁蛋不高兴了：说话不算话。说完扭头就走，到院门口碰见石榴，石榴说：儿子，上老婶家来干啥了呀？

铁蛋说：拿牛肉干，老婶儿说她没买。

石榴说：啊，妈妈给你买了。你赶紧回家吃饭去吧。

杨柳枝出屋，说：嫂子，你儿子是不生气了？

石榴把一包东西递给杨柳枝，说：没有啊，小孩都这样。给，我买牛肉干了，小壮说你爱吃，我就多买了点；这还有点小食品，都是你平时爱吃的。

杨柳枝说：刚才去大集，难受得我老早就回来了，节目没看成，啥事都没办。

石榴说：你现在这身子，出出进进的可要注意点了。

杨柳枝看着手里的东西，说：谢谢嫂子。

铁蛋回到家。马大壮说：儿子，吃饭了，叫妈妈去。铁蛋说：我不去。马大壮说：怎么了？

铁蛋说：老婶儿说话不算话，尽骗人，说给买，又说忘了。

马大壮说：以后她说话别相信就完了，快去喊妈妈。

铁蛋跑出去，喊：妈妈、妈妈，爸爸叫你吃饭了。

石榴说：哎，妈妈来了。

石榴回屋。马大壮不乐意地说：你吃饭不，不吃就还过去跟她说话吧。

石榴说：抽什么风啊你？

马大壮说：你多余当那好人，显你明事理咋的？孩子要吃的东西，买一口就行了，干啥大包小裹往她那拿。

石榴说：柳枝有身孕了，想吃点啥，我就多买了点呗，看你这吵吵劲儿。

马大壮说：她要吃啥，小壮就给买了；再说了，她跟咱孩子撒谎能行吗？

石榴说：行了，别吵吵了。石榴拿出一袋牛肉干递给大壮，说：这酒都倒上了，打开一袋下酒吧。

马大壮说：挺老贵的，我可没长那牙口。

石榴对儿子说：看见没，铁蛋，你爸矫情不？

铁蛋说：是老婶儿惹我爸爸生气了。

石榴说：儿子，不许乱说话啊。

成林开车带着梅子，他说：媳妇，刚做完手术别坐着了，赶紧躺着歇会儿吧。

梅子说：我还愁回家咋办呢，娘知道了，还不得把你屁股打两瓣。

成林轻轻叹口气，说：本来就两瓣，留着打八瓣吧。

梅子又说：成林，这事你不恨我吧？

成林说：叫你说的了，这是咱俩的事。

二人到了家，成林扶梅子上炕躺下后到外屋地做饭。

柳枝娘进外屋地。成林说：我娘回来了。哎呀，我娘买这么多东西，招娣的新书包也买了，都给我拿吧……娘，秧歌会看得有意思吧？

柳枝娘说：秧歌会没老翟头有意思，这家伙嘚瑟得，还给九妹子下跪了，当众求婚，你说他掉价儿不，男人膝下有黄金呢。成林说：我娘还老保守呢，这是新潮。柳枝娘说：嗯，潮！

柳枝娘洗好了一盆安梨进屋，说：梅子，安梨我给你洗好放这了，啥时候想吃自己拿啊。

梅子有点吃力地坐起来，说：娘进屋就没闲着，快上炕歇会儿。

柳枝娘发现梅子不对劲，说：梅子，你怎么了这是……你脸色儿咋不对呢，哪不舒服吗？

梅子说：……我又感冒了。

柳枝娘说：……你也不能老感冒哇？柳枝娘急忙到外屋地问：成林，梅子是咋回事？

成林知道这事是瞒不过去的，就说实话了：娘，我、我带梅子去医院了。

柳枝娘一听，如同一声霹雳、抱大孙子的希望瞬间毁灭。她瞪大眼睛歇斯底里地说：你说什么？你个败家的玩意儿，你带她去打胎了？

成林胆怯地点点头。

柳枝娘的脸都变形了，说：好哇，杨成林！你个挨千刀的呀，你知道我就想要个大胖孙子，啊，就屁大点的工夫，就把孙子给我做了？我……我撞死你得了！柳枝娘撞向成林……

成林扶住娘，心疼地喊道：娘——

柳枝娘气得直哆嗦：你俩咋就不听我话呢，啊？

梅子流着眼泪在屋里喊：娘——

成林说：娘，你千万别着急啊。

柳枝娘说：我能不急吗！你个混蛋玩意儿，你这么做，是要老娘我绝户啊，我跟你没完！柳枝娘疯狂地把灶台上的、案桌上的东西扑拉一地……

马小壮回到家。杨柳枝说：小壮，我刚才回娘家了，见我哥和嫂子都没在家，他们今天也没去赶大集，你说我哥能带嫂子做手术去不？

马小壮说：不能吧。

杨柳枝说：我可听嫂子叨咕过，她不想要这第三胎了。

马小壮说：那都怀上了，不可能给做了吧。

杨柳枝说：你看看去吧，万一做了，娘知道了这事，非闹腾不可。马小壮点点头。

成林见娘满嘴白沫，他端过一杯水，说：娘啊，你别生气了，先喝口水吧。

柳枝娘说：我喝个屁！她夺过水杯，摔向成林，水杯砸在墙上……柳枝娘冲上去，狠狠给了成林一个大耳光，说：哪有你这样的混蛋儿子，我就一会儿没在家的工夫，你就作翻天了，你要气死我呀你？我大孙子没了，没了……老娘我也不活了！柳枝娘声嘶力竭地喊着，她一屁股坐在地上，似念似唱地：哎呀呀我的天哪，小儿你把罪孽添呀……我，我可没法活了，我不活了，不活了……

梅子坐在炕上干着急，已经哭成个泪人，不断地喊着：娘，娘……

柳枝娘忽然瞪直了眼睛想起什么，念叨着：是她，肯定是她！妇女主任整天往我们家跑，我就知道她没安啥好心眼子，你等着，你等着的！她从地上爬起来跑到自己屋里，从被垛里拽了个花枕巾，撒腿就往外跑……

成林傻呆在那不知如何是好。梅子赶紧说：成林赶快去呀，快把娘追回来！杨成林"啊"了声追了出去……梅子身子颤抖着说：这下可毁了。

柳枝娘跑进金婶家院里，大声喊道：妇女主任，大名叫妇女主任的那个，你给我出来！

金婶出屋，说：老嫂子，你吵吵啥呢，唱戏呀这是？

柳枝娘说：别跟我扯犊子！还跟我老姊妹呢，老姊妹怎么干缺德事呀？

金婶纳闷：什么缺德事，你瞎说什么呢？

柳枝娘说：装什么糊涂你，我问你，秧歌没看完，你为啥就先走了？

金婶说：哎呀，我还当啥事呢，瞅你这毛愣三光的，是这么回事……

柳枝娘抢话说：少跟我打马虎眼！你说，你是不带梅子去卫生院做手术了？

金婶愣住：……做手术，啥时候的事呀？

柳枝娘说：你都带她去了，还来问我？

金婶一头雾水，还是很客气地说：来来，老嫂子，你先别动气，进屋我跟你说啊。

柳枝娘说：你少跟我虚头巴脑的，我就问你，你去没去卫生院？

金婶说：卫生院？我去了。

柳枝娘说：到底是你捣的鬼，你个扫把星……

金婶说：老嫂子，你听我说……

柳枝娘说：我听你说个屁！

金昌从屋里出来，一脸蒙登，说：……这是咋回事啊，俩老太太？

成林跑进院子，他说：娘，娘，咱别在这丢人了啊，你听我跟你说……

柳枝娘说：滚！你们，你们都欺负我这个寡妇老太太啊，我，我可活不起了……柳枝娘坐在地上盘起双腿、揉搓着花枕巾，似念似唱地：哎呀呀，我的那个老死鬼呀，你怎么不管我了呀，哎呀呀，鸳鸯对对双啊，可我就不成双呀，风雨加雷电哪，大雪伴冰霜呀……妇女主任，妇女主任欺负我个老寡妇哇，欺负人啦——老天爷呀，没法活了……

成林急得不知所措，一个劲地喊：娘，娘，你别闹了，今天这事跟金婶没关系，金婶还说了呢，有啥困难她帮着解决。

金婶说：老嫂子，你儿子说啥你听见没？

柳枝娘说：你们都来糊弄我，合着伙儿地来骗我，杨成林！你成心想气死我，等回家我再收拾你！啊——老天爷呀，没法活了……柳枝娘倒在地上，俩腿乱蹬……

姜兰和姜胖跑进院。姜兰说：金昌，你还瞅啥呢，快劝劝柳枝娘啊。

金昌有点发蒙，说：啊、啊……柳枝娘，你别倒地上呀，你听我说，这事都凑一块儿去了，满堆和小胖让草蜂蜇了，我娘去卫生院，是去看他俩的。

柳枝娘根本就听不进去，她说：哎呀我的天老妈呀，我的大孙子没有了，欺负人哪——

柳枝娘的喊叫声，引来了好多村民……九妹子拨开人群进院。她上前劝慰：柳枝她娘，你岁数大了，经不起折腾了，快消消气吧，这么折腾，心脏可受不了哇。

柳枝娘拍打着身子说：受不了，受不了了，我要死了……

金婶知道柳枝娘有这个毛病，以前也经历过这种事情，她故意激柳枝娘，说：要死你就回家死去，别上我家院子里闹腾。

柳枝娘撸起袖子说：你领我儿媳妇去做手术，还让我去死，我跟你拼了……

金婶说：就你那小细胳膊、小瘦腿的，你拿啥拼呢？

柳枝娘手舞足蹈着说：我姑爷拿“大片腿”片死你……

金婶无可奈何地说：你真是老糊涂了，我是劝不动你了，你闹吧、闹吧，闹累了就不闹了。

马小壮跑进院子，说：成林，我娘咋回事？

成林说：小壮你可来了，快把娘哄回去，我是没辙了。

马小壮上前搀扶柳枝娘，说：娘，你这样可不行，这么多人瞅着你，你不怕人家笑话呀？快快，别躺地上了，我扶你起来……柳枝娘甩开马小壮，蹬踹着两条腿在地上打滚儿：我不活了，活不起了……

马小壮说：娘，我扶你你就起来吧，别打挺儿啊。

柳枝娘说：我孙子没了，孙子没了，我那大孙子哎……

马小壮着急说：哎呀，我娘这腿咋这么硬？娘，你腿打打弯儿，我好抱你起来啊。

成林害怕了，说：娘，娘，你别打挺儿呀。

姜兰说：金昌，柳枝娘腿都硬了，这样下去别闹出大毛病呀，打120吧？

金昌说：啊，我打、我打。金昌拿出手机拨通号码，说：喂喂，120急救中心……我是兴远镇红石峪村的，我们家老太太急火攻心，躺地上抽了，抽得俩腿都僵硬了，赶快派急救车来……啊，快点的啊……

金昌急得六神无主，说：……120赶紧来，赶紧去医院抢救呀，这得咋抢救呀？

姜兰说：去医院抢救，可能要先做电疗。

金昌说：啊，电疗……我到村口接120去啊。

金昌往院外跑……柳枝娘一骨碌从地上爬起来，追出院就喊：金昌！你给我站住，你站住！你要送老娘去过电，看我不扒了你的皮……

成林追出院子，喊：娘，娘……

马大壮见柳枝娘鞋跑掉了又捡了起来，说：我估计，这老太太没事的。

马小壮回身拉着金婶的手说：金婶，这事是我丈母娘不对，她是误会您了，我给你赔不是了。

金婶说：别啥事都赔不是，赶紧看看你丈母娘去吧。

马小壮：哎哎……

沈北艺术团。翟玲在宿舍。小丽进屋，说：小玲，刚排练完，一转身就找不到你了。

翟玲说：我自己又去小排练室练了会儿，累得我出一身汗，赶紧冲一下。

小丽说：冲完凉你陪我出去逛街吧？

翟玲说：你找别人去吧，我该给金昌打电话了。

小丽说：你自己还没定下来，着急打啥电话呀？

翟玲说：谢队长跟我说的话，你以为我没往心里去。

小丽说：哎，这就对了。小玲，走自己的路，让别人羡慕去。

翟玲说：你先下楼吧，我打完电话就出去了。

小丽说：那你快点啊，我在收发室等你。

翟玲冲完凉给金昌打电话，打了几次没人接。

金昌站在村口。成林跑过来，说：金昌啊……金昌说：成林，有我接车呢，你跑来干啥？

成林说：别接了，我娘没事了。

金昌说：你娘不抽了？

成林说：啊，赶紧跟我回去吧。

金昌说：还是去医院看看好，万一心脏病犯了，抢救都来不及，120救护车都往村里赶了。

成林说：我刚又给120打了电话，正好他们的车还没出来呢，我告诉他们不用过来了。

金昌说：你娘没事就好。

成林说：哎呀，这是怎么说的呢，对不住金婶啊，一会儿回家好好安慰安慰你娘，我抽空去看婶子。

金昌说：先把你娘安慰好吧，我跟我娘都没事。

金昌电话响了，他说：成林，你先走，我接个电话。

金昌接电话：小玲啊……刚才我一直在院子里劝架，没听见手机响，对不起啊。

翟玲说：又去劝架，谁又吵架了？

金昌说：都没事了。小玲，说说团里的情况吧。

翟玲说：昨天谢队长找我谈话了，他说，如果我能通过试用考核期、在团里工作三年，我就有机会带编入职、成为正式演员了。

金昌一下愣在那里……翟玲说：金昌，你咋不说话？

金昌强忍心中的不安，说：啊……既然你喜欢这份工作，我支持你啊。

翟玲说：其实，你越这么说我压力越大，将来真入编留团了，咱俩咋办？

金昌冷静下来，说：那我就实话实说了。小玲，你想在团里发展，咱俩的事情就不好办了，除非我也去省城，可你知道，我是不可能去的。

翟玲说：嗯，这我知道，所以我现在可矛盾了。

金昌说：也不矛盾，那就各自干好自己想干的事情了。你有你的追求，那就努力到底吧；如果你还想回来，我俩就一起往前走。小玲，到啥时候我都支持你，也会等你的，一直等到底。

翟玲说：你能等我到白头吗？

金昌说：我都已经有白头发了。你在那好好干吧，可这几年的时间，会有许多变化，会发生很多事情，不知到了那时候，团里还能不能重视你了。

翟玲说：现在已经重视我了，等整训过后，就能分配我演角色了。

金昌说：我等你好消息，尽快当上大主演，我们家小玲要成为艺术家了。

翟玲说：金昌哥，你说得我心里酸酸的……我想你了……

金昌说：我也想你。

翟玲忍不住眼泪落了下来，她关掉手机，呢喃着：怎么办呢？

村文化广场。一群妇女在扭秧歌。姜兰娘见不少人走过来，她问：满堆娘啊，你们都从那头过来，是干啥去了？

满堆娘说：你还不知道呢，姜兰她娘？这个柳枝娘是真够厉害的，自己儿媳妇做手术去了，结果跑人妇女主任家闹去了，还把她金婶给骂了；完事还不依不饶的,追着撵着找金昌算账。对了,她对你闺女还不乐意了呢。

姜兰娘说：该我闺女啥事啊？

满堆娘说：作呗。大家都以为她抽风了，你闺女叫金昌打120，她就急眼了。

姜兰娘说：姜兰这孩子也是嘴欠，我回家说她去。

满堆娘说：你说孩子干啥呀，孩子是好心帮忙。

姜兰娘说：家里都有一个爱管闲事的了，这又出来个说话不知道深浅的。

石榴知道了柳枝娘事，她问杨柳枝：柳枝，你娘咋样，没事吧？

杨柳枝说：吓死我了，还好，总算没出什么大事。

石榴说：好好劝劝你娘，她老这么闹腾不好，梅嫂子多老实个人，再这么吵吵，人家娘家该不干了。

杨柳枝说：知道哇。我娘在气头上，闹腾闹腾我也能理解，可你说姜兰多可气吧，她非叫金昌打电话叫120、拉我娘上医院过电去，吓得我娘鞋都跑掉了，这不落井下石嘛！

石榴说：其实，姜兰没有错。

杨柳枝说：啥叫没有错啊，她跟着掺和啥，她算哪根葱啊？

石榴说：你娘折腾那样，一下子心脏病再犯了，多危险，马上送医院是对的。

杨柳枝说：那也不能吓唬人、说去过电呀。

石榴说：柳枝，那不叫过电，是“电疗”。医院对精神分裂病人会使用电疗方法，就是“电休克疗法”；姜兰没有说错，一般这种病人入院时，大都会采取这种电疗的措施。

杨柳枝说：那不把人电死了？

石榴说：绝对不会的，这种治疗措施都是在可承受、可控制的范围内。

杨柳枝说：那姜兰也够嘚瑟的了，真以为她在镇上工作，她就是镇长了？

石榴说：别这么说话，人家也是着急，也是在帮咱们，现在你娘都没事了，还说人家干啥？再说，平时她跟咱们不都挺好的吗。

杨柳枝说：金昌也是的，姜兰说啥他听啥，也不怕别人笑话。

石榴说：行了，天不早了，该张罗回家做饭了。

金有良在家安慰老伴儿，他说：行了老伴儿，刚才九妹子和村主任都劝你半天了，成林也看你来了，啥事就想开点吧。

金婶说：妇女主任我是没法干了啊，平白无故到家骂人，谁能受得了？

金有良说：这一届你还没干完呢，还是坚持吧；工作要都好干，还要村干部干啥？

金婶说：不干了，我可受不了这窝囊气。姜兰有文化，做事还沙楞，我看选她正合适。

金有良说：人家姜兰是国家的专业人才，在镇里干不长时间，兴许就能调市里工作去呢，你让人家回村当妇女主任，想啥呢你？

金婶说：你啥时候都有话对付我。

金昌进屋。金有良批评金昌说：你咋回事啊，柳枝娘都那个样子了，有你那么说话的吗？

金昌说：我也没说啥呀？

金有良说：还没说啥？你说啥不好，非得说上医院过电、电疗啊，说这话不是冒傻气吗？那老太太懂得啥电疗哇？梅子那种情况，柳枝娘急得两眼冒光，你这么说，不又在火上浇油了吗？

金昌说：我当时……

金有良说：当时咋的？你说完没事了，那老太太吓个好歹、再出点啥意外伍的，咋整？

金昌说：……我还心疼我娘呢，就寻思给柳枝娘送医院去，省得她搁那骂街了。

金有良：心疼你娘也不能说话不管不顾的呀。有时间，你过那屋看看柳枝娘去吧。

金昌：嗯。

金婶不满地说：你这当爹的说话就是不会找时候，儿子从广州回来，你们爷儿俩话还没说上呢，这刚见面就呲嗒孩子。

金有良说：俺们爷儿俩在镇里都见过面了。他做事欠考虑，还不能说了？

金婶说：行了啊，你少说两句吧。外头要下雨了，你出去把衣服收进来。

金有良说：嗯。收完衣服我去趟村委会。

金婶说：天不早了，还去干啥呀？

金有良说：村里的事呗。

金有良出屋。金婶说：儿子，你爹说你别往心里去啊。

金昌说：没事啊娘，我爹也是为我好。

金有良到了村委会。喇叭叔说：有良，组建秧歌队的事，我是不知道咋整好啊，你说这么多人都想要加入，不要谁都不好。

金有良说：那谁想参加秧歌队，就来考试呗。

喇叭叔说：考试……你是让他们都来报名，谁有能耐就比量比量？

金有良说：对，公开考试、公平竞争，谁都说不出啥。

喇叭叔说：嗯，这办法不错，就这么定了。要考试就得有评委，我看，评委就从村民代表里出吧。

金有良说：行。那个，柳枝娘正好是村民代表，我看让她做评委挺合适，这事儿你找她谈话呀？

喇叭叔说：我过去看看她行，谈话还是你谈合适。

金有良说：那我就回家跟老伴儿讲，让她去说吧。

喇叭叔说：老嫂子正在气头上呢，你就别难为她了。

金有良说：没啥气不气的，啥事儿就是赶巧。

柳枝娘盘腿坐在炕上，腿上盖着小被儿。她问成林：梅子跟孩子都睡了？

成林说：娘俩都睡了。娘也早点歇着吧。

柳枝娘说：等会儿。我合计着，明儿个我还得过你金婶那一趟。

成林说：应该过去看看，娘给金婶冤枉够呛，金婶可伤心了。

柳枝娘说：就你个小瘪犊子干的好事，家里有事，瞒着娘干啥呀？我是想要个大孙子，可你们两口子不想要就不要呗，你以为我是那老榆木疙瘩脑袋呀？这下可好，闹得我里外不是人。

成林说：娘，我都知道错了，以后有啥事我先跟娘商量。

柳枝娘想起了什么，说：哼，平时没事呢，看谁都挺好，这要真遇上事了，好赖人就看出来了。

成林说：娘说这话事啥意思？

柳枝娘说：你看那姜兰，平时利整的，啊，好家伙，就是她叫金昌打电话，要给我送医院过电去的。

成林说：哎呀娘啊，不是你说的那么回事儿，姜兰真是为你着急，要不是她提醒金昌打120，我们当时都麻爪了、不知咋办了，你可不能冤枉人家，人家是好心对咱的。

姜兰娘在家批评姜兰，她说：当娘的我都不知道说你啥好，你说你挺大个姑娘家的，没事显你能耐了？要说给拉个架啥的，也不是不行，哪有你那样式儿的，连吵吵带喊的，还要给柳枝娘过电，啊？

姜兰不想解释啥。姜胖替姐姐鸣不平，他说：娘说得不对啊，你没见柳枝娘当时有多吓人呢，躺地上嘴吐白沫、俩腿僵直，都快抽过去了。

姜兰娘说：那你姐也不能乱说话，这人多嘴杂的，我可怕谁说闲话了。

闷闷的雷声……大雨点子噼里啪啦打在窗户上……

姜兰默默地说：这雨的来势可不小。

金昌愣愣地站在屋中，望着被雨水模糊的窗户，心情更加阴郁。三年啊，小玲要在外工作三年意味着什么？他心绪难宁。如果小玲正式入编，对于翟玲来说，是件好事、是满足，他要支持；可是，对两人的感情发展来说，会有多少变数、多少牵扯？他在分析，他在思量……然而，越分析越乱，越思量越复杂，他陷入深深的困境中、左右为难……

一声炸雷，暴雨急骤。金昌惊醒，自语道：这雨下得太猛了……不好，苗圃的榛苗！他跑到西下屋穿上雨披，拿把铁锹匆匆往外走……

金婶跑到屋门口，说：儿子，你不要命了，下这么大雨，你干啥去呀？

金昌说：我得去苗圃看看，这雨下得太大了，榛苗让水淹了就完了，苗床的排水沟不能堵了。

金昌跑出院门。金婶着急地说：哎呀，这么大的雨，浇感冒就完了。

骤降的暴雨惊动姜兰，她急忙打电话：喂，金昌啊，这雨来得挺猛啊，苗圃的排水沟畅通吗？一定不能让苗圃遭受损失呀……什么，你已经去苗圃了？

姜兰撂下电话、穿上雨披，冒着大雨跑了出去……

·二十六·

暴雨中，泥泞的小路上。姜兰深一脚浅一脚摇晃着前行……突然脚底一滑摔倒在地，她艰难地爬起来，一瘸一拐地向苗圃奔去……

苗圃。一池苗床中灌满了水，榛子般大的雨点成串的砸在水面上……金昌浑身泥水在挖排水沟……他拼命抡甩着铁锹，不停地嘶喊着：啊——

近乎疯狂的金昌，任凭雨水抽打在脸上，脸上流淌着的不知是雨水还是泪水，模糊了他的脸……

姜兰吃力地走到苗圃边，大声地喊：金昌——

金昌见姜兰来了，着急地喊着：你，你来干什么？

姜兰说：这么大的雨，我放心不下。

金昌说：那也用不着你亲自来呀。

姜兰说：我是怕……

金昌说：你怕啥，这是老爷们干的活！

姜兰说：你少来，这活我也不是没干过。

金昌说：都干完了！

姜兰瞅瞅畅通了的排水沟，又看了看没有积水的苗圃，腿一软，“扑通”一下坐在池埂上……

金昌急忙上前搀扶：怎么了你？姜兰搂住金昌的肩膀说：我脚崴了。

马小壮拎着铁锹跑来，喊道：金昌、姜兰，你俩在这……排水沟咋样？

金昌说：都排通了，苗圃没事了。

马小壮说：没事了？

金昌说：就路边这条水沟有点堵，都清理完了，整个苗圃我都检查过了。

马小壮说：我这紧赶慢赶还没赶上，辛苦你俩了。

金昌说：如果这雨一时半会儿停不下来，还得再回来检查。

马小壮说：这事交给我吧，我还有一小组的人，肯定保证苗圃的排水畅通，你就不用再跑来了。

金昌说：要看住了！

马小壮说：你就放心吧！

金昌把铁锹扔给马小壮，说：拿着，先回去吧。金昌搀扶着姜兰向前走了几步又停了下了来……

马小壮说：姜兰，你怎么了？姜兰说：脚崴了一下。

大雨还在下着……金昌抱起了姜兰……姜兰说：哎别，我自己能走。

金昌说：少废话……

马小壮回到家，换下湿衣服，说：这家伙，刚才这阵大暴雨下得，都吓死个人，那雷打得，就像在耳朵根子边炸了似的。

杨柳枝说：是啊，这么大的雨，没干上活，你被吓回来了吧？

马小壮说：哪是啊，金昌他们都给干完了。

杨柳枝说：他们……都谁去了？

马小壮说：金昌和姜兰真能干，我还没伸上手，排水就都解决了。

杨柳枝说：就他俩呀？哟，这大下晚的，俩人跑那地方去，风雨不误啊。

马小壮愤怒地喝道：说啥呢？他们累惨了！

杨柳枝被马小壮的愤怒吓得半天没敢再吱声。

金婶坐站在屋里。她对金有良说：这雨下得也太大了，儿子就这么让雨浇着，可别给浇坏了。

金有良说：这算啥，年轻人干工作、搞事业，就得有种精神。

金婶忽然想起啥，说：不好了老头子，咱家西下屋那后窗还没关好吧？

金有良说：都关好了，放心吧。老伴儿，有个事得跟你说啊。

金婶说：你一跟我说话，准没好事。说吧。

金有良说：村里建议要让柳枝娘当评委。

金婶问：啥评委呀？

金有良说：大伙儿都要参加村里的秧歌队，就得通过考试挑选了，要考试就得有评委，村里建议让柳枝娘做评委，我看这事，你跟她说最合适。

金婶说：我算干啥的呀，这事应该村主任说啊，再说，还有你呀。

金有良说：请她当评委是好事，你去做她工作，你俩不就能交流上了吗。

姜老慢又广播了：红石峪的村民请注意了，村民们请注意了，告诉大家一个好消息，经村委会研究决定，村里要成立新农民秧歌队，秧歌队队员要通过考试择优录选，择优录选；有参加的村民，即日起到村委会报名，择日考试，择日考试。我再说一遍，再说一遍……

姜兰娘在屋檐下听着小喇叭的广播，自语道：“再说一遍”，再说几遍也是慢，挺好的话，让他说得跟念经似的。姜兰从屋里出来。姜兰娘说：闺女，今儿个你休息吧？

姜兰说：是啊。

姜兰娘说：我看你一早把摩托擦得锃亮，是进城去看老高吧？

姜兰说：市里开会经常能见着他。

姜兰跨上摩托车……姜兰娘说：你等等，我话还没说完呢。

姜兰说：你说吧。姜兰娘说：你要报名去啊？

姜兰说：啊。姜兰娘说：可你那脚，能行吗？

姜兰说：差不多好了，没啥大碍。

姜兰娘说：我看你就别去报了，你真参加上，这不耽误上班吗？

姜兰说：耽误不了，有时间就玩玩，没时间就不玩呗，多简单的事。

姜兰娘说：有时间就多跟老高来往来往，你俩的事情，该早点定下来了。

姜兰说：好、好。走了……

金婶去找柳枝娘，进院看见成林，她说：成林，你娘咋样了，没事了吧？

成林说：没事了。金婶，我娘在屋呢，快进屋坐吧。

柳枝娘坐在炕上，听着单田芳讲评书……见金婶进屋，她客气地说：我老妹儿来了，快炕上坐……你瞅我这炕让来娣造的，乱七八糟的，我拿个小褥垫给你坐啊。

金婶说：不用了，客气啥。你咋样了啊，这气儿都消了吧？

柳枝娘说：哎呀，我是让儿子给气糊涂了，我上你家闹腾你，你别生我气了啊。

金婶说：你没事了我就没事。看你那天着急那样，都急死我了，你心脏、血压没事吧？

柳枝娘：没啥大事，吃点药就好了。老妹子，你昨儿个跟成林说，村里要安排我当评委？

金婶说：有良让我跟你商量，这是村里的意思。咱村要成立新农民秧歌队，得通过考试选拔队员，我就过来问问你，你能参加吗？

柳枝娘马上说：能啊，能，让我当评委是信任我。还有谁当啊？

金婶说：九妹子、满堆娘，还有你和我，再就是村委会那几位了。

柳枝娘说：好，好，我一定去当。

金婶说：那你答应了，回头我就跟有良说一声。

柳枝娘说：谢谢你啊。老妹子，你别怪我多嘴啊，小玲有动静没？

金婶说：还没来电话呢。

柳枝娘说：要我说，你跟儿子讲，赶紧叫她回来，一个女孩子家在外头疯什么？

金婶说：哎呀，孩儿大了不由娘啊，看看再说吧。

金昌为翟玲的事郁闷着，没心思去考什么秧歌队。他拿根鱼竿、拎个水桶要出院儿，正碰上进院儿的娘……金婶看着金昌，问：儿子，你拿鱼竿干啥去呀？金昌说：钓鱼。说完走了。

金婶追问：儿子，大喇叭里广播的事，你没听见吗？

金昌头不回地说：我不想报。

金婶知道儿子有心事，无奈地摇摇头：这孩子……

金昌刚出院，马小壮迎面走过来，他说：金昌，这要干啥去呀？

金昌不耐烦地说：你有事就说。

马小壮说：我就问你报名去不？

金昌说：我还没想好。

马小壮说：我正要去呢，我替你报吧？

金昌带着不满说：马小壮老师，你就别管我的闲事了，你给我报上也没用，我爹还得把我拿下来，与其报了被拿下来，还不如别找麻烦了，不报。

马小壮说：这回是公平竞争，还有评委打分呢，你爹一个人说了不算。

金昌心烦意乱，转身走了。马小壮紧跟其后……

金昌狠哆说：别跟着我！

马小壮愣住了，说：……咋这样了呢？

喇叭叔和金有良、姜老慢在村委会等着村民报名。姜兰和小妮子、麦穗已经报完名了。

马小壮走过来，见着姜兰，他说：你们都报完了？姜兰说：报完了。

马小壮走到姜老慢跟前，看他本子上写了不少名字，说：哎，谁给金昌报上了？

姜兰说：我们给报的。

金有良说话了：我跟你说啊姜兰，你们替金昌报名不算数，这事得自愿才行。

小妮子说：金昌工作太忙了，我们就替他报了，是他委托我们给报的。

麦穗也说：是啊，有良叔，你不能说不算数。

马小壮说：有良叔，王小二还要我给他代报呢，你让老慢叔写上不？

金有良说：王小二有那能力，咋不给写呢。

姜老慢说：有良，我都给写上了，只要有积极性的，咱都支持。

马小壮说：哎，老慢叔说话在理。

金有良说：那我说话……马小壮马上说：也在理、也在理。

金有良说：你小子的。

姜兰等几个人从村委会出来。麦穗去了饭店。小妮子对姜兰说：姜兰姐，我跟你说个事，我娘跟我说，小玲可能不回来了。

姜兰惊异，说：真的，怎么个情况？

小妮子说：她想跟团里签合同。

姜兰说：签合同，签多长时间？

小妮子说：三年。

姜兰说：我的天哪，三年，想都不敢想。

小妮子说：这事我娘挺上火，可她还不能深管这事。

姜兰说：我说金昌咋打不起精神呢，叫谁谁都抗不了。小妮子，你跟我说这事，是啥意思呀？

小妮子带恳求地说：姜兰姐，你是金昌的老同学了，你也了解他，你能找他谈谈吗？

姜兰说：这是小玲的事，我找金昌谈啥？

小妮子说：让他赶紧想辙，把小玲接回来吧。

姜兰说：翟叔都没能把闺女接回来，金昌去接好使吗？

小妮子说：那她不回来，金昌怎么娶媳妇？

姜兰说：说得实在。哎，你给小玲打个电话，问问她是咋想的呗？

小妮子说：我打不了，她现在可不一样了，我要说点什么，她就嚷嚷起来没完。

姜兰想了想，说：行吧，那我找金昌去。

小妮子说：我听小壮说，他去河边了。

姜兰说了句“明白”，骑上摩托车走了。

沈北艺术团。谢队长在给翟玲和演员们上民间舞课，他说：我再强调一下课堂纪律啊，大家在上课和排练的时候，都要关掉手机，把手机放到更衣室里。还有没关手机的请举手？

没有人举手。谢队长说：好，我们上课。在演出中，经常需要用扇子、手绢等道具，可有不少演员，手腕儿功夫还不到家，我们要通过整训这段时间好好练练啊，每个人都要有提高。下面练习双扇组合。

演员们随音乐做起动作……谢队长喊着：动作要做得干净利落……小丽，你动作太僵，手腕要灵活、要放松，扇子花才能顺……对，对，翟玲做得不错啊……

金昌在河边。他把鱼钩甩到河里、架住鱼竿，拿出手机给翟玲拨电话，拨了几遍都是“您所拨打的电话暂时无人接听”，金昌无奈地望着湍急的河水……

姜兰骑摩托到河边，停在金昌身后。她说：哥们，好心情啊，跑这钓上鱼了，我给你打电话，你咋不接呢？

金昌冷冷地说：有事啊？

姜兰说：刚才我们报名去了，见你没报，就给你报上了。

金昌不乐意说：你算干啥的呀，还给我报，你能代表我吗？

姜兰平和地说：小妮子、麦穗和小壮他们都要替你报，我就让我爹给你名字写上了；这事跑不了你，大家都在一起玩，没你能行嘛。

金昌心中一暖，但未表现出来，他说：你们张罗也没用，家里那俩老头看我都不顺眼，报完也白费。

姜兰说：那俩老头不支持你，可大伙儿都支持你啊；再说，他俩加一块，在评委里连半数都够不上。姜兰蹲到金昌旁边，开玩笑说：哎呀，这河水涨得这么猛，你一个猛子下去，就顺流直下三千尺了，哈哈哈……

金昌说：嘘——鱼听见你说话了，它说让你闭嘴。

姜兰说：哎呀，这先进模范当的，把对象都先进丢了，还有心在这钓鱼？

金昌说：不会唠嗑。

姜兰说：说正经的。金昌，小玲的事我多少知道了点，我希望你能打起精神，别消沉下去；你有啥心思和想法，能跟我说说不？

金昌说：有想法又能怎的，有心思我能说吗？听天由命吧。

姜兰说：我帮你想个办法，你能听不？

金昌说：听着呢。

姜兰说：说其他的都没用，赶紧把小玲接回来就完了呗。

金昌瞅瞅姜兰，摇着头说：……不行，我也得从小玲的角度考虑这件事情，她毕竟是去专业团，能有机会多学习学习、见识见识，对她是好事，而且多学点东西，将来对村里、镇上的文化建设都有好处。

姜兰说：三年的时间就不是学习去了，这不用我跟你说吧？

金昌说：你是不知道，现在我最愁的是怎么跟我娘交代，她到现在还以为小玲去些日子、演出几场就回来了，根本就不知道签三年合同的事。

姜兰说：嗯，这事儿是挺难。所以呀，我还是说，就着小玲还没签合同，你开车去把她接回来算了。

金昌说：就算人回来了，心没在这也是白扯。

姜兰说：你娘可是心情迫切地等着儿媳妇进门呢。

金昌说：姜兰，你说，我跟我娘先编个啥话稳住她，等过些日子，再慢慢跟她透露行不？

姜兰说：为对象的事想法儿糊弄娘，你是你娘的儿子吗？就算糊弄了今天，明天咋办？以后咋办？

金昌说：以后我再慢慢渗透呗。

姜兰说：不行啊，你既然支持小玲，就得往明了说，反正这事早晚大家都得知道；就你娘那脾气，要知道了你编笆糊弄她，还不得作你，弄不好，她再进城去把小玲给拽回来，那可就热闹了。

金昌说：……你还等着看我笑话呢吧，这回你总算满意了。

姜兰说：没人跟你开玩笑，小人之心。我还是那句话，你俩有啥需要我的，我指定帮你，包括小玲。

金昌说：哥们够意思。

村委会。喇叭叔对金友良说：有良，这秧歌队一整就是扇子、手绢、扭秧歌伍的，咱新秧歌队想法搞点新花样吧？

金有良说：不管啥新花样，都没有唱二人转扭秧歌过瘾。

喇叭叔说：那也得给乡亲们整点新鲜东西看看呀。

金有良说：你想整啥？

喇叭叔说：整段芭蕾舞呗。前段我听杨柳枝说，《红色娘子军》里的《女兵舞》挺好看，扒录像就能学会。

金有良说：大白天说梦话，那是芭蕾舞，需要穿那种鞋立脚尖跳。

喇叭叔说：咱们演不用立脚尖的呗，大伙儿都愿看，能舞出那意思就行。

金有良说：舞出那意思？你可真能逗，捂出痱子吧。

喇叭叔说：我不是开玩笑，我是说真格的，这事我想好几天了。

金有良说：那舞怎么排，音乐怎么弄，你都想好了？

喇叭叔说：想办法慢慢弄呗。

金有良说：就你那个，你沾沾自喜的小民乐队，能奏出交响乐来？

喇叭叔说：有舞蹈就有音乐，这你别唬我。

金有良说：这事你说行，你就张罗，我回家了。

喇叭叔说：那我给杨柳枝打电话，问她那录像还有没有。

金有良说：你是村支书，你说了算。对了，杨柳枝一直是小排练者，现在她怀孕了，要排新节目的话，你得把排练者安排好喽。

喇叭叔说：这事我也想了，我看小妮子就能行，她经常从录像上扒一些动作。

金有良说：行，你安排吧。

河边。金昌继续钓鱼。姜兰逗金昌：哎，这都钓半天了，桶里还是半桶水，连个鱼影也没有，大小得弄上来一条啊？

金昌说：稳住心神静静地等啊，等待收获的喜悦。

姜兰说：你这是在浪费时间。我跟你说了半天参加秧歌队的事，你还没答复我呢。

金昌让姜兰说得有点心动，他说：参加也行，可我没有什么歌能唱，我怎么考试。

姜兰说：那还不好说，你去市里买张光盘，回家就天天跟着唱呗。

金昌说：嗯……行，那我就买张光盘，试试看。

姜兰说：就是，就这点事，瞅你这费劲劲儿。

金昌说：一张光盘上有不少曲子呢，我可不知道选什么样的啊。

姜兰说：那不分分钟的事，我帮你选就是了。行了，你就别搁这想了，收拾鱼竿回家吧，别跟自己较劲了；这两天刚下完雨，河水正涨呢，哪有这时候钓鱼的，别在这浪费时间了。

金昌说：别说了，瞅着啊，有大鱼咬钩喽……

姜兰说：赶快收竿呀。

金昌说：来喽，大鱼上钩了，金昌用力提竿……结果，空鱼钩“嗖”地挂在了金昌的耳坠上，他疼得叫了起来：哎呀呀，不好……

姜兰哭笑不得，说：哎呀，哎呀呀呀，这条大鱼，哈哈哈……

金昌说：鱼钩都挂我耳朵上了你还笑，快给我拽下来呀。

姜兰看了看勾在耳坠上的鱼钩，说：……鱼钩是倒戗刺，我怎么拽？

金昌说：那怎么弄？

姜兰说：怎么弄，我不会弄呀。

金昌说：快想办法呀，你别干瞅着呀。

姜兰说：……我没办法呀。

金昌说：你没办法，我这，这个样子咋办呀？

姜兰说：我说你，要怎么烦人就怎么烦人，真是够呛。走，赶紧去卫生室吧。

金昌说：怎么去呀？

姜兰说：还能怎么去，你前头走，我拎鱼竿在后头跟着呗。

金昌说：那我多难受，你还是赶紧想法把钩拽下来吧。

姜兰说：那倒戗刺鱼钩，我不敢拽，得让石榴给处理了……来来，我在前头走，你在后头跟着我。

金昌说：哎呀，这走到村里，多难看呀。

姜兰着急了，说：那你说怎么办吧？你不让我帮忙，我就把你扔这不管了，瞅你这歇里劲儿。

金昌说：那……走吧。

二人往村里走。金昌一手捂着耳朵、一手握着鱼线走在前；姜兰一手拎着鱼竿、一手拎着水桶走在后头……走着走着，姜兰忍不住哈哈大笑起来，她说：你说你，真是闲得没事找事，好模样儿想起钓鱼了，这回可好，鱼没钓上来，把自己给钓着了。

金昌说：这真是姜太公钓鱼，愿者上钩啊。

姜兰说：人家姜太公钓鱼，没有鱼钩啊。

姜胖和满堆在文化广场大磨盘上下棋。满堆看见金昌和姜兰走过来，他说：小胖小胖，你看金昌和你姐咋回事？姜胖看了过去，说：就是啊，什么情况？过去看看。

满堆跟姜胖跑到二人跟前，姜胖说：哎，姐，你俩这演的是哪一出啊？

姜兰说：姜太公钓鱼。

满堆说：哎呀，姜大姐钓鱼，钓了这么大一条鱼，哈哈……

姜兰说：收竿水平高，就能钓上大鱼来，你们都学着点啊。

金昌气得说：你们搁这捡笑哈，幸灾乐祸哈。

姜胖说：哎呀妈呀，金昌哥耳朵出血了，快给捂上……他掏出纸巾，捂在金昌耳朵上。

满堆看着姜兰拎着的水桶，说：哎，这水桶里，咋一条鱼也没钓着呢？

姜兰说：钓着一条大个的，那不在竿上钓着那吗。

满堆说：姜兰姐，桶里没鱼你还拎半桶水干啥？

姜兰恍然：可不咋的，忙二虎了。满堆，快帮把水倒了，然后把桶送金昌家去。

满堆说：妥。

姜胖说：姐，我领金昌哥去卫生室吧。

姜兰说：好，你跟他去吧，我得回去取车。小心竿啊，千万别拽着耳朵。

姜胖说：明白。姜胖“牵”着金昌走了。

村卫生室。石榴手到擒来，轻松地从金昌耳朵上摘下鱼钩。姜胖说：哎呀，还是石榴嫂子厉害，一下就给摘下来了。金昌哥，疼不？

金昌说：疼啥，多大点事。

姜胖说：现在说事不大了，刚才吓得还直歇里乱叫唤呢，看把我胳膊给抓得，手指盖好悬没抠进去。

金昌说：嘿嘿，我就是有爱紧张的毛病。嫂子，没事了吧？

石榴说：上点碘伏就没事了。以后得注意啊，这要勾着眼睛就完了。

金昌说：知道了。谢谢嫂子。

杨柳枝进了卫生室。她打趣说：怎么了金昌，想小玲想得、想出毛病了？

金昌说：没事。他给姜胖使了个眼神儿，俩人离开了。

杨柳枝问石榴：哎，金昌怎么了？

石榴说：啊，去河边钓鱼，不小心，把鱼钩挂耳朵上了。

杨柳枝说：金昌钓鱼去了？我说姜兰怎么去河边了呢，原来找金昌去了。

石榴说：你看见了咋的？

杨柳枝说：我往园区走，正好看见她了呗。

石榴说：看见又能说明啥。

杨柳枝说：大雨后根本就没鱼可钓，说去钓鱼谁信呀，就是约会去了呗。

石榴说：又瞎说。

杨柳枝说：才不是呢，不信你就看着，他俩指定有好戏。

石榴说：别老盯着别人看，不好。

姜兰回到家，打电话把跟金昌谈的情况告诉了小妮子。

姜兰娘拎东西回家。姜兰迎上，说：娘去小市场了……买这么多苹果，来一个。

姜兰娘说：洗洗再吃。

姜兰说：哎。我都给洗出来吧。姜兰到压井旁洗苹果……

姜兰娘说：闺女，娘跟你说啊，以后你离金昌远点啊，挺大个姑娘家，不是小孩了。

姜兰说：怎么了，娘听谁说啥了？

姜兰娘说：别忘了你是女孩子，不能随便来往，尤其现在小玲不在家了，做事更要考虑后果。

姜兰说：越说越严重，还后果上了，金昌有困难了，我就去河边劝劝他，有啥呀。

姜兰娘说：还想有啥，那鱼钩都挂他耳朵上了，怎么整的呀，完事你还在后头跟着他？我就不明白了，你怎么那么傻呢，闺女，你以为是小孩过家家玩游戏啊，你这么做，不怕人家笑话吗？

姜兰说：有什么好笑话的，金昌有难处了我在旁边干瞅着就没人笑话了？

姜兰娘说：娘跟你说的都是好话，你不听，早晚要吃亏。

姜兰不以为然说：吃啥亏呀，心中没鬼、做事不悔，金昌这闲事，我还就管定了。

姜兰回自己屋给翟玲打电话，她说：小玲，我给你打过N次电话了，干啥忙那样啊，连电话都不接？

翟玲说：团里有纪律，练功、排练时间都不许开手机。

姜兰说：啊，纪律还挺严格。

翟玲说：你有事吧？

姜兰说：我跟你说啊小玲，金昌可惦记你了，今儿个他去河边钓鱼，都出事了。

翟玲说：啊，出啥事了？

姜兰把金昌最近的情况，一五一十地都告诉了翟玲，她又说：小玲，反正我把事情都告诉你了，你自己看着办啊。

翟玲有些醋意，说：你跟金昌去河边了？

姜兰说：啊，村里秧歌队的事，我去劝劝他。你还别说，我这么一劝，金昌真想参加了，还说要去市里买光盘呢。

翟玲说：买什么光盘？

姜兰说：村里规定，想参加秧歌队的人都要参加考试，金昌没有歌唱，我就建议他买个光盘练歌呗。

翟玲心中有些不悦，说：知道了，我练声去了，老师还在琴房等我呢，我撂了。

姜兰说：哦，撂了吧，拜拜。

翟玲撂了姜兰的电话，说：真会关心人。她马上拨通了小妮子的电话。

小妮子接电话说：小玲姐，你终于给我来电话了，怎么样，你啥时候回来呀？

翟玲说：我还没开始演出呢，怎么能回去呢？

小妮子说：说得那么强硬，就不能不演吗？

翟玲说：艺术团又不是我家院子，想来就来、想走就走。

小妮子说：听你说话这口气，好像不咋高兴，怎么了你？

翟玲说：就是姜兰呗，你说她没事儿老跟着金昌转悠啥？

小妮子说：小玲姐，我跟你说啊，是我叫姜兰去找金昌的，你多想什么呀？

翟玲说：有话你不能跟金昌说吗？

小妮子说：就我这两把刷能行吗，姜兰说话多有力度；今天，要不是姜兰说服金昌，他能有决心参加秧歌队考试吗？

翟玲越听越闹心，说：行了，不说了，拜拜。

小妮子瞅着电话说：……这家伙的，脾气见长啊，进城没几天就变样了，你牛！

福来在家接电话，他说：贾六，今儿个没事啊……你要张罗玩会儿，行啊……啊？你要找张铁子玩，咱哥几个凑不齐吗？

贾六说：老万出车了。

福来说：老万出车咱就不玩呗，你实在想玩，就找别人，我不想跟张铁子往一块堆儿凑。

贾六说：你这人就是有毛病，跟张铁子有啥不能玩的？没事，会会他行，我最近手气不错，没少搂他钱。

福来说：玩多大的呀？

贾六说：五块十块的。

福来说：够大的了，不行，我可不敢玩那么大的，那可就是玩赌了，这要让我老丈母娘知道，非扒我皮不可。

贾六说：张铁子家在外村，谁都不知道他；你来试试呗，兴许你手气好，能整他个底朝天、全光呢。

福来犹豫了一下，说：嗯……行，会会他，看他怎么个能耐法；你先等我一会儿啊，我先把饭焖上，就给你电话。

福来赶紧淘米做饭。手机又响了，他一看还是贾六来的，接听说：别催我了贾六……行行，你在桥头等我吧。哎，咱俩不能开轿子去张铁子那啊，开车太扎眼了，我骑摩托车跟你碰头。福来撂下电话，嘀咕道：怎么成地下工作者了。

金昌要出门，他跟娘说：娘，我去市里买光盘去，给娘买点啥不？

金婶说：没啥买的。我儿子想通了？

金昌说：我躲不过这帮哥们的轮番轰炸呀，还是自觉点吧。

金婶说：就是的呀，没事跟大伙儿一起玩玩，这又是夏闲了，别整天老想着工作工作的，累死了。

金昌说：是啊，跟大家一起乐和乐和也是好事，我自己也需要放松一下。

金婶笑眯眯地看着金昌说：哎呀，这多好。

金昌说：那我走了，娘。

金婶说：我看你姐夫在家呢，你去家找他吧，哥俩搭个伴儿，直接开车去吧。

金昌说：嗯，我这就找他去。

喇叭叔给杨柳枝打电话，跟她说明白要排《女兵舞》的事情之后，杨柳枝说：喇叭叔，买光盘得去市里的音像社。

喇叭叔说：是呀，可我不认识呀。

杨柳枝说：到市里打车，问出租车司机就知道了。

马小壮接过电话，说：喇叭叔，你要买什么光盘？

喇叭叔说：买芭蕾舞剧《红色娘子军》，连音乐带舞蹈的那种。

马小壮说：喇叭叔真能扔大个，行啊，眼光挺时髦啊，开始欣赏芭蕾舞了。

喇叭叔说：你小子给我老实点，忽悠啥，不是给我自己买的。

马小壮说：那你是给谁买的？

喇叭叔说：买回来，给秧歌队排练用。

马小壮说：啊，明白。这事就交给我吧，让谁进城就给带回来了。

喇叭叔说：那这事我就交给你了，别办秃噜了。

马小壮说：没问题，放心吧。马小壮撂电话。

杨柳枝不高兴地说：你管那闲事干啥，他家小敏正在市里学习呢，让她给买完带回来就得了呗？

马小壮说：小敏已经放假回村了，等秋收后才能走呢。

杨柳枝说：小敏的事你咋知道那详细呢，你跟她约会了？

马小壮说：你瞎咧咧啥？小敏放假在家呢，村里人都知道哇。

杨柳枝说：都知道啥呀，你都知道了我还不知道呢。

马小壮不乐意说：你啥意思呀？

杨柳枝说：啥意思，小敏可是村支书的闺女，还是个黄花大姑娘。

马小壮说：她是啥跟我有啥关系，你咋想得那么花花呢？

杨柳枝说：怎么，你不乐意了？嘁，我说得不对吗？

马小壮很无奈，转身往外走。

杨柳枝说：刚进屋一会儿，又干啥去呀？

马小壮说："倔倔"你喂了吗？

杨柳枝说：咱俩不是说好了，驴的事都你管吗？

马小壮说：我也没用你管哪，我这不去喂嘛。

杨柳枝说：那你还问我。

马小壮说：不是你问我干啥去的吗。

杨柳枝说：去吧去吧。

福来骑摩托车刚出门，迎面碰见金昌，他心里咯噔一下：坏了，出门碰鬼了。

金昌说：姐夫，你干啥去呀？

福来编笆说：啊，我……进趟城。小舅子，你带点啥不？

金昌说：我正要找你进城呢，赶紧，回家把车换了，咱俩一起走。

福来没想到，撒了个谎还正中金昌的下怀，他马上打马虎眼说：我办的事挺急，你就别跟我走了，你有啥事就说，我给代办就是了。

金昌说：不行，你不知道我要买啥，还是咱俩一起去，搭个伴儿，快走快走，我跟你回家取车去。

福来想溜，他说：那……你在这等我吧，我回家换车去啊。福来启动摩托车，金昌一把拽住，说：别的呀，姐夫，我就坐你后座了。

金昌坐上摩托车。福来没辙了，说：你这是干啥呀，人家去办事，你非跟着，你这不沾包赖吗！

金昌说：快点的吧，我耳朵还疼呢。

福来这才看到金昌耳朵上的创可贴，说：哎呀，光顾说话了，还没注意你耳朵呢，咋整的呀这是？

金昌说：别问了，赶紧办正事去。

福来嘟囔：这不耽误事吗。

金昌问：耽误你啥事了？

福来说：得，得，算我倒霉。

摩托刚启动，马大壮从对面过来，他说：金昌啊，你下来下来，我有话跟你说。

福来停车，说：大壮有事啊，你俩在这说吧，我回家换车去。

金昌说：姐夫，我在这等你啊，你快点的，爹还叫咱俩早去早回呢。

福来本想借机溜走，可听金昌提到了爹，心想：完了，小舅子拿尚方宝剑摁着我呢。

福来骑车走了。金昌说：大壮啊，你要说啥事？

马大壮说：我听俺家石榴说，你耳朵让鱼钩刮上了，这是怎么说的呢，让我看看咋样了？

金昌说：没事了，石榴嫂子给我上消炎药了。

马大壮说：我跟你说啊金昌，啥事别一个人闷着，多跟大伙儿在一块玩玩，想开点，小玲也不是不回来了。

金昌说：是这么回事，我这就跟姐夫买光盘去，练歌，报名参加秧歌队。

马大壮说：就是的。你有啥事就尽管吱声，还有这帮哥们呢，啊。

金昌说：好，谢谢你啊大壮哥。

福来在院子里打电话，说：贾六，我真有事，去不了了，你就别等我了……哎呀，你别磨叽了，我得赶紧走了，我小舅子就在家门口堵着我呢，我不调理你。

贾六说：你可真是的，好不容易凑齐人手了，你又来不了了，我这又弄个三缺一。

福来说：缺一就不玩呗，干啥非要玩呀，有这时间又拉不少活了，我撂了啊。福来关了手机，自言自语说：这个臭小舅子，又破坏我的自由。

马小壮在家后院喂驴，见福来开车过来，招呼说：哎——福来，开车去哪呀？

福来停车，白楞一眼身旁的金昌说：跟臭小舅子总经理进城去，买光盘。

马小壮跟金昌打了招呼，又对福来说：正好，你给我带张光盘。

福来说：买啥电视剧看呀？

马小壮说：不是电视剧，是芭蕾舞剧《红色娘子军》，听明白没？

福来说：哎呀马小壮，真会唠大嗑儿扔大个儿，要买芭蕾舞看，那玩意儿你能看懂吗，胎教的话，也早了点吧？

马小壮说：叫你买你就买，哪那么多废话。

福来说：好，我要忘了，你就别怪我了。

马小壮说：你别给忘了呀，这是任务。

福来说：尽瞎折腾，还不知能生啥玩意儿呢，就盯上芭蕾舞了，你家孩子能长出那芭蕾舞的腿来吗？

马小壮说：你咋知道不能呢，别人家孩子能长，我儿子差哪了？

福来说：就你这俩小腿儿，比筷子长不了多少，你造梦呢？

马小壮说：得，得，不跟你废话。我跟你说，这是给村里办的事，你别给耽误了。

福来说：给村里办事？村里买它干啥？

马小壮说：是喇叭叔要买的，具体咋回事我也不知道，叫你买就买呗。

福来说：那行了。

金昌说：小壮你放心吧，你说的光盘我一起都给买回来。

福来开车上了路。他发牢骚说：我不是说你了小舅子，有时候你是挺招人烦。

金昌说：这嗑咋唠的，你进城、我搭脚，我还给你做伴了呢。

福来说：哎呀，怎么出门就撞上你了呢？真是的，人要是点子背，喝口凉水都塞牙。

金昌说：别那么悲观，姐夫，跟小舅子进城你不吃亏，你想喝点小酒改改馋，回头让娘给炒俩好菜。

福来说：哎，你自己说，你招人烦不？

金昌说：我招人烦吗？

福来说：烦人加讨厌的人就是你，我烦啥你来啥，我讨厌啥你整啥，以后我真得躲着你点。

金昌笑了笑说：哎，姐夫，我听爹说，你不想参加秧歌队？

福来说：参加啥，你姐忙得都顾不了家，家里洗衣服、做饭、接送孩子，啥啥活现在可都是我干，我哪有时间参加那玩意儿。

金昌说：你不想参加也得参加，爹可给你报上名了。

福来说：别扯了，说好是自愿的事，爹不能强加我。

福来是有自己的想法，一旦参加了秧歌队，就会失去自己的“自由”；而金昌也有自己的心思，他打着爹的旗号让姐夫参加秧歌队，是想拴住福来，要不然，他老想着那点玩的事，又该不着家了。

金昌说：我说话你不信，还说爹扯，这话让爹知道了，你小子……

福来说：我要是就不参加呢？

金昌说：那你就找爹当面说去呗。

福来说：算你狠。

金昌说：这不结了。

福来说：哎呀，人要倒霉，放屁都砸脚后跟。

·二十七·

夜晚。金昌独自坐在院子里。

金婶和金有良都躺下了。金婶心里难过，她跟金有良说：自打小玲走了，你儿子都成夜猫子了，每天这会儿都在那等小玲电话，这都多晚了，要老这样式儿的，这孩子可熬完了。

金有良说：睡觉吧老伴儿。

金婶披上衣服下地。金有良说：你干啥去呀？

金婶说：到外屋地看看灶膛的火。

金有良说：瞎扯，灶膛的火都灭了。金婶说：你别管了。

金婶站在外屋地，心疼地望着院子里的儿子……

金昌仰望着挂在空中的新月和满天的繁星，思绪绵绵……

艺术团院里。翟玲给金昌打电话，她问：光盘买了？金昌说买了。

翟玲说：是姜兰要你买的吧？

金昌说：啊，她还帮我选了《九九艳阳天》这首歌呢，我听了之后觉得挺适合我。

翟玲冷冷地说：姜兰给你选的，你就唱呗，好好唱。

金昌听着味道不对，他哄着说：小玲，你猜我在看什么呢？

翟玲带搭不理地说：猜不着。

金昌说：我坐在院子里望星星呢，那星星眨着眼向我微笑，月宫里的嫦娥姐姐俯首跟我说话，她是在问，你是最幸福的人吗？

翟玲麻木地说：不知道。

金昌说：完了，你这一个“不知道”，把我的诗意打断了……小玲，你不舒服了？

翟玲说：你能让我舒服吗？

金昌：啊？

翟玲说：别跟我装傻，我最讨厌装傻的人；以前，村里有啥活动你都不参加，看你现在这积极劲儿，你挺舒服的呗？

金昌说：报名参加村里的秧歌队，我也是想能和大家在一起玩玩。

翟玲说：玩吧玩吧，好好玩！

金昌越听越觉着不对劲，他说：小玲，这事你不能埋怨我，你以前不也总劝我，每天别脑子里都是榛子、榛子，合作社、合作社的，别把自己搞得那么紧张，该放松还得放松，是吧？

翟玲说：我是说过了，这回我不在了，你可以好好放松了。

金昌说：你不在，其实我……

翟玲说：行了，跟你的嫦娥姐姐好好说话吧，我撂了。

金昌握着手机，心中五味杂陈，他沉沉地抬起头，望着夜空……

翟玲回宿舍。已经躺下的小丽说：开灯吧，我还没睡。

翟玲打开房灯。小丽说：干啥去了，这么晚才回来，又去排练场练晚功了？

翟玲说：我打电话呢。

小丽说：你爹要叫你回去吗？

翟玲说：没有，我跟金昌生气了。

小丽说：你跟金昌生什么气？小丽坐了起来，说：你能来这发展，没他的支持你也来不了哇，你现在都已经心想事成了，还生他的气干啥呀？

翟玲说：咱俩说的是两码事。我就整不明白了，我这刚走，他就跟姜兰打得火热。

小丽说：你听谁说啥了？

翟玲说：他自己不打自招，姜兰找他谈话、做他工作，要他参加秧歌队，他答应了；姜兰又要他买光盘，买回来还帮他选歌；更过分的是，俩人跑河边钓鱼，不知咋整的，还把鱼钩刮耳朵上了。你看看他俩作的，我走还没几天呢，就把我晒一边人俩热乎上了，再发展下去，还不知道会发生什么事情呢。

小丽说：你说的这些都是真的？

翟玲说：要不我能这么生气吗！

小丽说：要叫你这么说，小玲，你也别生气，多余，你要在这发展，正好还愁甩不掉包袱呢。

翟玲听小丽说这话有些反感，但又能说啥呢。

金昌坐在院里感觉有点凉、进了屋，见娘站在外屋地，他说：娘还没睡？

金婶说：睡啥呀，你跟小玲打电话，我听那意思，她对你不乐意了？

金昌说：也不是，就是小心眼呗，女孩子就那样，明天就又没事了。

金婶说：要我说啊，忙过这几天，你赶紧把她找回来吧，别让她在外头疯了。

金昌说：娘这话不妥啊，她是做正经事去了，您老人家说好支持她，这还没几天就忘了？

金婶说：这是我心里话，我压根儿就是这么想的。

金昌说：别的，娘，小玲是我对象，你就给我面子吧。娘，趁着天还不晚……

金婶说：还不晚，这都快明天了。

金昌说：不困就是不晚。我得回屋练会儿歌，歌词我还没背下来呢，娘赶紧睡吧。

第二天。老翟头一早到金昌办公室，他愣住了，说：金昌，你闭着眼睛摇头晃脑的，搁那念经呢，听的啥玩意儿那是？

金昌说：翟叔，我练歌呢，大家都踊跃参加秧歌队，我也不能落后。

老翟头说：我闺女同意你参加吗？

金昌含糊其词地说：啊，俺俩商量了。

老翟头：我跟你说啊，玩可以，别耽误工作。

金昌说：那是。翟叔你坐，我给你倒碗水喝？

老翟头说：别忙活了，刚喝完粥。

金昌说：看翟叔这高兴样，是有啥好事吧？

老翟头说：张镇长来电话说，镇里已经跟丹尼尔联系上了，安排我马上去北京。

金昌说：好哇！您啥时候走？

老翟头说：明天的飞机。

金昌说：这好事来了，翟叔咋不早说呢，需要我做什么？

老翟头说：你给我安排安排呗。

金昌说：丹尼尔和他们公司的相关资料早都准备好了，你再带些样品榛子过去吧？

老翟头说：那玩意儿就不带了，请他们来参加榛子节，就啥都考察到了。

金昌说: 带不带效果不一样，他们总裁还没见过宝仁榛子呢，我看……

老翟头说：行行，那就带些小包装的吧，我拿着也方便。

金昌说：哎。明天我送您去机场吧？

老翟头说：不用，张镇长给我安排车。

金昌说：行啊，张镇长亲自安排车，挺重视呀。

老翟头说：那是，这么大的事他能不重视嘛。

金昌说：就是，要引进国际上的先进技术，这是要与世界接轨、走向世界呀。

老翟头展洋地说：必须的。

金昌说：翟叔这真是要飞呀，哈哈……

村里的大喇叭传出姜老慢的广播：红石峪的乡亲们请注意了，大家请注意了，报名参加秧歌队的村民，今天在村委会文化室正式考试，时间是上午九点整，请大家准时参加。我再说一遍，再说一遍……

村子里各家屋檐下的小喇叭都传出了广播，很多村民开始张罗着……

金昌在家练歌，他唱着："九九那个艳阳天来哎哟，十八岁的哥哥呀要把军来参……"

金婶着急了，说：儿子，眼瞅到点了，你咋还不走哇？

金昌说：我再背背词。以前听我爹讲过，登台表演之前，一定要默背几遍台词，要真忘词了，打雷那么大动静都听不见。

金婶说：为啥？

金昌说：高度紧张脑子会空白，就啥都想不起来了。

金婶说: 你背吧，娘可不等你了，我还得去打分呢。一会儿你好好唱啊。

金昌说：欧了，你就准备打高分吧。

金婶说：谁知道你唱啥样啊，打分得公平。

金昌说：娘，我都练两天了，一鸣惊人达不到，讨个满堂彩没问题。

村文化室。姜兰和小妮子、麦穗、小敏等人在门口。福来走过来。姜兰说：福来大人来了，哎，你没跟金昌一起来呀？福来说：你是金昌的指导老师，他来不来，你还来问我？

姜兰说：你是他姐夫呀。

福来说：我让你给他找个熟点的曲儿，你非找个不熟的歌，金昌要唱不好，回头你别把我搭进去。

姜兰说：唱就唱别人不会的，这叫出其不意、独辟蹊径。

文化室里，评委们坐在考场前，小乐队吱吱啦啦地准备着……门前站

满了看热闹的村民。姜兰娘和翠兰、满堆爹站在门前。

喇叭叔冲着门口喊：姜兰娘和满堆爹呀……对，对，还有我老伴翠兰啊……

满堆爹说：哎，都在这呢。

喇叭叔说：你们老几位都进来坐，考试就要开始了。

满堆爹说：那敢情好，走吧，咱都进去坐。

三人进屋，坐在评委席旁边。满堆爹说：来看热闹，还给个座坐。

姜兰娘说：哎呀，坐这看我闺女看得清楚。翠兰，你闺女小敏不来试巴试巴？

翠兰说：她在市里培训班学习呢，过了秋，还得回去接着学。

喇叭叔到小乐队前，说：大家听我说啊，咱都把乐谱再仔细看一下，根据报名的情况看，考试的选手基本都离不开这些谱子，大家再抓紧熟悉一下，赶紧都把调儿调准了啊，一会就开考了。

王小二说：满堆的二胡弦不准，俺们都没问题。

满堆说：我正调着呢。

王小二说：鼓捣半天了，还没调准。

姜胖手握竹笛，说：你俩别乱说话，听指挥的。

金有良看了看四周，说：我说这乡亲们也太踊跃了，再来人，就要把这房子给挤爆了，赶紧的吧村主任，你来说几句就宣布开始吧。

喇叭叔走到场地中间对大家说：我也没啥说的，就是没想到能来这么多人，看这架势啊，大家都想进秧歌队。一早我就到村里看了一圈，在练段子的、练功夫的，啥都有；既然大家都已经摩拳擦掌了，那咱们就开始吧，老慢啊……

姜老慢夹着个硬壳本走过来，说：我来了。

柳枝娘说：嗬，老慢，你又是笔又是本的，像有多少文化似的。

姜老慢说：不多不少，就那么一点。

柳枝娘说：装，还整个硬壳本夹着，你会念字吗？

姜老慢说：不会念我慢慢念呗。

喇叭叔说：你看，我就叫一声老慢，俩人就斗上嘴了，好戏这就开场了。好了啊，咱们红石峪村新农民秧歌队录取考试，就正式开考了。姜兰的《小拜年》都准备好了，咱就先从她开始，完事老慢就按顺序叫名字啊。

姜老慢说：好，开考。姜兰，闺女啊……

姜兰说：哎，来了。

姜兰进了考场。柳枝娘说：这大姑娘俊得。

金婶也说：这姑娘也太漂亮了，姜兰啊，好好唱啊。

姜兰笑着说：嗯哪。

喇叭叔指挥小乐队，音乐起……姜兰随音乐开唱，她边唱边舞，手绢绝活更是博得一阵喝彩。

柳枝娘说：姜兰有功夫，好。

姜兰娘说：我闺女有本事。

杨柳枝说：跟小玲比差点啊。

姜兰娘说：才不差呢。

姜老慢到门口喊人：麦穗，麦穗来了吗？

麦穗说：我在这呢，到我了老慢叔？

姜老慢说：下一个就是你了，赶紧进屋，准备《放风筝》。麦穗进屋。

福来在场外问马小壮：小壮啊，金昌怎么还没来呢？

马小壮说：麦穗完事就该我考了，我得准备了，你赶紧给他打电话。

村街上，金昌边走边唱："九九那个……"电话响了，他接电话：……别着急，姐夫，马上就到了。

麦穗表演完，马小壮登场。他从裤腰后掏出一把菜刀，摆出一副"卖大力丸的"架势，说：我要开始耍飞刀了啊，大家注意看……

柳枝娘说：小壮，你别虎了巴叽的，伤着人。

马小壮说：放心吧娘，咱心里有数。

满堆爹说：这屋里可遍地都是老丈母娘，你小心点啊。

马小壮说：哎，老丈母娘们哪，你们都看我的吧，来喽……

小乐队锣鼓家伙什儿开始造气氛，马小壮耍菜刀……

柳枝娘说：这败家孩子，耍啥玩意儿不好，非耍菜刀玩。

姜兰娘说：别总说话，好好看着，要不你怎么打分。

马小壮舞扯菜刀，伴随麻利的身段和"小零碎"绝活，满场调动……突然，他一个"出手"菜刀飞出去，又顺势一接、往自己裤裆里一塞……

柳枝娘：哎呀妈呀……

满场的人惊呼：太悬了，虎哇……

马小壮从裆里拿出菜刀，说：没事啊，挂着倒挡呢。

柳枝娘说：臭小子，吓死娘了！这败家孩子，真把里边的零部件弄坏了，就把你踢河里喂鱼去。

众人哈哈大笑……

马小壮说：怕啥呀，娘，这刀是木头做的。

金昌到了门口。福来着急说：金昌你咋回事，人家都要考完了，你咋才来呢？

金昌说：姐夫考完了？

姜兰说：别问你姐夫了，你快点的吧，再晚点就散场了。

小妮子说：金昌，好好考啊。

小敏说：金昌加油！

麦穗说：看你的了，金昌！

金昌说：好好，我马上准备。

马小壮从屋里出来，说：金昌，该你考了，你咋不进去呀？

金昌说：不得点名才能进的吗？

这时，姜老慢戴着老花镜、拿着硬壳夹子走到门口，喊：金冒，金冒来了吗？

金昌前后左右地看……

姜兰说：啊？我老爹呀，你喊谁呢？

姜老慢说：我说谁叫金冒。

福来说：真能扯。老慢叔，咱村哪有叫金冒的呀？

小妮子着急说：是啊，老慢叔你叫错了吧？

金昌说：老慢叔，你啥时候把我名字改成金冒了？

姜老慢说：改……

姜兰说：爹，你又写错字了呗，把昌写成冒了。

姜老慢说：谁说的呀，昌和冒我还能写错吗？

姜兰说：先别打这官司了，赶紧进去考试吧。

金昌说：老慢叔，您快说话，你让我进去不？

姜老慢看着本子说：我没念错呀，这上头写的是金……冒哇……

金昌扒拉开人群跑进考场，说：我的大好前程可别毁在您老人家手里。

姜老慢说：哈哈，我没点他名，他自个进来了。

金有良说：老慢呀老慢，你是上不了场着急啊，搁这要上了。

姜老慢说：这不显得热闹嘛。

金昌站到了考场中间……

柳枝娘对着身边金婶的耳朵小声说：金昌表演完，我给他打高分。

金婶吓一跳，怼了一下柳枝娘，小声说：不能随便往高了打，得唱得好才能得高分。

柳枝娘说：那我不管，反正我就往高了打。

金婶说：你打高了也没用，还要去掉一个最高分、一个最低分呢。

柳枝娘说：那你也往高了打，咱俩的高分去掉一个，还能剩一个。

金婶说：拉倒吧，我可不能那么整。

金有良皱着眉头说：你俩别嘀咕了，喇叭叔瞅你俩呢。

喇叭叔笑了笑，对金昌说：金冒。

众人：哈哈……

喇叭叔说：金，金昌，该你了，报一下你表演的节目，乐队好给你伴奏。

金昌说：你先等会儿伴，我先来个语言类节目。

喇叭叔说：语言类？

金昌说：就是曲艺节目。

喇叭叔说：啊，整得还挺复杂，啥曲艺，什么名？

金昌说：我来一段新编山东快书顺口溜《少林寺的钟声》。

喇叭叔纳闷：新、山东快书、顺……啥玩意儿这是，有这么编的吗？

金昌说：这叫创新，瞧好吧您哪。

马小壮、小妮子带头鼓掌，说：好，创新，好！

柳枝娘说：我儿子刚要完大片刀，这又来少林寺了。

福来说：尽整那没用的，还创新，少林寺的大钟，在这怎么敲？

姜老慢说：肃静，都别说话了。

金昌表演“新编山东快书顺口溜”：当了个当，当了个当，当了个当了个当了个当；话说那，当了个当；中原嵩山少林寺，华夏武功美名扬，当了个当；说这一天，少林寺的钟声敲了十二响，当——当——当，当——当——当，当……

“停！”姜老慢受不了了，说：停停，别敲了，你这当当的咋比我还慢呢，金冒啊……

金昌说：老慢叔，别影响我情绪啊，少林寺的钟声得敲十二响，还有五下没敲完呢。

姜老慢说：这都啥时候了你还敲，再敲就过大年了。你考下一段吧，你有啥好节目、绝活就拿出来。

金昌说：那我就唱首歌曲，《九九那个艳阳天》。

喇叭叔说：好。

金昌，什么调？

金昌说：没调。

喇叭叔说：那我就按原调起了？

金昌认真地说：好。《九九那个艳阳天》呢，是描写一对山区里的年轻的恋人在分手时，既抒情又浪漫的一首歌曲，听好了啊，各位。

喇叭叔说：我给过门，两个乐句之后你就可以唱了。喇叭叔指挥乐队起过门……

金昌唱:“九九那个……”金昌一下子忘词了,说:哎呀,怎么来着……

姜老慢说:金昌,别紧张。

金昌说:没紧张,就是……

喇叭叔说:重来重来。乐队又起过门……

金昌唱:“九九那个……”金昌唱不下去了,说:怎么唱的来着?我,我再来一遍,喇叭叔。

姜胖哈哈笑了……金昌说:看把小胖乐得,大牙花子都漏出来了,见笑见笑,再来一遍啊。

姜胖说:再来八遍都行,九九那个啥你得想出来。

金昌说:乐队辛苦,请喇叭叔再给我起个头。

喇叭叔说:好。乐队再来一遍。喇叭叔指挥乐队又起……

金昌唱:“九九那个……”金昌又卡壳了:嗯?嗯……九九,九九那个啥来着?

金婶着急地喊了句:九九八十一!

全场爆笑……

金婶又说:这孩子的,上这数上小九九了。

姜胖:哈哈哈,我都快笑尿裤子了,哈哈……

福来不乐意地对姜兰说:姜兰,瞅你给他这歌选得,要听我的,唱二人转多好。

姜兰说:哈哈,他太紧张了,以后机会多了,就好了。

福来说:这一次就要了命了,还有以后。

柳枝娘拿起打分表,哈哈笑起没完,说:这败家孩子的,最高分我都给他打完了,这还把我给装进去了。

金婶说:精不精傻不傻的玩意儿。

考试结束。杨柳枝和姜兰等几个人在村公路上,哈哈大笑……杨柳枝说:姜兰,你也不行啊,看你教那玩意儿教得,演砸了吧?

姜兰说:就是玩儿呗,这多热闹哇。

小敏说:奇怪了,那么好背的歌词,他说啥想不起来了,真笨。

小妮子说:不是笨,是他心里有事,走神儿了。

杨柳枝说:你也是的姜兰,小壮和福来都让金昌唱二人转,你干啥非让他唱歌呀?

姜兰说:换换花样不好吗?再说了,刚开始唱歌,你就没忘词的时候?

杨柳枝说：我可没忘过词。

姜兰说：嫂子能耐。

金昌和金婶回到家。金婶气得说：人家都正儿八经地考试，你在那耍什么怪呀，都瞎了姜兰她们一片心了。

金昌说：我没耍怪，我真忘词了。就怪老慢叔打岔，我那山东快书顺口溜，还没说完呢。

金婶说：你还怪上人家了，一个劲儿地搁那当当当的，那叫演节目吗？

金昌说：他一下子把我准备的节奏给打乱了，没看我当时急得直冒汗嘛，我越着急想，越想不出词来，我也不知道咋回事儿。

金婶说：等着秧歌队要你吧，哼，九九那个艳阳天，我都听会了。

金昌念叨着："九九八十一"，我娘也挺能创新的，哈哈哈……

金婶说：你还笑。

金菊在厨房做饭，见福来进屋，说：福来，考完了？

福来说：完了，完蛋了。

金菊问：什么完蛋了？

福来说：金昌不玩活计，在考场跟大伙穷逗，气死我了。

金菊说：哎呀，不就是玩玩吗，大家在一块乐和乐和呗，你还生气了，赶紧洗手吃饭。

姜老慢和姜胖、姜兰娘回到家。

姜胖说：金昌也太逗了，笑死我了，"九九八十一"，哈哈哈……

姜老慢欣赏金昌。他说：这小子，脸上有买卖，把你们都加一块堆儿，也不顶金昌一个人好使。

姜兰娘说：你爹能表扬个人可是不容易。

姜胖说：我爹给金昌改名，叫"金冒"了，那字也不知道让爹咋写的。

姜老慢说：怪我干啥呀，要怪就怪金有良给孩子瞎起名。

姜兰娘说：拉倒吧，还怪上人家爹了，不会写还装大尾巴狼。

姜兰进屋。姜胖说：姐，你咋给金昌选那歌呢？

姜兰说：怎么，不好？

姜胖说：让他唱个我熟悉的，我还能给他提个词伍的。

姜兰说：多练几遍就是了，多大点儿事。

姜兰娘说：你也是的，闺女，小玲愿意叫金昌唱啥就唱啥呗，你帮着选什么歌呀？

姜兰说：小玲不是离着远吗，咱能帮就帮帮他呗，这事还有啥可说的。

马大壮和马小壮哥俩在家商量买卡车的事。大壮想在秧歌队成立之前，赶紧去趟省城把车买了。马小壮说：哥，你不等秧歌队发榜了？

马大壮说：别等了，我进不进秧歌队不打紧，先把买车的事情办了吧。

马小壮说：那行，我回家跟柳枝商量一下。

马大壮心里不自在，说：我是大哥，这又是定了的事情，还有啥可商量的？

马小壮说：行，我听哥的。那咱俩明天走哇？

马大壮说：就明天走了。

杨柳枝在家看《女兵舞》录像。马小壮进屋，他说：媳妇，又学上动作了，好学不？

杨柳枝说：还行，没啥复杂的。

马小壮说：喇叭叔跟你交代没，你跟小妮子扒完动作，谁给大家排练呀？

杨柳枝说：我跟小妮子商量好了，她负责教动作，我给细抠和连排。

马小壮说：嗯。媳妇，这几天我要不在家，你能行不？

杨柳枝说：干啥呀，你跟大壮买车去呀？

马小壮说：你同意的话，我想……

杨柳枝马上说：有啥可想的，办事要紧，早去早回吧。

马小壮说：那就定了，我跟哥明天走。

杨柳枝说：哎，小壮，“大黄莺”还买不了？

马小壮心里咯噔一下，说：你，你又不想给我买了？

杨柳枝说：答应你的事还能说空话，左溜儿也是买，这次就一起买回来吧。

马小壮惊讶：哎呀，哎呀呀呀，我媳妇真讲究人，这可要不少钱呢，说话连奔儿都不打，这情我领媳妇的了；家里还有不少事要办，“大黄莺”咱就往后稍稍吧。

杨柳枝说：反正我给你张罗了，买不买是你的事，过了这村可没这个店了。

马小壮说：好日子不能一天过，留着吧，咱一样样来。

马小壮乐够呛。岂不知，杨柳枝是想让他高兴高兴，她好办另外一件事。

村卫生室。石榴坐在电脑前。杨柳枝进屋，说：干啥呢，嫂子？

石榴说：我整理全村的家庭病例档案呢。来，坐下吧。

杨柳枝说：闲的，什么病还需要档案？

石榴说：不懂了吧，我打开给你看看啊……你看，咱红石峪所有家庭成员的自然简历，以及病情史、有何遗传、有过何种急慢性病、有何种药物过敏史，都在这里记录上；我再把每次出诊时间，以及患者用过何种药和计量等等都记录下来，然后把这些信息资料储存到这里，就会对每位村民的健康情况了如指掌了。

杨柳枝说：有这个必要吗？

石榴说：当然了，有病例跟踪记录就能做到心中有数哇。这样，在医疗过程中，尤其对中老年人心脑血管疾病，就能做到出诊快、确诊准，及时送大医院治疗。

杨柳枝说：哎呀，我可另眼看你了，嫂子。

石榴说：现在的“农村医疗村村通”，信息的数字化管理系统已经基本建立起来了，将来农村医疗会越来越好，就更需要这些数据了。

杨柳枝说：说得一套一套的，长见识。

石榴说：你怎么了，哪不舒服了？

杨柳枝说：没有，我跟你说的那个事，是不得赶紧办了呀？

石榴说：你是说卖驴的事？

杨柳枝说：啊。小壮跟我说，他要跟大壮买车去，这几天你有时间的话，就找王师傅问问呗。

石榴说：这事小壮还一直不同意呢，等你跟他商量好，我再去问都赶趟儿。

杨柳枝说：小壮要不同意，我能跟你说？

石榴说：你俩都商量好了？

杨柳枝说：啊。

石榴说：那这事儿，你直接跟王师傅说多好哇，要不等小壮回来再办也行？

杨柳枝说：你都知道王师傅不爱跟我说话，还是嫂子人缘儿好，这事儿你就帮着给办了呗。

石榴说：那行，我先帮你问问王师傅吧。

石榴去了趟修理部，跟王师傅说了卖驴的事情之后，王师傅很给石榴面子，热情答应了。

杨柳枝又到卫生室问石榴：王师傅说啥时候能把驴卖了没？

石榴说：这我还没细问，反正他答应了。

杨柳枝说：答应了，他还没给我钱呢。

石榴说：你着急用钱了？

杨柳枝说：那倒没有。

石榴说：就是呀，两千块钱你还能着急。

杨柳枝说：两千块就不是钱了？

石榴说：行行，抽空我再去一趟。

省城。马小壮在4S店。马大壮走过来，说：小壮，你手机没电了？

马小壮说：我忘家了，没带。

马大壮说：走，跟我去趟东展厅，我看那台“东奇J5”不错，功率大不说，性能还好，而且它车体矮、灵巧，最适合山地使用。

马小壮说：看看去。

王师傅是个厚道人，办事认真，待石榴把小壮家的驴收拾好后，他给牵来放在了自家后院。

石榴跟王师傅说了杨柳枝等着要卖驴的钱。王师傅拿出两千五百块钱给了石榴，说：这钱你拿好了。

石榴是个老实人，她接过钱数了下，说：王师傅，谢谢你能帮柳枝忙啊，柳枝说能卖两千就行，你多给了五百，这五百你拿回去。

王师傅说：这五百是给你的，为这驴能卖上价，你给驴新洗了澡、刷了毛，又给换了嚼口、打了新掌，还给挂上了铜铃铛啥的，整这些玩意儿，你花了不少钱呢，这是你应该拿的。

石榴犹豫了一下，说：……可是，这价钱又提高了五百，你能好卖吗？

王师傅说：没问题，我认识好几个驴贩子，驴市行情我了解。

石榴说：那我就谢王师傅了。

王师傅说：你客气啥，年初那会儿我媳妇得了急病，是你连夜给送到医院去的，还在那陪护了两天，我还没好好谢你呢。

石榴说：那都是我应该做的。

老翟头在北京给金昌打来电话，他说：金昌，我这边情况都挺好，我已经见到丹尼尔先生了，他领我参观了他们公司的园区和主要生产车间，他还答应我，准备去咱那参加榛子节哪。

金昌说：好好好，翟叔辛苦了。参观后感觉怎么样？

老翟头说：开眼哪。那厂区利整得，那现代化封闭车间，一抹儿都是什么，数……

金昌说：数控。

老翟头说：啊对，数控。那么大的车间，也没见几个人啊；那厂房里里外外干净得，也太现代化了，看得我直眼晕。

金昌也很兴奋地说：要不我总跟你说，你要多出去转转、出去看看，开阔一下眼界，这就是我们合作社要追求的目标！好，翟叔，明天我去机场接你，有些事等咱爷儿俩见面再说。

老翟头说：你顺便告诉喇叭叔一声，秧歌队成立那天，他还要请我参加呢。

金昌说：明白。

第二天早晨。姜老慢广播：全体村民注意了，告诉大家一个好消息，好消息，经村委会和评委们的讨论评定，新农民秧歌队队员名单已经产生，告示已经贴在村委会公示栏里，请村民们看到后互相通知，被录取的人员，今天下午三点到村委会报到。我再说一遍……

金婶听到广播，赶紧跟儿子说：金昌啊，秧歌队的名单出来了。

金昌说：听见了。

金婶说：你不去看看呀？

金昌说：算了，翟叔今儿个回来，一会儿我得去机场接他，我先去园区把“大奔”收拾一下。

村民们在村委会看告示。满堆说：哎，小胖，这榜上咋没金昌的名呢？

姜胖说：别着急，往后看看。

福来走过来，看看公布栏，说：哎呀喔，第一名马小壮，第二名姜兰、小妮子并列……哎，咋没我名字呢？

杨柳枝说：别盯着前头，你得往后看。

福来说：往后看……往后看，也不能太往后头哇？

福来使劲往前挤了挤……小敏说：福来姐夫，你别挤了，你看那最后一行没，哎，你看“候补队员”一栏，看清楚没呀？

福来说：啊？候补队员，王福来、马大壮、金昌……

杨柳枝说：福来，我看你是借金昌光了，要不你连候补也混不上，你说是不？

福来说：啥玩意儿呀这是，候补不就是跑龙套的吗，这也太不公平了，去年我还唱二人转呢，今年咋就成跑龙套的了呢？

满堆说：你那么认真干啥呀，龙套演员也是秧歌队队员啊。

福来说：那可不一样，身价不同。

姜胖说：福来姐夫，“龙套龙套、全国粮票”，好啊，龙套就是“二鼻子”，那是混儿，啥都能顶。

福来说：还好？好就应该把我放第一名，起码也应该是，第三名吧；怎的，我那太平鼓唱得，你们谁行？拉倒去吧。福来挤出人群，又说：我找他去。

杨柳枝说：找谁呀福来？这事只有找你老丈眼子才好使呢。

金昌在园区院里擦车。福来进院，说：金昌，你去看榜没呀？

金昌说：那还有啥看的，有就有了，没有就没有呗。

福来说：你被入选了，候补，龙套演员。

金昌兴奋地说：真的？我入选了，哈哈。哎姐夫，你考了第几名呀？

福来说：还第几，老拉儿，候补队员。

金昌说：那也是被录选了呗，你应该高兴啊。

福来说：我不高兴！你就是那倒霉蛋，我就是让你拐搭的，才当龙套的。

金昌笑着说：那就说明我俩水平相当啊。

福来说：爹是安排你当候补队员，回头，拿我当陪榜。

金昌说：能参加秧歌队、能上台演出就行呗，管他候补还是龙套的；再说，你都说不愿参加了，现在能让你进秧歌队，你还不乐意了。

福来说：马小壮在榜上是第一名，我可不愿给他当龙套。

金昌说：那有啥，姐夫，你知道"国粹"吧？

福来说：咋不知道呢，不就京剧吗。

金昌说：京剧里，那主角一出场一亮相就开唱，牛吧？但不管啥"角儿"，都得跟龙套搞好关系。福来说：为啥呀？金昌说：不搞好关系，龙套就可能把"角儿"给晾那、让他不舒服。

福来说：别扯了。就算混不上个角儿演，让我演个拉场戏啥的也行啊，爹可真是的。

金昌说：其实说白了，咱就是玩玩呗。姐夫，你不就愿意玩吗，就当锻炼身体了，咱天天去踢踢腿、抻抻胳膊弯弯腰，跟大伙儿一块儿乐和乐和，不挺好嘛。

福来说：我就是让你这个"九九那个"倒霉蛋给拐搭的。

金昌哈哈大笑……

金婶在做饭。她接了个电话：小胖啊……咋了，谁跟谁吵架了？……杨柳枝跟石榴打起来了？哎呀，这妯娌俩是为啥事啊，她俩不应该呀……小胖你别着急，我这就过去。金婶撂下电话往外跑……

·二十八·

马家院子里，杨柳枝和石榴隔着院墙吵吵，不少村民围观。姜胖在马小壮家院子里劝架，满堆和小敏在马大壮家院子里劝……

姜胖说：嫂子，你快拉倒吧，你就别跟石榴嫂子吵吵了，这账你不能那么算。

杨柳枝说：你别向着她说话，她多卖五百块钱，就应该给我。

石榴隔着院墙说：你把驴交给我卖，说好要卖两千，我一分不少给你了，你咋还跟我要钱呢？

杨柳枝说：你没全给我，我当然要要了；驴是我家的驴，卖多少钱都应该归我。

石榴说：多出的五百块钱，是王师傅特意给我的，因为我出力了、我搭钱了。

杨柳枝说：你搭不搭钱我不管，你卖的是我家的驴，卖多少钱没你的份儿。

金婶跑进马小壮家院里，说：这妯娌俩是咋的了，看你俩吵的，那脸都吵吵走形了；有话好好说，别吵吵巴火的呀。金婶瞅着石榴说：为啥事呀，石榴？

石榴说：柳枝胡搅蛮缠，我实在受不了了。

金婶上前劝杨柳枝。小敏说：金婶，您可别靠前儿，杨柳枝再把你给挠了。

杨柳枝说：小敏你闭嘴，没你说话的份儿。

小敏说：本来就是的吗，你没把人家的儿子给挠了？

杨柳枝说：你……

金婶说：都少说两句吧。石榴啊，这事你就多担待吧，你先回屋，有话等会儿再说。

石榴说：行，金婶说话了，我就不跟她一般见识了。石榴往屋里走……

杨柳枝说：你回屋不行，五百块钱还没给我哪！

石榴气得说不出话来：你……

满堆见势不好，对姜胖说：小胖，金婶劝不动柳枝嫂子，喇叭叔又去镇上了，赶快找援兵吧。

姜胖说：找老爷们来呀？

满堆说：快点的吧，不把她俩分开，柳枝嫂子发虎、再往上一冲，就毁了。

姜胖赶紧给金昌打了电话……

金婶劝杨柳枝说：柳枝啊，你咋不听我话呢，石榴都说回屋了，就完事了，你咋还吵吵呢，再吵吵，咱都不管了，我回家叫你娘来了？

杨柳枝说：叫我娘，我也说石榴欺负人。那驴我都养十来年了，前儿个还在我家院子里呢，这才牵走不到两天工夫，她就赚五百块；那驴是俺家的驴，多卖的钱，不是我的是谁的？

石榴说：养多少年是你的事，你让我帮你卖，你要卖多少钱、都照数给你了，你还跟我要啥？

杨柳枝说：你少给我了。

石榴说：一分不少，两千块都给你了。

杨柳枝说：还有五百块没给我。

石榴说：那是王师傅给我的，与你没关系。

杨柳枝说：驴是我的，就与我有关系。

石榴说：……你咋胡搅蛮缠呢？我给那驴装配了不少东西、花了不少钱，就是要能保证你要卖的两千块钱；本来我不想提这事了，人家王师傅还有人情在里面，可你这不依不饶的，这钱，我还就不给你了，你能咋的呀？

杨柳枝说：我能咋的……我拿你家东西、把钱顶回来；拿你一瓶进口香水，能顶五百块钱吧。

金婶说：柳枝，不能这么说啊，卖驴是卖驴，钱是钱，你要上人家拿东西就不对了啊。

小敏说：就是啊，为这点钱就跟亲嫂子翻脸，哎呀，真不值，那俩钱儿，上山做俩工就有了。

满堆说：敏姐说得对呀，柳枝嫂子，大壮哥和小壮哥能买得起车，这俩钱儿算啥呀。

杨柳枝说：你们少说废话，拿钱来说话。

金昌和福来跑进院。姜胖说：哎呀，金昌来了，咱谁都劝不动柳枝嫂子了，你俩快说说她吧。

金昌瞅着杨柳枝，说：哎呀，离大老远就听见吵吵了，就那点儿事，嫂子，咱差那俩钱儿吗？

杨柳枝说：我不差，可我憋气，那钱不给我就不行！

金昌说：你托石榴给卖驴，谈好价钱，石榴按数给你钱了，这买卖就成了，账也就结了。

杨柳枝说：你咋说得那轻松呢，驴是我的驴，卖驴的钱就应该全归我，她不给我，我就是憋气。

石榴说：你还憋气了，你憋啥气呀，是钻钱眼儿里憋得吧！

金婶说：石榴，你先别跟柳枝吵了，她有身孕的人，你可别耍虎，回头柳枝出啥点意外，就不好了。

石榴说：她没事呀，这个我懂。

杨柳枝说：我叫你气我的，今天你不把钱给我，我就上你家拿东西顶钱！

石榴说：你敢！

杨柳枝说：看我敢不敢。说着，杨柳枝顺墙头翻到马大壮家院里……石榴堵在了屋门口……杨柳枝上去要撕扯石榴，姜胖和小敏赶紧阻拦……

金昌说：哎哎哎，杨柳枝你要干啥呀？

杨柳枝说：她不给我钱，就不行！

金昌说：快住手吧，你真把石榴给挠着了，那哥俩回来了，你咋跟他们交代呀？金昌说完，从自己兜里掏出五百块钱，递给杨柳枝，说：拿着吧，这五百块钱你收着，快别撕巴了，赶紧回屋歇着去。

杨柳枝见钱眼开，抓过钱说：这可是你给的啊，那我就不客气了，反正我不能让石榴气死我。杨柳枝拿钱穿过人群，回到自家院里，又比画一下手里的钱，说：两千五，齐活。我气死你石榴。说完进屋。

金婶说：金昌，哪有你这么干的呀，怎么，谁不讲究谁还占便宜了呗？

金昌说：不是，娘。

石榴非常不理解地说：金昌，你这么做是啥意思呀，你给她钱，你想说明啥呀？

金昌说：嫂子，我是怕你俩撕扯起来，她出点啥事你就沾包了，我们都没法跟那哥俩交代了。

石榴说：听你这话的意思，是我错了呗？

金昌说：不是不是，你帮杨柳枝的忙，咱得表扬当嫂子的，有样儿。

姜胖说：嫂子，杨柳枝都要上你家拿东西了，这要闹腾起来可就麻烦了；金昌是给你解围、叫杨柳枝赶紧回屋，这你还不明白呀？

石榴从自己兜里掏出五百块钱，递给金昌，说：好，这钱我给你了，我和你清账了啊，今天我不是人了，你们都走吧。

金昌说：哎，石榴，你别误会。

石榴硬气地说：老马家不欠别人的钱！石榴含泪跑回屋。

金婶紧跟进屋，说：石榴你别哭、别哭哇，金昌是怕柳枝闹出事来，就赶紧打发她回屋了，要不你俩真闹出点啥事来，可就不是小事了。

金昌和福来几个人也进屋来。石榴说：金昌，我问你，是我错了吗？

金昌说：你没错。

石榴说：你给她钱的意思，就是说我错了，你说，我连五百块钱的信誉都没有吗？

金昌说：不是不是。嫂子，是你太诚实了，把王师傅给你的钱，一分没差你都说出来了。

福来开玩笑地说：哎呀，金昌今天开盘“驴股”，这还没咋的，就给发红利了，可惜发错了。

姜胖：哈哈哈……

金婶说：福来是开玩笑逗你呢，石榴，你别听他瞎说；金昌是不想把事情闹大了，你得懂他的心思。

福来说：我们也不多劝你啊，石榴，你是明白人，大家都相信你，这事你冷静下来，就能想明白。

姜胖也说：石榴嫂子，俺们大家都相信你。

小敏也说：就是的，嫂子，你们妯娌俩都是啥样人，村里的人都知道哇。

石榴听大家这么一说，也不想说啥了，事已至此，那点委屈咽肚里吧。

金昌和大伙儿出了院子。姜胖埋怨金昌，说：金昌哥，我不是说你了，你怎么能给杨柳枝钱呢？我要是石榴，我也不能理解你。

金昌说：你们怎么说我都行，杨柳枝没事就挺好，她现在可是情况特殊，那哥俩又都没在家，这要出点儿啥事，别说石榴了，咱们都跟着吃不了兜着走，息事宁人吧。

金婶又到杨柳枝家，她对杨柳枝说：柳枝啊，不是婶子说你啊，今儿这事，你做得不对。

杨柳枝说：啥叫对不对的，驴是我的，卖驴的钱就是我的，她想不给行吗？

金婶说：我是说，你这么做，以后你妯娌俩还怎么处哇？

杨柳枝说：该怎么处还怎么处呗。

金婶说：小壮没在家，你还把石榴得罪了，这不没人照顾你了？赶紧上炕歇会儿吧。

杨柳枝上炕。金婶又问：肚子疼没？

杨柳枝说：没事啊。

金婶说：那就好，赶紧歇着吧。抽时间，过去跟石榴说说话，她是帮你的忙，结果还惹一肚子气。

杨柳枝满不在乎地说：管她呢。

金婶对杨柳枝也没啥办法，但她知道，只有柳枝娘能说得了杨柳枝。

金婶去了柳枝娘家。柳枝娘听了这事后，气得不得了，她说：哪有这么不懂事的人呢，柳枝是求石榴办事，别说那钱是王师傅给石榴的，就算不给，柳枝也要给石榴好处呢；再说，小壮根本就不同意卖那驴，这事等小壮回来，我看她怎么跟小壮说，这个死丫头的。

金婶说：怎么说驴也是卖了，就得等小壮回来慢慢劝他呗，不行的话，让我儿子跟他说说也行。

柳枝娘说：那小壮对"倔倔"可有感情了，小壮回来，非得把驴找回来不可。

金婶说：都卖出去了，上哪找去？

柳枝娘说：找不回来可就麻烦了。哎呀，我先去找石榴吧，凭我这张老脸，我先把五百块钱给她。

金婶说：你给算咋回事，就算你给她、她也不能要哇，石榴给柳枝帮忙，可不是图稀钱。

柳枝娘说：那怎么整，我总不能让石榴吃亏吧？

金婶说：你就过去说说话吧，这事毕竟是柳枝做得不地道。金婶忽然想起啥，起身就往自家跑：哎呀，家里灶膛火还着着呢，饭可别糊了……

石榴在卫生室。柳枝娘进门，她赔着笑说：石榴啊……

石榴收拾医药箱，没吱声。柳枝娘又说：石榴，你听我说，我们家柳枝欺负你了，我刚才知道了，就赶紧过来找你，她这么做事不对，你是懂事的孩子，就别跟柳枝一般见识啊。

石榴还是没吱声。柳枝娘继续说：这事是把你气够呛，咱这么的，石榴，就算你不想理柳枝，可我这当娘的过来给你赔不是，总行吧？

石榴说：大娘，我这当小辈的不该说这话，柳枝就是你给惯的，她自己做错事，您老凭啥给赔不是？

柳枝娘说：我不过来说句话，说不过去，我总不能看着让你吃亏呀。说着，柳枝娘拿出五百块钱递给石榴，说：来，石榴，这钱你拿着。

石榴忙推却说：大娘，别……

柳枝娘说：听大娘说，柳枝从小没爹，是我给惯坏了，你就冲着我这张老脸，把钱收下吧。

石榴说：这钱您先别给我，我现在还拿不准小壮是不是同意卖驴，我都后悔为啥要帮这忙，这钱我一分都不能要。

柳枝娘说：是呀，你拿不准，怎么就张罗给卖了呢？

石榴说：柳枝说小壮同意了，我就信了呗。

柳枝娘说：这个死丫头的……可这钱你不要，我怎么整？等那哥俩回来，我当娘的可没法做老人了；来，你就给我老太太点面子，收下吧啊。

石榴说：别别，我说不要就是不要。大娘，现在可不是钱的事，我也犯愁，这事怎么跟那哥俩交代？

柳枝娘说：这回可要了命了。

石榴说：大娘，柳枝就要给家里添丁进口了，小壮就是知道卖驴的事了，也不能把柳枝怎么的了；就是俺家大壮，他要知道我这事办得不咋的，非跟我急眼不可。

柳枝娘说：那倒不能啊，你是热心肠帮人家办事，大壮怎么能说你呢？大壮真要骂你，我都不让他。

石榴看看表，说：大娘，我还要巡诊去，咱俩走吧，我开车送你回家。

柳枝娘说：你别送我了，我去柳枝那儿看看。

石榴说：柳枝折腾半天也累了，这会儿该睡觉了，你等会儿再去吧。

石榴一直把柳枝娘送到家，然后才去巡诊。

姜兰刚到家，听姜胖讲妯娌俩吵架、金昌掏钱的事，她没吱声，喝了点水，拿起公文包去了园区。她到了金昌办公室，把一份文件拍桌子上，说：这是《夏季榛林护养指导手册》。说完，用很蔑视的眼光盯着金昌……

金昌说：……你用那眼神瞅我干啥？

姜兰说：我发现咱红石峪有人才呀，爱管闲事的人还不少呢。

金昌说：想说啥你就说，别跟我阴阳怪气的。

姜兰说：金昌，你累不？

金昌说：累！

姜兰说：今天劝架的事，你做得不对啊。

金昌说：无语。

姜兰说：你那脑袋瓜子是咋想的？你寻思把钱给了杨柳枝就能没事了，可石榴会怎么想啊，你这不等于是支持杨柳枝、藐视石榴了吗？

金昌说：别跟我说“等于”，我就想她俩谁都别出事。

姜兰说：你真是不懂世故。妯娌间吵架没啥大了不起的，尤其是老娘们打架，就更是虚张声势了，你让杨柳枝给蒙了；这事办得，你欠考虑不说，还自以为是，掏钱给人家、还把人给气着了。哎呀，说你什么好呢。

金昌说：我娘刚骂完我。

姜兰说：骂你啥呀？

金昌说：说我“精不精傻不傻的”。

姜兰哈哈大笑……

金昌说：别在那哈哈了，再哈哈下巴就掉了。走，我开车送你回家。

姜兰说：怎么了这是，我咋有这么好的待遇呢，总经理亲自送？

金昌说：别卖乖，我去机场接翟叔，顺道带你一轱辘儿。

姜兰说：好啊，翟叔回来了，那翟叔跟“臻尔琦”谈成了？

金昌说：成不成，要等人家来了、看了再说。

金昌开车送姜兰。金昌说：最近见老高去没？

姜兰说：挺忙的，没去。

金昌说：没事往他那出溜出溜吧，老高对你是没说的，人好、家庭条件也不错。哎，我听说他妈是当医生的？

姜兰说：是。干净得受不了，整天的都是用消毒水拖地擦家具，大概是有洁癖吧。

金昌说：爱干净是好习惯，讲究。

姜兰说：平时吃饭连手都不洗的我，都愁将来进了门咋过日子。

金昌说：那你就向老婆婆学习，好好洗手喽。

姜兰说：这是生活习惯，想改都难。

金昌说：那你将来进城跟老高成亲了，还能不洗手就抓大馒头吃？

姜兰说：这就是个事啊，到底是我进城、还是老高来我们兴远镇啊？

金昌说：你别那么自信，老高怎么能来这里，他可是名副其实的城里人，而且，单位领导很重视他。

姜兰说：我也不能放下我喜欢的工作、跑他那去吧。

金昌说：那你俩就得开车跑通勤了。

姜兰说：再说吧。姜兰瞅着金昌，又说：你还说上我了，还是多想想你和小玲的事吧，你打算怎么办呀？金昌说：……再说吧。

柳枝娘到杨柳枝家，进屋就劈头盖脸地说：你个死丫头蛋子的，我怎么养你这么个浑不讲理的东西呢，你眼睛里除了钱，还有啥呀？人家石榴是帮你，帮了半天还帮出毛病了，我听人家跟我叨咕这事，我都跟你捎色。

杨柳枝知道娘真生气了，没敢吱声。

柳枝娘说：你赶紧把钱给石榴啊。见杨柳枝还是不吱声，她又说：我说话你听见没，那五百块钱不是你的，你要不给她，以后你就别管我叫娘！

杨柳枝真害怕了，说：……行吧。

柳枝娘缓和下来，说：家里有啥事，得两口子商量着办才行，这事你跟小壮到底商量没？

杨柳枝说：卖就卖了，商量啥呀。

柳枝娘说：你怎么能这么办事呢？家里的事没小壮同意你就不能擅自做主，家里的日子是俩人过的，你知道不？还老说孝顺我呢，我早晚得叫你气死；等小壮回来收拾你吧，到时候别怨我当娘的不管你。

杨柳枝说：娘……

柳枝娘说：喊你娘干啥呀？

杨柳枝说：娘你别生气，我也是好心，我寻思趁小壮不在，把家收拾利整点。

柳枝娘说：顶门过日子不是过家家、想怎么着就怎么着，你要听我话，就赶紧把驴找回来，一会儿小壮就回来了。

马家哥俩买完车正往回走。福来打电话问大壮，说：大壮啊，你跟小壮走哪了？

马大壮说：下高速了，快到镇上了。

福来说：我知道了。福来撂下电话，见金菊向外走，说：干啥去呀，老婆？

金菊说：找柳枝去，我想劝劝她跟石榴和好吧，妯娌俩闹僵了不好。

福来说：谁知道了，眼瞅那哥俩就到家了，小壮要知道了卖驴的事，不定怎么发飙呢。

金菊出门。福来寻思半天，叨咕着：我得事先打打预防针。

福来打电话约满堆下棋。满堆说：福来，就你那臭棋篓子，你能下过我吗？

福来说：下着看呗。

满堆说：去哪呀？

福来说：广场。

满堆说：去那干啥呀，去文化室呗。

福来说：少废话，你去不去，不去我找小胖玩了？

满堆说：那你等我吧。

王小二到姜胖家。见到姜胖，他说：小胖，你在家太好了。

姜胖说：有事啊，小二？

王小二说：我爹没时间溜驴，让我牵驴吃青去，你知道哪的草好吗？

姜胖说：怎么，你家买驴了？

王小二说：不是我家的，是小壮哥家的。

姜胖急忙问：什么什么，谁家的？

王小二说：小壮哥家的呀。

姜胖说：我的妈呀，为这事老马家的妯娌俩都吵翻天了，怎么，那驴还在你家哪？

王小二说：……咋说话呢？

姜胖说：语病，语病。

王小二说：我爹搭着钱，驴还不能卖，非要等小壮回来，你说我还得跟着搭工夫。

姜胖说：够哥们，工夫不能白搭啊。走，我带你去后山，那地儿草好。

福来碰上姜胖和王小二，见俩人牵着驴，忙问：小胖，你俩这是什么情况？

姜胖说：牵它去后山吃青。

福来瞅瞅驴，惊诧：这……这不是小壮家的“倔倔”吗？你俩整啥事呢？

王小二说：明摆着呢，还问。我爹没见着小壮，根本就不能把驴卖了。

福来说：好家伙的，还是你爹厉害，佩服，佩服。

姜胖和王小二牵驴走了。福来嘀咕：这心总算放下一半了，这回，嘿嘿，马小壮啊马小壮，你小子又栽我手里了。

姜胖和王小二坐在坡地上看着“倔倔”吃青草。姜胖说：哎，小二，小壮不同意的事，你爹怎么把驴牵家去了？

王小二说：哎呀，你是不知道，石榴找我爹说好几次了，说杨柳枝怀孩子了，这驴不能养了，让我爹给找个好人家；可驴牵家来了，我娘发话了，她知道小壮没在家，摁着我爹没让卖，说一定得等小壮回来再说。

姜胖说：啊，你娘真行，要不等那哥俩回来，马小壮指定轻饶不了柳枝嫂子。

马大壮开车在回村的路上，他给石榴打电话，说：石榴啊，我跟小壮快到家了。

石榴说：啊，手续啥的都办完了？

马大壮说：都办完了，现在都是一条龙服务。我开车呢，有话回家再说；小壮没带手机啊，你跟弟妹说一声。你就赶紧张罗饭吧，今晚都在咱家吃饭啊，撂了。

石榴犯了合计：到咱家吃饭，我还得告诉她去。

杨柳枝在屋里看见石榴进院，嘀咕着：嗯，她来干啥，又找我打架咋的？她走出屋，说：咋的呀，事情都过去了，还要跟我说道说道呀？

石榴面无表情地说：他们哥俩这就到家了，是小壮要告诉你的啊。杨柳枝说：知道了。石榴往院外走……杨柳枝说：哎，你别走。石榴回头：不走咋的，你还要接着吵哇？

杨柳枝说：那个……咱俩的事，你别跟他哥俩说啊。

石榴说：还有那些看热闹的呢？

杨柳枝：……

小妮子在文化室里教《女兵舞》，女队员们练得满头大汗。小妮子说：

大家练得挺好啊，刚开始有点别扭，多练几次熟练了就好了，休息一下吧。

队员们休息。小敏说：哎，你们知道不，杨柳枝又撒泼了？

麦穗说：我在饭店听说了。石榴嫂子咋那么傻呢，王师傅给她的钱，她还告诉杨柳枝干啥？

小敏说：杨柳枝是不占便宜活不了。

小妮子说：咱都别说了，背后说人不好，都出去透透风吧。

队员们刚要出门，小妮子又把大家喊了回来，她说：有个事情要跟大伙儿说一下啊，我先问你们一下，今天排练，身上感觉怎么样？

几个队员紧着鼻子说：浑身疼。

小敏说：小腿肚子疼。

小妮子笑了笑，说：总也不跳舞了，冷不丁一跳，肯定浑身难受；敏姐说小腿肚子疼，感觉是对的。这个舞蹈，我们虽然不穿专业的足尖鞋，但很多动作都要在半脚尖上做，小腿肌肉的负担就重了，所以啊，大家伙儿没事的时候，多做做压脚跟的动作，既能增加力量，又能防止小腿肌腱拉伤啊。

小敏说：行啊，小妮子，一套一套的，挺专业的。

麦穗说：妮子姐聪明，家里还有一位二人转专家的娘呢。

小妮子说：行了行了，赶紧上外面凉快会儿吧。

福来和满堆在大磨盘上下棋。满堆说：福来姐夫，就你这臭棋，还敢跟我叫板？

福来说：话说得早了点，看我的……

满堆说：想出奇兵了，你拱卒也没有用，来吧你……

福来说：……你小子有两下子呀。

满堆说：赢你就是小菜一碟，让你一个车都行。

福来说：哎，你这棋跟谁练的？

满堆说：“将门出虎子”，我爹呀。

福来说：啊对了，你爹那棋挺厉害。哎，老翟头还老找你爹下棋吗？

满堆说：下。邻居住着，老哥俩没事就下两盘，不过，翟叔总玩赖。

福来说：老翟头那臭棋，当然下不过你爹了，他下棋，就知道瞎咋呼。

满堆见福来东张西望心不在焉地，说：哎，下棋就是下棋，别遥哪撒目，臭棋篓子。

福来说：那哥俩该到了，怎么还没见人影呢？

满堆说：我说你怎么老输呢，心不在焉，等他哥俩呢？

福来冷笑说：我等马小壮请我喝酒呢。让他跟我嘚瑟，从广州回来，他不让我睡好觉，这回这事，我能饶了他？满堆说：听不懂你说啥。

马大壮和马小壮开车到广场，哥俩下车。一群女队员上前围观……小妮子说：哎，那哥俩把新车买回来了。

小敏说：哇，真气派。

麦穗说：好漂亮。

马小壮说：哎，小妮子，你们都穿着练功服，整啥呢？

小妮子说：我教她们《女兵舞》呢。

马小壮说：这家伙，能耐上了，真跳上这新鲜玩意儿了？

小敏说：我们没杨柳枝能耐，你家柳枝才能耐呢。

马小壮说：柳枝怎么了，小敏？

福来赶忙上前打岔，说：没有啊。哎呀，小壮啊，你这车买得也太新潮了，是自动翻斗的吧？

马小壮说：自动翻斗。你上去试试，看看咋样。

福来上了车，看着车上的配置，说：不错，真不错……现在这人多聪明啊，这卡车都有 GPS 了。大壮、小壮，你们都赶紧上车，顺道带我一轱辘儿。

马大壮说：好。

马大壮将车启动。福来说：小壮，我跟你说个事，你得挺住啊，别你一头撞死了，我还得偿命。

马小壮说：说啥玩意儿呢，玄得乎的，怎么了，谁出啥事了？

福来说：你们家出事了呗。

马小壮一下子紧张起来，说：什么……出啥事了？我媳妇怎么的了？

福来说：杨柳枝把你家驴卖了。

马小壮一惊，吼了声：啥？！马大壮吓一跳，一脚刹车，把车停下。

福来被晃荡一下，他说马小壮：……看着没看着没，我都给你打招呼了，叫你要挺住。

马小壮厉声说：把驴卖了？咋回事这是，你给我说清楚！

福来说：你跟我厉害啥呀，杨柳枝把你家驴卖了，听清楚没？

马小壮说：这败家娘们，胆儿也忒大了，我不在家她就敢卖驴！

福来说：我就是怕你回家跟杨柳枝吵架，特意在这等你俩，就是来给你打预防针的。

马小壮说：那驴能随便卖嘛，她都知道我根本就不同意卖。

福来说：你怎么也像那倔驴子似的，你让我把话说完了行不？

马大壮说：小弟，你先别着急，让福来说。

福来说：就是的。我看卖就卖了吧，你不同意，生米也都做成熟饭了；你吵吵巴火的，回头杨柳枝再出点啥事，就犯不上了。你要听我话，回家就装啥也不知道。

马小壮说：你都告诉我了，我还能装不知道。

福来说：我为了你回家不发火，坐大磨盘上等你半天，屁股都坐平了。

马小壮说：你啥也别说了。哥，开车，快点！

马大壮启动车。福来说：小壮，要不咱这么着，你嫌没地出气，咱这就下车，你上道边骂大树去，你可劲儿骂、连踢带踹地骂，啥时骂够了，咱再回家，咋样？

马小壮说：滚犊子去！哥，快点开！

马大壮说：小弟，这是新车，得悠着点。

福来哈哈笑起来……马小壮说：臭不要脸哈，福来！

福来说：没事，我有个屁憋着呢，哈哈哈……

马大壮说：行了福来，你别搁那气小壮了。小弟呀，到家你可得压住点火啊。

车到了马家院门口。几个村民跑来围观。大眼儿第一个惊奇地喊道：哇，自动翻斗“东奇 J5”。

大分头说：小壮真牛啊，买这么好的车回来。

马小壮说：怎的，你也买台呗？

大分头说：我等着买“东奇”轿子呢。小壮，你就别管我的闲事了，把自家事管好就行了。

马小壮说：我正闹心呢，滚边儿去。

马大壮向院里招呼：老婆，石榴，你快出来看看新车呀。

石榴：哎——来了。石榴看了车，说：哎呀，这车真漂亮，买得挺可心，不错。小壮，你累了吧？

马小壮说：还行。嫂子，柳枝呢？石榴说：在屋里。

杨柳枝从屋里出来。马小壮明知故问，说：媳妇，这几天我没在家，你都给“倔倔”喂的啥草料哇，喂它胡萝卜了吗？

杨柳枝没吱声。石榴说：小壮，是这么回事，这几天你不在家，我帮忙把驴卖了。

马大壮一听，生气了，说：你俩咋回事呀？石榴，这事小壮还没同意呢，你当嫂子的应该制止才对，你怎么能跟着胡来呢，还帮忙卖驴？

石榴不说话了。杨柳枝说：也不是嫂子的事。卖驴又不是卖人，有啥可大惊小怪的？

马大壮见弟妹说话了，不能再深说了，他嘟囔句：作吧。

马小壮已经气得不行了，他进了院、骑上摩托车……

福来赶紧说：小壮，你刚到家，又干啥去呀？

马小壮说：还能干啥，去骡马市，找驴！

福来赶紧抓住车把，说：来来来，别去了，驴都卖出去了，也不知道卖给谁了，你上哪找去呀？赶紧进屋喝口水、歇会儿啊。

马大壮说：小壮，福来说得对，先进屋把饭吃了，完事再说吧。

福来故意卖关子：哎，你们先吃饭，吃饭啊，我回家了，有啥事，你们吃完饭我再过来。说完就走。

马小壮着急了，说：你别走哇，福来，你得帮我把这事整明白呀。

福来说：那什么……马小壮说：什么什么呀？

大分头说：小壮，福来他没法跟你说，这事你得问你媳妇；而且，我还告诉你，你们家有“驴股”上市、开盘了，有人出售原始股，有人还赞助入股了呢。

大头鞋也说：小壮，你们家“驴市”行情，走高看好呀。

大眼儿说：你俩别加纲气小壮哥了。

马小壮蒙瞪，说：……啥玩意儿呀，乱七八糟的？福来，到底是咋回事呀，卖驴咋还卖出股票了？

福来故意拿把儿，说：你别着急啊，这话说起来就长了，听我慢慢给你道来……

马小壮说：道你个屁呀，快说，什么“驴股”“驴市”的，到底咋回事？

大分头哈哈大笑。马小壮急了：你搁那笑啥，还不给我滚！

大分头说：小壮哥，你叫我滚是不？

马小壮说：滚！

大分头说：我滚了，你那驴……

马小壮怒了：你才驴呢，滚滚滚，都给我滚！

大分头哈哈大笑……看热闹的村民们都走了。

福来说：小壮你真是的，跟他们尥啥蹶子呀，有这时间，我话都跟你说完了，你这人真耽误事。

马小壮压着火说：有话你赶紧说，要不我给你踹出去了。

福来说：嗯，我想想啊……福来吧嗒吧嗒嘴，又说：那个……要不你先，吃饭？

马小壮看福来跟他磨叽，好像明白了，说：臭无赖，这是等着喝我的酒呢。马小壮向屋里喊：嫂子呀，嫂子，菜炒好没呀？

石榴说：这就好了，你跟福来赶紧进屋吧。

马小壮说：福来，我今天拿茅台请你，你能跟我说明白不，那驴和“驴股”到底是咋回事？

福来说：那咱这么的，小壮，你既然想整明白这事，那就得再请两位相关的重要人物过来。

马小壮简直要崩溃了：哎呀喔，这俩败家娘们咋整的呀，驴给我卖出去了，就算我不说啥了，这怎么又整出俩“相关的重要人物”来呢？啥重要人物呀？

福来说：小壮，那个金昌你认识不？

马小壮要急了：你有病啊！

福来说：我没啥大毛病，就是金昌他“精不精傻不傻的”，他是这次卖驴后期的投资人，我必须得告诉你。

马小壮说：金昌是我哥们，他不可能掺和卖驴的事呀？

福来说：还有，修车铺的王叔你知道吧？

马小壮真急了：这怎么又扯出个王叔呢，你想气死我呀？

福来说：哎，王叔可是这次“驴市”风波的真正操盘手。

马小壮怒不可遏，吼道：王福来！

福来说：哎，你咋叫我大号呢？

马小壮瞪着眼说：你给我滚——

福来哈哈大笑，说：马小壮啊马小壮，我早就告诉过你，小心栽我手里头，哈哈哈……

马小壮简直要被气疯了：滚，滚——

·二十九·

马大壮见自己小弟的样子，很心疼、也很着急，他对福来说：福来呀，你肯定知道是咋回事，你就别折磨小壮了。

福来这才把事情的原本说了个明白。蒙在鼓里的哥俩这才松了口气、露出了笑模样。

石榴在屋门口喊：饭菜都做好了，你们哥几个快进屋吃饭吧。

王师傅把“倔倔”牵回来了。

马小壮乐呵地接来丈母娘。

大壮、小壮和柳枝娘、王师傅，还有福来、石榴、杨柳枝坐在炕上……

马小壮端起酒杯看着大伙儿：……哈哈哈……

金昌接到老翟头，开车在路上。老翟头望着窗外，说：金昌，等丹尼尔来了，他看到咱这万亩榛子园，能是啥反应呀?

金昌说：这么多的资源、这么好的环境，还有品牌质量的保证，他高兴还来不及呢。

老翟头说：对喽，咱有丰富的榛子资源，他们集团有现代化生产技术和设备，双方优势互补，这可是求之不得的好事啊。

金昌说：俩好轧一好，希望这事能成啊。到那时，咱合作社的榛产业就能往现代化、产业化上发展了，小小的榛子豆，真就变成黄金豆了。

老翟头说：到时候能生产出榛子油、榛子粉、榛仁酱，还有系列榛子饮品啥的，咱可就厉害了。

金昌说：快到家了，翟叔，九妹婶子还等你呢，有时间咱再唠。

老翟头说：你跟我回家吧，咱爷儿俩坐炕头整两口?

金昌说：不的了，你刚回来，我就不去打扰了。

老翟头到家。九妹子早把饭菜准备好了。俩人坐在炕上，九妹子给老翟头倒上酒……老翟头说：九妹子，我一走就好几天，想我了吧?

九妹子说：要说想，不如说是惦记你。这日子过得多快吧，眼瞅着就上秋了。

老翟头说：秋收可是人吃马喂、一大摊子的事。

九妹子说：我还想问你呢，进山捡榛果可是细活，村里的妇女们都得去，那么多的人去干活，你还要订盒饭吧?

老翟头说：要订。乡亲们可是天不亮就起来往山里走，太辛苦了，这盒饭的质量还是个问题呢。

九妹子说：你要信得着我，今年这盒饭我给你送吧，而且，我就按最低的成本价。

老翟头说：你饭店经营的也不是快餐，你怎么能送盒饭?

九妹子说：我停业呀，收榛子那段日子，饭店不对外营业、专门给你们做饭送快餐。

老翟头说：那是干啥，赔本的买卖你怎么能做呢?

九妹子说：这你就别管了，饭菜质量不达标，到时候你再跟我说话。

老翟头说：好，有气魄，说话嘎嘣儿脆。收榛子前儿的盒饭就都交给你做了，要是赔大发了，我都给你补上。

九妹子说：啥赔不赔的呀，当初村里不给我分那么好的地界儿，我哪能开上饭店，哪能有我今天，说这话就外道了。

老翟头说：九妹子，那我就鼓励鼓励你，你看我给你买啥了……

九妹子说：又给我买东西了？

老翟头拿出一个精致的礼品盒，递给九妹子，说：你打开看看吧。

九妹子打开礼盒，见一条金项链，说：你买这玩意儿干啥，挺老贵的……呵，这还是镶钻的呢？

老翟头说：你戴上看看，看可心儿不？

九妹子把项链戴上，说：嗯，好看，我喜欢。

老翟头瞅着九妹子，乐滋滋地说：哎，我老妹儿就是俊。

九妹子被看得有点不自然了，说：瞅啥呢，快吃饭吧。

金有良到村委会找喇叭叔，他说：村主任啊，这秧歌队重新组建，就要有新气象，所以啊，我建议换一位新队长吧。

喇叭叔说：你是老主任有威望，过去的秧歌队都是你负责，换是能换，可谁能比你有说服力呀？

金有良说：这不是摆老资格的事，还是让年轻人来干吧，毕竟岁数不饶人啊。

喇叭叔说：那你想推荐谁呀？是金昌还是马小壮啊？

金有良说：金昌不行，他在总经理位置上，一大摊子事呢；马小壮呢，人不错，可杨柳枝现在这种情况，也需要他好好照顾。

喇叭叔说：那安排谁合适呢？

金有良说：所以要和你商量吗。

喇叭叔想了想，说：我看姜兰挺合适，让她做队长抓业务、抓全面；金昌呢，做副队长，负责管个服装、道具啥的，不怎么操心，也不累。

金有良说：姜兰在镇里上班，她能有时间忙活这事？

喇叭叔说：耽误不了上班，别忘了，她是咱红石峪的人；再说了，她还是咱这儿的科技承包人，咱得把她抓住了。

金有良点点头，说：也是啊。

喇叭叔说：咱秧歌队的好些活动，也都是镇里头安排的，这样呢，在组织活动的时候，镇里就不用另外再派领队的了；姜兰就住在村里，跟大家也熟，工作起来方便。

金有良说：嗯，你考虑得还真挺细。

喇叭叔说：她和金昌呢，一正一副都作为队长，谁有时间谁就多干点，不会影响各自的事情。

金有良说：那就这么着吧。

喇叭叔赶紧说：可你不能大撒把啊。

金有良说：你是在职的村主任。

喇叭叔笑了，说：老哥呀，我是佩服你呀。这样吧，咱俩给他们当参谋做顾问，你总负责、把握原则；这帮小子捣蛋得要命，你不坐镇，不定会闹出什么幺蛾子呢。

金有良说：这回这新秧歌队，要立新规矩，咱要用制度说话，把规章制度健全了，到时候大家就照着做，总比我这老头子说话好使。

喇叭叔说：好，就这么办。那就先找姜兰谈谈吧。

金有良说：你找她谈吧。

喇叭叔说：好吧，正好我把下一步工作跟她交代一下。

福来喝完酒回到家。他有些喝多了，进到外屋地看见灶台上有张“煎饼”、橱柜上放着大葱和大酱，他说：嗯，老婆还给我留张、大煎饼，我老婆就是会、疼人，刚才尽顾着喝酒了，没吃几口、菜，弄张煎饼卷大葱，解酒又解、馋。福来拿起“煎饼”，又拿一根大葱，往“煎饼”上抹上大酱，卷好，咬了一口……又咬一口，没咬动，又狠狠咬一口：哎呀……这煎饼咋这艮呢？

金菊从里屋出来，说：福来，你吃啥呢？

福来说：煎饼、卷大葱……咋咬不、动呢？

金菊见状哈哈大笑……福来说：媳妇，你、笑啥？

金菊说：傻呀你，那是屉布，屉布卷大葱你上哪咬得动去。

福来说：哎呀妈呀，屉、屉布呀……

金菊说：你这是喝糊涂了，赶紧进屋躺下吧。

福来说：这扯不扯呢，屉布、卷大葱，还整我、一脸大酱。

福来进屋坐沙发上。金菊说：福来，小壮没跟杨柳枝吵架吧？

福来说：事情都、整明白了，驴也给、牵回来了，大壮又请、吃饭，还、吵啥。

金菊说：大壮平时就看不惯柳枝，他没不乐意吧？

福来说：他、心里咋想的，我就、不知道了，可他、招待挺好，大家都、挺满意。

福来说完趴在了金菊腿上……金菊说：哎哎福来，你可别吐哇，要吐就赶紧坐地上啊，我拿儿子尿桶去……福来拽住金菊，说：好酒得、憋回去，吐了就、白瞎了。

金菊说：哎妈呀，恶心死我了。

福来说：老婆又、骂我了……我老婆、骂人，都跟、唱小曲儿、似的……

马大壮在外屋地洗碗。洗着洗着，他忽然拿起一个酒杯，狠狠地摔在地上……

石榴听见动静从屋里出来，她说：干啥呀，大壮，大下晚儿的了，诈什么尸呀？

马大壮说：我都跟你说过多少次了，没事别跟杨柳枝扯，你就是不听我话，看见没，我前脚走，她后脚就欺负你了吧？

石榴说：事情都过去了，还提她干啥呀，今晚大家在一起，不是唠得挺高兴的嘛。

马大壮说：我还高兴，我脸都啥色了，你没看出来呀？

石榴说：这事不是解决挺好的嘛，金昌和福来，还有王师傅他们从中帮忙，你也尽到做大哥的责任了；现在人都走了，回头你摔杯子，这是干啥呀，你真摔我呀？

马大壮说：我就是摔你了！我跟你说的话，你干啥当耳旁风啊？

石榴说：挺大个老爷们，你吵吵起没完了？

马大壮说：我现在是老爷们吗？是吗？她说调理我儿子就调理，说算计你都不带商量的，我就是一土鳖呀我。

石榴说：我有委屈都咽了，你有啥过不去的？啥事看不惯，心里有数就行了呗，就因为这点事，你哥俩再闹掰了，到时候，人家笑话你这当大哥的。

马大壮说：我就不明白了，我老婆帮她忙，她反倒还欺负人，没这么不讲理的吧？

石榴说：还越说越来劲了，赶紧闭嘴吧，让那屋小壮听见，他还得过来。

马大壮说：气死我了，没见过这套号儿的。我问你，你该得的那五百块钱，杨柳枝给你没？

石榴说：你气糊涂了？驴都牵回来了，她杨柳枝不得把钱照数退回去。

马大壮说：我算服了你了，败家娘们的。

石榴说：打住啊。石榴扭身进了里屋，她的眼睛一直是湿湿的……

红石峪新农民秧歌队成立大会在村文化室召开。

金昌和马小壮在文化室门口碰面。金昌说：行啊你，考试弄个第一名。

马小壮说：还是说你吧，昨天我要请你喝酒，你去机场接翟叔了，现在我说感谢你，不算晚吧？

金昌说：哥们之间别说这话，有事就大家帮忙呗，杨柳枝真跟石榴动起武把操，谁出点意外都不好。

马小壮说：酒没喝上不行，今晚我请你啊。

金昌说：那感情好，去哪？

马小壮说：咱别往远走了，就去九妹婶子那吧，我把小胖、满堆和小二叫上，哎，把姜兰也叫上？

金昌说：你做东，你看着安排吧。赶紧进去，到点开会了。

文化室里坐满秧歌队队员。喇叭叔和金有良、老翟头、姜老慢坐在主席台上。队员们叽叽喳喳、有说有笑……

金昌和马小壮进屋。姜胖恶作剧，说：哎，诸位诸位，来了，来了啊。

金昌跟大伙儿打招呼：各位好，大家好。

姜胖示意大家起立，说：大家以热烈的掌声，欢迎驴市驴股收盘高手，金冒同志，隆重入场。

众人鼓掌起哄……

小敏大声说：金昌，你也忒能耐了，在双方激烈交战中，钞票一挥，妯娌双方立马停火。

众人哈哈笑起来……金昌和马小壮落座。

姜胖说：金昌哥那叫个潇洒，五张大票往杨柳枝手里一拍，立马让她满脸开花。

马小壮瞪着姜胖说：小胖，不想在村里混了哈？我告诉你啊，你谈对象的事，我是不该给你说出来了？

姜胖说：小壮哥玩赖。

马小壮又说：你背后说我媳妇坏话，就不怕我收拾你？

姜胖做个鬼脸不吱声了。

喇叭叔问：马小壮啊，杨柳枝咋没来开会呢？

马小壮说：柳枝身体那情况，她就不来了。

喇叭叔说：那《女兵舞》她不来排了，就让小妮子排了？

马小壮说：行啊，小妮子都已经开始教大家动作了，就她排吧。

喇叭叔又问：小妮子，你能忙过来吧？

小妮子说：能。

喇叭叔说：那就小妮子了啊，大家配合好排练。好了，人都到齐了，咱开会啊。今天，“红石峪新农民秧歌队”正式成立了，大家热烈鼓掌吧。

众人鼓掌……喇叭叔说：我就说两件事啊。首先，我们应该感谢翟理事长，他在村精神文明建设上，给予了大力支持，大家说是不是？

众人：是！

老翟头说：村主任说话客气了，这事没说的，咱应该支持。

喇叭叔说：话是这么说，可搞活动就需要钱，你的支持，给了秧歌队很大的保障，所以啊，一定要感谢理事长。接下来说第二个事，就是要宣布新秧歌队队长的任命。

姜胖说：谁是新队长啊，我们就接受有良叔的领导！

满堆说：换别人不行，喇叭叔就不用宣布了吧。

小妮子说：你俩别说话了，听喇叭叔的。

喇叭叔说：我宣布，红石峪村新农民秧歌队队长是……

众人静待宣布……姜胖突然说：下面插播广告30秒。

众人：哈哈……

小敏说：小胖你别捣乱。

喇叭叔说：我宣布，新农民秧歌队队长，姜兰。

姜胖愣了一下，又急忙跑上台和上面的人挨个握手……说：谢谢，谢谢啊……说完，跑回座位。

大伙儿都笑了。

金有良笑着说：哎，大伙儿都别搁那傻笑了，给姜兰鼓鼓掌啊。

众人鼓掌：好，好！

喇叭叔：下面，就请新秧歌队队长姜兰给大家讲话。

姜兰走到讲台前，没有马上说话，她往台下看了看，忍不住笑了，说：我站这往下一看啊，咱红石峪的秧歌队，还真是人才济济呀，有会唱戏的，有会拉弦儿的，还有，会炒股的。

众人：哈哈哈……

姜兰接着说：搞好村里的文化活动，是大家的事情，我愿意跟大家一起，把咱们的秧歌队搞得红火起来。以前咱每年也有小秧歌队，在田间地头说说唱唱、扭扭跳跳的，也只是在村里热闹；今年，咱们还要走出去，组织一些拥军优属活动啊、到养老院去慰问演出啥的，而且，为了完成镇政府交给我们慰问解放军的演出任务，我们除了要复排一些老节目外，还要排练几个新节目，重点是要排练好芭蕾舞剧《红色娘子军》的片段《女兵舞》。

秧歌队员们纷纷议论开来……

姜胖说：哎呀喔，这也太夸张了。

满堆说：要演芭蕾舞？

王小二说：那可是世界高端艺术。

小妮子说：有啥呀，反正穿平脚鞋、不用立脚尖，我看，还没扭秧歌难呢。

小敏说：就是，挺好练的。

麦穗说：小妮子都给我们练一段时间了，没问题。

福来闷声说了句：有创意。

姜兰说：下面我公布一下《女兵舞》的演员名单，我就不一一念名字了，除了全体12名女队员外，我们还缺四个人，这四个人就由男队员来补充，有马小壮和马大壮、满堆和福来。

姜胖哈哈大笑，说：这四位芭蕾舞“女战士”，够样，美丽的四只小天鹅。

福来说：怎么弄得这是，让驴股把我套住了、出不来了？

马小壮说：福来你别乱说话。

金昌说：姜兰，咋没念我名呢，我也是秧歌队队员，应该给我也安排个角儿吧？

马小壮说：就是的，姜兰，应该给金昌安排节目。

姜兰说：金昌，集体节目不好跳，要跳得整齐才行，就不给你安排这么复杂的节目了。

喇叭叔站了起来，说：金昌，这次没给你安排具体节目，包括安排你做副队长，也是考虑你工作上的事务比较多，不能给你增添负担；排练的时候，你也跟大家一起练，算是B组演员吧。

金昌说：哎，喇叭叔让我跟着练就行，接受。

福来点呼着金昌说：龙套、龙套……金昌晃着脑袋说：全国、粮票。

众人：哈哈哈……

姜兰说：我再说一下工作分工啊，女队队长由小妮子担任，男队队长由马小壮担任；另外，我们还要有三个专业小组，就是化妆组、道具组，还有服装组，具体由谁担任小组长，我也说一下啊，化妆组是王小二，道具组姜胖，服装组满堆，这三个小组总体都由金昌总负责。我说完了，村主任。

喇叭叔用征询的眼光看看金有良，金有良摇摇头。

喇叭叔对大伙儿说：没事了，大家都认真着点啊，各负其责，把各项工作做好了。散会。

柳枝娘打电话叫杨柳枝到家来。杨柳枝说：娘，啥事啊，还叫我跑来一趟？

柳枝娘说：闺女，昨儿个大壮为你的事，把娘都请去了，人多，娘没多说啥，现在就咱娘儿俩在这，我问你，王师傅那两千五百块钱，你都如数给人家了？

杨柳枝说：给了。

柳枝娘说：给了就好。以后不管家里有啥事，跟小壮商量好再说，别啥事都擅自做主。你呀，就是不知道小壮的好，这事要换个老爷们，早就不让你了；再说，你都是要有孩子的人了，别啥事都让娘掰开皮说瓤儿，人家石榴娘家离这远，这要离得近边，她娘家来人找你茬儿，你不得受着？

杨柳枝说：娘，这事你就别再说了，以后有啥事，我跟小壮说就是了。

柳枝娘说：我是说，石榴对你不薄，你们妯娌俩还得往好了处。

杨柳枝说：我倒想跟她好好处，可你看大壮那样儿吧，整天像谁欠他几百吊似的，除了喝酒，就见不着他个笑模样儿，看谁都倔巴疵的，烦死了。

柳枝娘说：别那么说大壮，你跟小壮有困难那前儿，都是大壮帮你们的，就连买这新车，也是人家拿大头，完事你还因为点小钱儿跟石榴叽咯，以后可不许那样了。

杨柳枝说：拉倒吧，昨天我看大壮给石榴买个新毛衫，他就不能给我带一件。

柳枝娘说：人家老爷们疼自己媳妇，你还不乐意了，小壮不也给你买东西了，干啥人家非要给你带？

杨柳枝说：我是说那意思。

柳枝娘说：啥意思也不是你想的那意思，你咋总也长不大呢？

村文化室里只剩老翟头和金有良。金有良说：大兄弟，有话不到家说，在这说啥呀？

老翟头不满地说：你怎么就能起高调呢，秧歌队队长你干好好的，怎么又安排姜兰和金昌当了呢？

金有良说：你啥意思啊？

老翟头说：不行呗。

金有良说：怎么不行啊？

老翟头固执说：不行就是不行。你赶紧跟村主任说，把这事撤回吧。

金有良不让呛了，说：红石峪是你家开的，你说干啥就干啥？

老翟头说：不是我家开的，可我有说话的权利，你要不撤回，我就找村主任去。

金有良说：嗬，我看不是让谁当队长的事吧，是你有病吧？

老翟头说：有病没病不用你管，我就这么要求了，赶紧的啊。

金有良说：你把话说明白了，我想知道知道，你到底啥意思？

老翟头说：没啥意思，我就不愿意让金昌和姜兰合作，要不我就让金昌出差去。

金有良皱了下眉头，说：去干啥呀？

老翟头说：上黑龙江，卖榛子去。

金有良不乐意了：你还想干啥呀？金昌这总经理是理事会选出来的，即便出去搞推销，那也得开理事会商量，我看你纯属是……

老翟头说：是啥呀？

金有良说：胡搅蛮缠无理取闹！

老翟头说：别跟我扯犊子，这事我就说了算了。

金友良生气了：凭啥你说了算啊？！

老翟头说：就凭我是合作社理事长，他是总经理。

金友良说：他还是红石峪村的村民！合作社也是全体村民的合作社！

老翟头说：反正他不能跟姜兰一块儿当这个队长。

金有良说：好，你要敢那么做，那我现在就跟村主任说，让姜老慢在大喇叭里宣布，可有一点你得想好了。

老翟头说：我啥也不用想，只要不让他俩在一块儿，大喇叭广播才好呢。

金有良说：那我就广播，你老翟头挤兑人，不让金昌干了，我让全村人都知道，你是……

老翟头说：我又是啥了？

金有良说：大屁股压人！

老翟头说：去个屁的。老翟头甩身走了。

金有良说：我还治不了你可得了。

金昌向姜胖、王小二、满堆布置工作。金昌说：小胖，安排你负责道具管理，有啥困难没？

姜胖说：嗯……我还不知道怎么管呢。

金昌说：不难。首先要把所有道具登记造册，然后按照各个节目分类，再把谁要使用的道具贴标签写上名，演出时自己拿自己的，演出后都要放回指定位置，你负责清点、装箱就完了。啊对了，还要准备个工具箱，有损坏的道具要及时修理；这事你就找你爹，需要啥让他给置办。

姜胖说：嗯，明白了，我这就按你说的这套办法准备。

王小二说：金昌，化妆都是女人的事，怎么安排我管化妆了？

金昌笑着说：你只管物品、不管化。每场演出前，把化妆油彩、眉笔、粉饼啥的都在化妆间摆好就行，等用完了，再如数收好；对了，你也得找老慢叔，申请买一个公用的化妆箱。

王小二说：啊，就这些活，那我能行。

金昌又对满堆说：满堆，咱几个这就进屋挂服装去，分类给整理出来。

满堆说：哎，金昌，那些鞋算不算服装组的呀？

金昌说：咋不算呢，你演出的时候，光穿衣服不穿鞋呀？

满堆说：我看有不少鞋呢，到时候不能抢乱套了吧？

金昌说：按照节目分类，演出时一组一组、一双双摆好，就不能乱了。

满堆说：还有个事，要穿演出服装、换服装，就得有换衣服的地儿，我想，女生人多、东西也多，阅览室得给她们使用吧，那男生安排哪呀？

金昌说：……就安排广播室吧，男生人少、就几个人，服装也少，就安排那吧。

满堆说：知道了。

金有良回到家。他生气地嘟囔着：这个老东西，她闺女走了，我还没说啥呢，他还来神了。

金婶说：怎么了这是，你是说老翟头吗？

金有良说：除了他，我还能骂谁？

金婶说：有话说话，骂人就不对了。他跟儿子怎么了？

金有良说：开会刚宣布完姜兰和金昌当秧歌队的队长，他就不干了，非让我把金昌撤下来，你说哪有这么不讲理的。

金婶说：你啥事就不带拐弯的，这话你还没听明白，他就是怕金昌接触姜兰呗。

金有良说：那能是怕的事吗？我儿子是啥样人，他心里不知道哇？

金婶说：行了，谁都有私心，老翟头寻思闺女不在，怕说出啥闲话呗。

金有良说：有啥闲话可说的，姜兰都有对象了，再说，那孩子可是老实本分的孩子，这是安排工作的事，怎么能把俩人往那方面扯呢？

金婶说：我都劝你了你还想不开，那就再找他打架去。

金有良说：还有更不着边的呢。

金婶问：还有啥呀？

金有良说：他还要把咱儿子整黑龙江卖榛子去，这不是发配吗？

金婶说：哎呀，这可有点过分了，他咋那霸道呢？

金有良说：这个老浑球。

金婶说：老头子，你别生气了啊，他一个孤老头子的，跟九妹子还没有结果呢，闺女这又走了，金昌就是他的一切，金昌真要跟小玲拉倒了，他老翟头就得跳河去。

金有良说：他现在跳去才好呢。

金婶说：你那是气话。拿人心比自心，他现在挺不容易的，下班回家，连个说话的人都没有。

金有良说：那也不能拿我儿子磨牙嘎巴嘴呀。

金婶说：他也是把咱儿子当寄托了呗，说完那些话，他指定后悔。

金有良说：有那么寄托的吗，太过分了！

马小壮在家练习压脚跟。杨柳枝说：怎么，开始排女兵舞了？

马小壮说：什么叫开始呀，小妮子已经给我们排不少了。

杨柳枝说：不是说好我排吗，怎么又是小妮子了？我找喇叭叔去。说完要走。

马小壮说：你回来。喇叭叔是考虑你有身孕，就没安排你；再说，你也不能舞刀弄枪的了。

杨柳枝说：我是给排练，又不是去跳，有啥不能的。杨柳枝出。

马小壮说：这都啥时候了，还这么咬尖儿。

满堆在广播室收拾完服装，手里拎着一双舞鞋，他嘀咕着：我自己这双鞋得找个好地儿放，谁也别瞎乱抓，到时候找不着可完了。他打开一个抽屉，说：哎呀喔，抽屉里放这么多烂本子。他把本子拿出来，把自己的鞋子放进抽屉里。

满堆刚走，姜老慢进广播室。他见服装整理得挺到位，说：哎呀，这服装挂得挺整齐的呢，鞋也码一溜儿，这帮臭小子还行。他看到桌子上的几个本子，生气了：谁把我这些本子倒腾出来了呢？他打开抽屉，见里面有双鞋，说：谁的臭鞋放我这了？他把鞋子拿出来放进下层抽屉里，把自己的东西归了位。

杨柳枝给小妮子打电话，说：哎，小妮子……哎呀，我咋不能给你打电话呀，你在哪呀，我有话跟你说……那你在销售部等着啊，我这就过去。

杨柳枝进了销售部，说：小妮子，喇叭叔让我排《女兵舞》，怎么又你排了呢？

小妮子说：喇叭叔说你有特殊情况，照顾你，就安排我排了呗。

杨柳枝说：我寻思你现在挺忙的，还要抽空帮你娘干活去，那我就接过来排呗？

小妮子说：我还以为啥事呢，想排你就排呗。

杨柳枝说：那你替我跟喇叭叔说一声啊？

小妮子说：这事儿得你自己跟喇叭叔说，因为是你自愿的。

杨柳枝说：那行吧，只要你同意了，我就跟喇叭叔说去。哎呀，差点给忘了，我得去库房收拾收拾，金昌这就过来接钥匙了。

小妮子说：你不做库管了？

杨柳枝说：暂时的，金昌照顾我，让我过了产假再说。哎，小妮子，你跟满堆到啥程度了，也该张罗了，女孩子岁数大了，就不好嫁了。

小妮子说：这就不用你操心了。

杨柳枝说：嫂子是关心你。

小妮子说：嫂子还是好好关心关心自己吧，怎么做个好妈妈，是吧？

杨柳枝说：呵呵，小妮子说话有意思。

文化室里，队员们热火朝天地练习《女兵舞》。小敏对马小壮说：小壮哥，四横排那地儿我在你前头，你得看着我点，跟我对齐，要不队形就乱了啊。

马小壮说：知道了。

喇叭叔和杨柳枝进了文化室。喇叭叔说：我跟大家说一下啊，小妮子有其他事情安排，《女兵舞》就由杨柳枝来给大家排练，大家都认真排啊。

姜兰说：好啊，柳枝，辛苦你了啊。

杨柳枝不冷不热地说：客气。

喇叭叔说：我还说一个事情啊，明天，咱们几个新排的节目要到文化广场连排一下，要求穿服装、不化妆，希望大家都做好准备啊。

麦穗说：没问题，我们排得挺好的。

小敏故意说：我们女兵舞，小妮子都给排出来了。

杨柳枝听了二人的话，心里很不舒服。

喇叭叔说：好，大家好好练吧。喇叭叔出。

杨柳枝说：都准备好了吗？

队员们七嘴八舌地说：好了……准备好了……

马大壮积极地说：大伙儿都练半天了，你就说从哪开始吧。

杨柳枝瞅一眼马大壮，说：那就从你开始吧，大壮，你先来一遍，我看看咋样。

马大壮见杨柳枝让自己单跳，觉得有点莫名其妙，他看看马小壮，没动窝。

马小壮感觉气氛不对，想给大壮解围，他说：媳妇……

杨柳枝说：你闭嘴，我排练哪。又说：马大壮，你咋不动弹呢，我叫你来一遍，你听见没？

马大壮不想与杨柳枝纠葛，他转身往外走。

杨柳枝说：我现在是给你排练，你走干啥？

姜兰见此情景，特意小声对杨柳枝说：柳枝，你咋那么说你大哥呢？

杨柳枝说：说他咋的了？排练场只有队员，没有大哥。

姜兰说：他就是你大哥呀，你在大家面前说话，给他留点面子。

杨柳枝说：排练！

马小壮说：媳妇，姜兰队长说得对，刚才我哥还练习得好好的呢，让你这么一说，我哥走了吧。

杨柳枝说：你有话回家说去，别影响我排练。大家都站好，《女兵舞》从头来一遍。

队员们在音乐伴奏下，集体做动作……

杨柳枝说：好，大家动作学得挺快，就是还不够准确啊。马小壮……

马小壮说：啊到！

杨柳枝说：你再来一遍持枪转身那组动作，让大家看看。

马小壮说：是。

杨柳枝说：准备——起。

音乐响起，马小壮做动作……麦穗说：小壮哥还真行呢。

小敏说：节奏还挺好。

马小壮做完，杨柳枝说：马小壮，你动作不行啊，持枪位置不准确，吸腿也不到位，下去练去。来，大家把这段再来一遍，要注意，端枪要平、收枪要贴身、吸腿转身腿要吸上去啊，准备——开始……

金昌站在旁边认真地看着大家做动作……杨柳枝说：金昌，你站在那干啥呀？

金昌说：啊，我在旁边看着呢。

杨柳枝说：别光看哪，你在后头跟大家一起做。

金昌说：好嘞，我手都痒痒了。

杨柳枝说：你自己先把主要动作做一下吧。

金昌说：我自己做？

杨柳枝说：啊，上步端枪瞄准、收枪吸腿转身，这动作学会没？

金昌说：这俩动作学会了，还是马小壮老师教我的。

杨柳枝说：你来一遍，准备。金昌拿起道具枪说：准备好了。

杨柳枝说：开始。一、二、三 da 四……

金昌随着拍子抬腿端枪、收回转身……

几个女队员捂着嘴笑……姜兰说：转得都找不着北了。

马小壮说：金昌，你转错了，应该转一圈，你转半圈不行。

金昌说：我没转一圈吗？

马小壮说：没有，你看我的。马小壮做动作：一、二、三 da 四……

金昌说：啊，好，明白了，我再来一遍、再来一遍……

这时，满堆抱一摞子服装进来，说：哎，大家暂停一下，发服装了……我跟你们说啊，这是张镇长帮咱借的女兵舞服装，每人过来领一套，长短肥瘦的互相调一下，然后都挂到服装室去。

杨柳枝说：大伙儿先领服装吧，整完了接着排啊。

队员们开始领服装。马小壮说：满堆，服装室怎么安排的，领完服装去哪换？

满堆说：我说一下啊，女队员在阅览室换，男队员去广播室换装，别走错门了啊。

马大壮当众被杨柳枝撅了面子，一个人坐在外头生闷气。他心想，这个杨柳枝，对我咋像对仇人似的呢？这么多年了，自己对小壮和弟妹一直是一条心，不论啥事，他们小两口只要有事、哪怕是缺钱，大哥都没说的，就是换不来啥好、也别成仇人吧？干啥玩意儿三番五次、没完没了地找麻烦！他思前想后，越想越生气，越生气越想不开，干脆，别再受窝囊气了，搬家走人。于是，他直接进了村主任办公室，对喇叭叔说：喇叭叔，我找你有事。

喇叭叔说：大伙儿都排练哪，啥事你这么着急说？

马大壮说：我可不跟她杨柳枝对劲了，我离她远点吧。

喇叭叔说：……你啥意思啊？

马大壮说：现在我跟小壮住的这趟儿房，都是我爹给留下的，我打算给小壮了，村里再批我一块地的话，我想重新盖套房。

喇叭叔很不理解，说：大壮，你又犯什么闷劲，别的事都好商量，这事你得想好了，这不单是给你块地的事，这里头还有人情呢，先不说这事你跟你媳妇商量过了没有，就说你跟小壮，你哥俩那么好的感情，小壮能同意你搬家吗？

马大壮说：俺哥俩的事好说，况且，我也不离开村子，就是换个地儿呗，小壮能理解我。

喇叭叔说：这事啊……你回家等信儿吧，我现在不能马上答复你。

马大壮说：喇叭叔，你别支乎我，回头，我就往村委会提交申请报告了。

喇叭叔说：我跟你说啊，大壮，你们哥俩都拥有各自享受宅基地的权利，可老话说“穷搬家、富挪坟”呀，我看你还是别瞎折腾。

马大壮说：我也不是什么瞎折腾，我搬走了，对两家都好。

喇叭叔耐心地说：大壮，我知道你为卖驴的事还心有余悸，可日子还得过呀，不能因为妯娌俩吵架这点小事，就张罗要分开，你要搬走的话，还真得考虑考虑你弟弟马小壮。

马大壮说：不光是卖驴的事。喇叭叔，你都知道我疼小壮，我也想两家好好过日子，可今儿个打、明儿个闹的，我真受不了了，我离她杨柳枝远点的吧，眼不见心不烦。

·三十·

老翟头把金昌叫到办公室，问秋收前的准备工作怎么样了。

金昌说：都差不多了。车辆都已经检修了，包括马大壮新买的卡车，都按程序做完安检了；还有收榛果用的麻袋、箩筐啥的，已经订购完，过两天就都送来了；后勤保障这块儿，饮用水已经解决，就是吃饭的问题，不知道翟叔怎么安排的？

老翟头说：订盒饭，我跟你九妹婶子说了，就她来做了。哎，对了，杨柳枝快要休产假了，库管的事你准备怎么安排呀？

金昌说：我还没安排呢，如果你同意的话，就先安排小妮子代管吧。

老翟头说：小妮子兼做销售了，有些技术方面的事情她还要做，要不……让福来做库管也行，他本身又是质检，让他兼职挺合适。

金昌说：翟叔，福来责任心不强，这事他做不了。那客户不管啥时候要货，就得随时发出去，万一库房货源不足，还得从其他合作社调拨，这活儿需要心细的人做，我看还是先让小妮子代管吧。

老翟头说：嗯……那你找小妮子谈吧，我看她在办公室呢。又说：金昌啊，一会儿跟小妮子谈完话，你再过来一趟。金昌答应。

金昌来到销售部，对小妮子说：小妮子，跟你说个事啊，现在库房的库管还没合适的人选，你先代管一下吧。

小妮子说：让我代管？我对库房业务不熟啊，东西在哪我都不知道，谁取个东西啥的，我都找不着？

金昌说：反正夏闲这会儿也不忙，没多少活，你先熟悉一下；你责任心强，心还挺细，就暂时费点心兼管一下，等安排好合适人选，再替换你。

小妮子说：那行吧。哎，你兜里揣的啥鼓鼓囊囊的？

金昌说：秧歌手绢。姜兰可给我任务了，没事就拿出来练练。

小妮子说：是呀，你练得咋样了？

金昌掏出手绢说：看着啊，我给你整两下。金昌耍起手绢……

小妮子说：不对吧，这手绢花不应这么挽，关键是在手腕子上，看我的啊……小妮子拿过金昌手里的手绢挽了几个绢花，说：看见没？金昌说：啊，这样式儿的。金昌接过手绢，挽了个花……小妮子说：哎呀，真笨！

手腕往上提、挽花要把手绢挑上去、再压腕，你别像拍苍蝇似的。小妮子把着金昌的手，提腕上挑、下压……说：这么使劲儿才行。

这时，杨柳枝进屋里，见此情景，她说：哎呀金昌，你不在总经理办公室待着，跑销售部拉手来了？

金昌顿时一愣……

小妮子瞄了杨柳枝一眼，说：我教金昌练手绢花呢。又对金昌说：金昌哥，明天我还帮你练啊，多练一会啊。你们有事先说，我出去了。

杨柳枝说：小妮子，这是你的办公室，你出去干啥呀，像我撵你似的？我这人真不懂事。

小妮子没啥反应地出了门。杨柳枝对金昌说：小妮子有意思，她对你挺热情的哈？

金昌说：你对我不也挺热情的嘛，刚才排练，还单独给我练动作呢？

杨柳枝说：啊，我那是……

金昌说：我正等你呢，咱俩去库房看看吧。

杨柳枝说：福来和小胖已经清点完库存了，字都签完了，还有啥看的吗？

金昌说：这是程序，看一下也不耽误时间；你先去库房等我，我叫上小妮子一起去。

杨柳枝又来神儿了，说：你咋那么信任小妮子呢，有啥事都找她？

金昌说：我也信任你呀。

杨柳枝说：啧啧，一边晃去吧。

金昌办完库房的事，回到老翟头办公室。老翟头问：跟小妮子谈得咋样？

金昌说：谈完了，没问题。

老翟头说：那就好。金昌，小玲经常给你打电话吧？

金昌说：我俩天天联系，这你就放心吧。

老翟头说：嗯，我闺女在那都干些啥，她都跟你说吧？

金昌说：了解一点吧，现在她主要是基训、练功，还要跟老师上声乐课，事儿挺多的。

老翟头说：哎呀，这孩子走这么长时间了，我不知道你咋样啊，反正我是想闺女了。

金昌说：那翟叔找个时间去看看她呗，也代表我了。

老翟头说：你还想让我去，这事你咋不张罗呢？

金昌说：我哪有时间啊，你别看山上没活了，可我有多忙，翟叔应该知道的。你说，白天我跟他们练节目，完事我要抽时间写榛子档案，晚上还要点灯熬油，写新开垦的榛子林护养管理制度，秋收还有一大堆准备工作要落实呢，这些我不都得一件一件地去完成嘛。

老翟头说：哼，你这总经理当得，够优秀的了。既然你这么忙，秧歌队你还跟着瞎混啥？一天没个正形，在那压什么脚跟的，还去演什么“女兵”，把时间用在正地儿上，跟他们凑什么热闹？

金昌说：翟叔，你不是挺支持秧歌队的嘛，而且，你还主动赞助支持各项活动，怎么到我这就不行了？

老翟头说：你是我姑爷儿，我是希望你能做点正经事儿。

金昌说：秧歌队的活动也是正经事呀，总比没事在一块堆儿扯老婆舌、打麻将耍钱好吧？

老翟头说：那你就替叔做点事吧。

金昌说：行，只要我能办到的，全力以赴。

老翟头说：我看这段时间你该出去转转了，我琢磨着在省城再开几家榛子专卖店，你给叔踩踩点儿去，咋样？

老翟头要在省城开专卖店，想让金昌过去经营，完全是私心作祟，这样，翟玲就能跟金昌在一起了。金昌不知道老翟头的心思，说：这事啊……这事派个业务员就行吧？

老翟头说：我交代你的工作你不去、让别人去？

金昌说：你都知道我脱不开身，我怎么去？

老翟头说：哎，我发现你小子翅膀硬了哈，我跟你说话不好使了呗？

金昌不解地问：翟叔，为啥非要我去呀，只要有人能去办这件事就行呗，不就是踩踩点嘛。

老翟头见金昌不买账，有些恼火，他说：好小子，还学会耍滑头了，跟我揣着明白装糊涂是吧？

金昌有点不高兴了，说：我没耍滑头、也没装糊涂啊，我说的是客观事实。

老翟头急了：行啊，暖和暖和你还上炕了，不想好好干就不干，你爱干啥干啥去！

金昌惊诧，他没想到老翟头会说这样的话，他腾地站了起来，不满地说：我可没得罪你，翟叔。说完走了。

老翟头望着金昌的背影嘀咕着：让你跟姜兰当那个队长，我非给你搅黄了不可。

金昌刚出门，姜兰来电话了。他问：啥事，说？

姜兰说：明天就到文化广场连排了，服装、道具啥的，都安排好了吧？

金昌正闹心呢，他没好气儿地说：我啥都不管了，别找我了！

姜兰不解，说：怎么了金昌，我可是刚走马上任、第一次跟你商量事儿，你不该这么说话吧？

金昌说：我就这么说了，你爱咋咋的。他关掉手机，骑摩托跑了。

姜兰手握电话掂量着：这是又碰到烦心事儿了……指定又去河边了。

姜兰骑摩托到了河边，见金昌果真在那，她走过去说：挺好啊，跑这来躲心静了。

金昌不耐烦地说：我都跟你说了，我啥事都不管了，你怎么还来找我呢？

姜兰说：……说不干就不干了，碰到啥事儿了？

金昌说：事多，太忙，秧歌队我就不参加了。

姜兰说：我可了解你啊，啥事儿你都不带认输的，村里把工作交给你，没啥特殊情况你不会说这话。

金昌烦躁地说：我现在都怀疑我是不真的傻，我把一腔子的热情都献出来了，怎么还对我不满意？

姜兰说：谁对你不满意了？

金昌说：都对我不满意，也包括你。

姜兰笑了，说：嗬，这又把我带上了，看来真是遇到难事儿了。

金昌双眼无神望着河水，说：我真是失败，工作上翟叔对我不满意，家里头我娘对我也不乐意；秧歌队吧，我还有劲使不上，你说我一天到晚的，我干啥呢我呀？

姜兰沉静了一会，说：翟叔对你不满意，我知道他心里怎么想的。

金昌：……？

姜兰说：他闺女进城了，他不得想你俩的将来吗？

金昌说：那他也不能安排我去省城开什么榛子专卖店呀！

姜兰恍然：啊，这不就结了。

金昌说：啥意思？

姜兰说：他就是想让你，能跟小玲在一起呗。

金昌说：有话就直说呗。有时间的话，我常去看看就完了，整那些没用的干啥？你就说我现在吧，我能放下工作就走吗？秧歌队咱明天就要连排了，接着就去慰问部队演出，秋收还一大摊子事要准备呢。

姜兰说：你不说啥事都不管了吗？

金昌说：你别将我。

姜兰平心静气地说：与其说翟叔跟你不讲理，不如说是他想闺女了；有时间，你真应该去看看小玲，你俩要照这么发展，将来可是个事儿。

金昌说：这些我心里都知道，就是没法解决吧。

姜兰说：省城那边，文静还想挖你过去呢，而且，她开出的条件很高，要那样的话，你还真能跟小玲在一起了。

金昌说：姜兰，我们的理想和事业，在大学毕业前就规划好了，你怎么……

姜兰说：啥事都不是一成不变的，何况，你到文静那，也是有用武之地，也可以干出一番事业来。

金昌说：我认准的路，不会轻易改变。

姜兰说：金昌，既然你理想已定、又很坚决，可你还同意小玲进城了，我就不明白了你是怎么想的，你这不是对她不负责任吗？

金昌说：小玲的事不是我给她规划的，是她自己执意要去的，我要硬不让她走、就是负责任？

姜兰说：那她在城里你在村里，将来怎么办，你想好没？

金昌说：让你说的了，就像她不回来了似的？

姜兰说：回不回来都已经是未知了，你还在骗自己？

金昌不说话了，他静默地望着河水缓缓地流淌……

杨柳枝撅了马大壮，她怕大壮回家跟石榴学舌，所以，排练完她就赶紧去卫生室找石榴，进屋就笑嘻嘻地说：嫂子。石榴说：哎呀，嘻眯嘻眯地，又有啥好事来找我呀？

杨柳枝说：你回家说说大壮吧。

石榴说：怎的了？

杨柳枝说：挺大老爷们的，干啥说翻脸就翻脸，整得我都下不来台了。

石榴说：哟，俺家大壮又跟你犯啥倔了？

杨柳枝说：大家都在那排练，我也没说他啥，就是让他做做动作、给他排一下，他摔门就走了；你说，我是排练者，我还不能说他了？

石榴说：我还当啥事呢，就这点小事还至于跑这来说？行了，等我回家说说他，你就别上火了。

杨柳枝说：哎，这才是我好嫂子呢。

石榴说：啧啧，这小嘴儿甜得，我都要齁着了。柳枝，你不上工了吧？

杨柳枝说：不上了，今天刚交的钥匙。

石榴说：要当妈妈的人了，在家好好养养吧，等有孩子了，可够你累的，现在你得做好准备，到时候别受不了。

杨柳枝说：没事，反正小壮都说了，孩子他带。

石榴说：说是那么说，到时候孩子哇哇跟你叫，你能不心疼？

杨柳枝说：到时候再说呗。

石榴说：别再说呀，有些事现在就该准备了，做点小衣服、小褥垫了啥的，别到时候抓瞎。

杨柳枝满不在乎地说：还有我娘呢。

石榴回到家，见马大壮躺在炕上，她说：大壮。

马大壮没好气地说：你怎么回来这么晚呢，孩子还等着吃饭呢？

石榴说：啊，我刚跟柳枝唠会儿嗑。你有事啊？

马大壮腾地坐起来，说：有病啊你，没脸呀，不长记性是不，没事老跟她打什么咧咧？

石榴吓一跳，说：怎么了你，急头白脸的？

马大壮说：跟你说多少次了，你还搭理她干啥？

石榴说：怎的，这隔墙住着，那屋又是你弟弟家，就不能来往了？

马大壮说：告诉你啊，我找喇叭叔申请宅基地了。

石榴简直不敢相信自己的耳朵，她说：……你，你说什么，你申请宅基地了，啥意思这是？

马大壮说：咱惹不起还躲不起嘛，离她远点吧。

石榴强压着震惊，哄着说：大壮，这么办事不妥吧，你是气头上说的话吧？就算柳枝她咬尖儿、不顾及别人，可闹分家可不成啊。

马大壮说：怎么叫分家呢，房子是我爹留下的，我都归给小壮，她杨柳枝占便宜了，还得偷着乐呢。

石榴说：这么做，你就不怕别人笑话？

马大壮说：有啥可笑话的，日子过得舒不舒服，我自己知道，再这么过下去，非把我气死不可。

石榴耐心地说：别的大壮，我知道你刚才跟柳枝怄气了，柳枝也找我说了，她都说没给你面子不对了；你不想想，就因为这点儿事闹分家，小壮能同意吗？

马大壮说：想啥想，这事我都想好几次了。

这时，马小壮进屋。马大壮一横身又躺下了……

马小壮问石榴：嫂子，我哥怎么了？

石榴打着马虎眼说：啊……没事，就是，累了、躺会儿。

马小壮对大壮说：哥，刚才排练，柳枝跟你说话不妥，可她不是尽意儿难为你，你就别当回事了。

马大壮说：我都不跟你们一起住了，我还当个屁事啊。

马小壮不明白地：啥？

马大壮坐了起来，说：我跟你说，我已经跟喇叭叔申请宅基地了，你听明白没？

马小壮说：啥玩意儿宅基地呀，哪跟哪这是，又说气话；我发现你最近咋那么爱烦躁呢，动不动就自己找气生？

马大壮说：你别跟我打岔，我说话你得当真，我跟你嫂子都商量完了，现在正式跟你说，还不晚吧？

石榴说：大壮你……她气愤地转身出屋。

马小壮说：哥，生气归生气，可咱哥俩不能分开啊；你要搬走这事儿，就是说出大天来，我也不同意。

马大壮说：咋的，我当哥的，还不能自己决定点儿我自己的事了？

马小壮说：这是你自己的事吗？你就没想想，你真搬走了，我马小壮的脸……是让驴踢了！

马大壮说：那我们全家人，就都得受你媳妇的气呀？

马小壮说：哥，家里啥事都可以商量，可搬家又不是搬米缸；再说，我真同意你搬走了，那我马小壮还是人吗？

马大壮说：这事跟你没关系，我就讨厌她那样，你看一天把她嘚瑟得，我都不知道说她啥好。

马小壮说：卖驴的事是让嫂子受委屈了，可柳枝现在这情况，我还不能深说她，以后我让她注意就是了。

马大壮哼了声，说：你没看见她在排练场那样啊，她不说别人偏来说我，她啥意思呀？

马小壮说：你动作做不好，她让你单独练一练，那还有啥可多想的，排节目不都这样吗？

马大壮说：别扯了，我不是跟你开玩笑啊，别到时候说这事我没跟你商量。

马小壮说：哥……这事咱先放下，等你气消了咱再唠；我一会儿跟金昌哥几个喝酒去，你去不？

马大壮说：不去。

马小壮说：那他们打电话叫你，你不还得去吗？

马大壮说：我说不去就不去，我关机！

马小壮无奈地走出屋，说：咋都这么大脾气呢？

马小壮回家给媳妇做饭。杨柳枝说：小壮，你不是要去饭店吃饭吗？

马小壮：啊。

杨柳枝说：那就别做饭了，都现成的，我热口吃就行了。

马小壮拉拉着脸子说：别对付，做口新的，我给你打碗疙瘩汤。

杨柳枝感觉到小壮的情绪不对，她问：小壮……你不高兴了？

马小壮说：不笑就是不高兴啊？

杨柳枝说：小脸蔫儿巴的、像霜打的茄子了，你以为我看不出来。

马小壮犹豫了一下，说：……你既然问我了，我就说说，这排练就好好排呗，干啥跟我哥较劲呢？

杨柳枝说：怎的呀，大壮本来做动作就不协调，还不兴我说了，我是排练者，不得认真排练吗？

马小壮忍不住了：那你就说！说吧说吧，明天，他不搁这住了、搬家了，我看你咋办！

杨柳枝心里咯噔一下，她有些心虚了、半天没说话。她转身找娘去了。

柳枝娘见杨柳枝进屋，说：闺女，刚从家走，怎么又过来了？

杨柳枝说：娘，小壮跟我说，大壮不想在这住了，他要搬家。

柳枝娘心头一震，说：啥，搬家？

杨柳枝说：小壮刚跟我亲口说的。

柳枝娘说：我说你这个败家孩子啊……你就作吧，大壮这是讨厌你弟媳妇了，你还认识不上去呢。

杨柳枝说：娘，你就是骂我我也要跟你说，他马大壮真搬走了，非有人说我闲话不可，就像我欺负人似的。

柳枝娘说：你以为你那些个事做得，不欺负人吗？

杨柳枝说：我以后改呗，现在我想让娘跟大壮说说，让他别想搬家的事了。

柳枝娘说：这事我知道了我都得装不知道，你说我还能找他吗？

杨柳枝说：娘，你说他申请完了，村委会要不同意的话，是不也白扯？

柳枝娘说：这话小壮是没跟你说，你们住的那趟儿房，是人家老辈儿留下的，那算一块儿地；大壮再申请宅基地，可是天经地义应得的，申请有效。

杨柳枝说：这事其实我明白。

柳枝娘说：你明白啥，大壮真要搬走，人家说的不是大壮无情，得说你无义，说你把他两口子气跑的，一点儿都不过分。

杨柳枝说：我看大壮是尽意儿找麻烦，他都知道小壮不能让他搬，还非要整景儿。

柳枝娘说：你要跟他们处好好的，大壮能张罗搬走吗？抽时间跟大壮两口子好好说说，你自己处理不好这事，谁都帮不上忙。

杨柳枝哑口无言。

马小壮在农家乐请哥们喝酒。福来、满堆、王小二坐在包厢内。金昌和姜兰进屋。马小壮说：金昌，你咋回事儿，请你喝酒你还来晚了？

金昌说：不好意思啊，我们刚才商量点事，耽误了点。

福来说：你俩赶紧的吧。姜兰啊……

姜兰说：有话就说，姐夫。

福来说：你是能喝酒的人，可总是真人不露相，老也不跟咱们喝，今天跟哥几个好好喝点怎么样？

姜兰说：别的啊，明天还有不少事，喝多了耽误工作。

满堆说：福来，你先让姜兰姐坐呀。

福来说：对，对，今天就一位女同志参加，请坐，姜兰。

姜兰和金昌入座。金昌说：唉，小胖咋没来？

马小壮说：来了又走了，让万能给找去了。

姜兰说：啊，又帮我三姨夫干活去了。

马小壮给大家酒杯斟满。

金昌说：小壮，今儿个你做东，你起杯，先说几句。

马小壮举酒杯说：谢谢哥几个捧场啊！我就先说一句，我要感谢金昌，真的，关键时刻给哥们顶上，劝住我媳妇，事情才没闹大；来，一起举杯，把酒干了，以后咱们哥们还好好处。

满堆说：小壮，你这话说得不全面，光表扬金昌，把福来姐夫给冷落了，还有王小二和小胖呢，他们都值得表扬。

马小壮说：满堆说得对，那这么的，我自罚一杯，我干了，你们随意。

金昌说：别的呀，要干大家一起干。

马小壮说：好，一起，干。

大家干杯。马小壮又说：福来，你那天把我调理够呛，你是不得自罚三杯酒，哎，你们哥儿几个说，我应不应该罚福来？

王小二说：不妥吧小壮哥，福来不提前提醒你，你回家不就麻爪了，还不定咋样呢。

满堆说：是呀，福来姐夫为了提前给你打预防针，跟我在大磨盘下半天棋呢。

福来得意说：小壮，你看见没，民意，民意……

马小壮比画福来说：我看你个……

大伙儿都乐了。

九妹子在老翟头家批评老翟头。她说：我真不知说你什么好了，亏你想得出来，你说，你安排谁去省城、去黑龙江卖榛子，也不能安排金昌去吧，你可是理事长，不能信口开河胡咧咧。

老翟头说：他爹能安排他和姜兰当队长，我怎么就不能安排他去搞销售哇？

九妹子说：你这么安排就是泄私愤，根本就不是从工作上考虑的。

老翟头说：哼，就算让你说着了吧，我就是不想让金昌跟姜兰在一起；我闺女没在家，他俩老在一起，你不怕别人说闲话，我还怕呢。

九妹子说：你也太霸道了，这事是村委会安排的，秧歌队又不是哪个人的，你这么说，不是无理取闹吗？哎呀，我要说你是农民，都是夸你了。

老翟头说：那我也要让他知道知道，我老翟头的闺女，就是不能让别人欺负。

九妹子说：我发现你这人太自私，自己闺女走了，不管别人不说，回头还看着人家，你说，有你这么办事的吗？

老翟头说：反正我话都说出去了，管他呢。

九妹子说：你就不想想金昌那孩子，一天到晚忙叨的，有多不容易？

老翟头：……

九妹子说：行了，该怎么做，不用我多说了。饭菜都给你做好了，自己吃吧。

老翟头想留下九妹子：你……

九妹子一甩手出了门：我有事。

马小壮和金昌他们还在喝酒。马小壮频频干杯。姜兰看出了马小壮好像有什么心事，她说：小壮，今天你一直搁那闷头干，也不说话，这也不是你性格呀。

福来也说：有心事儿了咋的，小壮，能跟哥儿几个说说不？

马小壮说：……我不想说，丢人。

金昌还不知道马小壮的难心事，他还逗小壮说：好家伙，小壮都学会矜持了，那今天这酒就别喝了。

满堆说：干啥不喝呀，我还没喝尽兴呢。

姜兰说：今儿个就这么着吧，天不早了，赶紧干了杯中酒，啊。

马小壮说：行，今天大家都没喝尽兴，不好意思啊，哪天我再给补上。

大家分手后，各自往家走。金昌对马小壮说：小壮，到岔路口了，你直接回去吧，姜兰家离得远一点，我送送她。

马小壮说：没问题。

金昌又嘱咐说：你注意点啊，直接回家了。

马小壮说：放心吧。

马小壮顺着稻田排水沟的路边走，边走边叨咕：今天这酒喝得不得劲，迷糊……他晃晃荡荡地走着，忽然脚下踩空身子一歪，掉进排水沟里……他叫唤着：哎呀我的妈呀，咋还掉沟里了呢……他力图站起来，可脚下一阵疼痛，又倒下了，他龇牙咧嘴地说：哎呀妈呀，完了，脚腕子折了……完了完了，来人哪——

老翟头一个人在家喝闷酒。他让九妹子给说得，也觉得自己对金昌的态度有点过分，挺后悔。他给金昌打电话，温柔地说：金昌，你睡觉没呀？

金昌说：我刚到屋。翟叔，你有事呀？

老翟头说：你到家来一趟啊？

金昌说：怎么了翟叔，你不舒服了吗？要我叫石榴不？

老翟头厉声说：别废话了，我叫你来，还磨叽啥。

金昌说：好，我马上过去。金昌撂下电话，赶紧往老翟头家跑……进屋就说：翟叔，你没事吧？

老翟头笑说：哈哈，看把你吓得，还行，我要是死了，还有人管我。

金昌说：说啥呢，叔。都快半夜了，你还喝呀？

老翟头说：没事儿我不喝点儿还干啥呀？想跟你吵架，你还跟我犯倔不搭理我了。

金昌说：叔又说小孩话。我还敢犯倔，我不走，留办公室气你呀，我一走了之，你气就消了呗。

老翟头说：算你小子孝顺。行了，快回家睡觉吧，我也困了。

金昌说：啊？我急忙呵跑来的，没说几句话，就打发我走了？

老翟头说：你不走，搁这睡也行。

金昌说：……我给你烧壶开水，渴了吧？

老翟头说：对对，给我烧点水，还真渴了。烧上水你就回去吧，要不你娘又该说我多事了。

马小壮一瘸一拐地到家，他扶墙进屋，说：媳妇，媳妇啊，快点快点，疼死我了……杨柳枝赶紧下炕，问：怎么了你，小壮？马小壮说：我腿摔瘸了，你快扶我一把。

杨柳枝上前扶住小壮：在哪摔的呀这是？

马小壮说：走到稻田埂上，脚踩空了，就掉排水沟里了。

杨柳枝说：那金昌他们呢，金昌咋不管你呢？

马小壮说：金昌送姜兰回家了。

杨柳枝说：他咋那样式儿的呢，这不重色轻友吗？

马小壮说：你别废话了，快扶我上炕……哎呀，轻点，疼……

杨柳枝把小壮安置在炕上，说：你躺这别动，我叫石榴去。杨柳枝跑到马大壮家院门前敲院门，喊：嫂子，嫂子呀，你睡没呀，你快开门，我找你有急事！

马大壮和石榴躺在炕上。石榴听见叫声，说：大壮，大壮你醒醒，柳枝叫门了。

马大壮说：大半夜的，两口子又吵架了？

石榴说：我哪知道，你快点出去看看吧。

马大壮说：半夜三更的，兄弟媳妇叫门，大伯子怎么出去，你去吧。

石榴穿衣服出去，见杨柳枝说：怎么了，柳枝？

杨柳枝说：小壮掉沟里了，腿摔坏了，直喊疼，我不知道怎么弄了。

石榴说：啊？别急，我过去看看。石榴跟杨柳枝进屋，进屋就问：小壮，摔哪了，你感觉怎么样？

马小壮说：就是脚腕子疼得要命，是不折了？

石榴说：我看看啊。她扶起小壮的脚轻轻转了转……马小壮：哎呀，你别掰我，疼。石榴说：挺大个老爷们，歇里啥。你勾勾脚……脚指头动动……石榴又看了看膝关节、看了看另一条腿之后，说：还好，骨头没事，就是脚腕子崴了，脚踝骨扭伤。

杨柳枝着急地说：上点啥药哇？嫂子，我们家有烧酒，你点着了、给他揉揉吧？

石榴说：可不能乱揉啊，这属于软组织损伤，需要先冷敷；我回家拿两个冰袋，先冷敷一下，然后我再给他上点活血止痛的药。没事啊，一周左右就能下地了。

马小壮说：那这几天我就不能动弹了呗？

石榴说：还动弹啥，需要静养。你们两口子一块“坐月子”吧。石榴出。

马小壮说：完了完了，秧歌队明天连排，那女兵舞怎么办？

杨柳枝说：缺了你地球还不转了，啥也别想了，就在炕上待着吧。

石榴回家拿药。马大壮说：你翻腾啥呀？

石榴说：找药。你快起来看看去，小壮摔了。

马大壮一骨碌爬起来，说：摔哪了？

石榴说：掉稻田排水沟里了，脚崴了。

马大壮说：有好道不走……他赶紧穿上衣服跟石榴过了那屋。

马大壮看了看马小壮，说：小壮，我看你是不能动弹了，明天的节目咋办？

杨柳枝瞥了一眼马大壮，说：大壮就是不会说话，光想节目，也不问问他脚咋样了。

马大壮没吭声。

石榴说：小壮，冰袋冷敷二十分钟就行了，然后就把这活血止痛膏贴上，不能拿手乱捏啊。

马小壮说：知道了。可，嫂子，这脚要再疼，我睡不着觉咋办呢？

石榴嗤笑，说：瞅你这歇里劲儿。这有几粒西药，睡前吃一粒，是消炎止疼的。行了，收拾收拾，都早点睡吧。

石榴往外走，杨柳枝跟出去。石榴说：柳枝，你得跟小壮说说，没事别老出去喝酒，这大下晚儿的，真摔个好歹的怎么整。

杨柳枝说：姜兰可真是的，跟一大帮老爷们喝啥酒哇，这可倒好，金昌要不是送她，就跟小壮一起回家了，小壮就不会出事了。

石榴说：这都哪跟哪呀你？

杨柳枝说：本来就是的嘛。

石榴说：行了啊，赶紧回屋吧，别让小壮乱动了啊。

杨柳枝：嗯。

金昌回到家，见爹在院子里，说：爹，这都啥前儿了，你还没睡呀？

金有良说：你娘睡下了，我等会儿你。

金昌说：爹是有话说？

金有良说：也没啥。儿子，我知道你工作压力挺大，这还安排你做秧歌队工作，你不能埋怨爹吧？

金昌说：爹常说，年轻人多干点事儿行。可我就怕干不好。

金有良说：不还有你喇叭叔和我哪吗，再说，姜兰也挺能干。你呀，有事就好好做，没事就哪凉快哪待着，别扯闲淡，懂吗？

金昌说：我明白。

金有良说：明白就好。刚才去你翟叔家他跟你说啥了？

金昌说：也没说啥，尽说工作上的事了。

金有良说：这么晚了还说工作，他是不又跟你闹腾了？

金昌说：没有。爹，翟叔他……其实，他就一个人在家，挺孤单的，没事儿我应该多陪陪他。

金有良点点头，说：嗯……天不早了，快睡去吧。

第二天。金有良和喇叭叔在村委会。金有良说：村主任，小壮的情况，女兵舞指定是不能上了，你安排谁了？

喇叭叔说：我跟姜兰商量了，安排金昌上吧，他马上就过来。金有良说：金昌能行吗？

喇叭叔说：咋不行呢，他跟大伙儿练好几天了。

金有良说：……让小妮子补空缺，不挺好吗？

喇叭叔说：队形里要求是四个男队员，现在你整仨人上，太难看；再说了，演出的时候，小妮子又是报幕员、又是拉场戏的，她串不开、忙不过来。

金有良说：那你安排吧，我等你去镇里开会啊。

金有良往外走……喇叭叔说：你走干啥呀？我跟金昌说话，不耽误你在屋里坐着。

金有良说：我瞅瞅那些个道具、服装都摆放好没。

喇叭叔说：还有姜兰她们一帮人哪。

金有良说：你别管我了。

万大炮给福来打电话。福来说：大炮，这么早就打电话……我今天玩不了，要去秧歌队排练……别老说那些落后话，去你家玩牌就有前途？别扯犊子了……今天不行就是不行，撂了。

万大炮和钱贵、贾六坐在屋里。钱贵说：大炮，福来真不过来？

万大炮说：他来不了了。都别在我这坐着了，出去拉活挣钱吧。

钱贵说：福来这干部家属，是让小舅子给看住了。

万大炮说：不是让他看住了，是让红石峪那秧歌队整得，哪也去不了了。

贾六说：缺了福来还不玩了，要不，我再找个人过来玩？万大炮问：找谁呀？贾六说：张铁子那有一伙儿人呢，找谁来都行。

万大炮说：不行，咱哥儿几个凑不齐，就算了。

贾六说：哎呀，这车我都开腻了，整天在道上骨碌，真不爱开了，咱就再找个人玩会儿呗？

万大炮坚决地说：不玩。万大炮往外走，钱贵和贾六跟出。

钱贵说：我不是说你了贾六，你小子就是娶个好媳妇吧，我媳妇要知道我有车不正经开，早大嘴巴子伺候了。

贾六说：哎呀，想挨大嘴巴子的待遇也没了，媳妇不在家喽。

钱贵说：怎的了，整天在外头玩，给媳妇整烦了？

贾六说：头些日子输了点儿。

万大炮说：看见没，刚开始玩那会儿，还说赢钱赢得都不愿往兜里揣了，现在开始输了吧？

贾六说：没少输。你说张铁子咋那贼呢，就我这手法算快的了吧，我怎么就看不住这小子？

万大炮说：六子，你以后少去找他，现在收手还赶趟儿；我可告诉你，你再跟张铁子玩，以后就别到我家来了啊。

贾六说：输钱是我的事，不让上你家来是啥意思呀？

万大炮说：我讨厌耍钱的人。

贾六说：我没耍钱，就是过过手呗；再说了，我输了那么多钱，不得往回捞点吗。

万大炮说：输点钱，就当花钱买教训了，那玩意儿，越想往回捞陷得就越深。

·三十一·

秧歌队在文化室排练。姜兰说：哎，跟大家说一下啊，《女兵舞》马小壮的位置由金昌替代了，咱们在这带他走两遍啊，然后就去广场连排了，杨柳枝……

杨柳枝说：说吧。

姜兰说：你带大家排练吧。

杨柳枝说：知道了。大家都按出场位置站好了。

金昌很谦卑地说：不好意思啊，各位，让大家陪练了，多多包涵、多多包涵。

小敏说：金昌加油。

福来说：哎呀，没见过这么积极的龙套。

姜兰说：金昌，到两大斜排那段，你跟我是最后一对啊，到时候跟我看齐就行。

金昌说：明白。

小敏也对金昌说：四大排那段，我在你前面，你跟住我就行了。

金昌点点头：知道了。

杨柳枝说：大家都注意了，女兵舞从头来一遍，准备……

姜老慢和姜胖在道具室里。姜胖从道具箱里拿出十六把道具刀往屋外走。姜老慢嘱咐说：小胖，这道具可是镇长出面给咱们借的，要摆在显眼

的地方，别让谁踩着给弄折了。

姜胖说：知道了。

姜老慢又说：用完就赶紧拿回来，别弄丢了啊。

姜胖说：知道了知道了，知道了。姜胖冲爹做了个鬼脸，跑出。

村文化广场聚集了很多村民，都等着看秧歌队的新节目呢。

连排开始。麦穗等女队员们在场上扭秧歌。

姜兰娘说：哎呀，满堆娘，瞅你们家麦穗啊，那小腰一扭三道弯儿，真带劲儿。

满堆娘说：就是的，我闺女有样儿。

柳枝娘说：我闺女要是上去跳，管保比你闺女强。

满堆娘说：可惜呀，你闺女趴窝了。

金婶说：都别说话了，好好看，一会还有我儿子扭芭蕾舞呢。

柳枝娘说：没品位，那不叫扭芭蕾，我闺女说，是跳芭蕾。

金婶说：管他扭还是跳呢，我就等着看了。

男队员在广播室换服装。福来说：满堆，女兵舞是在马大壮拉场戏的后头吧？

满堆说：是。满堆打开抽屉拿鞋，见鞋子没有了，一下子着急了：哎呀……

福来说：怎么了，一惊一乍的？

满堆说：我的鞋咋没了呢？

福来指指地上的一双鞋说：鞋都看见你了，你还找鞋。

满堆说：那双不是我的，我的鞋放抽屉里，谁给穿走了？

福来说：管谁的呢，有一双穿就行呗。

满堆抓起地上的鞋，穿好、跑出去……

福来往外走。满堆迎头又跑回来，说：福来，该马大壮的拉场戏了，快搬道具去！福来说：来了。

金昌临危受命，要替马小壮跳《女兵舞》。上场前，他在文化室里对着大镜子练习动作。姜兰进屋，说：金昌啊，你能行不呀？

金昌说：咋不行呢？

姜兰说：马大壮的节目都上场了，下一个就是女兵舞，你还不赶紧换服装去？

金昌说：嗯，不练了，这就去换。

老翟头坐在人群里看排练。姜老慢走来，坐他旁边。老翟头说：老慢，最近家里买啥好酒没？

姜老慢说：买酒干啥？

老翟头说：喝呀。你不把酒买好了，怎么去满堆娘家给麦穗提亲啊？

姜老慢说：俺家小胖跟麦穗真好上了？

老翟头说：傻帽儿，你还不知道哇？

姜老慢说：你咋知道的？

老翟头说：还我咋知道的，麦穗在九妹子那上班，你说我啥不知道吧。

姜老慢说：拿不准的事别瞎说。

老翟头说：我瞎说啥呀，俩孩子都大了，回家该问问孩子了，该张罗提亲喽。

姜老慢说：你说话不算，我得听孩子的准信儿。

老翟头说：那回头我跟小胖说去，你别忘了请我吃馅饼就行。

姜老慢说：想吃馅饼就说馅饼的事，绕那么大弯儿干啥？

老翟头哈哈大笑。姜老慢说：有你哈哈的，我跟你说啊，一会儿你得好好看戏。

老翟头说：当然要好好看了，这群大姑娘、小伙子的，挺有样。

姜老慢说：一会儿金昌就跳女兵舞了，他要跳好了，以后你就别管人家、别老说人爱出风头了。

老翟头说：不对呀，那舞蹈早就排好了，这又让金昌上干啥呀？

姜老慢说：小壮掉沟里脚崴了，动弹不了了，金昌上去顶小壮的位置。

老翟头说：是啊？这扯不扯呢。

金昌的演出鞋让满堆穿走了他不知道，穿好服装在广播室里满屋找鞋：哎，我的鞋呢……

《女兵舞》要上场了，姜兰在场边催场，说：女兵舞的队员都到齐了吧？

福来说：金昌还没来呢。

姜兰说：赶紧叫他去。

满堆说：我去叫。满堆跑向广播室……

小妮子手持话筒上场了，她说：红石峪的父老乡亲们，咱新农民秧歌队刚成立，就排练了新节目，他们会跳芭蕾舞了，你们信不信啊？

众人七嘴八舌地：信。不会吧？啊，新鲜，快看看……

小妮子说：我们就以热烈的掌声，欢迎他们表演芭蕾舞剧《红色娘子军》片段——《女兵舞》。

众人：好——

音乐响起……福来着急了，说：哎别、别放音响啊，金昌和满堆还没来呢。

杨柳枝说：福来，你别瞎指挥，前奏音乐还有一大段呢。

满堆跑进广播室，喊：金昌，你快点的呀，赶紧上场了。

金昌说：不行啊，我的鞋找不着了。

满堆说：哎呀，鞋都发给你了，你咋不保管好哪，丢三落四的，真演出了你怎么办？

金昌急了，说：现在批评我有啥用，你瞅啥、你瞅啥？还不帮我找找哇！

满堆说：帮你找也找不到了，音乐都响了，我得上场了。

满堆跑出。金昌转圈在屋里找鞋……

福来看见满堆，说：满堆，你还遥哪跑啥，该上场了！

满堆说：来了来了，哎呀妈呀，还赶趟儿。

姜兰着急地问满堆：金昌呢？满堆说：找鞋呢。姜兰说：……金昌这也是没谁了。

小敏说：姜兰，两大斜排那段你跟金昌一对，你怎么办啊？

姜兰说：他来不了，我就不能上了。

《女兵舞》的演员们上场了。姜兰站在场边没有上去。

金昌找鞋找得团团转，慌忙中把扩声器大喇叭开关碰了下去……他边找鞋边喊叫：我的鞋、我的鞋哪，我的鞋咋不见了呢……

队员们在场上跳着《女兵舞》，大喇叭里传出金昌的喊声："我的鞋、我的鞋哪，我的鞋咋不见了呢……"看节目的村民们大笑起来……

大分头喊了句：当官把印给丢了，哈哈哈……

老翟头也忍不住笑了。

九妹子着急地说：咋整的金昌啊，谁把金昌鞋给拿去了？

老翟头说：是啊，谁这么不讲究？

满堆娘说：他自己不把东西看好，怪不着别人。

姜老慢慢慢地说：我那抽屉里放双鞋，他是给忘了。

老翟头看着姜老慢说：你知道哇，快给拿去呀！

姜老慢说：哎呀，还得我帮他拿，我帮他拿也不赶趟儿了。

老翟头说：那也得去看看呀。

姜老慢往广播室跑，说：金昌这废物东西的……

这时，金昌穿着运动鞋、拎着道具枪跑出来，和姜老慢撞个满怀……姜老慢说：回来回来，鞋就在抽屉里呢！金昌说：在哪也来不及了，我就穿运动鞋上吧。

姜老慢说：你现在不能上了，现在上去就乱套了。

金昌说：上不去，我不成逃兵了嘛！

姜老慢说：哎呀呀我的妈呀，这咋跟上战场似的呢。

金婶见金昌跑出来，她大声喊：儿子——儿子你快点上啊！

姜兰说：金昌，你还跑来干啥，咱俩已经上不去了。

金昌说：咋上不去呢，这时候就需要有点儿勇敢精神，赶紧上！

姜兰说：他们都已经跳一半儿了。

金昌说：咱把没跳的给补上。他拽着姜兰上场了……

场上的福来见状，对马大壮小声说：哎，大壮，金昌和姜兰跳上双人舞了，咱咋办？

马大壮说：让他俩在中间耍单儿，咱把队形往后压。

福来说：收到。又小声对队员们喊：把队形往后压、往后压。

场上队员形成横排，队形后压……

金昌说：哎，怎么样姜兰，我跟你跳得一致不？

姜兰压低声音说：别说话，舞蹈不是拉场戏。

"战士们"在场地后区开始跑"龙摆尾"……金昌和姜兰在场地中心表演着"操练"组合……姜兰小声对金昌说：跳完这段，咱俩赶紧跟龙摆尾接上。金昌说：明白。

杨柳枝在下面看得有点着急了，她说：哎呀我的天呀，金昌咋这么捣乱呢，队形全乱了，这也不是我排的那样了？

老翟头说：哈哈，挺好，就这么跳吧，挺热闹。

杨柳枝说：那我不白排了？

老翟头说：没事，挺有气氛的，金昌还成主角儿了呢。

满堆娘说：是啊，好看，金昌这芭蕾舞跳得，挺有样儿。

老翟头说：可毁了金昌了，瞅他那认真样儿，整得满脑瓜子是汗。

九妹子说：金昌挺能个儿，跑中间跳上双人舞了。

金婶乐么滋儿地说：嗯，我儿子扭得挺好看。满堆娘说：是跳得好看。金婶说：都一样，芭蕾舞。

老翟头看着看着，眉头皱了起来，说：金昌这个小兔崽子的，上不去就不上呗，干啥还死乞白赖往上跑哇，还跟姜兰一块跳上了，什么事呢？

柳枝娘说：那个老翟头子呀，瞅你那损样，别说话了行不，你懂不懂啊，这是演戏。

老翟头说：我没跟你说话，你骂我干啥呀？

柳枝娘说：你说的是人话吗？

老翟头说：你个老太太的，我就是说了，你能咋的呀？

柳枝娘举起手中的烟袋锅，比量着说：我拿烟袋锅削你！

老翟头说：你敢？

柳枝娘说：你以为我不敢哪？

老翟头尽意儿气柳枝娘：来，来，你来呀，来呀？

柳枝娘说：小样儿吧，就你这干巴老头还跟我比量，我把你眼珠子抠出来了。说着，举起烟袋锅冲向老翟头……老翟头起身就跑：哎呀我的妈呀，我可惹不起这个老太婆呀……

众人：哈哈哈……

金有良和喇叭叔、姜兰到镇政府。张镇长热情迎接，说：你们都来了。

喇叭叔说：你一个电话，我们就得赶紧到哇。张镇长，部队那边都安排好了？

张镇长说：请你们过来，就是要说这件事。部队上很重视这次活动，部队礼堂都重新装修了一遍。而且，他们还要出几个小节目，跟咱们一起演；军民鱼水一家亲哪，咱要把联欢会搞得热热闹闹的。

金有良说：联欢的形式好哇，要正儿八经地演出，咱还真拿不出手。

张镇长说：部队早早就排好小节目等着咱们去呢，咱也不能落后啊。

姜兰说：我们一直在抓紧排练，刚搞了两次连排。

张镇长说：那就好，我们一定要认真对待这次演出活动。部队各方面都做了周到的安排，连军训的事情都给安排好了。

金有良说：嗯，是得好好训训，赶紧把这帮“散装农民”归拢归拢。

喇叭叔说：张镇长，这次下去演出，领队怎么安排的？

张镇长说：镇里安排姜兰带队，正好她也在秧歌队里，工作起来也方便；下去之后，有啥事情你们就一起商量着办。

喇叭叔说：没问题。

老翟头去看望马小壮，俩人说了半天话。临走，老翟头说：好好在家歇着啊，有啥事就吱声，只要翟叔能办到的。

马小壮说：谢谢翟叔，我不能下地送你了。

老翟头说：送啥呀，有时间我再来看你。

老翟头出门。杨柳枝迎面进院。她说：翟叔来了。

老翟头说：啊，柳枝呀，我过来看看小壮。你让他好好养几天吧，这几天你就多受累啊。

杨柳枝说：累点儿是小事，就是遭罪呗。

老翟头说：这孩子也是的，好好的道不走，怎么能掉沟里头呢？是跟谁闹着玩，没看脚底下咋的？

杨柳枝不满地说：别提了，小壮跟金昌和姜兰他们出去喝酒，你说，回来就一起走呗，金昌和姜兰从别的道走了，让小壮一个人往家走，这大下晚儿的，小壮还没带手电，不掉沟里才怪呢。

老翟头脸一沉：什么？……甩身走了。

杨柳枝进屋。马小壮问：媳妇，刚才你跟翟叔说啥了，我看你站那半天？

杨柳枝故意回避说：没说啥。姜兰还队长呢，也不管着点儿金昌，这家伙，让他把队形整得，乱七八糟的，我排得好好的，这让他给搅和的。

马小壮说：这事儿你就别说了，金昌也不容易，跟大伙儿合两遍就上场了。

杨柳枝说：那我不白排了吗？

马小壮说：白排啥，他再和大伙儿多合几遍就有了呗。媳妇，别操那么多心了，好好养身体，啊。

姜老慢责任心很强，秧歌队要出发前，他逐个检查着每一个服装、道具箱子；他把十六把女兵道具刀，放进道具箱里的旱驴肚子里，念叨着：哎，这刀放驴肚子里最好了，压不坏、也丢不了。他把刀装好之后，盖上箱盖，说：赶紧叫那帮小子抬箱子、装车了。

秧歌队员们都在文化室里。福来不满地对金昌说：小舅子，咱上不去就不上呗，看你把队形整得那个乱，下次可不能这么做了。

金昌说：我能勇敢地替小壮上节目，你们应该表扬我才是呀。

福来说：你抢风头还表扬你？

金昌说：该做的动作还没做，场上又少两个人，我当然要上去了，怎么是抢风头呢？

福来说：你还有理了？真没法形容你，娘说你“精不精傻不傻的”就对了。

队员们：啾，啾，哈哈……

金昌说：起哄哈？对了，是谁把鞋藏抽屉里了，啊？谁呀？……都不吱声哈？等着的，等我抓着乱拿鞋的人，我就……

满堆说：金昌，你咋知道抽屉里有鞋呢？

金昌说：老慢叔说的呀……是你把鞋放抽屉里了？

满堆说：是我放的，可我找了，又没有了呀？

金昌说：没有了？还跟我犟，你那鞋还能长翅膀飞了呀？走，看看去。

金昌拽着满堆来到广播室，打开几个抽屉，发现了鞋。

金昌盯着满堆：……你看看、你看看，鞋就在这抽屉里，还不承认？

满堆也纳闷：……我不是放在下头这个抽屉里的呀……你别那样瞅我。

姜老慢进屋，说：我跟你们说，以后谁也不许往我抽屉里放鞋，知道不？

满堆说：啊，原来是老慢叔干的好事儿，我把鞋放这里，你又给我换地儿了？

姜老慢说：谁让你往我的抽屉里乱放臭鞋的呀？

满堆说：那你也不能随便给换地方呀？

姜老慢说：你个小崽子的，我的抽屉，还得你说了算呀？

姜胖说：爹呀，金昌可说了，谁的责任谁得挨揍，咋办呢？

姜老慢说：怎么，你们还敢打老子吗？

姜胖说：打老子不敢，万万不敢，你就脱件衣服，让金昌“打龙袍”吧。

姜老慢说：去去去。小子们，以后谁再往我抽屉里乱放东西，我就削谁。

姜胖小声说：爹不讲理，比皇上还不讲理。

姜老慢说：都搁这瞅我干啥呀？赶紧搬箱子去，服装、道具都该装车了。

金昌说：好好，都装车去，装车去。

金昌手机响了，他接电话，说：翟叔……我知道了，我装完车就去找你。

队员们在装车。满堆对姜胖说：小胖，回家说说你爹啊，以后可别乱动演出物品，要不还得出事。

姜胖说：就是你的事，还赖我爹；演出物品不能擅自掖着藏着，以后你得注意！

满堆说：呀，这家伙，关键时候还是向着自己爹说话啊。

姜胖说：我向的是理儿。

金昌领大家装完车，先回了趟家。金有良说：儿子，今天这事要接受教训啊，真要演出出现这情况，就是事故了。

金昌说：嗯，刚才装完车，我已经给大家开会了。

金婶说：老头子，你跟村主任去部队打前站，啥时候走哇？

金有良说：明儿早就走。对了，你给我找几件衣服带着，山里头凉。

金婶说：部队来车接你们呀？

金有良说：不的，老翟头安排的车。

金婶说：老翟头真行，秧歌队出去活动啥的，可是不少花销呢。

金有良说：没说的，他现在有钱了，帮村里搞点活动，应该。

金婶说：儿子，我听姜兰娘说，这次慰问部队，镇里派姜兰带队？

金昌说：是。

金有良说：她带队，她就是你领导，啥事要听人家的啊。

金昌说：这我知道。

金有良又嘱咐说：我先走两天，给你们打前站去，你们在家还要好好排练，虽说跟部队联欢，可也要保证节目质量，镇里面很重视这件事情。

金昌说：明白。

姜兰娘在厨房做饭。姜老慢进屋。姜兰娘说：你瞅瞅你能干啥吧，老慢，让我说你什么好呢？金昌要参加考试，你给人家改名叫“金冒”，差点耽误了；满堆那鞋放得好好的，你给人家换地儿了，就你这样式儿的，以后可别出去丢人现眼了。

姜老慢说：这帮小子，做事毛愣三光的，你还来说我了？

姜兰娘说：你闺女刚当上队长，这次下部队又是带队，你老给搅和，出啥事领导批评的是她，我不说你我说谁？

姜兰进了屋，说：进院就听你俩吵吵，什么事，吵吵啥呀？

姜老慢说：她说我不支持你工作，让我以后要注意。

姜兰说：没事啊，秧歌队刚成立，出点事都免不了，以后多注意就是了。

姜老慢说：我闺女说得多有道理，就你个老太婆，没事就知道吵吵巴火的。

老翟头坐炕头喝酒。金昌进屋，看着桌上摆的饭菜，他说：哎呀，翟叔吃好嚼谷儿了……这是九妹婶子给炖的鱼吧？

老翟头说：怎么，你想吃啊？

金昌说：不的，我娘做好饭了，一会儿回家吃。

老翟头说：那好，我问你……

金昌抢话说：又问啥，没啥大事你就赶紧吃饭，我也饿了，我……

老翟头“啪”把筷子按桌上，说：我还吃饭呢，都让你给气饱了！我问你，小壮的脚咋回事？

金昌不知所以，反问：小壮的脚咋回事？

老翟头说：啊，咋回事？

金昌说：大家都知道的事啊，你还问我干啥呀？你快吃饭吧。

老翟头夹口菜塞嘴里嚼着，说：你小子，眼珠子吧嗒吧嗒的，花花事儿越来越多了，你昨晚不跟姜兰压马路，就跟小壮一起走了，他还能掉沟里吗？

金昌说：叔咋这么想我呢，小壮他自己不看道，跟我和姜兰有啥关系？

老翟头说：嗬，大模大样地说你跟姜兰了？那你跟姜兰是啥关系，黑灯瞎火的就跟她一块儿走？

金昌不高兴了，说：这事我没法跟您解释。叔，你要相信我的人品，我不会背后干龌龊事，我向您老人家保证，请你相信我！

老翟头语塞……他夹块鱼放嘴里嚼起来，又说：好啊，这是不服管了，你晚上出去跟别的女人溜达，我说你几句你还不服了，哎哎……坏了……啊，鱼刺卡我嗓子眼儿了……

金昌说：哎呀，咋整的你是……快咬口馒头往下噎噎。

金昌拿馒头给老翟头。老翟头咬一大口馒头咽下……说：不好使呀，你快，拿醋瓶子去呀。

金昌到厨房拿醋瓶子。老翟头接过来，“咕咚”“咕咚”，灌了两口……

金昌说：……怎么样，叔，下去没？

老翟头说：哎呀……不行，这土办法不好使。

金昌急忙说：走走，我带你找石榴去。

老翟头说：这吃得好好的，咋还扎刺儿了呢？

金昌说：再骂人啊，再多骂几句那鱼刺儿就咽下去了。

老翟头说：小混蛋玩意儿，见我遭罪你高兴了？

金昌说：别说话了，赶紧去卫生室。

金昌开车带老翟头到了卫生室门口。

老翟头往屋里瞅瞅，说：……屋里有人，谁在那呀……是小胖吗？金昌说：是小胖。老翟头说：这小子又吃多了这是。

金昌说：看来你还不难受，这都啥时候了，你还惦记人家吃多吃少了。

老翟头说：你少气我。

卫生室内。石榴给姜胖开药，她说：小胖，你肚子疼、胀肚，这是不消化了，吃点山楂丸助消化吧；记着，以后要少吃，肚子就不疼也不涨了。

姜胖说：明白。姜胖见老翟头和金昌进屋，说：我翟叔来了……哎呀，看翟叔这样，彩票中大奖了咋的，高兴得头都不敢抬了？

老翟头说：死小胖，我这难受吧唧的，你还说风凉话。

姜胖说：什么情况啊，金昌哥？

金昌讽刺说：吃鱼吃高兴了，话说多了，鱼刺就横嗓子眼儿了。

老翟头瞪金昌……

姜胖不屑地说：吃块馒头就噎下去了，多大个事呀，还用人陪着来卫生室。

老翟头说：我噎了半个大馒头都没噎下去，再不过来，就卡死我了。

姜胖说：歇里。石榴嫂子，快给俺大理事长看看吧。

老翟头瞪姜胖……

石榴说：翟叔，您坐下，我看看鱼刺卡哪了。老翟头坐下。石榴把医用灯打开，带上反光镜给老翟头检查……石榴说：看见了，刺还挺长呢，我拿镊子给取出来啊。

老翟头说：咋就那么寸劲儿呢，饭才吃一半，就给扎着了。

姜胖说：吃饭着什么急，家里也没人跟你抢啊，慢慢吃呗。

老翟头说：我可没时间收拾你，我正难受呢。

石榴拿着镊子说：翟叔，你把嘴张开，啊——

姜胖说：哎呀，还真当个病看了，真有刺咋的？

石榴说：别急啊翟叔，这就夹出来了……好了，这家伙，有小半寸长呢。

金昌说：整出来就好。

老翟头说：哎呀，还是石榴能耐，要不可毁了我了。

石榴说：没事了，翟叔。以后吃鱼真得注意，慢点吃啊，千万别硬往下咽。

姜胖说：就是的，没看自己多大岁数了。

老翟头说：小胖，你别跟那加纲啊，咱俩还有一笔账没算呢。

姜胖说：跟我算啥账啊，我欠你啥了？

老翟头说：我问你，那……“小白兔”的信息，是你给九妹婶子发的不？

姜胖说：你的手机、你自己发的，赖我干啥？

老翟头说：小崽子，咱爷儿俩这账是算不清了……谢谢啊，石榴，我没啥事了吧？

石榴说：没事了，有事您再过来。

老翟头说：哎，走吧，赶紧回家。

三人出门。金昌说：翟叔，用我送你回家不？

老翟头说：咋不送呢？

金昌说：那咱爷儿俩可说好了，回去了你要还骂我，我就再给你整回来。

老翟头说：哎呀，我要不说你、你就上天了，走吧。小胖啊，回家跟你爹说啊，我还等着吃你们家的馅饼呢。

姜胖说：行啊。

姜胖回到家。他问姜老慢：爹，是你跟翟叔说的呀，让他上咱家吃馅饼？

姜老慢说：是啊。可现在不能吃，等秧歌队从部队回来再说吧。

姜胖边找东西边说：不想请人家吃饭，就别答应得太早；这事你一直往后拖，就说明你不想请吧？

姜老慢说：别着急，有他吃的。哎，你找啥呢，小胖？

姜胖说：咱家有稿纸没，给我用几张？

姜老慢说：你要稿纸干什么？

姜胖说：明天小妮子给排新编版的《智斗》，我帮她把台词抄写几份。

姜老慢说：哎呀，是让我家小胖演胡传魁吗？

姜胖说：我能演吗？胡传魁是福来演，马小壮演刁德一，阿庆嫂是小敏。

姜老慢说：小壮脚崴了，他能排练吗？

姜胖说：他说没事了，好得差不多了；不行的话，就坐着对台词呗。

姜老慢说：那这里也没你的事啊，你跟着忙活啥？

姜胖说：是队长、你闺女给我的差事，要我当场记。

姜老慢说：你小子，那不是你姐嘛。“场记”是干啥的？

姜胖说：场记呢……哎呀，几句话说不完，就是要记好多事情。

姜老慢说：啊，那就跟给领导当秘书差不多吧？

姜胖说：哎呀，你怎么就知道领导呢，真俗。

姜老慢不满地说：臭小子，怎么说你爹呢？

姜胖说：老爹你别急啊，我简单给你科普一下。场记呢，跟你说的也差不多，但不是给领导当秘书，而是给节目当秘书；就是吧，要把跟每个节目、特别是新节目的所有排练情况都记录下来，明白了吧？

姜老慢似懂非懂地：啊，那也是挺大的事。还别说，俺家小胖是越来越能耐了。

姜胖挤咕一下眼，说：没看是谁的儿子。姜老慢嘿嘿笑了。

省城。艺术团。翟玲来找谢队长借书，见他躺在床上，问：谢队长怎么没起来呀，是病了吗？

谢队长说：啊，有点感冒了。翟玲，找我有事吧？

翟玲说：声乐老师要给我上视唱练耳课，我想跟你借本乐理书。

谢队长说：行啊，我这就给你拿。谢队长挺困难地起身，说：这浑身酸疼……

翟玲说：你感冒了浑身酸疼，应该打点滴了。

谢队长说：不用，吃点药就行。哎，你别站在那，坐。

翟玲说：你还没吃饭吧？

谢队长说：可不。那就麻烦你一下吧，你去饭堂，让师傅给我熬碗姜糖水。

翟玲说：姜糖水也不顶饿，让师傅给你做碗猪肘子吃吧，猪肘子可有营养了，我在家有病的时候，我干娘就这么给我吃，吃完病就好了。

谢队长被这位淳朴的农村姑娘逗笑了，他说：翟玲，我现在啥东西都吃不下，喝碗姜糖水发点汗就行了。

翟玲说：嗯哪。

小丽和朱莹在饭堂吃饭。翟玲端一小盆热汤从后厨出来。小丽问：小玲，给谁端的热水呀？

翟玲说：谢队长病了，我给他送姜糖水去。

小丽说：是吗？快点儿的吧，别一会儿凉了。

翟玲走了。朱莹说：小丽，翟玲可真会来事，刚来没几天，就傍上谢导了，她前途可无量了。

小丽说：别这么说话，吃饭还堵不住你的嘴。

朱莹小声说：哎，你不是想往上评职称嘛，她来了，你那些独唱、二重唱啥的，可别让她抢去，评职称可全凭业绩说话呢。

小丽说：我评职称跟小玲没关系，她还没跟团里签合同呢；再说了，就是评中级演员还得等几年。

朱莹说：要签合同还不容易，看团里这架势，是真挺培养她，来了就安排声乐老师，谢队长整天跟屁股后关心，我看她这土包子可是开花了，你心里还没数呢，小心成为你的竞争对手。

小丽说：叫你说的了，没那么严重啊。

朱莹说：哼，走着瞧。

翟玲把姜糖水放谢队长床头，说：谢队长还有啥事没，没事我就走了，你好好休息吧。

谢队长说：来，来，你坐会儿。谢队长拿出几本书，说：翟玲，这里除了有乐理书，我还另外给你找出几本来，你拿回去看吧。

翟玲接过书，说：哎呀，这都是什么书呀，我能看懂吗？

谢队长说：只要用心看，就能看懂其中不少道理呢。这本《魅力女人素质培养》，还有《一个女人的成长之路》，对你能有所帮助；读这些书，能使你充满阳光和自信、更加成熟起来。

翟玲说：嗯，有工夫我就看看。

谢队长说：等过段时间，我领你去趟省城最大的音像社，那里的音像资料很全，有不少京韵大鼓、河北梆子、名家名段赏析啥的，建议你买些听听，对你提高民族声乐专业水平很有好处；从事专业艺术表演了，就要多听、多看才行。

翟玲点点头，说：嗯。谢队长，你快趁热把姜糖水喝了。

谢队长喝了姜糖水。翟玲又说：谢队长，你能给我讲讲二人转吗？

谢队长说：哦，二人转是民间艺术，可是老祖宗留下来的艺术瑰宝，我简单给你讲讲二人转艺术发展史啊。东北二人转已经有三百多年历史了，早期叫蹦蹦、秧歌、对口、棒子戏、双玩意儿，后来又发展吸收莲花落、皮影、东北大鼓、太平鼓、霸王鞭，还有河北梆子、民间笑话等等，民间艺人把它发展传承到现在，就叫它二人转了。

翟玲说：谢队长太有学问了，我接触二人转这么长时间，头一回听这么深的东西。

谢队长接着说：而且，二人转的规矩还多呢，对演员的素质要求相当严格，“说、唱、扮、舞、绝”样样都得行。

翟玲说：哎呀谢队长，我真崇拜你有这么多学问。

谢队长说：就是互相交流，我也得不断地学习。翟玲，等有机会，我还想去农村采风呢，如果组织文化下乡小分队，我跟团里建议，就去你们兴远镇红石峪。

翟玲高兴：好哇。

万大炮打电话给福来，叫他到家来玩会儿扑克，玩完了再整几盅，福来答应他排练完就过去。

福来和马小壮、小妮子、小敏、姜胖在马小壮家院子里排新版《智斗》，有不少村民跑进院子里围观。姜胖负责对台词，手拿本子坐在小妮子身旁。

福来着急去万大炮家玩，他说：小妮子，大家都对完词了，赶紧排吧？

小妮子说：好，咱先走一遍啊。

福来说：就是的，早排完早结束，我还有事呢。

姜胖说：福来姐夫，你着啥急呀，还没等排呢，就吵吵要早结束？

小妮子说：姜兰姐交给我的任务，让我好好给你们排，不排好了，演出砸锅就完了。

福来说：怎么可能呢，就凭我们这演出水平，不比专业的差哪去。

马小壮说：福来，明儿个就出发了，认真排吧，你个人有啥事等等再说。

福来说：就你马小壮积极。行，排、排，排八遍、十遍都行，多大点事。

姜胖说：就排你个十八遍。

福来瞪姜胖一眼，没吱声。马小壮和福来、小敏走到院中间。小妮子说：好好排啊，准备……开始。

阿庆嫂（小敏）说：喜鹊枝头叫，准有贵客到。

胡传魁（福来）说：哎，阿庆嫂。

阿庆嫂说：胡司令。

胡传魁说：老没见了，挺好呗？

阿庆嫂说：好，好。是什么风把您给吹来了？

胡传魁说：东北风啊。阿庆嫂啊，我给你介绍一下，这位是我的参谋长——刁德一！

刁德一（马小壮）牛哄哄地端着架子晃荡了几步，跟阿庆嫂示意一下。

阿庆嫂说：参谋长，我借贵方一块宝地，落脚谋生……哈哈哈……小敏说着，开始笑个不停。

马小壮被笑愣了，说：你瞅我笑啥？

小敏说：我看你瘸了吧唧、脚还直扭愣着，我咋落脚谋生啊，哈哈……

马小壮很认真地说：你严肃点儿。

福来说：小壮，你那脚能站利整点不，你在那拐拉拐拉地，我们怎么入戏呀？

马小壮说：我没拐拉呀。

福来说：没拐拉瞅你走道那样——一米六五、一米七五的……

小妮子说：好了好了，都好好排啊。小敏姐，从你见刁德一那往下连。准备……开始。

阿庆嫂：参谋长，我借贵方一块宝地落脚谋生，还请参谋长多照应呀！

刁德一：好说，好说。

胡传魁：阿庆嫂，阿庆哪？

阿庆嫂：咳，别提了，这不，最近股市看好，到魔都炒股去了。

围观的村民笑。大分头说：又投资去炒马股去了。

胡传魁：这个阿庆就是野脚。听说最近，你们村又炒热了“驴股”？

阿庆嫂：啊，有这么回事。

胡传魁：阿庆嫂，股市有风险、危如累卵哪，小心别赔了老本。

阿庆嫂：这个可就不用您操心了，我那伙计金冒买的驴股还不错，当天收盘就赚了五百。

村民们哈哈大笑……

刁德一：阿庆嫂，金冒他驴股炒得那么火，可谓炒股高手啊，让他给鄙人也参谋参谋？

阿庆嫂：今天是参谋不了啦，金冒到火车站送他同学去了，听说，他同学没上去火车，他倒让火车给拉跑了，不知了去向。

村民有人笑得已经捧腹……

刁德一：不知道去向怎么行，赶紧把他给我找回来帮我炒驴股。不听话就枪毙！

阿庆嫂：那可不行啊，刁大人，那金冒可是有高人罩着呢。

刁德一：什么人还能高过我刁某人？

阿庆嫂：你看见前面那个抽着烟袋锅的老太太没？阿庆嫂指着柳枝娘说：那烟袋锅可是她的暗器，她要知道你欺负金冒，那是一点面子都不给，你要是把她惹急了，她能用烟袋锅把你眼珠子扣出来！

村民们又笑……

柳枝娘笑着说：你们这帮小尕豆可真能整，把我也给编进戏词里了。

·三十二·

老高想姜兰了。他给姜兰打电话，说：姜兰，忙啥呢？

姜兰在办公室接电话：老高啊，有事吗？

老高说：哈哈，哥们有钱就任性，你猜我给你买啥了？

姜兰说：我正忙着呢，哪有时间跟你开玩笑。

老高说：我给你买芭比娃娃了，先说你高兴不？

姜兰说：是啊，我还没见过芭比娃娃呢，能发个照片给我看看吗？

老高说：那多没神秘感，等见面再看吧。哎，你啥时候能来市里呀？

姜兰说：我还要跟你说呢，最近这些日子恐怕去不了，我明天就带队去部队慰问演出了。

老高说：你可真是大忙人了，我要不给你打电话，你连点动静都没有。

姜兰说：那怎么办，这么多事等着我，我总不能不干吧。

老高说：行了，你事多，忙吧，我撂电话了。

姜兰说：别的呀，老高，你生我气了？

老高说：明儿个是星期天，我还买了两张电影票，想带你去看电影呢。

姜兰说：可我真的没时间陪你，对不起啊老高。

老高说：本想给你点轻松浪漫，这又落空了。

姜兰说：我何曾不想轻松浪漫点啊，要时间充分的话，每天我也可以喷点香水、整整发型，咱俩还可以坐下喝两听啤酒、进城采购点时尚奢侈品，完事就去电影院，嚼着爆米花观赏着影片中的花前月下，那得多拉风啊；哎呀，这么说着、想着就够拉风的了。可这些，我现在做不到，你就体谅体谅我吧。

老高说：那行吧，这个星期天，我又是一个人的世界了。

姜兰说：一个人也自在，可以自由支配时间啊。

老高说：对了，姜兰，最近我去不少小区看房，真有不少好房子呢，你真得抽时间过来一趟，咱俩一起看房子去。

姜兰说：房子着什么急呀，我现在在镇里工作，就算在市里买房子了，以后我上班怎么办？

老高说：要不说你死心眼呢，这辈子就打算在镇里干了？

姜兰说：废话，我不在镇里干、你给我安排工作？

老高说：运作呗。有机会就来市里吧，你也不是没那能力。

姜兰说：那都是以后的事。

老高说：我算服了你了，行，行，那就以后再说。

关了电话，姜兰心情复杂，喃喃叹息……

金昌在家收拾行装。金昌问娘：娘，村里发的迷彩服在哪，明儿个我得带着？

金婶说：在大立柜里。天这么热，还穿它？

金昌说：军训时穿，这帮散装农民到了部队上，别他穿个布衫、他整个大背心啥的，那可太砢碜了。

金婶说：本来就是农民，穿啥都那样。儿子，你别搁那乱翻了，娘给你找。

姜兰作为慰问部队演出的领队，有些事情放心不下，下了班直接骑摩托来找金昌。

金昌说：姜兰，这是刚下班、还没回家吧？

姜兰说：没有，我惦记那些服装、道具啥的，都装完车了吧？

金昌说：装完了。明儿个一早，全体队员坐一辆大客，服装、道具箱子，还有几件大件乐器，用一辆小卡，这事我都安排好了，你放心吧。

姜兰说：啊。小壮的脚没好利索，他能跟大家一起走吗？

金昌说：我去看他了，问题不大，不会耽误演出。你刚下班，赶紧回家收拾收拾吧。

姜兰说：有啥可收拾的，也不是没出过门。

金昌说：还是得做点准备，起码把充电器准备好，关键是把手机充满电。

姜兰说：嗯，还真得准备一下。行了，不多说了，但愿这次合作愉快。

杨柳枝在娘家和梅子说话，见姜兰从金昌家出来，说：哎，嫂子，姜兰怎么老去金昌家呢，这回可没人看着了，她可以大大方方地跟金昌接触了，啊？

梅子说：别说那话，这话让娘知道了，又该说你了。

杨柳枝说：娘没在家，我才跟你说呢。嫂子，其实，我看姜兰跟金昌倒挺合适，这一对佳人伴才子，还真挺般配的。

梅子说：别给人家瞎安了，人家姜兰都有对象了，而且还是干部家庭、挺有钱的呢。

杨柳枝说：哼，小玲这土包子要真不回来，也别说姜兰和金昌不能成。

梅子说：柳枝，这话可得打住，不能再说了啊。

杨柳枝说：那就不说呗，就是没事过来嘎巴嘎巴嘴，你还不爱听，我回家了。

梅子说：回去吧，小壮明儿早就走了，帮他拾掇拾掇。

马大壮在家收拾行囊。石榴说：大壮，拿旅行袋装什么呀？

马大壮说：装东西呗。

石榴说：有那么多东西要带吗，也去不了几天，拿套洗漱用具就行了。

马大壮说：山里凉，晚上更冷，我带两件毛衣也不沉。

石榴说：你是给小壮也拿一件呀？

马大壮说：嗯。我的衣服大点，给他披搭着穿，能遮点风挡挡寒。

石榴说：这当哥的还行。

马大壮说：那是，亲弟弟吗。

部队的梁政委和喇叭叔、金有良站在部队小礼堂舞台上。梁政委说：村主任，节目和节目单咱们都商定好了，你再看看这舞台设备怎么样，二位还有什么要求，尽管提，我尽快安排人解决。

喇叭叔说：不错，设备挺齐全的，连耳麦、胸麦都有了，咱都不用拿手持话筒上去唱了。

梁政委说：这几年，部队加大了文化生活的投入，又增添了不少新设备，但我们毕竟不是搞专业的，你们再看看，还有什么需要就提出来。

金有良说：好好，等秧歌队到了，我们就走台联排，有啥情况再跟梁政委商量。

梁政委说：我就在团部，有事直接去那找我。

喇叭叔说：谢谢梁政委了，您先忙。

入夜。金昌坐在院子里，望月良久……

金婶走过来，说：你这孩子的，又在这坐上了。

金昌说：娘。我坐这静一会儿。

金婶说：又搁那瞅月亮呢？

金昌说：是。

金婶说：儿子，你没事老瞅那月亮，到底能瞅出啥来，能跟娘说说不？

金昌说："明月千里寄相思"。

金婶说：明……思？你说那玩意儿娘听不懂，还不如早点上炕睡觉最实惠。金昌：嗯。

第二天。秧歌队的大客车停在部队大院门前。金昌说：好家伙的，来这么多战士夹道欢迎啊。

姜兰说：我跟大家伙儿说一下啊，一会儿下车，大家直接到礼堂走台联排去。

众人：知道了。

金昌说：还有，小壮啊……马小壮说：到。金昌说：你跟福来要做好准备，演出时头一个开场节目，是跟部队战士合演的《咱当兵的人》，你俩在里头还有技巧呢。

马小壮说：知道了。

姜兰说：小壮，你那脚能吃得消吗？

马小壮说：没事，都消肿了、也不疼了，我嫂子又给我一副弹力绷带，上场前我就给缠上。

金昌说：那你自己也得注意点，含着点劲儿。

马小壮说：放心吧，啥事儿不耽误。

姜兰说：好了，大家赶紧下车，部队首长和战士们来欢迎咱了，大家都热情点儿啊。

众人：明白。

喇叭叔和金有良、郝团长、何连长在大院门口。院子里路两边，战士们列队欢迎。

郝团长说：哈哈，何连长，红石峪可是来不少演员呢。

何连长说：是啊团长，这回又有好节目看了。

战士们热情呼喊：欢迎红石峪、欢迎秧歌队……

秧歌队员下车。喇叭叔上前介绍，说：金昌啊，我给你们介绍一下，这位是郝团长。

金昌说：首长好。

郝团长说：你好金昌，欢迎你们啊。

喇叭叔说：郝团长，这位是秧歌队的领队姜兰。

郝团长说：姜兰同志你好，一路上辛苦了。

姜兰说：首长好。

郝团长：好好，欢迎你们来啊，战士们都憋足劲等着看你们的精彩表演呢。

姜兰说：放心吧郝团长，红石峪秧歌队，个个都是好样的，他们听说要给部队慰问演出，提前一个月就开始练节目了。

郝团长说：是啊？金昌啊，我听说你们新排不少好节目，还有芭蕾舞呢？

金昌说：有。大家为排好这节目，付出不少辛苦哇。

郝团长说：谢谢了，辛苦你们了，我们就等着看精彩节目了。

谢队长找翟玲谈话，转达人事科催她签合同的事，同时告诉翟玲，团里要组织安排暑期全国巡回演出，马上就要进入新节目排练，让她做好准备。翟玲马上给金昌打电话，可电话就是打不通，她很着急。

老翟头在九妹子饭店喝酒。万大炮进屋。老翟头说：哎呀，万大要，你咋又来了呢，那小市场有不少饭店，你老往这出溜啥？

万大炮说：别老跟我叫外号，最起码得叫我一声老万。

老翟头说：我跟你叫老赖，哈哈哈……

万大炮说：你是不想跟我处了，老翟头，你就不兴叫我坐会儿？

老翟头说：我还叫你坐，你长那屁股了吗？

万大炮说：你看，这又骂上了。咱俩在这坐会儿、喝点小酒，再唠会儿嗑多好。

老翟头说：我还跟你喝酒，你牙长齐了吗？离我远点啊。

万大炮生倔，说：我还偏就坐你跟前喝了呢，服务员……说着，坐在了老翟头的对面。

大军走过来：哎，万叔。

万大炮说：给我打壶小烧。

大军说：好。您还点点儿什么？

万大炮说：老规矩，一份熏肉大饼，俩小凉菜。

大军说：好嘞。一份熏肉大饼，外加俩小凉菜——

万大炮瞅着老翟头说：告诉你啊老翟头，你小心点。

老翟头说：我小心啥呀？

万大炮吓唬说：小心一会儿我喝多了，揍你。

老翟头嗤笑：小样儿，还喝多了，喝啥呀你，我让大军撒泡尿给你喝？

万大炮说：咋的，你刚才没少喝吧？我真告诉你啊，一会儿贾六和钱贵可过来喝酒，那俩小子要喝高了、削你，我可不管啊。

老翟头说：吹吧，削我的人还没出生呢。

九妹子带笑走过来，说：看你俩都多大岁数了，见面就叽隔。

万大炮说：反正不是我撩闲，是他说话不中听。

九妹子说：老万大哥，点点儿什么了？

王大炮说：老三样，干豆腐、老虎菜、熏肉大饼，大军给写单了。

九妹子说：好，这就给你上啊。又说：老翟大哥，少喝点啊，别喝多了俩人再干起来。九妹子出。

老翟头怎么瞅万大炮怎么不顺眼，他说：老万，你赶紧在我眼前消失，行不？

万大炮说：我又没去你家吃饭，你撵我干啥，是不过分了？

老翟头说：我让你哪凉快儿哪待着去，听见没？

万大炮也尽意儿气老翟头，说：我吃饭、我交钱，管得着吗你？再说，这也不是你家炕头儿，这是九妹子的饭店，我想吃啥就吃啥。

老翟头瞪眼珠子说：别跟我叫板！

万大炮慢悠儿地说：别跟我来劲，酒你都喝完了，赶紧哪凉快儿你哪待着去吧啊。

老翟头说：下次再来，别让我看见你。说完往外走……

万大炮说：哎呀，想咋的，你回来！

老翟头说：哈哈，老子吃饱喝足了，儿子捡剩吧。

万大炮说：你回来，老翟头！

老翟头出饭店，接到翟玲电话，他说：闺女，这会儿没事了，想跟爹唠会儿嗑呗？

翟玲说：我想找金昌。爹，他怎么不接我电话呢，我有急事要跟他商量？

老翟头说：他去部队慰问演出了，没跟你说吗？翟玲说：说了。老翟头说：部队在山里头，可能是手机信号不好，我给他打电话也打不通；没啥大事，就等他回来再说吧，就几天的工夫。

翟玲说：这事儿等不了。

老翟头说：啥事儿这么急，你要回来咋的？

翟玲说：不是……那算了吧，等给他打通电话再说吧。

老翟头说：别着急，闺女，等有信号了，金昌能给你打电话。

翟玲说：就这样吧。

翟玲在宿舍。她撂下电话，跟小丽说：这个金昌，一到关键时候就指望不上他。

小丽说：怎么了？

翟玲说：电话打过去，没反应。

小丽说：信号不好就是这样。哎，你发短信呀。

翟玲说：不想发，一两句话也说不清，等等吧。

小丽说：你干啥非找金昌，跟你爹说不更好吗，一步到位、搞定。

翟玲说：不能跟我爹说签合同的事，我现在说了，他肯定一步到位，一会儿就能开车来接我回去。

小丽说：这可是三年，小玲，这事你根本就瞒不住，与其瞒不住，还不如现在就跟你爹直说了。

翟玲说：你不知道我爹那脾气，他要说不行，我立马就得在团里消失。

杨团长和耿科长、谢队长在办公室。耿科长说：团长，新招演员已报到六人，五个人已签完合同，只剩翟玲还没有签呢。

杨团长说：我们不是计划要招八名新演员嘛，怎么还缺俩？

耿科长说：咱们团这次招聘的侧重是主要演员和业务尖子，各院团对这方面人才的竞争很厉害，我们还需要再加大力度。

杨团长说：哦。翟玲是什么情况？

耿科长说：我跟她谈过话，听她的意思，是家人的意见不统一。

杨团长说：签合同本身是团里的管理程序，也是对演员的一种责任，可能她家人还不了解这些情况。

耿科长说：要不就再等等吧，反正新节目还没投入排练。

谢队长说：排练马上就进入了，《洪月娥做梦》的 A、B 组演员，已经有人选了。

杨团长说：谢队长，你们导演组，准备安排谁是 A 组、谁是 B 组啊？

谢队长说：英子 A 组、翟玲 B 组。

杨团长说：可以，我们就是要大胆提拔培养年轻演员。其实啊，要论少女形象，翟玲比英子更合适一些。

谢队长说：是。年轻演员应该多实践，让老演员带带，对翟玲的成长也有好处。

杨团长说：那就这么定了，翟玲作为B组演员跟着一起练，该排练就正常安排，她还有啥具体困难，谢队长找时间跟她唠唠。

谢队长说：好，有啥情况，我及时跟团里说。

杨团长说：耿科长，艺术院校明年毕业生的供需见面会，咱们一定要派人去，而且，要提前做些工作，有好的毕业生再挖两个进来。

耿科长说：嗯，我一定跟各院校保持联系，随时跟踪。

军民联欢会演出就要开始，可后台乱套了。

姜胖给大家发女兵舞的道具刀时，发现刀没在箱子里，可把他急坏了，他赶紧跟喇叭叔汇报：哎呀，我就是管道具的，十六把刀找不着了，我可怎么办呀？

喇叭叔赶紧到两个道具箱子前打开查看，都没有发现刀，他说：小胖，你再好好想想，那天连排完之后，你收哪去了？

姜胖说：我都抱到库房，跟手绢和扇子放一起了，现在这些道具都在，就是刀没了。

喇叭叔说：这就奇怪了，好好的十六把刀，怎么就没了呢，刀没了，这女兵舞怎么演啊？

姜兰说：是啊，那可毁了，这个舞蹈就是为慰问解放军才排的。

金昌说：别着急，再到别的箱子里找找，我就不信找不到。

姜胖着急说：我把所有的箱子、连服装箱子全都翻到了，也没有哇，还不着急呀？

喇叭叔说：现在光着急也没有用，我给老慢打个电话。

姜胖说：问我爹有啥用？

喇叭叔说：所有演出物资，都是他经手的。

喇叭叔拨电话，可电话打不通。金有良说：再试试。喇叭叔又拨，还是不通。

金有良急了，说：打不通，这演出就受影响了，你就一个劲儿地打，打，别停！

这会儿，姜老慢和姜兰娘老两口正在市里逛街。姜老慢说：孩儿他娘，累不累呀，逛游半天了，找个地方歇会儿吧。

姜兰娘说：不累，好不容易出来一趟，多转转，东西还没买齐呢。

姜老慢说：哎呀，难得俩孩子都不在家、村里也没啥事，要不咱俩哪能有这机会出来逛街呢。

喇叭叔继续打电话……忽然说：哎呀，可打通了。老慢啊，老慢、老慢……

金有良说：问他刀！

喇叭叔说：他不说话我咋问……喂，喂喂……

姜老慢这面也着急地一个劲地呼叫：喂，喂喂……这电话怎么了？喂……怎么沙啦沙啦响啊？

姜兰娘问：谁来的电话？

姜老慢说：不知道哇，也没说话的动静，光听沙啦沙啦响啦，还断断续续的。

姜兰娘说：是不俩孩子打来的呀？

姜老慢说：我上哪知道去。

姜兰娘说：你个死老头子，嘴巴跟那棉裤腰似的，耳朵怎么也不好使了？

姜老慢说：我就是没听见说话吗。

姜兰娘说：是不你手机不好使了？

姜老慢说：不能啊，这是闺女给买的，才使唤不长时间，我还没咋用呢。

姜兰娘说：是不手机哪个销销儿没整明白，还是你不会使唤？

姜老慢说：那咱找个公用电话给孩子打一个？

姜兰娘说：赶紧的吧。

两人找到一个货摊上的公用电话。姜老慢说：老板，你这个电话好使吗？

小老板瞅着姜老慢，说：……说啥呢，不好使我摆着玩哪

姜老慢说：对不起，好使、好使。姜老慢拿起电话，拨了几个号码，都拨不通，他慢慢悠悠地放下电话，说：老板……电话都没拨通，给钱吗？

小老板说：你没拨通给啥钱？

姜老慢说：谢谢啊，谢谢。

姜兰娘拽姜老慢转身就走。姜老慢说：这家伙的，怎么都失联了呢？

姜兰娘说：不会是孩子们出啥事了吧？

姜老慢说：别胡咧咧。姜兰娘说：是你说的“失联”了吗。姜老慢说：闭嘴！

喇叭叔又拨通了姜老慢的电话，说：喂，老慢啊，我跟你说话，你老撂电话干啥呀？

金有良急得说：少废话，问他刀放哪了！

喇叭叔说：哎，老慢，你电话怎么嗡嗡响呢，我跟你说话听见没呀？

金有良瞪着喇叭叔说：刀刀刀，刀在哪，快问！

喇叭叔说：完了，老慢又撂了。

姜兰说：金昌，这可怎么整？

金昌说：怎么整你爹也是不说话，没法。

金有良说：这个老慢呀要急死谁呀，我打。金有良拿出手机拨通电话，电话传来沙沙响声，他说：喂喂喂，姜老慢啊，我问你，女兵刀放哪了，刀，你快说！

喇叭叔说：不带说的，就是慢，严刑拷打也不带快的。

姜老慢终于听清楚了一点，他说：啊，刀啊，那什么……那驴，驴……

金有良误会了姜老慢，说：你才驴呢，这都啥时候了，还开玩笑啊！

姜老慢说：刀放、放驴……

金有良仿佛听明白了，他赶紧跑到旱驴道具箱子跟前、打开箱子盖，说：赶快把驴拖出来！姜胖和金昌、姜兰上手把“驴”搬出来，金有良翻开驴肚子，十六把道具刀利整地躺在里面……

喇叭叔说：我的妈呀，不带这么吓人的。快快，都别傻站着了，赶紧做演出准备。

姜胖说：哎呀我的亲爹呀，他一个人藏的东西，一万个人都找不到哇。

金昌说：老慢叔够仔细的了。

姜兰说：快都别说了，候场去。

姜兰娘也跟着着急了半天，她埋怨姜老慢，说：这红石峪啊，我谁都不折服，就折服你！秧歌队本来没你的事，这下让你整得，你都成名角儿了。

姜老慢说：还来说我了，那么大个刀就没人看见，那不是瞎嘛。

姜兰娘说：你把东西藏起来的，还骂人瞎，真不讲理。

姜老慢：我没藏啊，我是怕把刀压坏了。

姜兰娘说：这次活动是咱闺女带队，就算你不支持她工作，也别捣乱吧，你这人办事，是让人来气。

姜老慢说：你还埋怨上我了，好心怎么赚个驴肝肺？

姜兰娘说：我可没说你是驴。

部队小礼堂。舞台台口上方挂着“兴远镇拥军爱民联欢会”大幅横额。郝团长和喇叭叔、金有良、梁政委等坐在首长席。礼堂坐满了人。战士们在互相拉歌。

一连战士们喊：“三连来一个，一二，快快快！”

三连战士们喊：“一连来一个，一连来一个！一二三四五六七，我们等得好着急！……”

《说句心里话》《打靶归来》，一阵阵铿锵的歌声此起彼伏，一浪高过一浪，震响整个礼堂。

小妮子随战士们歌声的结束，走上舞台。她说：敬爱的亲人解放军，你们好，你们辛苦了！

战士们齐喊：为人民服务！

小妮子说：今天，我们红石峪新农民秧歌队，带着兴远镇全体父老乡亲们的深情，怀着对子弟兵的厚爱，与战士们联欢演出，感到非常高兴。首先，我们请解放军战士们和我们秧歌队的队员，为大家表演歌舞《咱当兵的人》，掌声欢迎他们。

战士们身着迷彩服，随着音乐精神抖擞地登场。齐整的服装、高昂的气势、统一的动作，壮美、雄威……

站在侧台的小妮子说：小壮，该你跟福来上了。

马小壮：好。福来，上。福来说：别动，还有俩八拍呢……到了，上。

马小壮和福来上场，旋转跳跃、空中翻腾的动作，博得战士们阵阵掌声和喝彩声……

演出结束后，喇叭叔对梁政委说：梁政委，今晚能给咱们搞一次夜练吧？

梁政委说：队员们刚演完节目，你们不怕辛苦哇？

喇叭叔说：我们来了，就已经做好准备了，该怎么安排就怎么安排。

梁政委说：好，让队员们体验一下部队生活。

喇叭叔说：这是求之不得的。那就这么定了。

梁政委说：这次军训，何连长会把握好尺度的，选择了几个传统的常规训练科目。

喇叭叔说：好。捶打捶打，有助于提高队员们的意志毅力和团队意识。

晚饭后，秧歌队员们回宿舍休息。马小壮见大家都躺下了，唯独福来没脱衣服躺在床上，他说：福来，你啥毛病啊，咋不脱衣服睡呢？

福来说：来之前，喇叭叔不是说有军训吗？

马小壮说：有哇。

福来说：这不结了，我不脱衣服睡，你还不明白咋回事？

马小壮说：胡扯。还有好几天呢，也不能当天来了就训吧；你小子穿着衣服睡，别捂出痱子来。

福来说：马小壮啊马小壮，跟我比较，你就是一摊驴粪。

马小壮说：德行。

喇叭叔进宿舍。队员们有的坐了起来、有的从被窝里探出脑袋……

喇叭叔说：我说，今天联欢晚会很成功，部队首长接见了大家，好饭好菜也请你们造了一顿，大家都吃饱没呀？

姜胖说：吃饱了。

满堆说：吃好了。

马大壮说：就是喇叭叔不让咱喝酒，吃得不过瘾。

喇叭叔说：想喝酒咱回家喝啊，在这可不能喝。接下来，我要跟大家嘱咐几句话，咱们住在军营里，首先就要遵守部队纪律，从现在开始，没事别吵吵巴火的了，这会影响其他战士们的休息。

姜胖说：喇叭叔，晚上有训练任务吗？

喇叭叔说：我就要说这事呢。训练上的事，部队首长都给我们安排好了，不管怎么训，我们都要服从命令、听从指挥，如果集合号响了，大家就赶紧起床，到操场上集合去啊。

满堆说：是啊，熄灯号一响，就赶紧熄灯呗？

姜胖说：吃饭号一响，就赶紧上食堂。

喇叭叔说：你俩小尕豆，别一会儿抓蛐蛐儿、一会儿去踩草蜂窝啊。

满堆、姜胖说：不能啊，不能。

喇叭叔说：再次提醒你们啊，军训期间，记住，令行禁止，大家一定要遵守纪律，服从命令听指挥。行了，大家演出挺辛苦的，都早点休息了。

喇叭叔回到宿舍。金有良还没有睡下，他说：主任，这都忙活完了，你赶紧睡吧。

喇叭叔说：你先睡吧，今晚有紧急集合，我得跟着。

金有良说：哼，还不知道是啥奶奶样呢。

熄灯号响起。队员们熄灯，都钻进被窝。马小壮小声说：福来，你还不脱衣服睡？

福来说：不脱。马小壮说：有病。

金昌听他的上铺马大壮在吃东西，问：大壮，你吃啥呢？

马大壮侧趴着身，说：饼干。

金昌说：部队给做那么多好菜，你还没吃饱？

马大壮说：演出忙活得，那会儿都不知道饿了，没吃多少。

金昌说：艮。行了，嚼巴两块得了，熄灯号都响了，快睡觉吧。

寂静的部队大院。秧歌队员的宿舍里，墙上的钟表均匀地发出声响……睡熟的队员们不时地发出几声呼噜声……突然，军营里响起紧急集合号……

何连长在秧歌队员宿舍门口，他敲着门说：全体秧歌队员注意了，紧急集合、紧急集合！

喇叭叔推门进屋，把灯打开，说：紧急集合了，大家抓紧时间穿衣服，到操场集合，动作要快。

宿舍里顿时炸了营。

喇叭叔见姜胖还在熟睡，上前说：小胖啊，小胖，紧急集合，快起来，赶紧穿衣服。

姜胖说：啊，啊？他腾地起身，迅速抓起衣服往身上套……

喇叭叔说：大家都要抓紧啊，马上到操场集合。

金昌没找见自己的裤子，说：谁把我裤子穿去了……哎小胖，你咋穿我裤子了，快给我拿来。

姜胖说：谁抢着算谁的。紧急集合、特殊情况，你快点的吧。

金昌把姜胖裤子往身上套，说：这哪是裤子啊，麻袋……

福来还在被窝里。马小壮说：福来，真刀真枪玩命了，你还磨叽啥？赶紧穿衣服，到操场集合去。

福来不慌不忙地翻身下床，说：着啥急呀，现在知道我为什么要穿衣服睡了吧，嘁。他穿上鞋，第一个跑了出去。马小壮说：聪明。

满堆忽然喊了起来：我的鞋呢，谁穿我的鞋了？金昌说：你怎么尽跟鞋过不去呢？满堆说：我的鞋咋就剩一只了呢，那只哪去了？金昌说：你往床底下找找。

马大壮在穿毛衣，又递给马小壮一件，他说：小壮，山区晚上凉，把这毛衣穿上。马小壮说：来不及，哥，不穿了。马大壮说：不管你了。马大壮穿好毛衣，拎着大旅行袋跑出去。

何连长和喇叭叔站在操场上。福来已经站在那里。何连长说：这名队员挺快，第一个到了。

喇叭叔说：他叫王福来，金昌的姐夫，秧歌队的老队员了。

何连长说：嗯，不错。

福来很得意，他又挺了挺腰板，下巴颏扬得老高。

秧歌队员们陆陆续续跑来……金昌穿着姜胖的短粗胖迷彩服跑过来……

福来哈哈大笑，说：小舅子，你把谁的裤子抢来了？

金昌说：小胖把我的抢去了，再下手晚点，啥都捞不着了……哎，姐夫，你咋跑这么快呢？

福来牛哄哄地说：谋略。

姜胖跑到女宿舍门前，喊：麦穗——

麦穗在屋里，说：啊——别进来，我们穿衣服呢。

姜胖说：谁希得进去，你们还磨叽啥呀，赶快到操场集合去。

麦穗说：都知道了。

姜胖走了。小敏说：哎呀麦穗啊，小胖真够意思，现跑过来叫你哈，感动。

麦穗说：少废话，快穿衣服、往外跑。

姜兰跑到操场，跟何连长和喇叭叔站在操场中间。这时，姜胖跑过来。马小壮见小胖的裤子拉链没拉上，说：小胖，你下边门帘没拉上，小心裤子掉了、露腚。

姜胖穿着金昌的裤子，又瘦又长，他说：哎呀，我能提上裤子就不错了，漏啥漏呀，里面还有……

众人笑了。

何连长收住笑容，说：大家注意了，全体队员都到齐了，还是先请喇叭叔跟大家说说吧。

喇叭叔看着队员们，憋不住笑了：哈哈，瞧瞧你们这形象……没关系啊，部队首长充分考虑到大家的实际情况，也料到了会出现这样的情景，所以，先让大家预演一下；咱们就先互相看看吧，有谁扣子上下对不齐的，有谁把鞋子穿反了、帽子戴歪了的，还有互相换裤子穿的，哈哈，都看看吧。

大家相互看着，忍不住大笑起来……

姜胖说：何连长，你看马大壮没，把旅行袋都拿来了。

马大壮手拎旅行袋、立正站在队列里，他目不斜视、一动不动……

大家看着更是笑个不停……福来说：你们看马大壮那样，像傻柱子不？

马大壮认真地说：严肃点，我拎这玩意儿有用，一会儿冷了，里头还有毛衣。

姜胖说：大壮哥像个老娘们似的，到部队过日子来了。

大家又是一阵哄堂大笑……

喇叭叔说：何连长，开始吧。

何连长说：好。注意，全体都有了，立正！重新列队，女队员在前、男队员在后成两横排，向右看齐……向前看，稍息，立正，前后排报数。

男、女队员顺序报数：一、二、三……

何连长说：今晚的军训科目，是轻装夜行军训练，要走山路，大家一定要听从指挥，队伍要保持好距离、保持速度，不要掉队，大家清不清楚？

队员们齐声：清楚！

何连长说：好，再给大家五分钟时间，把所带物品送回宿舍，快速整理一下着装，听到集合哨声，立即到此集合，明白了吗？

队员们喊：明白！

何连长说：解散！

省城。翟玲和谢队长坐在咖啡馆里。谢队长说：翟玲，剧本已经正式发给你了，能看出来团里对你多重视吧？

翟玲说：嗯，看到剧本、听到排练安排，还真不敢相信这是真的，这机会确实难得。

谢队长说：应该珍惜啊。哎，我推荐你看的那几本书，都看完了吧？

翟玲说：练功、上课太紧张了，没多少时间看，就是《一个女人的成长》那本书，我刚看完。

谢队长说：要多看些书，书能使女人坚强、有智慧，尤其是想要成为一名艺术家，就更要与书为伴，从中汲取营养，这对提高你的艺术造诣非常有帮助，而且，对塑造舞台人物形象更有好处，心里有东西，眼睛才能传递出来，身上才能表现出来。

翟玲说：啊，这我还没想过。

谢队长说：要想，行话说“心里有，身上才有”就是这个意思；还有啊，从现在开始，你就要有紧迫感了，最近，团里还要进一批专业艺术院校的毕业生呢。

翟玲说：咱艺术团是表演民间艺术的，他们来团里，能唱二人转吗？

谢队长说：现在有不少年轻歌手，演唱能力、艺术表演能力都相当强了，所以，我希望你能把握住机会，我说话的意思你明白吗？

翟玲微微点点头：嗯。

翟玲回到宿舍。小丽说：小玲，怎么又跟谢队长喝咖啡去了？

翟玲说：找个清闲的地方坐会儿，放松放松，心里舒服。

小丽说：够浪漫的，要警惕啊。

翟玲说：警惕啥？

小丽说：小心男人的陷阱。

翟玲说：没有哇，还“陷阱”，叫你说的，就是坐下来聊聊天呗。

小丽提醒说：俩人经常在一起，会日久生情，而且，谢队长好像已经惦记上你了。

翟玲说：尽瞎说。谢队长也是关心我，刚才他说的一些话，我心里还发愁了。

小丽说：怎么了？

翟玲说：我不赶紧跟团里把合同签了，可别让那帮毕业生把位置抢去。

小丽说：是啊，我都知道这事，所以我早早就签了。

翟玲说：那你咋不告诉我？

小丽说：我不一直在催你吗？

翟玲说：小丽，其实我可愁了，你说我该怎么办吧？

小丽说：还能怎么办，明天赶紧去人事科，把合同签了呗。

翟玲说：可我爹那怎么交代呀？

小丽说：你爹是你爹，他不能看你笑话，不能让你受委屈；金昌也是金昌，他也一直都支持你。关键是你那未来的老婆婆，现在你家里人，不是谁都不敢把这事告诉她吗？

翟玲说：你是让我跟她原原本本实话实说？

小丽说：聪明。

翟玲说：等等，让我想想啊，我想想。翟玲琢磨起来……

·三十三·

秧歌队员们重新整理好行装回到操场，何连长重新整理队列。

队伍出了营房。喇叭叔走在队伍中间，他嘱咐队员们：大家要一个跟着一个走，保持距离、保持速度，不要掉队啊。

夜行军的队伍，很快进入大山中。

小妮子在满堆前面。满堆说：小妮子，冷不冷？

小妮子说：不冷。

满堆说：我都感觉有点凉了，哥把外衣给你穿吧？

小妮子说：我不要。

喇叭叔说：满堆，跟上，不能拉开距离啊。

满堆说：知道了。

山野空旷寂静，山路崎岖不平。

金昌和姜兰两位队长在队伍后压阵。金昌说：姜兰，秧歌队这些队员们还行啊，挺像那么回事的。

姜兰说：哎呀，这帮哥们，刚才那样，快成赶大集的了，现在这队形你看，越走越不成形了。

金昌说：别要求太高了，这帮小子不往回跑就不错了。

姜胖走在麦穗和小敏后头，他说：麦穗，我给你买的随身听，你咋没带着呀。

麦穗说：放宿舍了，没拿。

姜胖说：拿来就好了，干巴巴地走，没劲，听点音乐多有意思。

麦穗说：大哥哥，这是军训。

小敏说：这山里黑咕隆咚冷飕飕的，瘆得慌。

姜胖说：那我给你讲故事听啊？

麦穗说：讲，接着讲小谢和女鬼。哎，讲到哪段了？

小敏说：哎呀妈呀，半夜三更的讲鬼，多吓人。

姜胖说：嗯……讲到肯劲儿的时候了，两个女鬼要拿下三郎。姜胖绘声绘色地渲染：这天晚上，就像现在这样，天又黑又冷，三郎刚躺床上，就听小风嗖儿——嗖，破屋的门被风吹得“咣当”……

小敏一个激灵，身上瑟瑟发抖……

姜胖故弄玄虚地压低声音说：这时候，就听那门“吱呀——”给轻轻推开，俩女鬼，披头散发，一步、一步走向三郎……姜胖用颤巍巍的声音说：三郎——

小敏“妈呀”一声：鬼来了……她拽着麦穗就跑。队伍一下子乱了……

小敏的鞋跑掉了，她蹲地上捡鞋，跟在她后面的马小壮被绊倒趴在了地上……小敏和麦穗从马小壮身边跑过……

福来在马小壮身后，见马小壮卧在地上，忙问：什么情况，小壮，卧倒了？

马小壮回头说：卧倒？

福来以为马小壮叫他卧倒，“扑通”趴地上，连忙向后面喊：卧倒！

小妮子赶紧拽姜胖趴下，又回头说：快，前方叫卧倒！

姜兰反应很快，立即说：有情况，全体卧倒！

金昌和队员们迅速卧倒……

何连长带着队伍继续前行。喇叭叔走在队伍中间，见麦穗和小敏几个女队员跑过来，他说：都乱跑啥呢，赶快入列！

小敏说：哎。小敏几人入列。

喇叭叔突然发现不对劲儿，说：哎，后头怎么没人了，小敏？

小敏说：我不知道哇。

喇叭叔说：不对呀，马小壮、福来他们没跟上来？你们都赶紧跟住前头，跟紧了啊。说完，他赶紧跑到何连长跟前，说：何连长，有几个队员没跟上。

何连长说：怎么搞的？

喇叭叔说：我回去找找吧。

何连长说：掉队了吧？我回去找。

喇叭叔说：我去吧，一会儿你带队伍回营房。

何连长说：好吧。

山路上，姜兰和金昌等几个队员趴在地上……

姜兰真以为这次卧倒是训练中的科目，她说：金昌，部队跟咱玩真格的了。

金昌看看身边左右，说：奇怪，大队伍不见了，偏留我们几个干啥？

姜兰说：搞特殊训练吧。

小妮子说：军训有卧倒训练吗？

福来说：训练科目多了，这才哪到哪。

马小壮一个激灵，说：咋这么冷呢，我哥给我的毛衣穿上就好了。

福来倒吸着凉气说：嘶……没有卖后悔药的啊。哎呀，这地上，拔凉拔凉的。

姜胖说：小妮子姐，这要来碗热乎乎的牛肉面，得多阔吧。

小妮子裹紧了身子，说：想得美。

福来觉得有些不对劲，说：哎，马小壮，你听哪方命令，叫咱卧倒的哇？

马小壮说：后方啊。

福来说：……哪有从后方发布口令的呀，你在我前头，是你回头跟我说“卧倒”，我才卧的呀。

马小壮说：是你在我身后叫我“卧倒”，我才卧的，要不我有病，趴地上啊？

福来说：是你跟我说要卧倒的！马小壮说：是你叫我卧倒的！两个人争执起来……

喇叭叔打着手电顺着山路往回找，他犯嘀咕：怎么能走丢了人呢？

何连长带队伍回到部队操场，简单做了小结，解散了队伍，急忙转回去找人……

回来的队员们关切地议论着。王小二说：小敏，小胖他们怎么没跟上来呀？

小敏说：我哪知道啊，小胖讲鬼故事，我不敢听，吓得就往前跑了。

王小二说：哎呀，他们是不被吓得都跑散了？

马大壮说：小敏，你看没看见他们都往哪跑了？

小敏说：我哪看见了，我鞋都跑掉了。对了，我捡鞋的时候，还被马小壮撞了一下，小壮还摔了一跤，撞得我腰现在还疼呢。

马大壮赶紧问：小壮摔了？小敏说：啊。马大壮一听，转身就往营区外跑……

王小二说：大壮你干啥去？

马大壮说：我找他们去。

金昌等人还趴在地上……喇叭叔跟何连长相继跑过来，两人都愣了……

金昌问：卧倒命令解除了吗？

喇叭叔奇怪：什么“卧倒命令”，谁下命令了？

马小壮说：后方啊。

何连长说：开什么玩笑，快都起来。

几个人从地上爬起来。姜兰说：小壮说得不对啊，我是接到前方的口令啊。

小妮子说：我也是听前面的福来回头告诉我卧倒的啊。

马小壮说：福来……？

福来说：你瞅我干啥呀，你不在我前头嘛？

马小壮说：我后头是你呀，是你命令我卧的。

俩人互不让呛。福来说：马小壮，你前方不命令卧倒，我能倒下吗？

马小壮：你后头不发口令，我能趴那吗？

福来：我没向前发，我是向后发。

马小壮：还是你发的。

福来：我是向前问的你之后才向后发的。

马小壮：我是向后问的你……

喇叭叔说：行了！你俩都别争了。马小壮，你见过部队行军下达口令，有从后头向前发的吗？

马小壮硬着头皮说：……见过啊，福来呀。

金昌已经听明白咋回事了，他说：我们是被你俩给问卧倒的呀。

姜胖鼻涕拉瞎地说：……哈欠，我得让炊事班给我烧碗热乎乎的牛肉面吃。

几个人被逗笑了。

喇叭叔说：你们这帮臭小子，还有脸笑，关键时刻给我掉链子，丢人！

何连长笑着说：村主任，你的这群兵，精神可嘉呀，趴在这儿冻那样，也没有一个人逃跑，这就是服从命令听指挥，值得表扬。

匆忙跑来的马大壮站在人群的后面，发出“嘿嘿”的笑声……

何连长警觉地一转身，喝道：谁！

喇叭叔和何连长的手电筒同时照在马大壮脸上……

马小壮惊诧地喊了声：哥……

第二天早晨。金昌收到翟玲发来的短信：金昌，你发来的短信我看过了，可电话还是打不通；我已经正式接到剧本，开始准备排练了，可有不少事要跟你商量，急！

金有良来找金昌，他说：昨晚夜行军训练，够热闹的了，你在最后一个走，前头有啥情况，你应该知道哇？

金昌说：当时我也是有点犯困了，叫卧倒就卧下了，卧在那还差点睡着了。

金有良说：嗯，也是难免。金昌，我一会儿就去镇里，张镇长要我赶紧回去，张罗榛子节秧歌会的事情；后天你们也回去了，姜兰头一次带队，你帮她把队伍好好带回去，别再出啥差错了。又问：小玲有信儿没？

金昌说：刚接到短信，我还没回复她呢。

金有良说：她现在怎么个情况？

金昌说：要参加团里的排练了。

金有良说：没想到，这孩子这么要强，看得出来，她真想做出一番事业来。

金昌说：心里软弱才逞强。

金有良说：你咋这么说她呢？

金昌说：爹，小玲从小就没娘，没娘的孩子就没安全感，所以，心理上就容易产生自卑；而在行为上就要做出点动静来，就会表现得很要强，极力证明自己不比谁差。这也算是好事吧，她出去能学点东西长长见识也好。

金有良说：你心还挺宽，你就不怕她回不来？

金昌说：她心里要有我，走哪我都不怕。

金有良说：那倒是。回去后赶紧给她打电话，最好你能抽出时间去看看她。金昌点头。

金有良到镇政府。张镇长说：有良叔，这几天去部队慰问辛苦了，姜兰他们后天才能回村吧？

金有良说：是，部队给他们搞军训呢。另外，还有两个部队的分站点，要搞两次小型演出。

张镇长说：我叫你赶紧回来，就是要准备榛子节那台秧歌会。怎么样，有良叔，咱们能行不？

金有良说：这榛子节秧歌会可不好搞，那可是欢迎八方来客呀，咋的也得搞出点彩来，这事要交给我，我怕够呛。

张镇长说：这好办，我已经向市艺术团求援了，团里说好要派余老师过来帮忙。

金有良说：那太好了，我就没那么大压力了。余老师是搞专业的，市里不少大型晚会都是他搞的，人家在这方面有经验。张镇长，我是去市里请老师啊，还是他直接过来？

张镇长说：你先去市里见见余老师，把咱们各村演出过的节目资料都拿给他看看，让他帮咱们选些节目。金有良说：好。张镇长又说：哎，以前满堆跟翟玲演过《回娘家》那个节目吧？

金有良说：演过。镇长有啥打算？

张镇长说：那节目挺好看，应该保留。

金有良说：可以。但我得做两手准备，毕竟小玲还没回来，我先安排小妮子跟满堆练着。

张镇长说：好，这些具体的事情就由有良叔安排了。

金有良说：行，请余老师帮助先拿出个基本方案，我会及时跟镇长汇报。

张镇长说：有良叔，翟玲从镇里走挺长时间了，榛子节她能赶回来吧？

金有良说：这个我就拿不准了。

张镇长说：她要能回来的话，咱请作曲家给她写个曲儿吧，就是《鼓舞榛情》那首歌词，我的意思是，歌写好了就让翟玲演唱。

金有良当然高兴，他说：那感情好了。

张镇长说：这次榛子节，镇里还准备上一套专业音响设备呢，有好的设备，也要有好歌手唱啊。

金有良说：嗯，我就把镇长这意思，跟沈北艺术团领导说说。

金昌和姜兰在军营操场边。姜兰说：金昌，你俩到底要怎么发展，俩人该坐下来好好唠唠了。

金昌说：我能去唠啥，就是去看看她，帮她把握一下合同的事，接下来，就任她去发展吧。

姜兰说：你这是没耐心了，我要是你，就想方设法请她回来，就你现在这态度，要我我也不回，谁跟一个麻木的人过日子。

金昌说：我不麻木点，我总不能发疯吧？我能眼瞅着一位艺术家，就因为我发疯，毁了她一辈子？

姜兰说：你尊重她的选择，这没错，可不能因为尊重就放任，那可是三年的时间，这足以改变一个人的三观。

金昌说：我对小玲的底线，就是坚守这份感情，不论她走到哪，我心里都有她，这就足够了。

姜兰说：你这优柔寡断的处事方式，女人受不了。男人的概念是什么你知道吗？

金昌说：哈哈，我是男人，可我还不知道。

姜兰说：严肃点，跟你说正事呢。男人遇事，要当机立断、理直气壮地担当。

金昌的心有点沉，他说：我现在唯一能做的，就是任她发展，别无办法喽；其实，一想到这些我都想哭，可我还哭不出来。

姜兰说：那就当她面哭去，不管你有多忙。

金昌说：军训回去就是秋收，收完榛子就是榛子节，我手头还有两份文案要写，哪有时间？

姜兰说：真拿你没办法。

军训要结束了，秧歌队员们都有点小兴奋。

晚饭后。福来躺床上睡了。姜胖说：福来咋回事，天还没黑呢，咋这么大觉，比我还能睡？

马小壮瞅瞅福来，对屋里人说：编派他一出好戏啊，你们哥几个都配合一下，我把他喊起来，让他出去紧急集合，你们赶紧造势啊。马小壮到福来床前，使劲晃荡床，说：哎，福来、福来，紧急集合了，你快点起来！

福来翻个身继续睡……马小壮推福来，说：福来，快，紧急集合！马小壮又示意几个人。满堆赶紧大声说：哎，打背包了、打背包了，快点啊。

姜胖憋不住笑了：哈哈哈……紧急集合。

马小壮又喊：福来，紧急集合了，你听见没呀，快起来！

福来一骨碌坐起来，说：啊，都要完事了，还紧急呀？

马小壮说：快，快打背包啊。

福来说：啊，啊，上午刚训练完打背包，现在就用上了。

马小壮说：别废话了，训练完就得演练，赶紧的。

福来稀里糊涂地开始打背包……马小壮在他旁边故意瞎忙活……

福来问：洗脸盆也打上吗？马小壮说：都打进去，全套的。

姜胖几个人也配合着造势……

福来速度挺快，把脸盆、牙具啥的都裹起来，打起一个鼓鼓囊囊的大背包……他背起大包撒腿往外跑，说：有啥呀，白训练了，小壮你也快点儿的。

福来跑到操场立正站好，一动不动。他转动眼珠扫扫，左右没人，得意地哼道：没人来，紧急集合我王福来还是第一个到位，哎，姜还是老的辣。

马小壮和姜胖几人没有出去，扒着窗前往外看。姜胖哈哈大笑，说：头一次见福来姐夫这么积极。

满堆说：那小腰板挺得，站军姿没白练。

王小二说：福来又整个第一。

马小壮说：福来真听话，一点儿怨言都没有。

姜胖说：小壮哥，小心福来知道上当了，回头他来收拾你。

马小壮说：小样儿，我还怕他，看他还跟我嘚瑟不。

满堆说：福来这回可吃大亏了，他非找机会报仇不可。

王小二说：接下来咋办呀？

马小壮说：先让他站会儿再说。

福来站在操场上，为自己的第一而感到骄傲和自豪……

一班长带两名战士巡逻到此。他走近福来看了看……福来又标准了一下自己的站姿。一班长觉得奇怪，上前问：同志你好，请问，你们秧歌队这是在排练节目吗？

福来认真响亮地回答：报告解放军同志，这不是在排练，这是军事行动，我们在搞紧急集合训练。

一班长说：同志……你们什么时候开始紧急集合的呀？

福来说：就现在呀。你说我动作快吧，上次紧急集合，我就是第一个出来的。

一班长说：营房里没响紧急集合号和哨声啊。一班长向宿舍看去，发现几个秧歌队员扒着窗户不是好笑，他知道是在恶作剧……一班长憋着哏，严肃地说：这位同志，听好了，立正！稍息。

福来说：哎哎，怎么就训练我一个人啊？

一班长说：这位不知姓名的队员，你积极训练，精神可嘉，现在，听我口令，向后转……齐步走！

福来转身开走，他说：解放军同志，我再往前走就回宿舍了！

一班长说：你们秧歌队的战友，都在宿舍等你呢。

福来恍然大悟，撒腿往宿舍跑，边跑边说：谢谢解放军同志啊。福来的背包跑散了，脸盆、牙具哗啦散落地上，身上拖着长长的行李绳进了屋……

屋里人笑喷了。福来有点恼怒：干啥呀，干啥玩意儿啊？调理人啊，有那么好笑吗？

几个人笑得更凶了……福来脸上有点挂不住了，说：笑、笑……这下可让你们笑个够哈？

马小壮说：福来，你身上还挂着行李绳干啥呀？怎么，磨不开面了，想挂房梁上啊。

福来尴尬得怒也不是，乐也乐不出来，他说：反正谁喊的紧急集合我知道，不过没关系啊，这次我认栽，我认，咱们后会有期，后会有期！

马小壮说：福来，今儿个你又整个第一，挺牛呗。

福来收拾散落地上的物品，咬着牙根说：马小壮，你等着的！你等着的，马小壮，此仇不报非君子！

马小壮躺床上，俩腿向上蹬蹬着，哈哈大笑……

姜胖说：小壮哥，你要倒霉。

大客车上，歌声响亮："日落西山红霞飞，战士打靶把营归……"

姜兰对大家说：我说一下啊，大家圆满地完成了拥军演出和军训任务，这段工作就告一段落；感谢大家对我工作的支持，以后还有文艺演出活动，大家还愿意让我带队不？

众人说：愿意——

满堆说：愿意，就是你爹老藏东西，回家说说你爹去。

大伙儿乐了。

金昌说：姜兰队长就是咱红石峪的人，跟咱们没说的，大家就以热烈掌声对她表示感谢吧。

大家鼓掌喊：谢谢姜队长——

姜兰和姜胖回到家。姜胖对姜老慢说：爹呀，您真是爹，秧歌队一共就三个小组，让你给祸祸俩；服装组的鞋让你给弄错了，咱就不说你啥了，可道具组那刀也没招惹你，你往驴肚子里藏啥玩意儿？

姜老慢说：我那是藏吗，我不是怕压坏了吗？

姜胖说：别给自己找理由了。

姜老慢说：本来吗，那刀片子多薄啊，又是镇长给借的，不得好好保护吗？

姜胖说：道具出了问题，我这个道具组组长先不说啥了，我姐可是第一次当队长，有你这么配合工作的嘛，上眼药啊？

姜老慢不满说：就上眼药了！我是好心，谁知道你们都瞎呀。

姜兰哈哈笑起来……

姜兰娘说：看见没，他就是不讲理，别跟他说了。

姜胖说：以后秧歌队的东西，你啥也别动了。

姜老慢忽然语速很快地说：我不动能行吗？没我，你们能顺顺当地演出去吗？没我，那服装道具化妆那么多东西，能利利整整地打包装箱吗？能一样不少地都给你们带去带回吗？一群小生瓜蛋子。

姜兰娘咯咯乐了：哎呀，谁说你爹说话慢，啊，还是没惹急他。

姜胖说：现在知道急了，没看我当时急啥样呢。

姜老慢说：要真是我错了，以后就改呗。

姜胖说：爹，不用你改，离俺们远远儿的就行。

姜老慢说：你们都远远儿的吧，没事别上我广播室祸祸去。

姜胖说：爹还记着这茬呢？那广播室……

姜兰说：行了胖儿，别逗咱爹了。

姜兰娘说：放炕桌吃饭吧。姜胖说：吃饭喽……

金有良在市里。他正和余老师一起看录像资料。余老师说：有良叔，我看《回娘家》这个节目不错啊，两位演员、特别是那位女演员很棒啊。

金有良说：啊，这个节目是我们红石峪秧歌队的保留节目，那位女演员叫翟玲，唱得是不错；可她现在被沈北艺术团借调去演出了，我这面已经安排另一位女演员练这个节目了。

余老师说：哎呀，那有点可惜了。

金有良说：镇里也在做争取。这不，张镇长还亲自请人，要特意为翟玲写一首曲子，就是这次榛子节的主题歌《鼓舞榛情》。

余老师说：她要是能回来参加演出就好了，这个演员很有实力，能为榛子节增添光彩呀。

金有良说：我们努力争取吧。那我就把《回娘家》这个节目提出来了。

余老师说：可以。

金昌回到家就赶紧给翟玲打电话。翟玲有些埋怨，她说：我出来这么长时间了，你像个没事人似的，我的事你是不管了？

金昌说：你的事咱俩都商量好了，就按团里的规定办吧。

翟玲说：说得简单，合同一签就是三年，没把握我也不敢随便签。

金昌说：嗯……咱这么的，小玲，合同晚两天再签，你等哥先送你个大礼包。金昌说的是实话，可翟玲以为开玩笑，她说：有病啊，我都急死了，你还有心逗我。

金昌说：我可不是逗你，真的是个大礼包，很快你就知道了。

翟玲不耐烦了，说：没人稀罕你的大礼包，无聊！翟玲关了电话。

金昌手握电话，喃喃道：该去看看小玲喽。

翟玲心里不痛快，她对小丽说：小丽，你跟金昌也都很熟了，你说，以前那个金昌是不没有了？

小丽说：金昌还行啊，他不一直都支持你嘛。你可别忘了，咱们都是农村人，农村人能看开事的不多；我要是在农村找对象，他能让我出来才怪呢。

翟玲说：他现在一点儿都不关心我。

小丽说：还怎么关心，他能尊重你、支持你，就是最大关心了。

翟玲说：你是不有男朋友了？

小丽说：你咋知道？

翟玲说：我看你说这些话，条条是道的。

小丽已经有了对象，可不想公开，她一笑说：我不告诉你。

翟玲说：样儿吧，我都知道。

这时，谢队长敲门进屋，他说：你俩都在啊，明天我过生日，请你们去大酒店聚聚，要准时参加啊。

小丽说：都谁去呀？

谢队长说：演员队都去。

翟玲说：你们去吧，我还有事就不去了。

谢队长说：翟玲，演员队的都去了，你不去不好吧？

小丽说：就是的，小玲，咱一起去。

翟玲说：……那行吧。

姜兰向张镇长汇报完工作。张镇长说：这次去部队慰问演出，辛苦你了。

姜兰说：部队对我们满意就行。

张镇长说：梁政委可来电话表扬红石峪了，说这支队伍能拉得出去，作风不错，欢迎秧歌队能经常去演出，这和你的努力工作分不开呀。

姜兰说：还是金昌的能力强，他做得多，我跟他比还差点。

张镇长笑着说：你们俩都够谦虚的。

姜兰说：镇长，这几天我没在家，下阶段的工作安排我还不知道呢。

张镇长说：下阶段工作的重点，就是开山收榛子了。机关干部都要下基层，要全力以赴、集中精力搞好秋收；各部门的人员具体落实到哪个合作社，详细安排都贴到告示栏里了。另外，今年镇里推出了“政府机关工作质量监督信息反馈”措施，回去跟你们科室人员讲明白，别到时候吊儿郎当晚去早归的，我们要拿实实在在的工作业绩说话。

姜兰说：明白。

小妮子去饭店，见只有娘一个人在，她问：娘，饭店服务员都去哪了？

九妹子说：我给他们放假了，让他们都上山干活去，还能多挣不少钱呢。

小妮子说：这季节正是饭店上客的时候，怎么还放假了？

九妹子说：开山收榛子是合作社的大事，饭店暂停对外营业，我要给山上送饭。

小妮子说：啊。那后厨米师傅和水案都留下了？

九妹子说：就他俩留下了，到时候，我跟梅子给打打下手就行。

小妮子说：秋天是咱这里的旅游旺季，想来吃农家菜的客人很多，娘把饭店停下来，损失可不小呀。

九妹子说：这些娘都知道。你说，村里给咱孤儿寡母的那么多照顾，娘可不能光为挣钱把乡亲们忘了；现在，我能送点可口的盒饭，就算对红石峪的报答了。

小妮子说：那我开车帮娘送饭吧，反正收榛子的时候，合作社的所有管理人员都要上山去。

九妹子说：行啊闺女，娘还正愁找司机的事呢。

麦穗在外屋地帮娘做饭。满堆娘说：这九妹子真能耐，干啥啥行。给她块坡地，就开上了农家乐，那生意做得多好，分店都开上了；这大家伙儿要进山收榛子，她又要关门歇业送盒饭去，九妹子虽说是个小女子，可尽干大事情。闺女，你说同样是女人，人家那脑瓜儿是怎么长的？

麦穗说：九妹婶子是有文化呗，人又善良，啥事想得可周全了，刚才她还跟大伙儿说，让我们都上山干活呢。

满堆娘说：山上的活儿挣钱多呗。

麦穗说：可她的饭店就不挣钱了。

满堆娘说：要不咋说她不一般呢。

金婶做了些好吃的，让金昌去看看老翟头，同时，她劝儿子，在收榛子之前，赶紧去看看小玲，要是那边演出结束了就带她赶紧回来。金昌答应，拎东西到了老翟头家。

老翟头很高兴，说：都是好吃的吧，金昌？

金昌说：是啊，我娘给你做的熏肉大饼，还拿瓶好酒过来，咱爷儿俩造一顿。

老翟头说：好，你把炕桌拿来，我还真没吃饭呢。

金昌摆桌。他说：翟叔，我不在家这几天，你累够呛吧？

老翟头说：还好，尽忙活老李那边的事了。

金昌说：老李那红松种植咋样了？

老翟头说：差不多快完事了。

金昌说：咱这库管的事一直拖到现在没解决，该定下来了。

老翟头说：我说让福来管，你说不合适，小妮子已经代管了，就让她先管着吧。

金昌说：翟叔，我看满堆做事挺有责任心的，脑瓜儿还挺好使，这段时间，秧歌队的一些工作做得也不错，库管让他做吧。

老翟头说：满堆……行。可满堆娘矫情，没事老爱说落后话，她对使用杨柳枝做库管这事，意见老大了，别到时候满堆有啥事，她来找我麻烦。

金昌说：那我找满堆谈谈吧。

老翟头说：你就把杨柳枝和小妮子、满堆仨人叫到一起谈，让他们在一起交接一下工作，这么整就利索了。

金昌说：嗯，就这么办。快吃饭吧，趁热。金昌为老翟头斟上酒。

老翟头说：金昌啊，这段时间，我闺女经常给你电话吧？

金昌说：一直保持联系。翟叔，我想跟你商量个事。

老翟头说：有话就说。

金昌说：小玲想我了，我也该去省城看看她了。

老翟头说：行啊。

金昌说：那我一会儿回家把车收拾一下，明天就去。

老翟头说：眼瞅着就到“处暑”，大队人马就要进山了，你说走就走，可别耽误正事啊。

金昌说：误不了，一两天我就回来。

老翟头说：早干啥来着，你要早点去，还能多玩玩。

金昌说：这两天赶着写东西，都快累死我了，才忙活完。

老翟头说：你就是不长正经精神头，我闺女惦记你都直抹眼泪，你可倒好，是不给徐文静瞎忙活呢？

金昌说：有咱合作社的事，也有老同学的事。

老翟头说：哼，自己对象不赶紧追，尽整那些没用的，那徐文静老搭理她干啥呀，有啥前途咋的？

金昌说：咱不说这些了，我敬您，干了，我再给你倒上。

翟叔说：想拿酒堵我嘴呀，臭小子。

金昌说：不识好人心，我是孝敬您。叔，我去看小玲，你给她带点儿啥不？

老翟头说：啥也不带，你去见她就是最好的礼物。

金昌说：啊对了，叔，开山收榛果的车辆，我还没跟你说呢。

老翟头说：是啊，车辆都落实到位了吧？

金昌说：都到位了。外租的大客已经落实，咱们拉榛果的大货全都进行了安全检查，没问题。

老翟头说：车辆的事，都归成林统一调配？

金昌说：是。大货司机还是成林和福来，再就是马家大壮小壮。

老翟头说：那就好。哎，你也别收拾你那破车了，开我“大奔”去见我闺女吧。

金昌说：好哇，那小玲见了，得高兴坏了。

老翟头说：我闺女知道你去吗？

金昌说：我没告诉她，想给她个惊喜，叔也替我保密啊。

老翟头说：我不管你俩的事。

金昌说：还不管呢，刚才还呲嗒我呢。

老翟头说：喝酒……

满堆兴奋地回到家。满堆娘说：回来了儿子，金昌找你谈话了？

满堆说：谈完了，明天就走马上任，去总经理那跟杨柳枝和小妮子交接工作了。

满堆娘挺激动：太好了、太好了，我儿子当库管了。

满堆说：娘，我怎么有点紧张呢。

满堆娘说：这有什么紧张的，要你干你就好好干呗。

满堆说：我怕万一哪干不好，没法跟乡亲们交代。

满堆娘说：傻小子，有啥干不好的，我还干了好些年的库管呢，只要注意防火，不把库房里东西往家拿，谁都能干。满堆说：我娘可真逗。

满堆娘又对满堆爹说：让那杨柳枝看不起我的，没想到我儿子当上库管把她给顶下去了，老天可真长眼。

满堆爹说：那杨柳枝将来休完产假，还得跟满堆一起做，咱得跟她搞好关系；老伴儿，啥事心里有数就行，咱就冲小壮的面，也别老把杨柳枝挂嘴上。

满堆娘说：我就是跟你说说呗。

满堆爹说：说心里话，我真不愿意咱儿子做库管，那责任可不小呢，万一哪出点纰漏，可不是小事。

满堆娘说：有啥呀，看住火种、别丢东西就行了。

满堆爹：没你说得那么简单。

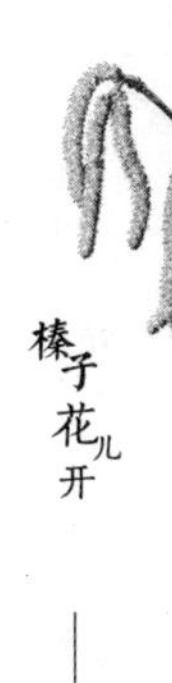

夕阳西下。金昌开着“大奔”出发了。就要见到心上人了，他激动、兴奋，情不自禁唱了起来：“九九那个艳阳天来哟，十八岁的哥哥要……”

金菊埋怨娘，她说：娘，这都啥前儿了，眼瞅天黑了，你还让金昌去看小玲，他能赶回来吗？

金婶说：道儿也不很远，明儿个能赶回来就行呗。

金菊似有心事地说：也不知他俩能商量出个什么结果。

金婶说：有啥可商量的，小玲要演出完了，就跟金昌回来了呗。金婶到现在还是以为翟玲去演出几场就能回来了。金菊知道内情，但她不能挑明了说。

金婶说：你咋不说话了？

金菊说：啊……没事。

·三十四·

福来接到万大炮的电话，他说：老万，又要支锅儿玩会儿呀？

万大炮说：我怎么除了玩扑克就没别的了，没事过来坐会儿呗。

福来说：等我吧。福来骑上摩托，他又把手机关了，说：谁都别干扰我自由。

满堆和姜胖在库房清点整理工具。姜胖说：满堆，你是新官上任三把火啊，这还没咋的呢，就把我叫过来一顿干活。满堆说：那就辛苦你了。

旺财叔开面包车进院。满堆迎过去，说：旺财叔啊，送货来了。

旺财叔说：是啊，满堆，给你们送一车矿泉水。

满堆说：辛苦旺财叔了。

姜胖看着满满的货车，说：满堆，这么一车水呢，该叫福来了。

满堆说：我刚找他了，他家里没人。

姜胖说：我给他打电话吧。

满堆说：等下次的吧。

姜胖说：不行，这一车的东西，咱俩搬不过来，再说，库里还有那些活呢。姜胖拨电话……手机传出“你所拨打的电话已关机”。姜胖又往福来家里打了电话，没人接。他想了想，又给金婶家拨了电话，他说：婶子，福来姐夫在你那里没……他手机打不通，我往他家打电话，家里没人接。

金婶说：你等着啊，小胖，我让你金菊姐接电话。

金菊接电话说：小胖，你找福来有事啊？

姜胖说：让他到库房干活，我给他打手机，他关机了。

金菊说：知道了。你别着急啊小胖，我这就找他去。

金菊推摩托车出院门，说：这福来，见玩儿不要命，多大人了都是。

福来到万大炮家，进屋就说：老万，今儿个怎这么早就收车了？

万大炮说：干了俩大活，够口了。你不也挺闲着的嘛。

福来说：闲不下来，我刚路过园区，看姜胖和满堆在库房干活呢，我坐一会就得走。

万大炮说：这家伙的，屁股还没沾椅子呢，就惦记着走了。

钱贵说：咱福来兄这干部家属，有觉悟啊。

福来说：你少搁那说风凉话。哎，贾六干啥去了？

万大炮说：还能干啥，跟张铁子那伙子人扯呢。

福来说：头些日子贾六可说，他赢张铁子不少钱呢。

钱贵说：那是张铁子先给他点甜头。最近贾六可输够呛，“劳力士”和电脑都输进去了，他媳妇彩云带孩子回娘家，一直都没回来呢。

福来说：我的妈呀，头些日子我还想跟张铁子比量比量呢，多亏小舅子找我有事没去成；这贾六是不傻呀，见势不妙就赶紧撤呀？

钱贵说：撤啥，他还想着怎么能把钱搂回来呢。

万大炮说：搂个屁呀，越陷越深。

福来说：行了老万，你这茶不错，我得回去了，回头再过来唠啊。

钱贵说：哎呀，你还真把“干部家属”当干部了？

福来说：你少搁那说疙瘩话，大小不济我还是质检员，库房有活就得去。

钱贵说：哪次玩都得现叫你，烦不烦？

福来说：谁让我摊上个“精不精傻不傻的”总经理小舅子呢。

万大炮说：你别老那么说金昌，就你这样的，没金昌管着，你就该作上天了。

福来骑摩托往回走，见金菊骑车过来，他赶紧下车，说：老婆，你上这来干啥呀？

金菊说：你干啥去了，手机怎么又关了？

福来说：又查我户口。我没啥事了，到老万那坐会儿。

金菊说：虽然是夏闲，也不是没活呀，眼瞅着要开山收榛子了，库房那么多活儿你不知道？

福来说：我不正往那走呢吗。

金菊说：小胖和满堆都干半天了，你挺大个老爷们，好意思不去？

福来说：我也没不去啊。

金菊说：那你把手机关了干啥呀？

福来说：没、关呀……没电了吧？

金菊说：拿出来，来，拿出来看看。

福来说：哎呀，还看啥，那头等我干活呢，我得赶紧过去了。

福来开摩托走了。金菊说：……愁人。

翟玲和小丽去参加谢队长的生日 Party。进酒店前，小丽嘱咐翟玲：小玲，一会儿谢队长他们喝酒，你别喝啊，他劝你你也别喝。

翟玲说：你都知道我不会喝酒。

小丽说：你是不知道谢队长那人，他可能劝酒了，告诉你啊，今天他就是说破天，你也别跟他喝。

翟玲说：谢队长能喝酒呀？

小丽说：酒量一般，就是贪点儿，一劝酒，就跟你磨叽起没完。

翟玲说：知道了。哎，小丽，你跟我说实话，你是不真有男朋友了？

小丽说：我都告诉你了"不告诉你"吗。

翟玲说：你不告诉我我也知道。

小丽说：你咋知道的？

翟玲说：你电话总不断，而且，一打电话就躲着我，没有"新情况"你才不那样呢。

小丽说：让你说对了，在酒吧认识的，那人挺帅。

翟玲说：行啊你，真成城里人了。

小丽说：往那方面努力呗。咱赶紧进去吧。

包房内，谢队长和演员们围坐大圆桌。谢队长起身说：各位，很荣幸能把大家请来，谢谢了！过生日虽然是高兴，可我又老了一岁啊。

小丽说：谢队长不老，还那么帅。

谢队长说：小丽说话客气。来，咱们大家一起举杯……

一男演员说：祝谢队长生日快乐！

众人：生日快乐！

谢队长说：生日快乐，干了杯中酒！

福来干完活回到家，他有点累了，借机跟金菊发火。他说：刚才你咋回事呀，干啥追着撵着的找我呀？我就到大炮那喝杯茶唠会儿嗑，你就跑去堵我，这要让别人看见了，还以为我在家受老娘们气呢。

金菊说：说啥呢？库房有活你不去干，人家满堆和小胖把活都干完了你才张罗去，回家还跟我瞪眼珠子，我把饭菜都给你摆上了，咋的，想当老太爷呀，你耍什么耍！

福来来劲了：行行，你要说这话，我还跟你说啊，你马上找翟叔说去，就说质检员我不干了，让金昌赶紧换人，我可不愿意没事老窝在库房里。

金菊生气了：你爱干不干，没人求你，但没换人之前，你还得干着。告诉你啊，别一出去玩就把手机关了，少跟我玩那一套。

福来耍赖皮：我自己的手机，我关机不行啊，谁给规定的手机不能关呀？我还告诉你啊，我就是尽意儿关的，我就是尽意儿去老万那玩去了，你能怎的吧。

金菊不示弱：嗬，还叫上号了，瞅你那赖巴样，这是看爹走了，没人管你了，就又想蹦跶了。

福来说：今儿个我没去，我那份钱就满堆和小胖分了，有啥呀？

金菊说：还有啥？满堆刚当上库管，你不得支持他工作吗？再说了，金昌是总经理，工作上你不得替他兜着点吗？

福来说：我还替他兜着点，我还是“干部家属”吗？福来越说越没底气，尴尬了。他坐上炕、倒杯酒喝上了……

谢队长的生日 Party。酒过三巡，气氛开始热烈。谢队长说：今天这酒喝得痛快。哎，就是翟玲一直还没喝呢，是吧翟玲，你净喝饮料了？

小丽说：小玲不会喝酒，就别让她喝了。

谢队长说：你说话不算，谁一开始就会？翟玲，我就给你倒一杯啤酒啊……为啥呢，这里有说道；你来团里之后，就能一头扎在业务训练上，进入排练之后，你更是努力钻研角色，“洪月娥”虽说你是 B 组，可就连英子看了你的表演，都说你不错，所以，这杯酒你要喝了，我就祝你拿下“洪月娥”，准备跟英子轮换演出。

男演员附和说：就是啊，翟玲就别推辞了，这是你业务上的大事啊。

翟玲端起酒杯，说：那……我喝一口。

谢队长说：哎，喝酒哪有喝一口的，要喝就是一杯；一杯啤酒哪到哪呀，关键是有意义。

翟玲犹豫一下，说：……那好，我干了，祝谢队长生日快乐。翟玲干杯。

谢队长说：你看看，翟玲不但业务过硬，酒也行，这多好，再给翟玲倒上。

翟玲说：谢队长，不能再喝了，我喝酒过敏。

小丽想替翟玲解围，她说：要倒也行，我替小玲喝。

谢队长说：你替喝算咋回事，来来，我亲自给咱未来的大明星倒酒……

两杯啤酒下肚，翟玲感觉头晕有些恶心，她出了房间。小丽赶紧跟出去，说：小玲，你没事吧？

翟玲强挺着说：没事。

小丽说：告诉你别喝，到底还是喝了。哎，我男朋友那边叫我过去，就先走了啊；一会儿谁再劝你，都不能再喝了。

翟玲说：知道。你早点回宿舍，别玩得太晚了。

小丽说：就看去哪玩了，要玩得尽兴，说不好啥时候了。

翟玲说：不能在外头过夜啊。

小丽说：啰唆。

金昌开车进了省城，天已经黑了。他给翟玲打电话，一直没人接，嘀咕：咋还不接电话呢，又进剧场排练了？

老翟头惦记着金昌，打电话过来。金昌接电话说：翟叔，我已经进市区了……去团里的路线都打听好了，能找到……放心吧，见到小玲就给你电话……哎，撂了。

翟玲和谢队长坐出租车到艺术团大院下车。二人进院。翟玲见谢队长一直晃晃悠悠跟在自己身后，她说：谢队长，你喝多了吧？你别跟我走啊，你宿舍在那边呢。

谢队长说：我没、跟你走，就是，腿，打镖儿。

翟玲说：那你坐下来歇会儿吧。

谢队长说：不坐，上，楼……谢队长有点站不住了，一个趔趄、被翟玲扶住……

这时，金昌到了艺术团院门口，他的车打着近灯，院子里的情景尽在眼前……

翟玲搀扶着谢队长……谢队长扑到翟玲身上，翟玲下意识搂住了谢队长……

金昌一惊：……小玲？

眼前的一幕惊呆了金昌，他的脑子里瞬间乱了码：……下车……不能下车……怎么办……？不知是强烈的理性使然还是迷乱中的逃避惊慌，他急速调转车头离开大院，喃喃道：赶紧离开，谁都别难堪……

院子里，翟玲慌忙地推着怀中的谢队长，说：哎呀，你别这样，谢队长，你别抱着我呀……翟玲赶紧拿出电话，打给耿科长……

金昌的车子很快上了大道、驶上高速……车载音响放到极致——“你是不是我最亲爱的人，你为什么……”，“大奔”在高速路上狂野奔跑……

谢队长趴伏在长椅上，翟玲站在他身旁……耿科长匆忙跑过来，说：

翟玲，谢队长怎么了？

翟玲带哭腔地说：耿老师你可来了，谢队长过生日喝多了，你快把他带回宿舍吧。

耿老师说：好好。这谢队长就是爱喝点儿小酒，可一喝上就没深没浅的。没事翟玲，这有我呢，你回去休息吧。

金昌做梦都没想到，此趟省城之行，欢心而去，噩梦般而归。他回到家中，急速想着怎么跟娘交代……

金婶听见动静，赶忙披衣服下地，说：儿子，这都深更半夜了，你怎么回来了？

金昌强作镇静，说：……我没见着小玲，就赶回来了。

金婶吃惊：怎么没见着她呢，你没找着道儿吧？

金昌有些语无伦次：不是，她跟，小丽玩去了，太晚了，不折腾了。

金婶着急了，说：她不好好在团里待着，大下晚的还出去玩啥？你也是的，你就在那等等她呗，没啥事就一起回来了。

金昌说：让她玩玩吧，她在那挺好的，咱就别惦记了。

金婶说：你饿没，娘给你做碗面吃？

金昌说：困死我了，睡觉。

金婶：……

金昌躺在炕上，辗转反侧，如此的打击，令他狂躁。但，挥之不去的心底的爱情纠扰着他，强烈的理性控制着自己，他想，在没有确切知道怎么回事之前，就当什么都没发生吧。渐渐冷静下来，他拿起手机写短信：小玲，马上就要开山收榛子了，乡亲们已经按捺不住收获的喜悦；又是一个丰收年，又是一番好景象。惦记你的——金昌哥！

第二天。翟玲起床，拿起手机看了一眼，说：哎呀，金昌给我打这么多电话，赶紧回一个……

小丽说：别打电话了，咱都起来晚了，今天可是去剧场走台排练，别迟到了。

翟玲说：好吧，快走。

剧场内。翟玲在舞台上表演单出头《洪月娥做梦》。她的表演赢得团领导和演员们的喝彩。表演结束，谢队长在观众席拿起话筒，说：翟玲，你第一次完整地在舞台上走了一遍，总体上不错啊，不论是大段唱腔还是舞蹈动作，基本都完成了；如果，情感表达上，在含蓄中糅进一些甜美，台步再轻盈、身段再俏一点，对人物性格的表现，会更生动一些。

老演员英子拿过话筒，说：翟玲，你的表演很到位，进步很大，继续努力啊。

翟玲激动地深深鞠躬：谢谢英子老师。

小丽感叹：小玲的功夫没白下，得到领导和老师的表扬了。

金昌在办公室接老李的电话，要金昌想法解决一辆货车支援三里堡合作社。金昌马上打电话跟老翟头汇报情况。老翟头说：你就给老李安排台车吧，嗯……就派马大壮过去吧，他开车稳当，让他明天直接到三里堡找老李。金昌说：好，我这就通知他。

老翟头说：嗯。你看看，我光说事了，你这是在哪呢？

金昌说：啊，我昨晚连夜就回来了，正要跟你说呢，叔，小玲在那挺好的，你就放心吧。

老翟头说：不对呀，我闺女咋没说你去呀？

金昌：……

老翟头急了：说话呀，你哑巴了？

金昌说：叔，你等我，我这就到家去。

金昌到老翟头家，把他遇到的情况原原本本地讲给了老翟头。

老翟头不相信，说：怎么能有这事呢？

金昌说：叔，这事我本来不想跟你讲，可你非要问我，我只好照直说了。

老翟头说：我闺女不是那样人。再说，小玲才去不长时间，哪能说有男朋友就有了呢，也不能闪电恋爱呀？不行，我打电话问问她。

老翟头抓起电话，被金昌拦住。金昌说：不能打，叔。虽说我见那场面确实发蒙，也很尴尬，可我都忍住了；咱谁都别吱声，没把事情弄清楚之前，就当啥都没发生，要不一捅出去，大家都不好收场。

老翟头说：金昌，你说那男的是不喝多了，走小玲跟前对小玲无理呀？要那样的话，我还要说你见死不救呢！

金昌说：叔，那大半夜的了，小玲不可能一个人随便出来溜达呀。

老翟头说：这熊孩子的，我不让去她偏去，这下可好，放着好日子不过，跑那去给我惹祸了；干脆叫她回来吧，这一天到晚的，谁能跟她操得起这心。

金昌说：这事儿咱俩说了不算，你硬要她回来，可她心没在这儿，也是白扯。

金昌手机响了，看是翟玲的电话，他说：叔，小玲的电话……

老翟头说：快接呀。

金昌：啊、啊。金昌接电话：小玲啊，团里工作挺忙的吧，现在有时

间打电话了？

翟玲说：啊，上午在剧场排练，刚完事儿。金昌，我看有好几个你的电话和信息？

金昌说：啊……也没啥事，就是，要收榛子了，告诉你一声。

翟玲说：你不说给我邮东西吗，啥时候能到哇？

金昌说：我没说给你邮东西啊？

翟玲说：你前天就说要给我个大礼包，我都等着急了，邮快件也该到了。

老翟头听得着急了，说：什么大礼包、邮件的？他夺过手机，说：闺女，昨晚你干啥去了？

金昌赶紧小声说：叔，你不能问。

老翟头瞪金昌说：我咋不能问呢？

翟玲说：爹，你俩搁那说啥呢？

老翟头说：我就问你，你昨晚跟谁出去了？

翟玲纳闷：……昨晚跟谁出去了……我是跟小丽出去的，出去又怎么了？

老翟头说：大下晚的，随便跟男的出去像话吗？

翟玲被问愣了，说：……什么意思呀，爹，这事……这事谁跟你说的呀？

老翟头说：好哇，还真有这事儿。

翟玲蒙了，也乱了，说：你俩干啥呀，乱七八糟的！翟玲关了手机。

金昌说：行了叔，你别说了，我明白咋回事儿了。

宿舍里。翟玲对小丽说：小丽，你说奇怪不，昨天咱们给谢队长过生日的事，我爹怎么能知道了？

小丽说：怎么可能呢。

翟玲说：他都打电话问了，而且，说得有鼻子有眼儿的，还说我跟一个男的在一起，真是活见鬼了。

小丽说：昨晚你跟谁一起回大院的？

翟玲说：谢队长啊。

小丽说：都那么晚了，谁看见你俩了？

翟玲说：院子里都没人了，没人看见啊。翟玲忽然想起什么，说：我想起来了，谢队长喝多了，我打电话叫耿科长过来帮忙的。

小丽说：耿科长？

翟玲说：是他，只有他知道这事，而且他还有我家电话。我打电话问问他……

小丽说：别打，傻呀你，团里不可能管这事，这事你只能问金昌。

翟玲说：这事跟金昌也没关系，问他有什么用？

小丽说：让金昌问你爹呀。

老翟头追问金昌：你这孩子，把我吓够呛，这又说你知道咋回事了，你又知道啥了呀？

金昌说：你在电话里没听小玲说嘛，说昨晚她是跟小丽一块出去的。

老翟头说：啊，听见了。

金昌说：那不结了，最起码小玲是和小丽一起出去的。我估计啊，可能是她们出去办什么事了，我当时没了解清楚情况呗。

老翟头不乐意了：就是啊，你不了解完咋回事你就回来了，最起码你应该见见小玲、把事弄清楚再走吧？你可倒好，啥事都没办、啥话也没说，掉头就往回跑，回头我闺女还生气了，完事还把我折腾够呛，你瞅你，这办的叫人事儿吗？

金昌说：对不起、对不起啊，叔，等我跟小玲解释吧，你就别着急了。

老翟头真生气了，他说：对不起就完了，你这是不信任我闺女，你说我能饶了你吗？

金昌说：叔，这事儿是我没办好，您，您想怎么办我都行。

老翟头说：赶紧给我闺女打电话，就说你误会她了。

金昌说：嗯，行……但现在别打，等我想好怎么跟她说吧。

金婶给金昌打来电话。金昌接完电话对老翟头说：叔你等会儿啊，我娘包饺子了，让我回家拿去，我去去就回。

艺术团大院。耿科长碰见谢队长，他说：谢队长……没等耿科长说完，谢队长就说：哎呀，耿科长，谢谢你啊，昨晚还劳你把我送回宿舍。

耿科长说：我还要问你呢，昨晚你咋回事？

谢队长说：啊，那什么，昨天我过生日，叫几个演员出去喝酒，一高兴就多喝了点，你不都看见了。

耿科长说：喝多了就往人家身上扑啊？以后你可得注意。

谢队长说：是，是，我都不知道怎么扑她身上了。

耿队长说：啊，你还不知道了，那你咋不往大树上扑呢？

谢队长尴尬地笑了，说：以后我一定注意，一定！

老翟头坐在炕上和金昌一起吃饺子。老翟头说：我老嫂子行，知道明天干活累，特意给我包顿饺子吃，赶紧地，给叔拿酒来。

金昌说：酒就别喝了，叔，明儿个起大早，天不亮就往山里走，喝多了，没精神头儿干活。

老翟头说：没事，少喝点儿，给叔倒二两就行，要的就是这感觉。

金昌给老翟头倒酒……说：说好就二两，不许多喝。

老翟头说：保证不多喝，喝多是小狗。哎，你也就热吃。

金昌说：我吃不下，你先吃吧。

老翟头说：怎么了，上火了？

金昌说：我不是人呗，让小玲失望了，还给你添麻烦。

老翟头说：这事啊，当叔的我也能理解你，你说你大老远跑去的，光想着高兴，能见着她了，也没个心理准备，抽冷子见那场面，叫谁谁都发蒙。

金昌说：叔，你能原谅我我也不能原谅我自己，这事现在想想，我自己都觉得没面子，我当时应该再等等。

老翟头说：怎么等啊，明儿个就开山了，等有时间再去看她吧。来，来，吃饺子，再不吃就凉了。

家里座机响了，老翟头说：这会儿谁来电话？他赶紧下地接电话：喂，谁呀？

翟玲说：爹，刚才你说的事儿，我也不问谁传的了，可我要跟你说明白啊，昨天我们演员队给谢队长过生日，他喝多了，是我陪他回来的，而且，是团里的耿科长送他回宿舍的，就是这么回事儿，你还有啥不放心的吗？

老翟头马上撒了个谎说：我说闺女啊，我，我根本就不知道你这事，我是没事逗你玩，赶巧赶上了，你还当真了。

金昌接过电话，说：小玲啊，听我跟你说……金昌把昨晚的事跟翟玲讲了一遍。

翟玲听完解释就关了电话。她跟小丽说：金昌太可恨了，原来是他在整事，这人咋这样呢？

小丽说：原来是金昌来过了？

翟玲说：可不。他开车来团里，不跟我说一声就算了，回头还在我爹面前告我一状。

小丽说：那是金昌误会你了呗。小玲，这事你就别怨他了，你大半夜地跟个男人在一起，还抱一块了，要我见了也得赶紧跑。

翟玲说：我也不是那种人啊，他也太不信任我了。

小丽说：这跟信不信任没关系，眼见为实，你是让人撞上了，是你该跟金昌好好解释解释吧。

金昌不想让翟玲着急上火，一定要把话说开，就又给翟玲打电话。翟玲接通电话没吱声。金昌满心懊悔地说：小玲，我知道我错了，你就别老撂电话了。

翟玲说：我讨厌你，我不想跟你说话。

金昌说：你不想说就听哥跟你说，我现在这肠子悔得，都悔青了！小玲，你要还生气，我现在就开车去见你。

翟玲说：撒谎！知道明天开山，还说要过来，你现在还知道骗人了。

金昌说：那哥就不说了，等我忙完秋收，我可以看你去不？

翟玲的眼泪瞬间淌了下来，不知道是什么滋味，她狠狠地说：不知道！把电话关了。

金昌说：小玲真生气了。

第二天。天还没亮，红石峪就喧闹起来，灯光点点，炊烟缕缕……

金婶推着还躺在被窝里的金昌，说：儿子，我饭都吃完了，你该起炕了。

金昌睡眼惺忪地说：哎呀，我睡过了。金昌爬起来穿衣服。他见金婶往小包里装东西，问：娘，干活还带上秧歌手绢了？

金婶说：啊，热了擦汗，累了当屁垫，高兴了唱二人转扭扭大秧歌。

金昌说：嗯，干活别累着啊，娘。

金婶说：没事，捡落地榛果，累不到哪去。

金昌说：那是细心的活儿，不好干还累，儿子都知道。

金婶说：放心吧，也不是头回干了。

开山收榛子，村里的妇女们都要参加。柳枝娘把去幼儿园接送来娣的事交给了杨柳枝。马小壮嘱咐杨柳枝说：媳妇，天亮以后别忘了去娘家，送来娣去幼儿园。

杨柳枝说：不能忘啊，闹表我都定好了。

这时，马大壮隔着院墙喊：小壮啊，你起来没呀？马小壮对杨柳枝说：我出去一下，哥叫我了。

马小壮出门问：哥，有事啊？

马大壮说：今天我不跟你车了，金昌安排王小二跟车。

马小壮说：怎么了，你哪不舒服了？

马大壮说：三里堡缺个司机，安排我去那了。

马小壮说：哦。哥，三里堡的山道不太好走，你多注意点啊。

马大壮说：我知道。

成林正在吃饭。梅子说：成林，娘都收拾好了，你赶紧吃，吃完该走了。

成林说：嗯，这就吃完了。

梅子说：天还没亮、道儿上黑，一会出去给娘打好手电。

成林说：放心吧。老婆，送来娣去幼儿园的事，你跟柳枝说好了？

梅子看了看炕上熟睡的小女儿，说：都说好了。

柳枝娘来到成林房间，说：走吧成林，采榛子去喽！

成林说：哎呀我娘这大嗓门儿，别把来娣吵醒了。

金昌和老翟头、喇叭叔站在合作社园区院门前。一排大客车上坐满了村民。成林、福来、马小壮各自坐在大货车驾驶室里。姜兰跑过来，她对大客上的人们打招呼：大家好，大家早上好啊。

姜胖从车窗探出头，说：姐，还没到早上呢啊，才四点钟，太阳还没出来呢，应该叫凌晨。

姜兰说：啊，对，对，会长说得准确。

金昌走到成林的卡车旁，说：成林，都准备好了吧？

成林说：车辆全部准备好了。

马小壮说：金昌，我们小组已经点完名了，人都到齐了。

金昌说：好。金昌又到客车前，说：小胖，你们几个小组有问题没呀？

小胖说：没问题，全部到齐。

金婶说：妇女们也都到齐了。

金昌走到老翟头面前，说：翟叔，都准备好了。

老翟头说：好。一切准备就绪，大家都上车吧，金昌……

金昌说：哎，知道了，该出发了。金昌转身，对着车队大声说道：大家听好了啊，客车在前，大货在后，控制好速度，保持好距离，出发！

顿时，喇叭齐鸣、划破夜空，在连绵起伏的山峦中回荡着……

车队宛如一条巨大的火龙，蜿蜒行进在山路上……

太阳初露。七彩霞光铺洒在绿色坡地上，满山成熟的榛果盈盈累累；女人们红红绿绿的花头巾和色彩艳丽的大花袄，在棕绿色的榛子园里，如同一朵朵争奇斗艳的鲜花，交织出一幅丰实满盈的绚丽图景。

金昌和老翟头、喇叭叔、姜兰站在坡地上。

喇叭叔向老翟头点头示意：老翟啊……

金昌和姜兰向老翟头示意：翟叔……

老翟头环视众人，面对榛山，高声喊道：开——山——喽——

众人齐喊：开——山——喽——

金昌、姜兰齐喊：开——山——喽——

山峦回响：开——山——喽——、开——山——喽——

开山号子响过，村民们呼喊着“噢——”涌入榛林。秋采榛果开始了。

金昌和姜兰站在榛树前。姜兰兴奋地说：金昌，今年这收成不错啊，你看这榛果沉得，都谦虚的耷拉脑袋了。金昌也难掩喜悦地说：又是一年好光景，宝仁榛子又能卖个好价钱啦。

来娣一个人在家睡觉。来娣醒了，见屋子 空荡荡的，坐炕上哭了起来……

杨柳枝还在家睡觉，家里电话响了，把她吵醒。电话是幼儿园老师打来的，老师不见来娣过来，打电话询问情况。杨柳枝跟老师说明了情况，赶紧往娘家跑。

杨柳枝进屋，见来娣坐在外屋地上哭，赶紧说：哎呀，来娣哭得像泪人儿了，来娣、来娣，姑姑来晚了，别哭了，姑姑抱……

来娣本来跟老姑就不太近乎，她哭着说：我不要你抱，我要找妈妈，啊……

杨柳枝说：你别哭，姑姑睡过点了，姑姑该死。来，让姑姑抱你上炕啊，坐地上凉。

来娣说：我不吗，我要找妈妈，我要妈妈……

杨柳枝说：来娣不哭了，来娣乖啊、来娣乖，姑姑抱你去幼儿园啊。

天大亮。榛子山上，劳动场面红火。

翠兰边检榛果边跟柳枝娘说话：她柳枝娘，梅子在九妹子那干活，小孙女谁看呀？

柳枝娘说：我让柳枝送幼儿园了。

翠兰又说：你就不应该来，在家好好看孙女多好。

柳枝娘说：现在正是山上需要人手的时候，能干点是点呗，每天还能挣几张呢。

幼儿园小玉老师带着来娣和小朋友们一起玩游戏……来娣不随大家一起玩，坐在一边打蔫儿……

钟老师走进，跟小玉老师说：小玉老师，来娣打蔫儿了，你没发现吗？

小玉老师说：是吗？她赶紧走过去摸摸来娣的头，说：哎呀，这孩子头这么烫。钟老师，我抱来娣去卫生室啊，你给她妈妈打电话吧。

钟老师说：啊，我这就打。

太阳升高了。姜兰看了一下表，对金昌说：该让大家休息一会儿了。

金昌嗯了声，向大家喊道：休息喽——

乡亲们纷纷坐下休息，有的喝水，有的聚堆儿唠嗑，不少妇女拿出秧歌手绢铺地上当坐垫……

姜兰站起来，说：哎——大妈大婶、姐妹们呀，咱们扭个大秧歌，美一段、浪一段？

金婶掏出手绢，说：浪一段——

妇女们喊道：好哇，来啦——妇女们纷纷跑到坡地上……

姜兰朝大伙儿说：美起来，浪起来呀！

妇女们呼喊：浪起来啦——

喇叭叔拿出一支唢呐，鼓足腮帮子吹了起来……

高亢的唢呐声中，妇女们在榛子林中唱起来：“大姑娘美来那个大姑娘浪，大姑娘走进那青纱帐……”

金昌和小伙子们坐在坡地上观赏……小敏跑到金昌跟前，拉起金昌往队伍里拽……

金昌和小伙子们凑到妇女们面前热情呼应：“我东瞅瞅西望望，咋就不见我的好姑娘……”

大姑娘小媳妇们把小伙子们撵跑，继续歌舞：“天南地北我都找遍，咋就不见我的郎……”

歌声中，大红大绿的妇女们在榛子园中穿梭，带着丰收的喜悦，带着生活的欢乐……

榛子山上，歌声荡漾，绢花纷翻，一片欢笑，一派欢腾……

炊烟又起。劳累了一天的人们回到了家。

马小壮埋怨杨柳枝说：你说你还能干点啥吧，送孩子这点儿事你都做不好，就你这糊涂劲儿，等咱有孩子了，我看你怎么弄？

杨柳枝说：又来说我，我又不是故意的。

马小壮说：可来娣吓着了，发烧了，这要是咱的孩子，你不心疼啊？

杨柳枝说：马小壮，我可告诉你，等我生完孩子，你伺候啊，我还不管了呢。

马小壮说：别忘了，孩子管你叫妈。

杨柳枝戏弄地说：那你是爸儿不？

马小壮说：滚一边儿去。

小妮子回到饭店。满堆过来看她。小妮子说：满堆，今天给山上送的饭菜好吃吗？我娘说，做得不可口就跟她说。

满堆说：猪肉炖粉条子，好吃。就是光吃米饭不禁饿，要能送点馒头就好了。

小妮子说：那还说啥了，可做馒头太麻烦了，人手不够呢。

满堆说：我就是说说。哎，小妮子，你给大伙送饭，开车在山里走，累不，闷得慌不？

小妮子说：有后厨梁师傅跟车，还行吧。

满堆说：那我给你讲个笑话，开车寂寞的时候，你想想就不闷了。

小妮子说：你不累呀？咱俩坐会儿，就该帮娘洗菜了。

满堆说：你听完我这笑话，咱就洗菜去。

小妮子说：行，你讲吧，得让我笑啊。

满堆说：那当然。说，在一家公司的办公室，有一人坐那玩手机，老总驾到，见此非常生气，问道，“哎，你一个月挣多少钱”，那人说“三千”，老总说“我现在就给你三千，明天开始不用来上班了”，说完，把一摞钱甩给那人，那人揣钱走了；老总问旁边的人“他是哪个部门的”，旁边的人说“送快递的”。

小妮子：哈哈哈……

满堆说：嘿嘿，小妮子笑了，哥帮你洗菜去啊。

贾六的媳妇彩云，在家人的劝说下，领着孩子回到家。

母女俩进院，女儿小美见家里没人，说：妈妈，我爸爸咋没在家呢？

彩云说：爸爸出去办事了，你去找小朋友玩吧，妈妈收拾收拾家。

小美说：哎，玩去喽。小美跑出。

彩云见屋里院里造得不像样了，说：哎呀我的妈呀，这哪是家呀，都没个下脚的地儿了。彩云进屋里，走到写字台前，愣住：嗯……电脑呢？

彩云在里屋外屋找了一圈没找见电脑，她拿起了电话……

贾六正在张铁子家耍呢，见媳妇来电话了，赶忙说了句：不玩了。他把牌一扔，跑出屋……

张铁子追出去，说：哎，贾六，你别走哇，眼瞅着点子就上来了，咋的也得搂点儿再回去吧？

贾六说：你没听我媳妇来电话了吗？

张铁子说：又不是搞对象，约会晚点儿对象就生气了。

贾六说：别扯了，家里电脑没了，她非跟我玩命不可；我不赶紧回家撒个谎，她非跟我打离婚不可。

张铁子说：那你就更不能走了，兴许一会儿赢我了，电脑就直接抱家去了。

贾六说：滚犊子。贾六开车走了。

张铁子说：小样儿，一走了之能行嘛，欠我钱，得赶紧给我还喽。

·三十五·

贾六跑回家，进门就说：哎呀，我媳妇回来了，早告我一声我接你去呀。彩云没理他。贾六又说：我闺女呢？

彩云说：跟小朋友玩呢。你干啥去了？

贾六撒谎说：出车了。

彩云说：出车了好啊，钱呢？

贾六说：干啥？

彩云说：你说干啥，你不养活孩子了？

贾六说：嗯……媳妇，钱我明天给你行不？

彩云实在忍不住，发火了：我咋嫁给你这么个倒霉蛋呢，以前这日子过得好好的，现在可好，要钱没有，家里还老丢东西，六子，你说我还能跟你过吗？

贾六说：不是，媳妇……

彩云愤愤地说：赶紧收拾收拾，你给我滚！

贾六紧张了，说：别的呀，彩云啊，我现在知道要好好过日子了，你没见我都往家倒腾榛子壳了吗？

彩云说：……你往家倒腾那玩意儿干啥呀？

贾六说：赚钱呀。

彩云说：放屁，你听谁家说倒腾那玩意儿发家了，你脑子里想啥呢？

贾六说：……媳妇，你刚回家还没吃饭呢，我赶紧给你做饭啊。

彩云说：就知道吃。那“劳力士”说落车上丢了，我没说你啥，家里那台电脑呢？电脑哪去了，你赶紧说实话？

贾六编笆：电脑……坏了，我拿去修理了。

彩云说：这日子是没法过了，明天我还回娘家啊，想要我回来，没门儿。

贾六说：媳妇，别一生气就回娘家，有啥不满意的，我改还不行嘛。

彩云说：你改了吗？钱不往家挣，家里东西也都没了，我跟个败家子儿过什么过！

贾六说：彩云，彩云你别发火，我以后好好开车多挣钱行不？

彩云说：还好好开车，这话你都说过多少次了，你说我还能信你吗？贾六哑口无言。彩云接着说：真是“穷日子好过，富日子难熬”，刚结婚那会儿，盖新房，买新车，置备家当的，挺好的日子，瞅瞅你现在，还有个人样吗？哪次出去都说出车了，回家一摸兜儿，那兜儿比脸还干净；我就回娘家几天，这电脑又没了，我再不回来，房子该找不着了。六子，你跟我说实话，那电脑是咋回事儿，你总不能拿去赌钱了吧？

贾六耷拉脑袋不吱声。

彩云说：你不说是不是，那好，等我回家跟我爹说去，看他怎么收拾你。

贾六知道彩云的爹厉害，又特别疼爱自己的宝贝闺女，他赶紧说：别，别，别的媳妇，咱俩咋的都行，千万别跟你爹说，这事要跟他说了，我就完犊子了。

彩云说：你还知道怕一个人呢？

贾六又编笆：媳妇，你好不容易回家了，就别张罗走了。那什么，头几天涛子从我这借了三千块钱，他说还我，我还没去取去呢，我给他打个电话，这就去拿回来啊。

彩云说：我是问你咱家电脑哪去了？

贾六说：啊，我、我取钱去啊。贾六溜了。

福来正在家吃饭，接到贾六给打来的电话，他说：贾六啊，有事吗……借钱？……你说我敢借你吗……你说得不对啊，别唬我了，我可知道你媳妇回娘家了。

贾六哀求说：你咋不相信人呢，我媳妇真回来了，你借我，最多一星期就还你了。

福来说：不行啊，我前脚借给你、你后脚就耍钱去，我可不当胁从犯。

福来撂了电话。金菊问：福来，贾六找你干啥？福来说：想跟我借钱。金菊说：你答应他了？福来说：那能答应嘛。

金菊说：想借钱就是有难处了。他要借多少哇？

福来说：多少也不能借，我借完钱，他再拿去赌可毁了。

金菊说：万一他真是有急用呢，该帮的还得帮帮。

福来说：这事我心里有数，他真是要办事用钱，还有他大舅呢；再说，彩云她爹可是做买卖的大老板，彩云家有钱。

金菊说：那也是。彩云他爹要知道贾六耍钱输钱，可轻饶不了他。

福来说：他大舅老李也得收拾他。

贾六没借到钱，他靠着墙根儿嘟囔：借一圈都没人借，我这人缘也太臭了，咋整呢？

金昌召集主管们开会，他说：开山收榛果工作已经告一段落，接下来，就是要抓紧榛子加工与销售，与此同时，九百亩新垦山林地清场也已经做完，可以适时移苗上山了；另外，榛子节的事，我们还要做好各方面的准备工作。所以，近一段时间的活比较繁杂，在此，我给大家道声辛苦了。

成林说：金昌，现在是加工、销售同时进行，我看广州和天津的货，得赶紧发出去了。

金昌说：明天就开始发货。一会开完会就组织人手，先给小壮装天津的货，然后是成林你送内蒙古的货，今天都要装上车。广州方面需要的货也都准备好了，理事长要亲自运作。

成林说：明白了，会后我就把车辆安排好。

金昌说：好。再嘱咐大家啊，虽然是老生常谈年年讲，但很重要！榛果收回来了，除了晾晒还要脱苞，脱苞出来的榛子，要把裂口的专门拣出来，然后才能水漏掉榛子壳、虫眼儿榛、瘪仁榛子，这都是些细致活，各生产小组都要严把生产质量关，才能保证我们宝仁榛子的品牌质量，大家一定要记住，品牌是信誉和责任，是市场的保证！

大家会意点头。

园区场院。大片晾晒的榛果。生产车间一片繁忙。

金昌等人将榛果运送到生产车间进行脱苞处理……

金婶带领妇女们围坐在一个个大圆笸箩旁，挑拣出废品榛子……

福来等人把检验好的榛果装进麻袋，运送到库房……

库房门前停放两辆大货车，成林和马小壮、满堆、姜胖等人开始装车。

金菊来找金昌，她说：金昌，徐文静把电话打办公室了，她找你有事。

金昌说：我这就去接。金昌跑到销售部接电话，说：徐大老板，你好啊。

徐文静说：金昌，你手机怎么又出问题了，总打不通？

金昌说：忙得我都忘充电了，正干活呢，有事你说。

徐文静说：这几天我没事，想去趟红石峪。

金昌说：哎呀，这几天，我忙得都打不开点儿了，你来了，我都没时间安排你。

徐文静说：干啥忙那样，就像别人不工作似的。

金昌说：秋忙秋忙，秋收忙吗。

徐文静说：那我不管。你跟翟叔透露没，他真要引资的话，我想赶紧跟他谈谈？

金昌说：榛子文化博物馆的事，我还没跟他细唠呢，再说了，这个时候跟他谈这个事，他也顾不过来考虑呀，等榛子节过后再说吧。

徐文静说：哎呀……只能这样了。这事你别给我忘了。

金昌说：忘不了，我都记着呢。哎，你对这事怎么这么上心，这么急着要投资呢？

徐文静说：我要说是为了你，你相信吗？

金昌说：为了我？

徐文静说：啊。呵呵，不逗你了。就凭你那脑瓜还想不出来为啥？衍生。

金昌说：啊，你这大老板，要把生意做到我这里来了。

徐文静说：一起做。帮助你实现你的产业梦想，共同发财。

金昌撂下电话。金菊说：徐文静来电话什么事？

金昌说：她要跟翟叔谈榛子博物馆的事，如果合适，她要过来投资。

金菊说：金昌，你要听姐话，就别让她掺和，上次她就过来玩玩，翟叔对你都不乐意，她真要来投资，翟叔认可把事情给搅黄了。

金昌说：姐说得有道理，可这是两码事，我心里有数。

秋后的销售工作重要繁忙，老翟头亲自与几个大客户保持沟通。他给广州刘经理打电话，说：喂，刘经理，我是红石峪老翟呀……哎，你好你好。我跟你说啊，订单的货都按期发过去了，大概有两天的时间就能到广州，你注意接收啊……质量方面你不用担心，全是上等榛，跟你看到的样品一样一样的。

刘经理说：红石峪办事我放心，我就等着接货啦。

老翟头说：那好，等货到了，刘经理有啥问题，我们随时联系啊……哎，就这样。

金有良向张镇长汇报工作。张镇长说：有良叔，榛子节开幕式的节目，你和余老师都考虑好了吧？

金有良说：节目都选出来了。余老师说，他把主要串词写好了，就过来。

张镇长说：嗯，好。这可是要给几百人的秧歌队排练呢，任务太繁杂，也很艰巨，可就要辛苦你们二位了。

金有良说：没关系，余老师也说了，他会尽最大努力完成好。金有良拿出个文件夹递给张镇长，说：我和余老师把节目捋了一下，张镇长你先看看。

张镇长说：我看看啊……一台《鼓舞榛情》大歌舞，还有一台热场小节目……嗯，我看这创意挺新颖，不落俗套。有良叔，这主题歌《鼓舞榛情》大歌舞是怎么安排的？

金有良说：原先是安排翟玲领唱，可考虑到万一她回不来，就选择由两个人来完成领唱了。

张镇长说：行，只要有代表性就行，就这么定了。我看其中一人就让金昌唱吧，啊？

金有良说：这恐怕不行吧，金昌可不是那块料。

张镇长笑着说：就金昌来唱了，另外一个人，我看就安排姜兰了，让他俩一起唱，能代表新农民新的精神面貌，而且，他俩都是回乡务农大学生先进模范，在榛产业发展事业上业绩也很突出，有影响力，有说服力，这事我就给定了。还有啊，有良叔，《别提心里有多自在》这曲子怎么办，翟玲能回来唱吧？

金有良说：拿不准。

张镇长说：要想法让她回来，她不回来，乡亲们得多失望啊。哎，对对，你跟金昌说，让他做翟玲工作，啊。

金有良说：行，我回家跟儿子商量商量。

张镇长说：一定要争取，这任务很有意义。翟玲是从我们这飞出的金凤凰，她能回来参加演出，可是给榛子节增光添彩啊。

金有良对张镇长的安排，心里还是非常高兴，他高兴的是，只要翟玲能回来，对乡亲们有个交代不说，儿子也有机会再做做她的工作，如果她答应不走了，那是最好的了。

金有良回到家就把这事跟金昌说了。金昌的心里还装着翟玲要签合同的事，可还不能告诉爹，他就说：爹，你都知道小玲在那边都进剧场排练了，过不了几天就该演出了，她总不能耽误团里的正事吧？

金有良不乐意了，说：怎的，回镇上演出就不是正事了？

金昌说：你没明白我说的意思，我的爹呀，沈北艺术团是专业团，不是在那闹着玩的，到时候演出门票一卖出去，观众就等着看戏了。

金有良说：你说话啥意思呀，怎么，镇里搞活动是闹着玩了？

金昌说：不是，榛子节是向海内外招商引资，镇上要求秧歌会搞得有质量一些，都是应该的，但也不能让小玲耽误那边的演出吧，这是原则，不能胡来。

金有良不语。金昌又说：行了，爹，我还有几件事要办呢，我去打几个电话啊。

金有良说：这歌片儿给你，你跟姜兰赶紧练啊。

金昌接过歌片儿回到自己屋，给姜兰打电话，说：姜兰，参展大厅的铺位，你给留好没？……啥叫走后门啊，咱兴远镇是东道主，宝仁榛子又是咱镇上的龙头品牌，你当然得给我弄个好位置了。

姜兰说：你过来吧，过来咱再商量。

金昌说：别跟我废话，赶紧给我安排好，我等你信儿！

姜兰撂下电话，说：这人，吃枪药了咋的？

办公室的小杨说：姜站长，金昌是跟你要铺位吧？

姜兰说：嗯。可张镇长开会要求过了，来参加展销的商家，一律都要抽签拿铺位，这事儿可难办了。

小杨笑了，说：就是呀，抽签拿铺位是对外来的参展商而言，我们是东道主。站长死脑筋。

姜兰说：怎么，你有什么好办法？

小杨说：展销大厅中央不是有块空地儿吗，宝仁榛子的铺面安排在那行不？

姜兰说：别扯了，那是大厅中央，上方还要设置高清彩屏。

小杨说：没想象力吧，走，我领你到现场看看去，那地儿要利用好，稍微布置一下就能相当不错。

姜兰说：等会儿，我先把手里活忙完。

金有良到金昌房间，说：儿子啊……金昌有些不耐烦，说：有啥话爹就说，我听着呢。金有良说：我还说刚才那事儿啊，你说，这事是镇长托我办的，我要办不好……

金昌说：这跟办好办不好没关系。爹，镇长是好意，是想把兴远镇的人才都请回来，把榛子节搞得隆重一些，可小玲确实回不来，你还勉强她干啥呀。

金有良说：就算回不来了，你就给她打个电话问问还不行吗？你不问她，回头我怎么跟镇长交代？

金昌说：问了也没用，干脆就别问。金昌往屋外走……

金有良生气了，说：你回来！说说你还来劲了，这事儿就不能再商量商量了？

金昌回屋坐下，面无表情地说：人都回不来，有啥可商量的。

金有良说：哼，我就不明白你了，我就让你打个电话，你怎么都不敢打呢？你跟小玲到底是咋回事儿，跟我说实话。

金昌说：未知数。

金有良：啊？这整来整去的，自己的对象都发展成未知数了，那家里还张罗给你定亲干啥呀？

金昌说：是啊，你干啥张罗那么早？

金有良说：……不知好歹的东西，你娘真没说错你，就是精不精傻不傻的玩意儿。

金昌说：爹呀，小玲现在就是未知数，咱爷儿俩在部队说的那番话，你都忘了？

金有良说：我没忘。那张镇长给你和姜兰安排的《鼓舞榛情》那节目，你咋那么积极呢？

金昌说：爹应该清楚啊，我是合作社总经理，在生产劳动第一线，姜兰也在科技兴榛的第一线，我俩又都是回乡务农的大学生，镇里把这份光荣和鼓励给我俩，我能不认真对待吗？金昌又往外走……

金有良说：说说又走了？臭小子，哪来这么大脾气？

金昌说：我去苗圃。

金婶见儿子走了，她对金有良说：有话好好说，干啥急头白脸的。

金有良发牢骚：我还寻思，金昌能把《鼓舞榛情》推了，把小玲叫回来演出，没想到这孩子全给整反了，跟姜兰合练这劲头儿还挺足。

金婶说：那是镇上交给他俩的任务，是有代表性的，儿子当然要完成了。

金有良说：你都忘了上次选节目的事了，老翟头说金昌爱出风头？没想到这孩子还就这么做了。

金婶说：老翟头是玉皇大帝呀，他说话就是圣旨啊？再说了，你在家说这话有啥用哇，有能耐你找镇长去，说你不同意不就完了？回家乱说话、乱做工作，也不嫌累得慌。

金有良说：我不也是为了镇上的工作吗？

金婶说：那你不能好好说话，尽呲嗒儿子？

金友良：我……

金婶说：我什么我，这段时间，儿子一天到晚要忙多少事情，看把儿子都累成啥样了！

金有良嘟囔说：……就你知道疼儿子。

贾六又把媳妇气走了。这时的他，已经是深陷进去不能自拔，他要想办法借点钱，再找张铁子赌一把，要能赢了，就啥都回来了。想来想去，他想到了万大炮。

万大炮正在睡午觉。万能见贾六进院，赶紧从屋里出来，说：你来干啥呀？贾六说：你爹在家吗？万能带搭不理地说：睡觉了。贾六说：睡觉？万能不耐烦地说：你有事儿啊？

贾六说：一点儿礼貌都没有，我岁数比你大，你应该跟我叫大哥。

万能说：少废话，有事等我爹醒了再说。

贾六说：我来了，你爹就不想睡了。说着就要进屋……

万能拦阻贾六，说：他都睡觉了你还进去干啥？

贾六说：我有急事找他，你就让我进去呗？

万能说：我爹昨天跑夜车了，他得睡一会，等醒了你再来，还不行吗？

贾六眼珠一转，说：是你爹让我来找他的，你咋还拦着我呢？

万能说：别扯了，还我爹让你来，我爹找你干啥呀？

贾六急了，说：你小子，我有急事你挡着不让进，找揍哇你？

万能知道贾六有好赌的毛病，平时就不愿搭理他，一听贾六又说这话，直接就杠上了：我就不让你进了，你能咋的我呀？

贾六说：咋的，想打架呀？

万能说：就你这样的还值得我打呀？撵不走你可得了。万能顺手拿起笤帚要抽贾六……

贾六说：你……别跟我来这套啊，你敢打我，我就在你爹那奏你一本。

万能掂量着笤帚说：好啊，那就更得收拾你了。

贾六说：哎呀，三里堡合作社办公室主任兼销售经理，抬手就打人，你就不想想，我大舅能饶了你？

万能说：远点扇着去，别忘了，这是我家，你敢进来我就敢打你！

贾六说：今天我还非进去不可了呢。

万能举起扫把，说：你进一个试试……

贾六后退两步，说：干啥呀你，跟我来真格的是不，真想打架呀？贾六撸胳膊挽袖子……

万大炮被吵醒了，他从屋里出来，说：你俩干啥哪？

万能说：爹……

贾六说：大炮，你儿子，他说你没在家，这孩子学会撒谎了。

万大炮说：啊，我儿子是想让我多睡会儿呗。

贾六说：他，他扬言要打我。你看见没，手里还拿着家伙什儿，你给他来点真格的。

万大炮说：行了六子，进屋吧。

贾六瞪着万能说：怎么样万能，我在你爹这好使。万能在爹面前不敢多说啥，他憋着劲没吱声。

万大炮进屋，瞅着贾六说：好些日子没过来了，怎么，又想我了？

贾六说：我是遇难了。

万大炮说：遇难了？媳妇不跟你过了？

贾六说：嗯哪。张铁子把我电脑又骗走了，媳妇生气了，又带孩子回娘家了。老万，我还欠张铁子一屁股债呢，他一直追着我要，实在没招了，我寻思……你能，借我点钱不？

万大炮说：……你来就是跟我说这个的？

贾六说：啊。

万大炮狠硬地说：我还借你钱，你要是我儿子，我早拿大棒子把你腿给削断了；告诉你啊，咱村里谁都能借，我就是不能借给你。

贾六说：我就知道你准说这话，我，我“呸”你们了，都跟我装蒜！那行吧，就算我们白处一场了，我找别人去。

万大炮很认真地说：谁借给你谁就是害你。六子啊，我跟你说，就算你电脑没了，就当家里来小偷，抱走了；张铁子那，你可不能再往里陷了，你现在要刹住闸还赶趟儿，我说话你明白不？

贾六说：不借就说不借，说那些都没用。

万大炮说：你赶紧收手别赌了啊，再赌，老婆都没了。

这时，贾六电话响了，他接电话，说：喂……大舅啊，找我干啥呀……啊？你要去我家……好好，我马上就回去。贾六跑出。

万大炮说：作吧，有好日子不过这是。

老李是贾六的亲舅舅，今天来找外甥，是因为合作社产业发展规模越来越大，车辆已经不够用了，他想安排贾六到合作社开车；他也听说贾六最近日子过得有点拮据，也是有意识地安排一下自己的外甥。

贾六回到家，见到站在院门口老李，说：大舅，你打电话叫我回家，这是有好事了？

老李说：你上哪去了，我等你半天？

贾六说：我去老万那坐会儿。

老李说：你媳妇咋老也不在家呢？

贾六说：别提了……我开门啊，咱爷儿俩进屋说。

老李和贾六进屋。贾六说：坐，大舅。

老李环视一下屋子，说：这屋里怎么整得，皮儿片儿的……哎，你那台电脑呢？

贾六说：嗯……拿去修了。

老李说：那玩意儿也不爱坏，有啥修的？

贾六胡乱说：脑袋坏了。

老李说：我听你舅妈说，你最近不好好开车了，是吗？

贾六说：舅妈听谁乱说话？

老李说：你好好开，怎么把媳妇开跑了？

贾六说：没有，这不……上秋了吗，彩云领孩子回娘家做棉活去了。大舅，你找我有啥事吧？

老李说：嗯。你上我那开大货吧，把出租车包给别人开，这样，你可以多赚点钱，咋样？

贾六说：啊？我去你那开大货？老李说：不行啊？贾六说：不行呗。老李说：怎么不行呢？

贾六顾虑忧心地说：就是……万能那小子，他挺说了算的，我是不想让他管我；刚才我去他爹那坐会儿，他见面就拿笤帚疙瘩比量我。

老李说：瞅你那点儿出息，还没等干呢，就挑别人了。

贾六说：我不是那意思，我想说，咱三里堡那点面积的榛子园，给红石峪送几车榛子就完活儿，干完就闲着，没啥大油水。

老李说：你都知道，三里堡跟红石峪联合经营统一销售了，咱给红石峪配货送货啥的，不就是为你能有个长远打算嘛；还有啊，你也知道宝仁榛子专卖店，可是近程、远程都需要送货的，与其花钱雇车，还不如咱把这活儿包下来挣钱呢，你的驾照又是现成的。

贾六让舅舅这么一说，心活了，他说：啊，有道理，那让我想想啊。

老李说：还想啥，你就在我这好好干，不出几年，榛子产业做大做强了，咱爷们儿都跟着沾光；再说了，三里堡已经开始发展林下经济了，咱这合作社的产业发展起来了，你还愁没活干？

贾说六：我先试试也行，哈？

老李说：用不着试，干就好好干，咱是爷们儿。

贾六说：……那行吧，我就跟着大舅干了。

老李说：对喽。听我话，你赶紧把家拾掇拾掇，把媳妇接回来吧。

贾六面露难色：大舅……你都知道彩云犟，我去接她，她也不能回来；再说，还有我老丈眼子呢。

老李说：你小子的，你是想给老丈人上炮儿？

贾六尴尬一笑，说：家里啥东西都没有，我总不能空俩爪子去吧。

老李说：行，我给你预备点，回头你到家里取去。你赶紧先洗洗脸。

贾六说：我早上都洗完了。

老李说：哼，真是没人管你了这是。六子，今儿个咱爷儿俩可把话说明白了，到我那去，你就琢磨怎么好好开车，好好挣钱，想着怎么好好过日子，别的少扯，听明白没？

贾六说：嗯哪。大舅，那我还去见那小子吗？老李说：谁呀？贾六说：万能啊。

老李说：你得去报到哇，他是办公室主任。我可先跟你说好了啊，到合作社干活，有事你得听万能的，可不许打我旗号做任何事；还有，你要再偷懒耍滑不玩活计，我就给彩云做主，不让她跟你过了。

贾六勉强一笑：知道。

老李走了。贾六高兴了。他一边收拾屋子，一边唱了起来："新媳妇哇回娘家呀，怀里揣着大南瓜呀，走一步来扭三下呀，心里那个乐开花呀……"

谢队长很重视翟玲，认为这么好的专业苗子非常难得，他决定向杨团长推荐，把翟玲长期留在团里。谢队长对杨团长说：团长，我还是跟你说翟玲的事啊，这事挺重要。

杨团长说：翟玲不是要按签约演员招聘了吗？

谢队长说：我就是着急说这事呢，团长，咱现在要按签约演员留翟玲，恐怕留不住她，就算签三年聘用合同，她到时候想走，团里也没辙。

杨团长说：你有啥好的建议呀？

谢队长说：我说这话您别介意啊，我知道团里还保留几个编制名额呢，你不赶紧给翟玲办正式入编，那名额还留着干啥？

杨团长：嗯？

谢队长说：翟玲天生一副好嗓子，又有扎实的基本功，从长远看，她一定是能成大事业的尖子演员。

杨团长说：你那么看好翟玲？

谢队长说：这段时间我一直在观察她。

杨团长点点头，说：其实这事我也想过，这样吧，谢队长，你就先代表团里跟她透露透露，看她本人是什么意见吧。谢队长说：好，我这就跟她谈。

谢队长约见了翟玲，把团里的打算告诉了她。翟玲非常惊讶，说：团里要我带编入职？

谢队长说：是啊，翟玲，幸运之神真向你招手了，这可是天大的好事；带编入职，你可就是正儿八经的专业演员了，我是希望你别错过机会。

翟玲说：这可是太大的事了，谢谢队长，谢谢团里。谢队长，这事我得跟家里人商量一下，可以吗？

谢队长说：这千载难逢的好机会，我希望你能抓紧办。

翟玲把这事跟小丽说了，小丽也替她高兴。可翟玲有顾虑，她说：好事来得这么突然，我都不知道怎么办了，你说呢？

小丽说：要我说，我估计金昌没啥说的，他一直都在支持你，可你爹不一定看好这事，你赶紧做你爹的工作吧。

翟玲说：你都知道我爹来团找过我、要带我回去，这事在他那指定行不通。

小丽说：带编入职可是一辈子吃皇粮，拿固定工资啊，当爹的乐还来不及呢。

翟玲说：我看够呛，你是不知道，我爹可拗了。

小丽说：现在城里人有这份好工作都觉得不容易，咱一个农村人有这么好的机会，他应该支持你啊；小玲，反正这是好事，你就使劲磨磨他呗，我就不信，当爹的不希望自己闺女好。

翟玲说：两码事，他整天惦记的是合作社怎么发展，怎么能招商引资。

小丽说：那些事跟你有啥关系？

翟玲说：咋没关系呢，招商引资能成的话，合作社就可以搞榛产品的深加工，往产业化上发展了，我走了，我不是给他撤火吗？

小丽说：可你真进团了，你一辈子的愿望就实现了。我都有点嫉妒你了。

翟玲说：那我就真成专业演员了。说心里话，小丽，我真舍不得这机会。

小丽说：那你就别犹豫了，这可是你终身大事，可不能稀里马哈当儿戏；说句不好听的，就算你跟金昌黄了，你在城里也照样能嫁出去，兴许能找个更好的呢。

翟玲说：说什么呢你？

小丽说：小玲，你跟我说心里话，你真离不开金昌吗？

翟玲说：那还用说。

小丽说：可你都知道金昌不会来城里，你还说离不开他，这不扯吗？

翟玲说：哎呀，当初我就是想过来玩玩，演出几场，我也没想到，团里要培养我，还给我编制。

小丽说：我可提醒你啊，小玲，这次你跟家里人商量完，他们要不同意你来，你还真得赶紧回去。

翟玲说：你啥意思？

小丽说：在感情的道路上，你还有竞争对手吧？

翟玲说：你是说姜兰？

小丽说：还有谁？别看你跟金昌青梅竹马，可姜兰跟金昌也是两小无猜的发小。

翟玲说：让你说的了。

小丽说：我说得不对吗？

翟玲说：当然不对了。就算姜兰对金昌挺好的，这我都知道，可她是关心金昌，她不是乘人之危那种人，这你就别多想了。

小丽说：我不是帮你分析嘛。团里虽说给你入职名额，可你不早点做决定，兴许这机会就让别的演员抢走了；你要下决心进团入职，就不能再犹犹豫豫的了。我还是那句话，要来就赶紧的别磨叽，要是你家人反对、来不了，你就赶紧回去，别拖来拖去的，自己心上人让别人抢走，编制名额也让别人占去，那你就鸡飞蛋打了。

翟玲琢磨一下，说：哎，小丽，你说这事我能自己说了算不？

小丽说：你说呢？

翟玲说：嗯，那我就这么定了，我就不信，我实现不了我的人生愿望。

小丽说：目标你都已经有了，先赶紧做好你爹的工作吧。

翟玲说：其实，我要跟我爹闹腾闹腾，他怎么都能听我的，就是金婶挺难办，我就是发愁怎么跟她说这事。

小丽说：小玲，你不征求金昌意见，想先去问金婶？

翟玲说：这事要想成，就得先跟金婶说。你都知道她的脾气，这事她要不同意，连金昌都拿她没办法，那她要来团里作我，我可就惨了。

金昌这几天一直惦记移苗上山的事，可没有合适的天气，是不能移苗的，他拿不准这事，就到苗圃找自己的师父姜老慢。金昌见到姜老慢，说：老慢叔，移苗上山的事，我还得请教师父您呀。

姜老慢笑了笑，说：这么客气呀金昌。

金昌认真地说：这么大的事，师父得给我把关呀。

姜老慢说：你都不是头一次做这事了，你办事，师父放心。

金昌说：我看这两天天气不错，这风力和光线适合移苗上山不，师父再给我把握把握？

姜老慢望了望天空，说：嗯……明儿个是阴天，风力也正合适，大概三到四级吧。

金昌说：好啊，那就没啥问题，就应该张罗起苗儿了。

姜老慢说：行。

金昌说：就这么定了。那老慢叔给广播一下，让各小组做好准备，明儿个一早出发。

姜老慢说：好，我把手里活收拾一下，就去广播室。

村里的大喇叭传出姜老慢的广播：红石峪村各生产小组组长请注意，各小组组长请注意了，明天，全体村民进山栽榛子苗，一早五点出发，五点出发，请做好上山移苗的准备工作。我再说一遍……

马小壮听到广播后，跟杨柳枝说：媳妇，你把罗西帽给我找出来，我明天上山干活戴啊。

杨柳枝说：嘚瑟，明儿个是阴天，戴什么帽子。

马小壮说：老不戴不白买了。在哪呢，你给我找出来。

杨柳枝打开立柜，把罗西帽拿出来，说：这帽子挺老贵呢，你可别弄丢了。

马小壮说：一个帽子能贵到哪，还嘱咐我。

福来听到广播后，对金菊说：媳妇，明儿个移苗上山，今晚做俩硬菜啊。

金菊说：嗬，还摆上谱了。她逗福来：今晚给你来点硬的，吃“屉布卷大葱”啊。

福来：哈哈哈……我老婆最会疼我，怎么的也得烙饼卷大葱吧。

金菊说：哼，你像个烙饼。

晚饭后，金昌坐在院子里。他想起爹跟自己说的请翟玲回来演出的事，赶紧给翟玲发短信：小玲，天已晚，你排练完了吗？哥跟你商量件事啊，镇上要举办榛子节，镇长邀请你最好能回来参加演出；我就希望在不耽误团里演出的情况下，你能回来参加榛子节演出。想你的——金昌哥。

翟玲很快回复：我已经收到余老师发来的歌片儿了，我先练着，到时候再说。拜拜。

翟玲的应付和模棱两可，金昌很无奈。

·三十六·

姜兰因最近跟老高的婚事被弄得挺闹心。吃完晚饭，她心不在焉地走到金昌家院门口，见金昌坐在院子里，她停住脚步……金昌见姜兰来了，说：哎，站在那干啥，进来呀。

姜兰进院，说：啊，我就是吃完饭出来溜达溜达。

金昌说：都溜达到这了，就过来坐会儿呗。我看你是有心事了吧？

姜兰：……

金昌说：嗯，不想跟我说就先不说。你不过来，我还想打电话问你展销大厅的事呢，怎么样，咱们的展台你给安排好没？

姜兰没好脸子地说：别一见面就是工作的事，你就不关心关心我的事？

金昌故意逗姜兰：我关心你？我又不是你老板。

姜兰说：烦死了。

金昌说：看见没，我就知道你准是有心事了。怎么了，又跟老高怄气了？

姜兰说：又来电话催婚，烦。

金昌说：这不是好事嘛，男大当婚女大当嫁，高兴还不及呢；再说，老高可是老大不小的了，他可是一直在等你，咱都是老同学，他的脾气我可知道，你不给他个准信儿，他一直能等你到白头。

姜兰说：这我知道，他虽说是有点俗气，别的方面没说的；可你知道我不愿意去市里工作，将来我在镇里上班，下班再往市里头跑，这整天来回跑通勤，你说不得折腾死我。

金昌说：为了幸福的小家庭，就得牺牲一下你自己呗，要不怎么办？

姜兰看了看金昌，说：哎，小玲最近咋样，她常给你打电话吗？

金昌说：也没有，有事就发短信。这段时间，她忙着进剧场排练，联系得就更少了。

姜兰说：你们俩，早晚是个事儿。

金昌说：啊？

姜兰说：我的意思是说，你们俩的事就快刀斩乱麻吧，要不就让她赶紧回来，要不你就去，别总这么抻着，等哪天她让别人娶走了，你就傻了。

金昌的情绪也沉了下来，他说：你说得有道理，可我根本就不可能去。

姜兰说：那你想怎么办？

金昌苦笑：还能怎么办，“凉拌”呗。我还是那句话，一切顺其自然。

姜兰说：行了，那就啥也不说了，顺其自然吧。走了，回家。

金昌说：我送送你。

金昌陪着姜兰出了院子。走着走着，二人下意识地走到了河边。

姜兰对金昌说：哎，我问你个问题？

金昌说：说。

姜兰说：我是打比方啊。如果说，将来小玲真跟别人了，你想再找啥样的女人啊？

金昌冷哼道：如果啥呀，先把眼巴前的闹心事儿都整明白就不错了，你说这一天天的，不是这有事就是那有事，一会儿这么着，一会儿那么着的，哎呀，闹得慌。

姜兰知道自己说的话，勾起了金昌太多的困窘和不快，她转了话题，说：哎，金昌，你还记得咱小时候在前边那片小树林里玩，在河滩上打水仗吗？

金昌说：咋不记着呢。你整天就像个小跟屁狗儿，人家走哪你跟哪；就有一次没跟，还出事了，想起来都后怕。

姜兰说：你是说玩“抓特务”那次吧？

金昌说：可不。其他小伙伴都就近藏起来，你可倒好，跑挺老远藏那树棵子里不出来了。

姜兰：哈哈哈……我躲进去就睡着了。

金昌说：你睡着了，可把大伙儿急坏了，这顿找。你呀，从小就主意正。

姜兰说：是吗？哎，金昌，我再问你一个问题。

金昌说：接着说。

姜兰说：其实，我跟小玲从小都一样对你好，你说是不？

金昌瞅瞅姜兰，说：你，啥意思啊？

姜兰说：你说啥意思，为什么你啥事儿都偏向她，什么事都围着她转，而只把我当哥们；我是女人，不是男孩子你懂不？

金昌说：哈哈，跟我抗议了这是，那我就跟你说啊，哥们。

姜兰说：说。

金昌说：……小玲如果没有我啊，她可能都活不下去，你懂不？

姜兰说：嗯，起码不会生活得很好，这我懂。

金昌说：可你没有我……金昌顿了一下，又说：照样是个能把生活打理得非常好，而且既浪漫又潇洒的女人，这一点，我是相信你的。

姜兰抹搭一眼金昌，说：废话。用不着你相信我。

河水静静地流淌着，默然无声……

清晨。新垦榛子园。红旗招展，人头攒动，移苗上山，场面红火。

姜胖和满堆在挖树坑。金昌走过来，说：小胖，你俩挖的这坑，再向下十几公分就达标了。

姜胖说：收到。等会儿挖完你再过来检查啊。

满堆也说：放心吧，我们肯定达标。

马小壮栽树苗，福来培土。福来看着马小壮戴个帽子，怎么看怎么觉得别扭，他说：小壮，今儿个这天你还戴个帽子，显你与众不同咋的？

马小壮说：咋的，你这个干部家属管天管地，还管人家穿衣戴帽啊？

福来说：哎，你自己说说，大阴天儿的，你戴个帽子啥意思？

马小壮说：好看呗。我老丈母娘都说，我戴上它特有派。

福来说：臭美。

马小壮叹了口气，说：臭美都美不起来喽，正愁着呢。

福来瞅了瞅马小壮，说：发愁大壮要搬走了吧？

马小壮说：可不。你说我哥咋那么犟呢，我怎么劝他他就是不开窍？我也想了，实在不行，我就……

福来说：你就咋的呀，你不让他搬家，你搬走？

马小壮说：我给我哥让地儿总行吧。

福来说：你这不扯吗，他搬走你不让，然后你搬走他留下，不还一样哥俩要分开嘛。

马小壮说：那不一样，现在这房子是老家留下的，我不能让哥嫂吃亏吧？

福来说：反正这事你得想好了。

马小壮说：现在我也只能这样想了。

劳作间休。姜胖和满堆杵着铁锹唠嗑。姜胖说：满堆，大伙儿都张罗买轿车了，我听说，你想给小妮子也买一台，是吧？

满堆说：谁说我要给她买车了？

姜胖说：不承认，连我都瞒着是不？

满堆说：小妮子还没答应跟我定亲呢。

姜胖又撩闲，说：哎，满堆，咱俩将来是啥关系，你想过没？满堆不解地问：咱俩？姜胖：啊。

满堆想了想，说：我就知道我姐是你对象……哎，那我是你，小舅子，对吧？

姜胖说：我是问你将来有孩子了，管我叫啥？满堆说：叫啥？姜胖说：啊，叫我啥？

满堆说：叫，叫……嘿嘿，这辈分我还论不上来了。

姜胖说：笨！记好喽，你得管我叫舅姥爷，哈哈哈……

满堆说：占我便宜臭小胖！说着，铲起一锹土扬在姜胖身上，转身就跑……

姜胖追着喊着撵满堆：大外孙子，你给我站住……

福来看着马小壮，还是觉得别扭，他说：小壮，咱干活就得像个干活的样，你弄个破帽子扣脑瓜子上，碍事不？

马小壮说：啥碍事不碍事的，你咋那多事呢，纯事儿妈！

福来说：哈哈，看把你气得，反正我瞅你就是别扭。

马小壮说：我说你这个人真是有病，你老琢磨我帽子干啥，是不我太英俊潇洒了你嫉妒？

福来说：就你那小样我还妒忌你，还“英俊潇洒”。说着，上手拍了一下帽子，把小壮的眼睛盖住了……

马小壮马上整理帽子，说：你那个臭手，别脏了我的帽子啊。

这时，被姜胖撵得乱跑的满堆跑过来，把马小壮帽子碰掉了，他说了声：对不起小壮哥。说完继续跑……

福来说：看见没小壮，那帽子是我买的，它不认识你，你戴不住它。

帽子被风吹得在地上滚了几个个儿，轱辘到马大壮脚下。马小壮赶紧喊：哎，哥，快给我帽子捡起来！

马大壮还为搬家的事闹心呢，他一脚把帽子踢一边，说：我还帮你捡帽子，还想让我干啥呀？

马小壮：哎呀，你……

福来想使坏儿，他说：小壮，哥们帮你捡帽子去啊。福来跑到帽子前……

马小壮说：福来真够意思，关键时刻，还是哥们好使唤。

没想到福来一脚踩住帽子，说：马小壮，你让我一个人紧急集合那事儿，你忘了吗？当时我就说了，咱们后会有期，怎么样，你这顶新帽子……福来拎起铁锹直接铲透了帽子……

马小壮气得大喊：王福来！你个……好好的帽子，你给我刨了！

福来说：活该！军训时你让我当众受辱，今天我要在这找回场子！瞬间，福来把帽子刨了个稀巴烂。

马小壮心疼地说：哎呀，哎呀呀，这帽子我可是头一回戴出来呀。

福来得意地说：再请我喝顿茅台，我给你买顶新的。

马小壮说：我给你喝驴尿！马小壮又看向满堆，说：满堆，你赔我帽子！

满堆说：我凭啥赔你啊？

马小壮说：是你给我碰掉的。

满堆说：是福来给你刨烂的。

马小壮说：就怪你！

满堆说：不怪我！

马小壮说：你要是不给我碰掉了……

一旁的金昌笑着说：这帮臭小子，个个都是斗鸡中的战斗机。

大伙儿哈哈哈……

老翟头得知榛子节开幕式主题歌领唱是金昌和姜兰后，非常生气，特意把金昌叫到办公室，问：榛子节那主题歌，镇上都定好你跟姜兰唱了？

金昌说：啊。

老翟头说：哼，你俩别搭来搭去的，真搭一起去了？

金昌说：翟叔说话又带刺儿。那行，我这就跟镇长说去，这事儿翟叔不同意，我就不唱了。

老翟头说：别来将我，你不唱才好呢。

金昌说：翟叔，这事儿是张镇长亲自安排的，我不想唱都不行。

老翟头也没辙，就说：行了，管也没用，唱吧唱吧，嘚瑟吧你。

金昌笑着说：翟叔，谢谢你支持我参加榛子节演出啊，回头我给您拿瓶好酒喝。

老翟头说：去去去，少来甜活我。

收工回村的路上。马小壮说：福来，你赔我帽子啊，要不我媳妇非找你不可。

福来说：找我我就说让大风刮跑了，她还能咋的我？

马小壮说：臭无赖。

马大壮从俩人身旁走过。

福来赶紧说：小壮，说正经事，我看大壮还生你气呢，你赶紧再跟他唠唠吧，要不他真动上了，那说啥都晚了。

马小壮说：啊，对对。他追上马大壮，说：哥，你听我说……你等等我。

马大壮说：还说搬家的事就打住。

马小壮让了一步，说：那地要批了，你就先留着，房子先别盖行不？

马大壮说：盖房子是我自己的事。你还跟我磨叽啥，我为啥要搬走你心里不清楚吗？

马小壮说：……清楚。

马大壮说：那就完了呗，事到如今，都是因为啥事引起的，我还得从头给你捋一捋？

马小壮说：反正，房子我指定不能让你盖。

马大壮说：你们作够了还不让人家盖房子，啥玩意儿。

马小壮说：哥，你骂我啥都行，那房子，就是先别盖。

马大壮说：爹给留下的所有房产全给你了，这回你们家杨柳枝可是捡大便宜了，现在我自己花钱盖房你还不让，想啥呢你？

马小壮说：说啥你都是我亲哥，爹和娘都不在了，兄为大；啥事都是我的毛病，是我没管好媳妇，以后有啥事，我说柳枝就是了，可你要真搬走了，那我怎么办？

马大壮说：别跟我扯，还你怎么办，我走了，你跟杨柳枝得乐够呛呢。

马大壮急走几步想甩掉马小壮……马小壮小步紧倒腾，说：哥，哥……哎呀，咋像不认识我了呢，那不管啥事，还得想想我这弟弟吧？

马大壮说：现在说啥都晚了。

马小壮垂头丧气回到家。杨柳枝说：回来了小壮。马小壮：啊。

杨柳枝说：哎，你那新帽子呢？

马小壮没好气地说：饭做好没？

杨柳枝说：做好了……咋的了你？

马小壮知道哥要搬家，就是因为跟杨柳枝赌气，但他不想告诉她这些，就说：吃饭。

杨柳枝说：我端去。杨柳枝把饭菜端上桌，说：小壮，我看大壮跟你一起回来的，他跟你说啥了？

马小壮说：没说啥。

杨柳枝说：娘可告诉我了，说村委会已经批给大壮地块儿了。

马小壮什么都知道，就是不想吱声，赌气吃饭……

马大壮回到家，见石榴在里屋，急捞捞地说：饭咋还没好呢？

石榴赶紧去外屋地端饭，说：你那么累，饭还能跟不上。大壮，家里事你跟小壮说了？

马大壮说：他问我了。儿子没回来吗？

石榴说：去招娣那玩儿了。

马大壮说：老往外跑，作业还没写吧？

石榴说：没写完作业能出去玩吗，干啥回家就急头白脸的？又说：我还寻思呢，你说铁蛋都跟这帮孩子玩惯了，冷不丁换个新地儿，他能习惯嘛？

马大壮说：小孩适应能力快，再说，咱也没离开村儿，上学啥的也都不变，有啥不习惯的。

石榴说：就像真事儿似的。

马大壮梗梗着脖子说：地都批下来了，你还搁那想啥呢？

石榴瞅着马大壮，不知说啥是好……

秧歌队在文化室开会。福来也为马大壮搬家的事着急，他不希望哥俩为这事就此掰了，他对马小壮说：你跟大壮谈得咋样？

马小壮说：不行，还是没说通。等两天再说吧。

福来说：这事千万别拖，宅基地都批给他了，哪天他一动工，就既成事实了，你说啥都没用了。

马小壮说：可我说啥他就是不进盐酱。

福来说：你小子还是没明白大壮的心思。其实，他话里话外的，就是对杨柳枝有看法，杨柳枝要能过去跟他说句话，指定比你瞎着急好使，解铃还须系铃人。

马小壮说：这话我都跟柳枝说了，我说不了两句，她就急眼，没整儿。

福来说：你连自己媳妇都整不明白，那说啥都没用了。

马小壮：……

秧歌队开完会。福来问金昌：小舅子，爹刚才宣布演员名单时，咋没安排我演个啥角儿呢？

金昌说：《鼓舞榛情》是扇子手绢一起飞，大鼓小鼓一起捶，你不也在里头嘛？

福来说：在里头也是龙套。最关键是《回娘家》那个节目，咱俩还得当驴道具，往驴皮里钻，还得被人牵着，让人骑，有这么安排的嘛？

金昌说：你比我不强多了，安排你扮驴头，我扮驴尾，起码你还比我舒服一些呢；就那小妮子坐我后背上唱，你说我有多不好受吧？

福来说：那我不管。我呀，就是吃你小子的瓜落儿，上次跟你一起给女兵舞跑龙套，这次又跟你扮驴让人家牵着跑，没你，爹不能这么安排我。

金昌说：姐夫，重在参与。我事挺多的，有时间咱再唠吧啊。

福来说：你哪那么多事呀，你这都忙活啥呢？展销大厅那面，参展商都快进场了，咱红石峪啥时候布置展台呀？金昌说：赶趟，我在等镇里给我安排好铺面呢。

艺术团催翟玲签合同，翟玲非常着急。思来想去，她拿定主意，直接给金婶打电话，摊牌。

金婶听了翟玲说带编入职的事，如同被一盆冰水浇了个透心凉，手有些颤抖地举着电话说：这……这是怎么说的呢……带编入职？

翟玲说：是，带编入职。团里很重视我，特批给我一个人事指标。

金婶一时有些蒙，她说：小玲啊，团里就是这么重视你的、特批你的？

翟玲说：就是这么定的，都找我谈话了。婶子，你能同意我带编入职吗？

金婶强压着要爆发的火气，说：这事儿，你跟你爹商量好了，还是直接找我说的？

翟玲说：我爹还不知道这事儿呢，我是先问您的意见。

金婶说：怎么先问我呢？这么大个事儿，我怎么能给你定啊？小玲，这事儿你起码要先跟你爹讲，跟金昌商量吧？

翟玲说：嗯……关键是您要同意。

金婶有点急了，说：我怎么成关键了呢？你什么意思啊？告诉你啊，这事我不同意。

翟玲也不管不顾了，说：反正这事我是跟您说了，别到时候埋怨我。

金婶真急了：你这孩子怎么说话哪？听你说话的意思，你就是想留团里了呗？你都不想回来了，还问我干啥呀？翟玲被问住了……金婶又说：那我就问你一句话吧，你说，你走了，金昌怎么办？

翟玲：……

金婶说：你不说话，就是拿定主意不想回来了，那你还征求我意见干啥呀，这不是多余嘛？！

翟玲想解释，又不知道说什么好，她说：婶儿，我不是那……

金婶火了，说：别跟我是不是的，这事别再问我了，你爱干啥干啥吧。

翟玲说：那我怎么办呢？

金婶说：不知道！

金婶撂下电话，火气不消，自语道：这家伙把她牛哄得，还要什么“带编入职”，留那当演员了，暖和暖和上炕了，不管不顾了这是……不行，我找你爹说道去。

金婶到老翟头家，把翟玲的意思说了一遍，并问老翟头是不是已经答应翟玲留团了。

老翟头还不知道翟玲带编入职的事，也是有些吃惊，但还是安慰着说：亲家母啊，这事虽说是团里的事，但也是咱两家子的事，就算我知道了，也不能自作主张答应她留那呀。

金婶说：那指标都特批了，你还能让你闺女回来？

老翟头说：我跟你发誓，老嫂子，这事我真还不知道。

金婶说：那你现在知道了，高兴了吧你？

老翟头说：我还高兴，我都要愁死了！这一天天给我搅和得，啊，坐也不是站也不是的，见到老嫂子我都想躲着走，你以为我好受哇？

金婶说：躲啥躲呀，心里有鬼是不？上次你去趟省城，就把闺女留那了，这事我心里还一直在画魂儿；怎么样，应验了吧，你闺女留那了吧，带编入职了吧，你心满意足了吧？

老翟头带着哭腔说：哎呀我老嫂子呀，哪是那么回事呀。我上次去，本就想让她回来的，后来看小玲挺坚决的，那儿的条件也挺好的，就答应她了，答应她也是只能待个把月就回来。

金婶说：还是你答应她的，就是你惹的祸。

老翟头背上了一口黑锅，可又怕惹怒金婶，只能委曲求全，不住地说：我有错，我有过……

金婶丝毫不让地说：你可知道我脾气啊，老翟头，现在我不跟你说废话，小玲回不回来，我就等你的答复，赶紧趁早决定！金婶走了。老翟头说：这下可真麻烦了。

老翟头赶紧把金昌叫到家。金昌进屋就问：叔，什么事这么着急叫我？

老翟头说：小玲带编入职的事她跟你说没？

金昌一愣：……“带编入职”，啥时候的事啊？

老翟头说：你还不知道呢？刚才小玲给你娘打电话说这事了，你娘说不同意，她到家找我来了。

金昌眉头一皱：哎呀……

老翟头生气说：现在知道“哎呀”了，当初你要不同意小玲走，我能有这麻烦吗？这可倒好，你娘到我这来吵吵巴火的不说，看她那架门儿，非弄死我不可。

金昌说：叔，我娘来这闹你不对，我先给您赔不是啊。

老翟头说：你赔不是管个屁用，她还等我回话呢。这以后三天两头地来闹腾我，我受得了吗？

金昌说：不能啊，这不还有我那吗？

老翟头说：你？别扯了。我这就给小玲打电话，叫她马上回来，要不，这日子没法过了。

金昌说：这可不行。叔，这事虽说我娘想不通，可小玲有她自己选择事业的权力，咱谁都没权力阻碍她。

老翟说头：啊，她有权力了，等她爹急死了，那权力还管用吗？

金昌说：叔，你先别着急。

老翟头说：这屎都堵屁门子了，还不着急？我告诉你啊，你赶紧把小玲找回来，找不回来我就报警，就说，我闺女失踪了！

金昌说：那叔不是虚假谎报，扰乱司法嘛，到时候警察来拘你，我可帮不了你啊。

老翟头说：那你说怎么办呀？

金昌说：好办。这眼瞅着就到榛子节了，等忙过这阵子，咱爷儿俩亲自去趟省城，咱把家里家外的事都当面跟小玲摊开唠，到时候她想怎么做，就听您一句话的事呗。

老翟头说：哼，刚才看你娘闹腾我那样，我真想立马就去省城，把小玲拽回来，真的，金昌。

金昌说：我娘是着急了，说话就过头了呗。哎呀，你别生她的气，你也知道，我娘最疼小玲了。

老翟头说：那她有话就好好说呗，作我干啥呀，又不是我让小玲去的，她这么闹腾，我能不上火吗？

金昌说：是，是。叔，我娘的工作我来做，我来做，好吧。

老翟头说：反正我是没招了，我就听你这回吧。说完，老翟头侧身倒在炕头：哎呀……迷糊……

金昌着急说：是血压上来了？老翟头说：你赶紧给石榴打电话。

金昌说：我这就打……

金昌给石榴打完电话，又给九妹婶子打了电话。

石榴很快赶了过来。她给老翟头量了血压，做了检查，然后开了一些药，把老翟头安顿好。

石榴刚走，九妹子进屋。金昌跟九妹子打了个招呼，说几句话就回园区了。

九妹子坐到炕边，关切地问：大哥，药都吃了吗？

老翟头说：嗯，石榴给照顾的。

九妹子说：那就好。刚才，金昌把小玲的事跟我说了，你别生那么大气，上那么大火，一上火，把你折腾够呛，问题还不能解决，回头还是自己遭罪。

老翟头有些无力地说：我能不上火吗？小玲要真留那了，金昌要再跟过去，我，我找谁去呀？

九妹子说：你都知道金昌根本就不能走，还说这话。

老翟头说：金昌要不走，闺女也不回来，我更麻烦，我怎么跟亲家交代？

九妹子说：让你说得，还没路可走了？人家金昌少了小玲还不娶媳妇了？

老翟头说：这话可不能说啊。金昌这孩子厚道，事到如今，我知道，最难受的就是他了。

九妹子说：是啊，这事对金昌来说，这边是你，那头是小玲，家里有爹妈，说谁劝谁都不好办。

老翟头说：要不我咋生小玲的气呢。我就不明白了，她跑省城去唱什么戏呢？完事还觉得自己是“有档次”的人，要我说，她就是有虚荣心、小心眼儿。

九妹子说：别那么说孩子，小玲是要强呗。要说虚荣心，女孩子都希望自己比别人好；其实，小玲追求的也没错，就是现在这边的情况，有点儿不太好办。

老翟头说：想要强没错，可不能胡来。放着好日子不过，把我这孤老头子一人扔家不说，把金昌甩一边儿不管，害得金昌天天下晚儿坐在院子里看月亮望星星的，你说，这是干啥玩意儿啊？

九妹子说：大哥，你要听我话，就该干啥干啥，别让这事弄得你心情不好；等忙过这段儿，再去小玲那好好商量商量也赶趟儿。

老翟头说：哎呀，现在这事儿弄得我，都不敢见张镇长；镇里都安排专家给小玲写曲儿了，小玲到现在还没给镇里准信儿，你说这孩子主意多正吧？她再这么整，我可是威信扫地了。

九妹子说：行了，我越说你越来气，那我就不说了。

老翟头说：这没你事了，你饭店还忙着呢，我累了，倒会儿。

金婶在灶台前往灶膛里添柴火，她想着翟玲的事，心烦意乱。她给九妹子打电话，想跟她说说话。

九妹子到了金婶家。金婶见到九妹子，心中一阵委屈，眼圈湿了，她说：你说……九妹子赶忙给金婶倒了杯水，安抚说：老嫂子，有啥话咱慢慢说啊。

金婶说：你说这事儿咋办呀，你可是小玲的干娘，这事儿我就得找你了。九妹子，金昌大学毕业，可是放弃了城里那么好的条件回村的；现如今，这合作社都搞起来了，他和小玲马上就要定亲了，结果，小玲跑省城入职了，闹了半天，我儿子都白忙活了。

九妹子说：老嫂子，事情到这一步，你着急也没用，抽时间我跟小玲唠唠，看看她到底是咋想的啊。

金婶说：她怎么想我不管，我就想让她赶紧回来，你要劝不动她，我就去省城找她去。

九妹子可知道，金婶要去找翟玲，那后果可不堪设想。她赶紧说：别的老嫂子，那样对谁都不好，这还有你儿子的面子呢。

金婶说：哎呀，急死我了。俺家老头子还没在家，要不，我去镇里找他去，看他能有啥好办法？

九妹子说：不妥。有良大哥正忙榛子节的事呢，就算你跟他说了，也起不到啥作用；老嫂子还是先跟金昌好好唠唠，看儿子是啥意思，啊。

金婶说：他能啥意思？我儿子啥事都认可自己吃亏，有啥委屈都自己往肚子里咽。

九妹子也想不出什么好办法，她说：小玲真要不回来了，这事儿还真麻烦。

金婶说：说的是呢，她刚走那会儿，我还以为就是出去玩几天呢，谁承想，是现在这情况。

九妹子说：我可劝你啊老嫂子，你可别上那么大火，你这要闹出点儿毛病来，金昌的压力就更大了。

金婶说：不说了，你饭店还有不少事儿呢，你赶紧跟小玲唠啊。

九妹子回到饭店就给翟玲打电话。娘儿俩没说几句话，翟玲就排练去了。小妮子问：娘，你跟玲姐唠得咋样？

九妹子说：不咋样，这孩子是铁了心要留那了。哎，闺女，要不你再劝劝她？

小妮子说：你是她干娘，你都劝不了她，我怎么能劝动她。

九妹子说：这可怎么办？为这事，你翟叔都犯病了。

小妮子说：翟叔血压上来了？

九妹子说：可不。

小妮子说：那还真得注意点，别闹出个脑出血就完了。

九妹子说：别啥话都说。

金婶坐在屋里发愣……外屋地大锅里往外冒黑烟……她赶紧跑到厨房：哎呀呀，忒悬了。她赶紧把灶膛里的柴火往外拽……又说：哎呀我的妈呀，烫死我了……

金昌进院，见满屋子是烟，赶紧跑进屋……他见娘的手黑乎乎的，说：哎呀我的娘啊，那柴火都着着呢，你怎么能上手去拽呀？我看看……完了，非烫起泡不可，赶紧用凉水冲冲。

金婶说：没事啊。金昌说：还说没事。金昌拽着娘到院里井沿儿压水，说：娘，快冲冲手……

金婶边冲手边说：哎，这个小败家的，好好的日子不过，跑那去干啥吧？

金昌说：咱就面对现实，顺其自然吧。

金婶说：我们家都没退路了，还顺个啥，自然个屁呀。金婶甩甩手进屋了。

金昌拿毛巾给娘擦手，他说：娘，这事你真得想开点儿，你要出点啥差错，我可就不是人了。

金婶说：我现在都恨死你了。

金昌说：娘要恨我能解气，你就使劲恨恨我。

金婶说：少跟我打虚溜儿。你说你啊，大学毕业那前儿，我不让你回来、不让你回来，你像着了魔似的偏要回来，现在可倒好，真是鸡飞蛋打了；再说了，这城里多乱啊，小玲要让坏人给骗了，有点啥闪失伍的，我还活不活了啊？说着说着，鼻子又酸了……

金昌说：看见没，娘说心里话了吧，其实，你最关心她，最疼她了。

金婶说：疼她有啥用？疼个没良心的，还不是烧火棍子一头热乎。

金昌给娘的手抹了点獾子油，又说：咱不说了，越说你越上火，完事心疼的是我。娘，我这就给你弄饭啊，吃完你赶紧歇着。

金婶说：我还歇着，你还没跟我说小玲这事怎么办呢？

金昌说：小玲能有机会进城，能带编入职，进专业团体，是天大的好事啊，咱都应该为她高兴。

金婶又不高兴了，说：你还是娘的儿子吗，我不爱听啥你偏说啥。我可跟你说啊，等小玲把咱们都撂在这，我不能就这么完了。

金昌看着娘难过的样子，心都要碎了。

老翟头吃过药躺了会儿，觉得好一些了，心想，应该跟闺女摊牌了。他从炕上爬起来，打电话，说：小玲……你这孩子咋那么没良心呢？你说你出去玩玩，大家都知道你有能耐就得了呗；咱爷儿俩不是说好了吗，个把月就回来，你怎么还拿那玩意儿当饭吃，把我们都扔下不管了，啊？

翟玲说：我没不管爹呀？

老翟头说：你现在不管不顾地走了，还算管我吗？行，这辈子就算我白养活你了，我也不用你管了，可金昌呢，金昌那怎么办？金昌对你那么好，你怎么就不为他想想呢？翟玲无言以对。老翟头继续说：我就不明白了，你这么做，还有点责任心吗，你心里头还有别人吗？

翟玲说：那让金昌跟我一起来这呗，你不是还要在这开榛子专卖店吗？

老翟头火冒三丈：放屁吧你！你都知道，金昌是合作社的总经理，他不能去，你怎么说上瞎话了呢？

翟玲委屈地说：我真就不明白了，爹，人家哪个当家长像你这么说话？谁家的家长不希望自己孩子有出息呀？我怎么就不能在城里发展呢？爹，你说我差啥吗？

老翟头说：就是你啥都不差，我才不让你在外头混呢；在农村守家在地地过日子，多好哇；城里有钱的人，现在还都想着往农村跑呢，你可倒好，还非要跑城里去“发展”，玩几天就得了呗！

翟玲说：我可不是在这玩儿，我是在实现人生价值，我应该有我自己的追求。

老翟头说：价值？在合作社也一样有价值，有发展；将来合作社实现产业化大发展了，你就是其中一分子，你能说你没价值？

翟玲说：咱俩说的是两回事。我求求你了，爹，你就答应我吧。

老翟头说：不行！你要想让爹多活几天，就听我话，在那长长见识玩几天我不反对，可要长期留在那，我就是不能答应你！老翟头狠狠地撂了电话。

翟玲心头一震，她感到委屈、无助、伤心，泪珠子噼里啪啦的……

·三十七·

晚上。排练结束，翟玲给金昌打电话，她叫了声：金昌哥……鼻子一酸，眼泪又掉了下来……

金昌劝慰：小玲，咱不哭啊，啥事都好商量，有哥在呢啊。

翟玲更委屈了，说：他们干啥都来欺负我，骂我，不尊重我？

金昌说：咱别那么想，你爹说你几句，也是好心，他就是想你了，想要你早点回来呗；其实，他也就是说说而已，不能真把你拽回来呀。

翟玲说：我有这么好的机会、这么好的工作，怎么谁都不支持我呢？

金昌说：哥支持你啊。而且，我都跟你说了，我娘和你爹的工作，我来做就是了。

翟玲说：你娘要嘴上说同意了，又偷着到团里来找我怎么办呢？

金昌说：不能啊。小玲，你都有胆量上台演出，这点事还怕啥呀？再说了，这不还有哥呢吗，有什么情况你就给我打电话，我帮你想办法解决啊。

翟玲说：那带编入职的事，我怎么答复团里呀？

金昌耐心地说：那好办，实话实说呗。你就跟团里说，你爹和我现在都在忙榛子节的事情呢，忙完榛子节，会认真考虑这个问题，答复团里的；这段时间，你该排练排练，该演出就演出，什么也不耽误。

翟玲说：啊，金昌哥，你这么一说，我心里就有底了。

金昌说：所以啊，有什么事情你就跟哥说，千万不能一个人在那憋着、闷着干着急啊。

翟玲说：那行吧，有什么事情我就给你打电话。

金昌说：哎，我的小玲、大艺术家，乖啊；哥也想你了，忙完榛子节，我就看你去，啊。

翟玲说：嗯，你要说话算话。

天津的朱老板，跟红石峪合作社恢复业务往来之后，宝仁榛子的销售一直不错。这天，业务员小田到他办公室找他，说：经理，宝仁榛子质量可以呀，客户反映不错，这不，又有几个大客户追着要宝仁榛子呢，咱再上点货吧。

老朱说：上次咱们进的是两吨货吧？小田说：是两吨。老朱说：那你直接给金菊打电话，再上三吨。

小田说：得嘞。

老朱说：小田，我出去一会儿啊。

小田说：又干吗去呀？

老朱说：几个牌友找我推牌。

小田说：快去吧您哪。

金菊接到天津的订单，对小妮子说：天津的老朱又要三吨货。

小妮子说：是啊？他们商行走货也太快了。

金菊说：要不咋说朱经理有实力呢。

小妮子说：那我们调哪个合作社的货？

金菊说：先调三里堡的，他们的库房小，储存压力大，早出库就能早减轻些负担。我现在就给三里堡打电话，让他们送货过来；你马上通知马小壮和福来、姜胖他们，准备接货发货吧。

小妮子说：知道了。

姜兰把金昌叫到展销会大厅，她领金昌到大厅中间，说：金昌，你看这位置咋样啊？

金昌往四周看看，空荡荡的，他说：……看哪？

姜兰说：大厅正中央，高清彩屏下方，我在这搭上展台，你能想象出啥效果不？

金昌觉得姜兰在耍弄自己，抹搭她一眼，转身往外走……

姜兰说：哎，你别走啊，你还没听我说明白呢。

金昌边走边说：啥也别说了，没空跟你瞎扯。

姜兰拽住金昌，说：哎哎，其实这地儿有优势。

金昌说：啥优势，让我摆地摊儿啊？

姜兰兴致勃勃地说：你看那高清大屏幕没，现在还没播放节目呢，等榛子节开幕，就正常滚动播放专题片了，我在这下方搭建一排展台，那效果会咋样？

金昌随口说：不知道。

姜兰三番两次被冷落，生气了，她嘟囔句：烦人，找块豆腐撞死得了。

金昌说：说啥呢？

姜兰说：啊，我说，哈哈哈……姜兰自己也憋不住大笑起来。

金昌被笑得有点尴尬，说了句：严肃点。

姜兰收住笑容，说：你看仔细了，这是整个展销大厅的中心位置，正对着大门。

金昌为之一动……

姜兰继续说：到时候，大彩屏播放的是红石峪万亩标准榛子园的视频，那背景有多气派；大彩屏下方，就是宝仁榛子的大展台，那是一种什么样的气势和效果，你不会在脑子里过过？

金昌往上方看看，又往四周看了看，说：嗯，好位置，有创意，我就要这地儿了，别给我换了啊。

姜兰得意地说：就是嘛。走吧，去我办公室。

金昌说：我就不去了，回去还有不少事儿呢。

姜兰说：我是重点给你搭建的铺面，你不去看看我设计的效果图？

金昌说：……那走吧。

三里堡合作社接到调货单，万能赶紧组织装车。贾六坐在车上，见车上已装满了麻袋包，他向库房里喊：万能啊，货都已经装满了，你还磨叽啥，红石峪那边等着呢，还不赶紧走？

万能从库房跑出来，上车，说：装车累我一身汗，不得喝口水吗。

贾六说：刚才你还直催我呢。贾六启动了车。万能忽然说：哎哎等等，贾哥，送货单你拿上没？贾六说：送货单，什么送货单？

万能说：停，停车。送货单没拿怎么送货？你等我会儿，我开单子去。

贾六说：正好我烟没了，回家拿盒烟去啊。

万能说：没问题，顺道的事。你就在你家门口等我吧，我一会儿就到。

贾六说：好。万能下车。贾六开车走。电话响了，贾六接电话：喂……张铁子，干啥呀你？

张铁子说：过来玩会儿吧？

贾六说：玩个屁，你没瞅我拼命干活挣钱呢吗？

张铁子说：好哇，你欠我的钱，该还我了吧？

贾六说：不能赖你账啊，你等我几天。

张铁子说：赶紧还啊，你要不还，我还上你家拿东西去，哎，跑得了和尚跑不了庙。

撂下电话，贾六自语：这点儿债，整天像催命似的。

贾六开车到家门口，下车就往屋里跑，跑到屋里被麻袋绊倒……他爬起身，顺手拿盒烟揣兜里，他望着麻袋出神儿，嘴上嘀咕道：哎呀……我这儿麻袋榛子壳……这不天赐良机吗，这不就来钱了吗。他立马扛起麻袋出屋、把麻袋扔上车，又从车上拽下麻袋往屋里扛……

万能到库房。秀华正拿着送货单着急呢，见万能回来了，说：万能，你耳朵聋了咋的，越叫你还越跑，送货单都不拿？

万能说：我在车上没听见。他接过单子，说：走了啊。

秀华说：车咋没开回来呀？

万能说：贾哥回家拿烟去了，在他家门口等我呢。

秀华说：送完货就赶紧回来，场院还有不少榛果没脱苞呢，赶紧跟大伙儿把这活抢出来，要不让雨水浇着就完了。

万能说：知道了。

贾六把榛子掉了包，赶紧上车。他点上根烟，狠狠地抽了两口，自语道：三麻袋榛子壳，摇身一变就成上品榛子了，这是天上掉下的金豆子儿“啊依儿呀儿哟……”贾六得意地哼唱着。

金昌跟姜兰来到办公室，坐在那看了看展台的设计方案，说：嗯，挺好，展台就这么定了。走了啊。

金昌起身要走，姜兰说：金昌，你咋那没礼貌呢？

金昌说：又怎么了？

姜兰说：我费了半天劲，把展台给你整明白了，你说走就走？

金昌说：我回去还有事。这都弄明白了，就完了呗。啊对了，谢谢啊。

姜兰说：你就不能稳当下来坐会儿？我有话跟你说。

金昌瞅了瞅姜兰，无奈地坐回椅子上，说：你说吧。

姜兰说：……你指定又遇到啥烦心事了。金昌，有事别瞒着我，只要我能帮你解决的，咱是哥们，说说吧。

金昌说：我能说啥呀……

姜兰说：想说啥就说啥。看你这样子，是小玲有事了吧？金昌看着姜兰，轻轻点点头。

姜兰说：小玲怎么了？

金昌说：艺术团要给她办带编入职。

姜兰惊诧：带编入职，她真要入职了？金昌：嗯。姜兰说：看你这两天情绪就反常，果然是有事了。带编入职可不是小事，入了职就意味着……姜兰没有继续往下说，怕对金昌刺激太大。

金昌说：为这事，我娘上老火了，这几天她话都没了；连翟叔跟我说话，也是急头白脸，没个好动静。小玲在那头得不着家里的支持，跟我又哭又闹的，哎呀，整的我……真有点蒙圈了。

姜兰说：翟叔和你娘都不支持小玲，她接受不了呗，不跟你报委屈，她跟谁说去呀。

金昌说：可我的承受力也有限啊，你看我一天像没事人似的，可心里都乱死了；我现在是劝得了这头，顾不了那头，说得了这位，说不了那位，再这么折腾，我真要挺不住了。

姜兰沉思着……

金昌又说：对了，还有九妹婶子呢，她都跑我家好几趟了，天天过来劝我娘别上火，别上火，可再怎么劝，也是劝了皮儿劝不了瓤儿。我现在最担心的，就是我娘，她别哪天想不开，偷着跑省城找小玲去，那可就乱套了。

姜兰说：金昌，你跟我说心里话，你俩将来怎么打算，你想好没？

金昌说：我的追求小玲她知道，她也知道我的志向是谁都改变不了的，这一点你也是知道的，我不可能离开这里，我的心，早就扎在红石峪了。

姜兰说：那小玲怎么办？

金昌说：还是那句话，我尊重她个人的选择。

姜兰说：那你俩怎么办？

金昌说：等等再说，现在没时间细想这事。

姜兰说：也是，事到如今，你俩谁都不能各让一步，所以就很麻烦。

金昌跟姜兰吐吐心里话，心里似乎舒服了些许，他也不想让姜兰为这事跟着着急上火，就换了个话题，说：行了，先不说这么沉重的话题了，《鼓舞榛情》主题歌，你练得咋样了？

姜兰说：你练了？

金昌说：当然要好好准备了。

姜兰说：可我觉着，这首歌应该是你跟小玲俩唱。

金昌说：你就别提她了。

姜兰说：有这么好的机会，真应该是你俩站在台上。

金昌说：这件事就应该是咱俩唱，咱俩不是代表自己，是代表新一代大学生、新农村的新农民；就算小玲能回来，也不是她的事，镇里已经给她安排独唱了。

姜兰深深地说：但愿她能回来，我可爱听小玲唱歌了。

翟玲虽然想要留在艺术团，可榛子节的演出，她又不想辜负家乡父老，所以，她准备在不与团里演出发生冲突的情况下，尽量争取能回去参加演出。小丽看翟玲拿着歌片练歌，就问：小玲，你在唱啥呢？

翟玲说：咱们兴远镇榛子节的曲子，得赶紧练了，别到时候来不及。

小丽说：你要参加榛子节演出吗？

翟玲说：先准备着。

小丽说：咱都进剧场排练了，就算你想回去，团里能给你假吗？

翟玲说：争取呗。金昌打了好几次电话催我这事了，这是镇领导安排的。

小丽说：那“洪月娥”怎么办，能演上这角色，可是你梦寐以求的？

翟玲说：反正我也是B组，请几天假没关系。

小丽说：小玲，你不会这么想吧？现在，你跟英子老师可是同时排练，备不住导演看你比A组强，就安排你当A组了；这你要请假走了，影响了排练，那损失可就大了，你就不想想团领导会对你啥印象？

翟玲知道问题的严重性，心里也是充满着矛盾。

马小壮把卡车停在库房门前，和满堆、福来、姜胖在库房门前休息，等三里堡的货车。

贾六开车进园区。万能从车上下来。满堆说：万能啊，你们咋才来呀？

万能说：可别提了，人手少忙不过来呗，我这还得赶回场院干活呢。

满堆说：你这次送的是三吨货吧？

万能说：几吨还用问，数下麻袋就知道了。

姜胖说：满堆头一次干这活，问一下是对的。

万能说：来来，满堆，赶紧给我签个字。

满堆查点完麻袋包，把货单签了，留下一联，递给万能一联。万能问：这几吨榛子是发哪的？

满堆说：发往天津的。

万能签完单，说：那我走了啊。六子，你帮着卸卸货啊。

贾六痛快地说：没问题。

万能走了。贾六说：满堆，你们直接装车呀，还是往库房倒腾啊，我得把车停好。

满堆说：直接装车。

马小壮说：贾六，把你车尾靠我车尾，这样卸和装就都省事了。

贾六说：明白。贾六很麻利地上车，把车靠在马小壮车后，开始往马小壮车上拽麻袋……

福来看着贾六认真的样子，感觉新奇，他说：这贾六去合作社当司机了，活干得挺溜道哇。

贾六说：多干活少说话，这是我大舅跟我说的。

福来说：好样的，今天我可另眼看你了。来吧，哥儿几个都上车。

姜胖和满堆上车。满堆说：福来，咱还没验货，先别往车上装吧？

福来说：有啥可验的，咱红石峪的宝仁榛子，从来都没出过差头儿；再说了，万能他们出库装车，都经过检验手续了，对吧六子？

贾六忙说：对，对，我们那的出入库都很严格。

福来说：听见了吧满堆，赶紧的吧，装完车我好接儿子去。

姜胖说：那也要抽样检一下。

福来说：运榛子又不是运军火，抓紧时间干吧。

姜胖说：福来姐夫，咱俩都是质检员，金昌可嘱咐过咱，质检上可不能马虎。

福来说：金昌尽整没用的，检这么长时间，你都检出啥了？

姜胖说：检……

贾六说：对呀，你们红石峪尽扯犊子，检来检去的，就是对我们三里堡不放心呗？

姜胖说：不是的，这是程序，制度里写着呢。

贾六说：屁！福来说得好，应该把那东西扯下来，回家给儿子当擦屁股纸去。

姜胖不乐意说：不跟你说了。

福来说：六子，等我见着你大舅，让他好好表扬表扬你啊。

马小壮说：今儿个太阳打哪头出来的，六子，你咋这么卖力气呢？

贾六说：哈哈，小壮也表扬我了。

马小壮说：我是真不敢恭维你，看你以前那样，去宫里当公公都没人要。

贾六说：你说话咋那损呢？

满堆说：都别掐嘴架了，赶紧干活吧。

生产车间里一片繁忙。宝仁榛子的市场销售量大幅上升，大家的劲头更足了。

老翟头进车间对金昌说：金昌啊，这批榛子炒好了，你到我办公室来一趟啊。

金昌说：好，这就过去。

大型电烤炉不停翻转……金昌站在炉前，他手持长铁勺，伸进炉膛里扤出一勺榛子，拿起一颗放在嘴里嗑开……他点了点头，按下炒炉电钮，喊道：出——炉——了——。炉内的榛子倾泻而出……

金昌到了老翟头办公室，说：翟叔，有啥高兴事了这是？

老翟头说：你看出来了？

金昌说：那可不，一副高兴的样子，小脸儿红扑扑、美滋滋的。

老翟头说：还小脸儿呢，这老脸皮，就剩扑扑的了。金昌，能猜出啥好事不？

金昌说：嗯……一定是北京有好消息了？

老翟头说：对喽，张镇长说，丹尼尔有信儿过来，定下来要参加咱们的榛子节了。

金昌高兴地说：好哇，翟叔可一直盼着这事哪，现在可看到希望了。

老翟头说：是呀，能跟丹尼尔他们谈成，我们就能大发展了。对了，参展大厅都安排好了吧？

金昌说：放心吧，万事俱备。

老翟头说：妥。

天津。津津果品商行。朱经理站在库房门口。几个人扛麻袋包往库房里走。小田从车上拽下一个麻袋包，觉得不对劲儿，他说：哎，不对呀，这麻袋包怎么这么轻呢？

朱经理说：小田，你说嘛哪？

小田说：朱经理，有点不对劲呢，我刚才就扛一袋轻的，没在意，这又一袋，咱是不得打开看看？

朱经理说：看嘛呀，红石峪的榛子，差不了。

小田说：我说话您还别不信，您过来掂量掂量。

朱经理拎起麻袋掂了掂，感觉不对劲儿，马上说：把这袋子打开。

小田打开麻袋，抓一把榛子看了看……又抓起一把……

朱经理问：怎么的？

小田把榛子递给老朱，说：您看看吧，这都是吗玩意儿呀，有废品榛子掺进来了。

朱经理扒拉着手中的榛子，说：宝仁榛子不能掺假呀？

小田说：它就假了，您还说吗？

旁边一员工说：红石峪不能这么搞吧？

朱经理又看了看手里的榛子，气愤地说：这买卖做的，连朋友都坑啊，吗我饶不了他！小田，赶紧都给我拍下来，我要证据！

小田说：拍！那合同上不是写得清楚吗，掺假货要罚他款，假一赔十！

朱经理说：对！我饶不了他们。我这就给金昌打电话，看他说吗。朱经理掏出手机……

小田说：朱经理，您别着急，电话先别打，我看咱这么的……

朱经理说：哪么的？

小田说：我开车把货给他们拉回去，咱就当面锣对面鼓，跟他们说道说道。

朱经理说：当场对质？

小田说：对！

朱经理说：行，我就当面问问他金昌，你吗是卖榛子，还是卖榛子壳！

杨柳枝对马大壮要搬家这事，心里也是害怕。她知道，真要走上那一步，她杨柳枝在村里恐怕就抬不起头了。马小壮回到家，杨柳枝赶紧问：小壮，今天见到你哥了吧？

马小壮说：没有。大哥不愿搭理我了，这几天，见我不是躲就是闷。

杨柳枝说：这家伙的，也太那个了吧？我跟你说啊小壮，是他自己要那么做的啊，跟咱没关系。

马小壮说：你别那么说话，大哥又没得罪你。

杨柳枝说：他都要跟你分家了，还想怎么得罪呀？

马小壮说：有些事，咱做得也不对。

杨柳枝说：你啥意思呀？

马小壮说：啥也别说了。吃完饭我过去坐会儿，再跟大哥说说。

杨柳枝说：还有啥可说的，他啥都明白。

马小壮说：不劝劝咋整，我总不能眼瞅着亲哥俩掰了吧？大哥真要盖上新房，到时候我看你傻不。

吃过饭，马小壮到马大壮家，见大壮在屋里倒腾东西，说：哥，收拾啥呢？

马大壮冷冷地说：家。

马小壮说：一个比一个横，都不带好好说话的。

马大壮说：我好好说过话，可有人给当驴肝肺了，那我就不好好说。

马小壮说：没整，都有气。你先坐会儿行不，咱哥俩好好唠唠。

马大壮说：有啥可唠的，你说话好使吗？

马小壮说：我马小壮大小不济是爷们儿，咋不好使呢？

马大壮说：你拿啥好使呀，还没等说几句呢，就得回家问媳妇去。

马小壮说：我不管你说啥，哥，搬家的事我想好了。

马大壮说：我搬家你想好了，有病？

马小壮说：我搬。

马大壮愣了一下，说：……你搬？

马小壮坚决地说：我搬。

马大壮说：放屁！

马小壮说：就我搬。

马大壮提高了嗓门说：你脑袋灌水了还是叫驴踢了，你搬？怎么，我欺负你了？

马小壮说：我也不能欺负哥嫂啊，我给你腾地方行吧。

马大壮说：你没长那脑袋，这主意指定是杨柳枝给你出的，她是让我下不来台，说你是我给挤兑走的，往我头上扣屎盆子，就这点小心眼儿，我还不知道她得了。

马小壮说：不是，哥，这是我自己想的。

马大壮说：别跟我扯犊子，哪凉快哪待着去。去去，这没你事。

马小壮本想跟哥好好唠唠，可马大壮根本不理他的茬儿，他无奈地回到家。杨柳枝见马小壮脸色不好，就知道咋回事儿了，她说：我就说，大壮不会给你好脸子，真就那么回事儿，啊？

马小壮坐那发愣……

杨柳枝说：这又不吱声了……哎，他跟你说啥了？

马小壮说：搬。

杨柳枝说：他还来劲了？行，天要下雨娘要嫁人，由他去吧。

马小壮沉下气来，说：媳妇，其实这话我早就想说了，可你有身孕在身，我一直没说。

杨柳枝说：怎的，他要搬家盖新房，跟我有关系吗？

马小壮说：有关系没关系，就看怎么说。

杨柳枝说：我看今天你怎么说，说吧。

马小壮说：媳妇，大哥的事，还是你劝他最好了。

杨柳枝不理解地说：……怎么，闹了半天，还得我去劝他，我怎么劝？

马小壮说：咱自己有啥毛病，想好了，就过去唠唠呗。

杨柳枝蛮横地说：放屁！他当大哥的，有事就说事呗，干啥要搬走分开过？是他非要这么做的，怎么我还有毛病了，干啥往我身上扯啊？

马小壮说：我不是说你不好，可平时有些磕磕碰碰的，也别怪大哥有些想不开，咱就说卖驴那事，你没得罪大哥吗？

杨柳枝说：我说的是分家的事，别跟我扯别的；这事闹得全村人都知道了，我还有气呢，我找谁去？

马小壮说：你还有气了？要不是你没事跟大哥起刺儿，他也不至于这样。

杨柳枝要急，说：这话是大壮跟你说的？

马小壮说：哼，平日里咱有啥事，出个门伍的，大哥、嫂子地叫着，家一扔啥都不用管了；以后家里有啥事，连个应声的都没有，到时候看你咋整？

杨柳枝：……

马小壮说：有话过去好好说说，兴许大哥能改主意呢。

杨柳枝说：弄了半天还成我的事了？我跟你说马小壮，这是你们哥俩的事，没我事啊，他爱咋咋的，我出门见鬼，我乐意。

马小壮说：又说不着边儿的话，那我脚崴了，你出门就喊嫂子，多顺手啊，没嫂子和大哥帮忙，你是不得大下晚地领我往外跑？

杨柳枝不作声了。

马小壮说：媳妇，咱将心比心，我还说车的事。这次买车，那大份儿钱都是大哥拿的，人家嫂子啥也没说，完事挣钱还跟咱平分；年初前儿，原来的旧车卖了，大哥和嫂子一分钱都没要，钱全给咱了，这些好咱得记着。其实你也知道，大哥就是要个面子，咱俩过去跟他唠唠，你说句话，这片云就散了。

杨柳枝心有所动，脸上露出为难，说：说得轻巧，地都批给他了，劝啥都晚了。

马小壮说：那都是另说的了，咱两家别分开是真格的。那天嫂子还跟我说了，说等咱的孩子一出生，她就让孩子管她叫干娘，帮咱照顾孩子，你说，有这样的嫂子在咱旁边住着，多好。

杨柳枝的某根神经被拨动了，她静了一会儿，说：……那，我先去找石榴。

马小壮说：啊？

杨柳枝说：有话我先跟嫂子说说，看她是啥意思呗。

马小壮有些兴奋，说：行，去见见嫂子行，那是我亲嫂子，你对她们好，就是疼我。

杨柳枝怼了小壮一下，说：样儿吧。

马小壮一脸亲切地说：好媳妇，你慢点走啊，别崴了。

马小壮一番掏心窝子的话，震动了杨柳枝，她上心了。

杨柳枝去卫生室找石榴，见面就叫：嫂子。

石榴说：柳枝呀，好几天没见你过来了。

杨柳枝说：就是啊，我不来你也不上我那去，是不不想管我了？

石榴说：叫你说的了，除了你娘老惯着你，还不是嫂子对你最好了。

杨柳枝说：那也倒是。

石榴说：柳枝，找我来是有啥事吧？

杨柳枝说：嫂子，我，我就是想跟你说，咱两家都住得好好的，回头你们走了，就像我撵你们似的，你回家劝劝大哥，别搬了，啊。

石榴心里一暖，微笑着说：我还当啥事呢，你就为这事来的？

杨柳枝说：这事就够可以的了，小壮在家直说我呢。

石榴说：说心里话，柳枝，这事就像小壮说的，“搬家不是搬米缸”，就算能搬，我也怕别人说闲话，再说，铁蛋也不愿意搬走。

杨柳枝说：是吧嫂子，我就知道你们娘儿俩准这么想。那我一会去你家行吧？

石榴笑了，说：咋不行呢。哟，几点了，该下班了。走，我开车送你回家，完事我去趟小市场，今天都去我那吃饭。

杨柳枝说：咱俩一块儿去，那天听铁蛋说，他爱吃牛肉火勺儿，我给他买几个去。

石榴说：嘀，铁蛋的话你也上心了？

杨柳枝说：那当然了，我是他老婶儿。

当晚，石榴做主，把马小壮和杨柳枝请到家。马大壮也说不出啥来，其实，他心里高兴；这几天，小壮哥长哥短，一句句刺心窝子的话，他心里挺不是滋味的。

两家人坐在炕上。石榴说：大壮，柳枝儿把话都说到了，咱还像以前那样都好好处，这事儿我就定了，咱不搬家啊。

铁蛋高兴了，说：爸爸，你能答应吧？

马大壮心里同意，可一下子还张不开口说。

杨柳枝说：这又不是大姑娘上轿，扭扭捏捏的，挺大个老爷们，还不吱声；大哥，你不吱声，就是还记恨我呗，要那样，我就跟小壮搬走，我总不能让大哥大嫂给俺们让地儿啊。

杨柳枝的两声“大哥”，把马大壮的心叫软了，他看着马小壮……

马小壮期盼地看着马大壮，说：哥，你别瞅我啊，柳枝都说了，你是大哥，当弟弟的不能欺负哥。

马大壮说：谁也没欺负谁啊，这事儿我心里有数。

铁蛋似乎听明白了大人们说的话，他小声说：爸爸，咱不搬家。

马大壮抬起头……此时，他最不忍的，就是小壮那充满期盼的眼神，他心都要碎了，心想，就算自己再怎么委屈，也不能让弟弟为难，他端起酒杯，说：来，咱都把杯举起来，小壮……

马小壮说：哥，我听着呢。

马大壮说：咱都是一家人，往后都好好过日子，啊。

马小壮说：哎。

两家人乐呵呵地举起了杯子……

马小壮哭了……

清晨。金昌来到库房。福来和满堆、姜胖都到了。福来说：金昌，老关这货送得也太早了，我还没睡醒呢满堆就叫我起炕了，以后把送货时间调一调吧？

金昌说：你就知道自己起那点早，想过司机大老远往这跑的辛苦了吗？福来没再吱声。

这时，小田和朱经理开着大货车驶进大院……

金昌以为是老关的车到了，说：庆丰合作社的车来了，准备卸货啊。

满堆见情况不对，说：哎，金昌，那也不是老关的车呀？

姜胖说：是啊，咋是天津的车牌呢？

金昌说：是谁找错地儿了？

福来说：那车上坐的好像是朱经理？

金昌惊讶：……好家伙，真是朱经理。

福来说：他去哪送货，顺道走这来了？

金昌说：不会呀，往哪送，也不能送东北来呀？

货车停下，朱经理和小田二人下车。金昌笑脸相迎急忙上前：哎呀，朱经理啊，欢迎远道来的客人啊，你咋过这来了？

朱经理冷面冷语道：金昌，你吗就一锤子买卖了？

金昌没反应过来：啊？

朱经理说：你小子在江湖上混，欺负到我老朱头上了，人情世故你吗不懂是吗？

金昌疑惑：朱经理……

朱经理说：停！这三吨货，你给我掺进吗玩意儿了，你知不知道？

金昌以为老朱在开玩笑，打着嘻哈说：嘿嘿，逗我呢，朱经理，屋里请，欢迎远方客人到我们红石峪来，咱俩可有小半年没见了。

朱经理说：我以后不想见你了。金昌，我哪么着你了，你给我发去三麻袋废品榛子？

金昌愣一下，又面带笑容说：朱经理就是爱开玩笑。我不是吹啊，朱经理，宝仁榛子走哪都叫得响，哈哈哈……

朱经理冷哼道：金昌，都这时候了，你小子还笑得出来，小田……

小田说：经理。

朱经理说：你把那三麻袋破烂儿扔下来，让金昌看看，他那“走哪都叫得响”的是嘛玩意儿！

金昌一头雾水，说：到底是咋回事儿，朱经理？

朱经理说：应该是我问你咋回事儿。

小田从上车拽出三个麻袋包扔下车……

福来开玩笑说：哎呀朱经理呀，你给送这么大的礼包来了？

朱经理说：福来，别跟我闲扯。老朱拿出把刀子，分别挑开了三个麻袋……说：我要不当面打开给你们看看，你们就拿我当包子！

麻袋裂开大口子，一堆废品榛子涌出来……

朱经理说：瞧瞧、瞧瞧，你吗瞧瞧！红石峪这买卖做出息了，知道欺骗上帝了。

金昌急忙抓一把榛子看了看……他愣了，傻了，眼睛直了：这……这是红石峪的榛子吗？

朱经理说：金昌，睁俩眼说瞎话，别来这套！这车榛子，我可是原封没动给你拉回来的，这是当你面打开的，你可看清楚喽。

金昌说：我不会把这玩意儿混进去呀，我们淘汰下来的榛子，都是按程序处理的，怎么能出现这种情况呢？

朱经理瞪着眼睛说：事实就摆在面前，金昌，想跟我揣着明白装糊涂，没门儿！

·三十八·

金昌竭力向朱经理解释，他说：朱经理，你千万别误会，一定是哪个环节搞错了，你听我说……

福来说话了：啥也别说了，指定不是咱的事。朱经理，肯定是你们那边分类堆放给放混了。

朱经理看着福来，说：福来，我嘛待你不错吧，狗不理我请你吃过，大麻花给你拿过，你小嘴儿一抹，就跟我来这套？

福来说：朱经理，咱是朋友，我跟你说实话，红石峪从来没出过这种事。

朱经理说：从来没出现过？可今儿就发生了！这批货我要是销出去了，我嘛可就得罪上帝了，那损失可就不是这么着了。

福来说：就算是那么回事，也是百年不遇，你还中奖了呢。

朱经理说：你嘛气我是不，福来？

福来说：本来就是嘛。

朱经理说：金昌，就你们这态度，我还就治这口气了，你们不给我个说法，我嘛就跟你们没完！

金昌说：老朱，福来跟你是老朋友了，他跟你开玩笑呢。这么的吧……

朱经理说：哪么的也得承认事实，你不承认，我就找地方说道说道去。

金昌很谦卑地说：好说、好说，如果这情况属实，你要赔款、退货、重新出货，怎么都行；我看，朱经理大老远来的，旅途劳顿，总得进屋喝口水歇会儿吧？

朱经理说：进屋干嘛，我就在这院子里吵吵，我让人们都过来看看，看看你们红石峪是嘛东西。

姜胖听不惯了，他说：你吵吵也没用，走出十里地也是红石峪，小心你挨揍。

满堆帮腔说：就是的。

朱经理说：嘛玩意儿，要揍我？小子，我告诉你，揍我的人还没下生呢。

金昌呵斥小胖和满堆：你们都别乱说话！又对朱经理说：老朱、老朱，别生气，别生气……金昌把朱经理囫囵进办公室……

老翟头在家接金昌的电话，吓一跳，他说：什么？不可能不可能……这可毁了，怎么整的呀？

老翟头急忙往外走……九妹子端俩扣碗进院，见着老翟头，说：大哥呀。

老翟头说：你怎么来了？

九妹子说：还我怎么来了，我过来给你送早饭。这粥还热乎呢，赶紧进屋吃吧。

老翟头说：吃个屁。老翟头一路小跑出了院子……九妹子大惑不解：怎么了这是？

九妹子端饭进屋。手机响了，她接电话：小玲啊，这么早就来电话，有事呀你？

翟玲说：干娘，我就想问问你，我婶子还是那个态度吗？

九妹子说：傻孩子，哪个当老人的愿意你出远门呀？

翟玲说：干娘，要不你再做做我爹工作呗，他到现在也没跟我吐口，我都急死了，团里一直催我呢。

九妹子说：小玲，这事对你来讲是件好事，可这么大的事，你还真不能太着急了；你说，现在家里老人们还都拧着呢，就算你留在那了，可心里也不踏实，是吧？所以呀，干娘劝你，这事你先等等，这几天，你爹和金昌他们忙得，根本就顾不过来你；就刚刚，你爹不知因为啥事，急忙呵跑出去了，饭都没吃。我说话你听明白没呀，小玲？

翟玲说：……那好吧，干娘，我该排练去了。你得让我爹吃饭啊。

九妹子说：好好，有时间咱娘儿俩再唠啊。

关了电话，九妹子自语道：不行，小玲这事不能再等了，得赶紧想辙。

三袋废品榛子的事，让满堆和福来、姜胖都感到不安。满堆说：小胖，你就别乱说话了，兴许不是咱发去的货呢。姜胖说：就是咱发的货。福来说：我看不是咱的事儿。

姜胖说：就是你我的事，我都告诉你要验货，你非说“又不是运军火”不用检，这回咱俩可完了。

福来也紧张了，说：……那怎么整？

姜胖说：我找万能去吧，问问他是咋回事儿。

满堆忙说：不妥不妥，这事牵扯合作社之间的关系，弄不好容易伤和气。

姜胖说：万能是我家亲戚，问问还不行？

福来说：那你就偷偷跟他说，看他是不把淘汰的榛子放错地儿了，跟正品榛子混一起了。

姜胖说：放错也不能一下子出来三袋子呀？

福来也没辙了，急得团团转：这是怎么回事儿呢？

金昌陪朱经理在办公室。老翟头赶来，进屋就说：哎呀，我说朱经理呀，你这大老远地跑过来，我实在是不好意思啊。

朱经理斗气儿地说：老翟，你开个“大奔”，嘛挺神气呀。

老翟头说：神气，神气，神气得我满脑瓜子全是汗，俩手还冰凉。

朱经理说：我真是没想到，咱俩能这么尴尬地见面。

老翟头说：对不起，对不起，真是没想到的事儿。我还不知道啥原因呢，你能容我把事儿整清楚不？

朱经理说：我容你，谁吗容我呀？老翟，货我是全给你拉回来了，这事儿该怎么办，你自己说。

老翟头说：这事儿我先说我不赖账啊，绝不赖账。这几袋废品榛子是怎么混进去的，你容我再了解一下情况；朱经理，你看咱这样行不，我先请你去宾馆住下，回头咱再聊，你有啥要求，咱就坐下来谈？

朱经理说：老翟话说得痛快。那就去宾馆，我等你给我个答复；话我可说前头了，不给我弄明白这事，咱就走合同，照章办事。

老翟头说：好好好，行行行，我这就开车送你去镇上。

朱经理出办公室。老翟头对金昌说：我送朱经理去宾馆，你抓紧时间了解一下情况。

金昌说：好的，翟叔。

一石激起千层浪，红石峪合作社瞬间被紧张和不安笼罩着。

姜兰在镇里得知情况，赶紧给金昌打电话。金昌接电话说：姜兰……别提了，可不出事了咋的，也不知道怎么就弄错了，把榛子壳发天津去了。

姜兰说：这事张镇长都知道了。

金昌说：这么快镇长就知道了？

姜兰说：翟叔已经跟张镇长汇报了。这事镇里挺着急，你赶紧打电话，不管是什么原因，都要赶紧跟张镇长报告一下。

金昌说：知道了，我马上打。

金昌拨通了张镇长的电话。张镇长了解了基本情况后，说：金昌，朱经理已经到镇里了，我一会儿就过去看看他，你抓紧了解一下，哪个环节上出了问题，要查清楚再说话。

金昌说：镇长，我一定查清楚。

张镇长说：产品质量，关系到“中国榛子之乡”的声誉，特别是马上就到榛子节了，影响重大呀。

金昌说：我明白。这事给镇领导添麻烦了，我真不知道说啥好了。

张镇长说：金昌，你现在不是大学生，是生意人了，做生意，啥情况都能遇到；出了问题不要紧，想法解决就是了，你不要压力太大，还有大家呢。

金昌说：谢谢张镇长。

金昌想着发生的事，百思不得其解，喃声自语：哪个环节出了问题呢……

喇叭叔到办公室找金昌，说：老翟打电话让我马上找你，金昌，到底是咋回事儿？

金昌说：三吨上等榛发到天津之后，发现里面有三麻袋废品榛子，朱经理带车把货全都拉回来了。

喇叭叔说：怎么整的呀？

金昌说：我暂时也弄不明白，咱们合作社从来没发生过这种事情啊。喇叭叔，咱是不需要召开常务理事会，跟大伙儿通报一声？

喇叭叔说：这会先不能开，一开会，引起不必要的胡乱猜疑就不好了。我们先分析一下，查找一下原因，等把事情调查清楚了再开会也不迟。金昌说：好吧，我抓紧调查。

九妹子为翟玲的事情发愁。翟玲非要进城，金昌绝不离乡，要真的这样僵下去，将来就真的麻烦了。于是，她到镇上搬“救兵”，找姜兰商量这事怎么办好。九妹子对姜兰说：你说怎么整吧，为这事，我都愁死了，婶子过来找你，就是想求你帮我想想办法。

姜兰说：婶子别那么客气。您对小玲这事是怎么看的？

九妹子说：说心里话，小玲能有今天不容易，能去专业艺术团是好事，咱应该支持她。可这孩子从小没娘，是我一手把她拉扯大的，我又舍不得她。

姜兰说：婶子是怕她在外头受委屈？

九妹子说：可不。

姜兰笑了，说：人家都去专业团当艺术家了，能受啥委屈？她那要委屈，我们就都别活了。

九妹子说：你没明白我的意思，她真要进团了，那她跟金昌的婚事就没戏了。姑娘大了总要嫁人，万一她让不正经的人骗了，跟人家受罪去，我怎么跟她死去的娘交代？你说，现在这日子有吃有喝，啥啥都不用愁，这还有金昌护着就行了呗，跑那老远去干啥呀？女孩子有个好婆家就是福，回来总比在那强，最起码，她在我眼巴前儿看着，我也放心不是。

姜兰说：我说话您别介意啊，婶子，这事啊，当老人的还真得从小玲那头想想，她要怎么发展，是她自己说了算的事，咱都没权干预，就算是要说她，也只能是给她提建议，帮她分析利与弊。

九妹子说：这些道理我都懂。可你是不知道，她家里头让这事弄得，都乱套了，她真不回来了，她爹将来能跟她一块进城吗？还有金昌呢，金昌也不能随她去城里，有这些事儿摆在这，她在外头能干长远吗？与其那样，还不如赶紧回来。

姜兰说：这事儿确实挺难办。

九妹子说：要不我咋来找你呢。这从金昌那头论的话，你们是大学同学、事业的伙伴；从小玲那论，你们也都是起小一块儿长大的，互相都知根知底的，备不住，你能帮忙想出啥好主意呢。

姜兰说：我知道小玲孝顺，要从老人那方面讲，硬要她回来，她也能；可那么做，就断送了她自己的前程，她会伤心的。我可知道，她为了这份追求，从上中学那会儿，就没间断地跑市里学二人转。

九妹子说：是呀，她从小就喜欢唱歌。她娘在世那会儿，她整天就像只快乐的小百灵，走哪唱哪。

姜兰说：可后来情况就变了，有些人瞧不起她，甚至欺负她，她就咬牙发奋，一定要学出个样来。

九妹子说：可不，她没点决心和毅力，根本就学不成二人转。有时候我看她练功练得，浑身都是伤，说她多少次不让她学了，可这孩子就像着了魔似的，硬是把二人转学成了。哎呀，要说起这些呀，小玲真是不容易。

姜兰说：婶子，您说她好不容易学成了，又有用武之地了，团里给她那么好的待遇，叫谁谁都要排除干扰，干出一番事业来，她要不干这行，实在是可惜了。

九妹子说：那怎么办？你金婶为这事，话都不爱说了，我看她，一下子老了许多；那老翟头想闺女想得，一见面就问我，“我闺女不回来可怎么整，我闺女不回来我可怎么办？”照这样下去，非把他们拖垮了不可。还有合作社呢，你说，金昌和老翟头都没心思好好干了，到时候可就不是自己家的事了。

姜兰说：可金昌和小玲俩人都有个性，都想各自发展自己，现在，劝谁退一步都难啊。

九妹子说：就说是呢。我还是那句话，这事你就想法帮帮忙吧，就算她不在省城里搞艺术了，在咱兴远镇和县里、市里啥的，也一样有用武之地。姜兰，你是有文化、明事理的人，看问题能得看开。

姜兰听着九妹子的讲述，看着她脸上充满期待，心想，这事不能再拖下去了，要说自己能帮上什么忙，只有去见见翟玲。她对九妹子说：那……我去省城找小玲商量商量吧。

九妹子激动地说：哎，婶子就等着你说这句话呢。

九妹子与姜兰谈完话，心里有了些许慰藉。可回到家，小妮子却跟她掉脸子了。小妮子说：娘，你怎么能让姜兰去找小玲呢？

九妹子说：小玲跟金昌的事，总得想法儿解决吧？

小妮子说：残忍。

九妹子没想到小妮子会这么说话，她说：什么？

小妮子说：你都知道，姜兰也喜欢金昌，小玲要不回来，金昌准能娶姜兰。

九妹子说：说什么话呢！

小妮子说：本来嘛。再说了，姜兰去找翟玲了，她俩能好好说还行，别话不投机俩人再打起来可就更麻烦了。

九妹子说：不能啊。姜兰能答应去劝小玲，就说明她没有别的想法，小玲应该感激她。

小妮子说：哼，谁知道了，别把好心当成驴肝肺了。

九妹子说：你还别哼，我说闺女，你要看姜兰去不合适，那就得你去了。

小妮子说：我可不去。我去参加个培训、当个技术员她都嫉妒得要命呢。那小话儿，酸不溜丢儿、凉丝儿丝儿的；现在她好不容易觉得比我强了，我要让她回来，还不知道她怎么想我呢。

九妹子说：就是啊，人家姜兰就不在乎这些，啥事儿都知道哪头重哪头轻、平衡着呢，这事就得姜兰出面办了。

小妮子说：就小玲那争强好胜的样儿，好不容易如愿以偿，能到艺术团当演员了，姜兰怎么可能把她劝回来，别到时候把姜兰的好心给弄拧巴了，讪了一脸大紫泡回来。

九妹子说：管不了那么多了，先走一步看一步吧。

姜兰办事雷厉风行，说走就走。她开车上路，给翟玲打电话，说：小玲啊，我是姜兰。

翟玲说：姜兰，啥事儿呀？

姜兰说：想你了，我过去看看你。

翟玲说：过来看我？你是有事儿吧？

姜兰说：怎么，小妹妹，没事就不能见你了？

翟玲说：啊，我是说今天我没时间，我在剧场排练呢。

姜兰说：没关系，我先去省林业厅办事，等你啥时候有时间，我再去看你，好吧？

翟玲说：……那行吧，你就明天过来吧，我跟领导请会儿假。

姜兰说：好，咱俩明天见，你请我吃饭啊，呵呵。

金昌急于查出事情真相，他把福来叫到办公室。金昌直截了当地说：姐夫，我就问你为啥没验货？你赶紧说吧。

福来说：有啥可说的，我是没想到能出事儿呗。

金昌说：就是因为防止出事，才安排质检员，这是管理流程；你不检验就往外发货，这不严重失职吗？合作社花钱聘你，是摆设呀？

福来说：摆不摆设你少跟我来这套。

金昌说：这三吨货，是从咱们这发出去的，你质检员没责任啊？

福来说：我都说过我不愿意干质检，是你非要我干的呀。

金昌无奈之下也急了，说：好，既然你这么说，我现在就撤了你，而且年终奖也全扣，你回家吧。

福来瞪起眼珠子说：干啥呀，大家都在一起干活，要撤也不能光撤我一个人啊？

金昌说：那我问你，小胖坚持要质检没？他提醒你要验货没？

福来：……

金昌说：完事儿你还说“又不是运军火，不用检”，这话是你说的不？

福来说：我告诉你小舅子，其实我心里明镜似的，就是他三里堡出的毛病，你不该着急收拾我。

金昌说：三里堡有没有问题，查清楚再说；你的工作要做到位了，能出这么大事吗？那老朱可是从天津特意跑过来的，你闯这么大祸，撤职罚款都是轻的。

福来不服：说说还来劲了你，我跟你说啊，这事要查出是我的毛病，我福来认！要不是我的事儿，你要把话收回去，你要给我赔礼道歉！

金昌说：你质检员的责任就你负，跟我说其他的没用。人家老朱干啥来了，那合同上写着“假一罚十”，人家当画儿看呀？红石峪的声誉受这么大损失，你没责任吗？

福来说：那好，撤了我倒干净了，不用我没日没夜地忙活了，也用不着整天看你这小舅子总经理的脸子了！钱你罚了，职你也给撤了，嘿嘿，哥们无事一身轻了，我还自由了，走了。

金昌气地喝道：滚！

福来说：好你个小舅子，让我滚哈，你等着的。

姜胖到万能家，他见秀华在做饭，说：嫂子，做饭呢。

秀华乐呵呵地说：小胖啊，馋肉了，又上嫂子这来蹭肉吃了？

姜胖说：不的，我找万能大哥有事。

万能从里屋出来说：小胖，啥事？

姜胖说：出大事了。

万能紧张：啊，出啥大事了，我大姨病了？

姜胖说：没有……哥，咱进屋说去。二人进屋，姜胖把发生的事情跟万能说了一遍。万能说：小胖，我三里堡的货可是没说的，货拉到你们那，你们给搞混了吧？

姜胖说：没有哇，你走了之后，货都没进我们库房，俩车后屁股倒在一起，你的货直接上了红石峪的车，小壮直接拉货场发走的。

万能说：奇怪，那这三麻袋冒牌货，总不能从天上掉下来？

姜胖说：你问问嫂子呗？

万能说：她能知道啥。

姜胖说：嫂子不是你们的库管吗？这么大的事，还是问问好，起码要搞清楚。问完马上给我电话。

万能说：行，我问问她吧。

姜胖走了。万能跟秀华说：媳妇，小胖说的事，我得跟李叔反映吧？

秀华说：谁知道了，你去问问爹吧。

万能进万大炮房间，说：爹，有个事我拿不准，想问问你。

万大炮说：怎么了？

万能说：合作社出点儿事，我不知该不该告诉理事长？

万大炮说：咋的了，库房被盗了？

万能说：差不多。

万大炮说：啊？啥时候的事儿呀？

万能说：你别一惊一乍的，不是被盗，是货品出问题了。

万大炮说：小兔崽子，说话能痛快点儿不，不知道你爹我性子急呀。

万能说：小胖刚才到家来跟我说，咱合作社送去的货，有三麻袋榛子壳发到天津了。爹，你说我跟贾六都不会变戏法，这是咋回事呀？

万大炮说：榛子壳？贾六？……那从库房出来之后，你俩直接去的红石峪吗？

万能说：嗯……我又回趟库房取送货单，贾六没带烟，他回家拿完烟，我俩从他家走的。

万大炮说：这事儿就是你没尽职，赶紧，赶紧跟理事长汇报去。

万能说：爹，你分析出啥了？

万大炮说：合作社的事儿，让你爹我怎么分析？

万能走了。万大炮从儿子的话语中，已经琢磨出这事跑不了是贾六干的，他叹气道：哎呀，六子挺好个小伙儿，赌得没个人样了，让人家追着撵着要债，他不想歪道才怪呢。

福来被金昌批评后，回家跟金菊发牢骚，他说：我看你们家就是落井下石，看我老家离这远，都来欺负我，你们家都什么人吧。

金菊有点莫名其妙，说：你把话说明白，俺家啥事儿上欺负你了？

福来说：啥都欺负！不让玩，不让闹，就连我想好好工作的权利都给剥夺了。

金菊说：说话不嫌害臊。还好好工作，人家上工你要扑克，人家去库房干活你去喝酒，人家送货来你说不是军火不用检，这些都是你的“好好工作”，还剥夺你权利了，你还有脸说！

福来挂不住了，说：我怎么娶你这么个老婆呢，啥事儿都不带替我着想的，咱俩没好。

金菊也来气了，说：你嘴巴干净点儿，嫌我不好你就滚蛋！

老李听完万能的汇报后，坐不住了，直接给老翟头打电话，说：老翟啊，我不管这事是怎么发生的，你应该跟我说一声……那不光是红石峪的事，咱是合作伙伴，有利共享，有事共担，你把责任都揽过去能行吗……那批榛子是从我三里堡出的库，我咋的也要去见见朱经理呀！

老翟头说：老李呀，这边有张镇长和我跟朱经理协商，先把他打点好，完事咱再分析一下情况吧。我看这也是件好事，接受教训，今后就能杜绝这类事情再发生；现在，咱这摊子铺得越来越大，在管理上，要严格把关了。

老李说：明白。你那有啥事我随叫随到，如果朱经理提出要赔款啥的，我该承担多少，你别客气。

老翟头说：货是从我这发出去的，我是法人。我还是那句话，就是接受教训。

老李撂下电话，和万能翻看送货单……老李说：送货单都在这吧？

万能说：对，都在。

老李说：你说的情况我都知道了，你先回家吧。

万能说：哎。李叔有事再找我。万能出。

老李看着送货单，自语道：这天确实是万能和六子送的货……

金昌回到家，金婶埋怨说：这家里哪有顺心的事吧，小玲这事就够闹心的了，你还把福来给撤职了。

金昌说：撤他也不解恨，啥事儿他都不带上心好好干的。

金婶说：福来也挺不容易的，不管早晚有啥事，也都跟着干，要说罚点款还行，你给他撤职了，他得多没面子吧？

金昌说：规章制度可不是写着玩的，合作社这么大的产业，不加强管理，早晚牌子得被砸了。说完往外走……金婶说：还没吃饭呢，又干啥去呀？金昌说：翟叔回来了，打电话让我过去。

老翟头见了金昌，马上问：找福来了解到啥情况了？

金昌说：三里堡的货送来之后，确实是直接卸车、装车发走的，首先可以排除是我们这堆放出的错；可福来没做质检，他如实说了。

老翟头说：我真不愿意怀疑是三里堡出的毛病。

金昌说：究竟是哪个环节出的问题呢？翟叔，货是万能和贾六俩人送来的，而且……

老翟头马上打断金昌，问：是谁送的货？

金昌说：是万能和贾六。

老翟头似乎明白了什么，说：咱别琢磨了，老李那脑瓜子比我好使，他指定要过问这事，咱俩先把朱经理整明白吧。

金昌说：刚才跟他唠得咋样？

老翟头说：这家伙可是狮子大开口。你说，我都给他实惠了，而且，我是在张镇长面前许的愿，他朱经理只要到兴远镇来，吃住行咱全部报销；尤其是这次榛子节，他只要来，所有费用可都是我包哇，可他还要咱们给他打大折。

金昌说：这次咱可是理亏在前。翟叔，朱经理这次来，与其说是讲理，还不如说是要实惠来了，那咱就给他，能拢住他，基本就能把握住整个河北市场了。

老翟头说：可我没钱赚我找谁去，咱合作社总不能白忙活吧？

金昌说：权当是薄利多销吧。明天我跟您去见见他，我就不信，咱还能白给他榛子？

老翟头说：事到如今，就得这么着了。唉，你把福来撤了？金昌"嗯"。老翟头说：你喇叭叔说，你这么做不合适。金昌问为啥不合适，老翟头说：伤人心。金昌说：他没心。

彩云从娘家回来了，回到家就开始收拾屋子。她把放在外屋地的几个麻袋包往院外拽，边拽边说：我的妈呀，这麻袋包也太沉了，这破玩意儿咋还不赶紧卖了呢……

贾六进院，见媳妇回家了，急忙跑上前，说：我的祖宗啊，媳妇，我媳妇回来了，我闺女呢？

彩云没瞅贾六，说：玩去了。

贾六说：媳妇，你可不知道我一个人在家有多不容易啊，你把我扔家扔得，都快成冰棍儿了。

彩云说：我没跟你打离婚就不错了，瞅这家造得，也不像个样了，连下脚的地儿都没有。彩云继续往外拽麻袋包……贾六拦住说：媳妇媳妇，这麻袋包你不能放外头，赶紧拿进来。

彩云说：拿进来往哪放，放外屋地我怎么做饭。

贾六说：我往里挪挪啊，过几天就找人卖了。

贾六往屋里拽麻袋……彩云说：这破玩意儿，扔道边都没人捡的货，你还往屋里挪腾？

贾六说：啊，是，是。贾六把麻袋放到外屋地墙边，说：媳妇，这三个麻袋包可不能放院外，这可都是钱。

彩云说：还钱呢，成车卖它，也不值几个钱。

贾六说：你是不知道，这是上等的榛子，这三袋子可值小一万块呢。

彩云说：真的假的？

贾六说：我说话你还不信。

彩云将信将疑，她把麻袋缝合线头一挑，扒开一个口子，抓了一把榛子出来……说：六子……这么好的榛子，你能倒腾得起吗？你哪来的本钱呀？

贾六紧张地说：啊……这是朋友让我帮他卖的，你还给打开了。

彩云说：你跟我说实话，这榛子是哪来的？

贾六说：我都跟你说了，是朋友放这儿的。

彩云说：放屁！这东西也坏不了，也烂不了的，谁能放这呀，是在大舅那偷的不？

贾六更加紧张地说：不是，绝对不是，你可别瞎说啊。哎呀，明天我就拿走总行吧。

这时，老李进了院子，他听到屋里的吵吵声，在门口停住了……

彩云有些着急了，她说：你跟我说明白，六子，这榛子是偷大舅那的不？

贾六支吾着……

彩云说：你不说是不是，那我就问大舅去。彩云往屋外走……贾六拽回彩云：你想害死我呀？

彩云气急地说：有好道你不走，还学着偷东西了，这日子，指定不跟你过了！

老李推门进屋。贾六惊呆：大，大舅来了。

老李没理贾六，他对彩云说：彩云回来了。

彩云说：啊，大舅。

老李说：你俩吵吵啥呢？什么榛子呀，在哪呢？

彩云指指麻袋包说：大舅你看看吧。

老李抓起一把榛子看了看，压着翻滚腾起的火气，问：咋回事儿，六子……

老李吼道：说实话！

老李把贾六带到办公室。贾六如实把事情说了。老李上去就是一脚，说：你个小兔崽子，我看你是活腻了，你惹下多大祸你知道不！

贾六说：大舅……我错了，我错了。

老李说：你错了就完事了，那宝仁榛子找谁去呀，啊！你这么做，败坏品牌名誉不说，你可坑死红石峪了。

贾六说：大舅，我不是故意的，你就饶了我吧。

老李说：我饶了你，那客户能饶得了红石峪吗？

贾六说：我……

老李说：你啥你，刚给你安排开车的活，你不好好干，给我玩儿调包！

贾六心里有苦衷又不敢说……

老李说：这事儿想想都后怕，你这是没把榛子卖出去，真要让你给卖了，那可是上万块钱啊，你就干了违法的事儿了。

贾六紧张了，说：大舅，我，我原封不动还回来了，我就没事儿吧？

老李说：没事儿？如果天津客户坚持要退货，红石峪是要赔款的，那损失可就大了。

贾六说：那，我咋办？大舅，要钱我没有，要命有一条。

老李说：要你命？

这时，有人敲门。老李不耐烦地说：谁在那乱敲门呀，别敲了！

敲门声继续……老李心烦，气哼哼往门前走，说：我让你别敲别敲，你听见没。他猛地拉开门，惊住了：……哎呀，警察？

贾六听见是“警察”，以为警察要抓他，吓得连忙说：哎呀妈呀，警察啊……警察叔叔，那，那东西我没卖出去呀，我没卖。说完，躲到办公桌后面……

老李对进屋的民警说：警察同志，你们有啥事儿吗？

民警说：啊，我们是兴远镇派出所的。两位民警出示了证件后，问道：请问，贾六在这吗？

老李说：在这……找他有事？

民警说：我们是来了解一些情况，贾六……

贾六从桌子后面露出头：哎、哎。

民警说：请你出来说话。

老李说：哎呀，我说你这孩子的……六子，你赶紧，警察找你有事。

贾六走出来，语无伦次地说：警察，叔叔，那东西我真没卖呀，我坦白，我不是故意的，他，他逼我要钱……

民警问：你是贾六？

贾六说：我，是贾六。

民警又问：你认识张铁子吧？

贾六说：嗯……认识。

民警说：那好，请你跟我们走一趟。

贾六慌了：干啥呀……你们别抓我呀，都是张铁子，张铁子把我给骗惨了，你们归拢我干啥呀？

民警说：张铁子涉嫌赌博，他已经被控制；请你到派出所去一趟，协助我们核实一些情况。

贾六吓哭了：哎呀我的妈呀，警、察叔叔，我可不去派出所，进那里我可完了。

民警说：我们是例行调查取证，请你协助调查，跟我们走一趟吧。

贾六说：张铁子搂我的"劳力士"，还有电脑，我都不要了行吧？

老李着急了，说：六子，你真跟张铁子赌了吗？

贾六说：我就是跟他玩了几次扑克……他抽老千……

老李气坏了，他狠狠地抽了贾六一个大嘴巴子：我削死你个败家子儿！

民警赶紧拦住说：别动手啊，同志，有话好好说。

·三十九·

"调包事件"在镇政府的积极协调下得到解决。朱经理不但没有退货索赔，还又多定了两吨榛子。朱经理要出发了，老翟头和金昌等人都来送他。

金昌说：朱经理，货都给您装好了，您随时可以出发了。

朱经理说：得嘞，你们说，我老朱可以吧，我嘛不但没退货，还又多拉走了两吨。

老翟头哈哈大笑，说：要不咋说朱经理大人大量呢，这次让您亲自跑一趟，我实在是抱歉，不好意思呀，有机会，我亲自去天津感谢你去。

朱经理说：没说的。福来啊，等你去我们天津卫，我还请你吃狗不理。

福来带情绪说：我嘛让您给整得，我真成"狗不理"了。

朱经理：哈哈哈，福来真会幽默。走了。朱经理上了车。

金昌说：朱经理，等你下次过来，请你喝大酒，看秧歌。

朱经理说：好哇，这事张镇长都跟我说好了，榛子节我嘛不来，我就是孙子，拜拜了您哪！

朱经理走了，可给合作社留下的，是深深的思考。张镇长召集开会，总结前段工作和安排下一步榛子节要做好的事情。金昌和老翟头、喇叭叔、老李等人，围坐在椭圆形会议桌前。

张镇长说：今天把各合作社理事长和负责人请来，跟诸位唠扯唠扯。红石峪虽说比较圆满地解决了掺假调包事件，但大家都要接受教训，要深刻认识到我们在管理上的短板和不足。

金昌说：张镇长，这事我要检讨，是我在管理上的疏忽造成的，这责任我来承担。

张镇长说：金昌敢于承担责任，这很好。合作社的事，就是镇政府的事，马上就要到榛子节了，希望各个合作社要把住榛子生产、销售的质量关，可不能疏忽大意啊。

老李说：镇长，我没有教育好员工，给镇里和红石峪添这么大麻烦，我当大家面做检讨。

张镇长说：是啊老李，既然你说到这问题了，我也说几句。回去要好好批评教育贾六，作为合作社的司机，首先要有良好的品行，这不但是你三里堡的事，牵一发动全身啊，搞不好，砸的就是宝仁榛子品牌、毁的是合作社的利益。

老李说：放心吧镇长，我不让贾六开车就是了。

张镇长说：那也不行，还是要加强教育，你不让他开车，他吃啥？他怎么养活老婆孩儿？所以呀，我们大家都要提高认识，别一说管理就不耐烦；其实说白了，管理就是要健全制度，规范流程，各负其责守规矩，尤其是我们的榛产业发展规模越来越大，不加强严格管理，早晚要吃大亏。这次的事情，我们要好好总结经验教训。

会议结束了。金昌问张镇长：镇长，姜兰这两天去哪了，我找她还有事情呢？

张镇长哈哈大笑，说：好好的大活人丢了，是不？

金昌说：可不。

张镇长说：她到省林业厅请专家去了。

金昌说：啊，我说嘛。

张镇长说：金昌啊，榛子节马上就要开幕了，展销活动都安排好了？

金昌说：都安排好了，正在布展呢。

榛子节展销大厅。红石峪的展台。福来和马小壮、姜胖在展台前整理箱子，摆放榛子；满堆和小妮子、麦穗在挂“宝仁榛子经销总部”牌匾……

金昌进大厅。他看着展台的一切，满意地点点头：真不错。

姜胖说：金昌，你能去一趟控制室不？

金昌说：干啥？

姜胖说：赶紧把大屏幕打开，让咱先看看啥效果呗？

金昌说：好，我去看看师傅在不在啊。金昌出。

马小壮见福来一直不吭声，他说：福来，你咋不说话，让金昌批评完，蔫巴了？

福来说：干活呢，说啥话呀。

马小壮说：干部家属，好好接受教训，兴许金昌还能重新启用你。

福来装着没听懂，说：你说啥？

马小壮说：装傻。

金昌跑过来，兴奋地说：哎哎，你们赶紧往上看，大屏幕亮了……

姜胖说：好家伙……红石峪的万亩榛子标准园，太美了……

满堆说：太壮观了。

小妮子说：真好看。

麦穗说：快看快看，是小妮子！小妮子和翟玲在榛子园里跑着呢……

省城。姜兰办完林业厅的事，去见徐文静。老同学相见，高兴又亲热。徐文静得知姜兰此行的目的之后，觉得不妥，她说：兰子，我说你是装傻呀还是真傻？翟玲好不容易就要实现自己的愿望了，她要追求的如今得到了，你来劝她回去算怎么回事？

姜兰说：我不过来劝劝她，那她和金昌将来怎么办呀？

徐文静说：你算老几呀，还惦记人俩的事了。要我说，翟玲走了更好，你的机会来了。

姜兰说：你啥意思？

徐文静说：你不能否认金昌在你心中的位置吧？

姜兰说：现在说这些，已经没有意义了。

徐文静说：咋没有呢，我问你，老高在城里早就把调动的事给你安排了吧，结婚的新房也准备了吧，你干啥一直拖到现在不去呀？

姜兰说：镇里的工作我离不开，这你都知道。

徐文静说：托词，一派托词。你心里咋想的我都知道，兰子，与其让自己遗憾终身，不如借此机会，能跟金昌走到一起呢。

姜兰说：那种乘人之危的事可不是君子所为，况且，感情的事可不能一厢情愿。

徐文静说：金昌心里有你我知道，他的心思我也清楚，翟玲跟你比，她是弱者，你是强人；所以，如果得罪了你，你还能撑起一片天，可翟玲就不然了。

姜兰说：好家伙，分析得一套一套的，听着耳熟。

徐文静说：怎么，还有谁有如此高见？

姜兰说：他呗。

徐文静说：哼，金昌这家伙。

姜兰说：别说这些没用的了，还是把眼前的事办好吧，几位老人为这事急得寝食不安的，我能把翟玲劝回去，对大家都有好处。

徐文静说：真拿你没办法。走吧，咱俩别在这干坐着了，我请你吃饭去。

姜兰说：算了，翟玲还等我呢，我得赶紧去见她了。

姜兰约翟玲在咖啡厅见面。姐俩见面还是挺热情的。

姜兰品着咖啡问翟玲：怎么样，小玲，这咖啡的味道不错吧？

翟玲说：嗯，挺好。谢谢你请客啊。

姜兰说：客气啥。姜兰微笑着打量着翟玲，说：哎，我看你越来越有品位了，在艺术团熏陶得，气质都变了，跟在村里不一样了。

翟玲说：是吗，哪不一样了？

姜兰说：起码会打扮了。看这连衣裙的款式，合体，漂亮，又时尚，瞧你这大线条……

翟玲心里一丝得意，嘴上却说：让你说的了，还那么瞅我，我都不好意思了。

姜兰咯咯乐了，又问：小玲，你出门化妆吗？

翟玲说：也不演出化啥妆。

姜兰说：看你那皮肤嫩得，来这才几天，变化这么大。哎，你用啥牌子的洗面奶啊？

翟玲说：我没用那些东西，我还用香皂洗脸。

姜兰欣赏着说：好家伙，就是个天生丽质，素面朝天依然自信呢。

翟玲抹搭着说：又来了又来了，别跟我来文绉绉那些啊。哎，家里都咋样？金婶还好吧？

姜兰说：还好。就是惦记你，整天地叨叨，可我走得急，她没来得及给你带东西。

翟玲说：金婶啥都想着我，这我都知道。我爹咋样了？

姜兰说：你爹工作可忙了，我看他比以前瘦多了。

翟玲说：我爹就是操心的命，不让他干活就难受。我干娘呢，干娘的农家乐又开了一个分店，肯定更忙了，她现在怎么样？

姜兰说：想你呗。我这次来，九妹婶子让我带话给你，她说以前跟你说过的话，让你再好好想想。

翟玲说：嗯，我知道干娘其实不同意我入职。可你说，有这么好的机会，谁不想好好珍惜啊？可我也知道，家里人怕我一个人在外面吃亏受委屈，但我也不是小孩了，我总要干一番事业，给自己的人生有个交代吧？姜兰，你说，我不走出这一步，这些年不白费辛苦了。

姜兰说：小玲，你的付出和辛苦，现在有了回报，真的很不容易，再这样发展下去，真有可能成为了不起的艺术家；以前的努力确实没白付出，也确实被人羡慕，真的，我挺佩服你的。

真诚的理解和赞赏，使翟玲的心中油然生起一股暖流，这是这段时间里，她听到的最暖心窝子的话了，她说：你能理解我吧？

姜兰说：当然。

翟玲说：嗯，像个当姐姐的样儿。

姜兰得意又调皮地说：我本来就是你姐嘛，呵呵。

翟玲说：可家里人不理解我，真遗憾。

姜兰说：金昌理解你呀，要不他能支持你入职嘛？

翟玲说：可他……还没给我明确答复呢。

姜兰说：傻，他支持你就是明确的答复。小玲，假如你真留团，荣誉、地位，啥啥都有了，连我都挺羡慕你呢，可你想过将来怎么发展了吗？

翟玲说：团里这么重视我，培养我，肯定能发展好了；再说，团里这么好的条件和环境，最起码每个月都按时发工资吧。

姜兰说：要说钱，其实在合作社你有股份，有分红，比团里的收入要多很多。我说的不是收入，是说你跟金昌的事今后怎么发展啊，这事你想好了吗，小玲？

翟玲思忖片刻，说：……姜兰，你说的意思我都明白，这事我也不是没想过，可我要是半途回去了，村里那些人非说是团里不要我了，把我淘汰下来了，我得多没面子呀。

姜兰咯咯乐了，说：我又该叫你那个日本名字了——“小心眼子”。

翟玲说：你还叫！

姜兰笑着说：开玩笑。你还不知道呢，大家早就知道你要带编入职了，你现在，都成镇上的名人了。

翟玲说：是吗，有那么玄吗？

姜兰说：这事连杨柳枝都知道了，她羡慕你羡慕得，都不得了呢，她还说……姜兰把到嘴边的话又咽了回去。

翟玲追问：她还说啥？

姜兰本来是要说杨柳枝说的“我要是翟玲，有这么好的机会，就留省城不回来了”，可她又怕好不容易把翟玲引上道了，再给带偏了，就打马虎眼说：反正都是说你好话，就是羡慕你呗。

翟玲说：哎呀，让她羡慕可不容易，她可是咬尖儿得要命，谁都不许比她强。

姜兰说：是啊，所以说，还是我们小玲妹子厉害吧。

姜兰的话语不断地冲击着翟玲的内心，激起层层涟漪，她说：那我回不去怎么办?

姜兰说：我还是建议你争取啊，你要真能在榛子节上演唱，那你在乡亲们面前就更展洋了，大家就更羡慕你了。

翟玲说：其实，你和金昌在镇上才展洋呢，你俩不都挂上大红花，这又一起同唱一首歌了吗?

姜兰说：我那是镇里给的任务，不完成不行；最后还要看你的独唱，你才是大家的期待。小玲，我跟你说正事吧，其实我这次来看你，主要是张镇长让我来关心你的。

翟玲说：真的假的?

姜兰说：这还有假。张镇长让我带话给你，他说，兴远镇需要你这样的人才，他希望你能把自己的才华，用在镇里的文化建设和发展上。你看，现在咱镇里不管有啥文艺活动，都是有良叔他们在做，张镇长是希望有年轻人能来接班，啊?

翟玲若有所思：……这事我咋没想到呢。

姜兰说：张镇长说了，兴远镇的文化建设，希望年轻人能多挑大梁，你就是其中之一。

姊妹俩越唠越热乎，翟玲的心情愈发舒展，话匣子也打开了。她说：看你把我夸的。哎，你说，咱上中学那会儿，你整天像个跟屁狗儿似的跟着金昌……

姜兰说：打住打住，你才小狗儿呢，黏糊糊的跟屁狗儿。

翟玲说：你别不承认啊，在学校吃饭，每次饭堂有啥好吃的，你总留着点儿，往他饭盒里放，你当谁没看见啊。你跟我说实话，你是不爱上他了?

姜兰瞪了一眼翟玲，说：少扯啊，他啥事也不向着我，都向着你。你忘了，有年冬天下大雪，有个高班的男生欺负咱俩，往咱身上扔雪球，金昌看见了，上前踹了那人一脚拽着你就跑，把我撂那了，谁爱他那没良心的家伙。

翟玲让姜兰说得哈哈大笑……姜兰眼睛扫了下四周，说：嘘——咱小声点儿。你跟我说实话，金昌他啥事都为你着想，你怎么还老欺负他呢？

翟玲说：我哪欺负他了？

姜兰说：他趴课桌睡着了，是你给他脸上画的小花猫不？

翟玲说：嗯……你别光说我啊，你也欺负他。你俩一个课桌那会儿，有一次，你趁他不注意，把他俩袖子从后面系一起了，害得金昌写不了字，还不敢告诉老师，有这事不？

姜兰装傻说：就是啊，到现在我都没问金昌，他咋不告诉老师呢？

翟玲说：那他多掉价。姜兰也忍不住哈哈笑起来……翟玲说：嘘——刚告诉完我，你又哈哈了。

姜兰说：咱啥也别说了。姜兰微笑着看着翟玲，温和地说：小玲，金昌很爱你，他是属于你的，你知道吗？

翟玲：……

姜兰动情地说：好了，我该走了，今天还要赶回镇上呢。姐最后说句话，红石峪是你的家，是你爱情的港湾，那里寄托着我们浓浓的乡愁，与其早晚都要回去,不如……姜兰微微点点头收住话语,起身向门口走去……

翟玲赶紧喊住姜兰……深深地望着她，晶莹的泪花在眼中闪动，柔声喃喃：姐，你再坐会儿呗……

榛子节开幕前节目彩排。村里人兴致勃勃地搭伙结伴前往小戏台看热闹。金昌特意赶回家把消息告诉娘，他说：娘，今天我们在小戏台彩排，可热闹了，你带小豆子去吧。

金婶为翟玲的事心里一直别扭着，她没心情，说：我不去，你走吧。

金昌知道娘有心思，又劝说：过去看看热闹呗，就当散散心了。

金婶说：不看。

金昌说：村里人都去了，娘也去吧，再说，你不想看你儿子演节目吗？

金婶说：你演那节目有啥好看的，钻驴肚子里，连个脸都看不着。

金昌哄着说：你别小看那旱驴，那可是技术活，一般人还演不了呢；再说，你想看儿子露脸，到最后谢幕的时候，你就可以看到了。

金婶说：看也看不出个花来，不去。

金昌无奈，说：那，我先走了，娘。

金婶不耐烦地说：走吧走吧。金昌刚走，屋里电话响了。

金婶接电话：……小豆子啊，你要去看秧歌……还要去看你老舅呀，那你过来接姥姥吧。

镇政府会议室。张镇长和老翟头、金有良在屋里。张镇长说：翟叔，今天这预备会开得咋样？

老翟头说：好哇，开得我心里有谱了，这就像大姑娘要出嫁似的，政府给咱啥都准备好了。

张镇长说：有政府给牵头，才能更好地加强合作社与客商之间的信息沟通啊。

老翟头说：是啊，张镇长，政府就是咱榛子企业与投资商的大媒人。

张镇长说：翟叔就高兴吧。

金友良也说：是高兴啊，自打国家实行林权改革以来，政府是一步一步在为合作社铺路啊。

老翟头说：要不咋说，咱赶上好时候了呢。

榛子节展销会大厅正门上方“兴远镇榛子节展销会”大字醒目，五颜六色的彩条标语、飘动着的彩旗彩球，彰显着热烈与喜庆。

大厅内，各地榛子企业参展商把展台装扮得琳琅满目，各具特色。挂有“宝仁榛子经销总部”牌匾的红石峪展台在大厅中央，麦穗和小敏在展台前。不少游客陆续聚集到展台前，询价，购买……

一位俄罗斯玛达姆来到展台前，拿起一颗榛子放嘴里轻轻磕开……用生硬的汉语对麦穗说：这榛子很好吃。我要回俄罗斯，想头一些榛子给我的女儿和家人带回去，这个榛子多少钱一斤？

麦穗说：50 元人民币，一斤。

玛达姆说：啊，价钱很合理，就是……吃了会让我们放心吗？

小敏接话说：您放心，我们红石峪的平榛，营养价值很高，含有丰富的蛋白质、氨基酸、脂肪、维生素、矿物质元素以及生理活性物质，不论是老人还是孩子，食用它对身体非常有好处。

玛达姆说：啊，谢谢你的介绍。我说的是药，就是……农药，我们不喜欢。

麦穗说：这一点您不用担心，我还告诉您呢，北京开奥运会那会儿，我们红石峪的平榛可是国家指定的干果产品，很多运动员都喜欢吃它。

玛达姆高兴：噢，哈拉少，哈拉少，真是太棒了。我要买，我的女儿和家人吃到它一定会很高兴。

榛子节秧歌会最后一次彩排。小戏台广场上，过大年一样地热闹。大喇叭里播放着火辣的秧歌曲，数十支秧歌队在广场上，妇女们穿着色彩艳丽的秧歌服，兴致盎然地扭着大秧歌……

舞台节目彩排前，余老师对金友良说：有良叔，让满堆和小妮子上台，先把《回娘家》走一遍吧，演员和道具之间磨合不好，容易出错。

金有良说：好，让他们几个先走一遍台，要不我也不放心。

余老师说：你用对讲机呼叫老慢叔吧。

金有良说：嗯。金有良用对讲机呼叫：老慢、老慢，收到请讲。

姜老慢在台上拿着对讲机说：收到、收到，有良请讲。

金有良说：你现在在哪，请讲。

姜老慢说：我在侧台、上场门。你有啥事，请讲。

金有良说：你先到音响室，跟音响师傅说，让他把放的秧歌曲先停一下。

姜老慢说：明白，请讲。

金有良说：舞台节目彩排之前，先走一遍《回娘家》，你马上告诉演员把旱驴道具穿戴好，备场。

姜老慢说：收到，请讲。

金有良说：我都讲完了，你就别“请讲”“请讲”了，你赶紧去办事吧，完毕。

姜老慢说：啊，收到……不讲。

小妮子和满堆、金昌在后台备场。姜老慢说：小妮子，你跟满堆要先走一遍台，都知道了吧？

小妮子说：知道了。

满堆说：金昌，你还磨叽啥呢，快把福来叫过来，把驴皮穿上啊。

金昌说：我知道哇。说完，跑到后面喊：姐夫，你赶紧的，到咱们走台了。

福来说：你也不是主演，你着啥急。

金昌说：主演着急了。

《回娘家》音乐响起，满堆牵着福来和金昌扮的“驴”，小妮子坐在“驴”上登场了……

红石峪村的一帮人坐在广场上看排练。金婶抱着小豆子，说：快看，小妮子和满堆上场了。

众人拍手叫好……

老翟头说：哎呀，这小妮子和满堆唱得也太好了，这小嗓儿，亮堂！

金婶说：小妮子和满堆演得带劲儿。

九妹子说：你们都别说话，看表演。

满堆娘说：我看见小妮子和我儿子了，哎——满堆呀，好好演啊！

九妹子说：哎呀，这个吵吵劲儿的。

金婶说：别喊了，给满堆喊忘词儿就完了。

满堆娘说：你说小妮子唱得好不呀？

金婶说：好好，好哇。

满堆娘说：哎呀，我儿子跟小妮子在一起演，真是天生的一对儿，啊？又说：九妹子，小妮子长得真俊，招人稀罕。

九妹子很无奈地说：你是来看节目的，还是来相亲的呀？

小豆子说：姥姥，我怎么看不见我老舅呢？金婶说：别着急，一会还有谢幕呢。

老翟头说：小豆子，你老舅在台上藏猫猫呢。

小豆子说：姥姥，我老舅藏猫猫了吗？金婶说：别说话，快看。小豆子说：我要看我老舅和我爸爸扭秧歌。

柳枝娘说：小豆子，你看满堆叔叔牵着的那驴没？

小豆子说：……嗯，看见了。那个驴是假的。

柳枝娘说：那四个驴蹄子，你也看见了吧？

小豆子说：……看见了。

柳枝娘说：那就是你老舅和你爸爸。

小豆子说：啊，他们钻那里藏猫猫了。

满堆和小妮子表演完，台下响起一阵掌声。二人卜场。

满堆娘说：哎，那驴怎么还不下台呢？

金婶说：满堆娘你别吱声，还有谢幕呢。

该下场的“驴头”福来迷失了方向，朝台口走，他戴着道具视线有限，找不到下场门儿了。他嘀咕着：哎呀，我怎么找不着搁哪下场了呢？

站在侧台的姜老慢着急了，他大声说：哎！福来，别往台口走哇，快往左拐，左拐，往侧台走！

“旱驴”继续往台口走……走到台口边，福来突然发现，再往前迈半步就要掉台下了，他不怀好意一笑，抽腿调腚、一个急转身，把身后扶着他的金昌甩到台下去了。福来说：小舅子，你下去吧，我让你总收拾我。

金昌被甩到台下，坐在地上，立马蒙了，说：哎呀妈呀，这是哪呀，我怎么找不到驴头了？

福来转身往下场门跑……姜胖看见福来跑过来，说：哎呀，福来，你驴屁股掉了！

福来解气地说：掉的就是屁股，让他跟我嘚瑟！

台下观众见此情景，顿时炸锅了，连起哄带鼓掌地哈哈大笑起来……

姜老慢急得不知说啥好了：哎呀我的妈呀，金昌咋这么多节目呢。

金有良对余老师说：余老师，你说金昌这败家孩子，到关键时刻他就掉链子。

余老师哈哈大笑，说：这不怪金昌，要怪就怪你那姑爷儿，这小子，哈哈哈……

金昌缓过神了，从地上站起来，赶紧爬上舞台往侧台跑，说：我得上台，一会儿还有谢幕呢。

小豆子拍着小手说：姥姥，我老舅、我老舅，我看见我老舅了！

金婶说：哎呀，我外孙真不容易，终于看见他老舅献眼了。

彩排结束，金有良把秧歌队员们叫到后台，他严肃地说：我跟你们说，一会儿我说完，刚才那几位秧歌队员都要再练一下啊，这榛子节可不是闹着玩儿的，那可是全国各地的客人，包括国外客商都要前来参观，就你们这么个演法，能代表兴远镇吗？

队员们不好意思地说：不能。

金有良又厉声问道：能吗？

队员们大声说：不能！

金有良说：那就去好好练！要严肃认真地对待，要一丝不苟地排练！

姜兰与翟玲的长谈，深深地触动了翟玲，她静下心来冷静地思考着……

小丽回到宿舍，发现自己床上有封信，她拿起信读道："小丽……"小丽突然想到了什么，她推开门跑出去，大声喊：小玲姐——

翟玲坐在火车上……火车徐徐开出沈北站台……

小丽和谢队长站在月台上……

望着远去的列车，小丽问：谢队长，小玲还能回来吗？

谢队长沉思着……

村文化室里。杨柳枝坐在椅子上。姜胖站在音响设备旁。福来戴好驴皮道具。满堆和小妮子站在排练场中心……金昌进门。福来不满地说：金昌，时间都让你浪费了，我们都排一会儿了，你咋才来呢？

金昌说：对不起，我刚跟丹尼尔通完电话，来晚了，不好意思啊。

福来说：来晚了就扣你劳务费。小妮子……

小妮子：哎。

福来说：金昌来晚了，给他记上啊，扣劳务费，扣奖金！

小妮子没搭理福来。金昌赶紧套上驴皮道具……

杨柳枝说：福来，你别那样式儿的，自己有气别在排练时候找茬儿。金昌啊……

金昌说：在。杨柳枝导演，我马上就准备好了。

杨柳枝说：他们三个都排一会儿了，你来了，跟他们互相配合一下吧。

金昌说：我知道，要默契。

杨柳枝说：福来，你那驴头……

福来说：我不是驴头，我是演驴头。

杨柳枝说：都一样。跟你们说啊，驴头要把握好速度，掌握好节奏，金昌的驴尾要扶住了福来，要不然你俩就容易脱节了；还有，驴头走得要稳，要不然，金昌就跟不上你了。

福来说：那我知道，就是满堆别走太快了，他走快了我就没法跟了。

满堆说：明白。

杨柳枝说：都注意了啊，《回娘家》来一遍，音乐准备……开始。姜胖按下放音键，音乐响起……

满堆做牵驴手势往前走，他越走越快……福来随之越跟越快……

金昌哈着腰，双手拽着福来的腰带，一下没拽住，驴身子中间脱节、小妮子从驴背上掉下来坐在了地上……满堆做着牵驴手势继续唱着往前走……姜胖哈哈大笑……

满堆不知咋回事，问：小胖你笑啥？

姜胖说：看你身后。

满堆回头一看，也哈哈笑起来，说：福来，你走得太快了，金昌跟不上你了。

福来把驴头摘下来，说：哎呀金昌，你咋那笨呢，我裤子都要让你拽掉了。

金昌说：就是满堆的事。满堆你咋回事儿，我告诉你慢点走、慢点走，你走那么快干啥呀，上台你要这么走，我又完犊子了。

杨柳枝说：好了好了，问题大家都说清了，要保持好速度，别太快了啊，再来一遍。金昌和福来穿戴上驴皮道具，姜胖按下放音键，音乐开始，满堆和小妮子唱起《回娘家》……

就在这时，文化室门开了，翟玲走了进来……

杨柳枝惊讶地发现之后，尖叫了一声：翟玲……

小妮子从驴背上跳了下来，说：小玲姐……

金昌哈腰在道具驴里，不知道外头发生什么，他认真地说：小妮子，是你自己跳下来的，不赖我啊，我腰哈得挺稳的。

小妮子拍着金昌说：哎呀，金昌，你快看谁来了。

金昌满头大汗，掀开驴皮，说：谁呀？

翟玲望着金昌那认真的模样，说了句：傻样儿。

阳光绚丽，霜叶染秋。

翟玲跑到榛子山顶，向着山下喊道：哎——金昌哥——我给你唱歌啦——

金昌回应：哎——小玲——

翟玲深情地唱道："叫一声情郎哥，紧紧地握住他的手，心潮滚滚，激荡澎湃；唠两句知心嗑，轻轻地依偎他的肩头，情意绵绵，爱恋满怀……"

委婉动情的歌声在榛林、在山野中回荡着……

金昌和翟玲双双走在榛林间小路上……

二人坐在榛子标准园坡地上……

他们漫步在源水河边……

"兴远镇金秋十月榛子节"开幕了。镇中心广场牌楼上挂着巨幅横额"兴远镇榛子节欢迎您！"

张镇长率镇政府各部门人员和兴远镇的乡亲们，夹道欢迎各方宾客。热情的迎宾曲响彻广场。

喇叭叔见车队过来了，大声说：乡亲们，兴远镇的迎宾车队开过来了，我们以热烈的掌声欢迎他们！

乡亲们高喊：欢迎欢迎，热烈欢迎……

顿时，鞭炮齐鸣，鼓乐震天。

红石峪村的三十多台崭新的轿车，披红挂彩浩浩荡荡驶入广场……

张镇长说：余老师，迎接客商的车队，真给咱榛子节增添光彩啊。

余老师说：是啊，这车队也太壮观了。

喇叭叔掩饰不住骄傲激动的心情，说：这都是我们红石峪那帮小青年，新买的轿车。

余老师说：太有气派了！

张镇长说：榛产业发展起来了，咱们的榛农们都富裕起来了。

余老师连连点头：好哇，好哇。

杨柳枝对翟玲说：哎，翟玲你快看，金昌开头车过来了。翟叔在车里，翟叔身边那个老外，就是丹尼尔先生吧？

翟玲说：是呀，应该是他们。哎，小妮子快看，满堆开车过来了。他身边坐的那人是广州的刘经理。

小妮子打招呼：刘经理好。

刘经理向大家招着手：翟玲、小妮子，你们好哇。

翟玲说：刘经理你好。刘经理说：翟玲呀……金昌总经理，好靓的啦，什么时候吃你们的结婚喜宴啦？

翟玲脸一红，转身跑到金婶身边，说：婶子……

金婶合不拢嘴地笑着，说：哎——她搂抱着翟玲，眼睛里噙着欢喜的泪花，说：这就快了。

老李的车上坐着朱经理和小田。老朱探头窗外，说：张镇长，您好哇！

张镇长说：哎呀，朱经理好哇！欢迎你啊，你这次来，我啥都给你安排好了。

朱经理说：谢谢张镇长。你这榛子节，搞得够气派的呀，嘛棒极了。

张镇长说：还得感谢你们的大力支持。

朱经理说：老朋友了，没说的。

成林开车，带徐文静驶入广场。杨柳枝说：哎，翟玲你看，我哥车上坐的是徐文静吧？

翟玲说：是她。徐姐姐——你好啊。

徐文静探出头说：哎，小玲啊，你好！你到车上来坐呀？

翟玲说：不的了，我得欢迎你们，一会儿给你们唱歌扭秧歌。

徐文静说：好嘞，我要好好欣赏你这大明星的风采呢。

车队过后，翟玲走到张镇长面前，说：张镇长，您好！

张镇长非常高兴，说：翟玲，我们可是热烈欢迎你回家乡啊，以后咱兴远镇的文化建设，还要请你这样的人才来做呢。

翟玲说：谢谢镇长。姜兰跟我说，咱兴远镇明年还要办榛花节、采榛节？

张镇长说：对呀，到时候，可有你发挥才华的机会了。

翟玲说：嗯，我保证完成任务。

张镇长说：好好好，我就等你这句话哪。

张镇长又对一旁的老高说：小高，翟玲可是回来了，你啥时候当咱兴远镇的上门女婿呀？

老高打岔说：张镇长，你可别给金昌打包票，说不定翟玲参加完榛子节，还要回省城艺术团呢。

张镇长说：哈哈，不正面回答我。

金昌、姜兰、喇叭叔、老翟头和张镇长围在周县长身边。周县长说：兴远镇的榛子节搞得真不错啊。

张镇长说：都是在县、市领导的关心指导下做起来的。

周县长说：喇叭叔，你们红石峪的迎宾车队很打眼呀。

喇叭叔笑了，说：村里这帮小青年儿们，买车跟闹着玩似的，张罗了半年，非要组团一起买；说实话，现在榛农们的手里真是有钱了。

周县长说：好哇。我们农村工作的中心任务，就是要让广大农民尽快富裕起来。所以呀……周县对老翟头说：翟叔，你们还要加大力度、加快实现榛产业的现代化，把榛子生产专业合作社建设成现代农村企业，把我们的农村建设成现代化和谐美丽乡村。

老翟头说：周县长说得是，我们正往这个方向努力呢；有金昌和姜兰他们在，我们心里有这个底。

周县长对金昌、姜兰说：是呀。金昌、姜兰，科学技术是现代化农业的支撑，实现榛产业的科技进步和创新，就要依靠你们这样有知识、有文化的新农民呀。

金昌和姜兰眼中充满了坚定，稳稳地点了点头。

榛子节秧歌会开始了。

喇叭叔手擎唢呐站在高处，鼓足腮帮子吹响《鼓舞榛情》序曲……

各村秧歌队从不同方向呼喊着涌向广场中央那面硕大的中国鼓周围，随着高亢的唢呐声在鼓的四周欢舞起来……

四面八方各种大鼓、小鼓随之敲起来……

小伙子们把几斤重的大手绢抛飞在空中……无数个大小手绢随之飞舞起来……

缤纷多彩的扇子和五颜六色的腰绸，舞动出斑斓炽热的画面……

整个广场舞动起来了。

在宏大热烈的场面中，金昌和姜兰身着耀眼的新款秧歌服，在热辣辣的音乐声中，在乡亲们的簇拥下，站在了大鼓中央……

金昌面对大家高声喊道：父老乡亲们，让我们唱起来，扭起来啊——

众乡亲：嗨——，扭——起——来啦——

金昌和姜兰热情高歌："东北风，东北风啊……哎嗨，哎嗨哎嗨呀……金秋十月榛子情，绿水青山好光景；四海宾朋八方客，二人转咱就唱给你听……"

随着热烈激昂的音乐，秧歌队舞扇、甩绸、耍龙灯、跑旱船、背歌、踩高跷……扭起了东北大秧歌。

广场上沸腾了。

忽然间，一切音响戛然而止，一句甜美脆亮的清唱飘然而出："哎……哎嗨……"只见身着靓丽演出服的翟玲出现在宽阔的舞台中央，似众星捧月般清丽炫目；她心怀激荡，满目深情，从心底发出了动人的歌声：“人如潮，歌如海，欢天喜地真情满怀……”

翟玲出场演唱，惊艳全场。

杨柳枝惊叫道：是翟玲，翟玲！

姜兰带着欣赏又欣慰的微笑：真有范儿！

金婶喜得已经合不拢嘴儿了：多俊的儿媳妇。

九妹子的脸上满是慈祥和疼爱：我干女儿，练出来了。

朱经理满是兴奋地问道：这是从哪个专业团请来的？

丹尼尔抑制不住激动地赞赏：我听到了地道的东北二人转了，真是太美妙了。

张镇长面带笑容不无自豪地说：这是我们兴远镇飞出的金凤凰，她就是红石峪的翟玲啊。

朱经理说：嗯，是金昌的媳妇。

金昌一直愣愣地看着演唱的翟玲，心中充满激动与爱恋：哥永远支持你，爱你！

老翟头捅咕一下金昌，说：姑爷儿呀，你愣啥神儿呢？

柳枝娘说：老翟头，叫姑爷了？

老翟头扬起了脖子说：本来就是的嘛。

翟玲热情洋溢，歌声甜美高亢：“丰收的秧歌扭起来，幸福的歌儿唱起来……”

金昌与姜兰被人们簇拥上台，与翟玲合舞重唱：“流红荡绿苍鹭飞，满山的榛子花儿开……”

翟玲边唱边舞，婀娜多姿：“扭呀扭呀，扭起来；唱呀唱呀，唱起来……”

大姑娘们热情地呼应着：“扭呀扭呀，扭起来……”

小伙子们喜悦地随唱着：“唱呀唱呀，唱起来……”

全场的秧歌队员们高声合唱：“哎嗨……榛果盈盈喜获丰产，农民的兜里装满了钱；装满了喜，装满了乐，装满了幸福舒舒坦坦……火辣辣的歌声扑面来，别提咱心里有多自在，多自在……”

喇叭叔站在高处吹着唢呐……

金有良和老翟头抡槌敲鼓……

金婶和九妹子、姜兰娘、满堆娘、翠兰腰系红绸欢舞……

柳枝娘和万大炮对舞大红手绢……

贾六和彩云、万能和秀华欢笑对舞……

钱贵和于成踩着高跷挥舞着马鞭，扮着头跷、二跷……

"四大金刚"在人群中间穿梭逗趣……

福来与金菊、马小壮与杨柳枝、马大壮与石榴、姜胖与麦穗、满堆与小妮子、老高与姜兰，围着金昌和翟玲扭着大秧歌，脸上是无尽的喜悦……

人们尽情地唱啊，跳啊……

金秋十月榛子节，一派歌舞升平。

醉了……

金昌深情地望着翟玲，问：小玲，等明年榛子花儿开了，咱们就结婚，你同意吗?

翟玲调皮地甜甜一笑，说：你说呢……

后 记

十年前，我与爱人回她的老家探亲。老家地处铁岭开原市柴河边上的靠山镇，典型的山区乡村。自从国家实行“农村集体林权改革”以来，极大地调动了广大农民的生产积极性，自然林山地承包后，多种经济得到了发展，山上植树，坡地种榛子，平地建禾田，形成了良性农业生产生态链，获得了“富裕农民、保持生态”双效合一的良好效益；山美了，水美了，环境美了，“兴林富民”政策让一座座荒山变成了金山银山。家乡的变化令人感叹：这里真美！毫不犹豫地在那长租了一座院房。那日，天刚蒙蒙亮，我被阵阵喧嚣声闹醒，好奇地出门一看，从村街道不同的方向，不断有摩托车驶出，车上挂载着各式农具，成群结队驶过柴河，进山劳作；情景怡人怦然心动，萌发出强烈的创作欲望。接下来的几天里，我有意识地开始“采风”采访，听到、看到了很多新鲜素材。一个只有500多户人家的小村子，靠种植榛子发家致富，榛民们一次性团购37辆轿车，成了有名的“轿车村”，轰动一时。榛子生产专业合作社追求现代化、产业化发展，榛农们勤劳致富的干劲，促使我定下了创作选材。在此，结识了我的合作者、农民作家张林成老师，使我在对农村基层生活和民俗民情的深入了解和把握上，心里有了底。在整个小说写作中，每每碰到难题，遇到瓶颈，我就喜欢跑回靠山镇，站在连绵的榛子山上，漫步乡村街道上，坐在热乎乎的小火炕上，在小饭馆里小烧酒神助的热烈调侃中，总会有收获的满足和新的灵感。在多次的采风中，得到了开原市委党史研究室主任徐祥杰同志的热情帮助和支持；时任铁岭市林业产业管理办公室主任徐辉同志，给予了专业技术方面的热情指导和帮助，使写榛子生产专业合作社有了坚实的保障，谨在此一并表示诚挚的谢意！

十年的努力创作，多次的修改加工，小说内容逐渐成熟，直到2022年12月，在中央农村工作会议精神的鼓舞鞭策下，终落书稿。通过小说《榛子花儿开》，把家乡的变化、榛产业的发展、合作社的成长，把在发家致富、新“三农”建设发展道路上，勤劳质朴的农民老大哥的真情实感、回乡务农大学生追求做“有知识有文化的新农民”的执着和热忱展现出来，是我真诚的创作愿望，让更多人知道和了解——农村，真的变了！家乡小村庄，一定会在加快推进农业农村现代化和美乡村建设中，闪耀出独特的光彩。

作者：洪绍义
2023年·初春